GUTKiND

GUTKiND

www.gutkind-verlag.de

Die Originalausgabe ist unter dem Titel *The End of Drum-Time* bei Henry Holt and Company, New York, erschienen.

ISBN 978-3-98941-020-6

Umschlag: Designbüro Lübbeke Naumann Thoben, Köln
Umschlagmotiv: © Staffan Widstrand/Getty Images
Autorinnenfoto: © Beowulf Sheehan
Satz: LVD GmbH, Berlin
Druck und Bindung: GGP Media GmbH, Pößneck
Printed in Germany

MIX
Papier | Fördert gute Waldnutzung
FSC® C014496

Hanna Pylväinen

Das letzte Leuchten im Winter

Roman

Aus dem amerikanischen Englisch
von Karoline Hippe

GUTKiND

Für Anne-Maret Labba

Skandinavien 1851

Die Familie Laestadius

Lars Levi & Brita

Nora

Willa

Carl

Levi (verstorben)

Lorens

Vier Töchter, Namen unbekannt

Ein Sohn, Name unbekannt

—— ❋ ——

Tomma Siida

Nilsa & Anna

Risten (Kristina)

Elle (verstorben)

Nilsas Bruder und seine Frau

Deren Kinder

—— ❋ ——

Rasti Siida

Biettar & Biret (verstorben)

Ivvár

Zwei Brüder Biettars, Namen unbekannt

Ánde & Niko, Biettars Neffen

—— ❋ ——

Die Familie Lindström

Henrik

Frans, Henriks Onkel

Folge den Rentieren.

SPRICHWORT DER SÁMI

Teil 1

1

Der Tag des Erdbebens war der dunkelste Tag des Jahres. So weit im Norden war das, was als Tag galt, nur dünnes Zwielicht, hier fielen keine Schatten, die Spitze des Kirchturms zeichnete sich nicht im Schnee ab, und der Fluss, der Wald, die Hügel waren gefangen in halbfertigem Licht. Dies löste ein kollektives, wenn auch unausgesprochenes Unbehagen aus, aber die meisten Menschen waren daran gewöhnt – hätte man sie vor die Wahl gestellt, hätten sie gesagt: Lasst uns wandeln in der Finsternis, und wären dann wieder an ihre Arbeit gegangen. So jedenfalls hielten es diejenigen, die hier aufgewachsen waren, unter ihnen Lars Levi – er empfand die Kälte und die Dunkelheit als belebend, er war ein Mann der Extreme, und so zog es ihn zu den Extremen, sie taugten ihm, sie trieben ihn an.

Aber selbst er musste zugeben, dass an diesem Morgen etwas aus dem Gleichgewicht geraten war. Er hatte in der Nacht zuvor von etwas Wichtigem geträumt, wovon, daran konnte er sich nicht erinnern, und es beunruhigte ihn, dass ihm vielleicht eine wichtige Botschaft entgangen war. Er war ein Mann, der an diese Dinge glaubte, der Gefühlen eine wesentliche Bedeutung beimaß, einerseits, weil seine Mutter so gewesen war, andererseits, weil das Land sie zu solchen Menschen machte – niemand konnte unter den Nordlichtern und der Mitternachtssonne leben, ohne überzeugt davon zu sein, dass es noch etwas anderes gab als Rationalität, und schon gar nicht Lars Levi, der seit zweiundzwanzig Jahren als Pfarrer dieser nördlichsten aller Gemeinden diente, ein Mann von gewissem Hochmut, aber niemand, den man der Unaufrichtigkeit bezichtigen konnte. Er war hier, um zu predigen, er glaubte seinen eigenen Worten, aber heute war er sich seiner Berufung besonders sicher, und das Gewicht dieser Berufung erfüllte ihn mit Eifer. Er schritt den Seitengang auf und ab und ging in Gedanken eine Liste an kleinen Aufgaben durch, die er zu überprüfen hatte – hatte Henrik die Glocke geläutet? Hatte Willa Feuer im Ofen gemacht?

Die Kirche füllte sich, das tat sie wirklich, die Finnen auf ihren üblichen Plätzen in den vordersten Reihen, dahinter die Lappländer, die Lappen, die Sámi, wie auch immer man sie nannte – er sagte Lapp, wenn er mit den Schweden sprach, und Sámi, wenn er mit den Sámi sprach –, und erst da wurde es Lars Levi so richtig bewusst: Seiner Gemeinde gehörten achthundertneunundzwanzig Mitglieder an, aus einem Umkreis von über hundert Meilen, und ein gutes Viertel von ihnen war an diesem Tag anwesend. Die Finnen waren auf Skiern stundenlang dem zugefrorenen Fluss gefolgt, die Sámi hatten ihre Rentiere vor die Schlitten gespannt und waren zwanzig, vierzig Meilen durch den Schnee gefahren, um hierherzukommen, in ein winziges Kirchdorf auf der schwedischen Seite, wo allein zehn der vierzig Einwohner seine eigene Familie ausmachte, nur um ihn sprechen zu hören, ihn, Lars Levi Laestadius – aber hatte Henrik die Glocke geläutet?

Henrik hatte die Glocke geläutet und war dann sofort zurück in seinen Laden gegangen, der auch sein Zuhause war; die Leute nannten es das Dunkle Haus, weil man dort Alkohol erstehen konnte, im Prinzip illegal, aber erstens waren die Gesetze nicht durchsetzbar, weil zu viele Leute sie brachen, und zweitens bestand Henrik nicht auf Prinzipien, er bestand darauf, aus seinen Schulden rauszukommen, und außerdem war er der Meinung, dass die Dunkelheit sie alle in den Wahnsinn treiben würde, also könnten sie sich genauso gut im Alkohol ertränken. Er kam nicht von hier, und er war nicht auf dieser Welt, um zu frieren und das auch noch Glück zu nennen – bei Gott, wenn er das Geld gehabt hätte, wäre er schon am Tag seiner Ankunft gleich wieder abgereist! Hätte auf dem Absatz kehrtgemacht und wäre nicht mehr zurückgekommen. Da er aber nun dieses Ende der Welt nicht verlassen konnte, wollte er zumindest das ganze Gerede übers Sündigen denen überlassen, die sich unentwegt in der Reue über ihre Sünden suhlten. Er selbst hatte es so satt, dieses Gerede und all die Belehrungen, oft vorgehalten von denselben Leuten, die später zu ihm kamen, um Brännvin zu kaufen. Zudem war die Wahrscheinlichkeit recht groß, dass jemand die Gunst der Stunde nutzte und während des Gottesdienstes zu seinem Laden schlich, um den einen oder anderen sündigen Tropfen zu erwerben, und dieses Geschäft konnte er sich nicht entgehen lassen. Wie außerdem sollte Lars Levi bemerken, dass er nicht anwesend war? So voll, wie es heute war?

Niemandem war aufgefallen, dass Henrik nicht zurückgekommen war. So viele Menschen hatten sich in der Kirche versammelt, dass es ausnahmsweise mal warm wurde, alle hatten ihre Mützen abgenommen und schüttelten den Schnee von ihren Mänteln, lose Fellbüschel rieselten auf den Boden, als würde es drinnen genauso schneien wie draußen. Auch am Geräuschpegel konnte man die Aufregung erkennen, ein Gespräch lauter als das andere, mal höflich, mal deftig, hallo, hallo, schön, dich wiederzusehen, hallo, toller Mantel, hallo, hallo, bevor man zu den wesentlichen Themen überging. Wahrscheinlich hätten die Leute bis nach der Predigt damit warten sollen, aber niemand konnte sich zurückhalten, die Dinge kamen sowieso zur Sprache, habt ihr schon gehört, sagten die Leute, in einem Ton, der Besorgnis ausdrückte, in dem jedoch in Wirklichkeit Entsetzen mitschwang, vom Heikkillä-Jungen, der mit zwei Daumen an der rechten Hand zur Welt gekommen ist?

Das jedenfalls erzählten sich die Finnen. Die Sámi wussten in der Regel nicht viel über die Finnen und tauschten sich über ihre eigenen Angelegenheiten aus – sie wollten wissen, ob die Herden der anderen gut durch den Sommer gekommen waren, auch wenn niemand preisgeben wollte, wie es um die eigene Herde stand, niemand würde wirklich direkt fragen oder ehrlich antworten, dennoch konnte man sich seinen Teil denken, wenn jemand einen neuen Pelz trug; oder aber sie erkundigten sich, wie die Wanderung verlaufen war, wie lange man gebraucht hatte, um von der Küste herzukommen; und auch wenn niemand über die eigene Herde sprach, redete man doch gern über die Herde eines anderen – zum Beispiel über die vielen weißen Kälber, die die Tommas nicht geschlachtet, sondern einfach in der Herde gelassen hatten, um sich wichtigzumachen. Über die Tommas zu sprechen fiel den meisten leicht, denn alle waren ihnen gegenüber etwas missgünstig: Sie waren Ren-Adel. Sie prahlten zwar nicht damit, nicht offen, aber das war auch nicht nötig – scheinbar erweiterten die Tommas ihre Siida jedes Jahr um einen weiteren Hirten, der ihnen mit der Herde half, und das sprach für sich. Heute fiel es den Leuten noch leichter, über die Tommas zu sprechen, da sie nicht anwesend waren – und dann war da noch die sehr interessante Nachricht, dass sich Risten Tomma mit dem Piltto-Jungen verlobt hatte. Nicht gerade das, was man von einer wohlhabenden Familie erwartet hätte, aber wenn man so reich war, war es vielleicht auch egal, wen man heiratete. Das sagte natürlich niemand, doch alle wussten, dass sie dasselbe dachten. Er wird viel Glück brauchen, mit Nilsa Tomma als Schwiegervater, sagten die Leute, als ob sie den Piltto-Jungen bemitleideten, statt ihn zu beneiden.

Was niemand laut aussprach, war, warum sie wirklich alle hier waren. Lars Levi hatte recht – der Aufwand, in die Kirche zu kommen, war so groß, dass die meisten nur dann erschienen, wenn es wirklich nötig war, an den vier heiligsten Feiertagen, um Steuern zu zahlen, um sich konfirmieren zu lassen oder Besorgungen in Henriks Laden zu machen, aber keiner von ihnen wagte es, sich einzugestehen, dass sie diesmal alle aus demselben Grund gekommen waren: Im Laufe des Sommers hatte das Gerücht die Runde gemacht, Lars Levis Predigten seien besonders exzentrisch geworden, Leute, die ihm zuhörten, schienen wie von einer Krankheit befallen und warfen sich wild herum, und deshalb waren sie alle hier, hauptsächlich aus Neugierde, um zu sehen, wie jemand anderes den Verstand verlor. Obwohl, wenn sie darüber nachdachten, war Lars

Levi schon im Jahr zuvor ein wenig seltsam geworden ... Oder hatte es ein paar Sommer zuvor begonnen, nachdem sein Sohn gestorben war?

In den Gängen schnappten die Hunde nacheinander, Kinder liefen umher und starrten Fremde an. Vorn stand Lars Levi, der neuerdings den Spitznamen der Irre Lasse trug, und beobachtete sie alle, überlegte, wann es sinnvoll wäre, anzufangen, denn es würden sicher noch einige Leute nachkommen. So war es hier, es gab keine klaren Regeln, kein Stück Holz hatte eine glatte Bruchkante, und der einzige Weg, damit umzugehen, bestand darin, zu akzeptieren, dass die Gottesdienste, die im Allgemeinen morgens bei Tagesanbruch, also gegen zehn Uhr, eingeläutet wurden, in Wirklichkeit um halb elf oder sogar erst um elf begannen, und er musste sich an den Erfolg klammern, den Gottesdienst überhaupt abhalten zu können.

Nicht dass Lars Levi es ihnen übel nehmen würde. Er hatte ein gewisses Interesse an den finnischen Mitgliedern, die ein Viertel seiner Gemeinde ausmachten, und er fühlte sich ihnen gegenüber verantwortlich, vor allem für ihre Armut, aber es war das Herz der Sámi, das er erobern wollte. Er konnte nicht sagen, warum das so war – lag es daran, wie schlecht sie so lange von anderen Pfarrern behandelt worden waren? Waren es sein eigenes samisches Blut und seine Sympathien, sein Gefühl, dass sie zu Unrecht geschmäht wurden? Mochte er diesen Menschenschlag einfach lieber, war es in der Tat etwa so, dass er ihre Lebenskraft bewunderte – sie gar darum beneidete –, die harte Arbeit, die sie verrichteten, ohne auch nur einen Tag Pause? Oder war es ein Akt der Solidarität, schlicht und ergreifend, entsprungen aus seiner Zeit im Süden, wo er an der Seminarschule verspottet wurde, weil er so arm war, weil er sich so verlottert kleidete? Jetzt war es so weit gekommen, dass er sich freute, als Lapp bezeichnet zu werden, obwohl das normalerweise niemand tat. Aber war er nicht wie sie? War er nicht auch von Gefühlen geleitet, verstand nicht auch er, was es bedeutete, zu wissen, ohne zu wissen, zuerst auf sein Gefühl zu hören? Natürlich fiel sein Blick in genau diesem Moment auf einen von ihnen, betrunken in der hintersten Kirchenbank, schlafend, auf dem Rücken lang gestreckt, und er ärgerte sich, er nahm es zu persönlich, obwohl er eigentlich froh sein sollte, dass der Mann überhaupt gekommen war. Nein, er würde sich davon nicht stören lassen, beschloss er, er würde mit einer solchen Kraft, einem solchen Nachdruck predigen, dass selbst die Betrunkenen sich aufsetzten und vor Scham die Köpfe senkten.

Inzwischen hatte er, ohne es zu merken, die Kirche durchquert, er öffnete die Tür und schaute nach draußen, um zu sehen, wie viele noch dabei waren, ihre Rentiere an den Pfosten festzumachen, aber es hatte neuer, dichter Schneefall eingesetzt, der ihm die Sicht erschwerte, und das lenkte ihn zu sehr ab, als dass er nachzählen konnte. Er schloss die Tür.

Henrik hatte die Glocke geläutet, Willa hatte es ihm gesagt.

Willa kniete hinten vorm Ofen und legte noch mehr Holz nach. Als sie die Luke schloss, fiel sein Blick auf ihre Hände, wie rot und rau sie waren, wie die eines kleinen Mannes.

»Jetzt geh und setz dich«, sagte er. Er fuhr sie regelrecht an, ohne zu wissen, warum. Sie war nichts als gehorsam, aber musste sie ausgerechnet dort stehen bleiben und herumtrödeln, während alle Männer sie anstarrten? Sie schien einfach kein Gespür für Männer zu haben, und das beunruhigte ihn, sie war so naiv, dass sie ihm ein wenig dumm vorkam, und er fragte sich, nicht zum ersten Mal, was er seinen Kindern angetan hatte, sie hier aufwachsen zu lassen, so weit weg von allem, was einer Stadt, einer Schule oder wenigstens einer Straße ähnelte.

Aber im Moment war es besser, dass niemand sah, wie er sie zurechtwies, und außerdem war es Zeit anzufangen. Er ging nach vorn und nahm seinen Platz vor der Gemeinde ein, genau dort, wo die Kandelaber am Altar ihn auf beiden Seiten einrahmten. Er gab Simmon ein Zeichen, den Gesang anzustimmen, denn Simmon machte immer den Anfang, da er eine laute, durchdringende Stimme hatte, doch hier gab es kein Instrument, das sie begleiten konnte, also scherte die Melodie in alle Richtungen aus, und wenn der vordere Teil des Laienchors eine Strophe beendet hatte, war der hintere Teil noch immer mittendrin, aber auch das machte nichts, er war entschlossen, dass das keine Rolle spielte. Stattdessen schaute er zu seiner Frau, seinen Söhnen und Töchtern, die in der vorderen Kirchenbank eng zusammengepfercht saßen, und zu den Finnen hinter ihnen, Reihen von kleinen, düsteren Gesichtern in schwarzer Wolle und grauen Schals, ein dunkler Vordergrund vor den Sámi, in ihren Pelzmänteln, die roten Wolltücher über die Schultern gelegt, mit rot-blauen Wollmützen, die Hunde zu ihren Füßen, sogar zwei stillende Mütter mit entblößter, sich wölbender Brust.

»Wir sind heute hier zusammengekommen«, brachte er über die Lippen, als die Gemeinde so ruhig geworden war, wie sie es eben vermochte, »um für ein weiteres Mahl am Tische unseres Herrn zu beten.« Er neigte den Kopf.

Während er betete, blickte er nicht auf, er hörte nichts als seine eigene Stimme. Heute sprach er über Daniel in der Löwengrube, ihm war ein Satz eingefallen, der ihm gefiel, wohl wissend, wie eitel das von ihm war, und er wiederholte diesen Satz – »und hat Daniel, sich seiner Sünde bewusst, es darauf angelegt, verschlungen zu werden?« –, als er eher spürte denn sah, dass sich alle zu dem Mann umdrehten, der gerade hereingekommen war. Sogar seine eigene Familie hatte sich umgewandt, sogar das schwarz bekopftuchte Haupt seiner Frau. Einen Moment lang war weder ihm noch den anderen klar, warum sie alle so starrten, denn es war doch nur ein weiterer Rentierhirte, ein älterer Mann, der allein gekommen war, warum starrten sie denn alle so? Starrten sie, weil jemand anderes angefangen hatte zu starren, und dann hatte wiederum jemand anderes aufgeschaut, um zu sehen, warum denn so gestarrt wurde, und so weiter und so fort, bis sie nun alle ein Aufhebens machten, wegen etwas völlig Gewöhnlichem?

Der Rentierhirte trug einen dicken Pelzmantel, eine dunkle Hose aus Rentierleder und Pelzstiefel, die an den Zehen hochgezwirbelt waren, und ihn umgab ein so fester Panzer aus Eis und Schnee, dass man kaum die Gestalt eines Menschen erkennen konnte. Vielleicht starrten sie ihn deshalb so an, oder vielleicht lag es auch an der Art, wie er den Mittelgang hinabschritt, gemächlich und zielstrebig. Er kam näher und blieb auf Höhe der zweiten Bankreihe stehen. Aus nächster Nähe konnte Lars Levi erkennen, dass Biettar Rasti vor ihm stand, ein Mann von hohem Ansehen, ein Mann, dessen Großvater einst die größte Herde östlich des Flusses Tornionjoki besessen hatte, seine eigene Herde hatte er jedoch versoffen, sein gesamtes Erbe verprasst, und dennoch behauptete er so standhaft, Diebe und Pech seien schuld, dass niemand es wagte, ihm zu widersprechen. Die Familie Rasti war noch immer hoch angesehen, niemand wollte Biettars Ruin wahrhaben, und dann war auch noch seine Frau gestorben, nach langer und tragischer Krankheit, und ihr einziger Sohn war ebenfalls zum Säufer geworden – und trotzdem gebärdete sich Biettar damals wie heute, als wäre er der König der Lappen, er stand da, als wäre Lars Levi derjenige, der sich vor ihm zu verneigen hatte.

Lars Levi wusste nicht, wie er sich verhalten sollte. Sollte er auf ihn zugehen, sollte er warten, bis Biettar den ganzen Weg zum Altar hinaufgeschritten war?

Sie starrten einander an, wie zwei Tiere, deren Wege sich auf einem Feld kreuzten, wachsam. Selbst im Kerzenlicht konnte Lars Levi sehen, dass Biettars Augen von verblüffendem Blau waren. Er blinzelte nicht. Lars Levi kam das alte Gerücht in den Sinn, dass Biettar eine Art Schamane sei, dass er über eine prophetische Kraft verfügte, doch als hätte Biettar seine Gedanken gelesen, ließ er sich langsam auf den Kirchenboden sinken. Den Rücken gerade, die Arme hingen locker an den Seiten. Lars Levi trat vorsichtig näher, als wäre Biettar ein wilder Vogel. Er streckte eine Hand aus und ging leicht in die Knie.

»Was ist, mein Sohn?«, flüsterte er, obwohl Biettar so alt war wie er selbst und obwohl seine Worte mit Sicherheit durch die plötzliche Stille hallten. Biettar senkte den Kopf. Er roch nach seiner Lebensweise, roch nach Jahren im Rauch des Feuers, und darunter roch er nach Rentierfett, und unter dem Rentierfett roch er ungewaschen. »Spürst du das Erwachen in dir?«, fragte Lars Levi. »Bist du mit Reue zum Altar Christi gekommen?«

Aber Biettar bewegte sich nicht. Sagte kein Wort. Sein Blick war gesenkt, er hätte überall sein, an alles Mögliche denken können. Vielleicht war er ganz zufällig hier hereingestolpert, im Vollrausch, und hatte erst jetzt gemerkt, wo er sich befand, dann hätte er auch einfach aufstehen und gehen können, aber das konnte Lars Levi nicht zulassen. Was wäre das nur für ein Ding, wenn Biettar Erlösung fände, hier und jetzt! Normalerweise fanden die Frauen hier Erlösung, Frauen, die ihre Männer oder Söhne in die Kirche schleppten, in der verzweifelten Hoffnung, sie könnten hier von ihrer Trinkerei geheilt werden, stattdessen brachten sie sie gefährlich nah ans Dunkle Haus ... Er fühlte sich mit diesen armen Frauen verbunden, sie kämpften Seite an Seite, nicht nur für die Seelen dieser Männer, sondern für ihre Lebensart, und das konnte so nicht weitergehen, dieses Trinken, nicht, wenn die Männer ihre Herden hüten sollten, nicht, wenn eine Flasche Brännvin mehr kostete als ein Fell ...

Die Stille wurde unerträglich – selbst die Kirche, ihre Fenster, ihre Kanzel schienen voller Erwartung zu sein, und Lars Levi spürte, dass es nicht seine Hand war, sondern eine amtliche Hand, eine geliehene Hand, die sich auf den Kopf des Nicht-Schamanen legte; seine Nicht-Hand spürte das Zittern von Biettars Schultern durch das Zittern seines Kopfes.

Antihkka Sussu, recht weit vorn in den Bänken, riss die Hände in die Luft, und Lars Levi war überwältigt, erleichtert, denn da war sie, die Ekstase, der Jubel, und alle wurden davon ergriffen, sogar Antihkka Sussu, und oh, welch ein Morgen, Biettar und Antihkka Sussu sollten am selben Tag ihre Erlösung finden, und Lars Levi verspürte die gleiche Freude wie in jenem Moment, als er einen Vogel schoss, der perfekt von seiner Schlafstatt in den Schnee fiel – dieser Morgen verlief ganz nach seinen Vorstellungen –, bis er begriff, träge, allmählich, dass Antihkka Sussu nicht vor Freude schrie und Biettar nicht durch die schiere Kraft seiner Erlösung hin- und herschaukelte, sondern ein Erdbeben die Menge erschütterte – sie alle – auch ihn, er würde fallen, er stolperte; er fuchtelte mit den Armen, um das Gleichgewicht zu halten, bis seine Hand gegen die Lehne einer Kirchenbank stieß. Sein Blick begegnete dem seiner Frau, sie starrte ihn an, umklammerte mit einem Arm das Baby, der andere drückte die Kinder in die Bank. Was für eine Naturgewalt sie war, welch Fels in der Brandung – ihr Gesicht verhärtet vor Entschlossenheit, und mit ihrem Blick forderte sie ihn auf, sich aufzurichten.

Das Beben erstarb, und der Boden verstummte, aber die Kinder schrien, ihre Mütter versuchten, sie zu besänftigen, und die Männer lachten und brüllten abwechselnd vor Angst. Lars Levi war vor allem erstaunt – war nicht genau das passiert, als Christus gestorben war? Hatte Gott nicht ein Erdbeben geschickt, um den Moment seines Opfers zu markieren? Die Wucht dieser Erkenntnis ließ Lars Levi beinahe niederknien. Sein Blick schweifte über seine Gemeinde, die ihm Anvertrauten, die Rentiere, die nervös im Schnee scharrten, und er sah, wie sie sich vor ihm vervielfachten, verzehnfachten und wieder verzehnfachten, bis im hinteren Teil der Kirche keine Betrunkenen mehr fläzten, die nach Spiritus stanken, sondern jedes Gesicht strahlte rein, und das Blut jedes Körpers war durchströmt von den Mysterien und der Magie Christi ... Er ertappte sich dabei, wie er das laut aussprach, es so oder irgendwie anders formulierte – er redete, ohne sich selbst sprechen zu hören, sprach, ohne sich selbst denken zu spüren –, so fühlte es sich also an, ein Sprachrohr Gottes zu sein – so!

Doch diese improvisierte Ansprache wurde durch ein weiteres Erdbeben unterbrochen, schwächer zwar, aber dennoch ein Beben, diesmal schrien die Menschen noch lauter, und als er zu seiner Familie blickte, sah er einen seiner Söhne weinen, sein Gesicht war rot und wurde immer röter, er weinte so sehr, dass er kaum noch Luft bekam. Das jagte ihm Angst ein, wie jedes Leiden seiner Söhne, es erinnerte ihn an den Tod von Levi, er sah Levis von Masern übersätes Gesicht, und wie Levi nicht aufhören wollte, nicht aufhören konnte zu weinen. Seine Frau hatte das Baby regelrecht an ihre Brust gepresst, und er sah Nora an, als wolle er sie bitten, den weinenden Jungen nach draußen zu bringen, aber seine älteste Tochter starrte mit leerem Blick zu Biettar.

»Nora«, zischte er, doch es war Willa, die jetzt reagierte, sie nahm Lorens auf den Arm und trug ihn den Kirchengang entlang, seine Beine traten gegen ihre Brust.

Er verdrängte Levi aus seinen Gedanken.

Was hatte er gesagt? Wie war doch gleich dieser Gedanke gewesen? Er fuhr sich mit dem Ärmel über die Stirn, aber das hatte er an diesem Morgen schon so oft getan, sodass er den Schweiß nur weiter verteilte.

An der Tür drehte seine Tochter sich noch einmal um, wollte wissen, warum er aufgehört hatte zu sprechen – selbst aus dieser Entfernung fand sie, dass er krank aussah, obwohl sie wusste, dass er es nicht war; sie kannte diese Seite von ihm, seine nahezu hysterischen Zustände. Tatsächlich beneidete Willa ihn darum, wie er sich so auf die Menschen einlassen konnte. Sie selbst war nicht mehr und nicht weniger als wohlerzogen, ruhig am Abend, pflichtbewusst bei ihren Aufgaben im Haushalt, stets die Erste, die sich anbot, Holz zu holen oder die Kuh in den Stall zu treiben oder zu rupfen oder zu häuten, was auch immer gerupft oder gehäutet werden musste, und sie schrieb sogar die Predigten ihres Vaters mit Tinte ab, die sie aus Blaubeeren und Ruß anmischte. Aber ihr Verhalten hatte wenig mit ihrem Inneren zu tun, sie hatte das Gefühl, dass sie sich so gut es ging zurücknahm, sich kleiner, leiser, erträglicher machte, als würde sie niemanden damit erschrecken wollen, wer sie wirklich war oder was sie wirklich dachte. Sie trug jedoch keine Rebellion in sich, oder keine, die sie jemals ausüben würde, sie war ein Kessel, der auf kleiner Flamme köchelte, und mit ihrer Hitze konnte sie nichts anderes anbieten als Kaffee oder Tee.

Wie immer tat sie nicht das, was man ihr gesagt hatte, sondern das, von dem sie wusste, dass es gewünscht war, und öffnete die Tür. Draußen herrschte absolute Stille. Der Schnee schluckte selbst die kleinsten Geräusche, sodass sie nichts hörte, nicht die Rentiere, die an den Pfosten festgebunden waren, nicht die Meise im Baum, nicht die Messe von drinnen. In diesem Moment fuhr der Wind durch den Schnee, sodass die Szene fast malerisch wirkte: die zehn Holzhütten, die meisten von ihnen ohne Schornstein, geschlossene Fensterläden, Felle aller Art waren an die Holzwände genagelt (Rentier, Eichhorn, Fuchs, sogar ein

Luchs); Lagerhäuser auf Stelzen, einige ganz windschief; der Kuhstall mit seiner einsamen Bewohnerin, die auf der Stelle trat, um sich warm zu halten; der zugefrorene Brunnen; drei kleine Saunen, jede nur wenige Schritte vom Flussufer entfernt; sechs Holzschuppen, bei zwei davon standen die Türen sperrangelweit offen; und hinter diesen Schuppen die kargen Felder, eine zurückgelassene Schubkarre, die nun bis zum Frühling in der gefrorenen Erde feststecken würde – und entlang des Flusses die Spuren von so viel Kommen und Gehen, dass der Fluss mehr Straße als Eis zu sein schien, doch egal in welcher Richtung man den Spuren folgte, so erreichte man auf allen Seiten nur die unendliche Tundra; wie überwältigend – dies war der einzige bewohnbare Ort innerhalb mehrerer Tagesreisen. Sie waren von Leere eingeschlossen – als wären sie auf dem Meer –, der Schnee hätte genauso gut ein Ozean sein können und sie eine Karawane von kleinen, müden Booten, die auf dem Wasser dahintrieben. Es stimmte, was die Lappen sagten, es war immer besser, weiterzuziehen als zu bleiben; wenn man blieb, verstärkte sich nur das Gefühl der Einsamkeit, dass hier nie jemand herkam, dass außer einem selbst kein menschliches Leben existierte.

Sie merkte nicht, dass sie beobachtet wurde, aber das wurde sie, denn während sie vom Hang hinunter auf den Ort blickte, der neunzehn Jahre lang ihre ganze Welt ausgemacht hatte, hatte Henrik den Vorhang leicht zur Seite geschoben und beobachtete sie von seinem Ladenfenster aus. Von Henriks Posten aus machte sie eine merkwürdige Figur, denn sie trug noch immer Lorens auf dem Arm, und einen Moment lang konnte Henrik nicht erkennen, wer sie war. Er hatte natürlich auf Nora gehofft, doch sobald

Willa sich zur Seite drehte, konnte er erkennen, dass es gar nicht Nora war, weil Nora die Kinder nicht auf der Hüfte trug – das konnte er natürlich nicht mit absoluter Sicherheit sagen, aber er spürte, dass es so war –, und außerdem war Nora viel größer als Willa, und sie hatte auch nicht diesen leichten Buckel, der Willas Kopf immer vor ihrem Körper ankommen ließ.

Henrik war beim ersten Beben zum Fenster geeilt, weil er glaubte, die Welt würde untergehen, wie Lars Levi es immer vorausgesagt hatte, aber jetzt stand Willa so stoisch da, dass er sich fragte, ob er sich das nur eingebildet hatte. Er dachte: Jetzt ist es so weit, die Hysterie, jetzt hat sie mich. Die Leute hatten sich darüber lustig gemacht, dass er in den Norden gezogen war, sie hatten gesagt, hier oben würden alle den Verstand verlieren, aber damals, bei all der Aufregung und den Skandalen, hatte ihn die Aussicht darauf nicht weiter gestört, er hatte es sich nahezu angenehm vorgestellt, den Verstand zu verlieren, jetzt jedoch wurde ihm klar, welch Schrecken es sein musste, keine Kontrolle über das eigene Denken, jeden Halt an der Wahrheit verloren zu haben. Ein Schauer überkam ihn.

Er schüttelte den Kopf, diesmal aus freien Stücken, und zog den Vorhang wieder vor, von dem der Irre Lasse behauptete, dass es eine Eitelkeit sei, ihn überhaupt angebracht zu haben, und dachte dabei dasselbe, was er immer dachte, dass dieser Vorhang viel zu billig war, um als Eitelkeit zu gelten – er hatte ihn aus einem Rest Mulltuch herausgeschnitten und am Fensterrahmen festgenagelt, doch wie von der Sündhaftigkeit dieses Gedankens heraufbeschworen, begann die gesamte Hütte ein drittes Mal zu wackeln, stärker als je zuvor. Alles fiel von den Wänden und

Regalen, die Garnspulen, das Porträt von König Oskar I. von Schweden, die Fuchsschwänze, die Kerzen, die an langen Wachsfäden aufgehängt waren, und die Waren auf dem Tresen rutschten herunter, Gläser, seine Feder und Tinte, sein Kassenbuch, ein Frettchenfell, ein Sack Gänsefedern, die Kerze in ihrem Leuchter, alles fiel, als hätte ein Riese den Laden auf der einen Seite angehoben, und dann, ganz erschöpft, wieder fallen gelassen.

Emelie hatte ihm davon abgeraten, hierherzukommen. Sie hatte ihm gesagt, dass es keine gute Idee sei, mit den Lappen zu verkehren, aber er hatte keine andere Wahl gehabt, außerdem hatte sein Onkel versprochen, dass es einfach sein würde, dass man mit ihrem Alkoholkonsum ein Vermögen machen könne. Was man brauchte, war jemand mit Mumm, jemand, der Wodka, Brännvin, Whisky, was auch immer, von den Händlern in Tornio besorgte und dann zum dreifachen, vierfachen Preis verhökerte, und Henrik hatte geglaubt, dass er dieser Jemand sein könnte, war davon ausgegangen, inzwischen reich zu sein, doch stattdessen war er verschuldet, hoch verschuldet, bei seinem Onkel – er war in der Tat fast bankrott, und jedes Mal, wenn er Holz in den Ofen legte, dachte er: Was würde ich wohl für diesen Ofen bekommen, wenn ich ihn verkaufe? Wer würde ihn überhaupt kaufen? Es hatte ihn ein kleines Vermögen gekostet, ihn anliefern zu lassen, aber so langsam dämmerte ihm, dass das Problem nicht darin bestand, hierherzukommen, sondern hier wieder wegzukommen. War man erst einmal hier, steckte man so tief drin, dass man es sich nicht mehr leisten konnte, fortzugehen, und man wartete darauf, dass die Kälte einen umbrachte, für den Rest seines Lebens.

Er musste weg, er musste von hier weg, nicht nur aus der Hütte, sondern aus dem Ort, nicht nur aus dem Ort, sondern aus dem Norden. Plötzlich war es unerträglich, allein zu sein, er warf sich seinen Mantel über und eilte zur Kirche hinauf, den Kopf gesenkt, das Kinn auf die Brust gedrückt; der Wind schummelte sich an seinen Handgelenken in die Ärmel seines Mantels, in seine Stiefel, wehte um seine Knöchel, seine Ohren schmerzten vor Kälte, der Schnee lag feucht auf seinem Kopf, seinen Wangen, seinem Hals. Der Hügel hinauf zur Kirche kam ihm steiler vor, die Rentiere unruhiger, Willa war verschwunden, und plötzlich hatte er Angst, Angst um Nora – wenn ihr nun etwas zugestoßen war, ihnen allen –, und er stieß die Tür mit ungeahnter Kraft auf.

Auf dem Kirchenboden lag, völlig regungslos, möglicherweise tot, Biettar. Henrik erkannte den Mantel, die vielen Flicken, denn Biettar war einer seiner besten Kunden, oder einer seiner schlechtesten, je nachdem, wie man es betrachtete; Biettar schuldete ihm ein kleines, aber nicht unbedeutendes Vermögen: Er hielt den Rekord, hatte im vergangenen Winter von allen am meisten Brännvin getrunken, es sei denn natürlich, man rechnete Henrik mit, was Henrik entschieden nicht tat. Henrik konnte Biettar nicht ansehen, ohne zu denken: Da läuft der Gegenwert meines Ofens, und jetzt lag sein Ofen dort vielleicht tot auf dem Kirchenboden. Lars Levi hatte sich über den Mann gebeugt, und die Gemeinde beugte sich um Lars Levi herum, aber niemand rührte sich, als wäre es zu spät, noch etwas auszurichten.

»Du musst auferstehen, du wirst auferstehen! Du bist nicht Fleisch noch Blut«, raunte Lars Levi. »Es gibt nichts

Heiligeres als einen Sámi, du bist rein und gut, sei erweckt! Jede deiner Sünden kann Christus dir nehmen!«

Zu Henriks Erleichterung begannen Biettars Beine, die Pelzhosen, zu zucken, oder besser gesagt, zu krampfen. Lars Levi beugte sich hinab und legte seine Hände auf Biettars Brust. »Vergiss nicht, was Christus zu seinem Jünger gesagt hat, er sagte, du bist Biettar, du bist Petrus, und auf diesem Felsen werde ich meine Kirche bauen«, sagte er beinahe mahnend, und Biettars Beine zuckten stärker. Biettar sagte etwas, vielleicht auf Lappisch, oder aber, was wusste Henrik schon, er sprach in fremden Zungen.

»Was ist los?«, fragte Henrik einen Mann in der Nähe der Tür. »Was sagt er da?« Aber der Mann ignorierte ihn. Henrik hielt Ausschau nach Nora, doch sie saß nicht auf ihrer Bank, nichts war an seinem üblichen Platz.

»Biettar«, schrie eine der Frauen. Es war Antihkka Sussu. Ihre Stimme war verzerrt, vielleicht war es ein Schrei aus Angst, oder zur Ermutigung, es war unmöglich zu sagen.

Lars Levi ergriff Biettars Arm und zog ihn hoch, da saß er nun, doch sein Kopf baumelte noch immer an seiner Brust. »Bist du gläubig?«, fragte Lars Levi. »Bist du erlöst? Hast du Jesus Christus in dein Herz gelassen?«

Plötzlich hob Biettar den Kopf, er ließ seinen Blick durch den Raum schweifen, hielt nach irgendwem Ausschau, nach irgendwas. »Ich bin nicht Fleisch noch Blut«, sagte er, »ich bin bei Gott«, sagte er, »mir wurde vergeben«, und dann traten Tränen in seine Augen, und er wischte sie nicht weg.

Die Kirchentür schwang auf. Es war Willa, Lorens an der Hand. Sie hatte ihr Haar aus dem Zopf gelöst, oder vielleicht hatte der Wind das getan, und als sie näher kam, streifte ihre Schulter die von Henrik, und er sah sie an, aber sie erwiderte seinen Blick nicht, ihre Augen waren auf Biettar gerichtet.

»Er ist erweckt!«, flüsterte sie. Henrik dachte erst, sie wolle es ihm erklären, aber sie hatte es sich selbst erklärt.

Aus irgendeinem Grund war Willa nach Weinen zumute.

»Die Herde«, sagte Biettar.

»Das alles«, warf Lars Levi ein, »gehört dir.« Aber Willa fragte sich, ob ihr Vater sich geirrt hatte, ob das Erdbeben für sie bestimmt war, ob Gott in ihr Herz gesehen und ihr Begehren erkannt hatte. Er hatte sie ergründet, er hatte sie gesehen, er hatte sie geprüft und ihre Gedanken gehört. Er hatte erkannt, dass etwas Böses in ihr steckte. Ja, das war der Grund, warum Biettar gekommen war. Gott hätte genauso gut einen Engel schicken können, so groß, dass er die ganze Kirche ausfüllte, dass er sich die Flügel am Ofen versengte, sein Kopf schräg an den Dachsparren gepresst, und der mit dem Finger auf sie zeigte und forderte, nicht er, sondern sie solle niederknien. Nicht er, sondern sie.

2

Ein ordentliches Stück östlich der Kirche und etwas weiter nördlich, eine gute Tagesreise auf Skiern entfernt, fiel Schnee von einer absurden Schönheit, in dicken Flocken, die durch das Rauchloch schwebten, geradewegs ins Feuer hinein. Sie stürzen sich in den Tod, dachte Ivvár, aber sie tun es mit solcher Anmut. Mit einiger Mühe – er konnte seine Finger nicht mehr krümmen, und seine Schuhbänder waren vom Eis verklebt – zog er die Stiefel aus. Er schüttete das wärmende Schuhgras heraus und betrachtete seine Zehen, sie waren runzelig und ein wenig klamm, irgendwie weiß, aber ansonsten waren es erkennbar seine Füße. Das Feuer versengte ihm die Fersen, und er spürte, wie sich das Lávvu um ihn herum langsam wieder erwärmte, wie der Frost zu Dampf wurde, sodass er für einen Augenblick in den Wolken lebte. Es war so schön, es war so angenehm, dass er in diesem Moment hätte einschlafen können, aber in den letzten Tagen hatte er nicht nur ein, sondern zwei Kälber verloren, offensichtlich an denselben Vielfraß, der sich an die Herde herangeschlichen hatte, und der Gedanke, noch mehr zu verlieren, war unerträglich – er fürchtete sich bereits davor, dass sein Vater zurückkommen und die Felle auf dem Trockengestell hängen sehen und wissen würde, dass es Ivvárs Schuld war, dass Ivvár sich wieder einmal wegen einer Frau davongestohlen hatte.

Eine Schwierigkeit war, dass Ivvár nicht wusste, wann sein Vater, Biettar, zurückkommen würde, und obwohl Ivvár nicht ahnte, dass sein Vater sich gerade in den letzten Zügen seiner Erweckung auf dem Boden der Kirche wand, so wusste er doch, dass sein Vater wie ausgewechselt war, er war in letzter Zeit besonders mürrisch gewesen, nahezu stumm. Vor einer Woche hatten sie Rentiere zum Verzehr geschlachtet, aber keine Rentiere, um ihre Schulden zu bezahlen, und darin lag ein stilles Eingeständnis, dass sie die Schulden nicht bezahlen würden, und als sein Vater sich auf den Weg in den Ort gemacht hatte, war Ivvár davon ausgegangen, dass der Anlass war, dem Ladenbesitzer diese Tatsache mitzuteilen und zu versuchen, ihm trotzdem etwas zu trinken zu entlocken. Wenn dem so gewesen wäre, wäre sein Vater mindestens zwei, vielleicht drei Tage fort gewesen, und Ivvár hatte darauf geachtet, nur einen Tag bei Risten zu sein, aber er war nicht darauf vorbereitet, dass sein Vater vier Tage weg sein würde, und inzwischen fünf, und Ivvár war immer noch allein mit der Herde. In seinem Kopf hatte er die Schuld an den Kadavern langsam aber sicher seinem Vater zugeschoben, denn es war nicht gerecht, ihn so lange allein zu lassen und zu erwarten, dass er die Herde zusammenhielt, nicht, wenn sein Vater genau spüren konnte, dass der Wind von Süden her auffrischte, was bedeutete, dass es die Rentiere nach Süden zog, wo sie sich mit der Herde der Unga Siida kreuzen und vermischen würden, und das konnten sie nicht zulassen, die Herde musste dieses Tal abweiden, und sie durften nicht noch mehr Zeit durch weitere Herdentrennungen verlieren; sein Vater wusste das. Sein Vater wusste das, denn er war es, der ihm, Ivvár, diese Dinge beigebracht hatte.

Aber sein Vater hatte ihn allein gelassen, als ob Ivvár keinen Schlaf bräuchte, sondern ewig an der südlichen Flanke der Herde sitzen und immer wieder die Nase in den Wind halten könne, den Hund losschicken, um die Bullen zurückzutreiben. Und sein Vater war nicht hier, um zu sehen, was Ivvár sah, nämlich dass das Gleichgewicht der Herde, nachdem sie die alten Kühe geschlachtet hatten, nicht stimmte, dass es zu viele Bullen gab und dass sie die dreijährigen Bullen anstelle der alten Kühe hätten schlachten sollen, auch wenn es unwahrscheinlich war, dass sie dieses Jahr noch einmal kalben würden. Oder zumindest hätten sie die Bullen kastrieren sollen, denn Borga wurde alt, und so blieb wenig Zeit, neue Zugtiere auszubilden, die die Schlitten zogen, die im Übrigen auch mal repariert werden müssten – wann sollte das geschehen? Je mehr er darüber nachdachte, desto mehr gestand er sich zu, dass sein Vater ihn nicht so hätte zurücklassen dürfen, und desto mehr verübelte er es ihm, dass er sich wahrscheinlich amüsierte; vermutlich lag er jetzt gerade besoffen auf dem Boden des Ladens. Natürlich durfte Ivvár sich nicht beschweren, das hatte er einmal versucht, und um ihm eine Lektion zu erteilen, war sein Vater beim nächsten Mal sogar noch länger weggeblieben, und als er zurückkam, hatte er nur gesagt, dass es die Aufgabe eines Hirten sei, die Umstände zu nehmen, wie sie waren, und nicht seine Zeit damit zu verschwenden, sich etwas anderes zu wünschen. Niemand kann die Natur kontrollieren, hatte er grantig gesagt, und ich bin ein Teil dieser Natur.

Das alte Schuhgras trocknete noch am Feuer, und obwohl Ivvár es einfach hätte wiederverwenden sollen, belohnte er sich für seine Leiden mit einem frischen Bündel, und er gönnte sich eine Prise Salz in seinem Kaffee, während er seine Stiefel mit dem Gras stopfte, und dann gönnte er sich einen Bissen von dem Käse, den Risten ihm geschenkt hatte und von dem er seinem Vater nichts erzählen würde. Der Käse war warm, er hatte ihn an seiner Brust aufbewahrt, damit sein Vater nicht zufällig darauf stieß und sich sofort alles in den Mund stopfte, und während er den schwitzenden Käse kaute, dachte er an Risten, wie sie die Rentiere an den Berghängen molk und dann die Milch zu Käse verarbeitete, und plötzlich kam in ihm die seltsame, gar perverse Vorstellung auf, ihre Milch zu trinken oder zu essen, und er bedauerte, dass es Winter war und dass sie, als er sie traf, ihren schwersten Pelzmantel getragen hatte, der sie doppelt so breit aussehen ließ, tonnenförmig, sodass das einzig Weibliche an ihr die Pelzmütze war, mit der Stickerei, die ihr Gesicht einrahmte. Sie hatte ihm so wenig Zeit gelassen, bevor sie davongelaufen war, obwohl sie ihn neckte, ihn so doll schubste, dass er fiel, und sie hatte sich ein wenig mit ihm im Schnee gewälzt, was sie sich dabei dachte, wusste er nicht.

Das alles war natürlich ein Fehler, ein großer Fehler, alles daran; es war ein Fehler gewesen, sie im Sommer auf der Sommerweide ihrer Familie zu besuchen, und es war ein Fehler gewesen, vor zwei Tagen zu ihr zu fahren, vor allem, weil sie jetzt mit Mikkol Piltto verlobt war (der, wie er gehört hatte, sich tatsächlich ihrer Siida anschließen wollte und nicht umgekehrt, eine Entmannung, von der Ivvár stolz behauptete, sich auf so etwas nie einzulassen) und weil Ivvár wusste, dass er Risten nicht liebte und sie nie wirklich geliebt hatte und ihr seit Jahren falsche Hoffnungen machte, war es weder klug noch zweckmäßig, jetzt bei ihr aufzutauchen, und er konnte nicht sagen, warum er es trotzdem getan hatte. Er hatte ihr jedoch niemals Anlass dazu gegeben, zu glauben, dass er sie heiraten würde. Nicht einmal der alte und gute Name seiner Familie hätte die Schande wettgemacht, sich so weit unter ihrem eigenen Wert zu verkaufen, denn wenn ihr Vater etwas verachtete, dann jeden, den er nicht als ehrenhaften Sámi, als echten Hirten, ansah, und jeder wusste, dass er ihr ihre Rentiere nicht überlassen würde, wenn sie versuchte, jemanden zu heiraten, der es mit dem Hüten nicht ernst meinte. So drückte er es immer aus, jemand, der es ernst meinte, und Ivvár meinte die Dinge auf seine Weise ernst, vor allem, vieles nicht so ernst zu nehmen, aber Nilsa verstand Ernsthaftigkeit nur in Bezug auf Rentiere, und eine Herde wie die von Ivvár war so weit von Ernsthaftigkeit entfernt, dass sie lächerlich war. Es war nicht einmal eine Herde, es war ein Grüppchen; es war eine Schmach.

Er trank seinen Kaffee bis zum letzten Tropfen aus, dachte, er bräuchte so viel Glück wie nur möglich, und schnürte seine Schuhe noch einmal. Draußen hatte der Wind seinen eisigen Griff um das Tal gelockert, der Mond ging über dem Fjell auf, und die kleinen Bäume und die kleinen Hügel und seine kleinen Rentiere, sie alle warfen lange, dunkle Schatten auf den Schnee. Die Tiere waren alle in der Nähe. Er konnte den Hund seines Vaters sehen, Mirre, er ruhte am Rande der Herde, ein Auge offen, den Schwanz über die Nase gelegt, und Ivvár schaute wieder zu den Rentieren und lauschte nach dem großen

Glockenrentier, das sich mitten in der Herde befand, wo es hingehörte, und sah sich nach Borga um, seinem Liebling, seinem wunderschönen, ganz weißen Borga, den selbst sein Vater nicht wagen würde anzuspannen, um mit ihm in den Ort zu fahren, und dann lauschte er nach dem Glöckchen der frischgebackenen Mutter, die nie bei der Herde blieb, und da war sie, am Rand der Herde, und scharrte im Schnee, ihr fehlte eine Geweihstange, und sie sah aus wie ein Witz. Sein Vater nutzte nicht so gern Glocken wie er, und Ivvár legte sie nur an, wenn er weg war, und nahm sie wieder ab, sobald sein Vater zurückkehrte. Eine schlechte Hilfe, sagte sein Vater. Wenn das Rentier mit der großen Glocke abwanderte und die anderen der Glocke folgten, wie es oft der Fall war, hatte man nur markiert, was einem abhandengekommen war. Aber Ivvár mochte die Glocken. So konnte er auch mit geschlossenen Augen die Rentiere beobachten, hören, wohin sie trabten, wie sie sich bewegten, wohin der Wind sie trieb, was die Vögel ihm mitteilten, und während er lauschte, wurde der Schnee schwer, nahm seine eigene Form an Ivvárs Rücken an.

Obwohl er jede Minute mit der Rückkehr seines Vaters rechnete, blieb er noch zwei weitere Tage mit der Herde allein und schlief im Laufe dieser beiden Tage höchstens sechs Stunden, sechs Stunden, in denen er jedes Mal, wenn er aus dem Schlaf schreckte, schon glaubte, dass die Herde gewandert war, und jedes Mal kam er nach draußen, nur um Mirres wachsame Augen zu sehen und überall um ihn herum die weißen Klumpen, zu denen die Rentiere wurden, wenn sie schliefen und der Schnee auf sie fiel. So war er ganz umnebelt, völlig im Delirium, als er schließlich den Schlitten seines Vaters herannahen hörte, und er stand auf, klopfte sich den Schnee ab und lief um die Herde herum, begann, sie zusammenpferchen, eine klare Grenze um sie zu ziehen. Die Gestalt seines Vaters nahm langsam Form an, Mirre bellte seine Freude und Ivvárs Erleichterung heraus, bis sein Vater den Arm hob, den Ellbogen angewinkelt, und auf sein Signal hin wurde es still.

Ivvár folgte seinem Vater ins Lávvu, und Mirre folgte Ivvár. Drinnen nahmen sie alle ihre üblichen Plätze ein, Ivvár zur Rechten und sein Vater zur Linken des Feuers, Mirre in der Nähe des Eingangs. Sein Vater brach Bündel von Zweigen auseinander und legte sie sorgfältig zwischen zwei vom Feuer angefressene Holzscheite. Die Feuer seines Vaters sahen immer gleich aus, sehr ordentlich, die Zweige wirkten stets, als würden sie zu schnell Feuer fangen, aber es funktionierte immer, und kurz darauf tropfte ihnen das Eis aus den Augenbrauen und Hüten auf ihre Wangen, aber keiner der beiden wischte die Tropfen ab.

Wir haben zwei Kälber verloren, das hätte Ivvár sagen sollen, aber er hatte Angst, die Aufmerksamkeit seines Vaters darauf zu lenken. Offensichtlich vermied auch sein Vater, darüber zu sprechen, denn er schniefte und setzte sich den Hut wieder und wieder auf den Kopf, so wie er es immer tat, wenn er etwas zu sagen hatte, aber die Worte nicht herausbekam.

»Erinnerst du dich an deine Mutter?«, sagte er schließlich. Ivvár war so überrascht, dass er seinem Vater direkt in die Augen schaute, und für eine gefühlte Ewigkeit starrten sie einander an. Es war für Ivvár immer seltsam, seinen Vater anzusehen, denn er war sich bewusst, dass er sich selbst gegenübersaß. Die Leute liebten es, sie darauf aufmerksam zu machen – »Ihr habt die gleichen Augen«. Was hatte diese Französin gesagt? »Ich wusste nicht, dass Indigene so blaue Augen haben können, *magnifique*«, hatte sie entzückt gemeint, als wäre er ein besonders schönes Paar Seehundfäustlinge.

Ivvár sah sich nach etwas um, womit er seine Hände beschäftigen konnte, irgendetwas, damit er seinen Vater nicht ansehen musste. Er entschied sich für ein Stück Holz, das am Rande des Feuers lag, aber noch nicht verbrannt war. Er holte sein Messer heraus und begann, das Holz in lange, lockige Streifen zu schälen, die sich nach hinten übereinanderbogen.

Sein Vater seufzte und stieß eine große Atemwolke aus, die sich in den Rauch des Feuers hineinkringelte und mit ihm nach oben stieg.

»Schon gut«, sagte sein Vater.

Sie sollten es besser hinter sich bringen, dachte Ivvár.

»Ich ...«, sagte sein Vater. Wieder sah Ivvár ihn an. Er konnte sich nicht erinnern, seinen Vater jemals so erlebt zu haben. Er traf all seine Entscheidungen schnell und entschlossen und machte sich nicht die Mühe, sie zu überdenken, wenn sie einmal getroffen waren. Es gab nie ein Zurück, schon gar nicht in seinem Kopf.

»Hast du Rikki bezahlt?«, fragte Ivvár. Sein Vater mochte diesen unhöflichen Spitznamen für Henrik nicht, aber Ivvár benutzte ihn trotzdem, so als wolle er seinen Vater daran erinnern, auf welcher Seite sie beide standen. Die Worte platzten aus ihm heraus, bevor er wusste, dass er sie aussprechen würde. Es war schlau von ihm, fast schon gemein, seinen Vater auf diese Weise von den Kälbern abzulenken, etwas anzusprechen, das im Raum des Schweigens verborgen bleiben sollte, und sein Vater sah verletzt aus, seine müden Augen noch müder, und das gab Ivvár das Gefühl, auf ein Kälberbein getreten zu sein oder ein Kind in die Gülle gestoßen zu haben.

»Nein«, sagte sein Vater, und Ivvár bekam sofort den bitteren Nachgeschmack seines Sieges zu spüren, die Kälte, denn sein Vater stand auf und ging wieder nach draußen, obwohl er sein Schuhgras noch nicht getrocknet und sich kaum aufgewärmt hatte. Sie hatten nicht einmal eine Tasse Kaffee getrunken. Die Sturheit seines Vaters war beeindruckend, Ivvár hatte noch nie jemanden gekannt, der so lange so nachtragend sein konnte wie er. Deshalb rechnete Ivvár damit, dass sein Vater mindestens einige Stunden lang nicht zurückkommen würde, doch zu seiner Überraschung stand er schon kurz darauf wieder vor ihm.

»Willst du was trinken?«, fragte Ivvár. Sie wussten beide, dass dies ein weiterer Angriff war. Natürlich war nichts mehr zu trinken übrig, es war nie was zu trinken übrig. So etwas wie eine halb leere Flasche existierte nicht, nicht für sie. »Du bist also zu Rikki gegangen und hast dich betrunken?«, fragte Ivvár geradeheraus, und sein Vater schüttelte den Kopf. Wieder dieser schmerzerfüllte Blick, wieder das verletzte Kalb.

»Lass uns einen Kaffee trinken«, sagte sein Vater, griff nach seinem Rucksack und holte nacheinander einen Beutel gemahlenen Kaffee, einen Laib Brot, das nicht aus Rindenmehl hergestellt worden war, und etwas Käse aus dem gefrorenen Leder. Ivvár hatte ein schlechtes Gewissen, als er an seinen eigenen Käse dachte, der, in ein Stück Leder gewickelt, an seiner Brust schwitzte.

»Antihkka Sussu?«, fragte Ivvár. Sie hatte die beiden gern, sie war Ivvárs Patin, und obwohl sie selbst so wenig zum Leben hatte, dass es ihm Angst machte, neigte sie trotzdem dazu, Dinge mitzuschicken, man konnte sie nicht ablehnen, egal wie sehr man es versuchte, man sagte Nein und fand später die neuen Fäustlinge ganz tief in den Rucksack gestopft, auch wenn man sich nicht daran erinnern konnte, Sussu auch nur ein einziges Mal in der Nähe der Tasche gesehen zu haben.

»Nein«, erwiderte sein Vater. Er schien sich erklären zu wollen, öffnete den Mund und schloss ihn dann wieder.

»Rikki hat beschlossen, uns vor uns selbst zu beschützen, ist es das?«, fragte Ivvár.

»Nein.«

»Na, dann behalt's für dich«, sagte Ivvár und wusste, wie gereizt er klang. »Ich will es gar nicht wissen.«

Sein Vater ließ sich davon nicht beeindrucken. »Die Tochter des Pfarrers hat es mir mitgegeben.«

»Die Tochter des Pfarrers.«

»Du weißt, davon gibt es mehrere.«

»Ich weiß«, sagte Ivvár, aber das schien alles nebensächlich zu sein, er verstand nicht, warum sein Vater sich Dinge von der Tochter vom Irren Lasse schenken ließ, er hatte kaum ein Bild von diesen Töchtern vor Augen, sie bildeten bloß den unscharfen Hintergrund der Dinge, die mit der Kirche zu tun hatten. Sie hatten ernste Gesichter, und sie starrten zu viel, aber ohne ihm das Gefühl zu vermitteln, sie würden ihn bewundern, und Ivvárs Stolz konnte das nicht ertragen. Sein Aussehen war, das wusste er, alles, was ihm geblieben war, und aus diesem Grunde war er doch zu Risten gegangen, nicht wahr, um angehimmelt zu werden, um zu spüren, wie sie ihn ansah und dass ihr der Anblick gefiel, sie konnte nun mal nicht anders. Sie wollte von Ivvár angelächelt werden, und wenn sie auf ihre weichen Felle zurückkehrte, würde sie nicht denken, oh, Mikkol – wenn überhaupt, dann nur oh, Ivvár!

»Sie hat mir das alles gegeben«, sagte sein Vater.

»Warum?«

»Ich nehme an, dass sie es mir gerne geben wollte.« Sein Vater blickte so schuldbewusst drein, als er das sagte, dass Ivvár einen Moment lang dachte: Er lügt, und in der nächsten Sekunde dachte er: Hatten sie Mitleid mit ihm? Dachten sie, sie würden verhungern? Hatte sein Vater gebettelt? »Sie haben mich bei sich aufgenommen«, sagte sein Vater. »Weißt du, sie haben doch diese große Hütte, in der sie leben, und dann noch eine andere, kleinere. Mit einem dieser Öfen aus den ganzen Steinen.«

Ivvár nickte, verstand nicht, worauf er hinauswollte.

»Ich habe bei ihnen übernachtet, sie haben mir eine Matratze auf den Boden gelegt. Sie tun Heu in ihre Matratzen, wusstest du das? Und die Kinder haben mir erzählt, dass ihre Eltern, Lars Levi und seine Frau, auf Gänsefedern schlafen.«

Lars Levi hatte sein Vater gesagt, nicht der Irre Lasse. Niemand nannte Lars Levi Lars Levi, abgesehen von Leuten, die seinen Wahnsinn mit Geistlichkeit verwechselten. Das bereitete ihm Unbehagen.

»Du hast also beim Irren Lasse übernachtet«, sagte Ivvár.

»Ich hätte nicht gedacht, dass es so schwer wird«, sagte sein Vater, als wäre noch jemand mit ihnen im Lávvu.

»Was?«

»Du bist kein besonders einfacher Sohn.«

»Es ist schwer, einfach zu sein, wenn man nicht geschlafen hat.«

»Wenn du ein Rentier wärst«, sagte er, »würde ich nie auf die Idee kommen, dich zu zähmen. Du wärst ein furchtbares Zugtier. Du würdest niemals in die Richtung gehen wollen, die ich dir vorgebe.« Für seinen Vater war das ein ziemlich großes Kompliment, und es überraschte Ivvár, es tat beinahe weh, das zu hören. Oder war es vielleicht gar nicht als Kompliment gemeint?

»Und du schon?«, fragte Ivvár leichthin.

»Das ist es ja, nicht wahr?«, erwiderte sein Vater. »Ich habe mich oft geirrt. In vielerlei Hinsicht.«

Irgendwie war es schrecklich, das zu hören, Ivvár fand es regelrecht abscheulich, seinen Vater so zu sehen. »Nein«, sagte er, »nein, du ...«

»Doch«, erwiderte er. »Ich habe die Pisse des Teufels getrunken.«

»Sag das nicht –«

»Ich bin bekehrt.«

Ivvár starrte seinen Vater an, starrte auf seine Nase, die rote, wächserne Knolle, auf seine rissigen Lippen, und er hatte das Gefühl, einen Fremden vor sich zu haben, er erkannte diesen Mann nicht, der da mit ihm sprach. Das war doch alles ein Scherz! Sein Vater – einer von ihnen! Sein Vater würde nicht mehr trinken, würde anfangen, den Leuten zu predigen, was richtig und was falsch war? Würde Finnisch oder Schwedisch sprechen? Oder würde er das Alphabet lernen, wie Smålek, und den Leuten aus der Bibel vorlesen, ob sie es nun hören wollten oder nicht – wollte er so einer sein? Ganz sicher würde er, wenn er so wurde wie die anderen, Ivvár eine Standpauke halten, wenn er trank, vielleicht sogar so weit gehen, sein Getränk auf dramatische Weise auszuschütten, so was taten die Gläubigen doch. Vielleicht würde er noch weiter gehen, vielleicht würde er Ivvár dafür schelten, die Tülle des Wasserkessels in Richtung der Küche gedreht zu haben, das Holz so zu stapeln, dass die Wurzeln zur Tür zeigten, obwohl doch sein Vater derjenige war, der bei den Sieidis anhielt, um Opfergaben zu erbringen, der ihm jede Sieidi zeigte, der jedes Mal, wenn sie an einer vorbeikamen, auf vollkommene Stille bestand, obwohl Biettar schon lange nicht mehr zu einer gegangen war, vielleicht seit dem Tod von Ivvárs Mutter. Ivvár lachte, ein raues und falsches Lachen, das keiner der beiden für voll nahm.

»Und wo wir schon dabei sind, wo wir schon miteinander sprechen ... Ich habe gehört, dass Risten ihre Verlobung mit diesem Piltto gelöst hat. Wie hieß er doch gleich? Sámmol.«

»Mikkol«, sagte Ivvár. Er wusste nicht, welche Nachricht schlimmer war. Er konnte nicht fassen, was mit seiner Welt geschah, warum von außen alles aussah wie zuvor und doch alles sich zu ändern schien, warum die Hand seines Vaters auf dem Feuerstab plötzlich alt wirkte und warum ihn ein neues Grauen durchfuhr, als hätte er gerade ein Fjell erklommen und wäre mit der Realität des Windes dort oben konfrontiert worden.

Das war nicht gut, dachte er. Gar nicht gut. Ihm war übel.

»Der Wind kommt jetzt von Süden«, sagte sein Vater.

»Heute Morgen von Osten.«

»Vielleicht müssen wir in ein paar Tagen weiterziehen, vielleicht runter nach –«

»Bálggesgurra.«

Sein Vater grunzte zustimmend, und Ivvár wollte ihn anschreien, wie kannst du es wagen, jetzt über normale Dinge zu reden, wag es ja nicht, tu nicht so, als hättest du nicht getan, was du getan hast, aber er war so müde, so müde, und er dachte, wenn ich mich jetzt hinlege und schlafe, vielleicht wache ich dann auf, und alles ist anders. Das war eine schöne kleine Lüge, und wenn er etwas gut konnte, dann einen Gedanken in ein kleines Versteck zu schieben und ihn nie wieder auszugraben. Das Wichtigste war, einfach weiterzumachen, denk einfach an das Nächste, was bald schön sein könnte, was schön sein wird, und er legte sich hin, und tatsächlich, in der sengenden Hitze des Feuers schlief Ivvár ein, er wurde hinabgezogen, immer tiefer in die Erde, er wurde von den Underlingen mit dicken Fellen zugedeckt, und wenn er aufwachte, wäre sein Vater fort.

Sie sprachen nicht weiter darüber, stattdessen verkündete sein Vater am nächsten Tag, dass sie wegen der Vielfraße in der Gegend weiterziehen sollten, und das taten sie, aber als sie Bálggesgurra erreichten, fanden sie noch mehr Vielfraßspuren, also zogen sie mit der Herde wieder weiter, auf Skiern den Fluss entlang, die Schneewehen auf beiden Uferseiten hoch aufgetürmt. Je weiter sie sich gen Süden bewegten, desto stärker spürte Ivvár, dass sie sich dem Kirchdorf und damit auch Risten näherten. Er wollte sie nicht sehen, nicht jetzt, es schien unmöglich, das neben der Sache mit seinem Vater jetzt auch noch zu bewerkstelligen. Doch diese Konfrontation blieb ihm erspart, weil sein Vater ankündigte, dass sie nach Osten abbiegen würden, obwohl das Gelände dort so uneben war, an manchen Stellen wie eingedrückt, sodass es schwer war, alle Rentiere auf einmal im Blick zu behalten, aber sein Vater las den Schnee und sagte, hier sei alles in Ordnung, die Flechten bildeten einen dichten Teppich über der Erde und kletterten an den Baumstämmen hinauf, und auf der Schneeschicht, obwohl bröckelig, hatte sich weder eine Kruste gebildet noch Eis auf ihrer Unterseite, und außerdem war der Schnee nur eine Handbreit tief; sie könnten also eine Weile hier bleiben.

Aber sein Vater, obwohl er so viel arbeitete wie immer – er stellte neue Trockengestelle auf, suchte Reisig für den Boden, holte Wasser, holte Holz, reparierte das abgenutzte Zuggeschirr –, war nicht mehr der Vater, der vor zwei Wochen in den Ort gefahren war. Da war zum einen sein Summen, er hatte nie gesummt, und jetzt summte er Melodien, die Ivvár als Kirchenlieder erkannte, Lieder, die kaum etwas in sich trugen. Dann bemerkte Ivvár, dass sein Vater jetzt immer sehr still war, aber anders still als sonst. Früher war er still gewesen, wenn er verärgert war, oder aber sehr betrunken, doch jetzt schien es, als wäre etwas in ihm still geworden, und was früher ein wogendes Meer war, war jetzt ein ruhiger Teich. Es war wie in den Geschichten von den Underlingen, die liebe Babys entführten und sie gegen ungezogene Babys austauschten – sein Vater war ausgetauscht worden, aber gegen wen, wusste Ivvár nicht.

Eines Abends, als sie sich nach dem Essen hinlegten und rauchten, sagte sein Vater ganz beiläufig: »Komm mit mir in die Kirche.« Und als Ivvár nicht darauf einging, fuhr er fort: »Weißt du, dieser Ort hat eine besondere Kraft.« Ivvár hätte alles getan, alles gegeben, damit sein Vater nicht darüber sprach. »Ich konnte es selbst lange nicht erkennen, aber deine Mutter hat es mir gezeigt«, sagte sein Vater. Ivvár versuchte mit aller Macht, sich taub zu stellen. »Ich war auf dem Weg zu Henrik und dann ... Weißt du noch, wie du in das Gehege geraten bist, als der große Bulle dadrin war?«

Ivvár sagte nichts, wollte ihn mit seinem Schweigen noch weiter bestrafen, aber natürlich erinnerte er sich daran, seine Mutter hatte diese Geschichte gerne als eine Geschichte über Glück erzählt, eine Geschichte über Ivvárs guten Instinkt, schon damals, als er noch ein kleiner Junge war – kaum konntest du laufen, hatte sie immer gesagt, aber wegducken konntest du dich. Doch jetzt wollte er die Geschichte von seinem Vater hören, er wollte hören, wie sein Vater zu ihm geeilt war, um ihn aus dem Gehege zu holen, während das Geweih des Bullen – noch viel breiter als so, hatte seine Mutter immer gesagt und ihre Arme ausgestreckt – knapp über Ivvárs Kopf hinwegschwang.

»Du erinnerst dich«, sagte sein Vater bestimmt. »Genauso war es, ich war auf dem Weg zu Henrik, und dann habe ich etwas gehört. Jemand hat geschrien. Es war derselbe Schrei, genauso hat deine Mutter an jenem Morgen vor dem Gehege geschrien, genau so, und als ich stehen blieb, verstummte auch der Schrei. Ich stand also für einen kurzen Moment da, dann wollte ich weitergehen, und wieder ertönte der Schrei. Sobald ich mich nicht mehr bewegte, war alles still. Um den Schrei auszutricksen«, sagte er langsam, »hab ich mich in den Schnee gesetzt. Und ganz genau gelauscht, aber ich konnte nichts hören als den Wind. Ich hatte ein sehr mulmiges Gefühl, und nachdem ich eine Weile so dagesessen hatte, bin ich aufgestanden und habe wieder einen Schritt nach vorn gemacht, und dieses Mal, als der Schrei ertönte, wusste ich, wenn ich weiter Richtung Henrik gehe, würde ich sterben.« Er nickte. »Also bin ich in die Kirche gegangen.«

Die darauf folgende Stille zog sich so sehr in die Länge, dass Ivvár schon befürchtete, mit seiner Pfeife in der Hand einzuschlafen.

»Du glaubst mir nicht«, sagte sein Vater mit trauriger Stimme.

Ivvár ließ sich weiter zurücksinken, drehte dem Feuer den Rücken zu und beobachtete, wie der Wind an der Unterseite des Lávvu-Tuches zerrte, wie seine Pfeife aufglühte, als würde der Wind einen tiefen Zug nehmen. Als sich das Lávvu-Tuch blähte, konnte er den Schnee draußen sehen, die Rentiere in der Ferne, ganz kurz waren sie für ihn sichtbar, dann wieder verborgen. Er würde noch mal hinausgehen und das Tuch befestigen müssen, den Rand mit weiteren Steinen beschweren.

»Ivvár«, sagte sein Vater, »ich werde für dich beten«, und das war Ivvár so unangenehm, dass er aufstand und nach draußen ging. Er musste Steine suchen. Eine lästige Sache reparieren.

3

Antihkka Sussu wusste nicht, was sie mit Ivvárs Vater machen sollte, außer über ihn zu tratschen. Sie war von Biettars Bekehrung genauso überrascht wie alle anderen Sámi, die noch nach den herkömmlichen Bräuchen lebten, das war immer ihr Menschenschlag gewesen; normalerweise hatte sie nichts mit denen zu tun, die jetzt in den Minen arbeiteten oder Siedler mit Zugtieren von einer Stadt in die andere kutschierten, so wie Simmon, deshalb würdigten sie und Simmon einander kaum eines Blickes, obwohl sie die einzigen beiden Sámi waren, die überhaupt innerhalb der Grenzen von Gárasavvon lebten. Wahrscheinlich – das dachte sie oft, wenn sie ihm irgendwo begegnete – nannte er dieses Dorf gar nicht Gárasavvon, wahrscheinlich sagte er Karesuando, wie ein Schwede, oder Karesuvanto, wie ein Finne – beides absoluter Unsinn, eine Simulation des samischen Namens *Gárasavvon*, den es zuerst gegeben hatte, ein samisches Wort, das eine Bedeutung trug, ein Wort, das tatsächlich nützliche Anhaltspunkte enthielt – *wo der Fluss breiter wird, in der Nähe der Hügel von Gára.*

Es widerte Antihkka Sussu an, jede Art von Verrat, so klein er auch sein mochte, und so hatte das Ausmaß von Biettars Verrat – sie konnte es nicht anders sehen – sie schockiert, sie erzählte jedem, der es hören wollte, dass es die Art von Schock war, die man erleidet, wenn man jung ist und erkennt, wie schrecklich die Welt wirklich ist. Wie der Schock, wenn du zum ersten Mal mit ansehen musst, wie dein Lieblingsrentier geschlachtet wird, erzählte sie jetzt den Tommas. Also zumindest Anna und ihrer Tochter Risten, denn Nilsa war der Typ, der seine Herde so gut wie nie verließ. Antihkka Sussu war vier Stunden lang auf Skiern zu der Siida der Tommas gefahren, nur um ihnen ihr Herz über die Rastis auszuschütten, sowohl was Biettar als auch was Ivvár betraf; denn sie waren wie Familie für sie, auch wenn Ivvárs Mutter nicht mehr lebte, und auch wenn Ivvár es so ungeniert vermied, sie zu besuchen, wie es junge Leute taten, die Angst vor alten Menschen hatten. Sie war nun mal die engste Freundin seiner Mutter gewesen und zu seiner Patentante ernannt worden, sodass es ihrer Meinung gar nicht so sehr Klatsch und Tratsch war, über ihn und seinen Vater zu reden; sie nannte es Nachforschungen anstellen, die beiden im Auge behalten. Außerdem hatte sie immer vermutet, dass Anna und Biettar einmal ineinander verliebt gewesen waren, und jetzt vermutete sie, dass Ivvár etwas mit der Auflösung von Ristens Verlobung zu tun hatte, und obwohl die Tommas nicht gerade die Art von Leuten waren, die interessante Dinge über sich sagen konnten – nicht zuletzt, vermutete sie, damit niemand das Wohlstandsgefälle bemerkte und sich darüber ärgern konnte –, war sie neugierig, ob Ivvár wirklich mit dem Tomma-Mädchen anbändelte; es war einfach zu spannend, die begehrteste Hirtin der Gegend löste ihre Verlobung für eines heruntergekommenen Mannes Sohn, der, fragte man Antihkka

Sussu, sowohl zu viel Stolz als auch zu viel Ärger im Blut hatte, um jemals zu heiraten.

Vielleicht waren das nur die törichten Überlegungen einer alten Frau, das konnte sie sich eingestehen, aber sie hatte ein Auge für diese Dinge, vor ihr konnte man so leicht nichts verbergen. Sie hatte vielleicht ihre Zähne verloren, doch sie hatte noch Augen im Kopf, und die funktionierten wunderbar. Ich erkenne eine Lüge auf eine Hundemeile Entfernung, sagte sie gern.

Kaum war sie angekommen, machten sie einen riesigen Aufriss darum, welch weiten Weg sie auf sich genommen hatte, nur um sie zu sehen, aber die Skitour hatte Antihkka Sussu beflügelt. Sie kicherte in sich hinein, als sie sah, wie beflissen Risten sich auf ihre Näharbeit konzentrierte. So kalt, wie es draußen war, konnte man unmöglich nähen, sobald man die Hände aus den Handschuhen nahm, wurden sie zu Eis; das bedeutete, dass Risten eine Ablenkung brauchte, und sie schien Antihkka Sussu auf keinen Fall ansehen zu wollen. Sie wollte nicht, dass Antihkka Sussu sah, aber Antihkka Sussu konnte sehen.

Risten kramte in ihrem Nähkästchen und fand eine kleine Ledertasche, an der sie arbeitete und die sie schon seit einigen Monaten nicht mehr angerührt hatte. Sie legte sich das Täschchen mit der heraushängenden Einstecklasche in den Schoß und suchte nach ihrem Fingerhut, ihrer Nadel, aber natürlich war ihr ausgerechnet jetzt der Faden ausgegangen und sie hatte keinen mehr aufgerollt. Sie wollte das Ganze wieder sein lassen, aber jetzt hatte sie schon so ein Aufhebens darum gemacht.

»Ich habe noch welchen«, sagte ihre Mutter kopfnickend. Sie schaute in ihr eigenes Nähkästchen und holte einen locker gewickelten Kranz aus faserigen, halb gefrorenen Flechsen heraus. »Willst du wickeln, Antihkka Sussu?«, fragte sie. Damit brachte sie zum Ausdruck, ohne es auszusprechen, dass Risten selbst nicht so gut darin war und bereits nach der Hälfte aufgeben würde. Die Arbeit ihrer Mutter war so präzise, jedes Stück Stoff mit so schönen Stickereien verziert, dass Risten sich am liebsten gar nicht mehr die Mühe machen würde. Es war unmöglich, einer Mutter gerecht zu werden, die solches Kunsthandwerk vollbrachte – sogar die Wiege, die sie einst für Risten gefertigt hatte, wurde immer noch gelegentlich herausgeholt, um sie Fremden zu zeigen, die perfekt gebogene Birkenrinde, das Innere noch immer mit weißem Fell ausgekleidet, und hier saß Risten, mit ihrem traurigen Täschchen, das Leder nicht weich genug und ganz verkrumpelt.

Antihkka Sussu streckte ihre Hand aus, Ristens Mutter reichte ihr die Flechsen, und Antihkka Sussu streifte ihren Fäustling ab, nahm die Flechsen und begann, eine Strähne davon schnell und gleichmäßig und fest gegen ihre Wange zu rollen – man hätte denken können, dafür seien Antihkka Sussus Wangen gemacht, um Flechsen zu Garn zu spulen.

»Und«, fragte Antihkka Sussu, »wie geht es der Herde?« Sie hatte sie natürlich mit eigenen Augen gesehen, man konnte sie gar nicht übersehen, Nilsa musste weit über tausend Tiere haben, so viele, dass sie nicht nur in diesem Tal, sondern auch im nächsten weideten. Es war auch fast Schlachtzeit, wenn sie richtig gerechnet hatte; und sie kannte Nilsa und Anna, die beiden würden sie nie gehen lassen, ohne sie gut zu versorgen, und würden sie zweifellos mit frischem Fleisch heimschicken.

Wahrscheinlich schaut Anna mich gerade so verwundert an, dachte sie, weil ich genau wusste, an welchem Tag ich vorbeikommen muss.

»Ganz gut«, sagte Anna ausdruckslos.

»Diesen Winter ist es besonders schlimm mit den Vielfraßen«, sagte Antihkka Sussu. Das sagten alle.

»Ja«, erwiderte Anna. »Das macht Nilsa ganz schön zu schaffen.«

»Sie meint den Angriff vor ein paar Tagen«, warf Risten ein, »ein Vielfraß ist einem dreijährigen Weibchen auf den Rücken gesprungen, hat sich dort festgebissen und nicht mehr losgelassen.«

»Risten ist einfach nicht weggelaufen«, sagte Anna mit einer Mischung aus Stolz und Fassungslosigkeit, »sie hat die Hunde geholt und ist ihnen mit erhobenem Skistock nach, als wollte sie den Vielfraß mit eigenen Händen den Garaus machen.«

»So nah bin ich ihm gar nicht gekommen«, entgegnete Risten trotzig. »Ich bin ja nicht dumm.«

»Es ist selten, dass jemand einen Vielfraß bei der Jagd sieht«, sagte Antihkka Sussu. »Was für ein widernatürliches Glück.«

Risten errötete. Sie hätte weder damals noch heute erklären können, was sie zu einer solchen Dummheit veranlasst hatte – sobald man einen Vielfraß sah, musste man sich in Sicherheit bringen und ihm überlassen, was er wollte. Ihr Vater, dem ihre Sicherheit oberstes Gebot war, der sich bei jedem Schneesturm sorgte, dieser sei zu stark, als dass sie allein auf Skiern unterwegs sein sollte, der kein Boot für seetauglich befand und jedes Messer für so stumpf, dass es sie zu viel Anstrengung kosten würde, war außer sich gewesen, als er davon gehört hatte, aber sie wusste nicht, wie sie es erklären sollte, kurz zuvor hatte sie Ivvár getroffen, sie hatte das Herz schon in den Händen getragen, und beim Anblick des Vielfraßes hatte es sie überkommen, sie musste irgendwo hin mit ihrer Anspannung. Jedenfalls war sie der Meinung, kein zu großes Risiko eingegangen zu sein, sie hatte die Hunde bei sich, und sie hatte ihrem Vater mehrmals versichert, dass sie ihm nie nachgejagt wäre, wenn die Hunde nicht bei ihr gewesen wären, alle drei, aber zu diesem Zeitpunkt hatte ihr Vater sich schon in Rage gewettert, und jetzt gingen sie zu Hause wieder ihren gewohnten Routinen nach, und ihre Mutter war besonders nett zu ihr, um die Launen ihres Vaters auszugleichen.

»Wisst ihr, was mich immer wieder fasziniert?«, fuhr Antihkka Sussu fort. »Der Vielfraß ist wie mancher Mensch: Er tötet mehr, als er fressen kann.«

Ristens Gesicht, das schon von der Hitze des Feuers gerötet war – ihre Mutter legte immer noch mehr Scheite auf, wenn jemand vorbeikam, und vor allem, wenn Antihkka Sussu ihnen einen Besuch abstattete –, wurde noch röter. Wie konnte es sein, dachte sie, wie hatte die Nachricht vom Ende ihrer Verlobung all die Meilen bis in den Ort zurückgelegt? Wessen Beine hatten sie getragen?

»Nun«, warf Ristens Mutter ein. »Andererseits gibt es so manche Dinge, auf die man am besten direkt mit dem Skistock losgehen sollte.«

»Aber ja«, pflichtete Antihkka Sussu ihr bei, »wenn man etwas will, sollte man sich nicht zurückhalten.«

»Ich war ja auch gar nicht allein«, sagte Risten, die Mühe hatte, beide Gespräche gleichzeitig im Kopf zu behalten, das angedeutete und das eigentliche, und dann ertappte sie sich dabei, dass sie beinahe zugegeben hätte, dass Ivvár in der Nähe gewesen war.

Antihkka Sussu nahm die Flechse von ihrer Wange und betrachtete ihr Werk. Sie hatte die Fäden so fest zusammengerollt, Risten konnte keine Fasern abstehen sehen. In der Zwischenzeit hatte Ristens Mutter Kaffee aufgesetzt und schnitt getrocknetes Fleisch in dünne und perfekte Streifen, obwohl sie alle wussten, dass ihr Vater jeden Moment kommen und verkünden würde: »Ich schlachte jetzt«, woraufhin sie alle gemeinsam hinausgehen würden und es schon bald darauf genug frisches Fleisch gäbe.

»Sag mal, Anna«, sagte Antihkka Sussu und rollte die Flechse wieder über ihre Wange, »was hältst du von der Sache mit Biettar?« Die Art und Weise, wie sie ihre Frage stellte, störte Risten, ihr Tonfall ließ vermuten, dass sie auf ein Gespräch hinauswollte, in dem sie sich alle einig waren, wie schrecklich das alles war, wie peinlich und seltsam.

»Nun ja«, sagte Ristens Mutter. »Ich war schon überrascht«, und das war genau die Art von vager Äußerung, die Antihkka Sussu nicht hören wollte.

»Ist dir aufgefallen«, sagte Sussu, »dass sich genau an diesem Tag ihr Tod gejährt hat?«

»Wirklich?«

»Wirklich«, sagte Antihkka Sussu. »Jedenfalls war ich dabei, als es passierte, und«, fügte sie nüchtern hinzu, »als das Beben kam, hat er ihren Namen gesagt.«

»Wir haben hier draußen gar nichts davon mitbekommen«, sagte Ristens Mutter, nahm die Schüssel mit den Fleischstreifen und reichte sie Antihkka Sussu, die

die Flechsen ablegte und das Stück mit dem weißesten und breitesten Fettstreifen auswählte, dann das Fett vom Fleisch abschälte und es sich zwischen Wange und Zahnfleisch schob, als wäre es Tabak. »Ich dachte, das ist vielleicht alles nur Gerede.«

»Das hättest du sehen müssen. Schockierend. Schade, dass du nicht dabei warst«, sagte Antihkka Sussu. Sie schüttelte den Kopf. »Biettar fiel vor allen auf die Knie …«

»Auf die Knie? Unglaublich!«

»Aber ja«, sagte Antihkka Sussu. »So war es.« Sie genoss den Augenblick, als würde sie es mit jedem Mal, das sie davon erzählte, wieder geschehen lassen. »Er war auf den Knien, und dann fing er an zu zittern. Und dann wurde er bekehrt«, sagte sie. »Er hat seine Buße getan«, fügte sie hinzu, »er wurde erlöst.« An der Art, wie sie sprach, konnte man hören, wie beunruhigend sie das fand.

»Aber hat er es wirklich so gemeint?«, fragte Risten. »Vielleicht hat er es nicht so gemeint. Vielleicht hat er allen nur etwas vorgemacht.« Sie war sich bewusst, dass sie Biettar und damit auch Ivvár in Schutz nahm und so den Verdacht schürte, dass sie ihre Verlobung zu Mikkol wegen Ivvár aufgelöst hatte, und obwohl sie nicht wollte, dass die Leute Verdacht schöpften, ehe sie die Dinge mit Ivvár geklärt hatte, bevor sich ihre Verbindung nicht gefestigt hatte, konnte sie es nicht ertragen, dass über Biettar so gesprochen wurde. Das gehörte sich nicht, dachte sie, und es war nicht respektvoll. Sie sprachen doch hier immer noch von Biettar Rasti. Ihr Vater hatte immer gesagt, er habe so eine Art. »Er weiß Dinge«, hatte ihr Vater gesagt, und er hatte sie davor gewarnt, sich mit ihm anzulegen. »Du willst Männer wie ihn nicht gegen dich aufbringen«, hatte er gesagt, »du weißt nie, was sie über dich wissen«, und diese Worte hatte sie nie vergessen, sie hatten in ihr das Gefühl ausgelöst, dass Biettar Bescheid wusste, sodass sie bei den seltenen Gelegenheiten, in denen sie ihm begegnete, nervös wurde, sie war sich sicher, er wusste von ihrer Vernarrtheit in seinen Sohn und wie hoffnungslos das alles war, und dass er sie bemitleidete.

Antihkka Sussu ließ die Flechsen in ihren Schoß fallen, dann beugte sie sich vor und sagte: »Die Leute erzählen sich, der Irre Lasse habe die Erde zum Beben gebracht.« Sie nickte entschlossen. Somit beantwortete sie ihre eigene Frage, bevor die anderen dazu kamen, als hätte sie Angst, jemand könnte die Antwort erraten und damit der Frage die Wucht nehmen. »Ich glaube allerdings, es war Biettar«, sagte sie. »Ich glaube, er steckt dahinter. Ihr wisst, was ich meine«, fügte sie leise hinzu, als ob sie schon wüssten, und das taten sie auch, Anna mehr als Risten, aber dennoch, sie wussten es. »Ich habe Biettar noch getroffen«, fuhr sie fort, »nach der Messe. Er kam in meine Hütte und sagte: ›Sussu, du weißt nicht, was ich gesehen habe.‹ Er wirkte wie betrunken.«

»Ich dachte, es ginge bei diesen neuen Gläubigen genau darum«, warf Anna ein, »dass sie eben nicht trinken.«

»Er war ausnahmsweise mal nicht betrunken, das meine ich ja«, sagte Sussu, »er hatte nur so etwas Wildes im Blick, dass ich dachte, er wäre betrunken. Und ich sagte zu ihm, so, bist du jetzt fertig mit allem, machst du jetzt nicht mehr, was die anderen alle machen, trinkst du nicht mehr, joikst du nicht mehr, und dann fing er an, mir seine eigene kleine Predigt zu halten. Ich konnte es nicht fassen, er erzählte mir alles Mögliche, dass auch ich gerettet werden könnte, aber das wollte ich alles nicht hören, ich hab ihm gesagt, dass ich es nicht leiden kann, wenn Leute solche Worte dort verwenden, wo ich schlafe, dieses Unglück brauche ich nicht, nicht bei diesem Winter, der draußen herrscht, und er sagte, er würde für mich zu Jesus beten, und ich sagte, Jesus sei wie ein Pferd, gut genug in seinen Gefilden, aber hier oben nicht viel wert, tja, also, ihr könnt euch vorstellen, wie die Sache ausging.«

»Wie fürchterlich«, sagte Anna in einem Ton, bei dem nicht klar war, welcher Partei sie ihre Sympathien schenkte, und Risten fragte sich, was ihre Mutter dachte. Es war wirklich eine sehr nervige Angewohnheit – warum konnte sie nicht aussprechen, was sie meinte? Warum musste sie immer so höflich sein? Risten bildete sich ein, eher wie ihr Vater zu sein, ein Mann, der dafür bekannt war, unangenehm direkt zu sein, obwohl seine Art von Direktheit niemandem außer einem Sámi aufgefallen wäre, und Ristens Art von Direktheit noch weniger – sie neigte dazu, alles als Frage zu formulieren, oder ließ es so klingen, als hätte jemand anderes gesagt, was sie tatsächlich dachte, um sich davon zu distanzieren – »meine Mutter hat gesagt«, würde sie sagen, da sie selbst es nicht konnte.

»Ich versuche schon seit Langem, die Menschen zu warnen«, fuhr Antihkka Sussu fort, nicht im Geringsten durch Annas Ambivalenz abgeschreckt, »aber hört irgendwer auf mich? Du hast ja letztes Jahr selbst gesehen, wie viele mehr gekommen sind als je zuvor ...«

»Seine Predigten haben sich verändert«, stimmte Anna zu, »früher war er nicht so – eindringlich.«

»Wisst ihr, wer letzte Woche dazugekommen ist? Die Ungas, und drei Familien aus Soppero, drei! Sie kommen abends und gehen ins Pfarrhaus, wo weitere Predigten abgehalten werden. Ich kann sie hören, bis spät in die Nacht, manchmal denke ich, was machen die da, es klingt wie Geschrei, und dann kann ich nicht schlafen.« Sie sagte das alles, als ob der wichtigste Punkt wäre, dass sie nicht schlafen konnte.

»Das wird schon wieder nachlassen«, sagte Anna, »irgendwann tut es das immer. Weißt du noch, als Smålek mit der Bibel herumlief? Er hat es sogar einmal gewagt, hierherzukommen.«

»Er hat es versucht«, sagte Risten trocken. Sie erinnerte sich nur zu gut daran, wie ihr Vater Smålek aus dem Lávvu geworfen und, wohl aus Angst, seinen Ruf als gastfreundlicher Nilsa zu verlieren, ihm etwas Käse nachgeworfen hatte. Es wäre lustig gewesen, wenn Smålek nicht so erbärmlich ausgesehen hätte, wenn er nicht (nachdem er den Käse aufgesammelt hatte) beim Weggehen wieder Bibelverse vor sich hingebrabbelt hätte.

»Aber das macht er nicht mehr«, sagte Anna.

»Ja, er ist harmlos –«, sagte Risten.

»Nun ja«, warf Antihkka Sussu ein, »ich habe ihn seitdem nicht ein einziges Mal mehr bei Rikki gesehen. Und er wird bald wieder die Nase in die Bibel stecken, ihr werdet schon sehen. Diesmal ist es eine richtige Epidemie.«

»Manchmal ist es schwer zu wissen, was die Medizin und was die Krankheit ist«, sagte Anna.

»Natürlich – dem Alkohol abzuschwören, ist besser für die Herde«, sagte Antihkka Sussu, »und es geht ihnen so schlecht, weißt du. Es ist wirklich eine Schande, wenn man mal bedenkt, wie es früher war und wie es jetzt aussieht. Simmon hat mir erzählt, als er das letzte Mal rausgefahren ist, um die Schulden einzutreiben, wie es einfach nicht mehr das ist, was es einmal war.« Es dauerte einen Moment, bis Risten begriff: Antihkka Sussu sprach von Ivvárs und Biettars Herde.

»Vielleicht wurden sie getrennt oder haben die Herde aufgeteilt«, erwiderte Anna.

»Biettar hütet normalerweise mit seinen Brüdern«, fügte Risten hinzu.

»Simmon hat seine Macken, aber Rentiere kann er noch ganz gut zählen«, entgegnete Antihkka Sussu. »Er sieht ein Rentier und sieht zwei silberne Riksdaler, und es gibt nur wenig, was ihn von seinen Riksdalern abhalten kann. Ich habe gehört, dass er sein ganzes Silber versteckt hat«, fügte sie hinzu, »aber jemand anderes hat es gefunden, und er will es nicht zugeben.«

»Ist es nicht schrecklich, wie viel manche Leute trinken?«, sagte Anna. Die Vehemenz in ihrer Stimme war überraschend. Es schien, als sei sie besonders wegen Biettars Trinkerei erbost, doch warum, konnte Risten nicht sagen.

»Ivvár und Biettar haben gerne mal ein bisschen Spaß«, sagte Risten, »sie sind immer so lebensfroh.« Einen Moment lang wusste sie nicht, was sie damit sagen wollte, aber sie wusste, dass es eine Lüge war – natürlich war Ivvár schlimm, verrückt, wenn er trank –, er hatte sie auf einem Fest mit einem anderen Hirten in einem Lávvu angetroffen und sich selbst eingeladen, sich zu ihnen zu gesellen, wurde unangenehm laut, lachte und stolperte irgendwann ohne ersichtlichen Grund aus dem Lávvu hinaus und wieder herein. Sie schämte sich für ihn und wünschte sich verzweifelt, er würde sich nicht so aufführen.

»Und es ist schwer, davon loszukommen, wenn Rikki dafür sorgt, dass du dabeibleibst«, fuhr sie fort. Risten wich dem Blick ihrer Mutter aus. Sie blamierte sich, das wusste sie, und sie konnte Antihkka Sussu schon hören, wie sie anderen Leuten davon erzählte, o ja, es stimmt, Risten hat ihre Verlobung mit Mikkol gelöst, wo er doch so gut und gewissenhaft ist, und wozu das alles? Sie wird ja auch nicht jünger! Es gibt ja kaum einen Mann, der sie nicht heiraten würde, aber in Ivvár hat sie genau so einen gefunden! Und was ist eigentlich an Mikkol so falsch? Er ist zwar nicht der Schönste, aber ein solider Kerl. Ja, genau das würde Antihkka Sussu sagen.

Dass Risten in diesen herbeifantasierten Szenen davon ausging, dass alle Männer sie heiraten wollten, war keineswegs einem aufgeblähten Selbstwert geschuldet. Sie war nicht die Schönste aller Schönheiten, aber sie war hübsch, sie hatte dunkles, dichtes Haar, das sie jeden Morgen und jeden Abend sorgfältig kämmte, um die Läuse fernzuhalten, und sie hatte das Selbstvertrauen, das sich einstellt, wenn man schon immer von Männern gemocht wurde – sie erwartete, gemocht zu werden, und das wurde sie auch, und das machte sie noch attraktiver. Aber sie war nicht so selbstverliebt, um nicht zu erkennen, dass es ihre Rentiere waren, die sie zu einer guten Partie machten, und außerdem die Tatsache, dass ihre Eltern keine weiteren Kinder hatten – für irgendwen war sie der Hauptgewinn, sie hatte die Macht, das Leben eines Hirten zu verändern, solange ihr Vater damit einverstanden war. In gewisser Weise war Mikkols vorgetäuschtes Desinteresse an ihrer Herde einer der Gründe gewesen, warum sie sich zu ihm hingezogen gefühlt hatte – er schien sich nichts aus ihrem Reichtum zu machen, und er zeigte keine Scheu, sich ihrer Siida anzuschließen. Sie hatte ihm damals gesagt, sie könne es nicht ertragen, ihre Eltern zu verlassen, aber in Wirklichkeit wollte sie niemandem außer ihrem Vater die Herde anvertrauen; sie stand ihrem Vater zu nahe, und selbst bei der Aussicht auf eine Heirat hatte sie Schwierigkeiten, jemandem zu gestatten, seine Rolle zu übernehmen.

Aber dann war Ivvár gekommen, mit seinem Lächeln, seinem Spott, als wollte er ihr sagen, er wisse ganz genau, dass sie Mikkol nicht wirklich liebte, dass es kein echtes Begehren gab. Dort war er, mit seinen geraden weißen Zähnen und seiner Selbstsicherheit und seiner Abschätzigkeit ihr gegenüber, ihrem Reichtum gegenüber, und dann sagte er es: »Ich hab gehört, du wirst den Piltto-Jungen heiraten, schön für dich. Sehr vernünftig von dir«, hatte er gespottet. »Du wirst deine Eltern sehr glücklich machen. Es ist an der Zeit, sesshaft zu werden, nicht wahr? Keine kindischen Spielchen mehr«, hatte er gesagt, und dann hatte sie ihn geschubst. Er hatte ihr Schnee in den Nacken gesteckt, als wären sie Kinder, und sie hatte laut gekreischt, als hätte es ihr etwas ausgemacht, und natürlich hatten beide an den Sommer zurückdenken müssen – da war es ihr wieder eingefallen, und jetzt fiel es ihr auch wieder ein, und wieder wurde sie rot, schlimmer als zuvor.

Das plötzliche Auftauchen ihres Vaters rettete sie, mehr oder weniger, er steckte den Kopf von draußen herein. »Sie wären so weit«, sagte er leicht gereizt, und Risten stand auf.

»Bleib hier«, sagte sie, an ihre Mutter gewandt. »Bleib bei Antihkka Sussu. Ich helfe ihm«, und ihre Mutter warf ihr einen zweifelnden Blick zu, Risten konnte sie denken sehen – sie wird unvorsichtig sein und Blut vergießen, sie wird in die Eingeweide schneiden, den Magensack punktieren ... »Ich krieg das schon hin«, sagte sie. Was hatte ihre Mutter denn gedacht, was passiert wäre, wenn sie Mikkol geheiratet und sich seiner Siida angeschlossen hätte? Dass sie jede Schlachtung vermasseln würde? Jedes Fell ruinieren?

»Ich komme lieber mit«, sagte ihre Mutter. »Es gibt sicher einiges zu tun.«

»Ich warte hier«, sagte Antihkka Sussu.

»Es kann eine Weile dauern ...«

»Oh, ich werde ein Schläfchen machen, wenn es mich überkommt«, sagte Antihkka Sussu, und Risten bewunderte sie für ihre Dreistigkeit. Sie wusste, dass ein guter Markknochen und ein Augapfel für sie rausspringen würden, und sie wusste, dass sie die Nacht über bleiben und an Ristens Füßen auf Ristens Fellen schlafen würde. Aber draußen wartete schon die Erlösung in Form von reger Betriebsamkeit – da lagen die Rentiere, vier Kälber, auf der Seite wie schlafende Hunde, die Messer steckten ihnen noch in der Kehle, damit sie nicht ausbluteten. Zum Glück gab es so viel zu tun, und Risten beeilte sich, alles herbeizuschaffen, die Schalen für das Blut, für das Fleisch, die Messer, und sie stellte den Untersatz bereit, auf den ihr Vater die Kälber legte, aber selbst während sie ihrer Mutter half, während das Blut ihre Finger und ihre Handgelenke wärmte und sie eine lange, kräftige Zunge in der Hand hielt, ertappte sie sich wieder bei dem Gedanken an den warmen Felsen, an die Sonne, die im Fjord unter ihnen glitzerte, an die Kälber um sie herum, die nach ihren Müttern blökten, und an die Möwen, die an den Rändern des Meeres kreischten und jammerten.

4

Die Nachricht von Biettars Bekehrung verbreitete sich wie ein Lauffeuer, zum Teil wegen des gleichzeitig stattfindenden Erdbebens, aber vor allem, weil es sich bei dem Bekehrten um Biettar handelte. Diejenigen, die ihn am besten kannten, vermuteten, dass diese Erweckung entweder einer extremen Trunkenheit geschuldet war oder etwas Unheimlichem in Biettar selbst; diejenigen, die Lars Levi besser kannten, zollten Gott alle Ehre und sprachen von einem Wunder, wobei das Wunder der Bekehrung Biettars in vielerlei Hinsicht größer war als das Erdbeben. Kaum jemand schien sich noch zu erinnern, dass etwas Ähnliches schon einmal geschehen war: Zwei Jahre zuvor war eine junge Frau bekehrt worden, woraufhin der Ort von einem kleinen Erdbeben erschüttert wurde, das ein Gemälde von Jesus Christus im Todeskampf von seinem Haken fallen ließ und einen Vogel im Dachgebälk aufschreckte. Aber eine Frau, die bekehrt wurde, war von geringerer Bedeutung. Darüber hinaus war Lars Levi selbst von einer Sámi erweckt worden, die die Leute seitdem nur noch Maria von Lappland nannten (obwohl ihr Name nicht Maria war), womit sie ihre Rolle würdigten, obwohl niemand ihre Geschichte kannte, nicht wusste, wie ihr außergewöhnliches Leiden Lars Levi beeindruckt hatte (sie war als Mädchen mit einem älteren Mann verheiratet worden, der sie schlug, und war barfuß durch den Schnee gelaufen, um in der Kirche Zuflucht zu suchen), und sein Besuch, um eine Kommunion in einem Bauernhaus abzuhalten, war schnurstracks zu einer viel feierlicheren Kommunion für ihn selbst geworden. Und so war es ein Leichtes für einen Mann, dieses durch mehrere Frauengenerationen weitergereichte Wort Gottes für sich zu beanspruchen.

So trug es sich zu, dass, obwohl Maria von Lappland noch sehr lebendig war, niemand sie aufsuchte, stattdessen kamen sie jetzt, um Biettar zu sehen, der so oft er konnte im Pfarrhaus war, manchmal zwei oder drei Tage in der Woche, schockierend oft für einen Hirten, obwohl diejenigen, die keine Hirten waren, das Gewicht seiner Anwesenheit nicht zu schätzen wussten und sich daher nicht fragten, was das alles zu bedeuten hatte. Die Beziehung zwischen den Hirten und den Siedlern wurde von der Krone verwaltet, die jeden ihrer Bürger über die Staatskirche, soll heißen, jede Kirche, im Auge behielt, sodass alle Menschen, ob Sámi oder Siedler, bei Geburt und Tod als Mitglied der Kirche registriert wurden und zudem nicht außerhalb der Kirche heiraten konnten. Die Kirche war eine Exekutive der Krone, ihre Pfarrer waren nicht nur der Arm Gottes, sondern auch der Arm des Gesetzes. Beides war sogar noch enger miteinander verflochten, da die Steuererhebung an heiligen Feiertagen stattfand, also zu Zeitpunkten, zu denen jeder in die Kirche kommen musste, der nicht wegen Fernbleibens eine Geldstrafe erhalten wollte.

Aber das Ganze war ein einziges Durcheinander, da Schweden und Norwegen im Prinzip ein vereinigtes Königreich bildeten, das von einem König schwedischer

Abstammung, Oskar I., regiert wurde, trotzdem gab es getrennte Parlamente, Kirchen, Armeen und sogar Verfassungen, sodass sich zwar »die Krone« nicht änderte, wenn man die eine oder andere Grenze überquerte, wohl aber das gesamte Regierungssystem, und als wäre dieses Durcheinander nicht schon verworren genug, gab es östlich von Schweden auch noch Finnland, nur dass es gar nicht Finnland war – die Finnen waren ein ethnisches Bauernvolk, das nie irgendeine Macht besessen hatte und im Laufe der Jahrhunderte abwechselnd von den Schweden oder den Russen regiert wurde; zur Zeit war Finnland ein »Großfürstentum« Russlands, obwohl nur wenige Russen in diesem Gebiet lebten. Zu allem Überfluss teilten die verschiedenen ethnischen Gruppen nicht einmal eine gemeinsame Sprache, mit der sie sich verständigen konnten, obwohl sie sich bis zu einem gewissen Grad untereinander verheirateten, und die meisten von ihnen lösten das Problem der Zugehörigkeit zu verschiedenen Sprachgruppen, indem sie mehrere Sprachen erlernten, in der Regel entsprechend der Hierarchie, sodass ein Sámi wahrscheinlich sowohl Sámi als auch Finnisch und Schwedisch sprach, ein Schwede jedoch wahrscheinlich kein Finnisch und schon gar nicht Sámi.

In gewisser Weise war Gárasavvon das Paradebeispiel für die Unbeständigkeit der Geografie des hohen Nordens und dafür, wie unpraktisch offizielle Grenzvorstellungen waren. Im Prinzip lag Gárasavvon auf der schwedischen Seite des Flusses Tornionjoki, dessen Verlauf die Grenze zwischen Schweden und Russland bildete; so konnte man in Schweden vor den Toren der Kirche stehen und jemandem in Russland zuwinken, obwohl diese Person höchstwahrscheinlich gar kein Russe, sondern ein Finne war, es sei denn, es handelte sich um einen Sámi, was statistisch gesehen wahrscheinlicher war als ein Finne, so weit im Norden. Also winkte man vermutlich, wenn man an diesen schwedischen Kirchtoren stand und nach Russland rüberwinkte, einem Sámi zu, der wahrscheinlich neben Sámi auch Finnisch sprach und die Kirche von Gárasavvon in Schweden besuchte und zudem vermutlich zumindest ein bisschen Schwedisch und genug Norwegisch sprach, um den Handel mit Butter und Rentieren zu organisieren.

Die Sámi hatten die Jahrhunderte der Vertreibung immer tiefer in den Norden im Großen und Ganzen überlebt, indem sie sich, zumindest nach außen hin, den rotierenden Mächten fügten, während sie innerlich taten, was sie wollten, wobei sie sich jedoch darauf verließen, dass die Natur sie schützte: So weit im Norden war es für andere zu beschwerlich, wenn nicht gar unmöglich, sich groß mit ihnen auseinanderzusetzen. Das funktionierte mal mehr, mal weniger gut – hundert Jahre zuvor war zwischen Schweden und Norwegen ein Vertrag unterzeichnet worden, das Lappen-Codizil, das ihnen die Freiheit gewährte, neutrale Bürger zu sein, beispielsweise nicht in den Kriegen der Schweden und Norweger kämpfen zu müssen und ihre Rentiere über ihre Grenzen zu treiben. Im Wesentlichen zahlten sie also einen Grundzins, um in Ruhe gelassen zu werden, und so lohnten sich sogar die Kirchgänge für sie, weil sie die heiligen Tage zu Handelstagen machten, manchmal sogar zu Festen, und abgesehen davon setzten sie nur so selten wie möglich einen Fuß in die Ortschaft. So war der kleine Bruchteil ihres Lebens, den sie im Ort verbrachten, völlig unbedeutend – es war, als wolle man versuchen, sich ein Bild von Lars Levi zu machen, wenn man ihn in einer von Stockholms belebtesten Straßen antraf. Zwar wäre man dem Mann begegnet, hätte aber außer seinen schäbigen Kleidern, seinem ungepflegten Haar und seiner Angewohnheit, zu laut und eindringlich zu sprechen, nichts Wesentliches über ihn erfahren. Man würde auch nicht auf die Idee kommen, dass er Pfarrer war, dass er so viele Sprachen sprach und dem König von Frankreich einst Hunderte von gepressten Blumen und Tieren geschenkt hatte; vor allem würde man niemals auf die Idee kommen, dass es sich um einen Mann handelte, der eine spirituelle Bewegung anführte und von vielen verehrt und angebetet wurde.

So wie Lars Levi außerhalb des Kontextes seiner subarktischen Gemeinde nicht zu greifen war, so war auch das Dasein der Hirten nicht zu greifen, wenn man sie nur nach dem beurteilte, was sie in der Ortschaft taten, da es so wenig mit dem zu tun hatte, wie sie normalerweise lebten. Soll heißen: Die Siedler im Allgemeinen und Lars Levis Familie im Besonderen waren sich der Lebensgrundlagen eines samischen Hirten zwar bewusst, aber sie wussten nicht, was es bedeutete, dass Biettars Besuche im Pfarrhaus sich nun häuften. Stattdessen erschien ihnen Biettar als jemand, der sich zu Recht stark mit der Rettung seiner eigenen Seele auseinandersetzte und der sich bei der Rettung anderer Seelen als sehr nützlich erweisen könnte, doch darüber hinaus erschien er ihnen als jemand, der immer mehr von Lars Levis ohnehin schon extrem begrenzter Zeit in Anspruch nahm. Er war so geschwätzig, dass es sie ermüdete, zumal er fast ausschließlich über theologische Fragen sprechen wollte, aber immer auf eine philosophische Art und Weise, die sie nicht recht verstanden. Am liebsten saß er im Schaukelstuhl, mit einer Pfeife im Mundwinkel, die noch länger war als die von Lars Levi, und stellte Fragen, die in ihrer Breite unmöglich zufriedenstellend zu beantworten waren. »Was ist Sünde?«, fragte er eines Abends in den Raum hinein, als erwarte er, dass die Wände, die vom Boden bis zur Decke mit Ruß in immer dunkler werdenden Schattierungen geschwärzt waren, ihm antworten würden.

Lars Levi hatte sich selbst, wie üblich, eine von ihm verfasste Predigt vorgelesen; wenn er so seinen Gedanken nachhing, hörte er oft nicht, wenn jemand anderes sprach.

»Biettar hat dir eine Frage gestellt«, sagte Willa, als niemand reagierte. Sie fürchtete, Biettar könnte es für unhöflich halten, dass ihr Vater ihm nicht zuzuhören schien. Ihr in den letzten zwei Wochen gewonnener Eindruck von Biettar war größtenteils von Bewunderung geprägt, gemischt mit Unbehagen, und sie mied ihn aus einer Art Respekt.

»Die Abkehr des Herzens von Gott«, antwortete ihre Mutter. Sie strickte gerade, ein Wollpullover für Lorens sollte es werden, und sie schaffte es, gleichzeitig mit dem Fuß die Wiege des Babys zu schaukeln.

»Kann es nicht Gott zugewandt sein und trotzdem sündigen?«, fragte Biettar.

»›Wer nun weiß recht zu thun, und thut's nicht, dem ist es Sünde.‹«

»Weiß der Mensch also, ob das, was er tut, Sünde ist? Kann ein Mensch sündigen, ohne zu wissen, dass er sündigt?«

»Lars«, sagte ihre Mutter. »Lars Levi. Biettar hat eine Frage.«

»Das ist eine Frage der Präkognition«, sagte ihr Vater, »Prä-Phänomenologie. Was wissen wir, bevor wir es wissen.«

»Wissen«, sagte Biettar, »ist eine Schneeflocke. Du streckst deine Hand aus und –«, er ballte die Hand zur Faust, öffnete sie wieder. Er hatte die dicken Knöchel eines Hirten und ledrige Haut, und seine Hand schien sich nur widerwillig zu öffnen und zu schließen.

»Ja, aber –«, erwiderte Willas Vater.

»Oder«, sagte Biettar, »du fängst es mit dem Lasso ein.« Er machte eine Geste mit der rechten Hand, als hole er Schwung mit einem Lasso. Er stand auf, die linke Hand hinter seinem Rücken. Er ließ seinen Blick durch die Hütte schweifen, und sie alle hätten seine Rentiere sein können, nach deren Ohren er Ausschau hielt. »Wenn du dich an dein Rentier heranpirschst, bewegst du dich ganz vorsichtig. Du konzentrierst dich darauf, wohin es gehen wird, wo es im nächsten Moment sein wird, und nicht darauf, wo es gerade ist.«

»Du willst also sagen, dass Wissen nicht existiert«, hakte Willas Vater beharrlich nach und legte das Bündel Papier auf seinem Schreibtisch ab. »Ich sage, dass Wissen aus anderen Quellen kommt, aus uns selbst. Unsere Gefühle, unsere Widersprüchlichkeiten, unsere Emotionen sind Wissen. Und wenn Gott –«

»Du kannst schnell werfen, aber du wirst es nie fangen«, sagte Biettar zu Willas Vater, der sich offensichtlich darüber ärgerte, unterbrochen zu werden. »Wissen ist das Kalb, das entkommt.«

Während sich dieses Szenario abspielte, saß Willa da und nähte. Wenn sie nicht gerade irgendwelche anderen Aufgaben im Haushalt erledigte, war das ihre Hauptbeschäftigung: nähen. Pläne wurden geschmiedet, Lassos in Richtung Sommer ausgeworfen, sie würde mit Nora in den Süden reisen, nach Uppsala zu den Cousinen ihrer Mutter. Es wurde davon ausgegangen, ohne dass es jemand aussprach, wie vortrefflich es wäre, wenn sie dort Bekanntschaften machen würden, am besten mit gebildeten Herren, da sie hier nicht viele Möglichkeiten hatten, Männer zu treffen, außer verarmten finnischen Bauern und umherziehenden Lappenhirten, und was Erstere betraf, so waren sie einfach zu arm und ungebildet, und über Zweitere sagte ihr Vater zwar gerne, dass es keinen besseren Mann gebe als einen Lappen, aber das bedeutete noch lange nicht, dass sie einen Lappen heiraten dürften, der Sachen machte, die ein Lapp so machte; eine sorgfältige Grenze war gezogen worden, innerhalb derer sie sich gegenüber den Gemeindemitgliedern ihres Vaters, die doch so bedürftig waren, freundlich und gnädig verhalten sollten, aber diese Barmherzigkeit ging nicht so weit, als dass sie mit ihnen über ein geistiges Bündnis hinaus anbandelten – schließlich hatten Lars Levis Kinder Bildung genossen, waren von ihm in diesen und jenen Fächern unterrichtet worden, und er war der festen Überzeugung, dass sie sich mit ihresgleichen vermählen sollten, vielleicht könnte sie, Willa, die Frau eines Küsters werden, oder eines Friedhofswärters oder eines Lehrers, aber um keinen Preis konnten und durften seine Kinder in die Armut seiner eigenen Kindheit zurückfallen, und außerdem, was nützte eine Siedlertochter einem Lappen? Was konnte sie schon tun, außer den Haushalt eines Heims zu führen, in dem er nicht lebte? Und was konnte sie für einen Bauern tun, außer ihm das Gefühl zu vermitteln, ihrer nicht gewachsen zu sein – welcher Mann wollte schon eine Frau, die mehr wusste als er selbst?

Wahrscheinlich, dachte Willa, würde sie also nach Uppsala gehen, und Karesuando würde in ihrer Erinnerung nicht mehr sein als ein armseliges kleines Kirchdorf, und die Lappen würden nicht mehr sein als die wilden Eingeborenen ihrer Kindheit, und ihr Vater der verrückte Missionar, und alle Fähigkeiten, die sie im Fallenstellen, Häuten oder Melken gewonnen hatte, wären ihr unnütz und sogar peinlich.

Also hatte sie sich mit ihrer Zukunft abgefunden. Sie und Nora nähten neue Kleider für Uppsala, Kleider, die natürlich überhaupt nicht dem entsprachen, was die Frauen dort trugen, aber es war gut für ihren Charakter, nicht ins Bild zu passen, nicht so auszusehen, als würden sie nach dieser Art von Eitelkeit streben. Sie, Willa, würde nicht danach streben. Sie würde auf dem Boden bleiben, und sie hob den Saum des Kleides ins Licht, um ihn genauer zu betrachten. Die Stiche waren klein und gleichmäßig. Sie gehörte zu der Art von Frau, die, wenn sie einen Fehler machte, den Fehler sofort behob. »Mach einfach weiter«, sagte ihre Mutter, aber Willa tat das nie. Ihre Mutter hielt es für eitel und sogar exaltiert, sich so sehr um das Aussehen eines Kleides zu sorgen. Ein Kleid sei ein Objekt mit einer Funktion, und seine Funktion bestehe darin, die Weiblichkeit so bescheiden wie möglich zu betonen und zugleich Wärme zu spenden. Alles darüber hinaus war eine sündige Angelegenheit.

Es dauerte einen Moment, bis Willa aus ihren Gedanken gerissen wurde und mitbekam, dass es um etwas Praktisches ging – Biettar schlug vor, dass sie Henrik zum Weihnachtsessen einladen sollten. Sollte Henrik aufhören, Schnaps an die Lappen zu verkaufen, fragte er, würde das nicht den Großteil ihrer Probleme lösen? Willa konnte das Unbehagen auf dem Gesicht ihrer Mutter sehen, allein der Gedanke, mit Henrik Weihnachten zu verbringen; für ihre Mutter gab es kaum einen schlimmeren Menschen als Henrik, sie wollte ihn am liebsten überhaupt nicht im Haus haben, und so hatte er auch noch nie einen Fuß über diese Schwelle gesetzt. Er vereinte alle Eigenschaften in sich, die ihre Mutter am wenigsten ausstehen konnte: Er war als Neffe des Dekans dank Vetternwirtschaft hier, wahrscheinlich eingesetzt, um ein Auge auf das Treiben ihres Vaters zu haben; er hatte einen Hang zum Trinken; war ein eitler Vogel (ständig fuhr er sich durchs Haar und zupfte seine Weste zurecht); und natürlich seine Gier – er war nach Karesuando gekommen und hatte keine Zeit verstreichen lassen, die Preise zu erhöhen. Dann war da noch die Tatsache, dass er nie das geringste Anzeichen von Glauben gezeigt hatte, noch das kleinste bisschen Reue über den Verkauf von so viel Schnaps an die Lappen, aber vor allem war er aus dem Süden, er war nicht wie sie. Wann immer sie ihn sahen, beschwerte er sich über dies und jenes, eine typische Angewohnheit eines Menschen aus dem Süden, und sie alle rechneten damit, dass er es hier nicht lange aushalten würde – höchstens noch einen weiteren Winter.

»Ich nehme an«, sagte ihre Mutter nach einem langen Schweigen, das ihren Unmut bezüglich dieser Idee deutlich zum Ausdruck brachte, »dass das ein christlicher Akt wäre. Was sagst du dazu, Lars?«

Doch Lars Levi hatte sich bereits wieder der Predigt in seiner Hand zugewandt. Er nickte, weshalb genau, war nicht klar, und dennoch war die Sache entschieden. Willa sah zu Nora, sie sahen sich über die Kleider auf ihrem Schoß hinweg an. Jetzt wird alles anders, dachte Willa zum zehnten Mal in zwei Wochen, alles wird anders, aber sie dachte nicht darüber nach, warum Biettar Henrik überhaupt dabeihaben wollte; es kam ihr nicht einmal in den Sinn, dass die beiden sich kannten; es kam ihr nicht in den Sinn, dass es irgendwelche Zusammenhänge bei diesem Abendessen geben könnte, die nichts mit ihr selbst zu tun hatten.

Henrik seinerseits war ziemlich nervös, überhaupt eingeladen worden zu sein, es kam ihm so ungewöhnlich vor. Absurd, irgendwie, wegen Leuten nervös zu sein, die in der gesellschaftlichen Rangordnung so weit unter ihm standen, aber Nora hatte schon immer eine fesselnde Wirkung auf ihn gehabt, und es war ja auch eine Chance zu zeigen, wie kultiviert er war, seine Tischmanieren, wie gut er sprach – war er nun der Neffe des Dekans oder nicht? Der Neffe des Vorgesetzten ihres Vaters? Er spürte, dass Nora das gefiel. So stellte er sie sich vor, dass ihr diese Dinge wichtig waren, Kultiviertheit, dass sie sich hier, unter den Eingeborenen, gefangen fühlte. Er wählte seine Kleidung für diesen Anlass viel sorgfältiger als sonst und entschied sich für eine Weste, die er vor gerade mal einem Jahr in Stockholm zu einem Weihnachtsgottesdienst getragen hatte, die sich aber jetzt, wie er merkte, nicht mehr zuknöpfen ließ. Das ärgerte ihn, doch schließlich entschied er sich für ein Hemd mit gestärktem Kragen und darüber eine wollene Anzugjacke und ein feines Halstuch aus Seide, preiselbeerrot, ganz im Sinne der Weihnachtszeit. Er putzte sogar seine Schuhe mit Bärenfett.

Als der Abend kam, klopfte Henrik an ihrer Tür. Wer klopft, dachten sie alle, warum kommt er nicht einfach herein? Nora ging zur Tür, um ihm aufzumachen, selbst ganz nervös, ihr war bewusst, wie Henrik sie ansah, als er ihr seinen Hut und seinen Mantel reichte, die sie an einen Haken hängte, der extra für ihn freigeräumt worden war. Es gefiel ihr, dass er sie so ansah, wenngleich es ihr auch nicht gefiel; sie wollte die Schmeichelei, aber nicht die Verantwortung, sein Schmeicheln angestachelt zu haben. Sie ging an ihm vorbei, spürte seinen Blick im Rücken, aber als sie sich umdrehte, stand er nur da, ohne ihr zu folgen, und sie sah, wie sein Blick alles um sie herum abtastete, wie seine Augen ausdrückten: »Ihr lebt wie die Karnickel im Loch«, und sie wurde rot.

Henrik fiel es schwer, die richtigen Worte zu finden. Normalerweise hätte er an dieser Stelle etwas gesagt wie »Was für ein schönes Haus«, aber er brachte es nicht über die Lippen, konnte keinen anderen Gedanken fassen als den, wie klein diese Hütte doch war. In Uppsala hatte er beim Betreten eines Hauses immer sofort ein Gefühl dafür gehabt, wie viel alles gekostet hatte, wie hochwertig dieses oder jenes war, aber hier fiel ihm auf, dass es nichts gab, was seinen Blick auf sich zog. Es gab einfach nichts zu bestaunen. Keine Vorhänge an den Fenstern, keine Gemälde oder Dekorationen an den Wänden, die nur mit Teer verbundene Holzbohlen waren, durch die, wie er feststellen konnte, der Wind pfiff. Ein großer Flickenteppich bedeckte den Holzfußboden, aber selbst dieser Teppich war trostlos und von den dunkelsten Farben. Die einzige Dekoration, wenn man es denn so nennen konnte, waren Fleisch und Zwieback, die zum Trocknen von der Decke hingen, und Kerzen in schlichten hölzernen Kerzenständern. Ansonsten waren Bänke in die Wände eingelassen, und ein Schreibtisch war mit Papieren und Büchern bedeckt, weitere Bücher stapelten sich auf dem Boden neben dem Schreibtisch – Henrik konnte Titel in französischer und lateinischer Sprache und sogar einige griechische Titel erkennen. Der Anblick von all dem verschwand, wenn auch nicht gerade vorteilhaft, hinter dem Rauch, der in dicken Schwaden aus dem Kamin in seine bereits tränenden Augen drang.

»Die anderen sind in – hier entlang«, sagte Nora, und sie führte ihn von dem Raum, der wohl das Wohnzimmer sein musste, in eine Art Küche oder Esszimmer – hier gab es einen Tisch, ein massives Holzding aus drei dicken Brettern, auf dem drei große Schüsseln standen, vermutlich mit Essen, statt Stühlen waren alte, ausrangierte Kirchenbänke an den Tisch geschoben worden. Hinter dem Tisch befand sich eine kleine Kochstelle, ein großer Trog, der wohl als Waschbecken diente, und eine weitere Feuerstelle, über der an einer langen Eisenkette ein dicker Eisentopf hing. Aber es war noch schwieriger, diesen Raum genau in Augenschein zu nehmen, weil er so voller Kinder war, Lars Levis Kinder, die Henrik alle auf eine Weise anstarrten, die seine Mutter verachtet hätte. Es waren so viele, dass sie zu einem einzigen braunhaarigen Fleck verschmolzen. Und in der Ecke stand, zu Henriks Erstaunen, Biettar. Mein Gott, der Mann hatte Nerven. Die Schlachtzeit war vorbei, und er hatte seine Schulden noch nicht beglichen, nicht einmal mit einer mageren alten Renkuh.

»Na dann, hallo«, sagte Henrik und nickte Noras Mutter zu. Er hätte sie gerne bei ihrem Namen genannt, Frau Laestadius, oder sogar Brita Kajsa oder Brita – niemand schien es hier mit der Förmlichkeit so genau zu nehmen –, aber er spürte, dass, wofür auch immer er sich entschied, falsch sein würde.

»Fröhliche Weihnachten«, sagte Brita in einem Ton, in dem kein bisschen mehr als bloße Höflichkeit steckte. Er konnte spüren, wie wenig sie ihn mochte. Ist in Ordnung, versuchte er mit seinem Lächeln zu erwidern, ich mag dich auch nicht besonders.

Er zuckte zusammen, als sich eine Tür an der hinteren Wand öffnete und Lars Levi erschien. Da war also das Schlafzimmer – er erblickte ein Einzelbett, Kommoden, Schubladen. Wo schliefen die anderen?

»Herr Lindström«, sagte Lars Levi in beinahe feierlichem Ton.

»Rikki«, kicherte eines der kleinen Mädchen.

Die Mutter warf ihr einen strafenden Blick zu, und das Lachen erlosch.

Lars Levi, der von dem Tamtam genug zu haben schien, setzte sich an den Kopf des Tisches, die Kinder reihten sich in die Kirchenbänke, während Biettar den Platz am anderen Ende des Tisches einnahm, als wäre es das Natürlichste von der Welt, und niemand gab Henrik ein Zeichen, sich irgendwo niederzulassen. In einem anderen Haus hätte er sich vielleicht den Platz neben Nora geangelt, aber er entschied sich stattdessen für den Platz in seiner Nähe, der noch frei war, sodass er auf der einen Seite von Willa und auf der anderen von dem Bruder eingekeilt war, der nie sprach.

Lars Levi sprach ein Gebet, es musste zehn oder zwölf Minuten gedauert haben, und er sagte kaum ein Wort über Weihnachten; mehrmals erwähnte er diejenigen, die den Whisky-Drachen anbeteten und die Pisse des Teufels tranken, und Henrik begann sich zu fragen: War er eingeladen worden, um gemaßregelt zu werden? War dieses Abendessen eine Art trojanisches Pferd, und er durfte erst gehen, wenn er sich auf den Boden warf und um Erbarmung schrie? Er sah Biettar an, um diese Theorie zu überprüfen, aber der gesenkte Kopf des Mannes ließ keine Schlussfolgerungen zu.

Der Eintopf bestand, was niemanden überraschte, aus Rentierfleisch, aber auch aus Karotten und Kartoffeln, und es gab Roggenbrot und Butter. Henrik hatte angesichts der schlechten Ernte kaum noch Kartoffeln, und nicht zum ersten Mal fragte er sich, wozu ein Land gut war, in dem nicht einmal eine Kartoffel wachsen konnte.

Draußen blies der Wind so stark, dass die Fensterläden, obwohl sie mit Holzbolzen befestigt waren, drohten aus den Angeln gerissen zu werden, und der Rauch quoll immer heftiger aus dem Kamin, was dem ganzen Abendessen den Anschein gab, zumindest teilweise unter freiem Himmel stattzufinden.

»Henrik«, sagte Lars Levi vom anderen Ende des Tisches, »habe ich Ihnen schon von meinem Vater erzählt?« Henrik schüttelte den Kopf, den Mund voll mit Eintopf.

Die Brühe war dick, fast zähflüssig. Offensichtlich war das Fleisch in Butter gegart worden. Es war weich und deftig. Er hätte es schüsselweise in sich reinschaufeln können. »Er hat Rentierhufe zu Leim geschmolzen«, fuhr Lars Levi fort, »und als ich geboren wurde, schnallte mich meine Mutter auf den Rücken und fuhr vierzig Meilen auf Skiern, um mich taufen zu lassen. Durch einen Schneesturm.«

»Ein Pferd schafft kaum vierzig Meilen an einem Tag«, sagte Henrik anerkennend.

»Oh, das ist hier gar nicht ungewöhnlich«, sagte Lars Levi leichthin, als hätte Henrik den falschen Teil seiner Geschichte kommentiert. Eine Stille trat ein, aus der niemand herauszufinden wusste. Henrik musterte Biettar, der, wie er bemerkte, seine Haare nach hinten gekämmt und seinen Bart gestutzt hatte. Er trug diese blaue Wolltunika, die die Lappen trugen, mit Stickereien an den Säumen, seine war besonders schick, die Stickereien verliefen über die Schultern wie Schulterstücke. Schau an, dachte Henrik, er hat genug Geld für Kleidung, aber nicht für mich. Was musste er tun, um Biettar zum Zahlen zu bringen? Musste er wirklich selbst hinaus zu den Herden gehen, so wie der alte Ladenbesitzer?

»Erzählen Sie mal, Henrik«, sagte Brita, »was macht Ihr Vater?«

Henrik hielt inne, überrumpelt von der Frage. Hier oben hatte noch nie jemand Interesse an ihm gezeigt; er hatte nie Gelegenheit gehabt, irgendjemandem von seinem Vater zu erzählen, davon, was es bedeutete, ein Lindström zu sein.

»Also«, sagte Henrik dankbar und sogar ein wenig aufgeregt, »mein Vater war Kaufmann, hauptsächlich für Textilien, er ist vor einigen Jahren gestorben, aber es stellte sich heraus, dass meine Mutter ein Händchen für den Handel hatte, und tatsächlich lief das Geschäft viel besser, nachdem sie es übernommen hatte.« Er war sich nicht sicher, wie konkret er ausführen sollte, wie gut die Geschäfte gelaufen waren, er wusste nicht, ob Zahlen für diese Leute eine Bedeutung hatten, und es schien, als ob die normalen Regeln, wie man in Gesellschaft über seinen Status sprach, hier nicht galten. Er hatte das Gefühl, er könne beschreiben, in welcher Straße der Laden lag, und es würde ihnen nichts sagen; er könne sogar ausführen, dass seine Familie mütterlicherseits Verbindungen zu den Mächtigen des Landes hatte – seine Mutter selbst hatte nur das Pech gehabt (wie sie es immer ausdrückte), schnell verheiratet werden zu müssen, damit ihre schönere, aber jüngere Schwester besser heiraten konnte als sie, und Henriks Vater war zwar nicht von Adel, aber er kam aus reichen Verhältnissen, wenn auch von neuem Geld. »Einmal stattete sogar die königliche Gouvernante, Gräfin Taube, unserem Laden einen Besuch ab«, fügte er hinzu, doch auch das schien keinen Eindruck zu machen. Dennoch fuhr er fort und fühlte sich wie ein Soldat in der Schlacht, der seinen Instinkten zum Trotz die nächste Feindeslinie überquerte. »Sie kaufte vier Meter Jacquard-Seide, ließ sie aus Frankreich importieren«, sagte er tonlos, wohl wissend, dass er besser den Mund halten sollte, aber er konnte sich nicht stoppen. »Mit einer Art Paisleymuster«, sagte er. »Und Samt. Samtborte.«

»Aha«, sagte Brita.

»Dann müssten Ihnen hier oben die Gáktis sehr zusagen«, sagte Lars Levi.

Henrik gab als Antwort einen Laut von sich, der ausdrückte, dass er nicht im Geringsten wusste, worauf Lars Levi sich bezog.

Alle Augen waren auf ihn gerichtet, sogar die der Kinder, als wäre er dumm. »Die Gáktis«, wiederholte Lars Levi, als ob die Wiederholung allein schon neues Wissen vermitteln würde. Er deutete mit dem Ellbogen in Richtung Biettar.

»Man kann an einem Gákti erkennen«, sagte Brita, »woher jemand kommt. Am Stil, an der Menge der Stickereien, an den Farben. Ob die Stickerei um die Schultern herum verläuft oder nicht.«

»Ach ja, diese Tunika-Dinger, diese Kostüme«, sagte Henrik, »und manchmal trägst du sogar den komischen Hut mit den Pompons, nicht wahr, Biettar?«

Biettar sah ihn an, als wüsste er nicht, was er meinte, aber Henrik wusste, dass er ihn verstanden hatte.

»Das Wort *Kostüm*«, sagte Lars Levi, als Biettar offensichtlich nicht antworten wollte, »impliziert, dass etwas getragen wird, um vorzugeben, etwas zu sein, was man nicht ist, oder?«

»Also, na –«

»An den Sámi kann man vieles wertschätzen«, sagte Lars Levi. Henrik schielte zu Biettar, um zu sehen, was er von dieser Verteidigung hielt, aber Biettar schien die Fensterläden zu betrachten, sein Blick weilte jedenfalls irgendwo hinter den Kindern.

»Es ist eine ganz neue Welt hier oben, nicht wahr?«, sagte Henrik vage. Er sah jetzt seinen Fehler ein, Ziel war es, sich allem Einheimischen mit Ehrfurcht zu nähern, ob nun zu Recht oder nicht.

»Wussten Sie«, fuhr Lars Levi fort, »dass die Sámi über zweihundert Wörter für *Schnee* und *Eis* haben?« Er gab niemandem die Gelegenheit zu antworten. »Zum Beispiel dieses wunderbare Wort im Nord-Sámi – der Moment, in dem so viel Schnee fällt, dass man den Unterschied zwischen Himmel und Land nicht mehr erkennen kann – genau für diesen Moment gibt es ein Wort.«

»*Borga*«, sagte Willa mit der sanften Aussprache der Lappen. »Und wenn du nach draußen gehst und der Schnee noch ganz frisch ist und auf den Spitzen der Bäume liegt, dann heißt er *Rikvit*.«

»Und wenn der Schnee verkrustet ist und dein Gewicht hält ...«, sagte Lars Levi.

»Und wenn der Schnee verkrustet ist und dein Gewicht nicht hält«, warf Willa ein. »Und die Monate sind nach dem Aussehen der Rentiere benannt«, fügte sie hinzu. Wie anstrengend, dachte Henrik, warum muss Willa nur immer so vorlaut sein. Er wollte gar nicht hören, was sie zu sagen hatte, sie wirkte zu selbstzufrieden, weil sie so viel wusste.

»Ah ja«, erwiderte Lars Levi, der offensichtlich überlegt hatte, »August, ja, und Oktober.«

»Und April«, sagte Willa, »wenn der Schnee so hart ist wie ein Tisch. Dann können sie sich darauf besser nach Norden bewegen, zur Küste.«

»Wie ich schon sagte, es ist eine ganz neue Welt hier oben«, wiederholte Henrik und versuchte dabei, sowohl Höflichkeit als auch leichtes Desinteresse zu vermitteln.

»Was hast du denn erwartet?«, fragte Biettar. Die Tatsache, dass er sprach, schien niemanden sonst zu überraschen, aber es überraschte Henrik, vielleicht weil Biettar seine Anwesenheit bisher mit keinem Wort gewürdigt hatte.

»Erwartet?«

»Als du den Entschluss gefasst hast, hierherzuziehen«, sagte Biettar, »aus dem Süden, was dachtest du denn, was dich hier erwartet?«

»Ja, das habe ich mich auch schon gefragt«, sagte Nora, und Henrik suhlte sich in der Wärme ihres Interesses.

»Oh«, sagte Henrik, »na, ihr wisst schon, dass die Lappen, nun ja, dass die Lappen Heiden sind. Wild«, sagte er und versuchte, das Wort in Biettars Gegenwart abzumildern. »Dass ihr alle in schmutzigen Zelten lebt und so weiter. Dass ihr Schamanen habt und auf Trommeln herumtrommelt, in Trance verfallt. Hexerei«, fuhr er fort, »ich habe einiges über Hexerei gehört. Ich hatte gehofft, selbst etwas von der Magie abzukriegen«, scherzte er, aber der Witz kam nicht so gut an.

»Und ich habe gehört, dass Sie ein sehr ungewöhnlicher Prediger sind«, fuhr er fort. »Mein Onkel ist der Dekan der Diözese, dieser Diözese, müssen Sie wissen«, sagte er, »mütterlicherseits natürlich, aber trotzdem«, fügte er hinzu und merkte plötzlich, dass er im Begriff war, mehr zu sagen, als er sollte, oder vielleicht hatte er das sogar schon. »Wie dem auch sein«, sagte er und räusperte sich kräftig, als ob wirklich etwas in seinem Hals feststeckte, »dann habe ich auch, ihr wisst schon, Gerüchte gehört – neulich kam ein Lappe eines Abends in den Laden, sehr betrunken. Das war nicht meine Schuld«, scherzte er, aber wieder lachte niemand. »Er hat mir erzählt, dass es immer noch Schamanen gibt, im Geheimen, sie sagen es niemandem, die Lappen behalten alles für sich, sie tun nur so, als wären sie christlich, aber das sind sie überhaupt nicht. Die Schamanen schlagen noch immer ihre Trommeln.« Er gab das alles völlig falsch wieder, er brachte es nicht so rüber, wie Simmon es ihm erzählt hatte. Simmon hatte es wie eine kleine Schauergeschichte erzählt, als wolle er Henrik Angst machen, Angst vor den Trommeln der Trolle und vor den Medizinmännern und Weiß-der-Fuchs, und tatsächlich war ihm danach etwas unheimlich zumute gewesen, aber so wie Henrik es jetzt weitererzählte, klang es kindisch und dumm.

Über den Tisch warfen Nora und Willa sich Blicke zu. Die Kinder kicherten wieder, die Erwachsenen waren wie versteinert. Biettar hatte seinen Blick von Henrik abgewandt, vielleicht hatte er auch gar nicht mehr zugehört. Es ärgerte Henrik sehr, dass Biettar ihn nicht beachtete, dass er Henrik keinen Respekt entgegenbrachte, obwohl Henrik derjenige war, der ihm Kredit gewährte. Biettar hätte unterwürfig sein müssen, alles tun müssen, um in Henriks Gunst zu bleiben, und überhaupt, hatten sie nicht schon oft zusammen getrunken? Hatte Henrik ihm nicht so manches Glas eingeschenkt? Meistens schweigend, aber trotzdem.

»Das ist ja interessant«, sagte Nora, da es nicht so aussah, als ob irgendjemand anderes reagieren würde.

»Und dann sagte dieser Lapp«, fuhr Henrik fort und erinnerte sich, wie Simmon bis zu diesem Punkt der Geschichte vor ihm stand und ihn ansah, dann aber sein Gesicht abgewandt hatte. Damals hatte er sich wenig dabei gedacht, außerdem hatte er bereits eine Reihe höchst unglaubwürdiger Geschichten von Simmon gehört, und dies hätte bloß eine weitere sein können, aber jetzt, wo er hier mit Biettar am Tisch saß, durchfuhr ihn ein kleiner Schauer: Was, wenn Simmon dieses Mal die Wahrheit gesagt hatte? Und was, wenn er, Henrik, von dem sie so wenig hielten, von dem sie glaubten, er wisse nichts, mehr wusste als sie? »Er sagte, dass du ein Schamane warst, Biettar, dass du deine eigene Trommel besessen hast. Du warst eine Art Medizinmann. Aber jetzt wirst du deine Trommel ja sicher verbrannt haben, jetzt, wo du bekehrt bist.«

Zufrieden beobachtete er die Wirkung, die seine Worte hatten. Biettar drehte seinen Kopf langsam zu ihm, Nora und Willa legten beide ihre Löffel beiseite, sahen einander an und dann wieder zu ihm. Brita machte ein Gesicht, das sagte: Na, wie amüsant.

Lars Levi kaute, langsam. Er wischte sich den Mund mit einem vergilbten Taschentuch ab und sagte mit ruhiger Stimme: »Nun, sie haben sie einst auf dem Scheiterhaufen verbrannt, jeden, der angeblich ein Schamane war, und sie haben auch ihre Trommeln verbrannt. Diejenigen, die verschont blieben, mussten ihrem Glauben abschwören, geloben, dass sie Christen waren, und dann verschwanden natürlich auch die Trommeln, und nach einer Weile behauptete niemand mehr, ein Schamane zu sein. Sie haben sie auch vor Gericht geführt. Der letzte aufgezeichnete Prozess gegen einen Schamanen fand ... Ende des siebzehnten Jahrhunderts statt, 1690, glaube ich, ein Schamane, der behauptete, bestimmte Kräfte zu haben, aber die Aufzeichnungen zeigen, dass niemand so recht an seine Kräfte glaubte. Ein interessanter Fall, du solltest ihn lesen. Eigentlich sollte der Mann hingerichtet werden, aber an dem Morgen, an dem sie ihn zu seiner Hinrichtung abholen wollten, war er bereits ermordet worden. Das ist jetzt alles vorbei, es ist lange her, und schon damals war so etwas nicht mehr an der Tagesordnung.«

»Ah ja«, sagte Henrik, obwohl er merkte, dass sich sein Gesicht vor Scham erhitzte, er spürte, wie sich alle am Tisch amüsierten, dass er die Märchen geglaubt hatte und nun korrigiert wurde, »natürlich habe ich nicht geglaubt, dass das alles wahr ist. Ich dachte eher: Was für eine Geschichte, nicht wahr?«, sagte er mit schwacher Stimme. Er wollte das Thema wechseln, ohne den Eindruck zu erwecken, das Gespräch zu meiden. »Aber was haben die denn überhaupt mit den Trommeln gemacht?«

»Was meinen Sie?«

»Ich meine, warum Trommeln?«

»Oh, sie haben getrommelt, in einem ganz bestimmten Rhythmus, glaube ich, um eine Art Trance zu erzeugen. Mit einem Hämmerchen. Auf den Trommelfellen waren oft kleine Zeichnungen, man kann sich die Trommeln in einem Museum ansehen, in Stockholm, glaube ich, und auch in Frankreich – und auf jeden Fall gab es diese Zeichnungen, kleine Menschen oder Rentiere, die Sonne, einen Baum, auf einigen sogar eine Kirche. Man konnte dem Schamanen also etwas Silber zahlen, eine Münze oder so, und der Schamane legte das Silber auf das Fell und schlug die Trommel, und wo auch immer die Münze hinsprang, sagte das dem Schamanen etwas. Natürlich gab es auch Heiler, Guvhllárat nannten sie sie. Sie benutzten meistens Messer. Messer zum Heilen, wie paradox.«

»Verstehe«, sagte Henrik, »wie eine Zigeunerin, die vor dem Kutschenhaus in Uppsala Teeblätter liest, oder eine alte finnische Hexe, die einen mit ihrem Gebräu heilen will.«

»Ja, so ungefähr, nehme ich an«, sagte Lars Levi. »Allerdings haben sie hier auch ihre Sieidis, und sie können zwar ihre Trommeln verbrennen, aber es gibt keine gute Methode, die Sieidis loszuwerden. Das sind meistens sehr große Felsen, die so wirken, als würden sie gar nicht in die Landschaft gehören – wahrscheinlich haben Sie schon mal eine Sieidi gesehen, ohne es zu wissen –, oder aber sehr dramatische Landformationen, Sána zum Beispiel, das Fjell, eigentlich müssten Sie auf Ihrem Weg von Tromsø hierher daran vorbeigekommen sein, man erzählt sich, es sei eine Sieidi. An diese Orte brachten sie ihre Opfergaben, Geweihe, Rentiere –«

»Menschen, wie ich gehört habe«, fiel Henrik ihm ins Wort.

»Unsinn. Völliger Quatsch. Das zeigt nur die Perversität desjenigen, der sich das ausgedacht hat. Aber sie haben die Bedeutung der Steine sehr ernst genommen, sie haben dort gebetet, bevor sie Richtung Küste aufgebrochen sind, für eine sichere Reise, für gutes Wetter, für Glück und so weiter. Vielleicht haben sie dort gejoikt, sich selbst in eine Art Trance versetzt, wer weiß. Ich nehme an, Sie wissen, was Joiken ist.«

Wieder dieser Ton, als würde er mit einem Idioten sprechen. Henrik nickte. »Dieses Geschrei, was sie von sich geben«, sagte er. »Ihr Gesang.«

»Ey ah na no yo ah«, begann eines der kleinen Mädchen mit verzerrter Stimme zu singen, den Kopf nach hinten geworfen, sie fuchtelte wild in der Luft, die Augen rollten in ihren Höhlen.

»Damit macht man keine Scherze«, schaltete sich Brita ein, und zwar so scharf, dass das Mädchen – vielleicht war es Lisa – sofort die Augen niederschlug und auf ihre Hände starrte. »Damit beschwört man den Teufel«, fuhr sie sehr ernst fort. »Das machen sie immer noch, wir haben es alle schon mal irgendwo gehört. Ein sehr unheimliches Geräusch«, sagte sie, »jedes Mal fährt mir ein Schauer über den Rücken.«

»Verstehe«, sagte Henrik. Einen Moment lang waren nur die Löffel zu hören, die über die Böden ihrer Schüsseln schabten.

»Wenn man singt, singt man über etwas«, sagte Biettar sanft. Er sah das kleine Mädchen an, das so getan hatte, als würde es joiken: »Wenn man joikt, joikt man über etwas. Du joikst über einen Berg oder einen Menschen. Manche Joiks gibt es schon seit Hunderten von Jahren. Die Person, über die gejoikt wird, lebt auch nach Hunderten von Jahren weiter, in ihrem Joik.«

»Na ja, das macht doch heute niemand mehr, oder?«, warf Lars Levi ein. »Vielleicht alte Leute wie Antihkka Sussu, aus denen kommt es manchmal noch raus.«

»Antihkka Sussu«, sagte Willa. »Wisst ihr noch –«

»Ja, wissen wir«, fiel Lars Levi ihr ins Wort.

»Was denn?«, fragte Henrik.

»Ach«, sagte Lars Levi. »Es ist gar nicht so interessant. Also gut, einmal ging Antihkka Sussu zu dem Kaufmann hier, Ihrem Vorgänger, und seine beiden Angestellten warfen sie aus dem Haus. Es heißt, sie habe gejoikt und den Angestellten gedroht und gesagt, kein Hund von Karesuando würde im nächsten Jahr noch nach ihnen bellen. Und noch im selben Jahr sind die beiden Angestellten ertrunken.«

»Wirklich?«, fragte Henrik. Er hatte davon gehört, dass die beiden Verkäufer ertrunken waren, aber er war nur neidisch gewesen, dass sein Vorgänger zwei Angestellte gehabt hatte und nicht nur Simmon, der ja weniger ein Angestellter war als vielmehr der Dorfsäufer. Er wäre nie auf die Idee gekommen, dass Antihkka Sussu etwas mit diesem Unglück zu tun gehabt hätte. Trotzdem war es eine gute Geschichte, er würde nach Hause gehen und seinem Onkel davon schreiben müssen.

»Aber natürlich«, sagte Lars Levi, »ist auch das nur eine Geschichte, die die Leute sich erzählen.«

»Also, wenn Sie mich fragen ...«, begann Henrik.

»Es gibt noch eine andere Geschichte über Sussu«, unterbrach Biettar ihn plötzlich. Alle verstummten. Er schaute Willa an. Das war seltsam, als wäre außer den beiden niemand da. »Sussu war auf einer Rentier-Wanderung dabei, und drei Amseln landeten auf einem Gestell, wo das Schlachtvieh zum Trocknen hing, und begannen, das Fleisch von den Kadavern zu picken. Sussu wusste, was das bedeutete: Drei Menschen der Siida würden schon bald sterben, und sie warnte sie alle, doch als am nächsten Tag ihr Neffe von einem Bullen an den Kopf getreten wurde und starb und dann ihre Schwester, die Mutter des Jungen, im Lávvu an der Trockenstange hängend gefunden wurde und dann ihr Mann in einen Schneesturm geriet und nicht mehr zurückkam, wollte sie niemand mehr dort haben, und dieses Jahr war das letzte, in dem sie jemals mit der Siida an die Küste gewandert ist. Die Leute hatten das Gefühl, dass es ihre Schuld war, nur weil sie es vorausgesagt hatte.«

»Aber so interessant das alles auch klingen mag«, sagte Lars Levi mit einer bedeutungsschwangeren Pause, »ich habe mein ganzes Leben lang hier gelebt und habe nur sehr wenig Magie gesehen. Sehr, sehr wenig.« Und mit dieser Erklärung was das Thema beendet.

»Aber Henrik«, sagte Nora und sah ihn an, »ich bin mir sicher, dass du jetzt vieles verstehst, was du vorher nicht verstanden hast. Wenn ich in den Süden gehe«, sagte sie und errötete aus irgendeinem Grund, der ihm schleierhaft war, »werde ich sicher auch das Gefühl haben, überhaupt nichts zu verstehen, auch wenn wir uns noch in demselben Land befinden.« Errötete sie, fragte er sich, weil sie ihre Worte so geschickt manövrierte, um seine Gefühle zu schonen?

»Oh, natürlich, ich verstehe jetzt so einiges«, sagte er. »Als ich hier ankam, wusste ich nicht einmal, was eine Siida ist. Jemand kam in den Laden und sagte, er gehöre zu dieser oder jener Siida, aber der Nachname stimmte nicht einmal mit dem Namen der Siida überein, und ich wusste nicht, wie ich das handhaben sollte. Wusste monatelang nicht, wie ich meine Bücher führen sollte. Jetzt weiß ich natürlich«, sagte er, froh über die Gelegenheit, sein Wissen zu demonstrieren, »dass die Siidas nur lose Zusammenschlüsse von Leuten sind, die sich um eine Herde herum zusammentun, sie haben nicht einmal offizielle Namen, es ist alles sehr inoffiziell, wie das hier oben so abläuft.« Er lachte, plötzlich nervös, weil er bei seinen Erklärungsversuchen merkte, dass er es selbst gar nicht richtig verstand.

»Weißt du, was der Ástahat ist?«, fragte Biettar. Henrik schüttelte den Kopf. »Der Ástahat ist der Stock, mit dem man das Feuer schürt. Das ist aber nicht derselbe Stock, den du überallhin mitnimmst. Es ist der Stock, den man für ein bestimmtes Feuer nutzt, aber er kann sich ändern. Der Ástahat ist ein« – er gestikulierte – »ein Ding, das im

Moment des Gebrauchs existiert.« Er sagte das so, als ob das alles einen wunderbaren Sinn ergeben würde. Henrik nickte und schaute zu Nora, in der Hoffnung, sie würde ihn ansehen und sagen: Ich verstehe es auch nicht ganz; aber sie sah ihn nicht an, und er dachte: Schon wieder. Sie schämt sich für mich. Was gäbe er nicht für einen kleinen Schluck Wodka oder Brännvin, irgendetwas, das ihm die Scham für eine Minute lindern würde. Warum hatte er bloß den Mund aufgemacht? Warum hatte er überhaupt auch nur ein Wort gesprochen? Es wäre besser gewesen, dachte er, weise zu wirken, indem er schwieg, wie die Finnen.

»Ein Ding, das im Moment des Gebrauchs existiert«, wiederholte Henrik, als bewundere er diese Aussage sehr, doch das Gegenteil war der Fall. Aber in diesem Moment begegnete er Noras Blick, und es machte ihm nichts mehr aus, den ganzen Abend hier verbringen zu müssen und dass der Kaffee nichts weiter war als Kaffee, und obwohl er sich furchtbar langweilte, als sie ihr Beisammensein in den vorderen Raum verlegten und Lars Levi wieder zu predigen begann, tröstete er sich damit, dass er auf Noras Nacken starren konnte, auf ihr Haar, das sie geflochten und zu einem Kranz am Hinterkopf gebunden hatte. Er hustete mehrmals, um ihre Aufmerksamkeit zu erregen, aber sie rührte sich nicht, als ob sie sich so sehr darauf konzentrierte, ihm keine Aufmerksamkeit zu schenken, dass das etwas bedeuten könnte.

In diesem Punkt hatte Henrik tatsächlich recht – den ganzen Abend über hatte Nora Henrik aufmerksam beobachtet, seine Präsenz bei Tisch, dass er seinen Löffel wie ein empfindliches Objekt hielt, wie vornehm sein Mantel geschnitten war. Sie war sich nicht einmal sicher, aus welchem Material – es war fein und grau und so dicht gewebt. Er trug sogar Manschettenknöpfe, wahrscheinlich aus echtem Silber, und einen schmalen Ring am kleinen Finger, der sie verlegen machte. Er schien sich fast schon zu sehr bemüht zu haben, adrett auszusehen, hatte sein blondes, schütteres Haar gekämmt, seine Schuhe geputzt. Von all dem hatte sie Notiz genommen, aber vor allem hatte sie Notiz davon genommen, wie er von ihr Notiz genommen hatte, es war das doppelte Bewusstsein, der Fluch aller Frauen, unter den Blicken der Männer um sie herum zu leben, aber auch und vor allem unter ihrem eigenen Blick auf sich selbst. Die damit verbundene Anstrengung befeuerte sie; sie genoss es, sich darauf vorzubereiten, jederzeit und aus jedem Winkel betrachtet zu werden.

Sie war sich auch der Blicke ihrer Mutter bewusst, die zwischen ihr und Henrik hin- und herhuschten. Als er sich schließlich verabschiedete und ging, sah Nora ihm genauso lange in die Augen, wie es der Höflichkeit entsprach, und nicht eine Sekunde länger. Aber sie war enttäuscht, jetzt, wo es vorbei war, wollte sie, dass es anhielt, dieses erregende Gefühl, das seine Aufmerksamkeit in ihr auslöste, und dann ging sie mit Willa in die Sauna. Willa saß dort, wo sie immer saß, wo der Dampf zwar zuletzt, aber am heißesten ankam, und Nora saß dort, wo sie immer saß, in der gegenüberliegenden Ecke, die Stirn an die Knie gelehnt.

»Ist dir etwas an Henrik aufgefallen?«, fragte Nora.

»Was soll mir denn aufgefallen sein?«, fragte Willa. »Was für ein Hinterwäldler er ist?«

Willa schüttete mehr Wasser auf die heißen Steine, und sie zischten vor Vergnügen. Als es in der Sauna so heiß wurde, dass sie die Hitze an den Zähnen spürten und ihre Haare ganz schwer auf ihren Rücken lagen, liefen sie hinaus in den Schnee. Willa rieb sich die Arme und die Brust ab, aber Nora stand nur da und sah zu, wie der Dampf von ihren eigenen Armen und ihrer Brust aufstieg. Sie schaute zum Fluss und fragte sich, ob sie jemals jemand so beobachtet hatte, vom anderen Ufer aus.

Zurück in der Sauna schöpften sie kochendes Wasser aus den Kesseln in Eimer, mischten es mit dem kalten Wasser und seiften sich ein.

»Glaubst du, dass es noch Schamanen gibt?«, fragte Willa.

»Ausgerechnet du glaubst Henrik?« Nora lachte laut auf. Sie war gekränkt, weil Willa nicht kommentierte, dass Henrik sich für sie zu interessieren schien, und sie wollte es selbst nicht ansprechen, denn sie fürchtete, dass es so aussehen könnte, als interessierte sie sich für ihn. »Er hat ja gar keine Ahnung«, sagte Nora, »er verbreitet nur Gerüchte. Was das betrifft, ist er schlimmer als Antihkka Sussu.«

»Kann sein«, sagte Willa. Sie schien irgendwie enttäuscht zu sein. Nora beobachtete, wie Willa die Augen schloss, während sie sich das letzte Wasser aus ihrem Eimer über den Kopf schüttete. Ihr Bauch wölbte sich leicht, aber der Rest ihres Körpers, sogar ihre breiten Hüften, waren muskulös und stramm. Noras eigener Körper wirkte im Vergleich dazu so dünn, skelettartig und schwach. Willa hatte ihr Bein angehoben und so angewinkelt, dass Nora das Haarbüschel zwischen ihren Beinen sah und nicht wegschauen konnte. Es kam ihr fast hässlich vor, das Geschlecht ihrer Schwester. Es schien wahrhaftig.

»Was?«, fragte Willa, die den Blick ihrer Schwester bemerkt hatte. Sie stellte ihr Bein auf einer niedrigeren Bank ab und pulte an einer Schorfstelle herum.

»Nichts«, sagte Nora. Sie spürte den Wind, der unter der Saunatür hindurchfegte und sich seinen Weg zu ihren Füßen bahnte. Er war so gierig, dieser Wind, er wollte alles für sich allein.

5

Wie Antihkka Sussu es vorhergesehen hatte, sollte der Winter sich als bitter erweisen. Ihm war ein Lemming-Sommer vorangegangen, die Hunde waren wie besessen hinter den kleinen Nagern hergejagt und hatten ihre zarten Knöchelchen mit einem Happs vertilgt, und jetzt waren die Wölfe da, und Vielfraße und Luchse, sie alle streiften umher und hinterließen eine Spur aus halb zerfetzten Kadavern. Die Hirten waren am Rande des Wahnsinns, weil sie nicht schlafen konnten, und die Frauen hüteten jetzt auch, bewachten zusammen mit den Männern die Hänge, alle rauchten, um sich wach und warm zu halten, allen gefroren die Wimpern, und der Urin wurde zu Eis, bevor er den Boden erreichte. Ivvár kam es vor, als hätten ihn alle Fehler seines Lebens auf einmal eingeholt und er würde auf einen Schlag dafür bestraft – sein Vater kam und ging, wann er wollte, und Ivvár hatte zwei weitere Rentiere verloren, eine junge Kuh und ihr Kalb. Es war ein unnötiger Verlust, außerdem einer, den sie sich nicht leisten konnten – es war nicht auszudenken, welche desaströsen Folgen das für sie haben würde. Er ging in die Hocke und wartete darauf, dass ihm das Blut wieder in den Kopf stieg.

Die Rechnung lautete: Ivvár und sein Vater hatten zusammen genug Rentiere, um zu überleben, genug zu essen, aber nicht genug, um beispielsweise eine Frau für Ivvár zu versorgen oder einen anderen Hirten zu bezahlen, der ihnen aushalf. Um sich über Wasser zu halten, um nicht zu verhungern, brauchte man für jede Person zwanzig Rentiere pro Jahr (manche sagten fünfzehn) – das war das absolute Minimum, von dem man leben konnte, denn es reichte aus, um die Herde von einem Jahr zum nächsten am Leben zu erhalten und gleichzeitig Rentiere zum eigenen Verzehr schlachten zu können und andere Rentiere zu verkaufen, um Vorräte, Mehl, Salz oder Nadeln für Zelttuch anzuschaffen, aber bei dieser Zahl blieb kein Raum für zusätzliche Anschaffungen, und es war keine Zahl, bei der die Herde wachsen konnte, sondern nur fortbestehen. Da Rentiere nicht bloß ein Maß für Reichtum waren, sondern der Reichtum an sich, das Leben an sich, war die Größe der Herde ein heikles Thema; es war zum Beispiel unhöflich, jemand anderen nach der Größe seiner Herde zu fragen, genauso unhöflich, wie jemanden zu fragen, wie viel Geld er hatte, und so gab es diejenigen, die verhindern wollten, dass andere ihre Herden sahen – das war zum Teil der Grund, warum Biettar seine Herde von denen seiner Brüder hatte trennen wollen; seine eigene Herde war im Vergleich zu sehr geschrumpft, und der Unterschied stach ihm jedes Mal ins Auge, wenn so wenige Rentiere mit seiner eigenen Markierung in den Ohren an ihm vorbeizogen. Und so hatte er, obwohl es klüger und einfacher gewesen wäre, sie zusammen zu hüten, darauf bestanden, die Herden zu trennen.

Zu diesem Zeitpunkt, im Januar 1852, im Monat der bittersten Kälte und Dunkelheit, wusste Ivvár natürlich ganz genau, wie viele Rentiere sie besaßen, auch wenn er die Zahl nicht laut aussprach. Der Punkt war – es waren viel zu wenig, vor allem, weil sie, wenn er recht hatte in der Annahme, wie viel sie Rikki schuldeten (er hatte Unrecht, er hatte weit unter Rikkis unverschämten Forderungen kalkuliert), ihm die Rentiere abtreten müssten, die sie für neue Mäntel und Stiefel hätten verwenden wollen; und sie mussten ein männliches Tier behalten und kastrieren, um ein Zugtier auszubilden, aber er vermutete, dass sie Rikki auch dieses Rentier schuldeten. Warum holte Rikki sich nicht einfach, was ihm gehörte? Wie lange sollte dieses Spiel noch weitergehen? Die Schlachtzeit war vorbei, die Bullen hatten ihr Geweih abgeworfen und den größten Teil ihres Sommergewichts verloren, die Weibchen wurden mager, und ihr Fell, obwohl es noch dick war, fiel bereits an einigen Stellen büschelweise aus.

Die Ankunft einer Besucherin, von der er sofort wusste, dass es sich um eine Besucherin handelte, weil sie ausgerechnet in einem Schlitten vorgefahren kam, einem Schlitten, den sie mit Glocken geschmückt hatte, als wäre sie auf dem Weg in die Kirche, oder als wäre sie (die Ironie des Ganzen entging ihm nicht) ein Mann, der um seine Hand anhalten wollte, ersparte ihm weitere Überlegungen zu dieser misslichen Lage. Ristens Gesichtsausdruck war sehr fröhlich, geradezu unbeschwert, als ob ihr Besuch nichts Besonderes wäre, als ob sie nicht geplant hätte, auch noch genau dann zu kommen, wenn sein Vater fort war. Natürlich hatte sie alles geplant, auch wenn sie es nicht zugab und er nicht danach fragte, stattdessen taten sie beide so, als wäre es das Natürlichste der Welt, dass sie vorbeikam, obwohl er und sein Vater inzwischen mindestens einen guten Tagesritt von Ristens Siida entfernt waren.

Aber diese Unbeholfenheit wurde von seiner Verlegenheit wegen der Herde in den Schatten gestellt, sodass er, während sie drauflosplauderte, kaum ein Wort herausbekam, er sah nur, wie sie es vermied, sich nach seiner Herde umzusehen, wie sie es vermied, die Tiere zu zählen, als wolle sie sagen, keine Sorge, ich habe gar nicht bemerkt, wie klein deine Herde ist, obwohl sie es natürlich bemerkt hatte. Sie war eine zu kluge Hirtin, um es zu übersehen, und außerdem konnte man die Größe einer Herde spüren, ohne hinzuschauen – die Rentiere verhielten sich anders, wenn sie mit mehr oder weniger Artgenossen zusammengetrieben wurden, und wenn die Herde so klein war, waren sie zahm und weniger vorsichtig.

Wieder und wieder dachte er: Ich hätte niemals zu ihr gehen sollen.

Aber jetzt war sie hier, und natürlich musste er sie hereinbitten und ihr einen Kaffee kochen, es gab nichts zu tun, was ihm eine Ausrede verschafft hätte, vor allem bei einer so ruhigen (und kleinen) Herde wie seiner. Also bat er sie herein und schämte sich für alles, schämte sich, dass er sich nicht die Mühe gemacht hatte, seine Wasserschüssel zu reinigen, und dass alles aus den Rucksäcken und Truhen herausgerissen war, sodass es schwierig war, einen Platz zum Sitzen zu finden, sowohl auf der Seite seines Vaters als auch auf seiner eigenen. Oh, es war ihm alles so peinlich, und jetzt, da alles zur Schau gestellt wurde, konnte sie außerdem sehen, wie das, was überall verstreut lag, auseinanderfiel. Die Butterdose hatte einen Riss, der Deckel der Holztruhe war verbogen, die zum Trocknen aufgehängte Wollunterwäsche hatte Löcher, und direkt vor ihr lag eines der Hemden seines Vaters mit einem so großen Loch in der Achselhöhle, dass man den Kopf hindurchstecken konnte. Und dann musste sie auch noch so schön aussehen, ihre Wangen hatten den perfekten Rotton, und ihre mit weißem Fuchspelz besetzte Robbenfellmütze verlieh ihr eine Süße, so hatte er sie noch nie gesehen, fast schon zart.

Was hatte sie sich nur dabei gedacht, hier aufzutauchen? Wie kam sie darauf, dass das eine gute Idee war?

Das war eine Frage, die sich Risten jetzt auch stellte, auch weil der Zustand der Dinge im Lávvu sie kurz sprachlos machte, wenn auch nicht so sehr, wie Ivvár vermutete – sie könnte ihnen einen neuen Wasserkessel besorgen, eine neue Butterdose, was auch immer sie brauchten. Was machte es schon, dass alles so durcheinander war. Hatte sie nicht genug Rentiere für sie beide?

Aber Risten wusste es besser und schwieg, sie ließ sich von ihm Kaffee kochen, und da er schüchtern wirkte, redete sie, doch je mehr sie ihm davon erzählte, wie gut es ihrer Mutter ging, dass Antihkka Sussu sie besucht hatte, wie ihr Onkel in einen Sturm geraten war und erst nach drei Tagen zur Siida zurückkam und so weiter, umso stiller wurde Ivvár. Das machte sie nervös. Sicherlich hatte er von Mikkol gehört. Wenn nicht, dann wusste er vielleicht gar nicht, warum sie überhaupt hier war – konnte das möglich sein?

»Als er dann zurückkam«, erzählte Risten, »hatten wir schon längst gedacht, er sei für immer verschwunden, mein Vater war losgezogen, um ihn zu suchen, konnte aber nicht einmal Spuren finden; zwei Tage, na gut, aber drei? Und dann haben wir erfahren, dass er die ganze Zeit im Heuschuppen eines Siedlers abgewartet hat, dass der

Sturm sich verzieht, und als er wiederkam, hatte er noch Heu in den Haaren. Während wir uns also Sorgen gemacht haben, hat er im Heu geschlafen!«

»Es gibt also Siedler dort oben?«

»Sie sind schon vor ein paar Wintern gekommen. Die Peltonens.«

»Ich hoffe, das sind nicht dieselben Peltonens, die meinen Vater vor Gericht gezerrt haben«, sagte er.

»Waren die das?«

Er zuckte mit den Schultern. »Spielt keine Rolle.«

»Ich nehme an, du hast die Neuigkeiten gehört?«, fragte Risten.

Ivvár nahm seine Pfeife und seinen kleinen Tabakbeutel hervor. Er zog seine Fäustlinge aus und füllte Tabak in die Pfeife.

»Mein Vater war im Ort«, sagte er. »Er hat davon gehört.« Er wusste, dass er nicht besonders nett klang. Sie war offensichtlich verletzt, versuchte aber, es nicht zu zeigen. Das hatte sie ganz sicher nicht erwartet. Sie hielt den Kaffee in der Hand, und als sie die Tasse vor ihr Gesicht hob, verdeckte der Dampf ihre Mimik, und er fragte sich, ob sie ihre Tränen verbarg. Er wandte den Blick ab. Die pure Angst stieg in ihm auf. Er konnte nur eines denken: Das muss ein Ende haben.

»Ich muss wieder raus«, sagte er schließlich. »Nach der Herde sehen«, fügte er hinzu. Er nahm einen brennenden Stock aus dem Feuer und zündete sich seine Pfeife an. Dann stand er auf; er war sich bewusst, wie unhöflich es war, wie grausam, sie nicht einmal zu fragen, ob sie mitkommen wolle, sie einfach hier sitzen zu lassen, aber er konnte diese Farce nicht länger ertragen. Dummerweise war es ihm nicht in den Sinn gekommen, dass Risten so kühn sein würde, ihm einfach zu folgen, aber das tat sie, sie folgte ihm tatsächlich, und das fand er noch schlimmer, als mit ihr im Lávvu zu bleiben, denn jetzt würde sie die Tiere zählen können, ganz genau, sie würde die Schande zu Gesicht kriegen. Als er den Hügel hinaufging, stieg ihm die Schamesröte ins Gesicht und in die Ohren; er spürte gar nicht, wie kalt es wirklich war, seine Scham spendete ihm genug Wärme.

Wenn ich etwas getrunken hätte, dachte er, könnte ich es darauf schieben, ich könnte sie anschreien, geh heim, und die Sache hätte sich erledigt.

Er legte sich in den Schnee, und sie legte sich neben ihn, sodass ihre Köpfe nahe beieinander waren, obwohl ihre Beine in entgegengesetzte Richtungen zeigten, und während er den Schnee um sich präparierte, präparierte sie den Schnee um sich.

Hatte sie das als eine Einladung verstanden, sich hier zu ihm zu legen? Steckte in dem, was er tat, etwas Erotisches, bewusst oder unbewusst?

»Deine Kälber haben schöne lange Beine«, sagte Risten.

»Tja, und anscheinend sind noch nicht alle tot«, erwiderte er.

Er sog den Rauch seiner Pfeife ein, stieß ihn durch die Nase wieder aus und suchte verzweifelt nach netteren Worten.

»Die Vielfraße sind in diesem Winter besonders bestialisch«, sagte sie.

Er nickte.

»Neulich habe ich tatsächlich einen gesehen. Kurz nachdem wir uns getroffen haben.«

»Ach wirklich?«

»Ich hab ihm mit meinem Skistock eins übergezogen.«

»Tja, du bist halt Risten Tomma«, sagte er, froh, sie nicht ansehen zu müssen, während er sprach.

»Was soll das heißen?«

Er antwortete nicht, setzte sich auf, als hätte etwas bei der Herde seine Aufmerksamkeit auf sich gezogen, was aber nicht der Fall war.

»Weiß nicht.«

»Weißt du wohl.«

»Das ist jetzt gerade kein guter Zeitpunkt«, sagte er schließlich.

»Wofür?«

»Ich muss in den Ort.«

»Oh«, sagte sie. »Wer wird so lange –«, begann sie, hielt dann aber inne.

»Du kannst hierbleiben und dich aufwärmen. Da ist noch Fleisch im Topf. Ich werde ein paar Tage nicht zurückkommen.«

»Du bleibst über Nacht im Ort?«

»Bei meinem Vater«, sagte er und stellte im gleichen Moment fest, dass das tatsächlich eine Möglichkeit war.

»Oh«, sagte sie. »Du willst also –«

Aber er machte kehrt und ging, und er dachte, dass es ihr diesmal vielleicht zu unangenehm sein würde, ihm hinterherzulaufen, und er sollte recht behalten, und obwohl er sich beim Packen im Lávvu und beim Anschirren von Borga Zeit ließ, machte sie keine Anstalten zu gehen, wie eine angeheuerte Aushilfe.

Er hatte keine Ahnung, ob er jemals in seinem Leben so gemein gewesen war.

Aber er musste jetzt einen klaren Schlussstrich ziehen. Das ging so nicht weiter, er konnte sie nicht in dem Glauben lassen, dass es eine gemeinsame Zukunft für sie geben könnte, denn die gab es nicht, die hatte es nie gegeben. Sie war zu gut für ihn. Er hatte ihr nichts als Unglück und Schulden zu bieten, und je mehr er darüber nachdachte, desto mehr brauchte er einen Schnaps, er wollte sofort losfahren, Richtung Ortschaft, und dann direkt zu Rikki gehen, und genau das würde er auch tun. Er winkte Risten nicht einmal zum Abschied, aber er nickte ihr zu, einmal, und sie nickte zurück, und er dachte: Sobald ich weg bin, wird auch sie verschwinden.

In gewisser Weise war er froh über die lange Reise ins Dorf, obwohl er eigentlich nicht vorgehabt hatte, sich an diesem Abend noch auf den Weg zu machen – im Schutz des Fjells war der Wind nicht so stark gewesen wie hier auf der Hochebene, er zerrte an ihm und wehte ihm immer wieder die oberste Schneeschicht ins Gesicht. Ivvár war müder, als es ihm zunächst bewusst gewesen war, nur der Wind und das Ziehen der Zügel in seinen Händen hielten ihn wach, und als im Morgengrauen der Kirchturm am Horizont auftauchte, legte sich die Müdigkeit auf ihn wie ein Gewicht, und als sie die Böschung hinaufkamen und er die anderen Schlitten sah, andere Rentiere, die bereits an Pfosten und Bäumen angebunden waren, Rentiere, die draußen vor der Kirche Flechten unterm Schnee suchten, war er ein wenig verwirrt – er konnte sich nicht erklären, warum so viele Menschen im Ort waren. Und da wurde es ihm klar: Es war Sonntag. Ausgerechnet an einem Sonntagmorgen war er gekommen! Was für ein Pech.

Mit geducktem Kopf band er Borga fest und gab ihm etwas zu fressen. Borga schnaufte laut, als wollte er Ivvárs Aufmerksamkeit erregen, und als Ivvár ihn ansah, schaute Borga ihn mit seinen traurigen Kuhaugen an und blinzelte mit seinen dichten weißen Wimpern, und Ivvár hatte das beunruhigende Gefühl, dass Borga wusste, was er vorhatte, und sich Sorgen um ihn machte. So etwas, hatte sein Vater ihm eingebläut, solle er nicht über Rentiere denken, aber Ivvár dachte es trotzdem, und bevor er sich umwandte, gab er Borga einen Pilz aus seiner Tasche, den er für einen solchen Moment aufgespart hatte. Wäre er allein gewesen, hätte er ihm den Nacken gekrault und gesagt: Ist schon gut, Bobo, ich komme zurück, aber das war das Problem, wenn man in der Ortschaft war: Plötzlich nahm man wahr, wie alle einen wahrnahmen. In diesem Augenblick fühlte er sich besonders beobachtet – Sussu, dachte er, ich wette, Antihkka Sussu beobachtet mich gerade. Natürlich würde Antihkka Sussu mit ihm reden wollen, ihm sagen, dass er die Sache mit diesem Tomma-Mädchen in Ordnung bringen solle. So war sie, sie sagte anderen Leuten immer, was sie tun und lassen sollten, als hätte sie Angst, sie würden ihre Fehler wiederholen, und außerdem würde sie um drei Ecken herum kommentieren, womit er seine Zeit verbrachte, und in ihrer Indirektheit würde sie ihm eins vermitteln wollen: Er solle sie öfter besuchen. Er solle die einsame alte Frau besuchen, die doch seiner Mutter versprochen hatte, auf ihn aufzupassen.

Mit gesenktem Haupt stiefelte er zu Rikki. Er ließ sich nicht von seinem Vorhaben abbringen, weder durch schlechtes Gewissen noch durch Wegelagerer, und er öffnete die Tür mit mehr Kraft als nötig. Drinnen waren der Verkaufstresen, die Regale und sogar der Boden mit Waren bedeckt, die man hier erstehen konnte, und wie immer war er überwältigt von all den Dingen, die er nicht kaufen konnte, all den Dingen, die er nicht haben konnte, rote und blaue und karierte und seidene und wollene Tücher hingen an dicken Tauen, Fässer mit Sirup und Teer, Zwirn, Baumwollgarn, Wolle, Nadeln, Scheren, Kaffeebohnen und sogar eine Kaffeemühle, pfundweise Gänsefedern, Zucker, Mehl, gegerbtes und ungegerbtes Leder, Leinen, Mulltücher, stapelweise Felle, Fäustlinge (Robbenfell oder Wolle), Mützen (Robbenfell, Fuchspelz, Wolle), alles sowohl im Stil der samischen Tradition als auch im Siedlerstil, sodass fast alles doppelt vorhanden war, Messer zum Schlachten und Messer zum Essen, eine Flinte, eine Pistole – Ivvár war hin- und hergerissen zwischen dem Wunsch, alles anzustarren, alles zu berühren, und dem Wunsch, so zu tun, als ob ihn nichts davon interessierte. Also stand er einfach nur da und versuchte, seinen Blick nicht umherschweifen zu lassen, sondern ihn auf Rikki zu richten, der wie immer auf seinem Hocker hinterm Tresen saß, irgendein Buch oder eine Zeitung oder ein Stapel Papiere vor sich.

»Ivvár«, sagte Rikki, seine Anwesenheit zur Kenntnis nehmend. Er sah gehetzt und nervös aus, und das verlieh Ivvár etwas Mut. Er erinnerte sich an die Worte seines Vaters: Je weniger du sagst, desto mehr werden sie sagen. Henrik beugte sich unter den Tresen, holte sein Kassenbuch hervor und schlug es auf. Es schien ein nervöser Tick zu sein, denn ob man ihn nun fragte oder nicht, er nahm es heraus, schaute hinein und runzelte die Stirn.

»Eine Flasche Brännvin«, sagte Ivvár.

»Weihnachten ist schon vorbei«, sagte Rikki. Es sollte ein Vorwurf sein, aber in Rikkis Tonfall klang es entschuldigend. Er erwiderte Ivvárs Blick nicht. Der letzte Ladenbesitzer hatte einen Monat gewährt, und wenn man dann nicht zahlte, bekam man nichts mehr, keine Vorräte, kein Salz, kein Mehl, keinen Tropfen Schnaps, er ließ die Schulden nicht anwachsen, und wenn man nicht bezahlte, kam er mit einem Sámi und einem Lasso und einem Satz Messer vorbei. Aber Rikki wartete ab, er war aus dem Süden, warum er hierhergekommen war, wusste niemand. Ivvárs Onkel hatte spekuliert, dass er ein Verbrecher war und sich hier oben verstecken musste, so wie der französische König, aber Ivvár dachte, dass er nur die Vorhut war, dass immer mehr Siedler in den Norden kamen, die hörten, wie einfach es war, bei den Lappen reich zu werden, die von den Minen und anderen Dingen gehört hatten. »Weder Haut noch Haar«, sagte Rikki, »weder Haar noch Haut«, und er räusperte sich, »habe ich in letzter Zeit von dir gesehen.«

Ivvár, der sich schon vorkam wie sein eigener Vater, stemmte die Hände in die Hüfte, schob seine Daumen unter den Gürtel, als würde ihn das stärker wirken lassen. »Wir zahlen, bevor wir weiterziehen«, sagte Ivvár zähneknirschend. Das Schwedische lag unangenehm in Ivvárs Mund, es fühlte sich steif an, wie ein Kleidungsstück, das er das ganze Jahr über nicht getragen hatte. Warum konnte Rikki nicht Finnisch lernen wie alle anderen auch?

»Bevor ihr gen Küste zieht?«, hakte Rikki nach.

Ivvár nickte.

»Aber dann könnt ihr nicht mit Rentieren bezahlen«, sagte Rikki misstrauisch, »die sind zu dieser Jahreszeit nichts mehr wert. Dann nehme ich nur Silber.« Er schien stolz zu sein, das zu wissen. Schade, dachte Ivvár, dass er das rausgefunden hatte.

Erneut nickte Ivvár, obwohl es ihm Unbehagen bereitete, dieses Versprechen überhaupt abzugeben. Es war die eine Sache, nicht zu zahlen, und eine andere, ein konkretes Versprechen zu machen, wann und wie man zahlen würde, wenn man schon ahnte, dass man nicht zahlen konnte. Es war einfacher, gar nichts zu sagen, und normalerweise ließ Rikki die Dinge auf sich beruhen. Schließlich seufzte Rikki und stand auf, ging eine sehr steile Treppe an der Seite des Ladens hinauf, und eine Minute lang hörte Ivvár, wie er oben herumraschelte, dann hörte er seine schweren Schritte, und als er kurz darauf mit gebeugtem Rücken die Treppe herunterkam, die Hand an den Wandbalken abgestützt, hatte er eine Flasche dabei.

»Soll ich sie gleich aufmachen?«, fragte Rikki.

Ivvár nickte. »Warum nicht«, sagte er, obwohl er die ganze Zeit nur darauf gewartet hatte. Rikki zog den Korken mit einem Messer so geschickt heraus, wie Ivvár einem Kalb ein Ohr abgeschnitten hätte, und goss den Brännvin in ein Glas.

Ivvár trank, nickte. Rikki schenkte ihm nach. Es war seltsam, überhaupt ein Glas in der Hand zu halten, in Ivvárs Händen fühlte sich Glas immer so zerbrechlich an, und kalt, und der Brännvin war kalt, fast meinte Ivvár, er wäre gefroren, aber er brannte in seinem Hals. Sommer und Winter in einem Zug, dachte er.

Er trank schnell, weil er schnell den Zustand erreichen wollte, in dem der Alkohol die Dinge in Ordnung brachte, und wie immer fühlte er sich nach dem ersten

Glas ein wenig krank und nach dem zweiten etwas besser. Er setzte sich auf einen der Hocker, von Müdigkeit überwältigt.

»War mein Vater hier?«, fragte Ivvár, als wäre das der Grund seines Besuchs.

»Heute Morgen? Nein.«

»Wann dann?«

Rikki schaute in seine Bücher, als stünde die Antwort darin, als stünden alle Antworten darin, als wisse er sonst gar nichts. »Er kommt nicht mehr.«

»Gar nicht?«, fragte Ivvár. Eigentlich wollte er das nicht sagen, denn damit verriet er, wie schlecht er und sein Vater miteinander auskamen, aber das erste bisschen Brännvin hatte sich in sein sehr müdes Hirn geschlichen, und er erlaubte sich, ein paar nützliche Fehler zu machen.

Rikki schaute zum Fenster, als stünde Ivvárs Vater gerade genau davor. »Er war ...«, sagte Rikki sehr vorsichtig, »er war im Pfarrhaus.«

Ivvár packte die Flasche an ihrem perlenden Hals und ging, aber als er die Tür öffnete, spürte er, wie leer er war, ihm war beinahe schwindelig. Alles in ihm schien plötzlich zu glühen, sein Kopf, seine Augen. Er ging, ohne zu hören, wie die Tür hinter ihm ins Schloss fiel. Er würde zur Kirche gehen, würde seinen Vater finden, ihn aus der Kirchenbank ziehen, ihn an den Schlitten binden, und Borga würde sie den ganzen Weg nach Hause ziehen.

Willa hatte den ganzen Morgen das Pfarrhaus nicht verlassen. Sie war zurückgeblieben, um auf Lorens aufzupassen – im Laufe des Sommers schien es ihm schon wieder besser zu gehen, aber die ganze Woche über hatte er während der Gebetsversammlungen ein schrecklich rasselndes Geräusch von sich gegeben. Doch jetzt schlief er und schnarchte so heftig, dass Willa sicher war, er würde sich jeden Moment selbst wecken; während er schlief, las sie aus dem Text vor, den ihr Vater vorbereitet hatte, ein Auszug aus dem Matthäus-Evangelium, und sie hatte sogar eine Kopie seiner Predigt, hatte sie selbst abgeschrieben, das Gleichnis von den törichten Jungfrauen, die nicht genug Öl für ihre Lampen kauften. Es war die gleiche Predigt, mit der Nora Biettar das Lesen beibrachte. Weit war er noch nicht gekommen. Willa konnte sich nicht gut auf den Text konzentrieren, vielleicht gerade, weil sie ihn selbst abgeschrieben hatte, und sie trat immer wieder ans Fenster, öffnete die Fensterläden, um hinauszuschauen, obwohl sie den ganzen Morgen lang mit nichts weiter als dem Anblick des Hügels belohnt wurde, der von Stiefeln und Hufen völlig zermatscht und braun geworden war, aber immerhin waren die Rentiere da, wenigstens sie konnte Willa anschauen.

Sie war gerade zum vierten Mal an diesem Morgen ans Fenster getreten, als Henriks Tür aufflog und ein Hirte herauskam – seine Rentierlederhose verriet ihr, dass er ein Hirte war, sein Mantel, seine Fellstiefel mit den gebogenen Spitzen. Der Mann war eindeutig betrunken – sie war es gewohnt, musste das oft genug mit ansehen –, und sie beobachtete ihn ein paar Minuten lang, wie er auf unsicheren Beinen den Hauptweg zwischen den Hütten in Richtung des Hügels entlangtorkelte und einmal anhielt, um sich an einem Rentier abzustützen, das schnell einen Schritt zur Seite trat und ihn fast zu Fall brachte, aber er fing sich, und dann erkannte sie ihn am Gang.

Ihr Gesicht errötete, trotz der Entfernung. Ivvár war einer der Hirten, die nach dem Gottesdienst rauchten, an die Wand gelehnt, die Pfeife im Mundwinkel und die Daumen in den Gürtel gesteckt. Sie hatte noch nie mit ihm gesprochen, ihn noch nicht einmal gegrüßt, das hätte sie sich nicht getraut. Er sah viel zu gut aus. Er hatte mittelbraunes Haar, sanfte Locken, mit einem Messer knapp unter dem Kinn abgeschnitten, und er hatte diese Augen, die man hier oben im Norden oft sah. Er trug immer nur Pelzmäntel mit Kapuzen, die er allerdings selten aufsetzte, als ob ihm immer schon warm genug war. Alles an ihm strahlte dieselbe leichte Unnahbarkeit aus, als wäre sein gutes Aussehen eine Selbstverständlichkeit, und diese Attraktivität war so offensichtlich, dass jeder Versuch, mit ihm zu sprechen, einen Beigeschmack von romantischem Interesse oder gar Verzweiflung haben musste; es schien unmöglich, ein normales Gespräch mit ihm zu führen, Willa konnte sehen, wie die Mädchen um ihn herumschwirrten und sich ihm regelrecht anpriesen.

Doch in diesem Augenblick tat er ihr leid. Er hatte den Hügel erreicht, aber er schlitterte, seine Füße fanden keinen Halt, seine Fellstiefel rutschten – er fiel, ein schwerer Sturz, wäre sie so gefallen, sie wäre vor Scham im Boden versunken. Sie beobachtete, wie er sich die Knie abwischte und versuchte, aufzustehen. Wie konnte er so betrunken sein, fragte sie sich, so früh am Morgen? Er fiel erneut, und diesmal stand er nicht mehr auf, blieb einfach reglos liegen.

Willa lauschte nach Lorens' Atmung – ja, sie würde es tun. Sie schnappte sich ihren Schal und rannte nach draußen und den Weg hinab, gab sich alle Mühe, nicht selbst auch noch auszurutschen, und zögerte, seinen Namen zu rufen, falls es jemand hören könnte. Er rollte das letzte Stück des Hügels hinab, sie konnte nicht sagen, ob mit Absicht oder nicht.

Ganz still lag er da und starrte in den Himmel hinauf, der sich heute, wie er fand, sehr schick gemacht hatte, als hätte er sich einen hellrosa Liidni locker um die Schultern geworfen. Wie lange er dort lag, konnte er nicht sagen. Er war unsicher, ob er in die Kirche gehen sollte oder nach Hause. Oder zurück zum Laden, um mehr Brännvin zu kaufen, am Ende war es auch egal, ob er irgendwo hinging oder nicht, sein Vater würde tun, was sein Vater nun mal tat, und wenn sein Vater nun bekehrt war, war das auch nur eine neue Wahrheit in dieser Welt.

Er erinnerte sich daran, wie er einst mit seiner Mutter im Schnee gelegen und sie den Wolken beim Grasen zugesehen hatten. Sie hatte gesagt: »Wir werden eine lange Reise ans Meer machen. Wir müssen jemanden aufsuchen, der versuchen wird, mir zu helfen.«

»Hab keine Angst«, hatte sie gesagt, aber er hatte Angst gehabt, der alte Mann hatte ihm Angst eingejagt.

Jetzt hörte er Schritte, links von ihm. Er konnte erkennen, dass jemand auf ihn zueilte, doch er bewegte sich nicht.

»Ivvár«, sagte eine Stimme, aber er drehte sich nicht zu ihr um. Sie sprach Sámi, es klang gut, schien ihr jedoch nicht leicht über die Lippen zu gehen. Er wusste, ohne hinzuschauen: eine der Töchter des Pastors, nicht zu haben; gleich viel begehrenswerter, wenn sie nicht zu haben sind.

»Alles in Ordnung bei dir?«, fragte sie. Sie tauchte über ihm auf. In ihrem Gesicht las er echte Sorge, und sie atmete in kurzen Stößen. Sie kam ihm bekannt vor, so wie ihm alle Siedler bekannt vorkamen, einfach weil sie anders waren. Sie trug keinen Mantel, aber sie hatte sich den knallroten Schal der samischen Mädchen, den Liidni, so um ihr Gesicht gewickelt, dass er ihre Nase bedeckte, und alles, was er erkennen konnte, waren ihre Augen, schmal und dunkel. »Du bist schwer gestürzt«, sagte sie.

»Die Kirche wollte mich nicht reinlassen«, sagte er und grinste kaum merklich. Sie sah ihn an, schien verblüfft, dass er sprechen konnte, und als sie neben ihm auf die Knie ging, fiel ihr Liidni herunter. Er war überrascht, dass sie so interessant aussah. Das war ihm vorher nie aufgefallen. Sie war nicht auf die übliche Weise hübsch, so wie Risten – sie hatte etwas Kantiges, ihre Augenbrauen waren kräftig, ihre Wangen hoch und pausbäckig, ihr Blick flink und lebhaft.

»Kannst du aufstehen?«, fragte sie.

Er versuchte, gelangweilt dreinzublicken. »Ich ruh mich nur aus«, sagte er, und wie zum Beweis schloss er die Augen. Eine seltsam lange Zeit schien zu vergehen, für seinen Geschmack etwas zu lang, und sie sagte immer noch nichts. Als er die Augen öffnete, hockte sie immer noch neben ihm und musterte ihn ganz genau.

»Du hast getrunken«, sagte sie.

»Warum bist du nicht dadrin?«, fragte er.

»Wo?«

»Wollte die Kirche dich auch nicht reinlassen?«

»Ich passe auf meinen Bruder auf. Er ist krank«, sagte sie. Sie hatte einen kleinen Mund, schmale Lippen.

Er spürte den Rausch des Brännvin, eine Welle von heißem Gefühl oder heißer Flüssigkeit, irgendwo in seinem

Kopf und in seiner Brust. »Ich kann nicht aufstehen«, log er.

Er konnte ihr ansehen, dass sie nicht wusste, ob sie sich Sorgen machen sollte oder nicht. »Hier«, sagte sie forsch. Sie rutschte zu seinen Füßen und streckte ihm ihre Hände entgegen. Er packte sie. Sie zog, er wehrte sich gegen ihr Ziehen, sodass sie vornüber gegen ihn fiel und beide die Kraft des anderen spürten. Sie schnaufte, schien es jedoch lustig zu finden, wirkte nicht verärgert. »Dann kannst du ja doch allein aufstehen«, sagte sie.

»Kann ich nicht«, sagte er. Er hielt ihre Hände fest, sie würde entweder wieder vornüberfallen oder sich losmachen, entweder oder, aber sie verlagerte ihr Gewicht und zog, und er richtete seinen Oberkörper auf. Dann ließ sie ihn los.

»Jetzt hilf mir auf die Beine«, sagte er. Er ließ den Kopf sinken, als wäre er zu schwer, um ihn auf den Schultern zu halten, und das war er auch, er war schwer, eine drückende Last.

Wieder nahm sie seine Hände, und diesmal machte er mit, strengte sich an, und als er auf die Beine kam, standen sie ganz dicht voreinander, er nahm ihren Duft wahr, sie wich zurück. Wind kam auf und spielte mit ihrem Haar, wehte die Enden ihres Liidni in seine Richtung. Er hätte ihr mit der Schulter einen sanften Stoß versetzen können, aber er hielt sich zurück.

»Der Gottesdienst wird bald vorbei sein«, sagte sie.

Er nickte.

»Dein Bruder ist krank?«, fragte er.

»Ja, wie gesagt«, erwiderte sie, aber nicht unwirsch. Sie nahm ihren Liidni ab, und er konnte einen Blick auf ihren nackten Hals erhaschen. Im Winter war es immer so seltsam, die Haut von jemandem zu sehen. Einen Moment lang dachte er, sie würde mit ihm flirten, aber dann wickelte sie sich den Liidni wie eine alte Dame um den Kopf, stemmte sich gegen den Wind und ging davon. Was für eine seltsame Frau. Es ärgerte ihn, oder überraschte ihn zumindest, dass sie nicht mit ihm geflirtet hatte. Als hätte es für einen kurzen Augenblick geregnet und sofort wieder aufgeklart, und nur der nasse Boden ein Indiz für den Regen.

6

Willa wachte jeden Morgen auf und dachte, etwas Gutes ist passiert, dann konnte sie sich eine Minute lang nicht erinnern, was es war, und dann fiel es ihr wieder ein: Ivvár war ausgerutscht und gestürzt. Sie ging jedes Detail ihrer Begegnung durch und versuchte, sich an jedes noch so kleine Bruchstück zu erinnern, das ihr entgangen sein könnte, aber die Erinnerung wurde schwächer, und jetzt blieben nur noch ein paar kleine Gesten, die sie wie Krümel auflesen konnte, und an die klammerte sie sich, so wie sie sich jetzt an Nora klammerte und in die kleine, warme Mulde atmete, die sich zwischen ihrer Brust und Noras Rücken gebildet hatte. Sie wünschte sich immer, ihr Vater würde hereinkommen und ein Feuer machen, aber er blieb in diesen Dingen stur, er sagte, dass die Menschen in der Kälte besser schliefen, dass die besten Menschen in Armut lebten, dass man auch aus Elend etwas lernen könne, auch in der Not liege Freude.

Lorens hustete. Sie konnte jeden Hustenanfall im Nacken spüren. Es war ein unheimliches Geräusch, es reizte die Ohren, die Krankheit verbreitete sich durch ihren Klang.

Wieder schlief sie ein, wieder wachte sie auf. Sie bewegte die Zehen in ihren Socken, hoffte darauf, dass die

Vögel einander fragten, ist denn schon Morgen? Ist denn – ist denn – ist denn schon – Morgen?

Es war der Monat des Lichts nach dem Monat der Dunkelheit. Jeden Tag spürte man Erleichterung über das nächste bisschen Sonne – zuerst lugte nur ein Teil ihrer Stirn über den Fluss, am nächsten Tag die Augen und ein paar Tage später die Nase –, obwohl die Sonne die Kälte selbst nicht mildern konnte; sie erleuchtete sie nur und vergrößerte die Atemwolke vor dem Gesicht. Aber wenigstens konnte Willa im Schutz des Tageslichts wieder lange Spaziergänge machen, ohne dass sich jemand sorgte – sie war Expertin darin, kleine Aufgaben zu erfinden, um sich die Zeit zu vertreiben, darin, nach Gründen zu suchen, auf dem Heimweg aufgehalten zu werden. In letzter Zeit hatte sie Fallen für Schneehühner aufgestellt, deren Konstruktionen zum Scheitern verurteilt waren, hatte behauptet, sie hätte die Vögel dort draußen beobachtet, solche kleinen Lügen. Sobald sie außer Sichtweite der Hütte war, trödelte sie herum und blieb hier und dort stehen, um alles, was ihr interessant vorkam, genauestens zu studieren – Baumspitzen, die wie winkende Hände aus den Schneewehen ragten, die Spuren eines Fuchses, der einen Vogel davongeschleppt hatte. Wenn die Spuren sie aus irgendeinem Grund interessierten, folgte sie ihnen. Sie redete sich gerne ein, dass sie dann wie ein Lapp sei und sich von der Natur leiten ließ. In letzter Zeit hatte sie viel aus ihren Leben erfahren, jetzt, wo die Lappen so oft im Pfarrhaus waren.

»Ich war auf dem Weg zur Quelle, um Wasser zu holen«, hatte einer von ihnen erzählt, »es war sehr kalt, der Wind blies mir kräftig ins Gesicht, und es hat mich langgelegt. Ich hatte am Abend zuvor getrunken und fühlte mich nicht gut. Ich setzte mich auf, und dann war er da, ein Bär, keine zehn Schritte vor mir. Ich wollte ihn anschreien, ich weiß nicht, warum ich es nicht tat. Ich wusste nicht, warum er im Winter aus seinem Unterschlupf gekommen war, und er öffnete sein Maul, und ich sagte: Heiliger Vater, ich werde nie wieder trinken, bitte mach, dass der Bär sein Maul schließt, und der Bär schloss sein Maul und trottete davon, und da wusste ich, ich muss Buße tun, und wisst ihr, als ich später an der gleichen Stelle nachschaute, waren da überhaupt keine Spuren zu sehen. Weder meine noch die des Bären ... Aber es hatte nicht geschneit.«

Ansonsten gab es Geschichten von Schlitten, die einfach stehen blieben, von Klängen eines Loblieds, obwohl weit und breit niemand zu sehen war, von Vögeln mit ungewöhnlichen Mustern im Gefieder. Willa war gefesselt von der Kraft, die ihre Erzähler den Geschichten verliehen; andererseits schämte sie sich, weil sie während des Zuhörens kaum über ihren Glauben nachdachte. Die Bekenntnisse der anderen hätten sie stärken können, sie hätte mit ihnen weinen können, aber sie fühlte sich ihnen nicht zugehörig, und selbst wenn sie unmittelbar dabei war, wenn jemand weinte und Gottes Vergebung spürte, dachte sie stattdessen an Ivvár – der Moment wurde von dem Gefühl überlagert, wie sich seine Hände in ihren angefühlt hatten. Ihr war durchaus bewusst, dass Sex auch in den harmlosesten Situationen präsent sein konnte, es war nur so, dass sie bisher nie das Verlangen verspürt hatte, in harmlosen Situationen an Sex zu denken; das war immer eher eine Sache der Männer gewesen, solcher Männer, die sie am liebsten meiden wollte, und dennoch, anstatt Entsetzen über ihr eigenes Verlangen zu empfinden, empfand sie nur Vergnügen;

wundersamerweise hatte sie fast keine Schuldgefühle deswegen. Sie fühlte sich leicht, frei, natürlich, normal – sie hatte ein wunderbares Geheimnis, und sie konnte keinerlei Reue empfinden, so sehr sie es auch versuchte. Als Jussa Jongo von seinen Sünden abschwor, zu denen neben der Untreue auch die Wollust gehörte, konnte sie ihm seine Scham und seinen Schmerz ansehen, und sie dachte: So müsste es mir eigentlich auch gehen. So müsste ich leiden.

Auf eine perverse Art und Weise genoss sie die Geschichten über die Sünden der anderen. Hatte das alte Mütterchen Unga wirklich Kälber von der Herde ihrer Schwiegermutter als ihre eigenen gekennzeichnet? Und hatte Rasmus Tornberg sich so heftig mit seinem Bruder um das Erbe gestritten, dass sie sechs Jahre lang nicht mehr miteinander sprachen? Hatte Elna Spein ihren Vater an einen Schlitten gefesselt, um ihn vom Trinken abzuhalten, nur um dann selbst loszuziehen und dem Brännvin zu frönen? Und hatte Oula-Antti Juoso seine Frau geschlagen, woraufhin sie mit einem brennenden Holzscheit auf ihn losgegangen war? Viele, wenn auch nicht alle Geschichten drehten sich um das Trinken, und sie fragte sich – konnte ihr Vater zu den Lappen durchdringen, weil er ihre Trinkprobleme löste? Oder war das Beichten von Trinksünden einfach nur sehr gängig? Bestimmt schien das Beichten einer Sünde das Beichten ähnlicher Sünden zu motivieren. Aber warum tranken diese Menschen überhaupt und taten dann so furchtbare Dinge? Die Geschichten machten ihr – noch perverser – Lust auf Alkohol, wenn auch nur, um zu erfahren, wie es sich anfühlte, was es so unwiderstehlich machte, obwohl es den Menschen nicht guttat. Aber das hätte sie nie gewagt, nie würde sie das wagen – und um sich also davon abzuhalten, redete sie sich ein, wie falsch es war und wie erbärmlich. Die armen Lappen, sagte sie sich, sie können einfach nicht anders!

Sie hatte keinen blassen Schimmer von den politischen Hintergründen, wusste nur, dass es in Lappland ein von den Vereinigten Königreichen Schweden und Norwegen erlassenes Alkoholverkaufsverbot gab. Sie wusste natürlich, dass dieses Gesetz weitestgehend ignoriert wurde, aber sie wusste nicht, warum das Gesetz überhaupt erlassen worden war, dass der Gedanke dahinter war, die Sámi müssten vor sich selbst geschützt werden; was eigentlich nur hieß, dass die üblichen Vorbehalte, mit denen man überall auf der Welt indigenen Völkern begegnete, in dieser und jeder anderen Hinsicht auf die Sámi übertragen worden waren. Die Norweger, die Schweden und die Finnen und damit ganz Europa und später die ganze Welt nannten die Sámi Lappen (abgeleitet von einem alten und halb vergessenen Wort für *Flicken*, ein Hinweis auf ihre vermeintliche Armut), und sie nannten Sápmi Lappland, und sie zeigten mit dem Finger auf den starken Alkoholkonsum und fühlten sich damit in ihren Annahmen bestätigt. Solche groben Karikaturen ignorierten die Tatsache, dass die Siedler der Region, gleich welcher Herkunft, in ähnlichem Maße tranken wie die Sámi; der große Unterschied bestand darin, dass die Sámi für ihren Konsum eher von den Behörden bestraft wurden, und außerdem waren die Folgen des Trinkens für die Sámi größer, weil ihr Leben ganz andere Anforderungen an sie stellte.

Die Sámi konnten nicht, wie Henrik, einfach mit flauem Magen, Kopfschmerzen und trockenem Mund aufwachen und ihrem Tagewerk nachgehen, eine Routine, die für Henrik in letzter Zeit zu einer Selbstverständlichkeit geworden war. Er selbst dachte kaum darüber nach, wie betrunken er war und wie oft. Es war eine Frage der Gewohnheit, ja des blanken Überlebens. Er trank, um die Kälte zu vertreiben, er trank mit seinen Kunden, die immer, wenn sie auf einen Drink vorbeikamen, einen mit ihm teilen wollten. Er trank, weil er ein Feigling war, und er konnte seine Gedanken nicht ertragen, er hatte zu viele Gedanken, die zu schmerzhaft waren, die Affäre mit Emelie zum einen, sein Vater zum anderen, seine Mutter zum Dritten, seine Schulden, sein Onkel – erst neulich hatte er zum Beispiel einen Brief von seinem Onkel bekommen, und er hatte ihn noch nicht einmal geöffnet. Er hatte ihn neben seinem Bett auf das Holzfass gelegt, das ihm als Nachttisch diente, und er hatte sich gesagt, er würde ihn schon lesen, am nächsten Morgen würde er ihn lesen, aber dann war er aufgewacht und fühlte sich wie benebelt, und das schien schlicht kein guter Zustand zu sein, um diesen Brief zu lesen, also ließ er einen weiteren Tag verstreichen, und jetzt war es der dritte Morgen, und bevor er es sich anders überlegen konnte, riss er ihn auf.

Lieber Henrik, stand dort in dem Brief, *Grüße von Deiner Mutter, und natürlich möge Gottes Segen Dich stets begleiten. Ich bin etwas beunruhigt darüber, dass wir seit acht Wochen keine Nachricht von Dir erhalten haben, obwohl die Post aus Kiruna und Luleå seitdem schon zweimal eingetroffen ist. Ich hätte natürlich schon längst wieder auf meinem Posten in Härnösand sein sollen, aber die Geschäfte des Erzbischofs hier im Süden haben mich aufgehalten; alles wird sich zum Guten wenden, so, wie Gott es will. Deine Mutter, wie Du weißt, nährt sich von ihren Sorgen, und sie legt mir ihre Befürchtungen zu Füßen, dass Du sehr krank seist. Sie selbst leidet in letzter Zeit an Schwächeanfällen und einem schwachen Herzen, doch lässt sie sich davon nicht von der Arbeit des Herrn abhalten und war sogar gestern mit einem Taschentuch vor dem Mund unterwegs, um in der Kälte Almosen zu verteilen. Wir haben es in diesem Winter sehr schwer, gestern konnten die Kutschen im Schnee überhaupt nicht vorankommen, sondern verstopften die ganze Straße, und da fiel mir auf, dass Rentiere viel besser für diese Notlage geeignet wären. Aber was würden sie von dem Lärm von Uppsala halten, wenn sie, wie Du erzähltest, nicht einmal nebeneinander in einem Pferdegeschirr eingespannt werden können und sich nicht kontrollieren lassen? Meine Befürchtung ist, dass die Lappen ganz wie die Rentiere sind und sich nirgends einspannen lassen. Ich höre von B., dass der König ein gewisses Interesse daran hat, Internate für sie zu eröffnen, doch natürlich hat sich das Bergwerk in Gällivare nicht als das erwiesen, was wir uns erhofft hatten, wenn ich auch vorerst nicht glaube, dass er es schließen lassen wird. Aber in der Zwischenzeit warten wir auf Nachrichten von Dir. Ich habe aus seriöser Quelle erfahren, Laestadius habe den Lappen erzählt, dass man unseren Pfarrern nicht trauen könne (außer ihm natürlich) und dass sie sogar Diener des Teufels seien, aber es ist zu hoffen, dass dies nur ein Gerücht und kein Grund zur Sorge ist. Ich habe da eher weniger Bedenken, weil diese Art von »Pietismus« an den Lappen vorbeigeht, aber es bliebe natürlich sehr zu wünschen, dass sie einen Weg finden, Christus auf eine zivilisiertere Weise in ihre Herzen aufzunehmen! Ich werde bald zu Besuch kommen, vielleicht noch in diesem Winter oder spätestens im nächsten Sommer, und mich selbst davon überzeugen, obwohl sie mir bei meinen Inspektionsreisen in der Vergangenheit immer als hoffnungslos ungebildet aufgefallen sind, sie scheinen sich auf Gott nur einzulassen, weil sie als Voraussetzung für die Heirat konfirmiert sein müssen.*

Ich lege Dir all das dar in der Hoffnung, dass Du mir schnellstens zurückschreibst und mir direkt von allem berichtest. Ich habe selbst an Laestadius geschrieben und vertraue darauf, dass der Brief ihn erreicht, obwohl ich davon ausgehe, dass er dreißig Seiten zurückschreibt, die nur für Unseren Himmlischen Vater lesbar sind. Schick mir doch bitte einige ihrer schöneren Schmuckstücke mit dem nächsten Brief, oder irgendetwas Interessantes, das Dir in die Finger kommt. Ich kenne hier einen Händler, der wiederum einige Franzosen kennt, die sagen, dass man in Frankreich für diese Art von Dingen schwärmt, Du könntest gut an ihnen verdienen. Und schließlich brauche ich Dich ja nicht darauf hinzuweisen, wie wichtig es ist, dass Du rechtzeitig Zahlungen leistest; vergessen wir nicht, dass Du Dich verpflichtet hast, in treuhänderischer und moralischer Hinsicht usw., Verantwortung zu übernehmen, und eine weitere Unverantwortlichkeit Deinerseits wird nicht geduldet werden. Ich hoffe, dass Du weiterhin treu in Gottes Diensten stehst, Dein Onkel Frans etc. PS Deine Mutter möchte wissen, ob es wahr ist, dass sie ihre Rentiere mit ihren Zähnen kastrieren. PPS Deine Mutter sagt, Du sollst beten, wie wir es auch tun, um Gottes Gnade, und noch mehr, dass wir sie nicht brauchen.

Der Brief löste ein Grauen in Henrik aus. Frans wusste natürlich, dass Henrik jegliche Kommunikation vermied, um das Thema der Schulden zu umgehen. Vermeidung war sein wichtigstes Verteidigungsmittel; selbst jetzt beäugte er Rechnungen und die Briefe seines Onkels mit zusammengekniffenen Augen, als ob es weniger schlimm würde, wenn er sie nur halb las, und wie es seine Gewohnheit war, warf er den Brief direkt ins Feuer, damit er ihn nicht mehr sehen musste, und war sogar stolz darauf, ihn überhaupt gelesen zu haben.

Aber selbst nachdem er ihn ins Feuer geworfen hatte, konnte er den ausschlaggebenden Punkt nicht vergessen, nämlich dass sein Onkel versprochen hatte, gedroht, höchstpersönlich vorbeizukommen. Also würde er sich sein Geld abholen. Er würde »kommen und sich selbst überzeugen«. Henrik hatte gehofft, dass sein Onkel vielleicht reicher war, als er es sich vorgestellt hatte, oder dass seine Mutter mit dem Alter weichherziger wurde und Frans selbst auszahlte; in Wirklichkeit tat sie so, als schulde er, Henrik, ihr etwas für dieses schreckliche Leben, als hätte sie ihn vor seiner eigenen Schande gerettet, und seit er hierhergekommen war, hatte sie kein Wort mehr mit ihm gewechselt. Henrik fragte sich, ob sie die eigentliche Verfasserin dieses Briefes war, ob sie ihn vielleicht diktiert hatte, um nicht selbst direkt mit Henrik zu kommunizieren.

Die Frage war natürlich, wie lange er es sich leisten konnte, seinem Onkel nicht zurückzuschreiben, ihm irgendein Angebot zu unterbreiten. Er hatte ihm nicht geschrieben und von Sussu und den ertrunkenen Angestellten erzählt, er hatte ihm nicht einmal von Biettar berichtet und wie die Frauen in den Gottesdiensten jammerten wie die Katzen, er hatte nichts davon berichtet, obwohl die Geschichten, die er erzählen könnte, immer interessanter wurden und von seinem Onkel mit Dankbarkeit, wenn nicht gar Freude aufgenommen würden – war das der Grund, warum er nicht schrieb? Um seinem Onkel all diese Geschichten vorzuenthalten, alles, was gut war? Trotz allem würde sein Onkel das niemals als eine Art Bezahlung der Schulden ansehen, und wenn Henrik wirklich darüber nachdachte – er schenkte sich zur Belohnung für diesen Gedanken einen Whisky ein –, eigentlich schrieb er nicht, weil er wusste, was als Nächstes passieren würde. Sein Onkel würde herkommen, unter dem Vorwand, sich davon zu überzeugen, was für einen Unsinn Laestadius predigte, aber auch, um Schulden einzutreiben, und dann würde er nicht nur eintreiben, was ihm zustand, er würde Henrik ins Schuldnergefängnis werfen lassen; er würde sagen, mit dir bin ich fertig, und dann würde er nie wieder einen Gedanken an Henrik verschwenden. Jemand, der es nicht besser wusste, hätte gesagt, natürlich würde dein eigener Onkel dich nicht ins Schuldnergefängnis werfen, aber das konnten nur Leute sagen, die Frans nicht kannten.

Henrik trat mit seinem Whisky ans Fenster, um einem seiner wenigen Hobbys nachzugehen, nämlich auf einem Hocker zu sitzen, der so ausgerichtet war, dass er auf den Weg und in Richtung Pfarrhaus blicken konnte, falls Nora herauskam, aber wie immer war es nicht Nora, die erschien, sondern Willa, die ihren Liidni um sich gewickelt hatte, wie dicht gemachte Schotten. Sie schnallte sich ihre Skier an und zog einen kleinen Schlitten hinter sich her. Wo wollte sie eigentlich immer hin, fragte er sich. Die wird ihren Liebhaber treffen, war die einzig logische Schlussfolgerung. Der Gedanke war so amüsant, dass er sich ein wenig an seinem Getränk verschluckte.

Willa hoffte jedes Mal, Ivvár zu sehen, sie hoffte, ihm auf ihren Ausflügen zu begegnen, sie hoffte, dass er in die

Ortschaft kommen würde, um Vorräte zu holen, um in die Kirche zu gehen, seinen Vater zu sehen. Sie glaubte nicht, dass er einfach so auftauchen würde, weil er nach ihr suchte, das wäre zu viel der Hoffnung, und trotz ihrer Fantasien, ihm über den Weg zu laufen, war sie nicht darauf vorbereitet, als er dann wirklich auftauchte. Sie hatte recht gehabt, er suchte nicht nach ihr, sondern versuchte, seinem Vater aus dem Weg zu gehen – sein Vater war wieder zurückgekehrt, und nun war Ivvár derjenige, der verschwinden musste, wohl wissend, dass sein Vater bleiben müsste, denn er würde nur weggehen, wenn er das Gefühl hatte, dass sich jemand um die Herde kümmerte. So war es jedenfalls früher gewesen, und Ivvár versuchte, dafür zu sorgen, dass sein Vater bei der Siida festsaß, er stellte sich immer dümmer an, um seinen Vater dazu zu zwingen, sich besser anzustellen, und so hatte er heute eine Erledigung erfunden, er überlegte, Jáhko-Duoma wegen eines neuen Messers aufzusuchen. Er brauchte tatsächlich ein Messer, aber er sollte gerade besser kein Geld ausgeben, also war der Ausflug ein reiner Vorwand – der nutzlose Ausflug eines Nutzlosen, den er, der Nutzlose, selbst anordnete, und im selben Moment machte er sich auf den Weg.

Er hatte also nicht erwartet, Willa zu begegnen, genauso wenig wie sie erwartet hatte, ihm zu begegnen. Er hatte sie nicht vergessen, obwohl er nicht annähernd so oft an sie dachte wie sie an ihn, und wenn er an sie dachte, dann meist mit Verlegenheit, weil er sich daran erinnerte, wie er mit ihr geflirtet hatte und sie es nicht erwidert hatte. Dann musste er auch jedes Mal an Risten denken, daran, wie er auch mit ihr geflirtet hatte, und plötzlich waren all diese Gedanken unerträglich, und er tat, was er konnte, um sich abzulenken. Aber jetzt stand er wie angewurzelt auf einer verschneiten Anhöhe, und sie hatte ihn gesehen. Ein paar Augenblicke lang sahen sie einander an, keiner wollte mehr tun als gucken und darauf warten, dass der andere sich bewegte oder weiterfuhr. Das war seine Chance, dachte er – vielleicht weil er sich zuvor so danebenbenommen hatte –, seine Chance, ihr zu zeigen, dass er es nicht so gemeint hatte. Hallo zu sagen, gleichgültig zu wirken. Langsam fuhr er auf sie zu. Ihm war bewusst, dass er sich unnötig elegant auf seinen Skiern bewegte, aber es war eine zu alte Gewohnheit, so anzugeben, wenn jemand zusah.

Er bremste so abrupt vor ihr ab, dass der Schnee auf ihre Skier stob. In dem schalen Sonnenlicht wirkte sie zerbrechlicher und realer, als er sie in Erinnerung hatte. Ihr Mantel reichte ihr bis über die Knie und war aus so vielen verschiedenen Tierfellen zusammengeflickt, dass sie ihm leidtat. Er wusste nicht, warum, aber er lächelte, sein taktischstes Lächeln, dasselbe Lächeln, mit dem er Risten rumgekriegt hatte.

»Willa«, sagte er. Damit verriet er, dass er ihren Namen kannte, er hatte ihn aufgeschnappt, als sein Vater von seinen Besuchen im Pfarrhaus erzählt hatte.

»Ivvár«, sagte sie und hob eine Augenbraue. Ihr Mund war ernst, aber ihre Augen schienen zu lachen.

»Was?«, fragte er.

»Nichts«, sagte sie.

»Du machst dich über mich lustig.«

»Ich mache mich nicht über dich lustig.«

»Doch, tust du«, erwiderte er. Er wusste ganz genau, dass er flirtete, aber er konnte nicht anders.

»Willst du, dass ich mich über dich lustig mache?« Sie lächelte ein wenig, aber es war kein verlegenes Lächeln. Es war nicht geziert. Es war, als ob sie ihn wegen seines Aussehens verachtete oder sich nicht darum scherte, kein Interesse an Äußerlichkeiten hatte.

»Ich bin auf dem Weg zu Jáhko-Duoma«, sagte er ein wenig unbeholfen und war sich plötzlich nicht sicher, ob sie überhaupt wusste, wer das war. »Wo willst du hin?«, fragte er sie mit etwas Vorwurfsvollem in der Stimme, was ihm und sicher auch ihr verriet, dass er flirtete. Es schien aus ihm herauszupurzeln, als wäre es schier unmöglich, mit ihr in einem anderen Ton zu sprechen.

Sie schaute hinter sich, auf den Schlitten, auf die Spuren, die sie im Schnee hinterlassen hatte, auf ihre schneebedeckten Skispitzen. »Ich will nach dem großen Nichts in meinen Schneehuhnfallen sehen«, sagte sie. Sie schien peinlich berührt.

»Wieso willst du nach ihnen sehen, wenn du weißt, dass nichts drin ist?«

»Ich wollte einfach weg von zu Hause«, sagte sie schlicht.

»Wo willst du lieber sein?«, fragte er. Mit hochgezogenen Augenbrauen sah sie ihn an, dann schaute sie weg. »Du möchtest im Himmel sein«, sagte er. »Aber sind wir da nicht schon längst?« Noch während er das sagte, merkte er, dass er seinen schlechten Scherz ein wenig ernst nahm, ihm wurde klar, dass er das zum Teil so formuliert hatte, weil er es empfand, es war einfach zu schön heute, die Sonne war eins mit dem Schnee, der wiederum eins mit seiner Brust war, eine weite, offene Landschaft aus weißem Licht.

»Weißt du«, sagte sie, plötzlich ganz ernst, »Jesus hat immer gesagt, was der Himmel ist, aber nur in Gleichnissen. Er hat nie direkt gesagt: Das hier ist es! Ich frage mich immer, warum nicht, warum sagt er uns nicht einfach, was der Himmel ist? In einem der Gleichnisse sagt er, das Himmelreich sei wie ein Schatz, der in einem Acker verborgen ist, und wenn ein Mensch ihn gefunden hat, versteckt er ihn«, und hier hielt sie inne, schien nachzudenken, ihre Augen wanderten leicht nach oben, wie bei jemandem, der etwas rezitierte, »und in seiner Freude geht er hin und verkauft alles, was er hat, und kauft den Acker.«

»Die Sámi verstecken oft Schätze«, sagte er. »Einmal erfuhr jemand von einem Noaidi, dass an diesem und jenem Ort ein Schatz versteckt sei, direkt unter einem Stein. Als er in die Nähe des Steins kam, herrschte dichter Nebel, und er konnte nichts sehen, also musste er wieder nach Hause gehen. An einem anderen Tag ging er zurück, aber diesmal saß ein Schneehuhn auf dem Stein, und als er näher kam, sah er, dass das Schneehuhn in Wirklichkeit ein Mensch war.«

»Und dann?«

»Als ich klein war«, sagte er, »haben wir uns gegenseitig dazu angestachelt, näher an den Stein ranzugehen. Aber keiner von uns hat sich je getraut. Wir wussten alle, dass es der Stein aus der Geschichte war. Aber wir sind nicht näher rangegangen. Und dann, als ich älter war –«

»Was dann?«

»Bin ich nie mehr hingegangen.«

»Du bist nie zu diesem Stein gegangen.«

»Das hätte Unglück gebracht.«

Sie legte den Kopf schief, als wäre auch sie ein Vogel. »Ich weiß nie, was du mir als Nächstes erzählst.«

»Sollte ich berechenbarer sein?«

»So habe ich das nicht gemeint«, sagte sie, und um unberechenbar zu bleiben, machte er kehrt und fuhr davon, wollte sehen, ob sie ihm nachrufen würde, ob sie fragen würde, wohin gehst du, komm zurück, aber das tat sie nicht, und als er sich schließlich selbst umdrehte, um zurückzuschauen, zog sie davon mit ihrem traurigen kleinen Schlitten hinter sich. Es gefiel ihm nicht, dass sie ihm widerstehen konnte, dass sie Verse aus der Bibel zitierte, obwohl er mit ihr flirtete, und das hätte ihn ärgern müssen, doch stattdessen war sein Interesse an ihrer Andersartigkeit geweckt. Nicht dass sie den Text Wort für Wort zitieren konnte, beeindruckte ihn, sondern dass sie meinte, sie nicht zu verstehen. Was für ein seltsames Wesen, dachte er, und am liebsten hätte er sie einfach nur lange angeschaut, aber er zwang sich dazu, sich wieder in Bewegung zu setzen. Er fuhr zu Jáhko-Duoma, was er sofort bereute, weil er vergessen hatte, wie viel dieser Mann redete, und in solch langen Gesprächen fiel es ihm schwer, den Respekt vor den Älteren zu bewahren, wie, das wusste Ivvár, es sich gehörte, und es tobte ein Kampf in ihm, Jáhko-Duoma gegenüber nicht nur respektvoll zu erscheinen, sondern den Respekt auch zu empfinden, und es kostete ihn enorme Geduld, ihm nicht ins Wort zu fallen, auf einen geeigneten Moment zu warten, bloß nicht zu früh, um ihm mitzuteilen, dass er nicht lange bleiben könne, eigentlich brauche sein Vater ihn bei der Herde.

»Dein Vater, also?«, sagte Jáhko-Duoma. Er war klein, selbst für einen Sámi, und er hatte langes, gelocktes graues

Haar, das ihm über eine Schulter lag. Sein Bauch war groß, er wölbte sich so stark, dass der unglückliche Vergleich mit einer schwangeren Frau offensichtlich war, und wie immer fühlte Ivvár eine gewisse Distanz zwischen ihnen, Ivvár, der mit seiner Herde umherzog, und Jáhko-Duoma, der sesshaft war, immer in derselben kleinen Hütte, immer allein, immer dick. Wie hatte er nur so dick werden können, fragte sich Ivvár. Selbst sein Hund war fett und hatte nicht einmal den Kopf gehoben, als Ivvár hereinkam. »Wie ist es deinem Vater in letzter Zeit ergangen?«, fragte Jáhko-Duoma, und seine Worte ließen Ivvár erröten. Sogar Jáhko-Duoma wusste von der Bekehrung seines Vaters, was bedeutete, dass jeder es wusste.

»Er ist bei der Herde«, sagte Ivvár, als hätte Jáhko-Duoma danach gefragt, als wäre das die schlichte und einfache Wahrheit. Und so nickte Ivvár nur, als Jáhko-Duoma seinen Preis für das Messer nannte, er feilschte nicht, damit es nicht so aussah, als könne er nicht zahlen, aber hinterher war es ihm peinlich, weil Jáhko-Duoma jetzt auf ihn herabblicken würde, und Ivvár fand sich in einem neuen Spiel wieder, in dem er niemanden sehen würde, damit niemand auf ihn herabblicken konnte, aber dieses Spiel würde er zwangsläufig verlieren, denn allein zu sein bedeutete auch, zu leiden.

Nach zwei Wochen spürte er, dass es ihn in den Fingern juckte, mit jemandem zu reden, mit irgendjemandem – wenn er und sein Vater beieinander waren, sprachen sie nicht, bis auf das Notwendigste –; und schließlich setzte sich Ivvár, der sich so erbärmlich fühlte – so musste Jáhko-Duoma sich fühlen, so verzweifelt, dass er jemadem all die Geschichten seines Lebens anvertrauen wollte –, auf denselben Hügelkamm, auf dem er Willa zuvor getroffen hatte, und wartete. Er war gut im Warten, und er kam drei Tage hintereinander zur gleichen Zeit, obwohl er das nie zugegeben hätte, und wie in einer der Geschichten seiner Mutter tauchte Willa am dritten Tag auf, mit dem gleichen traurigen kleinen Schlitten, den sie hinter sich herzog.

Der Tag war vollkommen anders: Ein dünner Nebel lag über der Landschaft, der in Kombination mit der schwachen Sonne alles in ein Gefühl der Unsicherheit tauchte, so als könnte die gesamte Erde jeden Moment durch irgendetwas Stärkeres, ein lautes Geräusch oder ein helles Licht, implodieren. Er näherte sich ihr zaghaft, um sie nicht zu erschrecken, aber hatte sie Angst, so zeigte sie es nicht, und eine Zeit lang neckten sie sich, oder besser gesagt, er neckte sie, und sie schien seine Neckereien einfach hinzunehmen. Er hatte sich nicht darauf vorbereitet, was er sagen oder nicht sagen sollte, obwohl er genug Zeit gehabt hatte, darüber nachzudenken, aber es entstand kein gefährliches Schweigen, sie fanden leicht in ihr surreales und ernstes Gespräch zurück, und sie fragte ihn, als wäre keine Zeit vergangen, was der Himmel der Sámi sei, und er erzählte ihr, obwohl er sicher war, dass sie davon bereits gehört hatte, von Sáivu, von den fischreichen Seen und dem mit Flechten überzogenen Land und von Rentieren, so wohlgenährt, wie sie nur sein konnten.

»Es ist so interessant«, sagte sie, »dass es sogar im Himmel Rentiere gibt. Was glaubst du, was wären die Sámi ohne ihre Rentiere?«

»In den alten Zeiten, bevor es Rentiere gab, gab es einen Sámi, der umherzog. Er lebte hauptsächlich davon,

Schneehühner zu fangen«, sagte er. »So wie du«, fügte er hinzu.

»Haha.«

»Einmal war er wieder den ganzen Tag unterwegs, um Schneehühner zu fangen, aber seine Fallen waren mal wieder leer –«

»Haha.«

»Und er setzte sich in den Wald, um sich auszuruhen. Da erschien plötzlich ein hübsches Mädchen«, sagte er, und er konnte nicht anders, als sie anzuschauen, wollte sehen, ob sie seinen Blick erwiderte, aber sie wich ihm aus, bestimmt mit Absicht, dachte er, »eigentlich«, fuhr er fort, »wusste der Mann, dass sie ein magisches Wesen war und unter die Erde gehörte, aber sie war so schön, dass er sie bei sich behalten wollte. Also nahm er sein Messer, und er« – hier beugte sich Ivvár vor und ergriff ihre mit Fäustlingen behandschuhte Hand, aber anders als andere Mädchen zog sie ihre Hand nicht zurück, sodass es ein Leichtes war, ihr den Fäustling abzustreifen, ihre Hand zu nehmen und ihr in die Fingerspitze zu kneifen, während er sagte, »- und er stach ihr mit seinem Messer in den Finger. Und als das Blut aus ihrem Finger hervorquoll, sagte sie, oh, das war mein Herz!« Er hielt inne, um Willa Raum zu geben, darauf zu reagieren, aber er war gezwungen, fortzufahren. »Da erschien eine alte Frau und sagte zu dem Mädchen: ›Jetzt, wo du Blut vergossen hast, musst du auf der Erde bleiben!‹ Und der Mann nahm sein Messer und warf es nach der alten Frau, aber sie entkam.«

Willa blickte so starr vor sich hin, dass Ivvár sich fragte, ob sie etwas im Nebel gesehen hatte. »Und dann?«, fragte sie und schaute wieder zu ihm auf.

»Oh«, sagte er. »Ich dachte, die Geschichte langweilt dich.« Eigentlich dachte er das nicht, aber er wollte von ihr hören, dass sie Interesse hatte. Sie schüttelte den Kopf, vielleicht wurde sie sogar ein bisschen rot. »Also«, sagte er, »sie gingen zusammen, um in einem Loch in der Erde zu leben, sodass sie weder im Untergrund noch darüber waren. Aber dort konnten sie nicht für immer bleiben. Und das Mädchen sagte zu dem Mann, warte hier drei Tage, und egal, was passiert, egal, was für seltsame Geräusche du hörst, komm nicht heraus. Und sie verschwand. Drei Tage lang wartete er und hörte die schrecklichsten Geräusche, er glaubte, ganz furchtbare Dinge zu hören, Todesschreie, aber sie war so schön, dass er beschloss, zu tun, was sie ihm befohlen hatte. Am dritten Tag holte sie ihn aus dem Loch hervor, und da waren sie, eine Herde Rentiere und ein Lávvu. So geschah es, dass die Sámi sich der Rentiere annahmen. Und eigentlich«, sagte er, »geht die Geschichte noch weiter, wir erfahren noch, wie sie die Rentiere gemolken haben und warum die Hirten in der Gegenwart der Tiere nicht scherzen oder fluchen, aber dieser Teil der Geschichte ist nicht so interessant.«

»Was war denn der interessante Teil?«, fragte Willa.

»Der Teil mit dem schönen Mädchen«, antwortete er, aber sie schien regelrecht empört, vielleicht sogar verärgert, und nachdem sie ein paar Oberflächlichkeiten ausgetauscht hatten, wie geht es deinem Bruder, wie geht es deinem Vater und so weiter, verschwand er wieder, schämte sich, dass er so geflirtet hatte, und fragte sich, warum er sich überhaupt dazu hatte verleiten lassen – die Einsamkeit, sie war an allem schuld. Er war so lange allein, und dann purzelte ihm alles nur so aus dem Mund. Sie war nicht mal ein besonders schönes Mädchen, darum ging es ihm bei ihr gar nicht. Aber in der darauffolgenden Woche kam er wieder, um nach ihr Ausschau zu halten, und diesmal war er sicher, dass sie vor ihm auf der Hut war – das war sie auch, sie konnte kaum noch die Ortschaft verlassen, ohne dass ihr leicht übel wurde, es war so weit gekommen, dass sie zu Hause, bevor sie in den Wald ging, keinen Bissen mehr herunterbekam; allein der Gedanke, ihm zu begegnen, löste eine solche Nervosität in ihr aus, und ihr war ein wenig schwindelig, wenn sie es in den Wald schaffte, ihre Augen schmerzten in ihren Höhlen vom Herumstarren, in der Hoffnung, seinen Schatten aufblitzen zu sehen, der sich über den Schnee auf sie zubewegte, in der Hoffnung, er würde lässig und kraftvoll den Hang hinuntergleiten und auf seinen Skiern vor ihr angeben. Sie war noch nie so geneckt worden, und es beschäftigte sie so, dass sie kaum schlafen konnte, sie bewahrte jeden einzelnen, jeden noch so kleinen Witz, jede Andeutung, dass sie schön sei, jedes Augenzwinkern von ihm wie einen Schatz. Wie er sie ansah!

Er erzählte ihr noch eine weitere Geschichte, eines Nachmittags, bei Sonnenuntergang, sie nahmen beide wahr, wie wunderbar dieser Sonnenuntergang war, so ein kitschig süßes Rosa, dass es ihr Gespräch mühelos beflügelte, es verlieh allem, was sie sagten, einen Hauch von Romantik. In diesem Licht erzählte er ihr eine ähnliche Geschichte wie einige Tage zuvor, diesmal von einem Sámi, der ausgesandt wurde, um einen Teil der Herde wiederzufinden, der sich verirrt hatte. Er fand die Tiere leicht, sie waren in der Nähe des Ortes, an dem seine Siida gerade ihr Lager aufgeschlagen hatte, aber er war müde, also legte er sich in seinem Rákkas schlafen.

»Du weißt, was ein Rákkas ist?«, fragte er. »Dieses kleine Innenzelt, das man ins Lávvu hängt«, erklärte er. »Man hängt es an die Stangen. Es hält im Sommer die Mücken fern, aber manchmal ist es auch schön, es einfach so aufzuhängen, dann ist es, als hätte man sein eigenes Zimmer, in dem man für sich sein kann.«

Sie nickte, verriet nicht, ob sie das schon wusste oder nicht, und er fuhr fort, erzählte ihr, wie dieser Sámi immer wieder davon aufwachte, dass er am Stoff seines Rákkas ein Kratzen hörte, und schließlich nahm er eine Nadel, mit der man Leder näht, aus seinem Nadeletui und stach durch das Rákkas. Ein Mädchen schrie: »Jetzt kann ich nicht zu meinem Volk zurückkehren, ich habe mein eigenes Blut gesehen!«

Im Hintergrund dieser Erzählung wechselte der rosafarbene Himmel in ein tiefes Lila.

»Das erinnert mich«, sagte Willa, »an die Geschichte von dem Mann, der sein Lasso um das Háldi-Mädchen wirft, um sie und ihre Rentierherde einzufangen.«

»Das ist eine andere Geschichte, ja«, sagte Ivvár, aber er wirkte plötzlich gereizt. Sie fragte sich, ob sie besser so hätte tun sollen, als ob sie diese Geschichte nicht kannte. »Du kennst dich also aus mit den Háldi-Geschichten?«

»Nein, nicht besonders«, log sie, »Antihkka Sussu hat mir ein paar erzählt.« Sie wollte nicht sagen: Ich habe so viele von ihnen gelesen, weil mein Vater sie alle aufgeschrieben hat und ein großes Buch daraus machen will, alle Sagen der Lappen; ich lese sie lieber, statt seine Predigten abzuschreiben. Warum sie ihm das nicht anvertrauen wollte, wusste sie nicht, und sie horchte auch nicht in sich hinein, um die Antwort darauf zu erfahren.

Als Antihkka Sussus Name fiel, blickte er überrascht auf.

»Was hat Antihkka Sussu dir noch erzählt?«, fragte er.

»Sie hat mir noch ein paar Sprichwörter verraten«, antwortete Willa.

»Zum Beispiel?«

»Zum Beispiel ...« Willa überlegte. »Niemand ist mit der Axt in der Hand auf die Welt gekommen.«

»Niemand ist so klein, dass er sich nicht bücken müsste.« Zunächst klang es wie eine Frage, als wolle er wissen, ob sie dieses Sprichwort schon kannte, oder aber es war eine Herausforderung, sie war sich nicht sicher.

»Stille Wasser sind niemals sauber«, sagte sie nach einer kurzen Pause.

»Wie will ein Fremder wissen, was das Eichhörnchen frisst?«, sagte er. Natürlich war er schnell, schneller als sie, aber es war gar nicht so leicht, die schwedischen Sprichwörter von den samischen zu unterscheiden.

»Ich habe schon aus allen möglichen Brühen Suppe gekocht«, sagte Willa schließlich – sogar ihre Mutter benutzte dieses Sprichwort.

»Du warst noch nie ein Pfahl in meinem Lávvu«, sagte er. Ihre Gedanken kamen ins Stocken – ihr fiel nichts mehr ein. Sie schnitt eine Grimasse. Natürlich gab es noch mehr, so viele mehr. »Mein liebstes«, fuhr er fort, »ist wahrscheinlich: Ein Holzscheit brennt nicht von allein«, und er zwinkerte ihr zu, und die Röte, die ihr sowieso schon ins Gesicht gestiegen war, wurde noch tiefer.

»Hmm«, sagte sie, und dann zwang sie sich, es auszusprechen, das Schlimmste von allen, sie konnte sich noch genau erinnern, wann sie es zum ersten Mal gehört hatte, sie war im Laden gewesen, und zwei Sámi waren ebenfalls dort. Der eine hatte zum anderen gesagt: »Man soll erst lecken, wenn es tropft«, und sie hatten gelacht, und auch der alte Ladenbesitzer hatte in das Gelächter mit eingestimmt, und sie war sich zum ersten Mal ihrer Existenz als Frau bewusst gewesen, dessen, was ihr Körper für andere bedeutete, sie war sich bewusst, dass ihre Anwesenheit das Lachen verstärkte, weil sie den Witz noch anstößiger machte, aber als sie skeptisch dreinblickte, hatte einer von ihnen gesagt: »Ach, schon gut, das ist kein Snoallan«, und es hatte sie alles gekostet, nicht auf dem Absatz kehrtzumachen und zu gehen, sondern dort zu stehen, zu warten und nach dem zu fragen, weswegen sie gekommen war. Sie war von sich selbst schockiert, dass sie es jetzt wiederholte, dass sie es in seiner Gegenwart aussprach: »Man soll erst lecken, wenn es tropft.«

Ivvár schlug die Hände zusammen, lachte und schenkte ihr sein breitestes Grinsen, tiefe Lachfalten rannen aus seinen Augen und rankten sich um seine Wangen. »Ich hätte nie gedacht, dass ich das mal aus deinem Mund höre«, rief er. Er schnappte nach Luft und krümmte sich vor Lachen. »Und ich dachte, du wärst eine brave kleine Báhppa Nieida, eine folgsame Pastorentochter, die ganz keusch tun muss, bis sie verheiratet ist, und dann so tun muss, als würde es ihr gefallen.«

»Es war nur ein Scherz«, wehrte sie plötzlich beschämt ab – sie hätte das nicht sagen dürfen. Sie hätte nie etwas sagen dürfen, was ihn zu solchen Kommentaren verleitete. Er schien auch zu denken, dass er so nicht hätte reagieren dürfen, denn als er sich wieder aufrichtete, sah er bedröppelt aus, er war ebenfalls leicht rot geworden, und vielleicht hatte er sogar eine Entschuldigung gemurmelt, sie war sich nicht sicher. »Gut«, sagte sie, und etwas Bitteres stieg in ihr auf, »ist das jetzt nicht der Moment, in dem du wegläufst?«

»Wegläufst?«, fragte er.

»Ja, so wie du es immer tust – du gehst, damit du nicht bleiben musst.«

»Warum sollte ich nicht bleiben wollen?«

»Damit es nicht so ... Damit es leichter ist.«

»Haben wir denn keinen Spaß, wenn wir so miteinander herumalbern?«

»Doch«, erwiderte sie, »aber haben wir nicht auch Spaß, weil wir gut darin sind, um den heißen Brei herumzureden?«

»Um welchen heißen Brei denn?«

»Dein Vater«, sagte sie schließlich. Sie sah ihm direkt in die Augen, dann fuhr sie fort: »Er ist immer bei uns im Pfarrhaus.«

»Ich weiß«, sagte er. Er schien beunruhigt.

»Wusstest du«, fuhr sie fort, »dass er Laienprediger werden will? Er wird die Reisen übernehmen, die mein Vater nicht mehr machen kann, er wird seine Predigten lesen und im Sommer von einer Siida zur anderen ziehen, oben an der Küste.«

»Und?«, sagte Ivvár, so lässig, als hätte er es längst gewusst, obwohl sie sich fragte, woher er es hätte wissen können; es war erst in der Nacht zuvor beschlossen worden, und sie war selbst schockiert gewesen, als sie davon gehört hatte. Sie hatte noch nie von einem Sámi gehört, der seine Herde verließ, um so etwas zu tun, selbst wenn es nur vorübergehend war, aber nach dem, was Biettar gesagt hatte, schien es keineswegs nur vorübergehend zu sein.

»Und – das ist alles«, sagte sie. Sie zog an ihrem Schlitten, er knirschte im Schnee, die hölzernen Kufen quietschten, ein lauter Kontrast zu ihrem sanften Gespräch. Langsam setzte sie sich in Bewegung, aber er lief nicht neben ihr her. Sie drehte sich noch einmal zu ihm um, doch er zuckte nur mit den Schultern, als wolle er sagen: Das war's dann wohl!

Sie nickte und wandte sich wieder um, sie war wütend, wollte, dass er ihr folgte, sie ärgerte sich, dass es so geendet hatte, und jetzt würden sie es dabei belassen, es machte ihr Angst, als würden sie sich nie wiedersehen. Das war es! Mehr würde nicht passieren. Für eine Weile dachte sie, er wird gleich wieder an meiner Seite auftauchen, es kann jeden Moment so weit sein, er wird kommen, aber natürlich tat er das nicht, er war schon sehr weit weg, er war beinahe ebenso verbittert wie sie. Er fragte sich, ob sie wusste, wie sehr es ihn verletzt hatte, ob sie den Schmerz geahnt hatte – er wäre weniger schockiert gewesen, wenn sie ihn in ein Eisloch im Fluss geworfen hätte.

Plötzlich verstand Ivvár: Sein Vater hatte geübt, hatte Ivvár üben lassen, sich allein um die Herde zu kümmern. Sein Vater hatte ihn vorbereitet, sein Vater hatte es allen erzählt, allen außer ihm.

Als er auf seinen Skiern davonfuhr, wusste er schon, was er tun würde, und wusste im gleichen Moment, dass es ein Fehler war. Er würde gar nicht erst zur Herde zurückkehren, er würde warten, bis Willa auf dem Heimweg war, und dann würde er ihr folgen, er würde ihr nachsehen, wenn sie ins Pfarrhaus ging, und dann würde er direkt zu Rikki gehen. Er würde sich eine Flasche Brännvin besorgen, er würde sagen, was auch immer Rikki hören wollte, um die Flasche rauszurücken, und Rikki würde die Flasche rausrücken, Rikki würde eine weitere von Ivvárs Sünden in sein Kassenbuch eintragen, und diese weitere Sünde würde sich einfach zu den anderen gesellen, was kümmerte es ihn, lass die Liste wachsen, lass sie wachsen und immer weiter wachsen wie Unkraut, die Einträge sich vermehren wie Maden, wie die Fliegen, die in den Nasenlöchern der Rentiere nisteten, das Einzige, was er tun konnte, war, etwas Boden unter den Füßen zu gewinnen, etwas Halt, ein wenig Erleichterung. Er konnte nicht einfach dasitzen und an seinen Vater denken, und an Willa und Risten, er musste, musste sie einfach aus seinen Gedanken löschen, musste, wenn er doch nur könnte, vor allem sich selbst auslöschen. Das Schlimmste von allem auslöschen, das nun wieder angekrochen kam, vor allem seinen Vater, betrunken und auf Knien rutschend, seine Mutter, versteckt in ihrem Rákkas, damit er nicht sah, wie sehr sie litt.

7

Als Risten noch ein kleines Mädchen war, hatte sich in ihrer Familie eine Tragödie ereignet, die zwar nicht ungewöhnlich war und an der niemand eine besondere Schuld trug, aber dennoch war es eine Tragödie. Nur Risten hatte sie miterlebt – ihre Schwester Elle war ertrunken. Die Tatsache, dass Risten dabei gewesen war, hatte die Tragödie praktisch verdoppelt; es war eine Tragödie, die Risten bis weit ins Erwachsenenalter hinein begleitete, vor allem in Form von Träumen, aber auch in Form anhaltender Schuldgefühle. Sie hatten Ende März einen zugefrorenen See überquert, und es gab keinen Grund anzunehmen, dass das Eis nicht halten würde, denn erst am Tag zuvor war ein ganzer Schlitten drübergefahren, und außerdem begann der See frühestens Ende April aufzubrechen und zu tauen. Warum das Eis gerade an dieser Stelle so schwach war, so schwach, dass es unter den Schritten zweier ziemlich kleiner Mädchen brach, darauf wusste damals wie heute niemand eine Antwort; es war ungeheuerlich, wenn nicht gar absurd; es war schlicht und ergreifend eine brutale Fügung der Natur.

Der Grund, warum das Eis so schwach war, spielte keine Rolle, was zählte, war, dass Risten ihrer Schwester vorausgeeilt war und ihren Schrei gehört hatte, so kurz, so schnell, und natürlich hatte sie sich umgedreht und war zurückgerannt, sie streckte ihre Hand aus und versuchte, ihre Schwester zu packen, ohne selbst hineinzufallen, aber Elle wurde von ihrem schweren Mantel und ihrem Liidni und ihren Stiefeln und ihren Handschuhen und der wollenen Unterwäsche hinabgezogen, und Risten, obwohl sie im Angesicht der Panik ungeahnte Kräfte aufzubringen schien, kam nicht nahe genug heran, um sie zu retten. Sie konnte sie nicht retten, Elle sank unter das Eis, der See war groß, seine Strömung zog sie mit sich, und mit Elle zog er auch Risten mit sich, selbst jetzt, als Erwachsene im heiratsfähigen Alter, spürte sie noch immer dieses Loch im Eis, als ob sie nichts und niemandem wirklich trauen könnte. Sie hatte einen Hang zum Fatalistischen, sie erwartete, dass alles zu Ende ging. Niemand hätte sie einer solchen Angst verdächtigt, aber sie spürte immer Elle unter sich, als wäre sie unter jeder gefrorenen Oberfläche, obwohl man sie nach dem Aufbrechen des Eises im Frühjahr aus dem See gezogen und auf dem Friedhof begraben hatte.

Ostern hatte für Risten eine besondere Bedeutung bekommen, denn Elle war an Ostern begraben worden, wie es üblich war – wenn man im Winter starb, wurde der Leichnam aufbewahrt, bis der Boden taute, sodass alle Winterbegräbnisse auf einmal stattfanden, normalerweise zur gleichen Zeit wie die Hochzeiten, zu Ostern, wenn Ostern spät genug war. Das war effizient; dann waren ohnehin bereits alle im Ort. Aber das bedeutete auch, dass, sobald Ostern nahte, auch Ristens alter Kummer und ihre Schuldgefühle wegen Elle wieder hochkamen. Zu den Schuldgefühlen wegen Elle gesellten sich die Schuldgefühle wegen der Sache mit Ivvár, und wegen Mikkol, mit dem sie sich sofort wieder verlobt hatte: Risten hatte seit der großen Demütigung nichts mehr von Ivvár gehört, und sie hatte Mikkol nur einmal gesehen, um sich wieder mit ihm zu versöhnen, ein Treffen, das sie sowohl beruhigt als auch betrübt hatte. Mikkol seinerseits schien einfach nur erleichtert zu sein, er war leicht davon zu überzeugen, dass sie nur kurz kalte Füße bekommen hatte, und vielleicht stimmte das ja auch. Die Sache zwischen ihr und Ivvár war nie etwas Echtes, nie eine Möglichkeit gewesen. Es war besser, bei Mikkol zu bleiben, dem sicheren und verantwortungsvollen Mikkol. Mikkol war von Anfang an so klar gewesen, er hatte keine Spielchen gespielt, er war zu ihr gekommen, sobald es möglich war, sie zu besuchen, hatte seine besten Rentiere mit Glocken angeschirrt. Ihre Mutter hatte ihm Kaffee gekocht. Mikkol trank nicht und würde auch nie trinken. Mikkol sagte nicht das eine und tat dann etwas anderes. Mikkol täuschte nicht jahrelang Desinteresse vor, sprach kaum mit ihr, um dann eines Sommertages aufzutauchen, sturzbetrunken, um sie ohne Grund anzuschreien und zu den Felsen zu führen. Bald, dachte sie, wird Ivvár verblassen, der blaue Fleck wird heilen, und darunter wird es nur noch Mikkol geben.

Es bestand eine gewisse, wenn auch geringfügige Möglichkeit, dass Mikkol irgendwie von ihr und Ivvár erfahren würde, sowohl von der Begegnung im Sommer als auch davon, dass sie ihn besucht hatte, nachdem sie ihre Verlobung gelöst hatte. Wie er davon erfahren sollte, konnte sie sich nicht vorstellen, soweit sie wusste, hatte niemand sie gesehen, aber genau das war das Problem: soweit sie wusste. Es war auch möglich, dass Ivvár selbst jemandem davon erzählt hatte, denn wenn er betrunken war, war er zu allem fähig, so war doch auch die Sache mit ihnen passiert, nicht wahr?

Sie konnte sich nicht vorstellen, was Mikkol denken würde, wenn er davon Wind bekam. Seine Unschuld beschützte ihn, da es ihm einfach niemals in den Sinn käme, und wenn er doch davon hörte, würde er es wahrscheinlich nicht glauben. Aber sie würde wissen, dass es die Wahrheit war. Jetzt saß sie bei der Herde, hatte ihrem Vater versprochen, die Wache zu übernehmen, aber sie nahm die Rentiere kaum wahr. Sie standen herum und dösten, der Boden war mit Kötteln übersät, doch Risten nahm nichts davon wahr, nicht wirklich – sie versuchte sich vorzustellen, wie die Herde aussehen würde, wenn Mikkols Rentiere zu ihren stießen. Wie viele er hatte, wusste sie nicht genau; sie hatte den Eindruck, dass er mindestens hundert oder zweihundert eigene Tiere mitbringen würde, aber sie konnte sich irren. Trotzdem hatte ihr Vater versprochen, dass Risten all ihre Rentiere behalten durfte, das ganze Rádju. Sechshundertsieben, und sobald sich Mikkols Herde mit ihrer zusammenschloss, würden sie sich der Tausend ihres Vaters nähern.

Aber war es das? Du sagst ein Wort, und schon ändert sich alles, schon lebst du mit einem Mann zusammen, schon kommt jemand in dein Lávvu und schläft mit dir auf der anderen Seite des Feuers, gegenüber von deinen Eltern. Einen neuen Hund würde es auch geben, und die Hunde würden lernen müssen, miteinander auszukommen.

Diese Träumerei wurde von ihrem Vater unterbrochen, der mit seinen Skiern direkt an ihr vorbeifuhr. »Wohin fährst du?«, fragte sie, aber er antwortete nicht, was schon Antwort genug war. Wahrscheinlich, dachte sie, war er auf dem Weg zu einer Sieidi – er machte sich zu viele Sorgen um die Vielfraße, und er würde sich erst besser fühlen, wenn er ein Opfer dargebracht hatte. Die graue Pranke des Winters packte immer viel fester zu, als man es sich wünschte, versetzte alle, Menschen wie Vielfraße, in Unruhe. Sie befanden sich jetzt in der seltsamen Phase üppiger Sonne und üppigen Schnees, der Himmel sagte Sommer und der Boden Winter, allen taten die Augen weh, weil so viel Sonne auf so viel Schnee fiel, und die Menschen fuhren, so gut sie konnten, mit geschlossenen Augen Ski.

Die Sámi warteten bis Ostern, ehe sie mit ihren Herden weiterzogen, und die Siedler warteten schon darauf, weil das auch bedeutete, dass der Schnee schmelzen würde und sie, wenn auch nur kurz, etwas Grün zu Gesicht bekämen. Aber in der Zwischenzeit hielt der Winter sie fest im Griff, er war sehr gut darin, sich einzunisten, und nur Willa wollte nicht, dass er zu Ende ging, denn sobald er zu Ende war, würde sie auch Ivvár nicht mehr sehen; für mindesten fünf, sechs Monate, während er mit der Herde an der Küste war.

Natürlich war es töricht, immer noch an ihn zu denken. Als Ivvár gesagt hatte, dass er sie für eine brave kleine Pfarrerstochter hielt, als er lachte, hatte sie sich richtig dafür geschämt, ihn so anzuschmachten, für die Kräfte zwischen ihren Körpern. Ihr eigener Körper hatte sie verraten, und er verriet sie auch jetzt, sie dachte mehr denn je an Ivvár. Sie hatte das Gefühl, dass sie von ihm gedemütigt, erniedrigt wurde. Sie konnte das Vaterunser nicht zu Ende beten, ohne beim Wort Versuchung ins Stocken zu geraten und zu denken, was für ein schönes Wort, Versuchung, und sich dann vorzustellen, wie es wäre, in Versuchung geführt zu werden, von der Versuchung an die Hand genommen und zu den Zelten, zu den Siidas geführt zu werden. Jeden Tag wurde ihr mehr und mehr bewusst, wie untauglich und unrein sie war, dass sie vom Himmel nicht angenommen werden konnte.

Und dann begannen sich diese Zweifel und Schwächen zu vervielfachen, sie verdoppelten sich vor ihren Augen wie die Pocken. Sie hatte sich so sehr an den Gedanken gewöhnt, dass es einen Gott gab, und ihren Vater und die Kirche, und dass diese Dinge immer an erster Stelle stünden, aber jetzt waren sie kleine Nichtigkeiten – das wahre Wunder der Welt war die Fähigkeit des Körpers, die Seele beiseitezuschieben. Die Warnungen ihres Vaters kamen ihr plötzlich viel schlüssiger vor – dies war ihre Prüfung, und wie er es vorausgesagt hatte, war ihr Glaube nicht stark genug, sie freute sich, war regelrecht begierig, sich mit irgendjemandem oder irgendetwas zu verbünden, wenn dieser jemand oder dieses Etwas sie zu Ivvár bringen konnte. Schlimmer noch, es geschah genau, wovor er gewarnt hatte: Alles, was mit der Kirche, mit Gott zu tun hatte, begann sie zu stören, selbst die Erwähnung von Jesus Christus nervte sie, die treuen Anhänger ihres Vaters nervten sie, ja stellten sie sogar vor große Rätsel, sodass sie sich eines Tages fragte, was diese Leute auf dem Boden des Pfarrhauses zu suchen hatten. Márjá, die Frau mit dem kleinen Jungen, warum war sie hier? Warum weinte sie so sehr und sagte, sie habe so gesündigt? Wo war ihr Mann? Warum packte sie ihren kleinen Jungen und versuchte, auch ihn zu bekehren?

Márjá kam wieder, wälzte sich ein zweites Mal auf dem Boden, dann lag sie lange Zeit ganz still da, und Willa dachte, mit einem gewissen Unbehagen, das von irgendwoher in ihr aufkam: Steh auf. Woher kamen diese Impulse? Daher, dass sie sich von ihren eigenen Sünden nicht befreien wollte? Weil alle Menschen sündigen sollten, so wie sie?

Ihr Herz machte Sprünge, immerzu. Sie ging raus auf das Feld und betrachtete den gefrorenen Boden, trat den Schnee weg, zerrte halbherzig an der festgefrorenen Schubkarre, aber sie bewegte sich nicht. Sie würde nicht diejenige sein, die den Boden aufbrach, würde keine Samen säen, die niemals wirklich zu etwas heranwuchsen, das nach der Hälfte des Sommers keine Kraft mehr haben würden. Sie würde in Uppsala sein. Wenn sie an Uppsala dachte, bekam sie Panik, und sie überquerte den Fluss nach Finnland, um nach den Schneehühnern zu sehen; oder besser gesagt, um nach Ivvár zu sehen. Ihr gefiel die Vorstellung, dass er, obwohl das letzte Gespräch so unglücklich geendet hatte, zurückkommen würde, dass die Kraft ihrer Anziehung zueinander und die Kraft einer Unvermeidlichkeit zwischen ihnen sie immer wieder hierherführen würde. So kam sie zur ersten Falle, und beinahe hätte sie gar nicht so genau hingeschaut, denn das war kaum der eigentliche Zweck ihres Ausflugs, als sie das Schneehuhn entdeckte. Es war ein Männchen, und sein Gefieder hatte sich noch nicht in sein Sommerbraun verwandelt. Aus der Nähe sah sie, dass es noch lebte – es zappelte –, und sie war überrascht, dass es überhaupt in die Falle getappt war.

Sie beugte sich vor und versuchte, es am Hals zu packen, aber es schlug mit den Flügeln und ließ ziemlich viele

Federn, als würde das Huhn schneien, und sie versuchte erneut, es zu packen, doch es biss ihr in die Hand und riss ein Stück Wolle von ihrem Fäustling ab. Sie richtete sich auf, und sie wusste es sofort, sie konnte ihn hinter sich spüren, und eine Stelle, die sie nicht identifizieren konnte, vielleicht war es ihr Herz, klopfte und öffnete sich. Sanft und elegant wie immer kam er neben ihr zum Stehen. Ihre Hände zitterten, und die Haut an ihrem Hals und an ihrem Rücken kribbelte. Wie absurd! Wie töricht sie doch war!

Sie musste grinsen – sie konnte nicht anders.

»Ich dachte, du wärst böse auf mich«, sagte er.

»Bin ich auch«, log sie. »Ich dachte, du wärst böse auf mich«, fügte sie hinzu.

Er machte ein Geräusch, das wohl bedeuten sollte, dass er das vielleicht auch war, und sagte dann: »Aber ich habe geübt.«

»Was hast du geübt?«

»Charmant und nobel zu sein.«

»Wirklich?«, fragte sie. »Zu welchem Zweck?«

»Damit du mich charmant und nobel findest.«

»Hmm«, erwiderte sie. »Mir wäre es lieber, du wärst nützlich.«

»Wie kann ich nützlich sein?«

»Du kannst dieses arme Schneehuhn töten«, sagte sie, und er ließ seinen Skistock fallen und ging auf die Falle zu. Er beugte sich vor und streckte eine Hand aus, ganz ruhig, das Schneehuhn flatterte und schrie, und er packte es um die Brust, dann nahm er die andere Hand und drehte ihm den Hals um. Die Knochen knackten, und dann war es still. Er löste die Schlinge um die Krallen und reichte ihr das Schneehuhn. Die Augen des Vogels waren offen.

»Wie bereiten die Finnen ihre Schneehuhnsuppe zu?«, fragte er.

»Ich weiß nicht.«

»Also«, sagte er, »zuerst nehmen sie Wodka.«

»Aha«, sagte sie misstrauisch.

»Dann gießen sie etwas Wodka in den Topf und erhitzen ihn. Dann gießen sie noch etwas Wodka nach und probieren, ob es schmeckt. Und dann trinken sie. So bereiten sie ihre Schneehuhnsuppe zu!«

»Das ist der Witz?«, fragte sie. Er lachte – er hatte sogar Tränen in den Augen, so doll lachte er. Die tiefen Lachfalten zeichneten sich wieder um seine Augen ab, und sie dachte: Er ist der Inbegriff von Fröhlichkeit und Glück.

»Ach, die Finnen«, sagte er, wischte sich die Tränen ab und schüttelte den Kopf.

»Du bist Finne«, sagte sie.

»Ich lebe in Finnland«, erwiderte er. »Den Winter über. Das macht mich noch lange nicht zum Finnen, wie es auch die Finnen nicht zu Russen macht, nur weil ihr Land gerade den Russen gehört. Oder?«

»Magst du Schneehuhnsuppe?«, fragte sie.

»Mein Lieblingsessen«, antwortete er feierlich.

»Ja, das hatte ich befürchtet. Hab ich dir angesehen. Drüben auf dem Hügel.«

»Oh«, sagte er, »ja, ja!« Er sah keineswegs verlegen aus. »Wohin gehst du?«, fragte er.

»Ich wollte nur nach den Fallen sehen.«

»Na dann, los geht's«, sagte er und holte Schwung, fuhr vorweg, als wolle er ihr ihre eigenen Wege zeigen. Dann hielt er inne und drehte sich zu ihr um. »Kommst du?«

»Du bist zu schnell«, sagte sie, was nicht ganz stimmte – sie wollte ihn nur dazu bringen, langsamer zu fahren, neben ihr herzufahren, und als wäre dieser Tag ein einziger Traum, wurde er langsamer, sie holte ihn ein, und sie fuhren nebeneinanderher. Sie sah zu ihm rüber und grinste, und er grinste auch.

»Erzähl mir eine Geschichte«, sagte sie.

»Worüber?«

»Über das Volk, das in der Erde lebt.«

»Du magst meine komischen Geschichten.«

»Ja.«

»Wie kommt's?«

Sie zögerte. »Vielleicht wegen des Alten Testaments«, sagte sie, was sogar stimmen mochte.

»Also, diese Geschichte ist viel, viel älter als das Alte Testament.«

»Das Ältere Testament.«

»Ja«, sagte er, das schien ihm zu gefallen. »Das Viel Ältere Testament. Also, pass auf: Einst war ein Mann mit seinem Schlitten unterwegs. Er war in Begleitung seiner Familie, seiner Frau und seiner beiden Töchter. Sie waren tatsächlich«, sagte er und hob bedeutungsvoll eine Augenbraue, »auf dem Weg zum Gebet. Plötzlich wollten die Rentiere nicht mehr weitergehen. Der Mann zog und zog an den Zügeln. Schließlich kletterte er aus dem Schlitten, um nachzusehen, was los war. Er ging zur Vorderseite des Gespanns, aber es war nichts zu sehen. Er zog am Geschirr des Leittiers, aber es rührte sich nicht, ganz und gar nicht, und dann bockte es und trat nach ihm. Also versuchte der Mann selbst, vorwärtszugehen. Er wusste nicht, warum, aber plötzlich fühlte er sich ganz komisch, oder krank. Ja, bin ich denn dumm, dachte der Mann, schüttelte den Kopf und versuchte, weiterzugehen, nur ein paar Schritte, aber da ging es ihm gleich noch schlechter.« Ivvár blieb stehen, offensichtlich, um einen dramatischen Effekt zu erzeugen.

»Erzähl weiter«, forderte Willa. Sie freute sich so sehr über seine Geschichten, besonders über diese Geschichte, deren Ende sie noch nicht kannte. Die Geschichte beschrieb, wie alle guten Geschichten der Sámi, ein plötzliches Fehlverhalten der Natur, etwas Unerklärliches – als wüsste die Welt etwas, was die Menschen nicht wussten. Sie wartete. »Nun erzähl schon«, drängte sie.

»Nun«, sagte Ivvár, »der Mann erkennt plötzlich, dass vor ihm ein Eahpáraš steht, ein Äpärä. Weißt du, was ein Ihtiriekko ist?«

»Nein«, log Willa, denn sie wollte es in seinen Worten hören.

»Das ist der Geist eines Neugeborenen, das von seiner Mutter verstoßen wurde. Das Problem ist, da sie sterben, bevor ihnen ein Name gegeben wurde, kommen sie als Eahpáraš zurück, also als böse Geister. Alle haben große Angst vor ihnen. Wenn man sich in der Nähe eines Gewässers befindet, ist es nicht so schlimm, denn die Eahpáraš können kein Wasser überqueren, aber dieser Mann war meilenweit von einem Gewässer entfernt. Also rief der Mann dem Geist zu, er solle verschwinden, er habe ihm nichts Böses getan. Und plötzlich waren die Rentiere still. Und der Mann ...«

»Mehr musste er nicht tun? Er musste ihn nur bitten, zu verschwinden?«

»Ich bin noch nicht fertig.«

»Na dann«, sagte sie. »Erzähl.«

»Also«, fuhr er fort, »der Mann sah, dass die Rentiere sich beruhigt hatten, und ging zurück zu seinem Schlitten. Plötzlich bemerkte er jedoch, dass hinten im Schlitten die Hunde bellten und seine Frau schrie. Er ging zum hinteren Teil des Schlittens, wo seine älteste Tochter saß und wo sich nun alle um sie scharten. Und sie war tot, sie war mit einem Schuhband erdrosselt worden.«

Willa sah ihn an, wartete darauf, dass er noch etwas sagte.

»Es ist eine alte Geschichte«, sagte er schließlich. »Nächstes Mal erzähle ich dir eine mit einem glücklicheren Ende. Die Geschichte von dem Stállu, der sein Enkelkind isst. Es ist immer die gleiche Geschichte«, fuhr er fort, »erst sind wir Blumen, und dann sterben wir.« Er lachte, aber es war kein bitteres Lachen, es war ein Lachen, in dem der Tod Ruhe fand. Sie waren bei der nächsten Falle angekommen, aber sie war leer, natürlich war sie leer. Jetzt blieb ihnen nur noch eine – Willa spürte schon, wie kurz dieses Wiedersehen sein würde, sah ihn schon nach Hause eilen, und es machte sie wahnsinnig. Warum immer diese kurzen, viel zu kurzen Begegnungen?

»Aber warum war die Tochter tot?«, fragte sie.

»Wieso fragst du das?«

»Ich will es verstehen.«

»Ja«, erwiderte er, »typisch Siedler. Wollen immer verstehen. Wollen immer die Gründe wissen, warum Dinge passieren.«

»Ja, wie die französischen Rationalisten«, erwiderte sie.

»Wie wer?«

»Die Theologen und Philosophen des Rationalismus. Sie glauben, dass Gott in der Vernunft existiert, dass man mit rationalem Denken Gott erreicht.«

»Du redest viel über Gott.«

»Ja«, sagte Willa und schämte sich plötzlich dafür. »Ich schätze, es fällt mir schwer, nicht über Gott zu sprechen. Geht's dir etwa nicht so?«

Es sollte ein Scherz sein, aber er wurde ernst.

»Ich nehme an, du hast von den Noaidi gehört?«, fragte Ivvár, »ihre Geschichten? Sie waren einmal sehr mächtig.« Ich weiß, wollte sie sagen. Wollte ihm erzählen, dass sie all diese Geschichten gelesen hatte. Wie sie ihre Trommeln schlugen, bis sie in eine Trance fielen, aus der man sie nicht erwecken konnte, wie sie die Geister von Tieren und Vögeln zu ihren Zwecken benutzten, von dem Noaidi, der ein Boot daran hinderte, an Land zu gehen, von dem Noaidi, dessen Feind tot umfiel, von den Noaidis, die gegeneinander Krieg führten und einander mit Flüchen belegten, von Raidenáddja, dem Gott der Götter, und Máttaráddja, Máttaráhkká und ihren beiden Töchtern, Sáráhkká und Uksáhkka.

»Weißt du«, sagte sie, »Henrik, Rikki, er war mal zum Abendessen bei uns, und er hat erzählt, dass er irgendwo gehört habe, dein Vater sei mal ein Noaidi gewesen. Also, er hat das Wort nicht benutzt. Er hat Schamane gesagt. Aber er meinte, er hätte es gehört.«

Sie erzählte die Geschichte als Anekdote über Henrik – Henrik als jemand, über den man sich gemeinsam lustig machen konnte –, aber als sie Ivvár ansah, schien ihm etwas nicht zu behagen, er wirkte fast verärgert.

»Ein Noaidi! Was darf's sonst noch sein, ein Guvhllár?«

»Ein Guvhllár?«

»Ein Heiler«, sagte er und klang entnervt. »Manche Guvhllárs – Heiler – sind wirklich mächtig. Sie bringen Dinge ins Gleichgewicht ... Sie wissen Dinge.« Aber er sagte es mit einem abfälligen Unterton. »Mein Vater – was weiß der schon von irgendetwas«, brachte er bitter hervor.

»Das war nur irgendwas, das Henrik gesagt hat«, sagte Willa entschuldigend.

Etwas in seinen Zügen hatte sich verändert. Er wollte sie nicht mehr ansehen. »Warum willst du immer alles so genau wissen?«, fragte er.

Die Frage überraschte sie, sie wollte sagen, natürlich will ich alles wissen, warum sollte ich es nicht wissen wollen? Sie wollte sagen, dass all das interessanter war als alles andere, interessanter als die Bekehrungen – aber dieser Gedanken prallte in ihrem Kopf auf einen anderen: Die Bekehrungen geschehen, weil Biettar sie geschehen lässt. Er benutzt seine Noaidi-Mächte – oder die eines Guvhllár, war es das, war er ein Guvhllár? –, um die Bekehrungen geschehen zu lassen. Der Gedanke war so erschreckend, dass sie innehielt, es schien, als müsste alles für einen Moment innehalten, während sie darüber nachdachte, über diesen ketzerischen Gedanken, der nicht wahr sein durfte und keinen Sinn ergab und doch Sinn ergab.

»Vielleicht muss ich es nicht wissen.«

»Nein«, sagte er. »Obwohl, es kommt wohl drauf an.«

»Kommt drauf an, kommt drauf an«, erwiderte sie verärgert. Sie ließ sich ihre Frustration anmerken. »Immer kommt es auf irgendwas an«, sagte sie und äffte ihn nach.

»Stimmt«, sagte er. »So ist es.«

»Worauf kommt es denn an?«, fragte sie, nicht mehr sicher, worum es in diesem Gespräch überhaupt ging, wovon sie wirklich sprachen oder nicht sprachen – von der Liebe oder von Gott oder von einem Noaidi oder einem Guvhllár oder von dem Schneehuhn, das tot auf ihrem Schlitten lag.

»Auf das Wetter«, sagte er, »wahrscheinlich auf das Wetter«, und er zwinkerte ihr zu. Erneut war sie damit konfrontiert, wie schön er war. Seine Schönheit überwältigte sie, seine kantigen Wangen, die gleichmäßigen Zähne. Sie wollte ihn küssen. Er sollte der Vater ihrer Kinder sein. Sie wollte einen Fehler machen, einen guten und großen Fehler, sie wollte, dass er eine Tragödie wert war. »Die nächste Falle ist leer«, sagte er.

»Ja«, sagte sie, »höchstwahrscheinlich«, und dann machte er wie immer kehrt, wie ein Geist aus einem Märchen fuhr er davon, schaute nicht zurück, und sie wollte ihm nachrufen, auf Wiedersehen, ich liebe dich, und geh nicht fort, und sie rief nichts davon, und jetzt tat es ihr leid, dass er das Schneehuhn getötet hatte. Sie hätte es freilassen sollen – wenngleich das nichts weiter war als ein Gefühl, das sie nicht einordnen konnte –, aber jetzt war es tot, und sie nahm es mit nach Hause, ihr ganzer Körper war erschöpft von so vielen Gefühlen, sie wollte sich nur noch hinlegen und sich nicht mehr bewegen, nicht mehr denken, die Hoffnung wegschlafen, bis sie nicht mehr da war.

Als sie die Tür der Hütte aufstieß, war sie überwältigt davon, wie gleich alles war. Niemand blickte auf, als ob sie ihre Abwesenheit nicht bemerkt hatten. Durch die offene Schlafzimmertür konnte sie ihre Mutter sehen, die mit dem Baby auf dem Bett schlief. Ihr Vater war noch nicht von der Kirche zurück. Die älteren Mädchen wiesen ihre kleineren Geschwister an, in immer demselben herrischen Ton, kleine Teigfladen zu formen. Nora saß mit Lorens auf dem Boden auf der Strohmatratze und fütterte ihn mit Haferflocken, die er nicht essen wollte.

»O gut«, sagte Nora, »dann kannst du ja übernehmen«, und erhob sich, und Willa, deren Herz noch immer vom Skifahren raste und deren Hände und Füße vom Schmerz der plötzlichen Wärme kribbelten, nahm Noras Platz neben Lorens ein. Er ließ sich, mit weit aufgesperrten Augen, auf die Matratze sinken.

Sie streckte ihm die Zunge raus, wollte ihn zum Lachen bringen, aber er ignorierte sie.

»Isst er das überhaupt?«, fragte sie Nora, während sie den Löffel zu seinem Mund führte.

»Nicht wirklich.«

»Mund auf«, forderte sie, und er öffnete mürrisch den Mund, schloss ihn aber nicht um den Löffel.

Ganz plötzlich und unerträglich überkam sie eine Welle der Frustration. »Mund zu«, sagte sie und drückte ihm den Kiefer nach oben, aber er schluckte nicht. »Lorens«, sagte sie, »du musst was essen.«

»Du bist gerade erst nach Hause gekommen«, fuhr Nora sie an, »sei nicht so ungeduldig mit ihm. Er ist krank.« Willa steckte den Löffel wieder in Lorens' Mund und konzentrierte sich auf ihn, versuchte, ihn bedauernswert und liebenswert und pflegebedürftig zu finden. Aber das Füttern ging so langsam vonstatten, so schwerfällig, und sie konnte den Kontrast nicht ertragen – die Gefühle, die sie dort draußen gehabt hatte, und was sie hier drinnen fühlte.

Sie wollte ein Kind sein und den Löffel und die Schüssel auf den Boden werfen, aber das tat sie nicht, sie fütterte ihn und bemutterte ihn und bettete ihn, und dann bettete sie sich selbst, und am nächsten Tag wachte sie auf, und die Welt der Hütte war ausgetrocknet, ohne jegliches Leben, sie erledigte die ödesten Aufgaben, Wasser holen, den Schlitten hinunter zum Eisloch zerren, und dann die Eimer auf dem Schlitten wieder hinaufziehen und dann wieder runter. Es war nicht die Arbeit, die sie störte, sondern die Eintönigkeit, und sie ertappte sich dabei, dass sie sich wünschte, die Sámi würden kommen und verrückte Dinge tun und an der Predigerkrankheit leiden, einfach nur, damit sie eine Ablenkung hatte, aber als Biettar das nächste Mal auftauchte, wieder mit Márjá, und irgendeinem alten Mann, irgendeinem Hirten, den Willa nicht kannte, und einer Handvoll Kinder, kam es ihr so vor, als würden die Wände der Hütte um sie herum zusammenbrechen. Die Hütte war nur ein kleines Gebäude, eigentlich eine Bruchbude, und ihr Vater war nur ein Mensch, und die Gemeinde ein Haufen abgehalfterter Frauen, die sich Sorgen machten, ihre Männer, ihre Existenzgrundlage und ihr Weideland an den Alkohol, an den Druck, an die Steuern, an das Pech oder an höhere Mächte zu verlieren, und die daher allen Grund hatten, sich an etwas zu klammern, an irgendetwas, und warum dann nicht an ihren Vater? Er versprach ihnen etwas, Sicherheit, Antworten, Enthaltsamkeit, und er sagte ihnen, dass sie nicht schlechter waren als andere – oder eher, dass niemand besser war, etwas, das die Sámi für so lange Zeit nicht gehört hatten, wenn überhaupt jemals von irgendjemandem in einer Autoritätsposition.

Willas Verwandlung war schwierig, fast schmerzhaft – sie ging die Predigten und Notizen ihres Vaters durch und erkannte in ihnen einen Mann, der Frauen als Huren bezeichnete, Ungläubige als Hunde und jeden, der sich nicht bekehren ließ, als unrein und voll von der Pisse des Teufels, und sie dachte, als sie ihn später beim Essen beobachtete, er hat keine Hemmungen, er ist wirklich der Irre Lasse. Er ist nie zu Hause, er ist immer in der Kirche oder an seinem Schreibtisch, er schreibt, er schreibt – es gibt nichts, was er nicht aufschreibt, was er nicht aufzeichnet –, er spart seine ganze Energie für seine Predigten oder sein Schreiben, mit seinen Kindern wechselt er kaum ein Wort. Sie bemerkte neuerdings auch, wie herablassend er war, zu allen, außer zu den Sámi, die sich vor ihm zu Gott bekannten: Sie liebte er, und sonst niemanden, und er liebte sie, weil er so eindeutig Herr über sie war. Sie und ihre Schwestern hatten entweder einen Nutzen oder nicht, mehr waren sie nicht für ihn – und trotzdem wollte Willa ihn glücklich machen, trotz all dieser neuen Erkenntnisse saß sie beim Essen mit an die Seiten gepressten Ellenbogen am Tisch, und wenn eines ihrer Geschwister eine Gabel fallen ließ oder sein Wasser verschüttete, kümmerte sie sich darum. All die anderen Dinge fanden nur in ihrem Kopf statt; sie war wie Maria, zu diesem Schluss kam sie, und es ging ihr so, wie es im Weihnachtsevangelium geschrieben stand – Maria aber bewahrte alles, was geschehen war, in ihrem Herzen und dachte darüber nach.

So verging ein Tag, und dann der nächste, und sie aß denselben Brei und denselben Rentiereintopf, und sie brachte dasselbe Holz aus dem Fjell zum Holzschuppen, und sie brachte dasselbe Holz vom Holzschuppen zum

Herd, und sie fuhr hinaus, um die Fallen zu überprüfen, sie fuhr hinaus, doch in den Fallen und draußen in der Landschaft wartete nichts als Enttäuschung. Sie tat jeden Tag, was sie tat, weil sie keine Wahl hatte, weil sie einfach so geboren worden war, doch warum sollte sie nicht zur Rentierzüchterin geboren worden sein? Warum nicht als Maria Magdalena, warum sollte sie sich nicht am Fuße des Kreuzes wiederfinden, um zu Jesu' staubigen Füßen hinaufzusehen? Sie las die Geschichten, die sie einst so geliebt hatte, wieder und wieder, vielleicht liebte sie sie immer noch, sie wusste es nicht, Elia, der in seinem feurigen Wagen in den Himmel stieg, Samson, der mit seinen geblendeten Augen die Säulen zum Einsturz brachte, Jakob, der mit dem Engel rang, Hiob, der mit dem Teufel sprach, Laban, der seine Tochter für sieben Jahre Arbeit verkaufte, und dann noch sieben weitere.

8

Es war Ostermorgen, und im Kirchdorf fanden die üblichen kleinen Verzögerungen statt, bis alle aus ihren Schlitten ausgestiegen waren und ihre Festtagskleidung gerichtet hatten – die Fransen an Ristens Liidni waren ganz verheddert, die Zöpfe ihrer Mutter hatten sich gelöst, und sie halfen einander, alles zurechtzuzupfen, während ihr Vater die Falten aus seinem vierzipfeligen Hut schüttelte und seinen Gürtel richtete, sodass er an der Hüfte und nicht darübersaß, und er nahm sogar ein Taschentuch und polierte die silbernen Gürtelnieten. Wie perfekt die bevorstehende Hochzeit ablaufen würde, schien im Moment davon abzuhängen, wie perfekt ihre Vorbereitungen waren, zumindest wollte Risten diese Perfektion ausstrahlen, sowohl jetzt in der Kirche als auch später im Leben, vor allem Ivvár gegenüber – er musste doch hier irgendwo sein –, und sie musste ausstrahlen, dass sie ihm absolut nicht nachtrauerte, doch während sie sich darauf konzentrierte, vergaß sie, sich auf die Freuden der Ehe zu konzentrieren, aber das war gerade auch gar nicht möglich – sie war sich des ganzen Schauspiels zu sehr bewusst, diese Rolle war einfach zu groß, die Rolle der Braut.

War es ein Fehler, oder war es kein Fehler? War es ein Fehler, nicht auf ihre eigenen Bedenken zu hören, oder war es ein Fehler, dass sie von Mikkol erwartete, dass er mehr wie Ivvár war, was bedeuten würde, in jeglicher Hinsicht völlig unerreichbar zu sein? Und musste man sich nicht irgendwann für jemanden entscheiden und mit dieser Wahl leben? So etwas wie die perfekte Ehe gab es nicht, es gab Probleme, mit denen man leben konnte, und Probleme, mit denen man nicht leben konnte, und da suchte man sich doch die erträglicheren Probleme aus, und war Mikkol da nicht genau der Richtige? War er nicht sanftmütig, gelassen, für alles zu haben?

Es war noch nicht zu spät, Nein zu sagen. Ihre Mutter würde sagen, na ja, ist schon in Ordnung. Sicherlich würde Ivvár da sein und sie an Mikkols Seite sehen, und er würde denken: Das tut sie nur, weil sie mich nicht heiraten kann. Sie tut es, weil sie weiterhin alles tut, was man tun soll, weil sie gut und vernünftig ist, und dort ist ihr guter und vernünftiger Mann. Das würde Ivvár denken, und er würde es sogar wagen, daran zu denken, dass er bereits mit ihr geschlafen hatte.

Aber wo war Mikkol? Sie hatten sich vor der Kirche verabredet, und als sie zwischen den Schlitten umherschaute, von Familie zu Familie, die ihre eigenen Schnüre und Liinnit entwirrten, konnte sie ihn nirgends entdecken. Es konnte nicht sein, dass er nicht kam – die Sorge hatte sie nicht. Aber es war unhöflich, und es löste eine Unruhe in ihr aus; es war kein gutes Zeichen. Der Tag war schon jetzt nicht so, wie sie ihn sich vorgestellt hatte.

Immerhin hatte ihr Vater sein hellblaues Gákti angezogen. Er sah aus wie ein Mann, der stolz war und dem es nichts ausmachte, wenn man ihn für stolz hielt, und sein ganzer Stolz war sie. Ihre Mutter trug ein rotes, blumengemustertes Seidentuch, und obwohl sie keine Zeit gehabt hatte, sich ein neues Gákti zu nähen, hatte sie ein älteres mit neuen Stickereien verziert und, wie Risten, silberne Broschen angebracht, und sie schüttelte ihre Brust ein wenig, sodass die silbernen Blätter an ihren Broschen klimperten, und ihr Vater wackelte mit den Hüften, und die silbernen Blätter an seinem Gürtel klimperten eine Antwort, und Risten wurde bewusst, wie glücklich sie waren, miteinander, und sie hatte Angst, das niemals über ihre eigene Ehe sagen zu können.

Die Glocke, die den Beginn des Gottesdienstes ankündigte, läutete immer und immer wieder, und um unerschrocken zu wirken, marschierte sie mit kräftigen Schritten den Hügel hinauf, wobei die Blätter an ihren fünf Broschen das Klimpern des Reichtums verkündeten, einen üppigen Schutz vor Unglück. Sie hatte gedacht, sie würde insgeheim stolz sein und sich freuen, einen triftigen Grund zu haben, so eitel zu sein, aber stattdessen spürte sie die Enttäuschung – es waren so viele Menschen hier, mehr, als sie jemals zu Ostern gesehen hatte, und niemand schien ihre Ankunft überhaupt bemerkt zu haben. Schlimmer noch, sie wusste immer noch nicht, wo Mikkol war, und obwohl sie wusste, dass wahrscheinlich niemand sonst aus seiner Familie es schaffen würde – sie waren bereits Richtung Küste gezogen –, hatte sie nicht damit gerechnet, dass er sie so warten lassen würde. Sie sah andere Paare, natürlich waren da Matthis und Márjá, und sie sah Biera Oula und Liisa, die sich beieinander eingehakt hatten, und Risten musste zugeben, dass Márjá, obwohl sie unscheinbar war, eine wunderschöne Braut abgab. Sie trug eine sehr edle Pelzmütze, es musste Fuchspelz sein, und ihr

Gákti war am unteren Rand so aufwendig bestickt, dass Risten neidisch wurde, trotz ihres eigenen – ihr wäre es lieber gewesen, wenn sie nicht direkt nebeneinandergestanden hätten.

Auf eine Weise war es ein Ostern wie jedes andere. Der Ostersonntag war immer der geschäftigste Tag des Jahres, der festlichste, ein Tag des Handels und der Gespräche, an dem in der Regel eine gewisse Heiterkeit herrschte und hier und da eine Prügelei stattfand; überall standen Schlitten, Rentiere waren an allem festgebunden, was sich nicht bewegte, und auf einem nahe gelegenen Feld wurden weitere Rentiere für einen symbolischen Preis von jungen Leuten mit Pickeln beaufsichtigt, und aus den Schlitten heraus und aus dem Inneren von kleinen Lávut wurden Waren feilgeboten: Butter und Käse, Ledertaschen, Schuhgras, Kaffee, Säcke mit Sauerampfer, Schneehühner, Messer, Holzbecher, Felle, Lederriemen, Sehnen, Fingerhüte und Nadeln, Kessel, Töpfe, Rátnu-Teppiche, Wolldecken, Wollfäustlinge, Liinnit, Lávvu-Decken aus Leder, Lávvu-Tücher aus Wolle, Löffel und Kellen aus Holz, Butterschüsseln, Kisten, Truhen, mehr Schlitten, Skier, Pelze, Innenfutter für Pelze, Rentierlederhosen, Schuhbänder, Pelzstiefel, schlichte Pelzmützen, Fuchspelz- und Robbenfellmützen, Wollmützen für Frauen, Herrenmützen mit Bommeln, vierzipfelige Herrenhüte, Gürtel für Männer, Gürtel für Frauen, Gürtelnieten – silberne Kreise zum Anstecken für Unverheiratete, viereckige für Verheiratete –, Babyrasseln, silberne Anhänger mit silbernen Blättern, die das Unglück fernhalten sollten. Überall duftete es nach Essen – die Leute hatten am Rande des Ortes und an den Ufern des Flusses Lávut aufgestellt, und in allen schien etwas zu vor sich hin zu köcheln, Rentiereintöpfe, Sauerampfersuppen, Fischsuppen –, der Dampf aus den Lávut stieg auf und vermischte sich mit den Wolken, und der Tag, der grau und neblig und blass begonnen hatte, blieb auch so; die beiden Szenen standen sich unvereinbar gegenüber, der starre Himmel oben und die bunten Festlichkeiten unten.

Inmitten des Trubels befand sich die Kirche – ihr Kirchturm ragte hinauf, die Glocke an der Vorderseite läutete und läutete, und drinnen waren die Kirchenbänke voll, die Menschen saßen Schulter an Schulter gedrängt und auf dem Boden im Mittelgang und lehnten an den Wänden. Irgendjemand rauchte, dann begannen auch andere zu rauchen, und es kam zu einem kleinen Wortgefecht – nichts Ernstes, es tat der Stimmung keinen Abbruch. Alle waren fröhlich; es war gewissermaßen das Ende des Jahres, der Beginn eines neuen –, sobald Ostern vorbei war und das Wetter umschwenkte, würden sie alle aufbrechen, und dieses Wissen löste in ihnen eine angenehme Unruhe aus, denn die Wanderung ans Meer war immer besser als die Reise zurück, und in Vorfreude auf die Wärme der Küstenregion konnten sie alle diese trübe und kalte Zeit ertragen, weil sie bald vorbei sein würde.

Und doch war es anders als die anderen Osterfeste, ein wenig zumindest, denn so viele waren gekommen, um den Irren von Lappland sprechen zu hören – er war die zentripetale Kraft, dessen war er sich bewusst –, das machte ihn glücklich und stolz, und keine Braut konnte ihm das Wasser reichen. Vielleicht waren sie erst einmal nur neugierig, wollten wissen, was es mit dieser Predigerkrankheit auf sich hatte, ob die Menschen in Karesuando einfach nur verrückt geworden waren, aber es war ihm egal, was der wahre Anlass ihres Besuchs war, denn sie waren da – es hatte funktioniert, das Feuer hatte sich ausgebreitet, und nun würden auch bald die Zweige brennen, und vielleicht würde auch, vielleicht schon an ebendiesem Tag, der Schnee in Flammen stehen. Allein die Aussicht darauf versetzte ihn in freudige Aufregung, er war so glücklich, dass er beinahe übermütig wurde, und seine Familie hatte gelitten am Frühstückstisch, denn er redete, wie ein nervöser Mensch redet, zu viel und zu laut. Aber bis zur Predigt hatte er sich gefasst, hatte seine Kräfte gesammelt und war bereit, vor alle zu treten und sie alle zu Gott zu führen.

Die Predigt begann, sie plätscherte vor sich hin, wie es bei Predigten üblich ist. Einige Zuhörer waren mehr oder weniger aufmerksam, aber die meisten ließen sich hinein- und wieder heraustreiben, schnappten einzelne Sätze auf und waren mehr von den Gefühlen gefesselt, die die Predigt auslöste, als von ihren Worten. Lars Levi hatte eine ausgefallene Art zu sprechen, er benutzte blumige Metaphern (Alkohol war »der Sirup der gestohlenen Gnade«, der »Whisky-Drache«), und er hatte Spaß an Ausschmückungen; er war zum Beispiel berüchtigt für die Formulierung »Huren, deren Säfte der Unzucht auf die Kirchenbänke tropfen«.

An diesem Morgen war er weniger schrill, obwohl er, wie üblich, vor allem auf die Trinkgewohnheiten einging und darauf, dass alle, die zuhörten, zu Gott kommen und gerettet werden sollten. Die Botschaft war natürlich nicht neu, aber sie wurde in der Menge, die gekommen war, um sie zu hören, noch wirkungsvoller – vielleicht war ja etwas dran, vielleicht sollte man auf ihn hören, jetzt, wo so viele so leidenschaftlich dabei waren –, und siehe da, genau wie die Leute gesagt hatten, saß Biettar in der ersten Reihe und nickte bei fast allem, was der Irre Lasse sagte, vehement mit dem Kopf.

Wer nicht zuhörte, war Willa – in ihr rumorte ein ungutes Gefühl, das schon den ganzen Morgen in ihr geschlummert hatte. Sie war traurig. Es war eine Traurigkeit, die in einer sich anbahnenden Enttäuschung wurzelte, ein Präventivschlag gegen das eigene Selbst – heute war der letzte Tag, an dem sie Ivvár hätte sehen können, bevor sie nach Uppsala und er ans Meer reiste. Sie fühlte sich alt, tat sich selbst leid und war neidisch auf all die Paare in den Kirchenbänken, die darauf warteten, verheiratet zu werden. Wie schön die Frauen waren, mit all ihren Broschen! Ihre Mutter sagte, sie seien kitschig und grässlich, ihr Vater bezeichnete sie als Eitelkeit in Reinkultur, aber Willa hätte es geliebt, all die Broschen ihrer Mutter und Großmutter und Urgroßmutter und den Frauen vor ihnen zugleich zu tragen, um allen ganz deutlich zu signalisieren: Ich stamme von diesen Generationen der Liebe, ich werde von meiner Familie geliebt, und jetzt werde ich von diesem Mann geliebt; ich bin nicht allein.

Bei dem Gedanken fühlte sie sich so einsam, dass sie sich selbst bemitleidete, so selbstverliebt das auch sein mochte. Sie fand sich so bemitleidenswert, dass sie sich erlaubte, einen flüchtigen Blick hinter sich auf die Menschenmassen in den Kirchenbänken zu werfen, wohl wissend, dass sie nur nach Ivvár Ausschau hielt, obwohl sie sich keine Hoffnungen machte, ihn zu entdecken. Wie sollte sie ihn in dieser Menge auch finden?

Zu ihrem eigenen Entsetzen blieb ihr Blick sofort an ihm hängen. Er sah sie an, und sie errötete so sehr, dass er es selbst von seinem Stehplatz im hinteren Teil der Kirche aus bemerkt haben musste. Rasch drehte sie sich um, hätte ihm am liebsten zugelächelt oder gelacht, wollte aufstehen, aber natürlich tat sie das nicht, ganz still saß sie da, die Augen auf ihren Vater gerichtet, sie lauschte ihm, seine Lippen bewegten sich, die Arme hatte er einladend ausgestreckt. Er schritt durch den Raum, seine Stiefel klackerten über den Boden. Sie spürte Ivvárs Blick in ihrem Nacken, er musterte eine Stelle an ihrem Hals, sie hatte das Gefühl, ihre Haut würde brennen oder jucken, und sie ertappte sich dabei, dass sie ständig irgendetwas zurechtzupfte, ihr Haar, ihr weißes Kopftuch.

Ivvár war nicht der Einzige, der sah, wie Willa sich umdrehte – Risten hatte es auch gesehen. Sie saß am hinteren Ende der mittleren Bank, ihre Mutter hatte sie alle hineingedrängt, und es war so auffällig gewesen, dieses weiße Kopftuch, wie es sich umdrehte, sie hätte genauso gut eine Fahne schwenken können; sie war Risten sofort ins Auge gefallen, und Risten sah, wie Willa errötete, und als sie Willas Blick folgte, war alles ganz klar: Da war Ivvár. Sie wusste nicht, wer Willa war, nur, dass sie die Tochter des Pastors war, aber das genügte schon, um ihr Missfallen zu erregen, denn auf seinem Gesicht stand dieses Lausbubenhafte, das noch bis vor Kurzem ihr gegolten hatte, und jetzt war ihr nur noch die Eifersucht geblieben, und als sie wieder auf die Reihen der Frauen in ihren Liinnit und Tüchern blickte, rot und gelb und blau, kamen ihr die Farben nicht mehr vor wie Blumen auf einer Wiese, ein Strauß für ihren Hochzeitstag, sie waren ein Zeichen der Warnung.

Mikkol tauchte neben ihr auf, und sie machte ihm Platz, rutschte näher an ihre Mutter heran. »Entschuldige«, hauchte er ihr ins Ohr, und sie klammerte sich an seinen Arm. Er hatte sie nicht im Stich gelassen, er war gekommen, sie hatte gewusst, er würde kommen. Er sah zerzauster aus, als für einen Hochzeitstag angemessen – sein dunkles Haar, das ihm auf beiden Seiten bis zum Kinn reichte, war in der Mitte ungleichmäßig gescheitelt. Er sah aus wie ein kleiner Junge, der den ganzen Tag durch die Wälder stromert, und sie unterdrückte den Impuls, ihm die Haare zu richten, und den kurzen Anflug von Enttäuschung darüber, dass er zwar hübsch anzusehen war, mit seiner geraden und ernsten Nase, seinen dunklen Augen – aber er war nun mal nicht Ivvár. Man wurde von Mikkols Schönheit nicht aus der Bahn geworfen, sie war nicht so absurd, dass man darüber den Kopf hätte schütteln müssen. Doch sobald er neben ihr saß, beruhigte sich alles in ihr, und sein Flüstern an ihrem Ohr war angenehm, es war angenehm, sein Bein an ihrem zu spüren, die Kirche verwandelte sich wieder, und die Bitterkeit, die in ihr aufgestiegen war, wurde niedergerungen, und er nahm ihre Hand, auch das half. Seine Hand war mit Schwielen übersät und seine Finger so steif, dass er sie nicht richtig um ihre Finger schließen wollte oder konnte, sie konnten sich nicht richtig ineinander verschränken, aber das war in Ordnung. Sie seufzte, und die silbernen Blätter an ihren Broschen seufzten mit ihr.

Sie hielten sich immer noch an den Händen, als die Ekstase einsetzte. Sieben oder acht Frauen hatten sich erhoben und rissen die Arme in die Luft. Sie schrien, ihre Stimmen schmerzten in Ristens Ohren – sie waren zu verletzlich, zeigten ihren Kummer und ihre Reue zu offen. Inzwischen war Ristens Hand verschwitzt, aber sie wollte Mikkol nicht loslassen, nicht an diesem Tag, an dem sie Trost brauchte, und sie behielt seine Hand in ihrer, obwohl sie spürte, dass er sie loslassen wollte. Sie sah ihn an, und er lächelte. Eine Träne stand in seinem Augenwinkel. Er war gerührt, weil sie gleich heirateten, dachte sie, und das freute sie und tröstete sie noch mehr. In der Schlaflosigkeit der letzten Tage hatte sich der Gedanke eingeschlichen, dass er ihr die Auflösung der Verlobung nur verziehen hatte, weil er sie nie wirklich geliebt hatte und die Heirat eine reine Transaktion war, bei der es nur um die Rentiere ging, sodass der Anblick dieser Gefühlsregung in ihm besänftigend, ja herzerwärmend war, zumindest war es das, was sie spürte, bis er seine Hand aus ihrer zog, seine Hände faltete und den Kopf senkte. Seine Lippen bewegten sich. Er betete.

Er betete zusammen mit dem Irren Lasse, der das Vaterunser vorbetete. Der ganze Raum murmelte es mit. Risten schaute zu ihrer Mutter, deren Lippen sich nicht bewegten, sie saß da wie immer, unbeeindruckt, wie ein Vogel, der sich nicht regte, während der Regen auf ihn niederprasselte, und sich nicht einmal die Mühe machte, sein Gefieder zu putzen.

Risten hätte sich einreden können, dass es ja bloß das Vaterunser war, dass Mikkol angesichts des bedeutungsvollen Tages besonders aufmerksam war, wohlgesittet, wenn sie nicht ein leises Stöhnen von ihm vernommen hätte.

Es war so leise, sie war sich sicher, dass niemand sonst es bemerkt hatte, aber sie hatte es gehört, diese Art von Geräusch, von der er ganz bestimmt nicht wollte, dass es jemand mitbekam. Es schockierte sie zutiefst, dass diese Predigt ihn so bewegte, dass der Irre Lasse ihn so bewegte, selbst so aufwühlte, dass sein Haar schweißnass war. »Erst jetzt offenbart sich der schreckliche Unglaube, der im Grunde des Herzens verborgen liegt«, sagte er, und Mikkol keuchte auf.

Für den Rest der Predigt konnte Risten statt dem Irren Lasse nur noch Mikkol hören, sie nahm jedes seiner Geräusche und jede seiner Bewegungen so haarscharf wahr, dass sie selbst ganz wahnsinnig wurde, und als die Paare begannen, sich für das Ehegelübde aufzustellen, mischte sich ihre Nervosität mit Verwirrung, ihre Hände zitterten, ihre Knie waren weich. Das hier musste ein Traum sein, den sie selbst heraufbeschworen hatte, sie schritt mit Mikkol den Gang hinab, und am liebsten hätte sie laut aufgelacht, als sie Ivvár sah, wie er sie beobachtete, sie wollte sich zu ihm umdrehen und lachen, aus vollem Halse gackern wie ein Schneehuhn. Dasselbe Lachen, das einmal auf einer Beerdigung aus ihr herausgebrochen war, ein wildes, unangemessenes Lachen, ein Lachen, das aus einem herausgeprustet kam, wenn man eigentlich nicht lachen sollte. Wie lustig! Ist es nicht kreischend komisch, diesen Mann zu heiraten! Haha! Sie hörte das Schneehuhn mit ihr lachen, hahhh-ha-ha-ha-ha-ha-ha-ha, sein Glucksen.

Ihr Lachen verstummte, als der Irre Lasse ihre Namen in das Register eintrug – die feierliche Ernsthaftigkeit von Papier beeindruckte sie immer –, aber sobald sie draußen waren, brach das Lachen wieder hervor; die Leute waren gekommen, um ihnen zu gratulieren, ihnen kleine Geschenke zu machen, Münzen und Schals in die Hand zu drücken. Risten gratulierte den anderen Paaren, umhüllt von einer Blase der Surrealität, sie schwebte durch den Nachmittag, und als einer der Bräutigame ihr einen Schluck seines Brännvins anbot, nahm sie ihn, sie trank mehrere tiefe Züge, und als sie zum Hochzeitsessen gingen, war der Schnee unter ihren Füßen wie Grütze. Der Schwips half, er gewährte ihr eine gewisse Distanz zu allem, und während sie im Lávvu saßen und ihre Mutter ihnen das feinste Fleisch servierte, all die Köstlichkeiten der Schlachtung des Vortags, suchte Risten nach mehr Alkohol. Und tatsächlich, als sie in das Rákkas schaute, wo ihre Mutter die Hochzeitsgeschenke verstaut hatte, entdeckte sie die Flasche: Irgendjemand hatte ihnen Brännvin geschenkt, und obwohl ihr Vater das Trinken nicht guthieß, war sie jetzt eine verheiratete Frau und konnte ihren eigenen Haushalt führen, und sie schenkte sich Brännvin in dasselbe Guksi, aus dem sie ihr ganzes Leben getrunken hatte, dasselbe Guksi, aus dem sie Kaffee, Tee und Rentiermilch getrunken hatte, aber noch nie Brännvin.

»Was ist das?«, fragte Mikkol. Er klang so überrascht, dass sie selbst überrascht war. Sie sah ihn mit einer Unverfrorenheit an, die sie eigentlich nicht empfand. Sie spürte dasselbe Lachen, das sie in der Kirche überkommen hatte, das Glucksen würde gleich wieder aus ihr hervorblubbern, sie würde platzen.

»Ich genehmige mir einen Schluck«, sagte sie, »zur Feier des Tages.«

»Oh«, fügte sie hinzu, als sie seinen Gesichtsausdruck sah, »nur diesen einen. Trinkst du etwa nie?«, fragte sie neckend. Sie kicherte, wie dumm sie war. Sie hatte ihn doch schon einmal trinken sehen, auf dem Wintermarkt in Jokkmokk, ganz sicher – oder vielleicht doch nicht?

»Nach dieser Predigt?«, fragte er. Sein Entsetzen war greifbar.

»Ach«, sagte sie. »Schon gut, vergiss es.« Sie stellte ihr Guksi ab.

»Und ich dachte schon, du meinst es ernst«, sagte er erleichtert. Er lachte, und als sie sich über ihre Schulter hinweg im Lávvu umsah, sah sie, dass die Leute sie beobachteten, also schaute sie woandershin, und als es schien, dass die Aufmerksamkeit nicht mehr ihr galt, schüttete sie den Brännvin aus, doch als sie sich später Kaffee einschenkte, konnte sie den Alkohol noch immer riechen, das eklige Wein-Whisky-Gemisch, und sie war traurig, es verschwendet zu haben, und sie war traurig, als der Schwips nachließ und dann schon bald alle gingen und sie für die Nacht in ihrem Lávvu zurückließen, auch ihre Eltern kehrten in ihr eigenes Lávvu zurück, und jetzt waren nur noch sie da, Risten und Mikkol, und von irgendwo her schaute Ivvár auf sie herab, guckte grinsend zum Rauchloch herein, zwinkerte ihr zu, während Mikkol sie mit seinem Körper umschloss.

Willas Enttäuschung war von ganz anderer Art, und es gab nichts, was sie aufheitern konnte. Nachdem der Gottesdienst zu Ende war und alle Paare für immer miteinander verbunden worden waren, und nachdem sie sich eine höfliche Zeit lang unter die Leute aus den vorderen Kirchenbänken gemischt hatte, war sie nach draußen geeilt, wobei sie versuchte, nicht so auszusehen, als würde sie sich beeilen. Es musste für jeden offensichtlich gewesen sein, was sie tat, wie eifrig sie nach Ivvár Ausschau hielt, und zweimal hatte sie sich so grob an den Leuten vorbeigedrängt, dass sie sich umdrehten und ihr überraschte Blicke zuwarfen, als würden sie sagen wollen: Wer drängelt denn an Ostern?

Willa drängelte an Ostern. Draußen in der Freiheit der Kälte suchte sie nach ihm, nach seinem dunklen, lockigen Haar, seinem grauen Gákti mit dem hohen Kragen, und immer wieder stellte sie sich vor, dass er vielleicht sogar auf seine listige Art hinter ihr auftauchen würde, aber das tat er nicht, und auch nachdem sie sich zweimal durch die Menschenmenge gezwängt hatte, hatte sie ihn nirgends entdeckt. Sein Vater war nicht zu übersehen, umgeben von einer Schar keuchender Frauen, von denen die Hälfte immer noch zu weinen schien, und selbst als Willa die Suche aufgegeben hatte, behielt sie Biettar im Blick und fragte sich, ob Ivvár wenigstens das Osteressen gemeinsam mit seinem Vater einnehmen würde, aber er tauchte nirgends auf, und ihr eigenes Essen, das Nora so schön vor ihr auftischte, schmeckte nach nichts. Sie salzte nach, doch es half nicht, nichts half, nicht die Ablenkung durch den ganzen Abwasch, der danach auf sie wartete, und nicht die Sámi, die sich in der Hütte drängten, singend, rauchend, bester Laune, und nicht der Anblick von Lorens, der ausnahmsweise mal wieder seine Streiche spielte, einem Mann den Hut stahl, einen von denen mit den großen Pompons darauf, und damit herumflitzte und allen entwischte. Als Lorens, nicht ohne Protest, gezwungen war, den Hut zurückzugeben, setzte ihm der Mann seinen Hut auf den Kopf, und er rutschte ihm bis zur Nase herunter. »Ich bin ein

Rentiermann«, rief Lorens in den Hut, und die Leute lachten, aber Willa lachte nicht. Später am Abend kam Biettar zu ihr und wünschte ihr frohe Ostern, und als er sie ansah, erinnerte sie die Intensität seines Blickes zu sehr an Ivvár. Das bereitete ihr Unbehagen. Das war es also – das war Ostern, der glücklichste Tag des Jahres, der dritte Tag, an dem er auferstanden von den Toten, aufgefahren in den Himmel; er sitzt zur Rechten Gottes, des allmächtigen Vaters; von dort wird er kommen, zu richten die Lebenden und die Toten.

Auch Ivvár spürte die besondere Bitterkeit, die die Feiertage bei denen auslösten, die nur vom Rande aus zusahen – der Anblick seines Vaters, der den Kopf in den Nacken geworfen hatte, die Hände über sich Richtung Dachsparren erhoben, sein angestrengtes Wehklagen, war mehr gewesen, als Ivvár ertragen konnte. Es war zu offensichtlich, was sein Vater einst im Lávvu für seine Mutter getan hatte und was er jetzt für Jesus tat – es war nicht derselbe Baum, aber die Wurzeln berührten sich –, und es machte ihn fast krank, das mitanzusehen, als ob etwas auf eine Weise verbogen worden war, der es nicht standhalten konnte, und er schämte sich für seinen Vater, und dafür, dass sein Vater das entweder nicht sah oder es ihm egal war. Er konnte kein Verständnis für ihn aufbringen und wollte nichts damit zu tun haben, und diese Scham hatte ihn direkt nach draußen geschickt, wo er von Antihkka Sussu abgefangen wurde, die ihre Hand auf seinen Arm legte. Sie fühlte sich so leicht an, ihre Hand, und doch war ihr Griff fest, und sie sagte, nicht zu ihm gewandt, sondern den Blick woandershin gerichtet, als hätte sie Angst, dass jemand sie hören könnte: »Ich habe über dich nachgedacht und darüber, wie ihr lebt«, und er erwiderte vage, dass es ihnen gut gehe, dass sie beide schon zurechtkämen, und sie sagte, sie müsse mit ihm reden, und dann log er sie tatsächlich an und sagte, er müsse zu Rikki, Schulden zurückzahlen, er würde gleich wiederkommen, und als er sich aus ihrer Umklammerung befreit hatte, ging er mit den Männern zu Rikki, wo er wieder log und Rikki glauben ließ, dass sie nur auf den Verkauf einiger Rentiere an finnische Bauern warteten, die sie zähmen und als Hoftiere halten wollten, und dass er dann echtes Silber haben würde, das er sofort an Rikki abtreten würde, und dass er natürlich vorbeikäme, bevor sie an die Küste zogen. Während er dort stand, hatte er durch das Fenster Willas zarte Gestalt entdeckt, ihr weißes Kopftuch, das durch die roten Tücher um sie herum hüpfte. Er wusste, dass sie nach ihm suchte, er wusste, dass er jeden Moment nach draußen treten und Hallo sagen könnte. Er spürte, welchen Sog diese Möglichkeit auf ihn ausübte, aber er blieb, wo er war. Er wartete darauf, dass Ostern zu Ende ging. Er wollte in diesem Moment nichts anderes, als mit seinen Rentieren zu rennen, ihre weißen Wimpern sehen. Er freute sich auf die davonjagenden Beine des Fuchses und auf das Frettchen, das in den Untiefen des Meeres fischte. Und auf die Austernfischer, ihre orangefarbenen Beine, die Art, wie sie aufeinander warteten, sich zankten und voreinander verneigten. Er wünschte sich eine gute Zigarette und eine Tasse Kaffee und dass niemand in der Nähe wäre, nur die dröhnende Stille eines Wasserfalls oder das Rauschen eines Bergbachs.

9

Lorens hustete Blut, es lief ihm über das Kinn auf die Decke und auf sein Nachthemd, und Nora keuchte und flüsterte: »Willa, Willa – Willa –«

Willa setzte sich auf, ohne nachzudenken, ohne die Kälte zu spüren; sie steckte immer noch in ihrem Traum, aber irgendwie war sie aus dem Bett gekommen, und irgendwie stand sie jetzt im Eingang. Es war Traum-Willa, die die Tür zum Schlafzimmer der Eltern öffnete, die in der Dunkelheit einen Moment lang dachte, das Zimmer sei leer und die abwesenden Eltern Teil des Traums, aber das Zimmer war einfach nur so dunkel und so still, dass ihre Anwesenheit verborgen blieb. Sie musste aufwachen, ihre Eltern mussten aufwachen. »Schnell, Lorens«, sagte Willa und versuchte, die Dringlichkeit in ein Flüstern zu packen, und sie rüttelte am Arm ihres Vaters unter den Decken.

Ihr Vater setzte sich so schnell auf, dass er vielleicht gar nicht geschlafen hatte. Er stieg aus dem Bett, schlug die Decken vorsichtig um und tappte leise hinaus, aber Willas Mutter war jetzt auch wach, mit den großen Augen des Kaninchens, bevor es wegläuft. Nur das Baby lag ahnungslos in den Decken in der Mitte des Bettes, so fest eingewickelt, dass es mit keinem Finger hätte zucken können. Seine Unterlippe zitterte leicht, als würde es noch im Schlaf an einer

Brust saugen. Wenn sie doch nur hierbleiben könnte, die Tür schließen und sich neben das Baby legen, den Geruch ihrer Mutter einatmen, sich in die Federmatratze sinken lassen und in die Federdecke und in die schwere Wolle und die alte Ordnung, die so unerschütterlich gewesen war.

Im Flur hörte sie, wie ihr Vater sich die Stiefel anzog und die Tür öffnete, und das weckte in ihr den Tatendrang. Ich muss mich der Sache stellen, sagte sie dem Baby. Langsam ging sie zurück und spürte dabei, dass sie eine Art endgültige Entscheidung getroffen hatte und es sich nun nie wieder anders überlegen konnte, aber was dieses »anders« sein sollte, wusste sie auch nicht. In dem Schlafzimmer, das auch ein Wohnzimmer war, ein Raum, in dem sie das Gefühl hatte, jeden Nagel an der Wand zu kennen, so wie Gott jedes Haar auf ihrem Kopf kannte, saß ihre Mutter im Schaukelstuhl. Lorens lag in ihren Armen, wie auf den Bildern von Jesus in der Bibel, nachdem sie ihn vom Kreuz genommen hatten, nur dass Lorens viel kleiner war. Er war nur ein kleiner Junge. Sein helles Haar klebte, dunkel vom Schweiß, an seiner Stirn, und das grausige Blut aus seinem Mund war jetzt auf dem Nachthemd ihrer Mutter, so dass aus ihrer Brust Blut statt Milch zu tröpfeln schien.

»Nicht noch eins«, flüsterte ihre Mutter, die Worte fielen aus ihr heraus wie noch nie zuvor, »nimm mir nicht noch eins. Ich kann es nicht ertragen, nicht noch eins.« Ihre Stimme war gequält und daher eine Qual in Willas Ohren, kaum wiederzuerkennen – sie, die ihre Mutter gewesen war, war ihnen jetzt unergründlich, es kam ihnen nicht etwa so vor, als sei sie eine andere geworden, sondern als offenbare sie ihr Selbst, das sie ihr ganzes

Leben lang hatte verbergen müssen, und die Offenbarung erschreckte sie alle; sie war so zerbrechlich und so bemitleidenswert, dass sie sie ebenso wenig ansehen konnten wie Lorens.

Die Kinder weinten, Nora weinte. Willa wollte weinen, brachte aber keine Tränen hervor.

»Nein, nein, nein, nein, nein, nein, nein«, flüsterte ihre Mutter in Lorens' Haar. »Nicht noch eins, nicht noch eins.«

Lorens gab ein Geräusch von sich, vielleicht war es ein Husten; etwas Widerliches, etwas Nasses und Zähes steckte in seiner Kehle.

Die Tür ging auf, und ihr Vater kam herein, gefolgt von einer laut schnaufenden Antihkka Sussu. Sie trug einen großen, abgenutzten Lederrucksack bei sich, und sie eilte zu Lorens und berührte seine Stirn, seine Hände, seinen Hals, sie studierte die Oberseite seiner Zunge, die Unterseite seiner Zunge. Sie legte ihre Stirn an seine Stirn. Sie legte ihr Ohr an seine Brust und lauschte.

»Leg ihn ab«, sagte sie und zeigte auf die Matratzen auf dem Fußboden, und ihre Mutter stand auf, drückte Lorens an sich und kniete sich sanft hin, beugte sich mit ihm hinunter, damit sein Kopf nicht zurückrollte.

Antihkka Sussu wirkte ungeduldig, lauerte über Willas Mutter, stieß sie beinahe mit dem Ellbogen beiseite, sodass Brita auf den Fersen zurückwippte, um den Halt zu wahren, und ihr blieb nichts anderes übrig, als zuzuschauen. Antihkka Sussu drückte mit den Fingerspitzen auf Lorens' Rippen und seinen Bauch.

»Tut das weh, tut das weh?«, fragte sie leise. Sie trug ihr Nachtzeug, und das war überraschend: dass Antihkka Sussu eine lange Wolltunika und Hosen trug wie ein Mann;

dass sie mit einer weißen Pelzmütze schlief, dass sie ihr Haar in einem Zopf, dessen Spitze weiß war wie ein Fuchsschwanz, unter die Mütze gestopft hatte. An den Füßen trug sie dicke Wollsocken, in Stiefel mit gezwirbelter Spitze gepresst; sie schien komplett in Wärme und in etwas Weiches gehüllt zu sein, und Willa wünschte sich, dass Sussu sie in die Arme nahm und ihr etwas Unmögliches versprach, wie es ihre Mutter nie tat.

»Was ist mit ihm?«, fragte Brita. »Weißt du das? Hast du so was schon mal gesehen?«

»Meine Tasche«, sagte Antihkka Sussu an Willa gewandt, und Willa sah die Tasche auf dem Boden und reichte sie ihr, und Antihkka Sussu steckte ihre Hand hinein, als wäre die Tasche ein Loch in einem Baum, tastete herum und zog zwei kleinere Lederbeutel heraus. Sie öffnete einen und schnupperte daran, öffnete den nächsten, schnupperte. Sie wählte einen aus und nahm eine Prise getrockneter Blätter heraus, rieb sie zwischen ihren Fingern und schnupperte erneut an den getrockneten Blättern, einige davon gelangten in ihre Nase, und sie musste niesen.

»Ist das eine so gute Idee?«, fragte ihre Mutter, an niemand bestimmten gerichtet.

»Lass sie machen«, erwiderte ihr Vater unwirsch. Willa hatte ganz vergessen, dass er da war. Es kam selten vor, dass er anwesend war und nichts sagte, sich nicht bemerkbar machte. Ihr Vater sah so aus, wie er immer aussah, wenn ihre Mutter in der Sauna war und entband, verängstigt von seiner eigenen Hilflosigkeit.

»Jemand muss nach Muonio fahren«, sagte Antihkka Sussu.

»Jetzt?«, fragte ihre Mutter.

»Ihr habt mich gebeten, herzukommen und zu sehen, was ich tun kann. Die Finnen haben einen Doktor. Jemand sollte hinfahren.«

»Ich fahre«, sagte ihr Vater.

»Nein«, entgegnete ihre Mutter, »du kannst jetzt nicht gehen. Was, wenn –«

»Ich habe gesagt, ich fahre.«

»Das kann Tage dauern«, erwiderte sie. Ihr Blick huschte hektisch hin und her.

»Vielleicht sieht es schlimmer aus, als es ist«, warf Antihkka Sussu ein, aber ihre Stimme klang so ernst, dass das niemanden wirklich beruhigte. »Ich weiß nicht, ob das Blut aus seinem Magen kommt oder aus seinem Darm. Es ist sehr rot, also würde ich auf den Magen tippen. Aber er hat noch nicht so viel Blut verloren.« Das klang nach einer Entschuldigung, als hätte sie etwas mit der Sache zu tun.

Willa spürte, wie Nora ihre Hand nahm und Halt suchte. Noras Fingerknöchel drückten in ihre Handflächen, und zu jedem anderen Zeitpunkt hätte Willa sich beschwert, aber sie ließ den Schmerz zu.

»Kannst du denn sonst nichts tun?«, fragte die Mutter. In ihrer Stimme lag ein unmissverständlicher Vorwurf.

»Nicht besonders viel«, sagte Antihkka Sussu. Sie schüttelte den Kopf. Dann stand sie auf und ging zum Küchentisch. Sie nahm eine Schüssel und einen Löffel, als würde sie hier wohnen, und niemand stand auf, um ihr zu helfen, als ob sie sich alle einig waren, dass sie tatsächlich hier wohnte, und sie sahen ihr zu, wie sie zum Wassereimer ging und, als sie feststellte, dass das Wasser gefroren war, ihr Messer aus dem Gürtel nahm und hineinstach, sodass eine kleine Lache auf dem Eis entstand. Sie nahm eine Schöpfkelle vom Boden und begann, Wasser in die Schüssel zu schöpfen. All diese Bewegungen hatte Willa schon ihr ganzes Leben lang bei Antihkka Sussu gesehen, fließend und doch sicher, ohne Eile, als gäbe es nichts, was durch Eile zu beheben wäre.

»Ich werde bald wieder aus Muonio zurück sein, ich werde die Rentiere dort tauschen«, sagte ihr Vater.

»Papa, geh nicht«, flehte Nora.

»Es reicht«, fuhr Lars Levi sie an. Wie er es sagte, war grausam, als wäre Nora ein dummes Kind, und es brachte Nora eindeutig erneut den Tränen nahe.

Er eilte aus dem Zimmer und kehrte mit dem großen Rucksack zurück, den er für seine Ausflüge zu den Lappen benutzte. Er warf ein paar Dinge aus der Küche hinein, riss ein Stück vom Zwieback von der Trockenstange, getrocknetes Fleisch, alles flog schnell und achtlos in den Rucksack, und dann durchquerte er das Zimmer, nahm Zunder, schnappte sich die Socken, die in der Nähe des Herdes getrocknet waren, einen weiteren Hut.

»Brita«, sagte er, »mein –«

»In der Schreibtischschublade«, sagte sie, und er ging zu seinem Schreibtisch in der Ecke, fand etwas, steckte es sich in die Tasche und schloss die Schublade mit einem Knall, der sie alle auffahren ließ. Jetzt war er auf dem Weg ins Schlafzimmer, Willa konnte ihn hören, wie er in der Truhe herumwühlte und das Baby aufweckte.

»Willst du Simmon wecken gehen?«, rief ihre Mutter ihm zu. »Glaubst du, er kann dich den ganzen Weg bis nach Muonio bringen?«

»Biettar kann dich begleiten«, warf Sussu ein. »Wenn du zuerst bei ihm vorbeifährst. Seine Herde müsste in der Nähe sein, Gelotjávri oder vielleicht ein bisschen südlich davon, oder östlich.«

»Das ist zu weit«, erwiderte ihr Vater, »zu weit im Norden. Ich würde zu viel Zeit verlieren.«

»Aber Simmons Rentiere«, sagte ihre Mutter, »glaubst du, sie schaffen den Weg?«

»Sie sind alt«, pflichtete Antihkka Sussu ihr bei, »und langsam. Er kümmert sich nicht besonders gut um sie.«

»Ich finde, du solltest zu Biettar gehen«, sagte ihre Mutter. »Er kann dich begleiten. Lieber sicher ankommen als gar nicht.«

Lars Levi ging neben Lorens in die Hocke und drückte seine Hand. Lorens öffnete halb die Augen wie ein müder Hund, zeigte aber keine Anzeichen dafür, dass er ihn überhaupt erkannte. »Gottes Friede sei mit euch allen«, sagte er zu ihnen, als wären sie seine Gemeinde und er beende lediglich eine Predigt, und dann war er fort. Wie lange würde er brauchen? Einen Tag, anderthalb Tage bis Muonio? Dann zurück. Vielleicht schneller, wenn er niemals anhielt, wenn neue Zugrentiere bereitstanden, wenn er nicht schlief.

Ein Gedanke schoss Willa durch den Kopf: Was, wenn ihm auf der Reise etwas passierte, wenn sie nun alle in Gefahr waren und jedes Gefühl der Sicherheit naiv und bloße Einbildung war? Sie ließ ihren Blick durch die Hütte schweifen, zu den kleinen Mädchen, die mit besorgten Mienen auf der Matratze hockten, die sie nie verlassen hatten; zu Nora, die jetzt das Baby auf dem Arm hielt und ihm auf den Rücken klopfte; zu ihrer Mutter, die sich über

Lorens beugte; zu Carl, der nutzlos auf einer Bank saß und die Beine baumeln ließ. Antihkka Sussu trug ihr Gebräu in einer Schüssel vorsichtig zu Lorens.

»Was ist das?«, fragte ihre Mutter.

»Kannst du –«, bat Antihkka Sussu. Sie gab ihrer Mutter durch Gesten zu verstehen, Platz zu machen. »Hol mir mal mehr Wasser.« Die Mutter erschrak, stand aber auf, und sobald sie vor dem Eimer stand, beugte sich Antihkka Sussu über Lorens, hob sein Nachthemd hoch, entblößte den blassen Mond seines Rumpfes und verteilte ihre Paste darauf. Willa trat näher heran, fragte, ob sie helfen könne, aber Antihkka Sussu scheuchte sie weg; Antihkka Sussu flüsterte der Heilpaste etwas zu. Ihre Mutter versuchte, das Loch im Eis zu vergrößern, damit die Schöpfkelle hindurchpasste, sie hörte das Knirschen von brechendem Eis.

»Ich warne dich«, sagte Antihkka Sussu leise, aber eindringlich, als spräche sie zu einem ungezogenen Kind, »du roter Fluss, bleib unter der Haut, bleib im Fleisch. Du wirst bleiben, du bleibst, wo du bist, wie die Biros und Riehtis in Hel, ich warne dich, du wirst bleiben ...«

Antihkka Sussu wandte sich leicht um, sodass sich ihre Blicke trafen.

Willa wich zurück.

Von hier aus konnte sie sehen, dass das Blut von Lorens' Mund gewischt worden war, aber es bedeckte noch immer sein Nachthemd wie ein blutiges Lätzchen.

»Vater unser«, sagte Nora vom anderen Ende des Raumes, »im Himmel«, und sie stimmten alle mit ein, sprachen im Chor, und Willa stimmte auch mit ein, aber sie hätte nicht sagen können, an welcher Stelle im Gebet sie gerade waren, welche Zeile folgen würde.

Antihkka Sussu erhob sich und reichte Nora die Schüssel mit der Paste. »Reib ihn ein«, sagte sie, »nach ungefähr einer Stunde. Wasch die alte Paste ab und reib ihn wieder ein. Sehr dick. Reib seinen Bauch ein. Weißt du, wo der Magen ist? Direkt unter seiner linken Rippe. Genau da, ja. Und drück nicht zu fest, wenn du ihn einreibst. Als würdest du dein Osterbrot mit Ei bestreichen.«

»Du gehst?«, fragte Nora.

Antihkka Sussu nickte. »Ich komme zurück, wenn die Zeit gekommen ist«, sagte sie so entschlossen, dass niemand es wagte, ihr zu widersprechen, und sie machte sich bereit, zu gehen. Willa verspürte den Drang, Antihkka Sussu nach draußen zu folgen, so wie sie manchmal den Drang verspürte, den Deckel eines Topfes anzuheben, obwohl sie wusste, dass sein Inhalt noch lange nicht kochte. Als Nora ihnen den Rücken zukehrte, lief sie, rannte regelrecht zur Tür, griff sich Mantel und Schal, schlüpfte hinaus, schloss die Tür sehr bedacht und sehr leise und versuchte dann, Antihkka Sussu einzuholen, aber die alte Frau schien im Nebel davonzugleiten, sodass Willa sie nicht einholte, so sehr sie sich auch beeilte.

»Warte!«, rief Willa und versuchte dabei, ihre Stimme so zu regulieren, dass Antihkka Sussu sie hören konnte, die anderen zu Hause jedoch nicht.

Sussu wurde langsamer, blieb aber nicht stehen.

»Es ist so glatt«, sagte Willa und kam sich ganz dumm dabei vor. Der Schnee war fest, er glich eher Eis als allem anderen, und es fiel ihr schwer, den Halt zu bewahren – wie schaffte Antihkka Sussu das nur, und dann auch noch in ihren Fellstiefeln. Ivvár kam ihr für eine Sekunde in den Sinn, wie er den Hügel hinuntergerollt war.

»Was ist mit ihm?«, rief Willa, in der Hoffnung, Sussu würde stehen bleiben.

Antihkka Sussu hielt inne. »Damit ist nicht zu spaßen«, sagte sie und widmete sich dann sofort wieder ihrer Aufgabe, schlurfte unglaublich schnell über das Eis, aber je schneller die alte Dame davoneilte, desto sicherer war sich Willa, dass Sussu gegangen war, um es ihnen nicht zu sagen, oder vielleicht musste sie schnell nach Hause, um dort etwas zu tun, was sie vor ihren Augen nicht tun konnte. Was hatte ihr Vater geschrieben? Warum konnte sie sich jetzt nicht mehr daran erinnern? Vor ihrem inneren Auge verschwammen die seitenweisen Aufzeichnungen ihres Vaters über die Medizin der Lappen, Berichte darüber, wie sie Warzen losgeworden waren und was zu tun war gegen Liebeskummer, gegen ein Furunkel, gegen eine Zyste im Auge. Sie hatte es nicht aufmerksam gelesen, hatte es damals nicht ernst genommen, aber sie war sich sicher, dass da etwas stand, da stand etwas über eine Krankheit wie diese.

»Ich weiß von Biettar«, sagte Willa, sprach zu Antihkka Sussus Rücken. Sie wünschte sich sofort, sie hätte es nicht getan. Das war ein Fehler.

Antihkka Sussu blieb stehen. Ihr Haar löste sich langsam aus dem Zopf, und ihre Augen funkelten, vielleicht vor Wut, und Willa fragte sich, warum sie Sussu überhaupt Antihkka Sussu nannten. »Was weißt du über Biettar?«

»Ich weiß, was die Leute sich erzählen«, sagte Willa. »Was ich sagen will«, fügte sie nervös hinzu, »ich wünschte, du würdest mir sagen, was mit Lorens ist. Ob irgendjemand ihm helfen könnte, jemand wie Biettar ... was man sich über Biettar erzählt«, sagte sie, und ihre Worte wurden schwächer, als sie ihre Lippen verließen.

»Dein Bruder ist sehr krank. Geh zu ihm.« Antihkka Sussu ging jetzt noch schneller als zuvor.

»Gibt es denn nichts, was Biettar tun könnte?«

Antihkka Sussu drehte sich um, die Brauen zusammengezogen, und Willa fiel wieder ein, wie Sussu den Verkäufern im Laden gedroht hatte und wie sie kurz darauf ertrunken waren.

»Ich bin nicht Biettar«, sagte Antihkka Sussu. »Woher soll ich also wissen, was Biettar tun könnte?«

»Wenn er hier wäre. Wenn er nicht, wenn mein Vater nicht ...« Sie verstummte.

Antihkka Sussu schüttelte den Kopf, sie wirkte beinahe traurig. »Der Tod ist der wichtigste Teil des Lebens, man muss ihn zulassen. Niemand bekommt ein Leben ohne Tod.« Sussu ging die letzten zehn Schritte zu ihrer Hütte und trat ein, wobei sie die Tür einen Spalt breit offen ließ. Willa machte sich langsam auf den Heimweg, jeder Schritt war ein Eingeständnis ihrer Dummheit. Sie verstand, was Sussu ihr sagte, was sie vermied, auszusprechen, dass Lorens im Sterben lag, dass ihr nichts anderes übrigblieb, als einen Doktor zu holen und das Vaterunser zu sprechen oder den Segensspruch oder das Glaubensbekenntnis oder irgendein Gebet, das ihr einfiel, und Seinen Willen zu akzeptieren – warum hatte sie sich auch nur für einen Moment den Gedanken erlaubt, dass Biettar ein Noaidi war oder einst gewesen war und dass es, wenn es ihn gab, noch andere geben musste? Das hatte sie doch gehofft, nicht wahr, dass Sussu einen kannte, dass Sussu sagen würde, deinem Bruder zuliebe ...

Sie war fast zu Hause, als ihr wieder einfiel, wie Antihkka Sussu über ihrem Bruder gekauert hatte – du roter Fluss, bleib unter der Haut, bleib im Fleisch, hatte sie gesagt. Wer sagte so etwas? Wer redete so? Als ihr das wieder einfiel, flimmerten ihre Nerven erneut, ihr gesamter Körper wurde eiskalt, die Rückseite ihrer Ohren, ihre Knie, das Innere ihrer Nase.

Sie wünschte, sie könnte Ivvár sehen. Sie wünschte, sie könnte ihn fragen, was Sussu wirklich gesagt hatte, und dann sah sie die Spuren ihres Vaters, die am Ufer entlangführten, nicht zu Simmon, sondern doch zu Biettar, und es war so einfach. Die frischen Spuren waren schon da gewesen, als sie nach draußen getreten war, nur dass sie sie nicht bemerkt hatte. Sie hätte am liebsten laut aufgelacht, sie wünschte, jemand wäre in der Nähe, damit sie auf die Zwillingslinien zeigen konnte, die die Skier hinterlassen hatten, und sagen: »Ihr habt doch Augen, warum seht ihr nicht? Ihr habt doch Ohren, warum hört ihr nicht? Erinnert ihr euch nicht daran?«

Was Antihkka Sussu gesehen hatte, verriet Antihkka Sussu nicht, und was Nora sah – Willa, die auf ihren Skiern den Spuren ihres Vaters folgte –, verriet Nora nicht, auch wenn es sie grämte, dass Willa dem Warten entkommen war, dem Eingesperrtsein, in dem sich die Krankheit, konserviert, umso leichter ausbreitete. Nora machte sich Sorgen um ihre Mutter, und es war einfacher, Willas Verschwinden vor ihrer Mutter zu verbergen, als auf ihre Abwesenheit hinzuweisen; es war einfacher, sie alle zu bemuttern, auch ihre Mutter. Es war nicht so, dass Nora gern irgendeine dieser mütterlichen

Aufgaben übernehmen wollte, sie war nur gut darin, weil das Leben sie dazu gezwungen hatte, gut darin zu sein. Zumindest in diesem Moment verschaffte ihr die Rolle eine Atempause. Sie bestand darauf, dass ihre Mutter Lorens ins Schlafzimmer brachte und sich, zusammen mit dem Baby, neben ihn legte, und sie bestand darauf, dass sie alles andere übernehmen würde, und das tat sie auch – sie hängte Laken hinaus in den Frost, sie fegte den Boden und sie molk die spärliche Milch der Kuh (kaum genug, um Lorens einen Brei davon zu kochen, aber er bekam nichts herunter, also war selbst dieses bisschen vergeudet), und sie schickte Carl zum Holzholen, und sie schickte die Mädchen zum Wasserholen, und sie kochte Wasser, um die Töpfe zu spülen, und sie schrubbte den Dreck von den letzten Kartoffeln, und sie legte eine gefrorene Kalbskeule zum Auftauen über einen kochenden Topf mit Wasser, und sie ging zum Holzschuppen, um mehr Holz zu holen, weil Carl nicht genug geholt hatte. Als Henrik etwas zu lange an seinem Fenster stehen blieb und sie beobachtete, ignorierte sie ihn, denn das war ein Geschenk der Krise, dass die kleinen Probleme plötzlich so offensichtlich klein waren und Henrik so offensichtlich eines dieser kleinen Probleme war.

Ein weiteres Geschenk, das einem eine Krise bescherte, war, endlich das zu tun, was man schon immer hatte tun wollen – diese brennende Krise verschaffte Lars Levi einen Grund, aus der Hütte zu fliehen und wieder hinaus in die Wildnis zu ziehen; sie verschaffte Brita einen ganzen Tag im Bett; verschaffte Willa einen Vorwand, Ivvár noch einmal zu sehen. Während der ersten Stunde des Ausflugs zu seiner Herde war sie sich ihres Ziels sicher, aber als sie nach der zweiten Stunde eine Pause machte, um auszuruhen, spürte sie, wie dürftig ihr Grund war: Was sollte sie überhaupt sagen? Beinahe wäre sie wieder umgedreht, aber der Gedanke, in die Hütte zurückzukehren, war zu abstoßend, und der Gedanke, ihn wiederzusehen, war zu verlockend, und sie erlaubte ihrem Verlangen, die Angst zum Schweigen zu bringen.

Tatsächlich war Willa noch nie bei den Herden gewesen, und obwohl sie sie schon einmal auf der anderen Seite des Flusses hatte laufen sehen, wusste sie nicht wirklich, wie die Herdenarbeit funktionierte und was die Rentiere den ganzen Tag über taten, und so war sie überrascht, als sie auf dem Gipfel des Vorgebirges stand und zum ersten Mal die Rentiere sah, die zwischen den Zwergbirken und den Kiefern grasten, das Land sprenkelten mit ihren verschwommenen, breiten und zotteligen Gestalten, und sie war so bewegt von diesem Anblick. War es wirklich Lorens' schlechter Zustand, der ihr die Tränen in die Augen trieb? Oder waren es die Tiere, war es die Szenerie, die Idylle, die sich vor ihr auftat? Der Anblick, der sich ihr bot, würde jeden Landschaftsmaler, der zeigen wollte, wie viele Farben der Schnee wirklich hatte, vor Neid erblassen lassen – blaue und violette Adern und das Orange der Dämmerung, getragen vom Grün der Kiefern, und die Rentiere selbst, in dasselbe Orange getaucht, das Rotbraun ihres Fells, und alles strotzte nur so vor Farbe und Tiefe, auch wenn man zunächst nur das Weiß wahrnahm. Wenn sie doch nur, dachte Willa, einfach nur dastehen und alles anschauen könnte! Sie beneidete die Männer, die diese Tiere hüteten, die Lappen, dass sie in diese Welt hineingeboren worden waren. Sie waren jeden Tag von dieser Landschaft umgeben, von dieser Natur, diesen Wesen …

Damit verriet sie, wie wenig sie wusste, denn um diese Jahreszeit waren die Rentiere nicht besonders hübsch anzuschauen, ihr Fell war zerrupft, die Hüftknochen traten hervor, die meisten hatten ihre Geweihe abgeworfen, und alles an ihnen war so tragisch, dass es schon fast wieder komisch war. Außerdem konnte sie sich selbst nicht sehen, und wie sie in dieser Landschaft wirkte, den Rentieren ähnlicher, als sie denken würde, so gehetzt und knochig war sie. Auch ihr Pelz war schrecklich zerrupft, ihre Skier mussten gewachst werden, und sie hatte wenig an sich, was den Männern, die ihre Ankunft bezeugten – Ivvárs Vettern –, den Eindruck vermittelt hätte, dass sie unter anderem deshalb hier war, weil sie ein wenig verliebt war. Ihr Vater war ein paar Stunden vor ihr eingetroffen, aber er war schon wieder weg, und in der ganzen Aufregung hatten sie nur erfahren, dass er einen Doktor holen wollte, aber nicht warum, sodass die Anwesenheit von Willa den Eindruck erweckte, dass alle zu irgendeinem Doktor rannten und das gesamte Dorf krank war.

Ánde war es, der sich ihr näherte, um sie davon abzuhalten, in die Herde hineinzulaufen. Sein Vetter Niko hielt sich zurück und sah amüsiert zu – Ánde war immer der Erste, der sich den Fremden näherte, er fühlte sich in der Nähe von Frauen besonders wohl; es gab keine Frau, die er nicht versucht hätte für sich zu gewinnen, sobald sich die Chance bot. Die beiden Vettern waren keine besonders gut aussehenden Männer – ihr Aussehen sprang einem nicht so ins Auge wie Ivvárs –, aber sie bewegten sich mit einem

Selbstbewusstsein, das in ihren Genen liegen musste, und das hatte seinen Reiz, auch wenn es bei Ánde wie eine Art Unverfrorenheit wirkte und bei Niko wie etwas Weiches, fast Geheimnisvolles, man sah es bei ihm nur, wenn er arbeitete, wenn er ein Lasso warf oder einen Bullen zu Boden brachte. Doch bevor Ánde den Mund aufmachen konnte, wurde er von Willa unterbrochen, die besorgt fragte: »Ist das die Rasti Siida? Ist Ivvár hier?«

Ánde drehte sich um und wechselte einen Blick mit Niko. Das war ja noch viel besser als der Pastor, der gerade hereingeplatzt war. Interessant war das, und es eröffnete ihnen die Möglichkeit, Ivvár zu necken, Ivvár, den man unmöglich necken konnte, da er immer über alles erhaben war, was die beiden ärgerte, als ob ihre Witze ihm nichts anhaben konnten, sondern nur seine ihnen.

»Ich muss ihn sehen«, sagte Willa nervös. »Es ist dringend.«

»Oh …« Die beiden Männer warfen sich erneut einen Blick zu, Niko hob die Augenbrauen, zuckte mit den Schultern.

»Gehörst du zum Pastor? Er ist schon wieder weg«, sagte Ánde, der es offensichtlich genoss, das Ganze in die Länge zu ziehen. Er musste ihre Aufregung spüren, aber er schien sie nicht besonders ernst zu nehmen.

»Ich bin allein unterwegs«, sagte sie und errötete, »aber es ist wirklich eilig.«

»Zum Glück braucht Ivvár nie lange«, sagte Ánde und schien seinen eigenen Witz sehr lustig zu finden.

»Kann ich nicht zu ihm?«

»Oh, doch, er ist im Lávvu.«

»Darf ich reingehen?«

»Ich kann dir nicht sagen, was du tun und nicht tun darfst«, erwiderte Ánde.

»Das müssen die Leute schon selbst entscheiden«, pflichtete Niko ihm bei, aber Willa konnte sich jetzt nicht den Kopf darüber zerbrechen, was sie damit meinten.

»Na, dann geh ich mal zu ihm«, sagte sie, aber es klang wie eine Frage. Einer der Hunde näherte sich und beschnüffelte sie, bellte jedoch nicht. Offensichtlich wollte er bellen; der Hund öffnete nervös sein Maul, gähnte und streckte sich.

Ánde schüttelte den Kopf, nicht bellen, und der Hund bellte nicht.

Willa schlitterte auf die Zelte zu, zögernd, als ob sie jeden Moment damit rechnete, dass einer von ihnen sie aufhalten würde, aber niemand hielt sie auf, stattdessen folgte ihr der Große, Ánde. Sie dachte: Es war ein Fehler, hierherzukommen. Ánde rief erfreut: »Oh, ich verstehe, du bist die Tochter vom Irren Lasse! Niko, die Báhppa Nieida«, rief er seinem Vetter zu.

Sie wollte nicht, würde ihm diesen Gefallen nicht tun. Die Zelte waren nicht weit entfernt, und es ärgerte sie, ihn im Nacken zu haben.

»Nicht das«, sagte Ánde, »das andere«, und sie fragte sich kurz, ob er sie anlog oder sich einen Scherz mit ihr erlaubte, doch was konnte sie tun? Am Zelt angekommen, öffnete sie die Klappe, aber vor dem Eingang war ein großer Stapel Äste und Zweige aufgetürmt, und sie wusste nicht, wie sie sich einen Weg hindurchbahnen sollte.

»Geh einfach rein«, sagte Ánde, und sie zwängte sich durch das Gestrüpp, wobei das Holz unter ihren Füßen knackte. Ánde folgte ihr.

»Ánde«, stöhnte Ivvár – und allein der Klang seiner Stimme machte sie so glücklich, dass sie beinahe vergaß, weshalb sie noch eben solche Angst gehabt hatte, »du machst einen Lärm, als würde ein Bär hier herumpoltern.«

»Deine Freundin ist hier«, erwiderte Ánde.

Willa konnte seine Gestalt ausmachen, ein Bündel von Decken auf der anderen Seite des Feuers. Die Decken bewegten sich. Ivvár wälzte sich herum, und sie sah, wie er die Augen aufschlug und sie sofort erkannte. Wenn er überrascht war, so ließ er es sich nicht anmerken. Er setzte sich auf, seine Pelzmütze fiel zurück, und er zog sie sich wieder in die Stirn. Seine Augen sahen müde aus und wanderten nur langsam hin und her.

»Gut, raus mit dir«, sagte er.

»Ich dachte, ich leiste euch bei einem Kaffee Gesellschaft«, sagte Ánde grinsend.

»Wenn du nicht sofort verschwindest –«

»Schon gut, schon gut. Macht's euch gemütlich«, sagte Ánde unter hellem Lachen, und er verschwand, der Rauch des Feuers waberte mit ihm nach draußen, und dann war sie mit Ivvár allein.

Ivvár nahm einige Äste vom Stapel vor dem Eingang und brach vorsichtig ein paar Zweige ab, legte sie flach auf den Rauch und die Glut, sodass sie ordentliche kleine Reihen bildeten, und dann legte er zu beiden Seiten davon zwei Holzscheite, wieder sehr behutsam, als würde er ein Haus bauen, das lange halten sollte, und er fischte etwas Birkenreisig aus einer kleinen Tasche und stopfte es in die Glut, und das Birkenreisig fing Feuer, und dann, als er damit fertig war, sah er sie an.

Ihr war übel.

»Ich hab dich geweckt«, sagte sie.

»Wir treiben die Herde jetzt seit vier, fünf Tagen ... Mein Vater hat mir geholfen, unsere Herde zu treiben, meine Herde zu treiben ... Vor zwei Tagen haben wir sie mit der Herde meines Onkels vereint ... Deshalb habe ich so wenig geschlafen ... fast gar nicht ... Wir brechen bald wieder auf Richtung Meer ...« Er klang kaum wie er selbst, und sie schämte sich, dass sie gekommen war und ihn gestört hatte. Seine Müdigkeit war so offensichtlich und so enorm, dass sie dachte: Er ist der Kranke, der gepflegt werden muss, und wir haben ihm seinen Vater weggenommen, sein Vater ist nach Muonio gefahren, um meinem Vater zu helfen, und dann wird sein Vater an die Küste fahren und predigen.

»Es sind so viele«, sagte sie. »Ich hatte ja keine Ahnung. Sie sind alle so – als ich sie eben alle auf einmal gesehen habe – ich hätte weinen können.«

Er sah sie lange an, sein Blick so intensiv an ihren geheftet, dass der Akt des Anschauens eine Handlung zu sein schien, viel mehr als ein Zustand, das war etwas, das er bewusst tat, und sie wollte, dass er sie ansah, sie wollte ihn ansehen, auch wenn sie Angst davor hatte; es war zu viel, es war zu schwer, gesehen zu werden.

»Also«, sagte er schließlich, ohne seinen Blick von ihr abzuwenden, »bist du den ganzen Weg hierhergekommen, um dir ein paar Rentiere anzugucken?« Aber seine Stimme war jetzt heller – er wirkte zugewandter. Er griff nach seinem Kessel, doch dann schien ihm einzufallen, dass er kein Wasser hatte, also hielt er ihn einfach in der Hand. Sein Kessel war so schwarz vor Ruß, als wäre er aus Ruß geformt.

»Mein Bruder«, sagte sie.

»Ja, dein Bruder.«

»Wir sind heute Morgen aufgewacht, also, es war noch mitten in der Nacht, weil Lorens – er hat Blut gehustet. Mein Vater hat Antihkka Sussu geholt. Sie kam und sah ihn sich an. Sie sagte, wir sollten einen Doktor aus Muonio holen.«

»Ja«, sagte Ivvár. »Ich weiß.« Er wusste es. Er wusste es, weil der Irre Lasse erst vor Kurzem in diesem Lávvu gewesen war und ihn geweckt hatte, und nun passierte es schon wieder, nur diesmal wollte Willa etwas von ihm, und das ärgerte ihn. Es gab so viel, was sie nicht verstand, und sie hier zu sehen war der Beweis dafür, wie viel sie nicht verstand. Er hatte keine Lust, ihr das alles zu erklären, nichts davon. Er war so müde. Seine Augen schmerzten, seine Beine und Arme waren schwer, er wollte sich hinlegen und für viele, viele Tage nicht mehr aufstehen.

»Er wird sterben«, sagte sie plötzlich und sehr ernst. Sie sagte es mit Nachdruck, als hätte sie es geplant und würde dafür sorgen, dass es auch wirklich geschah. »Lorens wird sterben«, wiederholte sie, »und –« Sie hielt inne.

»Ja«, sagte er tonlos.

»Ja, was?«

»Ja, er wird sterben«, sagte er.

»Wie kannst du das sagen?«

»Du hast es doch gerade selbst gesagt!«

»Hab ich, aber das ist etwas anderes.«

»Warum ist es etwas anderes?« Er wusste nicht, wieso sie so miteinander sprachen, beide mit so viel Verbitterung in der Stimme.

»Wenn du es sagst, fühlt es sich wahrer an.«

»Ich habe keine besonderen Kräfte«, sagte er.

»Das weiß ich«, erwiderte sie, aber er konnte ihr ansehen, dass sie enttäuscht war. Er hatte sie verletzt. Er war dabei, sie zu verletzen. Er wünschte sich plötzlich, sie so sehr zu verletzen, dass es alles zwischen ihnen abtöten würde, und dann würde er sie nicht mehr enttäuschen können, genauso wenig wie er Risten enttäuschen konnte. Wie anstrengend, immer zu enttäuschen. Er konnte das alles nicht ertragen, diese Frauen, die Dinge von ihm wollten, die er nicht geben konnte.

Sie sah ihn an und zog sich die Mütze vom Kopf. Sie nahm ihren Schal ab und dann ihre Fäustlinge. Sie schüttelte den Schal aus und steckte ihn, wie sie es schon hundertmal getan hatte, zwischen die Stange und das Zelttuch und legte ihre Fäustlinge auf das Trockengestell über dem Feuer. Er hatte das Gefühl, dass sie beide ihr dabei zusahen, wie sie ihre Sachen zum Trocknen hinlegte.

Sie saß da in ihrem Mantel, ihre Hände und ihr Gesicht und ihr Haar entblößt, und sah ihn einfach nur an. Er wollte lachen, das Verlangen zwischen ihnen war so klar, so offensichtlich, dass es absurd war, es war nichts Verborgenes darin, es barg fast kein Geheimnis. Er hätte es anfassen und aufheben können.

Seine Stimmung hatte sich gewandelt – sie hatte ihren Schal abgenommen, und seine Stimmung hatte sich gewandelt –, er war immer noch müde, aber diese Müdigkeit schlummerte irgendwo in der Ferne, eine vage Erinnerung, an der sein Körper festhielt, aber nicht sein Geist.

Was für ein Fehler, wie extrem, wegen ihres Bruders hierherzukommen, und jetzt stand es zwischen ihnen, und was sollte er schon dagegen tun? Wenn es die Wahrheit war, dann war es die Wahrheit, die Sache mit Lorens würde nichts daran ändern, nichts würde es ändern, es war ein weiterer Teil des Lebens, mit dem man umgehen musste, den man aber nicht abwenden konnte. Er lächelte sie an, und sie erwiderte sein Lächeln; es war dasselbe Lächeln, mit dem sie einander immer anlächelten, es barg sechs oder sieben Gefühle in sich, Neugier und Verlangen, die Schwere des Wissens, dass jeder vom anderen gewollt wurde, die Unmöglichkeit, dass irgendetwas zwischen ihnen passieren konnte.

Sie schwiegen so lange, dass jetzt etwas Mächtiges in ihrem Schweigen lag, und er hatte Angst, es zu brechen, und sie hatte Angst, es zu brechen. Das Feuer war laut genug für sie beide, und die Herde auch, natürlich, und irgendwo in der Ferne lachte Ánde, und Niko stachelte ihn an. Sie holte Luft, aber er hob die Hand, um ihr Einhalt zu gebieten – er wollte nicht, dass sie sprach, er wollte noch ein wenig verweilen.

10

Die Stille war nicht zu ertragen, und die Vergänglichkeit aller Dinge – des Feuers, des Schnees, ihrer Blicke, ihres Lebens – wurde spürbar, als Willa seufzte. Willa seufzte, und die Nacht senkte sich um sie herum, und Lorens war wieder da, und Ivvárs Müdigkeit, und die Tatsache, dass sie ihn hier im Lávvu, im Feuerschein, anflehte, worum genau, wusste sie nicht. Hätte man sie in diesem Moment gefragt, was genau sie sich erhoffte, wäre sie an der Antwort gescheitert; sie hätte nicht sagen können, nicht einmal sich selbst eingestehen, dass sie nicht nur gekommen war, weil sie sich einen anderen Weg wünschte, Lorens zu retten, sondern vielleicht vor allem einen anderen Weg, um sich selbst zu retten, denn sie wollte nicht nur einen Weg finden, um das Land ihres Vaters zu verlassen, die Kirche und den Ort, sondern auch einen Weg hinein in Ivvárs Land. Sie spürte, dass sie sich an alles klammern würde, was Ivvár nur näher an sich heranbringen könnte, doch was sie noch nicht wusste, war, dass sie den Wunsch verspürte, er könne ihr eine Alternative zum Gott ihres Vaters bieten, eine Instanz, die über die Ordnung der Dinge waltete, einen Beweis dafür, dass, wenn die Antwort nicht der Jesus ihres Vaters war, dann vielleicht Ivvárs Raidenáddja; wenn nicht der Jumala der Finnen, dann vielleicht der Ipmel der Sámi;

und wenn Ivvár Lorens retten konnte, dann würde sie frei sein, ihn zu lieben; nein, sie würde das Recht haben, ihn zu lieben.

Aber sie konnte nichts davon in Worte fassen, sie wusste nur, dass sie etwas von ihm wollte, und sie wollte vor allem, dass er die Erwartungen, die sie nicht ausdrücken konnte, nicht enttäuschte.

»Glaubst du die Geschichte, die ich dir erzählt habe? Über die Eahpáraš? Die Äpärä?«, fragte Ivvár, und das brachte sie aus der Fassung, es war, als hätte sie ihre Gedanken laut ausgesprochen und er würde nur darauf antworten.

Sie nickte.

Sie konnte es nicht erkennen, konnte nicht wissen oder erahnen, wohin seine Gedanken gewandert waren, aber sie spürte, dass er nicht bei ihr im Zelt war.

Er war woanders; er war bei seiner Mutter, tatsächlich, und seine Mutter lag in ihrem Rákkas, er war zu ihr hineingeklettert, sie zog ihn an sich, und er wusste, dass er geliebt wurde, er roch ihren warmen, menschlichen Duft, ein bisschen wie Schuhgras, das in der Sonne trocknete. Sie bat ihn, ihr zu helfen, und er stützte sie, als sie nach draußen humpelte, wo sie sich von ihm abwandte und er sich von ihr, während sie sich hinhockte und erleichterte, und danach half er ihr wieder auf, und es schmerzte sie beide, dass er das hatte tun müssen. Er hatte lange nicht mehr an diesen Moment gedacht, an diese Tage und Wochen der Krankheit, vielleicht nicht mehr, seit es passiert war.

Willa seufzte wieder, diesmal leiser, und er dachte daran, was seine Mutter sagen würde, es kam ihm beinahe so vor, als würde sie sprechen: Wie lieb von Willa, mich zu dir zu bringen.

Er sah sie an. Hinter ihr flatterte das Tuch des Lávvu, vor ihr stieg der Rauch auf.

»Du solltest nach Hause gehen«, sagte er und wusste irgendwie nicht, was er sonst sagen sollte – er konnte seine Gefühle nicht einordnen, oder seine Wünsche, und das gefiel ihm nicht.

Sie nickte. »Wir werden uns eine ganze Weile nicht sehen.«

Er nickte.

»Erst, wenn der Schnee wieder fällt«, sagte sie.

»Kommt drauf an«, erwiderte er.

»Auf das Wetter?«, fragte sie, als wolle sie die Spielerei wieder aufleben lassen, die Leichtigkeit wiederherstellen, die sie verlassen hatte.

»Das auch«, sagte er, aber ohne jede Verschmitztheit, er trug keine mehr in sich; er war plötzlich sehr traurig.

»Tut mir leid«, sagte sie, und er verstand, was sie meinte. Sie setzte sich auf, kniete vor ihm, zog ihren Schal von der Lávvustange und nahm ihre Fäustlinge, die noch nicht trocken waren, aber sie zog sie trotzdem an, und er wartete auf seine eigene Stimme, die jeden Moment sagen würde, nein, bleib noch ein bisschen, bis du wieder trocken bist, wärme dich auf, aber er sagte es nicht, und er sah ihr nach, als sie ging, aber ohne Freude oder gar Erleichterung, denn er wollte, dass sie blieb, aber er konnte sie nicht bitten zu bleiben; das ging nicht. Es würde nicht gehen.

Auf dem Fjell brannten seine Augen im Wind, und er wanderte von Ort zu Ort, um sein Blut in Wallung zu halten, aber seine Gedanken rasten, ihm schien, als hätte seine Mutter ihre Hand ausgestreckt und Willa zu ihm oder ihn zu Willa geschoben. Die Leute sprachen oft davon, was die Toten gewollt hätten – sie hätte gewollt, dass du glücklich bist, so etwas in der Art –, aber Ivvár hatte die ganze Zeit gedacht, dass seine Mutter gewollt hätte, dass er um sie trauerte, heftig und bitterlich, und jetzt glaubte er, sie hätte gewollt, dass er eine Frau fand, sich verliebte. Es hätte ihr nicht gefallen, wie allein er war.

Was hätte sie von Risten gehalten? Sie hätte ihm gesagt, du bist ein Narr, wenn du deinen Stolz so siegen lässt, wenn es denn dein Stolz ist, der dich aufhält. Obwohl sie Risten vielleicht nie gemocht hätte, bestimmt hätte sie Risten als zu gutmütig empfunden, zu sehr über jeden Zweifel erhaben. Und Willa? Was hätte sie wohl von Willa gehalten?

Als ob er alles auf einmal spüren würde, überkam ihn eine große Erschöpfung, keine Erschöpfung wegen des Schlafmangels, sondern eine Erschöpfung des Geistes, eine Müdigkeit, die größer war als die Berge selbst. Er betrachtete die Herde mit halbem Verstand, mit halbem Auge, er dachte an den Schlitten, den sein Vater gepackt hatte, als er Ivvár verließ, um den Namen Jesu zu predigen. Sie hatten kein Wort miteinander gewechselt, so hatte sein Vater es gehandhabt, schweigend, er hatte nicht einmal gesagt: Ich komme nicht mehr zurück, die Herde überlasse ich dir.

Während Ivvár seine weiten Kreise von einem Hügel zum nächsten zog, zwischen den kleinen Kiefern und den noch kleineren Birken, seine Gestalt langsam und stockend, seine Unentschlossenheit deutlich in seinem schlaksigen

Gang, schritt Nora in der Hütte umher, auf der Suche nach weiteren Aufgaben, mit denen sie sich beschäftigen konnte, und Lars Levi stemmte die Füße gegen das vordere Brett des Schlittens, er befürchtete, dass der Doktor nicht einmal in der Stadt sein würde, und Brita träumte von dem Tag, an dem Levi gestorben war.

Nur Henrik war entspannt, obwohl er spürte, dass etwas nicht stimmte: Er sah, wie Willa zurückkam und dass Lars Levi weg war und dass Antihkka Sussu im Pfarrhaus ein und aus ging, aber er ignorierte diese Zeichen und fragte sich nur, ob Nora so oft nach draußen kam, weil sie von ihm gesehen werden wollte. Er war dementsprechend überrascht, als Lars Levi zwei Tage später in einem Schlitten auftauchte, mit ihm Biettar und ein Fremder, und die Rentiere sahen alle zerzaust aus, atmeten schwer, und die Zungen hingen ihnen aus dem Halse, als wären sie Hunde. Er war überrascht, als Brita in ihrem Nachthemd aus der Hütte kam und, das hatte er ja noch nie gesehen, wie sie sich in Lars Levis Arme warf, der versuchte, sie zu halten und gleichzeitig ins Haus zu eilen. Alle, so schien es, eilten hinein; sogar Antihkka Sussu kam aus ihrer Hütte und folgte ihnen allen ins Pfarrhaus, als hätte sie jemand darum gebeten, und Henrik fragte sich, ob er wohl auch rübergehen sollte?

Draußen vor dem Pfarrhaus blieb er stehen, sollte er oder sollte er nicht, aber sobald er drinnen war, beachtete ihn niemand. Die Tür zum Schlafzimmer stand offen, und alle drängten sich um das Bett, auf dem Lorens lag, der Fremde – ein Doktor, wie Henrik feststellte – beugte sich so ehrfürchtig über Lorens, dass es aussah wie ein

Krippenspiel, und die anderen waren die Weisen, die Hirten, die darauf warteten, ihm ihre Aufwartungen zu machen.

Es war sehr still. Der Doktor berührte Lorens' Arme, seine Schultern, seine Brust, seinen Bauch – der Junge gab keinen Laut von sich. Er hätte genauso gut tot sein können, so still lag er da. Henrik verspürte zum ersten Mal echtes Mitleid mit der Familie, wie grauenvoll es war, hier oben zu leben, wo man nicht rechtzeitig Hilfe bekommen konnte, wo einem die Kinder wegstarben. Hatten sie nicht schon eines von ihnen verloren, durch die Masern, nicht? Lisas Zwilling, das hatte man ihm erzählt. Der Tod seines Sohnes hatte Lars Levi so irre gemacht, hatte Simmon gesagt, damals war aus Lars Levi der Irre Lasse geworden.

»Geben Sie mir mein Skalpell«, sagte der Doktor, und Brita kramte in seiner Tasche herum und reichte ihm das kleine Messer.

»Und eine Schüssel«, sagte der Doktor, und Nora reichte ihm eine. Vorsichtig schnitt der Doktor das Handgelenk des Jungen auf und ließ das Blut in die Schüssel laufen.

Der Junge stöhnte.

»Was hat er?«, fragte Willa. »Was ist los mit ihm?« Henrik hatte nicht mitbekommen, wann sie hereingekommen und hinter ihm aufgetaucht war, aber da stand sie jetzt und presste sich nahezu an ihn. Er konnte sich nicht erinnern, wann er das letzte Mal irgendeinen Druck von einem menschlichen Körper gespürt hatte, und dieser Druck erregte ihn, auch wenn er von Willa kam, und er versuchte, sich davon abzuhalten, sich ebenfalls an sie zu lehnen.

Der Doktor drückte mit der Hand, die kein Blut auffing, Lorens' Kiefer auseinander, und so sahen alle seine ordentlichen Zähne, die nicht weiß, sondern rot vom Blut waren, und seine Zunge, die nicht rot, sondern weiß war und mit kleinen Pusteln bedeckt. Es war der Schlund eines Ghuls.

Henrik spürte, wie seine Schultern bebten. Der Mund des Jungen war zu fesselnd, zu beängstigend, er konnte nicht wegschauen.

Als der Junge noch weißer geworden war, begann der Doktor, die Blutung zu stillen – er presste die Wunde mit einem Tuch fest zu.

»Und jetzt?«, fragte Willa. Ihre Stimme war schrill.

»Jetzt warten wir«, sagte der Doktor.

»Und dann, was dann? Was machen Sie dann?«

»Wahrscheinlich schröpfen«, sagte er. »Aber was hat der Junge denn gegessen?«

»Fast nichts«, sagte Nora. »Ein paar weich gekochte Haferflocken, ein Löffelchen hier und da. Und Antihkka Sussu hat gesagt, wir sollten ihm Rentierblut geben –«

»Wer ist Antihkka Sussu?«

Alle drehten sich zu Antihkka Sussu um, die im hinteren Teil des Raumes stand. Ihr Unterkiefer zuckte. Wahrscheinlich, dachte Henrik, glaubte der Doktor, dass sie kein Finnisch verstand.

Der Doktor schüttelte den Kopf. »Das ist doch –«, sagte er, überlegte kurz und fuhr dann fort: »Ich bitte darum, mit dem Patienten allein zu bleiben.«

Die Kinder zwängten sich an Henrik vorbei, und dann sagte der Doktor mit Blick auf Henrik: »Gehen Sie, bitte. Die Eltern können bleiben.«

Alle verließen den Raum und drängten sich in den Eingangsbereich. »Ganz nach draußen, bitte«, sagte der Doktor, und sie wollten in den anderen Raum gehen, aber er sagte, auf die Eingangstür deutend, »raus«, und so gingen sie alle nach draußen, liefen auf und ab und starrten einander an. Der Doktor schloss die Tür hinter ihnen und vergewisserte sich, dass sie fest verschlossen war.

»Er stinkt nach Fischsuppe«, sagte Willa, während ihr Atem vor ihr aufstieg.

»Ich habe ihn gestern gebadet«, erwiderte Nora, und auch ihr Atem bildete kleine Schwaden.

»Nein, der Doktor«, sagte Willa und scharrte mit den Füßen im Schnee.

Die Kinder trippelten auf und ab. Die kleinen Mädchen schlossen einander in die Arme, vielleicht war es diese kindliche Art, Schmerzen zu dramatisieren, oder vielleicht war ihnen wirklich so kalt. Biettar war zu den Rentieren gegangen, hatte ihnen die Geschirre abgenommen und sie von den Schlitten losgemacht.

»Los, kommt alle mit in den Laden«, sagte Henrik und machte sich auf den Weg, was er im nächsten Moment bereute, weil ihm einfiel, wie sehr es dort drinnen stank und wie sauber ihre Hütte im Vergleich dazu gewesen war. Zu spät fiel ihm ein, dass er sogar noch eine halb volle Flasche Wodka hatte, irgendwo – nur wo? – auf einem Regal? War sie in Sichtweite? Er beschleunigte seinen Schritt, um ihnen allen zuvorzukommen, und als er an der Tür ankam, huschte er hinein – wo war sie? hinter der Petroleumlampe? –, er kniete nieder, um sie hinter dem Tresen zu verstecken, und als er wieder hochkam, stand Nora vor ihm und starrte ihn an, die Tür hinter sich geöffnet und der Himmel von einem gleichmäßigen, wunderschönen Blau um ihre schmalen Schultern.

Als hätte sie nichts gesehen, schob er die Vorhänge beiseite, um Licht hereinzulassen, und begann dann, den Tresen abzuräumen und die drei, vier schmutzigen Gläser, die sich dort angesammelt hatten, ineinanderzustapeln.

Sie sah sich um, als wolle sie den Ort für ihren eigenen Gebrauch inspizieren.

»Kommt rein«, sagte Henrik an die Kinder gewandt, die vor der Tür kauerten. Misstrauisch sahen sie ihn an; er fragte sich, ob sie vielleicht gar nicht in den Laden durften, ob sie nur hereinkamen, weil sie nirgendwo anders hinkonnten und ihnen niemand sagte, was sie durften und was nicht.

»Nein«, sagte Nora, »lasst die Tür noch kurz offen, dann kommt ein bisschen frische Luft herein«, und dann ging sie zum Ofen und kümmerte sich ums Feuer. So wäre es, dachte er, eine Frau zu haben, obwohl eine Frau niemals zugelassen hätte, dass der Laden in diesen Zustand geriet. Antihkka Sussu fand den Schemel, der beim Fenster stand, und setzte sich schwerfällig darauf, aber ihre Beine kamen nicht bis an den Boden und berührten nur knapp die erste Sprosse. Er holte Süßigkeiten für die Kinder hervor, ihre Augen leuchteten, und sie nahmen die Tüte mit in die Ecke und setzten sich auf Mehlsäcke, wobei das Mehl um sie herum aufstob, als hätten sie sich in eine Schneewehe geworfen. Sie starrten die Treppe hinauf in das dunkle Schlafzimmer. Willa lehnte die Süßigkeiten ab, blieb an der Tür stehen und beobachtete etwas – es musste Biettar gewesen sein, denn kurz darauf erschien er, trat ein und schloss die Tür hinter sich.

Biettar blinzelte, als ob es drinnen nicht dunkel, sondern sehr hell wäre.

Henrik stand hinter dem Tresen. Biettar stand ihm gegenüber, so direkt, dass Henrik sich von ihm beobachtet fühlte, obwohl Henrik größer war und Biettar vorgeblich sein Gast, und Biettar hatte ihn immer noch nicht bezahlt – hatte ihn zu Michaeli nicht bezahlt, hatte ihn zu Weihnachten nicht bezahlt, hatte ihn zu Ostern nicht bezahlt, und wahrscheinlich waren die Herden jetzt unterwegs, und Biettar, wenn er wirklich Laienprediger werden wollte, war jetzt ein armer Schlucker, ein Bettler, und doch stand er hier, als ob Henrik in seiner Schuld stünde, als ob Henrik an irgendetwas schuld wäre. Wenn Henrik den Mann nicht so sehr gehasst hätte, hätte er ihn bewundert.

»Kaffee?«, fragte Nora mit sanfter Stimme. Er sah, dass sie den Kessel bereits mit Wasser aus dem Eimer gefüllt hatte, und er war dankbar für die Unterbrechung und die kleine Aufgabe, den Kaffee zu suchen. Er fand ihn und reichte ihn ihr, und sie sah ihn noch immer an – oh, sie wollte einen Löffel. Sie schüttelte ihn nicht einfach in den Kessel, so wie er es tat.

Er fand einen Löffel, den er an seinem Hemd abwischte.

Biettar stand immer noch da und beobachtete diesen Austausch, als würde Henrik eine Showeinlage zu seiner Unterhaltung aufführen.

Henrik holte einen weiteren Hocker hinter dem Tresen hervor und bot ihn Biettar an, der sich nicht wie gewöhnlich daraufsetzte, vornübergebeugt, sondern mit geradem Rücken und starrem Blick, als wäre der Hocker sein Sockel, oder als wäre er eine Eule auf ihrem Ast, die nach Mäusen

Ausschau hielt. Henrik wollte sagen: Ich habe dich auf dem Boden kriechen sehen, schau mich nicht so an, aber das tat er natürlich nicht, er wartete darauf, dass Nora oder jemand anderes etwas sagte – was er mit allen hier anstellen sollte und wie lange, wusste er nicht.

»Lasst uns beten«, sagte Biettar.

Henrik nickte geistesabwesend. Beten klang anstrengend in seinen Ohren, aber es würde auch die Zeit schneller vergehen lassen, und dann gäbe es keinen Grund zu reden. Seltsamerweise hatten sich Nora und Willa darangemacht, den Laden zu putzen, als hätte er sie darum gebeten oder als könnten sie es einfach nicht ertragen, noch einen Moment länger an einem so schmutzigen Ort zu sein. Hört auf damit, wollte er sagen, aber es schien ihm unhöflich, sie davon abzuhalten. Willa hatte irgendwo einen Lappen gefunden, hob die Sachen, die auf dem Tresen standen, hoch und wischte unter ihnen, und Nora hatte etwas von dem kochenden Wasser in die gusseiserne Pfanne geschüttet und kratzte mit einem Messer am verkrusteten Pfannenboden. Sie schabte so heftig, ihre Hände hatten das Messer so fest umklammert, ihre Stärke wirkte ein wenig erschreckend auf ihn.

»Warum sprichst du nicht mit?«, fragte Biettar.

»Oh«, sagte Henrik. Er räusperte sich. »Oh –« Er kramte irgendwo herum, fand aber nichts.

»Ist da kein Funken Leben in dir?«

»Hmm?«, fragte Henrik nervös. Er stand schon hinter dem Tresen, aber er hatte das Gefühl, dass das nicht reichte, er wünschte, es gäbe noch etwas anderes, eine ganze Wand vielleicht, zwischen ihm und Biettar, und er sah sich um, wollte etwas zu tun haben und nahm seine

Kassenbücher hervor. Sie verliehen ihm eine Sicherheit, allen voran dieses eine Buch, das Buch mit der Liste all der Dinge, die Biettar ihm schuldete, die Ivvár ihm schuldete, die ihn die Lappen kosteten mit ihrem Zaudern und ihren leeren Versprechungen und ihren halben Antworten.

»Da ist kein Funken Leben in dir«, sagte Biettar. »Du bist ein Zelt, in dem die Toten aufgebahrt werden.« Sussu saß auf dem Stuhl in ihrer Ecke und schaute aus dem Fenster, als wolle sie nicht sehen, was vor sich ging, und die Kinder verhielten sich seltsam erwachsen, sie waren Experten darin, Dinge schweigend auszusitzen und keine Rolle in dem einzunehmen, was sich um sie herum abspielte. Henrik schaute Nora hilfesuchend an, aber sie trug die sauber geschrubbte Pfanne nach draußen, wo sie sie nicht direkt vor der Tür abstellte, wie er es getan hätte, sondern sie ein gutes Stück von der Hütte wegtrug. Er blätterte in seinem Buch herum – Per Anders Salmon stand dort geschrieben, ein Sack Mehl 1 Riksdaler, Fuchspelz 2 Riksdaler, Brännvin 4 Riksdaler, silberne Brosche 2 Riksdaler, Salz 25 Schilling, Butter 25 Schilling, Garn 1 Schilling, Nadeln 2 Schilling, Ledertäschchen 40 Schilling, Gürtel 2 Riksdaler, Messergriff (Geweih) 50 Schilling, Brännvin 3 Riksdaler –

»Ich betreibe diesen Laden«, sagte Henrik, ohne von seinem Buch aufzublicken. Er spürte die Anspannung der Schulden, den Druck, der auf seiner Stimme, seinem Gesicht lag. »Ich lasse Gott seine Arbeit tun.«

»Die Wahrheit hat schnelle Beine«, sagte Biettar, »aber die Lüge rennt schneller.«

Henrik sah nicht auf. Nora war hereingekommen, die Tür stand offen, und ein kurzer Windhauch wehte herein.

Er konnte ihre Füße sehen, ohne aufzuschauen, das nasse Leder ihrer Schuhe. Henrik blätterte um und sah, dass er bei den Muskoses angekommen war, die nur in den Ort kamen, um Fleisch zu kaufen, und zwar das billigste, das es gab. Sie waren schrecklich arm, das konnte er an ihren fahlen Gesichtern sehen, wenn sie auftauchten, an der Art, wie sie sich in seinem Laden umsahen und ihn sogar darum beneideten. »Ich war so lange unterwegs«, sagte Biettar, »ich hatte Augen und sah nichts, und hatte Ohren und hörte nichts.«

»Und dachtest du nicht daran«, fügte Willa hinzu, aber das ergab alles keinen Sinn.

»Und jetzt muss ich sehen«, fuhr Biettar fort, »wie du dem Teufel die Tür öffnest.« Er schüttelte den Kopf. Er sah aus, als wüsste er nicht, was er mit seinen Händen anfangen sollte, und er umklammerte sie abwechselnd und ließ sie wieder los, seine breiten Hände mit den großen Knöcheln, Arbeiterhände, Hände, die erwürgen konnten, schleifen oder ziehen.

Niemand schien zu wissen, was zu tun oder zu sagen war. Sussu beobachtete Biettar, Nora stand mit der schweren Eisenpfanne in einer Hand einfach nur da. Willa war die Einzige, die sich bewegte, wischte immer noch den Tresen, der entweder schon sauber war oder niemals wieder sauber gemacht werden konnte, und kratzte mit dem Fingernagel an etwas herum.

Henrik blätterte um. Marit Unga. Was auch immer sie gekauft hatte, war für ihn unleserlich, eine Aneinanderreihung von Gekritzel. Sie hatte den vollen Betrag bezahlt, jetzt erinnerte er sich an sie, sie hatte das Rentier ihres Mannes mitgebracht, es geschlachtet und auf einem klapprigen Schlitten hierhergeschleppt, und sie hatte mit Simmon über irgendetwas gestritten, draußen beim Lagerschuppen, worüber auch immer.

»Der Teufel spricht nicht«, sagte Biettar, »er gibt vor, nicht zu wissen, was er tut. Er verkauft die Pisse des Teufels und tut so, als würde er uns Manna vom Himmel schenken.« Es handelte sich fast wörtlich um eine aus verschiedenen Predigten zusammengesetzte Formulierung von Laestadius, aber in den Predigten hatte es immer metaphorisch geklungen und machte auf Henrik außer leichter Belustigung keinen besonderen Eindruck, Biettar hingegen sprach mit einer solchen Deutlichkeit, dass es so klang, als sei Alkohol nicht *wie* die Pisse des Teufels, sondern es *sei* die Pisse des Teufels, und Henrik höchstpersönlich fülle das Zeug in Flaschen ab. »Weißt du, wer er ist?«, fragte Biettar, an Nora gewandt.

Nora stand einfach nur da.

»Ein Ladenbesitzer«, sagte Henrik, und Scham stieg in ihm auf. Er blätterte um und blätterte weiter, leckte sich den Daumen, blätterte durch das dünne Papier. Ein paar Seiten rissen, worauf er normalerweise achtete, und dann fand er sie, die Seiten von Biettar und Ivvár, sie standen einander auf einer Doppelseite gegenüber, stetige Spiegelbilder voneinander, zwei Riksdaler Brännvin auf Biettars Seite wurden mit drei Riksdalern auf Ivvárs Seite beantwortet, und zwei Riksdaler auf Ivvárs Seite mit vier Riksdalern auf Biettars Seite; Vater und Sohn kämpften darum, wer Henrik mehr schuldete, wobei Biettar vor den Weihnachtsfeiertagen an der Spitze gelegen und Ivvár ihn bis Ostern nun deutlich überholt hatte, da Biettar ja mit dem Trinken aufgehört hatte. Tatsächlich bemerkte Henrik jetzt, dass er die Beträge in letzter Zeit nicht tabellarisch aufgeführt hatte – er hatte einzelne Kosten notiert, aber nicht deren Gesamtsumme, und er rechnete schnell im Kopf nach, und ein weiterer tiefer Schock durchfuhr ihn, als ihm klar wurde, dass sie ihm so viel schuldeten – dreiundzwanzig Riksdaler, oder zehn Rentiere –, ihm wurde seine eigene Dummheit bewusst, weil er ihnen so viel geliehen hatte, und er war wütend auf Biettar, weil er hier in seinem Laden stand und ihn wie ein Kind wegen der Fehler schalt, die er, Biettar, selbst gemacht hatte.

Er blickte auf, und Biettar sah ihn an. Er hatte seine Daumen hinter den Gürtel geklemmt, wie es die Lappenmänner taten, wenn sie etwas eindrucksvoller aussehen wollten, und Henrik hasste, dass es funktionierte, dass Biettar es schaffte, gleichzeitig entspannt und aufsässig zu wirken. »Das«, sagte Biettar und nickte in Richtung Kassenbuch, »das habe ich schon bezahlt, siebzig mal sieben.«

»Nein«, entgegnete Henrik, und sein Kopfschütteln wurde immer vehementer. »Nein, hier ist alles aufgelistet, jeder einzelne Schilling.«

»Du solltest den Teufel bitten, dich nachts warm zu halten«, sagte Biettar, als bliebe ihm nichts anderes übrig. Henrik stieg das Blut in den Kopf, es schwamm ihm regelrecht vor den Augen. Er dachte: Biettar sagt das vor den anderen, also kann ich nichts tun. Er erscheint damit als der Zivilisiertere von uns beiden. Während nebenan Lorens den Mund voller Blut hat, steht Biettar hier und sagt, dass er mich ruinieren wird. Biettar sah sich um, als wäre alles geklärt, er ging zum Fenster und schaute hinaus. »Sollen wir dieses dunkle Haus verlassen und zur Kirche hinaufgehen und beten?«

»Dreiundzwanzig Riksdaler«, sagte Henrik, »diese Summe schuldest du mir.« Die Worte fühlten sich an, als hätte es ihn teuer gekostet, sie überhaupt auszusprechen.

Biettar wollte also nicht bezahlen. Er hatte Gott auf seiner Seite, und Gottes Prediger, und die Kinder des Predigers. Die ganze Situation war so absurd, dass Henrik nicht glauben konnte, dass er sie selbst miterlebte.

»Wir sollten gehen«, sagte Willa.

Er würde schreiben, beschloss Henrik. Er würde an seinen Onkel schreiben, würde alles zugeben. Er würde nichts auslassen. Er würde Biettar am Hals packen und ihn auswringen, er würde ihm jeden Schilling aus der Tasche ziehen, er würde zu seiner Herde gehen und sein Gewehr nehmen, er würde sie erschießen, eins nach dem anderen, er würde es selbst tun, wenn es sein musste. Er senkte den Blick. Seine Hände zitterten. Auf dem Herd kochte der Kessel, der Laden roch nach Kaffee, und er spürte seinen Puls im Nacken. Nora sah ihn an. In ihren Augen lag etwas Spöttisches, aber was genau, konnte er nicht sagen; er wusste nur, dass sie – sie alle, die sie aus dem Norden kamen, Sámi und Schweden gleichermaßen, egal wie man sie nannte – ihn ansahen und dachten: schwach, dumm. Sie wussten um seine Unbedeutsamkeit, ohne dass sie verkündet werden musste, und sie wussten, wie ein Wolf, der die Herde studierte, dass er insgeheim der Schwächste war, dass er das Glied war, das als Erstes fallen würde.

11

Jedes Mal, wenn Ivvár in den Schlaf fiel, egal ob zu Mittag oder bei Sonnenuntergang, erwachte er auf dieselbe Weise, mit demselben klaren Gedanken, so klar, als hätte ihn gerade jemand in sein Ohr gesprochen: Willa. Er wurde von Tag zu Tag schlimmer, der Gedanke an sie, Ivvár schrie die Rentiere an und fuchtelte mit den Armen, und sie war da, sah ihn über das Feuer hinweg an, und er dachte: Ich möchte ihren verschwitzten Hals lecken. Es war eine Farce, wie eng seine Hose war, und er hielt sich an den Rändern der Herde und abseits der Männer, und wenn er konnte, rührte er sich nur langsam aus dem Schlaf, er fühlte sich gedemütigt, er dachte sogar, sie hat etwas Hexenhaftes an sich, sie hat mir etwas in den Kaffee getan, aber er war eigentlich nicht böse auf sie, nur beeindruckt von ihren Kräften. Normalerweise würde jetzt alles von ihm abrücken, die Erschöpfung der Herde würde den Gedanken an jeden anderen Menschen in den Hintergrund drängen, und er war erstaunt über ihre Hartnäckigkeit, wie er sie manchmal seinen Namen sagen hörte, nicht ganz so, wie ein Sámi ihn aussprach, aber so, als würde sie ihn lieben, seinen Namen lieben, ihre Zähne streiften ihre Unterlippe, wenn sie ihn sagte, und blieben noch einen Moment dort liegen, genossen es, genossen ihn.

Er war verflucht, dachte er. Sogar Ánde und Niko bemerkten das, und er spürte, dass sie wussten, was in ihm vorging. Manchmal hörte Ivvár sie nicht, wenn sie etwas sagten, einmal sah er einfach zu, wie ein Teil der Herde nach Westen wanderte, ohne es zu bemerken oder etwas dagegen zu unternehmen, bis Ánde ihn plötzlich anschrie und die Hunde den Verstand verloren. Ein paar Stunden später passierte ihm das Gleiche noch mal. Er überlegte es sich immer wieder anders, zwei-, dreimal – erst wollte er gehen, dann wollte er nicht gehen, er packte einen Rucksack und packte ihn wieder aus, und als er Ánde schließlich sagte, dass er in den Ort zurückgehen würde, war Ánde so außer sich, dass er gar nichts sagte, sondern wieder nach draußen verschwand, und Ivvár hörte, wie er eine Birke in ihre Einzelteile zerlegte, also ging Ivvár einfach fort. Er konnte keines der Zugtiere mitnehmen, da sie alle bei den Frauen waren, also musste er auf Skiern los und hoffen, dass er unterwegs jemanden traf, der in dieselbe Richtung fuhr – es war nicht sehr wahrscheinlich, aber er hoffte es, und da, kaum zwei Stunden nach seiner Abreise, traf er ein junges Paar mit zwei Schlitten, sie waren unterwegs nach Hetta zu einer sterbenden Mutter, und sie boten ihm an, ihn den größten Teil des Weges mitzunehmen. Ihre Rentiere waren alt, und der Schnee war überfroren, so kamen sie nur langsam voran, wobei die Schlitten wild hin und her rutschten. Bald würde man nur noch zu Fuß und zu Pferde vorankommen. Aber was machte das schon, denn jetzt waren sie noch mit den Schlitten unterwegs, konnten es noch schaffen, und Ivvár spürte es: Das Glück, diesem Paar begegnet zu sein, war der Beweis – er würde Sussu dazu bringen, Lorens zu helfen, und er würde Willa wiedersehen, er würde Lorens retten, und es würde niemanden geben, der nicht sagen würde: Voiiia, welch große Liebe, für diese Liebe haben wir Verständnis.

Die Fahrt musste sehr lang gedauert haben, aber sie fühlte sich nicht sehr lang an, vielleicht, weil er nur an Willa dachte, weil er sich so gut fühlte, beinahe schwindlig, und die Nacht war in diesen Tagen kaum Nacht, stattdessen bewegten sie sich in einem moschusgrauen Zwielicht, das sich im Angesicht der Kraft des Morgens zurückzog. Die Sonne wärmte ihm den Nacken, als er den Kirchturm wie einen spitzen Hut über den Hügeln auftauchen sah. Die Sonne fiel flach auf das geteerte Kirchdach, wogte gegen die Fensterscheiben und entzündete tausend Flammen auf dem umliegenden Schnee.

Die Rentiere überquerten den Fluss und kämpften sich langsam das Ufer hinauf. Er zeigte dem Paar, wo Simmon wohnte, aber er sah jetzt in ihren Gesichtern, dass sie bereits in tiefer Trauer waren, es war jedoch eine Trauer, die ihn nicht berühren konnte, ihn nicht erreichte. »Simmon kann sich um die Rentiere kümmern«, sagte er und bot ihnen fünfzig Schilling, aber sie lehnten ab, und er bot es wieder an, und sie lehnten wieder ab, und er verstand, dass es scheußlich war, sich an ihrem Kummer zu bereichern, und er fragte sich, ob sie im Ort bleiben würden, bei Rikki, im Pfarrhaus, oder weiterziehen, in ihrer Eile, das Werk des Todes vollendet zu sehen.

War Lorens schon tot?

Willa, dachte er, Willa, und sein Herz machte einen Sprung, sodass er, obwohl er an ihren sterbenden Bruder dachte, lächeln musste. Wie furchtbar, dass das Leben einfach weiterging!

Der Ort wirkte ohnehin bereits leer, und das wurde noch verstärkt durch die Helligkeit der Sonne, die das Weiß des Schnees noch intensivierte. Genau dieses Licht schützte ihn jetzt, als er den Hügel hinunterging, denn niemand, der aus einem Fenster oder über den Fluss schaute, konnte es ertragen, seinen Blick zu lange auf den Schnee zu richten.

Im Pfarrhaus fiel die Sonne so hell durch den offenen Fensterladen, dass Lorens' Krankheit zu deutlich war, die Sonne fiel auf die Laken und die Nachthemden, die er durchgeschwitzt hatte, und auf alle Laken und Nachthemden, die draußen auf der Leine froren und sich steif im Wind bewegten wie dünne Holzplatten.

Er hätte jeden Moment aufhören können zu atmen, aber das tat er nicht, und der Doktor wachte geduldig über ihn – er fühlte sich sogar geehrt, hierhergebracht worden zu sein. Seine Mutter gehörte zu den Finnen, die Pastor Laestadius verehrten; sie hatte ihn einmal predigen hören und hatte darauf bestanden, dass ihr Sohn kam, um zu helfen. So kümmerte sich der Doktor mit besonderer Fürsorglichkeit um Lorens, obwohl ihn Lorens' Krankheit in Wahrheit verwirrte und zutiefst beunruhigte. Er hatte Symptome, die in ihrer Kombination keinen Sinn ergaben, Blut, das beim Husten hochkam, einen harten und festen Klumpen im Bauch, Schüttelfrost, einen langsamen Herzschlag. Irgendwie hatte der Doktor das Gefühl, dass er nicht hergebracht worden war, um Lorens zu retten, der unrettbar schien, sondern um diesem Prediger zu dienen, der ihm so bewundernswert vorkam. Der Mann hielt sich im Nebenzimmer auf und schrieb Predigten, und selbst während sein Sohn im Sterben lag, gab er sein Leben, das Leben von Lorens, ganz und gar in Gottes Hände. Dem Doktor war noch nie eine solche Akzeptanz, ein solcher Gleichmut untergekommen – es war keine Gleichgültigkeit, er war eins mit Gott, dachte er, und als er Lorens' Blut wieder herausließ, fragte er sich: Bin ich Gottes Wille? Sind es die Engel, die meine Hand lenken? Wird an des Jungen Pforte zum Tode meine eigene Pforte zum Leben geöffnet?, und seine Hände zitterten vor etwas, das er nicht verstand, während das Blut des Jungen in die Schale floss.

Die Ankunft des Doktors hatte dazu geführt, dass das Pfarrhaus jetzt nicht nur ein Pfarrhaus, sondern auch ein Gasthaus war – sie hatten dem Doktor das Schlafzimmer zugewiesen, was bedeutete, dass Lars Levi und Brita mit den Kindern im Wohnzimmer schliefen, sodass sie alle mit den Schultern und Füßen aneinanderstießen, aber das machte niemandem etwas aus; es hatte etwas Angenehmes, eine tiefe Geborgenheit, auch wenn Lorens sie wach hielt und auch wenn Brita sich Sorgen machte, dass es nicht gut für sie war, mit Lorens in einem Raum zu sein. Aber wohin hätten sie ihn bringen sollen? Ist es nicht besser, wenn wir alle zusammen gehen – dieser Gedanke war ihr tatsächlich schon mehrmals durch den Kopf geschossen. Wenn du ihn zu dir nimmst, Herr, dachte sie, dann nimm mich auch. Sie sagte es, und mit der extremen Liebe von Eltern meinte sie es auch so.

Willa konnte weder die Gefühle ihrer Mutter noch die des Doktors oder ihres Vaters teilen: Sie wurde von Angst beherrscht. Sie wurde beherrscht von der vermeintlichen Notwendigkeit, dass Lorens nicht sterben durfte, und von der Gewohnheit, jede Notlage unbedingt lösen zu wollen, wie anstrengend es auch sein mochte. Sie bereute nicht, Ivvár aufgesucht zu haben, auch wenn nichts dabei herumgekommen war, und nun suchte sie nach neuen Aufgaben und machte sich schließlich daran, sich um die Angelegenheiten des Doktors zu kümmern, seine Kissen aufzufüllen und sein Bett aufzuschütteln. Sie brachte ihm Essen und Kaffee, bot ihm an, in der Sauna ein Feuer zu machen, und er nahm das Angebot an, er würde sehr gerne in die Sauna gehen, und sie ging nach draußen, um die Sauna vorzubereiten, in gewisser Weise froh über diese Herausforderung.

Sie war gerade dabei, das Feuer im Saunaofen zu entfachen, als Ivvárs Schatten in der offenen Tür erschien. Sie blickte auf und sah zunächst nur einen Umriss, die Sonne zeichnete die Konturen von breiten Schultern und einen Schopf gelockten Haares nach. Die Locken flogen herum, wurden ungeduldig zur Seite geworfen, so wie Nora es tat, wenn sie sich bettfertig machte, aber es war nicht Nora, es war Ivvár, und Willas Hoffnung wuchs, ohne dass sie etwas dagegen tun konnte. Schnell schloss er die Tür hinter sich und verbannte das Licht; nur noch ein, zwei kleine Flämmchen züngelten im Ofen, als sich das Birkenreisig zu einem großen Leuchten entfachte – ein Zweig, zwei, drei Zweige jetzt dem Feuer ausgeliefert.

Ivvár setzte sich auf die Bank, als wäre es die normalste Sache der Welt, hier zu sein. In der Dunkelheit schaute er sie an, sie konnte ihn kaum erkennen, aber seine Augen schimmerten wie gefrorene Pfützen in der Tundra. Jede Zelle ihres Körpers war wachsam, empfänglich für seine Nähe – sie hatte sich keinen Mantel übergezogen, trug nur ihr Tageskleid, und jetzt spürte sie, wie dünn die Wolle war.

Sie erwiderte seinen Blick, schmeckte den Satz in ihrem Mund, ich sollte gehen, oder, du solltest gehen. Sie bereitete sich darauf vor, die Tür zu öffnen und zu verschwinden. Die Tür war gleich dort, konnte weder von innen noch von außen verschlossen werden, die Sonne kroch durch den Spalt zwischen Türblatt und Rahmen, als wolle sie Willa herauslocken.

Sie wusste nicht, wohin mit sich – in der Nähe des Ofens war es zu heiß, aber die Sauna war so klein, dass sie nirgendwo hingehen konnte, ohne direkt in seiner Nähe zu sein.

»Warum bist du hier?«, fragte sie. In dem kleinen hölzernen Raum waren alle Geräusche gedämpft, erstickt, als hätten sie kein wirkliches Leben.

»Wie geht's deinem Bruder?«

Sie brachte es nicht über sich, die Wahrheit zu sagen. Wenn sie es aussprach, würde sie weinen. Sie räusperte sich und konzentrierte sich auf ihre Worte. »Der Doktor ist hier«, sagte sie. »Schon seit zwei Tagen.«

»Was macht er?«

»Ich weiß nicht. Er lässt sein Blut ab, lässt es in Schüsseln laufen, dann gießt er das Blut nach draußen und die Hunde fressen den Schnee.«

»Wie sieht er aus?«

»Er bewegt sich kaum.«

»Isst er?«

»Kaum.«

»Spricht er?« Er stellte diese Fragen so schnell hintereinander, sie konnte nicht anders, als sie zu beantworten, aber das Feuer brannte inzwischen wirklich zu heiß in ihren Kniekehlen, und sie tat es, sie machte zwei unbeholfene Schritte und stand praktisch vor ihm, sodass die Vorderseiten seiner Knie gegen die Vorderseite ihres Kleides stießen. Das schien ihn nicht sonderlich zu beeindrucken, er machte keine Anstalten, ihr Platz zu machen; seine Hände ruhten auf den Sitzflächen neben ihm, und sie hatte das Gefühl, vor jemandem zu stehen, der sie begutachtete, auch wenn es in dieser Dunkelheit nicht viel mehr als Andeutungen geben konnte.

»Nein«, sagte sie.

Ivvár nickte, das konnte sie erkennen, weil der Glanz seiner Augen kurz aufblitzte und wieder verschwand.

»Was machst du hier?«, fragte Willa. »Bist du nicht eigentlich ... weg?«

»Ich bin zurückgekommen.«

»Ich dachte, ich würde in den Süden gehen, heiraten und dich nie wiedersehen.«

Die Pause, die jetzt folgte, war so lang, dass in ihr tausend Zukünfte umhertaumelten, rasten. »Die Nacht ist nie so lang, dass der Tag nicht kommt«, sagte er schließlich. Seine Hand griff nach der ihren, er nahm ihre Hand mit warmen Fingern, und sie erinnerte sich daran, wie er gefallen war und sie ihn hochgezogen hatte, aber jetzt hatte seine Hand in ihrer eine andere Bedeutung, jetzt hatte sie Angst, diese Hand zu berühren, weil es nicht mehr die Hand eines Fremden war.

»Und? Hast du es bekommen?«

»Was?«

»Das, wofür du zurückgekommen bist.«

»Weiß ich noch nicht.« Wieder die Neckerei in seiner Stimme, sie konnte kaum ertragen, was das implizierte, es tat beinahe weh.

»Wirst du mir erzählen, weswegen du zurückgekommen bist?«, fragte sie, versuchte dabei, ebenfalls neckend zu klingen, die Kontrolle über die Neckerei zu behalten, aber sie war sich sicher, dass alles sie verriet, ihre Stimme, ihre Knie.

»Warum stellst du ständig Fragen, deren Antworten du längst kennst?«

Ihre Zunge fühlte sich riesig an, ihr Gaumen war klebrig. Ihr ganzer Mund war klebrig. Eine Minute lang schien es, als würden sie beide dem dumpfen Knistern des Feuers im Ofen lauschen. Sie wollte, dass er so redete, und doch fürchtete sie sich davor. Halt, dachte sie, stopp – sie geriet in Panik.

»Lorens«, sagte sie, sie rief ihn zurück, rief seine Krankheit zurück in den Zwischenraum zwischen Ivvár und sich und hasste sich im nächsten Moment dafür, dass sie das getan hatte, »bist du gekommen, weil – bist du wegen Lorens gekommen? Um zu helfen?«

»Einmal«, sagte er, »als ich noch klein war, als meine Mutter noch am Leben war ... Das ist eine andere Geschichte«, sagte er und seufzte. »Wie auch immer, da sind die Tommas zu uns gekommen. Du kennst sie ja, diese reiche Hirtenfamilie. Risten, sie hatte mal eine kleine Schwester. Elle. Es war im Frühjahr, sie ist durch dünnes Eis gebrochen und ertrunken. Aber dann konnten sie ihre Leiche nirgends finden. Die Tommas gingen zu jemandem und fragten, wo die Leiche auftauchen würde, sobald das Eis schmilzt. Und er sagte ihnen, wo sie war. Es war fast fünfzehn Hundemeilen von der Stelle entfernt, an der sie eingebrochen war, aber er wusste ganz genau, wo sie auftauchen würde.«

Sie verbarg ihre Enttäuschung darüber, dass die Geschichte nicht von ihr handelte, aber sie erkannte durch die Enttäuschung hindurch, dass er ihr etwas sehr Wichtiges sagen wollte, es war eine stärkere Intimität, eine beängstigendere, in gewisser Weise – sie war real. »Sie haben sie also gefunden?«

»Jetzt liegt sie auf dem Friedhof.«

»Wo sie auch Lorens beerdigen werden.« Sie war überrascht, dass sie das überhaupt aussprechen konnte, es schien das Wahrhaftigste zu sein, was sie je gesagt hatte, und die Wahrheit schockierte sie, als würde sie Lorens durch ihre Worte umbringen. Sie weinte nicht, aber sie spürte den Druck der Tränen hinter ihren Augen, und sie wollte sich umdrehen, wollte gehen, wollte fliehen, wirklich, sie wollte nicht vor ihm weinen, aber Ivvár öffnete seine Arme, streckte sie ihr entgegen. Es war eine seltsame Geste, als würde er sie bemuttern; noch nie hatte ein Mann so seine Arme nach ihr ausgestreckt, und sie zögerte, während sie so dastand, und er rückte ein wenig vor, sodass seine Knie sie nun umschlossen, und er legte seine Arme um ihre Taille, sodass sie, wenn sie sich auch nur ein wenig zurücklehnte, spürte, wie fest er sie hielt. Er lehnte sich nach vorn gegen ihre Brust; und ihr Herz und ihr Magen und alles in ihr war in Aufruhr.

Sie atmete tief ein, und er hielt sie eng umschlungen, und sie wurde an ihn gepresst, oder er wurde an sie gepresst, sein Kopf ausgerechnet auf ihren peinlichen kleinen Brüsten, sein Haar so nah an ihr, dass sie ihn riechen konnte – er roch wunderbar nach Rentier, und irgendwie nach Wacholder, Wacholderrauch vielleicht, und als er begann, mit dem Daumen über ihren Rücken zu streichen, langsam, aber vorsätzlich, dachte sie, wusste sie, das war keine Geste des Trostes, sondern des Verlangens, und es war eine Frage.

Er stand auf, mit der gemächlichen Kraft, die sie immer bei den Hirten gesehen hatte, und sie konnte keinen Gedanken, keine Zeit und kein Gefühl daran verschwenden, sich zu wehren oder nicht zu wehren, sich zu entscheiden oder nicht zu entscheiden, die Entscheidung wurde ihr abgenommen, er stand auf, sein Gesicht jetzt vor ihrem, und er zog sie an sich, und sie spürte, wie ihre Zähne gegen die Rückseite ihrer Lippen stießen, als sie sich küssten, aber es war nicht unangenehm, und besser als das waren seine Hände auf ihr, seine Hände, die um sie herum und über sie hinwegwanderten.

Er hielt inne, sah sie an und grinste.

»Was?«, fragte sie perplex, schaffte es nicht einmal, das Spiel mitzuspielen.

Jetzt, dachte sie, jetzt ist es an der Zeit, aufzuhören. Jetzt ist es an der Zeit, die Dinge zu beenden. Sie müsste jetzt etwas sagen, aber ihr fiel nichts ein, sie spürte den seltsamen, warmen Muskel seiner Zunge, es war verlockend und eigenartig, und noch eigenartiger, weil es verlockend war, und sie dachte wieder, jetzt ist es an der Zeit, aufzuhören. Sie machten Versprechungen, die sie nicht halten konnten, aber sie wollte doch eine Sünderin sein, verdammt werden, sie wollte sich seiner Verdammnis anschließen, sie wollte vom Baum der Erkenntnis essen, und je länger sie sich küssten, desto erstaunter war sie, dass ihr Körper doch wusste, was er zu tun hatte, sie war gar kein Kind mehr, wie sie gedacht hatte, sie war Delilah und Isebel und Bathseba, sie war wunderschön anzusehen, ein

König würde sie sehen und ihren Mann an die Kriegsfront schicken, um seinen Ehebruch zu vertuschen, so schön war sie, und sie spürte kurz die Macht, eine Frau zu sein, eine Macht, die sie noch nie gespürt hatte, von der sie nicht gewusst hatte, dass es sie gab, die Macht, ihn weniger zu begehren als er sie. Das ist meine Erweckung, dachte sie, und sie wollte lachen, aber seine Lippen lagen auf ihren, und sein Mund verschluckte ihr Lachen.

Seine Finger waren an den Knöpfen ihres Kleides, er drückte einen Knopf durch das Knopfloch, das sie einst so sorgfältig genäht hatte, und es schien ihr, als würde er den Knopf eine Ewigkeit nicht hindurchbekommen, und dann war da noch der nächste, und der nächste, und seine Finger waren rau und schwielig, und seine Fingernägel waren schmutzig, und das war wunderbar für sie, und sie küsste seinen Hals, und sie küsste ihn hinter seinem Ohr, und er schmeckte nach Salz.

Die Tür der Sauna ging auf.

Willa spürte, wie ihr der Atem stockte, wie das Blut in ihr zu versiegen schien. Gleich würde sie umfallen. Würde sich übergeben. Ivvár hielt inne, drehte seinen Kopf zum Licht.

»Seid ihr zwei hier fertig?«, fragte ihr Vater. Es war grauenvoll, seine Stimme zu hören, sie wich diesen einen Schritt von Ivvár zurück, den sie schon lange hätte machen müssen. Als Kontrast zur gleißenden Außenwelt lag das Gesicht ihres Vaters völlig im Schatten, seine Schultern hingen, und sie konnte an der Art, wie er dastand, sehen, wie wütend er war, sie konnte seine Abscheu darin spüren, wie er so dastand, die Hand noch immer auf der Türklinke. Er schaute sie nicht an, er schaute gar nicht in die Sauna herein. Ivvár versuchte, ihren Blick zu erhaschen, aber sie wagte es nicht, ihn anzusehen, sie neigte den Kopf und bedeckte den Spalt in ihrem Kleid mit der Hand und wartete darauf, dass Ivvár ging.

»Verschwinde«, sagte ihr Vater mit tiefer, kehliger Stimme, und sie hörte seine Abscheu in diesem einen Wort, eine Abscheu, die für sie bestimmt war.

Er trat aus dem Rahmen und hielt die Tür auf, Ivvár schob sich an ihm vorbei, er drehte sich nicht noch mal um, sagte nichts zu Willa, nahm ihre Hand nicht, und so löste sich einfach alles auf, er ging, und sie blieb dort stehen. Eben, vor gerade mal einer Minute, hatte sie eine schier unerträgliche Vertrautheit empfunden, sie war überwältigt davon gewesen, wie nahe sie sich Ivvár gefühlt hatte, wie wenig sie voneinander trennte, und an die Stelle dieser Vertrautheit trat jetzt bloße Scham, so mächtig, so einnehmend, dass ihr schlecht wurde, sie wusste nicht, wie viel Reue ausreichend war, welcher Kniefall genügte. Sie hätte sich die Haare ausreißen und sich auf den Boden werfen können, aber das hätte nichts genützt, ihr Vater würde sagen, es sei alles nur gespielt, er würde sagen, ihre Reue sei falsch, er könne sie nicht einmal mehr ansehen, sie sei nicht mehr sein Kind, er halte sie für eine Hure, kein Wort sei zu stark für sie, er musste es nicht einmal aussprechen, sie wusste, dass er so dachte.

Ihr Vater machte kehrt und ging davon.

Sie blieb in der Sauna und tat, als gäbe es noch etwas zu tun. Aber es gab nichts zu tun – das Feuer flackerte noch immer leise vor sich hin, sie strich ihr Kleid glatt, obwohl es nicht glatt gestrichen werden musste, und dachte: Was, wenn ich nie wieder zurückgehe? Das wäre vielleicht das Beste. Doch sie ging zurück zur Hütte, und bei jedem Schritt wankte der Boden unter ihren Füßen, jeder Schritt kam ihr vor, als wäre sie in einem Traum, und sie dachte, wie schön es wäre, nicht zu existieren, sich aus der Welt zu löschen, die Macht zu haben, den eigenen Körper zu verlassen und ihn erleiden zu lassen, was auch immer er erleiden musste, während der Geist frei umherschwebte. Sie fragte sich, ob Ivvár sie beobachtete, wie sie sich der Hüttentür näherte, ob er Mitleid mit ihr hatte, ob er wusste, was auf sie zukam, ob er den Preis kannte, den sie jetzt zahlen musste.

Sie sah Nora an, die auf dem Boden saß und das Baby mit der Puppe bespaßte, die Willa einst so zum Lachen gebracht hatte, ein trauriger, mit Federn gefüllter Stoffbeutel. Nora wackelte dem Baby damit vorm Gesicht herum, schenkte ihm selbst aber keine Aufmerksamkeit.

»Wie geht es Lorens?«, fragte Willa, ihre Stimme zitterte.

»Er schläft«, antwortete Nora. Sie sah Willa nicht an, und Willa wusste, dass Nora wusste. Also wussten es alle schon – ihr war so heiß, dass sie keine Luft bekam. Sie würde ohnmächtig werden.

»Komm her«, sagte ihre Mutter.

Willa ging auf ihre Mutter zu. Jeder Schritt fühlte sich an wie ein ganzes Jahr.

Als Willa vor ihr stand, erhob ihre Mutter sich und schlug ihr ins Gesicht, so fest, dass Willa erschrocken zurückwich und sich die Wange hielt. Willa ging noch ein paar Schritte zurück und drehte sich um. Sie wusste nicht, wohin sie gehen und was sie tun sollte. Die Hütte war so klein. Sie wagte nicht zu weinen – weinen bedeutete, um Trost zu bitten, und es gab keinen Trost mehr für sie. Sie sah sich in der Hütte um, auf der Suche nach der schlimmsten Aufgabe, der sich niemand annehmen wollte, um die Strafe anzutreten, die für den Rest ihres Lebens andauern würde.

12

Vier Tage und fünf Nächte lang sah es so aus, als würde Lorens sterben, aber er starb nicht. Es waren Tage, die sich unerträglich in die Länge zogen; der Doktor war ständig auf den Beinen, der ohnehin schon viel zu kleine Raum schrumpfte noch mehr zusammen, und Willas Reue und Missmut waren unerträglich; sie war abwechselnd sehr traurig oder schnippisch, sodass niemand wusste, welche Willa ihn erwartete, und außerdem war Nora nicht sicher, was genau passiert war; sie wagte es nicht, nachzufragen. Aber auch wenn sie nicht wusste, was passiert war, spürte sie, dass etwas nicht stimmte, und dann war sie in die Sauna gegangen und hatte dort gestanden, wo ihre Schwester mit Ivvár gestanden hatte (sie hatte gehört, wie ihr Vater seinen Namen gegenüber ihrer Mutter erwähnt hatte), und hatte sich gefragt: Hatte Willa sie jetzt überholt? War Willa jetzt eine Frau, so wie Nora es noch nicht war? Was wusste Willa, was sie nicht wusste? Warum sollte Ivvár Interesse an Willa haben und nicht an ihr?

Aber es war so schmerzhaft, Willa so zu sehen, dass Nora sogar versuchte, sie aufzumuntern, wenn sie beide allein waren. Sie wies darauf hin, dass es Lorens ein wenig besser zu gehen schien und dass die Leute für ihn beteten, und dass Biettar immer besser im Lesen wurde, auch wenn es zum großen Teil Auswendiglernen war – immerhin war er dann sehr gut im Auswendiglernen, nicht wahr? Wenn sie diese Dinge sagte, reagierte Willa so verdrießlich, dass Nora sich ärgerte – konnte sie sich nicht wenigstens ein bisschen Noras Versuchen hingeben, sich aufmuntern zu lassen? Natürlich half es auch nicht, dass ihre Eltern überhaupt nicht mehr mit Willa sprachen – Willa hatte für sie praktisch aufgehört zu existieren, und die kleinen Mädchen spürten, wie Willa gemieden wurde, und kamen nicht mehr zu ihr, wenn sie etwas brauchten. Carls Schweigen Willa gegenüber war kein Verlust, da er ohnehin selten sprach, aber Nora konnte sehen, wie Willa sich darum bemühte, dass jemand etwas zu ihr sagte; sie brachte ihrer Mutter Kaffee, den die Mutter nicht anrührte, nicht einmal ansah, geschweige denn trank. Nur Biettar war unverändert, er redete noch genauso mit ihr wie zuvor, wahrscheinlich weil niemand ihm gesagt hatte, was passiert war, denn wenn er gewusst hätte, dass es etwas mit seinem eigenen Sohn zu tun hatte – ja, was hätte er dann getan? Hätte er sie nicht sogar noch mehr gemieden als die anderen?

Doch Biettar wusste tatsächlich Bescheid – Lars Levi hatte es ihm gesagt, aber er hatte sowieso schon seit einiger Zeit vermutet, dass irgendetwas mit seinem Sohn los war, und so erleichterte ihn die Nachricht, dass Willa und Ivvár zusammen in der Sauna überrascht worden waren, ein wenig. Natürlich war es ihm peinlich, dass sein Sohn derjenige war, der dort erwischt worden war, wo doch er, Biettar, sich so sehr abmühte, von Lars Levi anerkannt zu werden, und wo er mehr als alles andere glauben wollte, dass es seinem Sohn ohne ihn besser gehen würde, aber am Ende war klar, dass der Vorfall Willa viel mehr kosten würde als Ivvár, wie es so oft zwischen Männern und Frauen der Fall war. Willa war jetzt so auf die Hütte beschränkt, auf den Weg zwischen der Toilette und dem Kuhstall, dass sie ihn an ein Kalb erinnerte, das von seiner Mutter zurückgewiesen worden war, das blökend umherwanderte, um dann auch noch von der Mutter eines anderen Kalbes getreten zu werden, bis klar wurde, dass jemand eingreifen und die Mutterrolle übernehmen musste, wenn das Kalb überleben sollte.

Er verstand, warum Ivvár an ihr interessiert war, und er hätte das Ivvár nie anvertraut, niemandem, aber tatsächlich erinnerte Willa ihn ein wenig an Ivvárs Mutter. Sie war gleichzeitig in hohem Maße sensibel und in hohem Maße stolz, sie empfand die Dinge intensiver, auch wenn sie nicht intensiv handelte. Das konnte er sehen. Im Moment war ihr Stolz verletzt, weil sie sich selbst so gedemütigt hatte und nicht wusste, was sie mit dem Gefühl anfangen sollte, so etwas war ihr noch nie zuvor widerfahren; so viel hatte Biettar verstanden. Natürlich hatte er das verstanden. Es war brutal, was ihr widerfuhr. Auf diese Weise erniedrigt zu werden, könnte einen Mann töten. Das sagte er ihr am fünften Tag von Lorens' Bettlägerigkeit – sie war zum Fluss gegangen, um Wasser zu holen, und er folgte ihr. Er beobachtete, wie sie vorsichtig Wasser in die Eimer schöpfte, um den Schlick am Grund des Flusses nicht aufzuwirbeln, obwohl das unwahrscheinlich war, da der Fluss immer noch zugefroren war.

Sie beobachtete nicht, wie er sie beobachtete, sie wusste, dass er da war, und sie verhielt sich, als würde sie davon ausgehen, dass er sie ignorierte, wie es jetzt alle taten. Sie war ohne Jacke rausgegangen, die Sonne stand wieder am Himmel, gesprenkelt von dünnen Wolken, die sich wie nasses Kalbsleder darübergelegt hatten. Er war nur etwa einen Meter von ihr entfernt, sodass sie ihn deutlich hören konnte, aber für jemanden, der sie hier sehen könnte, schien es vielleicht gar nicht so, als würde er mit ihr sprechen, weil sie weiterschöpfte und weil er so reglos dastand. »Ich habe eine Geschichte für dich«, sagte er. Und er blickte auf das andere Ufer hinüber und begann zu erzählen.

Vor vier Jahren, oder waren es jetzt schon fünf, hatten Biettar und Ivvár und ihre Siida südlich von Gilbbesjávri ihr Lager aufgeschlagen, sie waren von der Küste gekommen, wie sie immer hergekommen waren, den gleichen Weg, den sie immer genommen hatten, den gleichen Weg, den schon sein Großvater genommen hatte, und der Großvater seines Großvaters davor und so weiter und so weiter. Sie waren erst wenige Monate zuvor, im April, ohne Probleme von der Küste heruntergekommen. Jedenfalls hatten sie nicht bemerkt, dass in diesem Jahr einige Schweden oder vielleicht Finnen am Fluss gesiedelt und einen Hof errichtet hatten, begonnen hatten, das Land zu roden, den Boden zu bestellen und zu pflanzen, was auch immer sie gepflanzt hatten. Sie befanden sich so weit im Norden, dass der Boden sicherlich noch nicht besonders tief aufgetaut war, aber irgendwie hatten die Bauern es geschafft, etwas anzubauen, ein paar Hektar fleckigen, dünnen Weizen, etwas Gras, das später zu Heu werden sollte, doch das hatte Biettar nicht gewusst, und überhaupt, das war nicht der entscheidende Teil der Geschichte, es ging darum, dass die Rentierherde das Gras entdeckt hatte und hineingeraten war.

Biettars Ansicht nach trug niemand irgendeine Schuld, denn woher hätte er wissen sollen, dass jemand dort ein Feld angelegt hatte, und was auch immer seine Tiere da zertrampelt hatten, es war offensichtlich nicht viel, und es hätte nie eine erfolgreiche Ernte geben können, und überhaupt, warum sollte man mitten auf einer Migrationsroute einen Bauernhof errichten, aber die Schweden hatten eine ganz andere Meinung dazu, sie hatten sich auf dem Land niedergelassen und hatten Papiere, die das bewiesen, und wenn sie in der Lage waren, innerhalb von fünf Jahren eine Scheune zu bauen und ein Haus und so weiter, würde die Krone ihnen das Land gewähren und sie müssten fünfzehn Jahre lang keine Steuern zahlen. Biettars Herde ruinierte die größte Chance ihres Lebens; es ging nicht einfach darum, dass die Rentiere ein bisschen Heu gefressen hatten.

Damals hatte man sich auf eine Summe geeinigt, Biettar erinnerte sich nicht mehr, wie hoch sie gewesen war, vielleicht sechzehn oder siebzehn Riksdaler als Entschädigung, weit mehr, als der Schaden, Biettars Meinung nach, wert war, aber er war bereit, für den Frieden zu zahlen, im darauffolgenden Jahr stellten sie jedoch fest, dass die Siedler die Felder niedergebrannt hatten, um Teer herzustellen, und dass riesige Flächen verbrannt waren. Die Flechten, die hundert Jahre brauchten, um zu wachsen, waren verschwunden, und zwar nicht nur auf dem Land, das den Siedlern gehörte, und Biettar war klar gewesen, dass es eine Vergeltung für das Heu und das niedergetrampelte Feld war. Und so waren die Rentiere viele Meilen weit gelaufen, um nach einer neuen Weide zu suchen. »Das weißt du vielleicht nicht«, fügte Biettar hinzu, »aber Rentiere sind nicht wie Pferde. Sie können nicht tagelang ohne Nahrung auskommen. Sie verhungern sehr schnell. Sie werden auch schnell dick. Aber sie verhungern auch sehr schnell.«

Jedenfalls hatte Biettar diesen Vorfall schon fast vergessen, als er von einem Landgendarmen von der Herde weggezerrt worden war. Ein Bauer behauptete, dass Biettar abermals nicht verantwortungsbewusst auf ihrem Gebiet unterwegs gewesen sei und seine Rentiere noch mehr Heu gefressen hätten. Biettar konnte nicht sagen, ob das stimmte oder nicht, er konnte sich nicht erinnern, etwas anderes als verbrannte Felder gesehen zu haben. Aber man könnte es den Rentieren nicht verübeln, dass sie Heu fraßen, wenn alle Flechten verschwunden waren!

Doch nun musste Biettar in Kiruna vor einem Richter erscheinen, der nur Schwedisch sprach, und zwar sehr schnell, und von ihm eine Erklärung verlangte, warum er so viel Eigentum zerstört hatte, ohne eine Entschädigung anzubieten. Biettar hatte daraufhin gesagt, er habe den Mann bezahlt, und der Richter fragte ihn, ob er Beweise habe, und Biettar sagte, er glaube nicht, dass er welche brauche, und so wurde ihm eine Geldstrafe von fünfundzwanzig Riksdalern auferlegt, weil er zugelassen hatte, dass seine Rentiere ein zweites Mal in die Nähe des Bauernhofs gingen, und dann wurde ihm eine höhere Geldstrafe für die Zerstörung von zwei Heuernten auferlegt, und dann wurde ihm außerdem verboten, die Herde erneut durch diesen Teil des Fjells zu führen; und da der Richter ein Schwede war, konnte er gar nicht verstehen, dass eine solche Forderung viel mehr bedeutete, als nur diesen einen Hof zu umgehen; wegen der Fjellkämme mussten sie einen großen Abschnitt ihrer Route um Dutzende Meilen verlegen, und außerdem kannte ihre Siida keinen anderen Weg; so waren sie schon seit Generationen ins Land gezogen.

Und so schätzten sie im darauffolgenden Jahr trotz sorgfältigster Erkundung die Tücken der neuen Route falsch ein und verloren einen Teil der Herde, und sie verschwendeten Tage damit, sie zusammenzutreiben (mehr oder weniger quer über die Route der Speins, die bereits abgegrast war, über einen Ausläufer der Speins-Route, einen Weg, den sie nur ungern nahmen, denn es kam ihnen so vor, als würden sie Wasser aus einer fremden Quelle schöpfen), und sie waren alle so verbittert, als diese Berge vor ihnen in den Himmel ragten, die sie nicht halb so gut kannten wie ihre eigenen, beschämt darüber, dass sie die Bewegungen der Rentiere nicht vorhersagen konnten.

Es fing klein an, sie hatten sich ein paar Flaschen Wodka geteilt, die jemand aus Rache dafür, dass man sie überhaupt als Diebe und Lügner bezeichnet hatte, aus einem schwedischen Bauernhaus gestohlen hatte, aber Biettar im Besonderen entwickelte eine Vorliebe dafür, er gab es zu, es schmeckte ihm, es war ihm direkt zu Kopfe gestiegen, und ein paar Stunden lang hatte er sich wie früher gefühlt, wie ein Mann mit einer großen Herde, der von allen respektiert wurde.

Dann bekamen sie noch etwas vom Markt in Ivgobahta, und nach einem Jahr trank Biettar eine ganze Flasche, ohne viel davon zu merken und ohne überhaupt Freude daran zu haben. Sie hätten alle zu viel getrunken, sagte Biettar, und er sei der Schlimmste gewesen. Er hatte getrunken und getrunken, wann immer sich die Gelegenheit bot, also immer dann, wenn er sich in der Nähe einer Ortschaft befand, bis er eines Tages aufwachte, es war der Tag, an dem er hätte schlachten sollen, um die Schulden bei Henrik zu begleichen, und ihm wurde klar, dass er kurz davorstand, Henrik seine halbe Herde zu schulden, dass er im Begriff war, seine gesamte Herde wegen des Alkohols zu verlieren, und das alles nur, weil er zu stolz war, und anstatt das hinzunehmen, war er in den Ort aufgebrochen, mit der festen Absicht, noch mehr zu trinken, er hatte sich eingeredet, er könne erst entscheiden, was als Nächstes zu tun war, wenn er etwas getrunken hatte. Aber als er in der Ortschaft ankam, wurde er zur Kirche gerufen, er hatte eine Stimme der Wildnis vernommen, die ihn aufgehalten und ihm den richtigen Weg gewiesen hatte. Bis zu diesem Moment war er sich sicher gewesen, dass es für ihn keine Erlösung und kein Ende geben würde. Er hatte gedacht, das war's, das ist mein Leben, nicht mehr als das. Aber er hatte die Stimme gehört, und dann hatte die Erde gebebt, und er wusste, dass Gott ihm sagen wollte, dass Gott diese Mittel nutzte, um ihm mitzuteilen: Biettar, Schluss damit, Biettar, komm zu mir und sei erlöst. Jetzt erkannte er, dass er all die Jahre ein Feigling gewesen war. Er war nur ein Diener seines Stolzes gewesen. Es war zu schmerzhaft, zuzugeben, dass er sich geirrt hatte. Aber die ganze Zeit hatte es dort gehockt und auf ihn gewartet. Alles, was er tun musste, war, seinen Stolz abzulegen und auf die laute Stimme der Wildnis zu hören, um gerettet zu werden.

Bei diesen Worten drehte sich Willa zu ihm um, weil seine Stimme so leise geworden war, dass sie ihn kaum hören konnte, und weil ihre Eimer voll waren. Sie wusste nicht, was sie sagen sollte, und sie wusste nicht, warum Biettar ihr diese Geschichte erzählte, aber sie empfand eine so überwältigende Trauer um Biettar; sie erinnerte sich an den Anblick seiner Herde, als sie Ivvár besucht hatte, und in diesem Moment spürte sie, was für ein Verlust es wäre, seine Herde auf diese Weise zu verlieren. Wenn sie ein anderer Mensch gewesen wäre und wenn auch er ein anderer gewesen wäre, wäre sie zu ihm gegangen und hätte ihre Hand auf seinen Rücken gelegt. Stattdessen schaute sie ihn an und dachte: Mein Vater war es, der ihm Frieden beschert hat, und in gewisser Art war sie froh über alles, was Biettar Frieden bescherte, aber sie war auch verbittert, und sie empfand seine Geschichte wie eine weitere Lektion, die ihr erteilt wurde, die sie nicht lernen wollte. Sie verstand seine Botschaft: Er sagte ihr, sie müsse die Situation, in der sie sich befand, mit Anmut tragen, sie müsse sich Gott hingeben und ihren Frieden in ihm finden, es gebe keinen anderen Ort für sie.

Sie schenkte ihm ein Lächeln, aus reiner Höflichkeit, und dann bückte sie sich, um die Eimer aufzunehmen, und trug sie das Ufer hinauf, ihre Arme zitterten unter der Last des Wassers. Sie konnte diese moralische Geschichte nicht wertschätzen und fühlte sich nicht durch sie beruhigt, stattdessen hatten sich die Schuldgefühle in ihr verstärkt. Im Haus würdigte sie niemand auch nur eines Blickes, während sie Wasser zum Kochen in den Topf goss, und sie dachte: Selbst wenn Gott verzeiht, sie werden mir nicht verzeihen. Selbst wenn Gott meine Sünden vergibt, wird mein Vater mich mit diesen neuen Augen sehen und für immer angewidert von mir sein. Es war alles so sinnlos, und sie war wütend, wütend auf das Feld, das ihr

Vater immer zu bestellen versuchte, wütend darüber, dass Biettar redete wie ihr Vater, dass die Leute ihren Vater so bereitwillig nachahmten, als wäre er ein großartiger Mann, während er ihnen im selben Atemzug verbot, irgendetwas zu vergöttern; er wollte vergöttert werden, und er achtete so sorgfältig auf ihre Bewunderung, wie jeder Hirte auf seine Herde, jeder Bauer auf sein Feld. Doch damit sie ihn vergöttern konnten, mussten sie zuerst daran glauben, dass er sie rettete, und damit sie gerettet werden konnten, muss er sie zuerst vom Bösen in ihnen überzeugen; das Bedürfnis nach Vergebung, nach Gnade basierte auf dem Glauben an die Sünde, und ihr Vater war ein Kaufmann wie jeder andere, aber sein Gewerbe war das Schlimmste, weil er die Menschen lehrte, sich selbst zu verachten. Er forderte in erster Linie, dass man sich selbst hassen musste, um geliebt zu werden. Er forderte ein Leben in endloser Niederwerfung für das Verlangen, das man schon immer hatte; du musst dich immer an seinem Altar entschuldigen, du musst immer vor der Person gerettet werden, zu der er dich überhaupt erst gemacht hat.

Ofensteine schmerzten unter ihren Knien. Hinter ihr hatte Biettar das Zimmer betreten, und ihr Vater sprach darüber, ihm Abschriften seiner Predigten zu besorgen, die er für seinen Auftrag brauchen würde. Nora und Willa würden sie anfertigen, sagte ihr Vater, sie hätten jetzt Zeit, da sie nicht nach Uppsala fuhren.

»Ich wusste gar nicht, dass sie nicht fahren«, sagte Biettar sanft, und am liebsten hätte Willa gesagt, ich auch nicht.

Es sei zu viel los, sagte ihr Vater, sie würden diesen Sommer so viele weitere Leute in der Kirche erwarten, und außerdem müssten sie jetzt mit dem Abschreiben der Predigten beginnen.

Die Predigten, dachte Willa, die Predigten, immer und überall gab es eine Predigt; Christi Bergpredigt und Biettars Flusspredigt. Was hatte er gesagt? All die Zeit hätte er nur seinen Stolz ablegen und auf die Stimme der Wildnis hören sollen. Welcher Stolz war ihr denn noch geblieben? Wenn sie zu irgendjemandem hätte gehen können, wäre sie, immer noch, zu Ivvár gegangen – sie hätte gesagt: Ich habe keinen Stolz mehr, ich bin heiliger als nichts und niemand. Sie musste lachen, diese Perversion von Biettars Rat, sie konnte ihr Kichern kaum unterdrücken. Erst musste sie kichern, und dann machte es ihr Angst.

Die Stimme ihres Vaters klang jetzt ungeduldig, er erklärte Biettar, er solle sich keine Sorgen machen, Nora und Willa würden die Abschriften fertigstellen, lange bevor er zur Küste aufbrach.

Bei der Erwähnung der Küste zuckte Biettar leicht zusammen. Es war ausgemacht, dass er auf den Sommerweiden predigen würde, aber er hatte es so weit wie möglich vermieden, darüber nachzudenken. Der Gedanke, zu den Siidas zu gehen und dort als dieser neue Biettar vor den Menschen zu erscheinen, die er sein ganzes Leben lang als ein anderer Biettar gekannt hatte, bereitete ihm tiefstes Unbehagen. Die Bürde seiner kommenden Rolle: Wie würde er sie bewältigen? Wie würde er das Evangelium während der Sommermonate am Leben erhalten und es an Orten verbreiten, an denen man noch nicht einmal von Laestadius gehört hatte? Er war viel zu schlecht gerüstet, um auch nur ein Laienprediger zu sein, und es war ihm unangenehm, so spät im Leben etwas so anderes anzufangen – es war zu spät, er war ein Narr.

Er erkannte, wie schwierig es war, seinen Glauben zu bewahren. Es war einfacher, Glaubensschübe zu haben, als etwas Beständiges zu pflegen, und er fragte sich: Wenn er dorthin reiste und so lange von Lars Levi getrennt war, würde er dann auch seinen Glauben verlieren? In diesem Moment begannen die Dielen ganz leicht zu vibrieren, und einen Moment lang dachte er, das ist Gott, da ist es wieder, ein Erdbeben, aber dann wurde ihm klar, dass es die Herden waren, jemand trieb eine Herde durch den Ort. Sonst war es immer andersherum gewesen, sonst war er derjenige, der eine Herde durch den Ort getrieben hatte, stolz, wenn die Tiere gut liefen und dicht beisammenblieben, oder peinlich berührt, wenn alle durcheinandergaloppierten, aber er war trotzdem dort draußen gewesen, einer der Männer, die hinten ihre Stöcke schwenkten, wie Berserker auf Skiern vorbeirauschten, die Hunde anschrien, den Tieren zuschnalzten, kss kss kss, lose Fellbüschel flogen so dicht umher, flogen einem in den Mund, man musste sie in den Fahrtwind spucken.

Er wurde von einer Eifersucht ergriffen, wie er sie nie zuvor erlebt hatte. Was für einen Fehler er machte – was für ein Fehler, nicht bei der Herde zu sein. Und dieses Geräusch – hier war es, nicht nur der bebende Boden, sondern diese Tausenden und Abertausenden Knöchel, die beim Laufen knackten, das laute Flüstern Tausender knackender Knöchel, sodass alle, Biettar, Willa, Lars Levi, Brita, Nora, Sussu, Simmon, dasselbe dachten; sie alle sahen Rentiere, aber sie hörten Regen. Die Illusion von Regen war aufgrund der Größe der Herde besonders stark – es waren locker tausend Rentiere, die entlang des zugefrorenen Flusses durch den Ort galoppierten, einige der Tiere drängten sich am Ufer entlang, ein Teil von ihnen nutzte einfach die Straße, vorbei am Laden und am Pfarrhaus, die Männer folgten ihnen auf ihren Skiern und achteten darauf, niemanden anzuschauen, als sie vorbeirauschten, um deutlich zu machen, wie viel Aufmerksamkeit die Herde verlangte.

Es war die Tomma-Herde, die hier an ihnen vorbeizog; zehn Meilen und ein paar Stunden zuvor hatte Risten ihnen nachgesehen und sich zurückgelassen gefühlt, obwohl sie bald folgen würde. Nur Mikkol war oben auf dem Hügel stehen geblieben und hatte seine Hand zum Abschied gehoben, und Risten hatte ihre Hand gehoben, und schon war ihr Mann, mit dem sie seit zwei Wochen verheiratet war, weg, und sie würde ihn einen Monat lang nicht sehen, nicht bis sie die Herde in Gilbbesjávri eingeholt hatten.

Die zwei Wochen Ehe hatten sich auf ihre Art langsam oder vielleicht ermüdend angefühlt, als wäre die Zeit so gesättigt, dass sie unter ihrem eigenen Gewicht sank, sodass Risten ständig müde war von all dem, was neu war, mit ihm in einem Lávvu zu wohnen statt mit ihren Eltern, herauszufinden, was seine Vorlieben waren, und dabei festzustellen, wie festgefahren sie selbst war – sie mochte ihren Kaffee nur auf eine ganz bestimmte Art, trank ihn gerne sofort nach dem Aufwachen, während er sich Zeit ließ und einige Augenblicke still liegen blieb, in Gedanken versunken, was sie jedes Mal nervte: Warum kochst du nicht stattdessen Kaffee? Er wollte wohl, dass sie den Kaffee kochte, so musste es sein, und obwohl das in gewisser Weise die natürlichste Sache der Welt war, war sie es nicht gewohnt, weil ihre Mutter immer den Kaffee gekocht hatte, und es war ihr bis jetzt nicht in den Sinn gekommen, dass sie nun die Rolle ihrer Mutter einnehmen und immer Kaffee kochen sollte, und das war zwar eine Kleinigkeit, aber eine lästige Kleinigkeit, das Wasser im Eimer aufzuschlagen, nach dem Kaffee zu suchen und geduldig darauf zu warten, bis das Wasser kochte; und erst, wenn der Kaffee fertig war und sie etwas in seinen Becher goss, setzte Mikkol sich auf, als wäre er gerade erst aufgewacht.

Dann war da noch die Neuheit seines Körpers; er war im Vergleich zu Ivvár so nervös und doch zärtlich, fast jungenhaft. Er hatte Angst, sie zu berühren. Sie spürte, dass er sie begehrte, aber sein Verlangen war ihm peinlich, er wollte sie nicht bei Tageslicht oder im Schein des Feuers sehen, und er berührte sie immer nur unter dem Rákkas, und wenn sie versuchte, sich außerhalb des Rákkas an ihn zu schmiegen, schob er sie ins Rákkas, wo es dunkel war und sich ihr Atem mit seinem vermischte, und sie wollte einfach nur an die kühle Luft, und es fiel ihr schwer, nicht an den warmen Felsen mit Ivvár zu denken, all die Luft, die sie dort hatte, und es fiel ihr schwer, nicht daran zu denken, wie Ivvár die Dinge langsam und Mikkol die Dinge hastig erledigte, als ob er nur versuchte, die Sache schnell zu Ende zu bringen. Und er schwitzte, es kam ihr so vor, als würde er ständig schwitzen, sodass das Fell seines Pelzes an ihm klebte, ihn bedeckte, und wenn er fertig war, setzte er sich auf und bürstete sich frenetisch ab, als hätte er nicht jeden Tag seines Lebens Haare in seinem Eintopf gefunden. Sie lag dann da und rieb ihre Arme über den Pelz, um noch mehr davon auf ihrer Haut zu sammeln, und redete sich ein: Ich werde ihn nicht mit Ivvár vergleichen, und ich werde meine Wahl nicht bereuen, ich werde sie nicht bereuen, am Ende musst du tun, was getan werden muss, am Ende möchtest du Mutter sein und einen Ehemann haben, und man wählt ja schließlich niemanden aus, nur weil es so schön ist, mit ihm auf einem warmen Stein zu liegen.

Aber diese Gedanken zwangen sie, ihren Bauch und ihre Brust anzuspannen und sich auf die Zunge zu beißen, damit ihr keine Tränen in die Augen traten.

Außerhalb des Lávvu war Mikkol in der Gegenwart ihres Vaters und ihres Onkels stets nervös, bemühte sich in einem fort, ihnen zu gefallen. Risten hatte naiverweise geglaubt, dass das alles vorbeigehen würde, wenn sie erst einmal verheiratet waren, aber er benahm sich, als hätte er noch mehr zu beweisen als zuvor. Vielleicht noch schlimmer: Mikkol hatte sich angewöhnt, in der Bibel zu lesen – ein Hochzeitsgeschenk von Biettar –, eine Angewohnheit, die Risten in Verlegenheit brachte, besonders wenn Mikkol darin las, wenn Ristens Vater in der Nähe war. Außerdem fühlte sich diese Angewohnheit für sie immer bedrohlich an, als wollte er sich zu ihr umdrehen, ihr eine Passage über Ehebruch vorlesen und sagen: Ich habe übrigens von dir und Ivvár gehört.

Aber inmitten der neuen Realitäten ihrer Ehe ließ sie Ivvár ebenso zurück, wie sie die Steine aus dem Feuer zurückließ. Wie nutzlos die Fantasie von ihm war, wurde immer deutlicher – er war nicht zu haben; er konnte höchstens für einen kurzen Moment festgehalten werden – er war wie die Herde selbst, er sauste vorbei und ließ dich mit dem Mund voller Fellbüschel hinter sich zurück.

Jetzt war sie diejenige, die warten musste, bis alle Schlitten gepackt waren, jeder kleine Löffel und jeder Fäustling, eine heruntergefallene Nadel, die sie in einem Pelz gefunden hatte, eine Sehnenspule, die jemand in eine leere Butterdose gesteckt hatte – alles musste sortiert und sorgfältig verstaut werden, um die Reise zu überstehen, und dennoch so verpackt, dass alles, was sie unterwegs brauchten, griffbereit war – das war eine technische Meisterleistung. Kein Gepäckstück durfte zu schwer für das Rentier sein, das es tragen musste. Das Gepäckstück auf der einen Seite eines Rentiers durfte niemals schwerer sein als das auf der anderen. Kein Geschirr durfte zu schwach für den Zug der Tiere sein. Zusätzliche Flechten mussten gesammelt und gebündelt werden, für den Fall, dass sie auf einen kargen Ort stießen. In zwei Tagen würden sie bereit sein zur Abreise. Die Zugtiere waren unruhig, weil sie andere vorbeiziehende Herden beobachteten, und selbst Muzet war ungeduldig, blickte immer nach Norden, schritt auf der Stelle auf und ab, den Kopf hoch erhoben, als könne er bereits das Meer riechen. Ohne die üblichen Geweihschaufeln mangelte es seinem Kopf an etwas Majestätischem, aber er gehörte zu der Sorte Rentier, die immer aussah, als trüge es den kompletten königlichen Schmuck, auch wenn sein Kopf ganz nackt war, es war ihm egal, dass sein Geweih noch nicht nachgewachsen war, in seiner Vorstellung war es da. Vielleicht war es Muzet, der sie angesteckt hatte, mit seinem Übermut, aber Risten hatte in diesem Moment das Gefühl, dass sie mit allem zurechtkommen würde, und langsam spürte sie, was sie all die anderen Jahre immer gefühlt hatte, den Eifer, der der Reise vorausging: Sie wollte Ski fahren, sich bewegen, immer weiter gen Norden, und sie verspürte eine Erleichterung, ja sogar eine Ekstase, den Süden hinter sich zu lassen, Ivvár hinter sich zu lassen, die verschiedenen Schandtaten des Jahres hinter sich zu lassen, während das neue Jahr Fahrt aufnahm, auf Wiedersehen, auf Wiedersehen, bis nächstes Jahr, doch bis dahin würde das Meer sie zu einer anderen Risten machen, so wie den Rentieren jedes Jahr, Jahr für Jahr, ein neues Geweih wuchs, ähnlich, aber dennoch nicht gleich. Es kam selten vor, dass sie so hoffnungsvoll war, aber sie nahm es an, sie lehnte sich nicht dagegen auf, und sie musste vor sich hin lächeln, als sie auf ihren Skiern stand, und kaum hatten sie eine, vielleicht zwei Hundemeilen zurückgelegt, als sich eines der Geschirre löste und sie zum Anhalten zwang. Zuerst schien es, als müsse das Geschirr nur gerichtet werden, aber dann hielt ihre Tante das lose Ende hoch, und alle sahen, dass es gerissen war. Die Kinder stöhnten. Ihre Mutter sagte, jetzt, wo sie ohnehin anhalten müssten, könnte sie genauso gut einen Kaffee kochen.

»Hast du einen Fingerhut zur Hand?«, fragte ihre Mutter. Noch klang ihre Stimme munter. Wie sie das machte, wusste Risten nicht, es war unerträglich, dieses dauernde Anhalten und Weiterfahren.

»Nein«, log Risten, aber sie machte schnell ein Feuer, fand den Wasserkessel in den Lávkkat, um Kaffee zu machen, und kurz darauf saßen alle bei ihrem Kaffee und sahen zu, wie ihre Mutter den Riemen wieder zusammennähte. Anna nähte sorgfältig und gleichmäßig, als ob es überhaupt keine Eile gäbe, und machte sich dann auf die Suche nach zusätzlichen Lederstücken, die sie zur Verstärkung annähen konnte. Risten hätte ihr vorwerfen können, den Riemen selbst so geschwächt zu haben, dass er riss, wenn das nicht so völlig unvernünftig gewesen wäre, selbst für ihre Mutter.

Anna ließ sich natürlich auch Zeit, ihren Kaffee zu trinken, und dann schlug sie vor, man könne doch auch noch etwas essen, obwohl sie kurz vor der Abreise eine große Mahlzeit zu sich genommen hatten. Erst als alles wieder eingepackt war und sie mehr als hundert und dann mehr als zweihundert Skischritte geschafft hatten, machte sich Erleichterung in Risten breit. Sie richtete ihren Blick auf die niedrigen Hügel in der Ferne und joikte leise vor sich hin. Es war so angenehm, in der langen Dämmerung zu reisen, in der nie wirkliche Dunkelheit eintrat und in der man nie allein war; in ihrer dunkelsten Tönung, einem verbrannten Violett, erschien die Mondsichel, und die Sterne zeigten, dass sie die ganze Zeit über sie gewacht hatten. Die ganze Szenerie war so vertraut, dass tiefe Ruhe in Risten einkehrte; es war beruhigend, mit den Skiern gen Küste zu fahren; die Skier sagten, dass seltsame Zeiten kamen und gingen, aber die Wanderung ans Meer blieb.

Am Morgen jedoch war Risten müde, und ihre Glieder mahnten sie, wie viele Skitage noch vor ihnen lagen. Der alte Zweifel kam: Es war zu weit, sie konnte nicht mithalten, aber wie immer, wenn sie Pause machten, noch mehr Kaffee tranken, das Lávvu aufstellten und sich zum Schlafen hinlegten, dachte sie: Na gut, vielleicht schaffe ich es doch. Sie wachte auf und fühlte sich, als hätte sie überhaupt nicht geschlafen. Natürlich war ihre Mutter schon wach, packte ihre Sachen, kochte Wasser, schüttelte ihr Fell aus, und Risten schloss die Augen und dachte: Das ist der letzte Moment echter Erholung für heute.

»Hörst du das?«, fragte ihre Mutter.

»Was?«, fragte Risten.

Sie lauschte aufmerksam, konnte aber nur hören, wie ihre Tante den Kindern in den Rákkas über das Feuer hinweg zuflüsterte und wie die Rentiere draußen im Schnee herumschnüffelten.

»Da kommt jemand«, sagte ihre Mutter. Sie schaute nach oben, ohne den Kopf zu bewegen, als ob dieser Jemand durch das Rauchloch lugen würde. »Ja«, sagte sie und nickte. Sie sah erleichtert aus. »Hörst du?«, fragte sie, und jetzt hörte Risten es, das Knarzen von Skiern. Jemand fuhr ziemlich langsam Ski, vielleicht eine alte Frau. Antihkka Sussu? Könnte Antihkka Sussu es bis hierher schaffen?

»Weißt du, wer das ist?«, fragte Risten.

Sie warteten, lauschten dem Geräusch näher kommender Skier, dem langsamen Gleiten des Holzes über die Schneekruste, das immer lauter und schneller wurde, als hätte der Besucher Angst, das Lávvu könnte verschwinden. Als das Knarzen ganz nah war, hörte Risten, wie das Leitrentier zurückwich, und jetzt hörte sie den Atem des Besuchers, harte, kurze Stöße, und dann das Klackern von abgezogenen Skiern, aber es dauerte lange, und es klang so, als hätte jemand Schwierigkeiten, Luft zu kriegen.

Neuigkeiten von Ivvár! Es war etwas passiert! Der Gedanke meldete sich, und sie verdrängte ihn sogleich wieder. Warum dachte sie nur an so was? Was war los mit ihr, dass sie nicht zuerst an Mikkol gedacht hatte? Sie war eine verheiratete Frau! Wie konnte ihr Verstand sie so verraten? Sie war bitter enttäuscht von sich selbst.

Der Eingang zum Lávvu öffnete sich einen Spalt breit, und ein mit Schals umwickeltes Gesicht mit Pelzmütze erschien. Das Gesicht war rot, hatte einen unangenehmen, beerenartigen Schimmer und glänzte von Schnee und Schweiß. Es war die Tochter des Predigers, die Ivvár schöne Augen gemacht hatte.

»Hallo«, sagte sie und versuchte, entspannt zu klingen, aber sie atmete schwer, und ihre Beine mussten müde sein, denn sie konnte sich kaum ducken und hätte beinahe das Lávvu eingerissen, sie stolperte herein, warf die aufgestapelten Äste vor dem Eingang um und setzte sich Risten gegenüber neben ihrer Tante ans Feuer. Sie sah aus, als hätte sie alles angezogen, was sie besaß, sie bewegte sich mit der Steifheit von jemandem in zu dicker Kleidung, in der man sich nicht mehr bücken konnte, und als sie ihre Mütze von der Stirn streifte, waren ihre Haare darunter zu einem kleinen gefrorenen Nest erstarrt. Risten konnte kaum hinschauen.

»Es gibt Kaffee«, sagte ihre Mutter, als wäre es absolut nicht ungewöhnlich, eine ganze Tagesreise von ihrem Winterquartier und mindestens zwei Tagesreisen von der Ortschaft entfernt diese seltsame Frau in ihrem Haufen gefrorener Kleidung vor sich zu haben. Ihr Atem füllte das ganze Lávvu, wirbelte um sie herum – sie schenkte ihnen ein zaghaftes Lächeln und nickte.

»Ich bin Willa«, sagte sie, aber niemand erwiderte etwas. Unbeholfen knöpfte sie ihren Mantel auf und streckte ihre Beine vor sich aus. Sie sah aus, als würde sie gleich ohnmächtig werden. Ihre Haare tauten auf, das Wasser lief ihr übers Gesicht, und sie musste heftig blinzeln, damit es ihr nicht in die Augen rann. »Vielleicht habt ihr mich schon mal gesehen, im Dorf, im Ort, meine ich, ich bin, also, mein Vater ist der Pfarrer, es tut mir so leid, euch zu stören«, brachte sie heraus. Ihre Stimme war zu laut, und sie sprach viel zu schnell.

»Hier«, sagte Ristens Mutter und reichte ihr Käse und getrocknetes Fleisch, sodass Willas gefrorener Schoß voller guter Dinge war. Sie war immer noch ganz außer Atem.

»Ich hab zwei Tage lang nicht geschlafen«, sagte sie und lachte leise.

»Risten«, sagte ihre Mutter, »geh Schnee holen.«

»Wo willst du überhaupt hin?«, fragte Risten an Willa gewandt.

»Risten«, unterbrach ihre Mutter, »Schnee.«

Risten hob das Tuch des Lávvu hinter sich hoch, obwohl das nicht war, was ihre Mutter gemeint hatte, schaufelte etwas Schnee in eine Schüssel und reichte sie Willa.

Willa saß da und starrte auf den Schnee.

»Reib deine Hände damit ein«, sagte Ristens Mutter. »Du darfst dich nicht zu schnell aufwärmen.«

Ihre Mutter war schließlich diejenige, die sich nach vorn beugte und Willas Hände nahm. Sie zog die Fäustlinge von ihren Händen und betrachtete die abwechselnd weißen und roten Finger. Sie schüttelte den Kopf, nahm den Schnee und begann sie einzureiben.

»Kümmer du dich um ihre Füße«, sagte sie, »schnell!«, und Risten begann pflichtbewusst, wenn auch ein wenig schmollend, Willas Stiefel aufzubinden, und als sie die Schnürsenkel nicht öffnen konnte, zog sie das Messer aus ihrem Gürtel, schabte das Eis von den Bändern und zog daran, bis sie sich lösten. Sie schälte drei Lagen Wollsocken von Willas Füßen, jede davon gefroren, und zu Ristens Entsetzen war Willas kleine Zehe ganz grau, es war kein Schimmer Rot zu sehen. Risten schaute zu ihrer Mutter auf, und ihre Mutter schaute auf die Zehe, aber sie sagten kein Wort.

Es war komisch, Willas Fuß so in ihrer Hand zu halten, zu intim.

»Das kann ich tun«, sagte Willa und beugte sich nach vorn zu ihrem Zeh, kam aber nicht ran. »Ich mach schon.«

»Unsinn«, widersprach Ristens Mutter.

»Ooooh«, rief Willa, und ihr stockte der Atem. Sie schnappte nach Luft, atmete scharf aus. »Das tut weh«, sagte sie, »oooh, das tut weh.«

»Das ist gut, wenn es wehtut.«

»Ja, das ist gut«, erwiderte Willa, aber ihr Gesicht strafte sie Lügen. Ihr Schmerz war offensichtlich – und während sie ihre Füße und Hände einrieben, verkrampfte sich ihr Körper, sodass ihr Bein im einen Moment ausschlug und sie im nächsten am ganzen Körper zitterte. »Es tut weh zu weinen«, sagte sie, »meine Tränen sind zu warm.« Sie lachte, oder besser, sie zog eine Art Grimasse, in der ein Lachen steckte. »Oooh«, sagte sie, »meine Wangen tun weh, die Tränen piksen meine Wangen!«

»Jetzt ist es kurz schlimm«, sagte ihre Mutter, »aber in ein paar Stunden wird es so sein, als wäre nichts gewesen.«

»Was ist mit meinem Zeh?«, fragte Willa. Sie musterte das Gesicht von Ristens Mutter, um zu sehen, ob sich eine Lüge darauf abzeichnete. »Oh, er sieht grau aus«, sagte sie, »das ist ein schlechtes Zeichen, nicht wahr?«

»Er ist nicht schwarz«, erwiderte Ristens Mutter. »Tut er weh?«

»Ich glaube schon«, antwortete Willa. »Aber ich kann nicht genau sagen, woher der Schmerz kommt, mein ganzer Fuß brennt.« Das geschmolzene Wasser aus ihren Haaren lief ihren Hals herunter.

»Wo willst du hin?«, fragte Risten forsch, wohl wissend, wie unfreundlich sie klang, aber sie konnte einfach nicht umhin, diese Frage zu stellen. »Wenn du dich aufgewärmt hast«, fügte sie hinzu.

»Jetzt löchere sie nicht mit deinen Fragen«, fuhr ihre Mutter dazwischen. »Lass sie in Ruhe.«

»Ich weiß, dass es dumm war, mit so vielen Sachen auf einmal Ski zu fahren«, sagte Willa, »aber ich habe versucht, alles mitzunehmen.«

»Wo willst du hin?«, fragte Risten noch einmal. Ihr Ton war nicht gemein, aber auch nicht freundlich, und sie war sich bewusst, dass sie mit Willa sprach, als wäre sie ein Kind, mit dem man sich geduldig auseinandersetzen musste, damit es den Fehler, den es gemacht hatte, erkennen und selbst zu einer offensichtlichen Erkenntnis kommen konnte.

»Ich dachte, wenn ich einfach immer weiterlaufe, dann würde ich schon jemandem begegnen ... Wohin ich will, weiß ich.«

»Du bist ganz allein unterwegs?«

»Ich musste einfach weitergehen. Ich hatte keine Wahl.«

»Hier ist der Kaffee«, sagte Ristens Mutter. »Du solltest etwas davon trinken.« Sie hatte Kaffee in ihren eigenen Guksi eingeschenkt und reichte ihn Willa. Willa legte ihre vollkommen roten Hände um das Holz und nippte mit einer Erleichterung an dem Guksi, die kaum mitanzusehen war. »Wenn ich noch – wenn ihr mir die richtige Richtung zeigen könntet?«, sagte sie.

»Wohin willst du denn?«, fragte Ristens Mutter.

»Kilpisjärvi, glaube ich ... Ja«, sagte sie und nickte, »ich glaube Gilbbesjávri.« Sie starrte in die Ferne, als stelle sie sich Gilbbesjávri als einen wundervollen Ort vor. In gewisser Weise war es das auch: Gilbbesjávri lag an einer Art Kreuzung sowohl für Siedler als auch für Schweden, da man von dort aus eine Abkürzung durch die Berge nehmen konnte, mitten durch von Urzeiten geformte Täler, um direkt ans Meer zu gelangen. Der Ort war auffällig und nicht zu übersehen – der breite und gewaltige Rücken des Sána bot einen klaren Orientierungspunkt, und so war dort ein kleiner Handelsort entstanden; im Sommer standen Finnen am Straßenrand und versuchten, einem ihr Getreide anzudrehen, manchmal kamen sogar Russen, und aus dem Handelshaus wurde eine improvisierte Kneipe. In gewisser Weise war Gilbbesjávri Niemandsland, zwar gehörte es zu Finnland, doch verlief die Grenze zu Schweden direkt im Westen und die zu Norwegen gleich nördlich des Ortes – es war ein Ort, an dem nie klar war, welche Sprache man sprechen sollte, wenn man auf einen Fremden zuging.

»Und was glaubst du, was in Gilbbesjávri auf dich warten wird?«, fragte Risten. Sie versuchte, freundlich zu klingen.

Willa fiel um. Es war anders als alles, was Risten jemals gesehen hatte. Risten vermutete, dass das eine Ohnmacht sein musste – der Kaffee schwappte aus ihrer Tasse in ihren Schoß, und ihr Kopf kippte wie ein Anker zur Seite und landete auf den Beinen ihrer Mutter, die diese Fremde anstarrte und ihren Kopf streichelte.

»Geht es ihr gut?«, fragte Risten. Sie dachte, Willa würde einen Anfall bekommen – einen Moment lang hatte sie ausgesehen wie die alten Frauen in der Kirche, wie Biettar zu Ostern. »Wahrscheinlich schwanger«, fügte sie hinzu, »wahrscheinlich von zu Hause abgehauen.«

»Sei nicht so böse.«

»Weswegen sollte sie denn sonst weggelaufen sein?«

»Und was geht dich das an?«

»Nein, ich –«

Ihre Mutter langte über Willa hinweg, hob das untere Ende des Lávvu-Tuchs an, schnappte sich noch etwas Schnee von draußen und begann, Willas Hals und Gesicht damit einzureiben. Willa öffnete die Augen, blieb aber liegen. Ihr Blick schien nichts und alles zu erfassen.

»Ich kann Wegegeld bezahlen«, sagte sie und war den Tränen nahe, als wären sie noch mitten im Gespräch. »Würdet ihr mich mitnehmen, wenn ich bezahle?«

»Wohin mitnehmen?«, fragte Ristens Mutter.

»Ans Meer«, sagte Willa. »Nehmt mich mit ans Meer. Ich kann helfen. Ich werde euch nicht im Weg rumstehen. Ihr könnt mir alle möglichen Aufgaben geben, putzen oder nähen, ich tu alles. Ihr sagt mir, was ich tun soll, ich werde es tun.« Sie sprach undeutlich. Sie war so bemitleidenswert, dass Risten wirklich mit ihr fühlte – wie erbärmlich das Leben dieser Frau sein musste, wenn sie unter diesen Umständen davonlief.

»Also nicht nur bis Gilbbesjávri?«, fragte Risten.

»Du bist sehr erschöpft«, fuhr Ristens Mutter dazwischen, sie legte ihren Arm um Willas Rücken und half ihr, sich aufzurichten. Dann fing sie an, herumzuräumen und alles so herzurichten, dass Platz für Willa war – nicht nur zum Sitzen, wie Risten feststellte, sondern auch zum Schlafen. Sie nahm sogar die Wolldecke aus ihrem eigenen Fell und steckte sie in das Rákkas, die sie für Willa aufhängte.

Risten wurde schlagartig bewusst, dass ihre Mutter bis zur Erschöpfung einfach immer das Richtige tun musste. Jeder musste immer sehen und wissen, was für eine gute und fürsorgliche Frau, Ehefrau und Mutter sie war – jeder musste ihr Essen essen und das feine, fette Fleisch loben, jeder musste ihre Stickerei begutachten und zugeben, dass sie am gleichmäßigsten sticken konnte – und auf diese Weise lebte sie ganz und gar für andere. Es stand ihr nicht zu, zu irgendjemandem Nein zu sagen, schon gar nicht zu Willa, und sie würde Willa nicht nur einen Unterschlupf, sondern Zuflucht gewähren – sie würde Willa alles geben, was sie brauchte, Stiefel und Essen, sie würde Willas Mantel von Läusen reinigen, Risten wusste genau, dass all das passieren würde.

»Wie der erste Tag zu Ende geht –«, sagte Risten, unfähig, ihren Groll im Zaum zu halten.

»... so wird auch der Rest der Reise«, sagte ihre Mutter gut gelaunt, als hätte sie keine Angst vor diesem Sprichwort, oder vor irgendeinem anderen.

Teil 2

13

Die erste Nacht der Reise war die härteste, und dann war die zweite Nacht die härteste – sie waren alle am härtesten –, Willas Körper war ein Lasttier, und die Last war sie selbst. Sie konnte nicht mehr, aber sie machte weiter. Sie spürte, dass niemand daran geglaubt hatte, dass sie es bis hierher schaffen würde, spürte, wie alle sie beobachteten und darauf warteten, dass sie zusammenbrach oder in den Schlitten gesetzt werden musste, und sie wartete mit ihnen darauf, dass ihr Körper sie im Stich ließ. Ihre Beine verkrampften bereits an den Knien, und ihre Schenkel gaben bei jedem Schritt nach, und es gab nichts, nicht einmal ihr Blut, das nicht durch die Kälte verlangsamt worden wäre. Ihr Körper verwandelte sich, sie wurde umgeformt; ihr Gesicht war hart geworden, ihre Lippen schälten sich, und ihre Hände waren so steif, dass sie überhaupt keine feinen Bewegungen mehr machen konnte. In gewisser Weise war das Leiden eine Gnade; sie war nur ein Körper, nur eine Ansammlung von Fleisch; ihr wurde Nahrung gegeben, und sie nutzte diese Nahrung, um ihre Ansammlung von Fleisch über die weiß gewordene Erde zu bewegen.

Es war notwendig, nachts zu reisen, weil die obere Schneekruste dann gefrorener war und die schweren

Schlitten sanfter gleiten konnten, aber das bedeutete, dass sie verkehrt herum lebten, der Abend wurde zum Morgen und der Morgen zum Abend, und die Rentiere machten »Morgendämmerungsrast«, und so hielten sie es auch, sodass Willa das Gefühl hatte, am lebendigsten zu sein, wenn die Dämmerung am tiefsten war, am müdesten, wenn die Sonne am höchsten stand. Ob die anderen jemals froren oder müde waren – sie achteten darauf, es nicht zu zeigen oder darüber zu sprechen, nicht einmal die Kinder, die zehn und zwölf zu sein schienen, dachte Willa, obwohl sie in Wirklichkeit acht und neun Jahre alt waren, jedoch mit den strengen Zügen von Erwachsenen. Dennoch dienten sie ihr als eine Art Inspiration, und sie ertappte sich bei dem Gedanken: Wenn die Kinder das schaffen ... Das sagte sie sich; und die Kinder sagten sich, wenn eine schwedische Siedlerin, die nur zur Hälfte samischer Abstammung ist, es schafft, werden wir nichts sagen, auch wenn der kleine Junge, der etwas faul war, sich wünschte, dass sie nicht jeden Tag so weit ziehen müssten, und selbst Risten war erleichtert, als Anna sich endlich einen Wacholderzweig schnappte und ihn auf den Schlitten warf, denn das bedeutete, auch wenn Willa das noch nicht begriffen hatte, dass sie bald anhalten würden.

Als sie schließlich anhielten, hatte es etwas Surreales, das Lávvu im Sonnenaufgang aufzustellen, die Stangen zusammenzuziehen, die gegabelten Enden der Zeltstangen genau richtig ineinander zu verkanten, Risten schnarrte die Kinder an, stillzuhalten, sie hätte es jetzt, und dann wurde schließlich das Zelttuch herausgeholt, dessen Seile wurden in diese Richtung gespannt und in die andere, sodass das Tuch sich immer weiter an den Stangen entlangzog, bis es straff genug war, und da war er, der Eingang; da war es, ein Zuhause.

Für Willa fühlte es sich an, als wäre etwas Magisches erschaffen worden, etwas aus dem Nichts; sie verspürte eine kindliche Verwunderung darüber, die den Kindern selbst nicht innewohnte, und sie beeilte sich, Brennholz zu sammeln, denn das war ihre Aufgabe, das Sammeln von Brennholz erforderte fast keine Geschicklichkeit. Als sie einen Stapel Holz nach dem anderen hereingetragen hatte und Anna und Risten bereits die Felle ausgelegt und das Feuer angezündet hatten und es nach gebratenem Fleisch und nach Kaffee duftete, erlaubte sich Willa zu denken, dass sie vielleicht doch nicht sterben würde. Sobald sie rasteten, ließen sie alles von sich abfallen. Die Kinder wurden wieder zu Kindern, sie nervten, bettelten um Dinge, kniffen sich gegenseitig, und Risten raunte ihrer Mutter leise zu: »Glaubst du, wir sind zu schnell für Willa? Sollten wir langsamer machen?«

Das war nicht wirklich, worum Risten besorgt war, aber es war ein nützlicher Deckmantel für ihre eigentliche Angst, die Angst, Mikkol wiederzusehen, eine Angst, die aufgeflammt war, als ihr klar wurde, dass sie sich auf halbem Weg nach Gilbbesjávri befanden, und die Aussicht darauf, ihn wiederzusehen, nichts Abstraktes mehr war. Im Großen und Ganzen hatte sie Angst davor, enttäuscht zu sein, wenn sie auf ihn traf, in aller Klarheit zu sehen, was für einen Fehler sie gemacht hatte, und ausnahmsweise schien es besser, einfach nicht weiterzuziehen. Sie versuchte, sich daran zu erinnern, was für ein lieber Mensch er war, wie zuverlässig, was für ein guter Mann, aber aus irgendeinem Grund konnte sie sich nicht an sein

Gesicht erinnern, nicht als Ganzes – sie konnte ihn nur in Gesten vor sich sehen, wie behutsam er mit dem Feuerstab den Wasserkessel anhob, um sich Kaffee einzuschenken. Was blieb, war vor allem das Gefühl, dass er nicht so gut aussah, wie sie es sich gewünscht hätte, und eine sanfte Furcht, dass er herumliegen und in der Bibel lesen oder über Kirchendinge reden würde. Dann, als sie nur noch wenige Tage von Gilbbesjávri entfernt waren, kam ihr der Gedanke: Was, wenn Ivvárs Herde gleichzeitig mit der von Mikkol durch Gilbbesjávri ziehen würde? Was, wenn sie miteinander ins Gespräch kamen? Sie erinnerte sich – o Graus – an einen Moment, als Mikkol sie berührt hatte und ihr Ivvár in den Sinn kam; nur für einen kurzen Moment war es Ivvárs Hand auf ihrer Brust gewesen, und dann hatte sie sich wieder in Mikkols Hand verwandelt, und als sie Mikkol ansah, fragte er: Was ist?, als hätte sie etwas sehr Schönes gedacht, und sie hatte gesagt, ich mag einfach die Art, wie du mich berührst, und küsste ihn energisch, um ihre Spuren zu verwischen.

Sie waren schon eine ganze Weile in den unteren Fjells unterwegs, wo ein Schluckauf von Hügeln sich erstreckte, und Täler wie Einkerbungen in der Erde; wo es immer noch Bäume gab, wenn auch kleine, und Seen, die noch gefroren waren und sich als Erde tarnten, aber jetzt wurde das Land zur Tundra, und inzwischen spürten sie die Steine unter dem Schnee, und die Schlitten holperten, und wenn das Lávka nicht fest genug an den Rentieren und den Schlitten festgeschnallt war, fiel es herunter. Willa hatte es versucht, sie hatte es wirklich versucht, nicht zu weit zurückzufallen. Die Rentiere zogen langsam, fast vorsichtig, und Willa lief hinter den Schlitten her, und wenn etwas herunterfiel, schrie sie heiser, sie sollten anhalten, und ab und zu fiel sie so weit zurück, dass eines der Kinder umdrehte und sie vorwärtstrieb. »Kommst du?«, fragte das kleine Mädchen, fuhr rückwärts Ski und lächelte Willa zu, dann drehte sie sich wieder um und fuhr rasch davon. Der Mantel des Mädchens war dick und sah neu aus, ihre kleinen Pelzstiefel waren über ihren Skiern aufgebauscht, und Willa schaute auf ihre eigenen Stiefel hinab, dicke, klamme Ledersachen, immer in einem anderen Feuchtigkeitsstadium, und als sie Risten vor sich sah, die einen Zug anführte und dabei nicht im Geringsten angestrengt erschien, kam Verzweiflung in ihr auf, und sie fragte sich, wie viele Tage sie inzwischen schon bei ihnen war – es kam ihr vor wie dreißig, aber es waren erst elf. Doch jedes Mal, wenn sie dachte: Ich kann nicht mehr, ich werde mich jetzt hier hinsetzen und nie wieder aufstehen, tauchte irgendetwas auf: zwei Vögel, ein weißes Frettchen, die Spuren eines Vielfraßes, eine Eule, die ihren Zug beobachtete, und sie nahm sich zusammen. Manchmal wurde die Welt, durch die sie wanderten, zu schön, die Sonne färbte den Schnee, und sie war neidisch auf Risten und Anna und den Rest von ihnen, die diese Dinge immer schon hatten. Sie kamen ihr alle so gleichgültig vor, da sie nie auf etwas zeigten oder sagten: »Oh, sieh dir das an«, und Risten jedes Mal, wenn Willa vor Verwunderung den Mund aufriss, krähte oder plapperte, genervt war – konnte Willa denn nichts im Stillen wertschätzen? Konnte sie nicht einfach mal ruhig sein?

Tatsächlich war Risten von der Schönheit nicht im Geringsten unberührt – trotz ihrer Erschöpfung war sie sich sicher, dass sie die glücklichsten Menschen auf dieser

Erde waren, aber sie sprach nicht gern darüber, glitt nur leise hindurch, um dem Ganzen nicht durch Sprache den Zauber zu nehmen.

Oftmals sprach lange Zeit keine von ihnen ein Wort, da war nur Anna, die joikte, ihre Stimme sanft und süß und frei, die Joiks hatten nichts mit den Kirchenliedern gemein, mit denen Willa aufgewachsen war, sie wehten, wohin sie wollten.

Doch nun hatten sie einen guten Rastplatz erreicht und ruhten sich aus.

»Wie lange werden wir hierbleiben?«, fragte Willa, und die Frauen versuchten, ihre Belustigung zu verbergen. Wie lange würden sie hierbleiben! Was für eine Frage. Als ob das beantwortet werden könnte! Als erwarte Willa von ihnen, genau zu wissen, wie das Wetter heute oder morgen sein würde; sie verstand nicht, dass sie vom Wetter abhängig waren und nicht das Wetter von ihnen; sie hatte immer noch den Anspruch, die Welt kontrollieren zu können. Sie war fast liebenswert in ihrer Unwissenheit, wie ein dummes Kalb, das in ein Dickicht wandert und dabei mit dem Kopf stecken bleibt, und zumindest Risten war der Meinung, es wäre nützlich, sie eine Weile in dieser Dummheit taumeln zu lassen, und anstatt irgendetwas zu erklären, zuckte Risten mit den Schultern, wartete darauf, dass Willa es selbst verstand, und sagte nur: »Können wir noch nicht sagen.«

Und Risten grübelte, was hätte sie denn sonst tun sollen? Was konnten sie wegen Willa schon tun? Was konnte Willa für sich tun?

Und so hörte Willa auf zu fragen, wann sie weiterzogen, obwohl sie, so müde sie auch war, am liebsten wieder aufgebrochen wäre. Wenn sie am Feuer saßen und nichts sagten, drängten sich ihr die gefürchteten Bilder in den Kopf: Lorens' blutiger Mund, Ivvárs Knie, die sich an ihre Hüften pressten, die Ohrfeige ihrer Mutter. Ob Lorens noch lebte? Er lebte bestimmt nicht mehr. Sie war geflohen und hatte dafür gesorgt, dass ihre Eltern zwei Kinder auf einmal verloren hatten – diese Gedanken waren so unerträglich, dass sie, wenn sie aufkamen, alles tat, um sie zu zerstören, sie zwickte sich ins Bein und sah sich um nach etwas, irgendetwas, das sie tun konnte, doch sie war, das musste sie einsehen, relativ nutzlos. Sie hatte noch nie so eine andauernde Nutzlosigkeit aushalten müssen – sie war immer nützlich gewesen, das war, wer sie war, sie hatte Fähigkeiten, sie schaffte Dinge, und jetzt hätte sie genauso gut verkrüppelt sein können; doch diesen Gedanken verbot sie sich sofort. Sie war nicht Risten, die ganze Birken zum Lager schleppte, um Feuerholz daraus zu machen; sie war nicht Anna, die die Zeltstangen zielsicher ineinandersteckte; sie war nicht Ristens Tante, die zu früh geborene und unterwegs verendete Kälber häutete. Willa versuchte, zumindest die einfachsten Aufgaben zu erlernen, zum Beispiel, wie man Tannenzweige unter die Felle legte, sodass sie wie Bettfedern fungierten, und wie man Holz so stapelte, dass seine Wurzeln immer in die gleiche Richtung, und zwar die richtige Richtung zeigten, aber jede Aufgabe hatte Regeln, die sie beim ersten Mal nicht kannte, die sie also zwangsläufig nicht bedachte, und zu jeder Aufgabe gehörte ein gewisses Maß an Glück, und sie verwaltete das Glück immer wieder falsch, was dazu führte, dass Risten zu irgendeinem Zeitpunkt immer aufstöhnte und sagte: Nein, nein, nicht so.

Anna war nachsichtiger. »Es sind stumme Regeln, und es gibt keinen Grund, warum du sie kennen solltest«, sagte Anna immer, wenn Willa den Ausguss des Wasserkessels falsch herum aufsetzte, und sie sagte es wieder, als sie endlich ihre Sachen packten, um aufzubrechen, und Willa, überzeugt davon, nützlich zu sein, die falschen Rentiere an den falschen Schlitten spannte, ohne zu wissen, dass sie in eine bestimmte Reihenfolge gebracht werden mussten. Sie war stolz darauf gewesen, überhaupt herausgefunden zu haben, wie die Gurte funktionierten, und jetzt musste Anna ihre Arbeit rückgängig machen, und Risten stand mit ungeduldiger Miene auf ihren Skiern, und Ristens Tante seufzte laut. Aber sie würde es bis zum Meer schaffen müssen. Sie hatte diese Reise begonnen, und jetzt gab es kein Zurück mehr – allein hätte sie den Weg ins Dorf niemals finden können, nicht einmal zurück zu dem Hügel, der wie ein Schafskopf aussah. Also schwieg sie und wartete darauf, dass sie sich wieder in Bewegung setzten. Sie trat zur Seite, damit sie nicht im Weg stand, und sah, dass das Schuhband von Ristens kleiner Cousine locker war.

»Jemand denkt an dich«, sagte sie zu dem Mädchen und zeigte auf ihren Schuh, »irgendwo gibt es einen Jungen, der in dich verliebt ist«, und das Mädchen sah sie überrascht an.

»Woher weißt du das?«, fragte sie, ganz rot im Gesicht.

»Ich weiß einige Dinge«, sagte Willa zufrieden. Sie sah, dass sie mit dieser kleinen Redewendung auf Gold gestoßen war, und sie lächelte, und das Mädchen erwiderte ihr Lächeln.

»Was weißt du noch?«, fragte das Mädchen.

Willa lachte, sie lachte so heftig, dass Risten und Anna stehen blieben und sie ansahen, und sie bemerkte, dass sie so heftig lachte, dass es die anderen auch zum Lachen brachte. Sie lachte so sehr, dass es wehtat, obwohl sie sich kaum erinnern konnte, worüber sie lachte – über das Lachen selbst –, aber ihre Stimmung war heiter, heiter genug, dass sie für einen Moment an etwas anderes denken konnte, nämlich daran, dass sie Ivvár liebte. Sie liebte Ivvár. Sie hatte so getan, die ganze Zeit hatte sie so getan, als sei sie von zu Hause weggelaufen, weil sie Schande über ihre Familie und sich selbst gebracht hatte, aber das war nicht der Grund, nicht wirklich – nein, wenn Stolz oder Scham die Gründe gewesen wären, hätte sie schon längst die Skier abgeschnallt. Nein, sie wurde angetrieben von der Dummheit und der Kraft, die zur Liebe gehörten – das alles war für Ivvár, jeder einzelne idiotische Schritt. Es war unaufrichtig, so zu tun, als gäbe es andere Gründe. War nicht sogar die Schande, erwischt zu werden, genau der Auslöser, den sie sich schon immer gewünscht hatte? Hatte sie sich nicht gewünscht, erwischt zu werden? Durch eine Tür zu treten, die, wenn sie einmal geschlossen war, nicht wieder geöffnet werden konnte? Lief sie nicht auch jetzt noch in dem Glauben durch den Schnee, dass Ivvár auf sie wartete, dass Ivvár wusste, ohne es zu wissen, dass sie kommen würde?

Sána war schon aus der Ferne zu erkennen, weil er im Gegensatz zu den anderen Bergen in Meeresnähe, die in der Regel abgerundete oder zerklüftete Gipfel hatten, einen fast flachen Hang hatte, wie ein zur Seite geneigter Tisch, wodurch er den Eindruck erweckte, von Menschenhand erschaffen worden zu sein, oder jedenfalls hatte er eine zu besondere Form, um ein Zufall der Natur zu sein. Die Besonderheit seiner Form wurde dadurch betont, dass es außer einem See nichts um ihn herum gab; abgesehen von ein paar kleinen, struppigen Bäumen war da nur die flache Tundra, und das plötzliche Auftauchen des Berges in der Ebene verstärkte seine Surrealität exponentiell. Es löste bei den Menschen oft bereits einen Schauer aus, bloß vor ihm zu stehen; als Willa ihn zum ersten Mal sah, dachte sie: Er sieht aus, als hätte Gott ihn für Abraham erschaffen, damit er hierherkommen und Isaak opfern kann.

Sogar Risten, die Sána schon so oft gesehen hatte – zweiundvierzig Mal, um genau zu sein, wenn man jede Herbst- und Frühjahrswanderung mitzählte –, durchfuhr beim Anblick des Berges der vertraute Schauer, dieses Mal noch verstärkt durch das Gefühl, dass Sánas Schatten dunkler waren als sonst, oder vielleicht länger, oder vielleicht war der See an seinem Fuß einfach beunruhigend glatt und dadurch ein perfekter Spiegel, sodass Sána sowohl nach unten als auch nach oben zu ragen schien, Kräfte über und unter der Erde.

Risten fuhr langsamer und versuchte aus der Ferne einzuschätzen, wie viele Herden sich am Fuß des Berges versammelt hatten. Ivvárs Herde war natürlich klein und hätte sich leicht untermischen können – von hier aus war das schwer zu sagen. Für die Rentiere, die von den Seitenhängen und Höhen des Sána aus zusahen, waren die Reisenden nichts Bedrohliches, also ignorierten die Rentiere sie und kletterten höher und suchten nach dem guten Wind, wo der Schnee von den Felsen geweht worden war und die Flechten grünten und die Kälber darauf warteten, geboren zu werden. Doch die Männer merkten nichts von der Ankunft der Frauen und Kinder, denn sie schliefen größtenteils, bis auf Ristens Vater, der von einem Rentier zum nächsten ging, um zu sehen, ob eines von ihnen schon kalbte, und als er die Hunde bellen hörte, war er nicht überrascht – er war am Morgen mit dem Gefühl aufgewacht, dass die Nachhut an diesem Tag eintreffen würde, und anstatt aufzuschauen, als sie ankamen, betrachtete er ein Kalb, das wahrscheinlich gerade eine Stunde zuvor geboren worden war. Das Kalb sah sich um, noch ein wenig blutig und verwirrt, die Beine unter ihm verheddert. Die Mutter grunzte Nilsa an, sie war gar nicht glücklich darüber, dass Nilsa so nah war.

»Schon gut«, murmelte er, »ich weiß, es ist dein Baby.« So etwas hätte er nie gesagt, wenn jemand anders in der Nähe gewesen wäre und ihn gehört hätte.

Dann schaute er den Hang hinab und konnte sie kommen sehen, die Gestalt seiner eigenen Tochter. Er hatte sich immer gewünscht, dass Risten früher zur Welt gekommen wäre, und dass Anna nicht so viel Pech gehabt hätte, Kinder zu bekommen. Sie hatte so viele verloren – viermal hatte Nilsa auf der Talstraße Richtung Meer Gräber ausgehoben. Und dann Elle. Und jetzt war da nur noch Risten und ihr armer Trottel von einem Ehemann.

Ristens armer Trottel von einem Ehemann, der eigentlich kein Trottel war, nur in Gegenwart von Nilsa immer noch viel zu nervös, schlief so tief, dass er das Bellen seines eigenen Hundes nicht hörte. Er hatte nicht damit gerechnet, dass Risten eintreffen würde – er hatte sie schon vor Tagen erwartet, und da er jeden Tag enttäuscht worden war, erwartete er überhaupt nichts mehr. Aber

Risten wusste davon nichts; was sie wusste, als sie sich ihrer Herde näherte, war, dass zwar Ivvár zu ihrer Erleichterung nicht da war (und offensichtlich auch seine Siida nicht), aber auch ihr Mann nicht, um sie zu begrüßen. Wenn ihr Vater auf den Beinen war, warum nicht auch er? Sie wusste, dass das nicht fair war und dass alle Männer außergewöhnlich müde waren und dass ihr Vater ohnehin jemand mit ungemein viel Energie war, aber es störte sie trotzdem, und sie fragte sich: Sollte sie ins Lávvu gehen und ihn wecken? Wahrscheinlich war ihr Vetter im Lávvu und schlief ebenfalls. Wenn sie nicht hineinginge, würde es so aussehen, als wäre sie nicht frisch verheiratet und freute sich nicht darauf, ihn zu sehen, aber wenn sie hineinginge, müsste sie sich mit dem Menschen auseinandersetzen, der er war.

Es kostete sie etwas Überwindung, doch sie steckte ihren Kopf zum Lávvu hinein und sah zwei Rákkas, eines auf der linken Seite, aus dem die unbedeckten Beine eines Mannes in Stiefeln herausragten – sie erkannte, dass es sich dabei um die Stiefel ihres Vetters handelte –, und das andere, die Ränder ordentlich unter das Fell gestopft. Sie kroch auf das Ordentliche zu und hob eine Ecke des Tuchs an. Schlafend war er attraktiver, als sie befürchtet hatte, aber auch schmaler, und sie war sich nicht sicher, was sie fühlen sollte. Mikkol öffnete ein Auge und hob einen Arm, und Risten kroch hinein, und er zog die Wolldecke über sie, und es dauerte keine Minute, bis sie spürte, wie er sich an sie presste, aber ihr Vetter lag nebenan, und außerdem war sie überhaupt nicht bereit. Sie wollte es, aber nicht so und nicht jetzt – sie konnte sich überhaupt nicht entspannen, lag so fest an ihn gepresst da und konnte nicht einmal ihre Augen schließen. Er drückte ihren Arm so fest, dass sie beide wussten, dass sie wach war, aber sie rührte sich nicht, und wie lange sie dort lagen und darauf warteten, dass der andere einschlief, wusste sie nicht.

Am dritten Tag fühlte sich Mikkols Gegenwart für sie wieder ganz normal an, und sie hatte ihn akzeptiert; sie fand sogar Gefallen an den kleinen Dingen, die er tat, an seiner Jungenhaftigkeit, wie er sich für alles begeistern konnte; und ja, es war schon ziemlich aufregend, wenn Kälber auf die Welt kamen. Ihre Beine waren viel zu lang für ihre kleinen Körper, sie sahen aus wie Spinnen, jedoch ohne die Anmut einer Spinne, und wenn sie versuchten, aufzustehen, brachen ihre Beine unter ihnen zusammen. Unh-unh-unh-uh, blökten sie, unh-unh-uh, so beharrlich, so bedürftig ab der ersten Minute. Gut macht ihr das, dachte Risten immer. Es machte ihr Sorgen, wenn die Kälber still waren, wenn sie nur dahockten und blinzelten; es brach ihr das Herz, sie wollte einfach nicht, dass sie starben. Ihr Vater schien den Verlust dieser Tiere immer gelassen hinzunehmen, als hätte er es schon einkalkuliert, dass einige von ihnen jetzt und alle anderen später sterben würden, während sie nur zum Teil akzeptieren konnte, dass sie mit jedem geborenen Rentier einen neuen Tod begrüßte, aber der Natur war es egal, was sie davon hielt, und in dieser Woche gab es hundert Totgeburten, die meisten von ihnen gehörten zu den Kühen ihres Vaters. Natürlich klatschte Willa in die Hände und musste sie unbedingt auf den Arm nehmen, wie Menschenkinder, wobei die Kälber grünliche Kotstreifen über ihre Arme schmierten. Sie küsste ihre weiche Stirn, und ihre Mütter meckerten, bis Willa sie wieder absetzte.

Willa begann, sehr samisch auszusehen, jetzt, da sie Ristens Kleidung trug und von Sonne und Schnee ganz rote Wangen bekommen hatte. Allen war klar geworden, dass Willas Anwesenheit real war. Während der Zwischenstopps konnte man noch einiges vortäuschen, aber jetzt, wo sie die Hälfte des Weges zurückgelegt hatten und Willa noch nicht aufgegeben hatte oder zurückgefallen war, sah es ganz danach aus, dass sie sie nicht mehr loswürden, und nun wusste jeder, der am Sána vorbeikam, dass die Tomma Siida mit der Tochter des Pfarrers unterwegs war. Risten zum Beispiel besuchte in der zweiten Woche die Speins und erfuhr von ihnen, dass sie wiederum von den Utsis (die von Guovdageaidnu gekommen waren – man stelle sich das mal vor, man hatte bis nach Guovdageaidnu davon gehört) erfahren hatten, dass Willa weggelaufen war, angeblich wegen einer Schwangerschaft, aber niemand wusste, wer der Vater war – es gab Spekulationen um den Ladenbesitzer, Rikki, aber das war eine so abscheuliche Idee, dass Risten aus einer Art weiblicher Solidarität heraus annahm, dass es, wenn das die Wahrheit wäre, erzwungen gewesen sein musste. Ganz, ganz kurz kam ihr in den Sinn, dass Ivvár etwas damit zu tun haben könnte – die Art, wie sie sich in der Kirche angesehen hatten, war ihr nicht entgangen –, aber es schien unvorstellbar, noch weniger vorstellbar als Rikki. Sie konnte sich die beiden nicht zusammen vorstellen, Ivvár war ein Sámi, ein Rentierhirte mit Leib und Seele – was sollte er mit einer Frau, die nichts von Rentieren verstand? Und es lag nicht in seiner Familie, etwas Unehrenhaftes zu tun, sie verdrängte den Gedanken sofort aus ihrem Kopf. Noch beunruhigender war vermutlich, dass Risten sehen konnte, dass sogar ihr Vater Willa gegenüber sanfter wurde. Er war neugierig auf sie. Er fragte sie, wie sie in ihrer Hütte lebten, wo sie schliefen. Er fragte, ob sie zu jeder Mahlzeit Rentier aßen, und warum nicht. Er fragte, ob sie einen Hund hätten, und warum nicht. Er fragte, warum sie Stiefel aus Leder machten, aber das Fell von der Außenseite entfernten. Und so wuchs Ristens Abneigung gegenüber Willa noch ein wenig.

Risten versuchte, sich zurückzuziehen, Willa zu meiden – sie sah nach ihren Kälbern, immer und immer wieder. Sie ging auch dann, wenn es eigentlich nicht nötig war, wanderte weit hinaus, wo die Hunde schliefen und der eine oder andere Hirte auf der Seite lag, seine Pfeife rauchte, sie beobachtete und wahrscheinlich dachte: Geh zurück in dein Lávvu und verrichte Frauenarbeit.

Es dauerte eine Weile, aber sie fand einen kleinen Felsvorsprung, auf dem sie mit Sána im Rücken und der Sonne im Gesicht sitzen und den Blick nach Norden gen Meer richten konnte, das zwar noch nicht zu sehen war, aber dessen Gegenwart sie spürte. Sie hatte allein sein wollen, also dauerte es natürlich nicht lange, bis sie hinter sich ein Keuchen hörte und träge Schritte auf dem verkrusteten Schnee. Es war Willa, das wusste Risten, ohne sich umzudrehen, also blieb sie still sitzen, als könnte sie Willa damit etwas mitteilen, doch Willa kam näher, schwer atmend, die Mütze längst vom Kopf gezogen und in die Manteltasche gestopft, das Gesicht rot, die Stirn schweißnass.

Sie war guter Dinge wegen des morgendlichen Spaziergangs, wegen des sanften Frühlingswinds, wegen der Kälber, weil sie plötzlich Schlaf bekam, und sie fühlte sich stark. Sie wollte das mit jemandem teilen, oder besser noch, jemanden dazu bringen, ihr voller Bewunderung zu sagen: Du siehst stark genug aus, um es bis ans Meer zu schaffen.

»Es ist so schön hier«, sagte Willa. Als Risten darauf nicht reagierte, fragte sie: »Wir nehmen diesen Weg?« Sie zeigte auf die Linie der Bergkämme, auf deren blauen Flanken in der Morgensonne lange Schatten lagen. Risten nickte, und Willa fühlte sich dadurch nur zu ermutigt. »Deine Mutter hat mir von diesem Ort erzählt«, sagte Willa und hörte selbst, wie dumm das klingen musste.

»Ja«, erwiderte Risten knapp. »Wir kommen jedes Jahr hierher.«

»Ja«, sagte Willa, »aber ich meine ...« Sie zögerte, dann gab sie auf. Heilig, hatte Anna gesagt, das war das Wort, das sie benutzte. Viele Menschen kamen hierher, hatte sie gesagt, aber sie sagte nicht, weshalb.

Risten nickte nicht; ihr Blick war von einer so konzentrierten Leere, man konnte ihr nicht vorwerfen, sie würde nicht zuhören, aber man hatte nicht das Gefühl, dass sie es tat. Ihr Ládjogahpir saß stramm um ihren Kopf, ihr dunkler Zopf lugte darunter hervor. Die Kappe war rot und aus Wolle, gesäumt mit gelben Stichen, und sie verlieh ihrem ohnehin schon runden Gesicht etwas Kindliches. Einen Moment lang dachte Willa an das Baby zu Hause, wie groß es wohl jetzt schon war. Sie setzte sich neben Risten.

»Ivvár hat mir erzählt«, sagte sie, »wenn man zum ersten Mal an einen neuen Ort kommt, sollte man die Ulddas fragen, ob man bleiben darf, sie um Erlaubnis bitten, dort zu sein. Meinst du, das hätte ich tun sollen, als wir hier angekommen sind?«

Risten wurde von einer so heftigen Welle der Angst erfasst, oder vielleicht war es auch Wut, dass sie die Frage kaum über die Lippen brachte: »Ivvár? Ivvár Rasti?« Sie war froh, dass sie den Blick bereits von Willa abgewandt hatte und es nun keinen Grund mehr gab, sich umzudrehen und sie wieder anzuschauen.

»Biettars Sohn«, sagte Willa, »er hat mir erzählt, dass die Leute das früher so gemacht haben, und ich hatte so ein starkes Gefühl, dass ich das hätte tun sollen. Dann dachte ich«, fuhr sie fort, »dass ich ihn hier treffen könnte, und vielleicht sollte ich jemanden fragen ... Die ganze Reise über war ich so müde, aber ich habe es bis hierher geschafft, also zu müde kann ich nicht gewesen sein. Schau dir nur den See an!«

Risten nickte, sich dessen gar nicht bewusst, sich rein gar nichts bewusst außer ihrer Eifersucht. »Du kennst also Ivvár?«

Ein Ausdruck von Verlegenheit huschte über Willas Gesicht. »Du kennst ihn?«

»Ich kenne ihn schon, seit ich denken kann«, sagte Risten. Sie schürzte ihre Lippen. Am liebsten hätte sie Willa kräftig geschüttelt. Es überraschte sie nicht, dass Männer miteinander kämpften; sie war überrascht, dass Frauen es so selten taten. »Woher kennst du ihn?«, fragte Risten, etwas zu forsch.

»Nun ja«, sagte Willa, »wir sind uns wohl zufällig über den Weg gelaufen.«

»Heißt, du bist ihm einmal begegnet?«

»Nein, er – wir – sind manchmal zusammen spazieren gegangen. Weiter nichts.« Sie zögerte. »Ich bin ihm ein paar Mal begegnet.« Ihr Gesicht, ihre kleine Stupsnase, ihre Ohren, ihr dicker Hals wurden rot, und sie hatte das offensichtlichste schiefe Lächeln aufgesetzt – da war irgendeine Erinnerung, irgendeine Freude in ihr verborgen. »Weißt du, wo er ist?«, fragte Willa. »Wo er den Sommer verbringt?«

Risten hielt ihren Blick auf die Berge gerichtet. Der vertraute Anblick beruhigte sie, die gleichen Knubbel an den gleichen Stellen, jedes Jahr.

»Ich bin sicher, dass er irgendwo herumstreunt und jemanden dazu bringt, sich in ihn zu verlieben«, sagte Risten, bückte sich und hob einen faustgroßen Stein auf. Sie warf ihn in die Luft, fing ihn auf und ließ ihn fallen. »Das ist sein größtes Talent«, sagte sie. Sie räusperte sich. »Das weiß jeder«, fügte sie hinzu, »so ist er nun einmal.« Sie stand auf und klopfte sich die Hände ab.

Gut, dachte sie, lass sie leiden, so wie ich schon gelitten habe.

14

Willa war nun schon seit einem ganzen Monat verschwunden, eine Tatsache, die Henrik auffiel, die aber sonst niemand zu bemerken schien; oder wenn doch, dann mit dem gleichen Schweigen, das ihr Verschwinden begleitet hatte. Niemand sprach darüber oder erwähnte auch nur ihren Namen, eine Auslöschung, die umso vollständiger erschien, da über den Akt des Auslöschens kein Wort verloren wurde. Henrik hatte gesehen, wie sie mit gesenktem Kopf und einem Ranzen auf dem Rücken in die Dämmerung fuhr. Sie war weder trotzig noch heimlich gegangen, aber mit dem Gang eines Menschen, der keine Wahl hatte, als wäre jeder Schritt vorherbestimmt. Er hatte Nora später gefragt, wohin sie gegangen sei, und sie hatte geantwortet, sie gehe ihren eigenen Weg. Ihr Gesichtsausdruck hatte deutlich gemacht, dass über dieses Thema nicht gesprochen wurde, also hatte er es auch nicht getan, aber es war beunruhigend – selbst wenn Willa mit Ivvár durchgebrannt war, wie Henrik es vermutete, war es eine ganz andere Sache, so zu tun, als wäre es nicht geschehen. Mit Emelie war es natürlich schlimm gewesen, eine Zeit lang hatte er befürchtet, sie würde ganz aus der Gesellschaft ausgestoßen werden, aber dann war es ihnen doch gelungen, die Affäre als Gerücht darzustellen, und natürlich war

Emelie am Ende nicht mit Henrik durchgebrannt, nichts dergleichen. Er hatte Lust, ihr zu schreiben, ihr zu sagen, dass er sie jetzt besser verstand, aber das würde alles nur noch schlimmer machen, und er hatte ihr versprochen, nicht zu schreiben. Doch das war egal, das gehörte zu einem anderen Leben, und jetzt war er in diesem Leben, in dem alle guter Dinge waren, weil Lorens überlebt hatte; Willa war geopfert worden, und das war ein Tauschhandel, mit dem sie alle gut leben konnten.

Nicht, dass Lorens jetzt plötzlich ein normaler, herumtollender Junge war, der am Flussufer auf und ab lief, doch er war am Leben. Sein Gesicht hatte das schrumpelige Aussehen eines Kriegsheimkehrers, aber er ging manchmal nach draußen, trug alle Wintersachen übereinander, die man ihm anziehen konnte, und dann stand er da und schaute auf den Fluss, während das Eis aufbrach, und später, wenn das Eis in Scherben lag, die aneinanderklopften; und zehn, zwanzig kleine Glöckchen läuteten leise in die kalte Frühlingsluft.

Wie er dort stand, sah er aus wie jemand, der durch einen Zauber gebannt war, völlig erstarrt auf eine Art und Weise, die Lars Levi beunruhigte, so als wäre sein Körper zu ihnen zurückgekehrt, sein Geist jedoch nicht. Er war jetzt ruhiger, fast schon distanziert, aber niemand hatte das Gefühl, sich darüber beschweren zu dürfen, und außerdem war da diese neue Aufmerksamkeit, die Lorens' Genesung Lars Levis Amt verschafft hatte – er sagte das nicht selbst, aber alle anderen: Lorens' Genesung war ein Wunder. Gott hatte Lorens gerettet; seine Genesung war eine Frucht von Lars Levis Glauben. Lars Levi protestierte, behauptete beharrlich, dass sie Gottes Gedanken nicht kennen konnten, sie waren nur seinem Willen unterworfen, aber insgeheim gefiel ihm diese Lesart. Er fühlte sich auserwählt – schließlich war Levi gestorben, als Lars Levi selbst noch nicht bekehrt war.

Die Sache mit Willa war ein ganz anderes Problem. Offensichtlich war sie eine weitere Prüfung Gottes, eine, die ihn mächtig auf die Probe stellte; es gab Tage, an denen er nicht begreifen konnte, dass sie überhaupt sein Fleisch und Blut war. Sie war immer so pflichtbewusst gewesen oder so pflichtbewusst erschienen – wie und wann hatte der Teufel seine Krallen in sie geschlagen? Wie konnte sie ihnen, ihrer Mutter so etwas antun? Wenn Lorens nicht gewesen wäre, hätte die Nachricht von Willas Verhalten seinem Amt geschadet ... Wer wollte schon zu einem Pastor gehen, dessen eigene Tochter sich so entehrt hatte? Dabei hatte sie immer den Eindruck gemacht, den Menschen dienen zu wollen, vor allem den Sámi.

Vielleicht sollte sie aber auch eine andere Art von Prüfung sein, vielleicht war sie sein verlorener Sohn. Die verlorene Tochter, die zurückkehren würde, und er würde das gemästete Kalb schlachten, und seine Vergebung und Barmherzigkeit würden sie vollständig in Gottes Herde willkommen heißen. Er hatte Biettar vor seiner Abreise zum Meer gebeten, dass er, falls er Willa dort oben begegnen würde (Lars Levi war sich sicher, dass sie noch lebte und irgendwo unter dem Schutz der Sámi stand), sie an Gottes Gnade und Barmherzigkeit erinnern und ihm schreiben solle, aber er war sich nicht sicher, was er tun würde, wenn er von ihr hörte. Er wusste nicht, was er tun sollte. Ganz bestimmt würde sie nicht heiraten – welcher anständige Mann würde sie nach so einem Vorfall noch wollen? Ein Bauer vielleicht, aber sonst wohl niemand. Würden sie es ertragen, sie im Haus zu haben? Könnte Brita es ertragen, sie zu sehen?

Niemand wusste von Lars Levis Gedanken, da er sie niemandem gegenüber aussprach, und so schien das Spiel zu sein, so zu tun, als hätte es Willa nie gegeben.

Es war ein Spiel, das Nora langsam erdrückte. Sie litt mehr darunter als alle anderen, selbst ihre Mutter, und außerdem hatte sie das Gefühl, dass ihr Leben immer enger wurde, während Willas Leben sich entfaltete. Nora würde nicht nach Uppsala gehen, und sie würde sich auch nicht am Meer herumtreiben – nein, ihre Rolle bestand darin, nie zu einem Problem zu werden, und das war eine Rolle, die sie hervorragend beherrschte –, selbst jetzt noch, während die Leute weiter zu den Gebetstreffen kamen, obwohl es Sommer war, spielte sie die Rolle der hingebungsvollen Tochter. Es bereitete ihr eine gewisse Befriedigung, so gut darin zu sein, die Bedürfnisse der anderen vorauszusehen und zu erfüllen, mehr Kaffee, mehr Haferbrei, ein Liederbuch, mehr Holz im Feuer, aber sie war zugleich verbittert, und es zermürbte sie, ihre Verbitterung hinter ständiger Freundlichkeit zu verstecken. Sie war jetzt zweiundzwanzig, hätte genauso gut dreißig sein können, und sie hätte schon vor Jahren heiraten sollen, aber Willa hatte ihre Aussichten darauf zunichtegemacht, und jetzt würde Nora hier draußen in der Wildnis alt werden: Nur der Blick eines gelegentlich vorbeiziehenden Hirten würde sie daran erinnern, dass sie überhaupt eine Frau war.

Es war nicht besonders durchdacht von ihr, zu Henrik zu gehen. Später hätte sie vielleicht gesagt, wenn sie mehr Sámi in sich gehabt hätte, dass es das Wetter gewesen war, aber das kam ihr nicht in den Sinn, sie wusste nur, dass es ein warmer und schöner Tag war – der erste Tag, an dem man ohne Mantel nach draußen gehen konnte –, und die Mücken waren noch nicht in voller Streitmacht zurückgekehrt, und der Fluss gab jetzt ein Gurgeln von sich, ein leises, aber stetiges Rauschen gen Norden. Ihre Laune war so gut wie schon lange nicht mehr, und das wollte sie mit jemandem teilen. Früher wäre sie natürlich einfach mit Willa spazieren gegangen, aber die kleinen Mädchen waren Stubenhocker, sie saßen lieber drinnen und nähten und bastelten schöne Dinge, also dachte sie: Ich werde Henrik einfach bitten, mit mir spazieren zu gehen. Natürlich fielen ihr zehn oder zwanzig Gründe ein, warum das keine gute Idee war, nicht zuletzt, weil sie schon eine Tochter in der Familie hatten, die mit der Gesellschaft eines Mannes Schande über sich gebracht hatte, aber es war ja nur ein Spaziergang – und das Wetter, wer könnte dieses Wetter verschmähen?

Sobald sie im Laden stand, in dem es nach schalem Whisky und Rauch und getrocknetem Fleisch und etwas Totem stank, wünschte sie sich, sie wäre nicht hergekommen, aber als sie von ihrem sehr kurzen und sehr angemessenen Spaziergang zurückkamen, immer in Sichtweite des Ortes, stellte sie zu ihrer Überraschung fest, dass er die Art von Mensch war, mit dem man leicht Gespräche führen konnte, weil er immer etwas Angenehmes erwiderte. Er pflichtete ihr immer bei, sagte Dinge wie »ja, das stimmt«, oder »aber natürlich«, wenn sie es wagte auszusprechen, wie schwer es war, dass ihre Mutter sich immer noch so sehr um Lorens sorgte, oder dass sie sich wünschte, sie wäre doch nach Uppsala gegangen. Er trug zwar nicht auf intelligente Weise zum Gespräch bei, aber er lenkte auch nicht davon ab, und es überraschte sie, dass ihr das genügte; in diesem Moment kam es ihr wie etwas Großes vor. Außerdem schaute Henrik sie immer unterwürfig an, als verblüffte ihn ihre schiere Anwesenheit, und sie genoss die Wirkung, die sie auf ihn hatte. Sie hatte kein wirkliches Interesse an ihm, und es hätte sie entsetzt, hätte sie gewusst, dass er nachts an sie dachte und sich dabei anfasste, aber sie brauchte die Aufmerksamkeit eines anderen Menschen, und jetzt, wo ihre Eltern so sehr mit ihren Gebetsversammlungen beschäftigt waren, war es einfacher zu sagen, dass sie spazieren gehen wollte, um dann in Henriks Laden zu verschwinden – ihre Eltern, stellte sie fest, würden dort nicht nach ihr suchen, weil sie sich nicht vorstellen konnten, dass sie dort war, und weil sie dort nicht einkauften, sondern ihre gesamten Vorräte von finnischen Bauern bezogen, die ihre Waren aus Tornio heraufbrachten, statt Henriks Geschäft zu unterstützen.

Henrik hätte kaum glücklicher sein können. Er wusste nicht, was er von Noras Annäherungsversuchen halten sollte, zumal Biettar diese Dinge in Noras Anwesenheit gesagt hatte, was ihn erwarten ließ, dass sie ihn jetzt eher meiden würde, und es schien ein Ding der Unmöglichkeit zu sein, dass sie tatsächlich mit ihm flirtete, aber es konnte ja auch nicht sein, dass ihre plötzlichen Besuche überhaupt nichts zu bedeuten hatten. Er war verwirrt, und er trank ziemlich regelmäßig, was seiner Verwirrung nicht zuträglich war; er hatte vier volle Fässer Brännvin, die nicht wie geplant zu Ostern verkauft worden waren, also trank er sich stattdessen durch sie hindurch, ein perverser Wettstreit, zu dem er sich selbst herausgefordert hatte, denn wenn er alles getrunken hatte, musste er mit dem Trinken aufhören, weil dann nichts mehr übrig war. Aber es war wichtiger, an nichts zu denken, nicht daran zu denken, warum Nora zu Besuch kam, nicht an die Schulden, nicht an die Buchhaltung. Es war schon fast unerträglich, wenn die Post kam, darauf zu warten, die Handschrift seines Onkels auf einem Brief zu entdecken – was er zu den Schulden, zu den Neuigkeiten über Laestadius sagen würde, wollte Henrik sich kaum vorstellen –, und noch unerträglicher war es, dass ihm gegenüber im Pfarrhaus die Lappen saßen, die ihm etwas schuldeten, die durch den Ort liefen, als hätten ihre Schulden keinerlei Bedeutung, als wüssten sie, dass Lars Levi sie verteidigen, sie vor dem Gefängnis bewahren würde, und stimmte das nicht sogar?

Eine Frau kam herein und brachte einen Schwall Mücken mit in den Laden. Sie hatte blondes Haar und das lange Gesicht einer Norwegerin und schaute ihn unter schweren Augenlidern an. Er betrieb höfliche Konversation, verkaufte ihr Kaffee und getrocknetes Rentierfleisch und fragte sich, ob ihr Blick etwas zu bedeuten hatte. Sie schien noch etwas bleiben zu wollen, und als sie sich weiter unterhielten, stellte sich heraus, dass sie den ganzen Weg von der Küste heruntergekommen war, ausgerechnet aus Alta, um Lars Levis Haushälterin zu sein, nicht etwa gegen Bezahlung, sondern weil sie sich einfach Gott zur Verfügung stellen wollte, ihm von Nutzen sein. Als sie das sagte, wurden ihre Augen glasig, und obwohl es schon seit einer Weile ziemlich offensichtlich war, wurde es Henrik erst in diesem Moment so richtig bewusst: Sie liebten ihn. Der Irre Lasse war nicht mehr nur ein Pastor, sondern ein Anführer, er wurde zu einer Legende, und als die Frau gegangen war, wurde es ihm noch klarer: Es war Sommer, und die Lappen kamen noch immer in die Kirche. Im Jahr zuvor war der Sommer ruhig gewesen – im Sommer kamen nur die Siedler, erschöpft und geplagt von Ungeziefer und Heide, aber die Lappen und ihre Herden zogen ans Meer und blieben dort. Henrik hatte es gesehen, doch er hatte es nicht begriffen, die Lappen im Ort waren für ihn nicht mehr als eine weitere Merkwürdigkeit dieser Gegend gewesen, aber jetzt wurde ihm alles klar: Herrje, wie sich das Zeug verbreitete. Die Predigerkrankheit, eine Epidemie. Sie erlagen ihr wie die Fliegen.

Er wollte gerade aus dem Fenster schauen, aber unter den Säumen der Vorhänge sickerte das helle Gleißen der Sonne hindurch, die Winterplage endloser Dunkelheit war bereits von einer neuen Plage unerschöpflichen Lichts abgelöst worden, eine Erinnerung, die er nicht brauchte: dass jedes Vergnügen zu einer Strafe werden konnte.

Der Anblick des Meeres brachte die gleiche Erleichterung wie jedes Jahr. Da war die erste Erleichterung, angekommen zu sein, gefolgt von der tiefen Befriedigung, die Rentiere durch die Bucht zur Insel schwimmen zu sehen und zu wissen, wie gut es ihnen tun musste, die salzige Strömung Fliegen, Mücken und krabbelndes Ungeziefer aus ihrem Pelz waschen zu lassen, ans andere Ufer zu kommen und sich zu schütteln und die grün bemoosten Felsen zu sehen, die schon auf sie warteten, die verschneiten Höhen, die steife Brise, die dafür sorgte, dass sie nicht schwitzten. Risten freute sich, zu sehen, wie wohl sie sich fühlten, und wie jedes Jahr war sie ähnlich überrascht, als sie ihre Insel erreichten, wie schön hier alles war. Die niedrigen und schneebedeckten Berge kauerten über der Bucht, die Schweinswale wälzten sich in den Wellen und zeigten ihre runden Rücken – das Land konnte nicht aufhören zu prahlen, und sie wurde daran erinnert, dass bloßes Sehen Erlösung bedeuten konnte. Selbst wenn Willa sich in ihrer Nähe aufhielt, war es schier unmöglich, unglücklich zu sein, und ein paar Tage und sogar eine Woche lang empfand sie echte Freude darüber, angekommen zu sein, mit der Herde auf der Insel zu sein, mit Mikkol zusammen zu sein, mit dem sie jede Nacht in ihrem eigenen Lávvu schlief, getrennt von den anderen, aber nie außer Sichtweite. Er wirkte anders, hier am Meer, entspannter, und seine Verspieltheit, auch wenn sie manchmal kindisch war, machte ihn liebenswert. Er machte allerlei Dummheiten, legte einen lebenden Fisch zur ihr ins Rákkas, während sie schlief, ließ Seewürmer vor ihrem Gesicht baumeln, während sie versuchte, ein Netz zu reparieren, er brachte Säcke voller Fisch und warf sie ihr zu Füßen, als wollte er sagen: Ich versorge dich. Aber vor allem war sie froh darüber, dass er die Bibel nicht hervorholte, sie hörte kein einziges Wort über Jesus oder Biettar oder den Irren Lasse, sie hörte nur vom Angeln und von der Hirschkuh, die sich weigerte, ihr Kalb zu stillen, und wie viele Adler er schon hatte verscheuchen müssen, und das Einzige, das sie störte, war der Anblick des Pfads, den sie im Jahr zuvor genommen hatte, den Hang hinauf und um das Kap der Insel herum, wo Ivvár aufgetaucht war, aber es bestand keine wirkliche Notwendigkeit, diesen Pfad einzuschlagen, auf dem die kleinen Steine des Ufers zu Felsbrocken wurden, grün und moosig, feucht und rutschig, und sie schaffte es die meiste Zeit, nicht einmal dorthin zu schauen und ihren Blick stattdessen auf die niemals untergehende Sonne zu richten.

Als sie Mikkol zum ersten Mal Gott erwähnen hörte, war sie gerade dabei, sich zu waschen. Sie goss Wasser über ihre eingeseiften Beine und Füße, und sie genoss es, genoss es sogar, von Mikkol beobachtet zu werden, der vorgab, wegzuschauen, sie aber beobachtete, wie er die Rentiere beobachtete, mit einer Mischung aus Besitzerstolz, Bewunderung und Konzentration.

»Ich möchte, dass du mit mir nach Ivgobahta kommst«, sagte er plötzlich, und im ersten Moment war sie überrascht. Natürlich würde sie mit ihm nach Ivgobahta gehen, sie ging immer nach Ivgobahta – es gehörte zu den schönsten Tagen des Sommers, auf den Markt zu gehen, alle wiederzusehen, Fremde anzustarren, die Boote, die Norweger, und sie liebte es, an den Ständen vorbeizulaufen, die beste Wolle für den billigsten Preis zu finden, sie war gut im Feilschen, weil sie gut darin war, so zu tun, als würde sie gleich wieder gehen.

»Natürlich, warum nicht«, sagte sie leichthin, und obwohl ihre Kniekehle sauber war, seifte sie sie erneut ein, damit er ihr dabei zusehen konnte.

»Ich habe gehört, dass Biettar dort sprechen wird, und ich möchte, dass du mit mir kommst, um ihm zuzuhören.«

»Oh«, sagte sie und hoffte, dass sie auch ein bisschen interessiert und nicht enttäuscht geklungen hatte, obwohl die Enttäuschung ihr einen Stich versetzte. Wenigstens hatte er das nicht vor ihrem Vater gesagt. Wenigstens das. Und vielleicht war es nur ein kleines Gebetstreffen in einem der Markthäuser, eine stille kleine Lesung. Sie fragte sich, ob sie mehr Interesse hätten zeigen müssen, zumindest den Anschein erwecken, dass sie darüber nachdenken würde, um den Frieden zu wahren. Es war nicht gut, sich gegen diese Dinge zu sträuben; das könnte sein Interesse und seine Entschlossenheit nur noch verstärken. »Warum nicht«, sagte sie, »können wir gerne machen«, aber es fühlte sich nicht so an.

Jeder träumte in den langen Sommernächten, die gar nicht nach Nacht aussahen, die doch vielmehr Ausläufer und Mündungen des Tages waren; von jedem Ort auf Lyngen aus konnte man beobachten, wie die Sonne sank und, ohne jemals die feste Linie des Meeres zu berühren, wieder aufstieg – dies geschah im sanften Dunst aller Arten von Sonnenaufgängen, die gleichzeitig Sonnenuntergänge waren, dicke orangefarbene und rot gestreifte, manche mit Wolken, die so schwer von Rosa waren, dass sie fast ins Meer fielen, einige ein wenig grau und fast banal, aber Nacht für Nacht spielte die Sonne mit dem Horizont, und die Menschen spielten das Spiel der Sonne mit, es war egal, ob man schlief oder nicht, wenn man um Mitternacht spazieren ging, machte es keinen Unterschied, man würde sich nicht verirren, und es war eine Freude, nicht von den Grenzen der Dunkelheit eingeschränkt zu werden.

Diese von der Dunkelheit unberührte Zeit weckte in Ivvár, wie immer, die größten Sehnsüchte. Er sehnte sich danach, berührt zu werden, und dachte, inzwischen vertraut wiederholt, an Willa; er wanderte wie die Kinder ohne Hemd herum, nur um die Sonne auf seiner Brust zu spüren, und er lief auf den Felsen am Strand, nur um den feuchten Stein unter seinen Füßen zu spüren. Die Reise an sich war zermürbend gewesen, die Wanderung zur

Küste eine der schlimmsten in seiner Erinnerung, selbst im Vergleich zu dem ersten Jahr, in dem sie die neue Route östlich des Felsenmeers genommen hatten, nachdem sie einen großen Bogen um die schwedischen Bauern hatten machen müssen. Es war noch schlimmer, weil sein Vater nicht dabei war, und obwohl sie sich an die neue Route gewöhnt hatten, war ihnen nicht bewusst gewesen, wie sehr sie sich darauf verlassen hatten, dass Biettar alles wusste und alles entschied, bis jetzt, wo er nicht mehr da war. Er war einer jener Männer, die sich so gut orientieren konnten, die so gut darin waren, jeden Hügel zu erkennen, dass man ihn mit verbundenen Augen in einem Schneesturm hätte absetzen können, und er hätte den Weg nach Hause gefunden, aber vielleicht hatte Ivvár deshalb nie die gleiche Fähigkeit entwickelt, und er hatte sich dabei ertappt, wie er mit Angst in ein unbekanntes Tal hinabblickte. Und die Angst, das Nichtwissen hatte einen Preis, die Herde hatte sich so sehr geteilt, dass nicht klar war, wie sie sie wieder zusammenbringen, wie sie nach den verlorenen Tieren suchen sollten und wer bei der Hauptherde bleiben und versuchen sollte, voranzukommen, und schließlich hatte Ivvár gesagt, er würde sie zurückholen, und hatte sich einfach auf den Weg gemacht. Aber es hatte acht Tage gedauert, bis er, Ánde und Niko die restlichen Rentiere eingesammelt und wieder auf den Weg gebracht hatten, acht Tage, in denen Ivvárs Magen vor lauter Sorge ganz flau war, in denen er schlecht und unruhig schlief, immer in der Gewissheit, dass noch mehr Rentiere über das nächste Fjell strichen, die eingesammelt werden mussten.

Aber sie hatten es bis an die Küste geschafft. Drei Viertel, vielleicht vier Fünftel der Herde waren in Gáivuonbahta angekommen, obwohl Ivvár darauf gewettet hätte, dass die Speins einige der vermissten Tiere hatten, gut zehn, vielleicht zwanzig, die sich unter ihre Herde gemischt hatten; er würde später, vor dem Markt, nach ihnen suchen, damit sie nicht probierten, eines seiner Tiere zu verkaufen – aber er war müde. Er fühlte sich, als hätte ein Noaidi ihn in einen tiefen Schlaf versetzt. Das erste Jahr auf sich allein gestellt ist immer das schwerste, das sagten alle, es war schwer, von der elterlichen Herde zur eigenen zu wechseln, und jetzt sah Ivvár, wie wahr das war, jede Entscheidung erschien ihm falsch, also änderte er seine Meinung auf halbem Weg, so wie jetzt, als er umherwanderte, sich die Herde ansah und zu entscheiden versuchte, ob er einige Tiere schlachten sollte – er wusste es nicht. Es war viel später im Jahr als gewöhnlich für den Markt, der Winter hatte diesmal besonders lang gedauert – und sie waren so spät hier angekommen –, doch es machte ihn nervös, dieser Unterschied zu den Jahren zuvor, das machte es schwieriger, jetzt zu wissen, was zu tun war. Es könnte sehr bald warm werden, und das Fleisch würde sich nicht halten, niemand würde es wollen. Jede Minute fasste er einen neuen Entschluss, er dachte, ich riskiere besser nicht die niedrigen Preise, ich werde von Rentierfleisch leben, und daran kann ich nichts ändern, ich werde den Mantel und die Hose flicken, ich brauche eigentlich nur ein neues Messer. Aber im nächsten Moment dachte er, na ja, neue Wollunterwäsche bräuchte er schon, seine war so dünn geworden, und er brauchte eine neue Mütze, und diesmal sollte sie aus Robbenfell sein, nicht aus Fuchspelz, er brauchte sie wirklich. Und er wollte ein neues Geschirr für das Leitrentier kaufen, Borgas Geschirr würde jeden

Moment reißen. Also würde er mindestens eines schlachten, er würde ein paar Besorgungen machen, und dann hätte er sogar noch etwas zusätzliches Geld in der Hand – aber welches Tier sollte er schlachten?

Er ging herum und untersuchte sie, ob sie hinkten, ob sie krank waren, wie schlecht ihr Fell war. Sie waren alle recht mager, das Fell fleckig, außer die Kälber, die mager und weich aussahen. Aus dem Augenwinkel entdeckte er, wie Ánde und Niko in seine Richtung den Berghang hinaufliefen. Die Art, wie sie sich bewegten, bedeutete, dass sie Neuigkeiten hatten, und sonst hätten sie ohnehin gewartet, bis er herunterkam, so faul waren sie.

Als sie näher kamen, tat Ivvár so, als hätte er sich entschieden, und hielt sein Lasso so, als hätte er ein Auge auf das Tier geworfen, das er schlachten wollte. Einen Moment lang blieben Ánde und Niko etwas abseits stehen, um keines von ihnen zu erschrecken. Ivvár sah sie an und zuckte leicht mit den Schultern. »Schon gut, ich hole es mir gleich, wenn ihr wieder weg seid«, sagte er.

»Mach ruhig«, erwiderte Ánde. »Wir können warten.«

»Nein, schon gut«, sagte Ivvár. Er wusste, dass Ánde wusste, dass er sich noch nicht entschieden hatte, Ánde hatte sich immer darüber beschwert, wie unentschlossen er war.

»Wir können warten«, wiederholte Ánde. Er schaute belustigt drein.

»Was wollt ihr?«, fragte Ivvár ungeduldig. »Ihr seid doch aus einem Grund hier?« Ihre eigenen Kadaver lagen bereits unten am Ufer, in einem Boot übereinandergestapelt.

»Nein, nicht wirklich«, sagte Ánde.

»Nur eine ziemlich interessante Angelegenheit«, fügte Niko hinzu. So wie er dastand, konnte Ivvár sehen, dass er lachte, sie hatten sich den ganzen Weg hierher über ihn lustig gemacht.

»Also?«, hakte Ivvár nach. Er ließ das Lasso sinken und ging näher an sie heran, griff in sein Hemd, tastete nach dem kleinen Tabakbeutel, presste etwas davon gegen sein Zahnfleisch und schob es mit der Zunge zurecht.

»Es gibt Neuigkeiten von Lyngen«, sagte Ánde.

»Nina war zu Besuch bei den Prosts, die kurz zuvor die Speins getroffen haben«, sagte Niko.

»Haben sie unsere Rentiere?«

»Oh, keine Ahnung«, sagte Ánde. »Das müssen wir ihnen noch aus der Nase ziehen.«

»Nun, gute Nachrichten verbreiten sich eher langsam«, sagte Ivvár etwas säuerlich.

»Es sind gute Nachrichten«, sagte Ánde grinsend. »Also, kommt drauf an.«

»Worauf?«

»Wie zahm du deine Rentiere magst.«

»Meine Rentiere lassen sich von mir streicheln wie Hunde«, erwiderte Ivvár. »Ich rufe sie, und sie kommen.«

»Oh, das wissen wir«, sagte Ánde, und er lachte, und Niko lachte, sie lachten so sehr aus vollem Halse, dass es Ivvár ganz aus der Fassung brachte.

»Jetzt sagt schon!«

»Es geht um dein weißes Rentier, du weißt schon, das besonders zahme. Ein sehr liebes, sehr ... treues Rentier.«

»Borga?«, fragte Ivvár.

»Nein, das andere Rentier«, sagte Niko. »Sie ist mit den Tommas an die Küste gezogen.« Ivvár wurde rot, das wusste er, er spürte, wie ihm das Blut in den Nacken stieg, direkt in die Augen. Willa war hier. War sie seinetwegen gekommen? War sie seinetwegen weggelaufen? Er hätte platzen können, sein Körper schien nicht mehr der seine, hätte umfallen können oder alles stehen und liegen lassen und losrennen, oder einfach, wie es jetzt offenbar der Fall war, erstarren. Sag irgendwas, tu so, als wäre nichts, befahl er sich, und er öffnete den Mund, aber es kam nichts heraus.

»Ziemlich beeindruckend, dass sie den ganzen Weg geschafft hat, dein Rentier ist sehr stark«, sagte Ánde.

»Ein sehr gutes Herdentier«, fügte Niko hinzu.

»Ihr wisst nicht, wovon ihr redet«, erwiderte Ivvár, was nicht gelogen war, und vielleicht bewahrte ihn genau das davor, noch mehr zu sagen und sich damit zu verraten, denn als er sich von ihnen abwandte, spürte er, wie ihm plötzlich Tränen in die Augen stiegen, vielleicht vor Überraschung. Das war Wahnsinn, dachte er, sie war verrückt, was tat sie da? Was hatte sie sich dabei gedacht? Ausgerechnet mit den Tommas! Und wenn Mikkol sich der Tomma-Siida angeschlossen hatte und nicht umgekehrt, dann war Willa bei Risten. Wo auch immer Willa hinging, auf den Markt, in die Kirche, war es sehr wahrscheinlich, dass sie in Begleitung von Risten war ... Was hatte sie Risten erzählt? Hatte sie ihr irgendwas erzählt? Ihm wurde bewusst, dass er sie nicht besonders gut kannte, nicht wusste, was sie tun oder nicht tun würde, und wenn sie jemand war, der sich einer samischen Wanderung ans Meer anschloss, wozu war sie noch imstande?

Das verstörte ihn tiefer, als er je gedacht hätte. Sein ganzer Brustkorb rasselte, als steckte jemand darin und würfe mit Steinen. Willa, hier, wo er doch versucht hatte – und er hatte es wirklich versucht –, sie zu vergessen!

Und dann musste er einfach etwas tun, aber was tat er da? Er nahm das Lasso und fing eine Renkuh, die nicht gekalbt hatte, oder vielleicht war ihr Kalb gestorben, er konnte sich nicht erinnern, und er zog das Lasso fest, und alle Rentiere in der Nähe huschten davon. Die Renkuh war noch stark und wehrte sich gegen das Lasso, sie wollte nicht festgehalten werden, aber er setzte das Messer an ihre Kehle und stieß es hinein, ließ es dort stecken, damit sie nicht ausblutete. Sie trat um sich, immer und immer wieder, und er drückte seinen Dolch noch tiefer hinein, bei ihr musste er Geduld haben – er schaute zu Ánde und Niko, die ihn ohne großes Interesse beobachteten –, bis sie schließlich grunzte und nachgab. Er legte sie ins Gras und drehte sie auf den Rücken, sodass alle vier Beine zum Himmel ragten, beugte sich über sie und umkreiste jeden ihrer Hufe mit dem Messer, dann machte er Einschnitte an jedem Bein, dann schnitt er ihren Bauch auf, und er sah sich nach den Schlachtschüsseln um, nach der Blutschüssel, und ihm wurde klar, dass er sie noch gar nicht bereitgestellt hatte, und er ging los, um sie zu holen, das Blut an seinen Händen, sein Mund, der erstaunlicherweise zu lachen begann, sein Herz schlug Willa, Willa.

15

Den Ivgobahta- oder Skibotn-Markt gab es schon seit mehreren hundert Jahren, er war ein Produkt von geografischen Gegebenheiten und Bequemlichkeit – der Hafen an der norwegischen Küste mit Blick auf die Buchten des Nordmeers war gerade groß und friedlich genug, damit Schiffe aus Tromsø hier anlanden konnten, während die Schlitten oder Kutschen aus Schweden und Finnland die Rentierwege nutzten. Jede der Parteien des Skibotn-Marktes – die Schweden, die Kvenen, die Finnen, die Norweger, die Russen und die Sámi – hatte fast völlig unterschiedliche Ressourcen und Bedürfnisse als Grund für ihren Besuch: die Kvenen hatten Butter, aber kein Fleisch; die Norweger hatten Metalle und Stoffe, aber kein Fleisch; die Sámi hatten Fleisch, aber nur sehr wenig Butter; und so weiter – und so war es zur Gewohnheit geworden, dass sich alle dreimal im Jahr trafen, um zu tauschen, und nicht nur ein, sondern zwei Hotels waren zu diesem Zweck entstanden, und es gab mehrere gepflasterte Straßen mit Hütten und Markthallen, obwohl es nicht einmal eine Kirche gab. Es wurden mindestens fünf verschiedene Sprachen gesprochen, die meisten Männer sprachen zumindest zwei, meist sogar drei, und es wurde im Allgemeinen von einer Ware zur anderen getauscht, denn es gab nicht einmal eine einheitliche Währung, und die Krone hatte sogar eine Sondergenehmigung erteilt, um den Markt zollfrei zu machen, denn es war nicht klar, wer wen wie und wofür besteuern sollte.

Der Markt war auch eine Auszeit vom normalen Leben, denn er war so überfüllt, dass man relativ anonym blieb, außer vielleicht die Sámi, die in den Augen der Nicht-Sámi fast überall auffielen, zum einen, weil sie so anders gekleidet waren, und zum anderen, weil sie mit großen Schlitten voller Rentierkadaver kamen, deren Felle und Fleischflanken mannshoch gestapelt waren, auch sie von Rentieren gezogen. Auf dem Markt gab es ein Überangebot von allem, was mit Rentieren zu tun hatte: Rentierhaare für die Füllung von Kissen und Matratzen; Felle zum Auskleiden von Schlitten; Felle, die sich besser für Mäntel eigneten; Leder, das mit gekochter Birkenrinde gegerbt worden war; Leder, das noch gegerbt werden musste; Fell von den Vorderbeinen für Stiefel; Leim, der aus Hufen hergestellt wurde; Haken aus Geweihen, Fäden aus Sehnen, Seile aus Leder; Nadelhalter aus den Schienbeinen von Kälbern; Stapel von gewebten Rátnu-Teppichen aus Wolle. Natürlich gab es auch haufenweise Fisch aller Art, gesalzen und getrocknet sowie frisch – Kabeljau und Makrele, Forelle, Heilbutt, außerdem Robbenfleisch, Walöl, Walfleisch –, und ihr Gestank, obwohl ausgenommen und getrocknet, erfüllte die Luft. Im Hintergrund lagen die Fjorde, die Berge eher rund als spitz, fast bucklig, sie erhoben sich steil und unmittelbar aus dem Wasser, und obwohl die Berge in Wirklichkeit nicht sehr hoch waren, erweckten die steilen Hänge und die Unmittelbarkeit, mit der sie direkt ins Meer hinabstürzten, den Eindruck, als sei man von allen Seiten von Pracht und Größe umgeben. Um diese Jahreszeit wurden die Fjells unter dem Schnee langsam grün, und das Wasser der Buchten verdoppelte, verdreifachte das einfallende Sonnenlicht, und der Wind war kalt und rein, und die Möwen krächzten vor Freude über all dieses Chaos.

Willa hatte sich nicht vorstellen können, wie es auf dem Markt sein würde. Sie hatte zugesagt, mitzukommen, weil sie eingeladen worden war (Anna hatte darauf bestanden, dass Risten sie einlud) und weil sie die Märkte zu Ostern oder zu Michaeli immer gemocht hatte, aber dieses Getümmel hätte sie sich im Traum nicht ausgemalt. Sie wäre nie auf die Idee gekommen, wie viele Boote hier sein würden, Langboote, Boote mit Masten, niedrige und schlanke und schnelle Boote, Boote, deren Laderäume voller Salz und Teer und Kaffee waren; sie hatte noch nie Männer gesehen, die auf offener Straße tranken, einer von ihnen kroch auf den Knien und hatte sich vollgepisst; sie hatte noch nie Frauen in so freizügigen Kleidern gesehen – sie rauchten und lehnten an der Tür eines Markthäuschens, das, sogar Willa ahnte es, ein Bordell sein musste; sie hatte noch nie einen Hirten gesehen, der mit einer Hand einen blutenden Kadaver am Hinterbein hinter sich herzog, während er in der anderen eine rauchende Pfeife hielt.

Während Willa ihren Blick ziellos schweifen ließ, ließ Risten ihren Blick zielgerichtet schweifen, auf der Suche nach Ivvár. Sie hatte sich vorgenommen, es nicht zu tun, aber sie konnte nicht anders. Es war erst ein Jahr her, dass sie ihn hier gesehen hatte, erst ein Jahr, dass sie sich über die Leute lustig gemacht hatten, die auf den Pfaden der Liebenden in die Berge verschwanden, und es war klar gewesen, dass Ivvár das auch vorschlagen wollte, obwohl sie es nicht getan hatten, nicht damals, noch nicht. Der erste Tag des Marktes verging, ohne dass sie ihn zu Gesicht bekam, und am zweiten Tag glaubte sie, ihn zweimal gesehen zu haben, nur um festzustellen, dass sie ihn sich bloß herbeisehnte. Und noch immer war Biettar nicht aufgetaucht, um zu sprechen. Mikkol hatte gesagt, dass Biettar »am dritten oder vierten Tag« auf dem Markt sein würde, hatte aber weder Zeit noch Ort genannt, und so blieb Risten, wie allen anderen auch, nichts anderes übrig, als durch die Straßen zu wandern und jeden zu registrieren, den ihre Augen erfassen konnten, in diesem Fall vor allem die Kvenen und die Norweger, die sie oder Willa gelegentlich grob anschrien, sie in dunkle Lagerräume einluden, ihnen Schlucke aus ihren Flaschen anboten und sie baten, sich in ihren Röcken ein wenig für sie zu drehen.

»So betrunken und so unverschämt«, beschwerte sie sich bei Willa, aber in Wirklichkeit war sie froh, dass sie immer noch angeschrien wurde, dankbar, dass diese Männer nicht zwischen Quadraten und Kreisen an ihrem Gürtel unterscheiden konnten, und vor allem froh, dass sie mehr Aufmerksamkeit bekam als Willa.

Auch Ivvár starrte die betrunkenen Kvenen an, sah, wie einer von ihnen sein Bein über das eines anderen gelegt hatte. Er fragte sich, ob sie die ganze Nacht so geschlafen hatten, als er Willa entdeckte. Er wusste, dass sie es war, auch wenn sie noch weit weg war und gebückt mit einem kleinen Jungen sprach, der ihr etwas verkaufen wollte. Sofort wurde er nervös, und obwohl es seine Nerven noch mehr strapazieren würde, schob er sich ein weiteres Stück Tabak unter die Lippe, ließ sich schwer gegen die Kisten sinken, an denen er saß, und beobachtete sie. Die Tatsache, dass sie wirklich hier war, war so surreal, dass er seinen Augen nicht trauen konnte, er hatte keine Ahnung, wie er sich verhalten sollte. Sie drehte sich um, sprach mit jemandem – also war Risten bei ihr, sie waren gemeinsam hier. Ein Schwindel überkam ihn, er hatte plötzlich das Gefühl, dass er in Schwierigkeiten steckte, aber er wusste nicht, warum. Er hätte abhauen können, er war versucht, abzuhauen, aber Ánde tauchte mit einer Schubkarre neben ihm auf, nicht mit dem Karren, den Ivvár sich erhofft hatte. Ánde nickte in Richtung Willa und Risten und grinste, machte sich nicht mal die Mühe, es sich zu verkneifen.

»Hab schon gesehen«, sagte Ivvár reumütig.

Ánde lachte: »Du siehst aus, als müsstest du gleich kotzen.«

Ivvár stand auf und hievte den obersten Kadaver vom Boot. Es war das Rentier, das nicht gekalbt hatte. Sie luden ein weiteres auf, und Ivvár fuhr mit der Schubkarre los, bevor Ánde ihm seine Hilfe anbieten konnte. Er hielt den Kopf gesenkt und wich ihrem Blick aus, war sich bewusst, dass sie sich durch die Menge bewegte, und blieb so gut es ging außer Sichtweite. Er ging geradewegs zu Anderssen, und als er dort ankam, hielt er das Gespräch sehr kurz, wie üblich schenkte Anderssen ihm ein ordentliches Glas Brännvin ein, und Ivvár bekam seinen neuen Kessel und neue Wollunterwäsche und sein neues Ledergeschirr und sogar ein paar Münzen als Wechselgeld. Nach dem Brännvin fühlte er sich besser, und als er aus dem Markthäuschen trat, kam ihm alles ein wenig erträglicher vor.

Die Tatsache, dass auch sein Vater da war, traf ihn wie ein Schock – ausgerechnet sein Vater stand auf einem großen Felsen am Ende der Straße und las aus einem Bündel von Papieren, das er mit beiden Händen hielt. Er trug einen einfachen, verblichenen Gákti, der früher blau und jetzt grau war, und eine gut geölte Lederhose. Trotz des starken Windes trug er weder Hut noch Schal, aber in mancher Hinsicht sah er besser aus, als Ivvár ihn seit Jahren gesehen hatte; sein Gesicht war weniger geschwollen, als hätte man ihm die ganze Luft herausgepresst, und sein Blick war wachsam und huschte flink durch die Menge.

»Nun denn«, rief sein Vater, halb schreiend, halb sprechend, seine Stimme klang verzerrt, »die – Götter sind Fässer mit Brännvin, protzige Kleider, schicke Häuser, bemalte Schlitten, Kühe, Pferde und Schafe. Denn Luther sagt: Was ein Mensch am meisten liebt, ist sein Gott.« Er schien erleichtert, bei diesem Satz angelangt zu sein, und wiederholte ihn. Ivvár wünschte sich verzweifelt, er würde aufhören zu lesen und von dem Felsen herunterkommen – er klang überhaupt nicht wie der Irre Lasse, als würde er mit seinen Worten ein Lasso um die Zuhörer werfen und es dabei immer straffer ziehen. Nein, er klang, als wisse er gar nicht, wohin mit dem Lasso, wo der Satz endete, und alle rätselten mit ihm.

Dennoch war eine kleine, aber ernst zu nehmende Menschenmenge um den Felsen versammelt – nicht so eifrig wie die Anhänger vom Irren Lasse, doch sie schienen gehorsam oder zumindest interessiert.

»Was ist dein Gott?«, rief sein Vater einem Finnen zu, der mit der übertriebenen Konzentration eines Betrunkenen vorbeiging. Der Mann schaute kaum zu ihm auf.

»Was liebst du am meisten?«, rief sein Vater wieder, an einen anderen vorbeigehenden Mann gerichtet. »Was ist dein Gott?« Ivvár schämte sich, als würde jeder Mensch, der seinen Vater verärgert oder mitleidig ansah, auch ihn so ansehen. Es war schlimmer als zu Ostern, denn in der Karesuando-Kirche hatten die Leute wenigstens zu seinem Vater aufgeschaut, wegen seiner Eskapaden, weil er seine Frömmigkeit so schön vorgeführt hatte, aber hier hätte er genauso gut ein Betrunkener sein können wie jeder andere, und je mehr er schrie und je lauter er wurde, desto verrückter schien er zu sein, und was in der Kirche für Leidenschaft und für die Kraft Gottes gehalten worden war, war hier nur Wahnsinn.

Ivvár schaute in die Menge: Er konnte es in den Gesichtern der Kvenen und der Norweger sehen, und dann entdeckte er Risten, Mikkol stand dicht neben ihr, wie es sich für frisch Verheiratete gehörte, und er sah, dass auch Risten seinen Vater für verrückt hielt, er schaute sich nach Willa um, und dort war sie, aber sie stand mit dem Rücken zu ihm, und er wusste nicht, was sie dachte, doch es konnte nichts Gutes sein. Alle hielten ihn für verrückt, er war nur ein verrückter, dreckiger, armer Lappe, und das Schlimmste war, dass Ivvár, als er die Spucke aus dem Mund seines Vaters fliegen sah, nicht anders konnte, er stimmte ihnen zu.

Biettars Blamage war wie eine Erzählung aus der Bibel. Von Willas Standpunkt am hinteren Rand der Menge konnte sie ihn deutlich sehen, und einige Minuten lang stand sie da und beobachtete ihn von der relativen Sicherheit einer Markthauswand aus – neben ihr stand eine junge Mutter, die ihr Kind stillte, das Baby beobachtete Willa mit einer gewissen Skepsis, während die Mutter Biettar mit mildem Interesse zusah.

Immer mehr Menschen wurden auf Biettar aufmerksam, die Menge wurde langsam dichter. Jemand, der schrie, war zumindest sehenswert, und alle waren der einzigen anderen Unterhaltung überdrüssig – eines Mannes mit einer Fiedel, der immer wieder dieselbe karelische Melodie spielte, und zwar sehr schlecht. Biettar war also eine willkommene Ablenkung anderer Art, ein anderer Mann, der sich auf andere Weise zum Narren machte, und, was vielleicht noch besser war, ein Narr, der zu weiteren Dummheiten angestachelt werden konnte. Aber es war eine Sache, den Leuten im Vorbeigehen eine Predigt zu halten, und eine andere, einer Menge betrunkener Männer zu sagen, dass sie die Pisse des Teufels tranken, und als die Worte aus seinem Mund waren, dauerte es nicht lange, bis jemand schrie: »Geh zurück zu deiner Herde«, und ein anderer kam dazu und imitierte das Geräusch eines Rentiers in der Brunftzeit: »Unh-unh-unh.«

»Aber unser Gott ist im Himmel«, fuhr Biettar beharrlich fort, »nicht in eurem Magen oder in der Leber oder in der Milz, nicht in eurer Galle oder in euren Gedärmen. Er ist nicht in eurem Schnaps. Er ist nicht im Hurenhaus. Er ist nicht in der Scheune.« Willa konnte es nicht mehr ertragen, ihm zuzusehen. Sie stand keinesfalls auf der Seite der Männer, die Biettar anschrien, sie stand auf keiner Seite, sie konnte weder Biettar noch die Männer noch sich selbst ertragen. Sie drehte sich um und schaute die Straße hinunter, wollte sehen, wer sonst noch zusah, und war überrascht, dass aus jeder Tür mehr Leute kamen, dass einige sich aus den offenen Fensterläden lehnten, und dann trafen sich ihre Blicke.

Sie erblickte Ivvár, und Ivvár erblickte sie. Er sah so gut aus, sein Haar war länger, als sie es in Erinnerung hatte, und in der Sonne heller geworden, und sein Gesicht schien gebräunt und kräftig. Sie hatte in zwei Monaten zweihundert Meilen überwunden, und hier war er, und hier war sie, und es war ihr plötzlich so peinlich, so weit gekommen zu sein, so viel getan zu haben, dass sie ihn nicht ansehen konnte – sie drehte sich um wie eine Idiotin, starrte in die Menge, beobachtete Biettar, der predigte, aber sie sah ihn gar nicht, wusste, dass die Leute schrien und dass Mikkol sich zu den Leuten umgedreht hatte, um sie zum Schweigen zu bringen, doch es war eine Szene, die bedeutungslos war, nur Ivvár hatte Bedeutung. Was hatte sie nur getan, hierherzukommen? Warum hatte sie diesen ganzen Weg auf sich genommen – wie peinlich –, wie peinlich, so viel gelitten zu haben, und wofür?

Wie unmöglich, wie demütigend, wenn sie jetzt auf ihn zugehen müsste! Eine Bettlerin, sie war eine Bettlerin – sie hatte nichts, nicht einmal Stolz, sie hatte ihre spröden Lippen und ihr sonnenverbranntes Gesicht und ihre schmerzenden Beine, ein Knacken in der Hüfte, wenn sie den Berghang hinauf- oder hinunterging, sie trug Ristens alte Rentierhose, mit Flicken übersät, und Ristens alte Sommerlederstiefel. An ihr gab es nichts Hübsches, nichts Begehrenswertes, und doch hoffte sie, komm zu mir. Komm und bleib bei mir. Aber sie konnte sich nicht umdrehen, konnte nicht schauen, ob er auf sie zukam oder nicht, sie wünschte es sich so sehr und rief ihm zu, in ihrer Hoffnung, komm her, o ich liebe dich, komm her.

Biettar redete immer noch, fand kein Ende, der Teufel, der Whisky, wer ist dein Gott, das, was ein Mensch am meisten liebt, ist sein Gott. Willa erinnerte sich sehr vage daran, dass sie das abgeschrieben hatte, dass sie damals gedacht hatte, ich werde Gott und Christus am meisten lieben, dass sie diesen Entschluss gefasst hatte, obwohl sie das Gefühl beschlich, dass sie vielleicht ihre Familie am meisten liebte, und dass es ihr so schwergefallen war, sich einen Gott vorzustellen, dem sie noch nie begegnet war, und ihn mehr zu lieben als die, die sie schon kannte, es war die allerhöchste Anforderung, und selbst damals konnte sie sie nicht erfüllen.

Aber sie hatte die Familie, die sie geliebt hatte, verlassen, sie war vor ihr geflohen.

Sie drehte sich um, Ivvár hatte sich nicht bewegt. Er stand noch immer vor einem der Markthäuser, so wie er immer vor der Kirche stand, die Daumen in den Gürtel gesteckt, eine Schulter an die Wand gelehnt, die Füße über Kreuz. Es hätte leicht so aussehen können, als würde er sich zu sehr bemühen, entspannt auszusehen, aber er sah wirklich entspannt aus. Diesmal grinste sie wie ein Trottel, und obwohl die Menge jetzt lauter wurde, ging sie auf ihn zu. Alle anderen gingen auf Biettar zu, und sie lief in die andere Richtung, zu Ivvár, sagte »Entschuldigung«, »Entschuldigung«, wahrscheinlich machte es ihnen gar nichts aus – sie zwängte sich durch einen dicken Pulk verschwitzter Männer, vermutlich Kvenen, sie war sich nicht sicher, welche Sprache sie sprechen sollte, sie versuchte es mit Schwedisch –, und als sie an ihnen vorbei war, hatte sie ihn aus den Augen verloren. Gerade war er noch da gewesen, und jetzt war er weg.

Sie stand dort auf dem Hauptweg, die Leute strömten an ihr vorbei. Niemand beachtete sie, sie war weder hier noch dort, und als sie ihn endlich entdeckte, hatte er kehrtgemacht und ging davon, mit gesenktem Kopf, als wolle er nicht gesehen werden. Als wolle er nicht verfolgt werden, nichts mit ihr zu tun haben, und sie hätte schreien können, ihm nachlaufen, ihm auf den Rücken hauen, aber hinter ihr wurde das Gebrüll immer lauter, und als sie sich umdrehte, konnte sie gerade noch sehen, wie Biettar von einem blonden Mann vom Felsen heruntergezogen wurde, ein großer Norweger, der Biettar an den Waden packte und ihn wie ein Kind hochheben, ihn über seine Schulter schwingen und wegtragen wollte, aber Biettar trat um sich und befreite sich und fiel zu Boden. Dem Mann schien es zu genügen, Biettar am Boden zu sehen, und er sagte: »Ja, bleib schön da liegen«, bellte es ihm auf Norwegisch ins Gesicht und wollte gerade weggehen, als Biettar wieder auf die Beine kam, und für einen kurzen Moment sah es so aus, als wolle Biettar zuschlagen. Schlag zu, Biettar, dachte sie, kämpf mit ihm! Sie wollte, dass Biettar den Norweger wie ein Rentier packte und seinen Kopf auf den Boden drückte, ihm den Fuß in den Nacken stellte.

Aber Biettar stand einfach nur da und sagte gar nichts mehr.

Nachdem die Situation sich so aufgelöst hatte, löste sich auch die Menge auf – niemand wollte sich mehr dort herumtreiben; alle schämten sich für die Szene, es war wie eine kollektive Scham, auch weil eine Gruppe samischer Frauen begonnen hatte, durch die Menge zu gehen und die Zuschauer wegzuschicken, mit Nachdruck sagten sie:

»Geht nach Hause, geht nach Hause, was seid ihr nur für Männer?«, und das zeigte Wirkung, alle fühlten sich gescholten und waren verärgert darüber, gescholten zu werden, konnten sie nicht einfach herumstehen und bei einer Prügelei zusehen, wenn sie das wollten? Aber sie hatten nicht die Kraft, sich dem Willen dieser Frauen zu widersetzen, und es war einfacher, zu dem zurückzukehren, was sie ohnehin gerade kaufen oder verkaufen oder trinken wollten.

Als sich die Menge gelichtet hatte, blieben nur noch Risten und Mikkol übrig, die versuchten, Biettar freundliche, aber nicht zu mitleidige Blicke zuzuwerfen.

Er hielt noch immer das Bündel Papiere in seinen Händen, aus dem er die Predigt vorgelesen hatte. Eine der Seiten war heruntergefallen und zertrampelt worden, und Biettar versuchte, den Schlamm abzuwischen, verschmierte ihn aber nur noch mehr. Er war niedergeschlagen, ja – gedemütigt. Er war sich nicht sicher, was er erwartet hatte, aber er hatte sich eingeredet, dass Gott ihn entweder in Schutz nehmen oder die Männer dazu bringen würde, ihm zuzuhören; er hatte sich sogar vorgestellt, ein neuer Laestadius zu sein, verwandelt vom Rentierhirten zum Hirten des Volkes; das hatte er sich ausgemalt, letzte Nacht!

Aber das hier war schlimmer, viel schlimmer – es verlangte von ihm, dass er mit solcher Klarheit an das glaubte, was er tat, dass ein solcher Angriff ihn nicht umzustimmen vermochte, und er wusste nicht, ob er diese Klarheit hatte. Es hatte ihm so viel abverlangt, auf diesen Felsen zu steigen und zu predigen, und er hatte allein aus Sturheit nicht aufgehört. Er war deprimiert, zutiefst, selbst als Risten und Mikkol ihn einluden, in ihrem Lávvu zu übernachten, selbst als er dort ankam und sich zu Ristens Vater setzte und mit ihm rauchte, und selbst als Nilsa, zu seiner eigenen Überraschung, nicht unwirsch zu ihm war und ihn nicht ignorierte. Erst als Biettar Willa sah, begann er zu spüren, dass hier etwas Besonderes, etwas Größeres am Werk war. Es war nicht gerade ein Zeichen Gottes, aber es bedeutete etwas, sie hier zu sehen, es schien, als sei Laestadius in dieser anderen Form vor ihn getreten, und seltsamerweise fühlte er sich weniger allein. Er wusste natürlich, dass sie ihn nicht hier haben wollte; sie sah genauso abgeschlagen aus wie er, dachte er, und kein Wunder, es war nicht leicht, bis zur Küste zu wandern, wenn man es noch nie zuvor getan hatte, wenn man sich nicht sein ganzes Leben lang darauf vorbereitet hatte, aber so intensiv er sie auch musterte, er konnte nicht sagen, ob sie schwanger war oder nicht, und er konnte nicht sagen, mit wem sie wirklich unterwegs war – mit den Tommas? Warum sollten die sie bei sich aufnehmen? Aber so etwas konnte er nicht fragen.

Natürlich hätte Willa Biettar voller Mitleid ansehen können – sie hatte verstanden, dass er nicht verstanden hatte, worauf er sich eingelassen hatte –, aber sie hatte keinen Platz für Mitleid mit anderen, sie hatte nur Mitleid mit sich selbst. Biettars Anblick war eine Wunde, sie konnte nur an Ivvár denken, und sie konnte an Biettar die kleinen Bewegungen und Eigenheiten sehen, die sie so an Ivvár erinnerten. Sie hasste ihn dafür, dass er da war, sie nahm es Nilsa übel, dass er so nett zu ihm war und ihm wie ein Feigling gutes Essen servierte, und sie verachtete Mikkol dafür, mit welcher Bewunderung er Biettar ansah.

Als sie endlich jemand direkt ansprach, war es Biettar, und sie konnte nicht aufschauen, konnte ihn nicht ansehen, als er sagte: »Willa, hast du gehört, Lorens geht es gut«, und obwohl er es sanft und leise sagte, blickte sie ihn nicht an, sondern erwiderte nur: »Ja, ich weiß«, obwohl sie es nicht gewusst hatte. Sie wollte weinen oder schreien oder jemanden schlagen, sie fühlte alles auf einmal und wusste nicht, was sie fühlte, und es kostete sie alles, einfach dazusitzen und nichts zu tun und abzuwarten.

Als es so schien, als wäre eine angemessene Zeitspanne vergangen, kroch sie aus dem Lávvu und eilte davon. Sie hasste es, dass es zu dieser Jahreszeit nie dunkel wurde, sodass sie sich nirgends verstecken konnte, nicht wusste, wo sie Zuflucht suchen sollte. Sie setzte sich ans Meer und wartete darauf, dass Biettar wieder ging, aber er ging nicht, und schließlich wurde ihr klar, dass er bleiben würde, und sie musste zurückgehen.

Sie blieb dort sitzen; blieb die ganze Nacht dort draußen und hörte vom Felsen aus Mikkols Stimme aus dem Lávvu, wie er zu Gott rief und Biettar antwortete. Sie hörte, wie die Trance begann, sie hörte die Schreie, und nach einer sehr langen Zeit, nach vielleicht einer Stunde, erschien Nilsa, setzte sich in einiger Entfernung von ihr nieder und nahm seine Pfeife heraus. Er sah sie an, als wollte er sagen: Was soll man tun?, und lange Zeit saßen sie beide einfach nur da und schauten auf das Meer.

16

Der Brief seines Onkels traf ein, als der Juni zu Ende ging, fast zwei Monate, nachdem Henrik seinen eigenen abgeschickt hatte – die Post brauchte immer lange auf dem Weg in den Norden. Henrik wusste schon, bevor er ihn öffnete, was er mit seinem Brief an Frans angerichtet hatte, aber trotzdem war es beunruhigend, es schwarz auf weiß zu sehen, als hätte er die Angel viel weiter ausgeworfen, als ihm bewusst war, und nicht einen Fisch, sondern einen Wal an Land gezogen. Sein Onkel war »so erstaunt, beinahe verzweifelt« und »zutiefst beunruhigt, dass Seelen, die den Herrn noch nicht kannten, in diese Teufelei hineingezogen werden sollten«. Er ermahnte Henrik, seine »Augen und Ohren« zu sein, »standhaft im Dienst unseres Herrn« zu bleiben und so weiter, wobei die Formulierungen so fest zum Wortschatz der Kirche und der Krone gehörten, dass sie fast überhaupt keine Bedeutung hatten – die Ermahnungen waren inbrünstig und doch umso leerer, weil die Formulierungen so vertraut klangen. Am Ende der zweiten Seite kam der Schock: Frans wollte Laestadius nach Pajala schicken, eine Pfarrei weiter südlich, wo seine ketzerischen Lehren »eingedämmt, wenn nicht gar abgeschafft« würden, da er sich dort »unter einer Bevölkerung befände, die weniger anfällig für seine Beeinflussung« sei. Pajala sei »leider immer noch Lappland«, aber überwiegend von Schweden besiedelt, und die Kirche habe im Allgemeinen einen gefestigteren und strengeren Einfluss auf die Einwohner. »Ich gehe nicht davon aus«, schrieb Frans trocken, »dass jemand von ihnen es gut findet, auf den Kirchenbänken zu stehen, anstatt zu sitzen.«

Dann teilte er ihm noch ein paar politische Neuigkeiten mit, die Henrik nur träge aufnahm ... Sie waren so langweilig, genau die Art von Dingen, über die sein Onkel gerne zu ausführlich schwadronierte. Wie Henrik verstand, hatte Zar Nikolai I. die Grenze zu Russland geschlossen, sodass niemand mehr passieren konnte, weder die Schweden noch die Norweger und schon gar nicht die Lappen, weil die Russen Fischereirechte an der Küste haben wollten und König Oskar I. ihnen keine überlassen wollte, weil König Oskar I. nicht wie sein Vater sein wollte, der, seiner Meinung nach, dem Zaren gegenüber zu oft nachgegeben hatte. Was ihn beträfe, so fuhr sein Onkel fort – der Brief umfasste fast vier Seiten dicht gedrängter Schrift –, so würde er später in diesem Sommer, spätestens im Herbst, alle Gemeinden inspizieren, um zu sehen, dass sie allesamt »unter der barmherzigen Wachsamkeit unseres Herrn beständig wachsen«, und natürlich, um Henrik selbst zu besuchen und sich davon zu überzeugen, dass »Gott ihn reich gesegnet hatte«, und um Henrik in »seinem neu gewonnenen Wohlstand und Reichtum« aufzuwarten, was Henrik folgendermaßen verstand: Sein Onkel kam, um das Geld zu holen, das Henrik ihm schuldete.

Es dauerte den Rest des Tages, bis Henrik die offensichtliche Konsequenz erkannte: Wenn Laestadius in den

Süden geschickt würde, würde Nora mit ihm gehen. Irgendwie hatte Henrik geglaubt, dass allein Laestadius die Konsequenzen tragen müsste, und darüber hinaus war ihm überhaupt nicht in den Sinn gekommen, dass sie Laestadius woandershin schicken würden, weil er für diese besondere geografische Trostlosigkeit und Entbehrung so gut geeignet war. Henrik meinte sich daran zu erinnern, dass sein Onkel ihm einmal erzählt hatte, Laestadius sei der Einzige, der sich überhaupt für die Stelle hier beworben hatte. Henrik las die relevanten Teile des Briefes noch einmal, aber es war mehr als deutlich: Nora würde nach Süden gehen, nach Pajala, in eine weit größere Stadt als diese, und Nora würde dort jemanden finden, während ein anderer Pfarrer hierher gesandt würde. Es war schwer zu sagen, ob dieser neue Pfarrer Henriks Interessen wohlgesinnter sein würde – es schien möglich, sogar wahrscheinlich, dass er wie andere Pfarrer den Menschen ein Glas Brännvin ausgeben würde, wenn sie das Pfarrhaus besuchten, als Anreiz zur Wiederkehr, aber dafür gab es nie eine Garantie. Vielleicht war er auch schlimmer als Laestadius. Vielleicht hatte er gar keine Töchter, und vielleicht wollte er jeden Abend vorbeikommen, um mit Henrik zu sprechen und seine Seele zu retten. Und jetzt würde sein Onkel herkommen, im wahrsten Sinne des Wortes für die Kollekte, und Henrik verspürte den Drang, wie Willa in der Tundra zu verschwinden.

Nora kam nur einen Tag später vorbei und sah aus wie eine Leprakranke – die Mücken hatten ihr sehr zugesetzt, sie hatte Beulen am Hals und eine sogar in der Innenseite ihres Nasenflügels, ganz zu schweigen von einer Reihe von Stichen, die ihre Augenbrauen zu verlängern schienen. Das war wenig schmeichelhaft, zumal sie ihre Handgelenke und Hände sowie ihr Schlüsselbein mit einer Mischung aus Teer und Schlamm eingerieben hatte, sodass sie nicht nur krank, sondern auch arm und dreckig aussah. Sofort fühlte er sich beim Gedanken an Pajala besser.

»Ich war gestern draußen auf dem Feld«, erklärte sie und versteckte ihre Hände hinter dem Rücken.

»Verstehe.«

»Es ist nicht so schlimm, wie es aussieht.«

»Das hoffe ich doch«, erwiderte er, dann wurde ihm bewusst, was sie damit impliziert hatte. »Was hast du dort gemacht?«

»Hauptsächlich Steine aus dem Boden gesammelt«, sagte sie. »Jedes Jahr sind dort mehr Steine, als würden sie dort wachsen.«

»Genug Steine für eine gute Suppe.«

»Genau!«

»Sie verlangen zu viel harte Arbeit von dir«, sagte er und lehnte sich an den Tresen.

»Alle arbeiten hart.« Sie schien sich unwohler zu fühlen als sonst, und sie wippte leicht auf ihren Füßen auf und ab, die Hände immer noch hinterm Rücken verschränkt.

»Was?«, fragte er. Er musterte sie, aber er war noch nie gut darin gewesen, diese Dinge zu erraten. Emelie hatte das an ihm gehasst, sie hatte sich aufgebläht und gesagt: »Ich weiß, dass du weißt, was ich denke«, als er keinen blassen Schimmer hatte, überhaupt keine Ahnung. Aber Nora stand einfach da, als wäre sie auf seinen Befehl hin hergekommen und wartete nun darauf, dass man ihr sagte, was sie tun sollte. »Nora«, sagte er schließlich.

»Ja«, antwortete sie. Ihre Stimme war trocken, und er wünschte, sie würde einen Schluck Wasser trinken. Er sah sich nach einem Glas um.

»Was ist?«, fragte er. »Ist irgendetwas passiert?«

»Kennst du die Geschichte vom verlorenen Sohn?«, fragte sie. Er nickte. Sie ging zum Hocker in der Ecke, das Glas Wasser war vergessen. Sie setzte sich, die Knie adrett zur Seite angewinkelt, während die Füße auf der Sprosse ruhten, die Hände nicht gefaltet, sondern übereinandergelegt. »Ein Mann hat zwei Söhne, einer von ihnen bittet früh um sein Erbe, und er nimmt es, und er spielt und trinkt und hurt und führt ein ausschweifendes Leben, und dann kommt er nach Hause und sagt: ›Ich habe gegen den Himmel und gegen dich gesündigt‹, und sein Vater lässt ihn herein und bittet ihn zum Abendessen. Der Vater befiehlt seinen Dienern: ›Bringt das gemästete Kalb.‹ Und der andere Sohn ist wütend und geht zu seinem Vater und sagt: ›Du hast nie ein gemästetes Kalb für mich geschlachtet.‹ Aber der Vater wiederholt nur, was er zuvor zu dem anderen Sohn gesagt hat, er sagt: ›Alles, was mein ist, ist dein‹, und dann sagt er: ›Dein Bruder war tot und ist wieder lebendig geworden, er war verloren und ist wiedergefunden.‹«

Sie hörte auf zu reden, als ob ganz klar wäre, warum sie diese Geschichte erzählt hatte. Henrik nickte und versuchte, nachdenklich zu wirken.

»Aber was geschieht mit dem anderen Bruder?«, fragte sie mit schriller Stimme. »Der Vater ist so froh, dass sein Sohn wiedergefunden wurde, aber er hat nie darüber nachgedacht, wie sich der andere Bruder fühlt? Der andere Bruder hat die ganze Zeit seine Pflichten erfüllt, bekommt aber nichts dafür, es wird kein gemästetes Kalb dafür geschlachtet, das Richtige zu tun. Denkt denn irgendjemand darüber nach, wie viel schwieriger es ist, der andere Bruder zu sein, der nicht weggelaufen ist?« Ihre Stimme brach, aber ihr Gesicht war entschlossen. Sie sah ihn fest an, und für eine Sekunde hatte er Angst vor ihr, ohne zu wissen warum.

»Sie wird wieder zurückkommen«, sagte er. »Und du wirst dich freuen. Sie ist bestimmt nur den Fluss hinaufgewandert.«

»Sie ist am Meer«, sagte Nora ruhig. »Ich habe sie darüber reden hören. Die Lappen wissen, dass sie es bis ans Meer geschafft hat.« Sie schüttelte den Kopf. »Schreibt sie mir? Sagt sie uns, dass sie lebt? Nein, ich darf darauf warten, es von einigen Lappen zu erfahren, die denken, ich verstehe sie nicht. Weißt du, was sie sonst noch gesagt haben?«, fragte sie.

»Was?«

Sie schaute auf ihre Hände und presste die Lippen zusammen, aber sie schien zu lächeln. »Sie sagten, ich sollte dich einfach heiraten.« Er nickte, öffnete den Mund, aber es kam nichts heraus. »Weißt du, warum?«

»Wüsste ich nicht, nein.« Er versuchte, Leichtigkeit in seinen Ton zu bringen, und erreichte etwas, das eher nach Gleichgültigkeit klang.

»Sie sagten, jemand in der Familie solle heiraten, es habe ein schlechtes Licht auf die Familie geworfen, dass Willa weggelaufen ist. Und sie sagten, meine Eltern sollten mich verheiraten, bevor etwas Schlimmeres passiere und die Schande zum zweiten Mal über die Familie käme, und der Grund, warum ich dich noch nicht geheiratet habe, sei nur, dass ich denke, ich sei zu gut für dich, und meine Familie würde einen Snobismus an den Tag legen, der uns nicht zustehe. Und dass ich nicht jünger werde«, fügte sie bitter hinzu. »Worauf ich denn warte? Auf den König von Frankreich?« Sie ahmte ihre Stimmen nach, und es war unangenehm, sie so zu hören, so leidenschaftlich und so ungehobelt.

»Oh«, sagte er. Was sie darauf als Antwort hören wollte, war ihm schleierhaft – er wusste nicht, ob er beleidigt oder erfreut wirken sollte. In gewisser Weise fühlte es sich gut an, dass sich jemand vorgestellt hatte, er und Nora könnten zusammen sein, und er fand, dass das alles nicht allzu weit von der Wahrheit entfernt lag und dass ihre Familie wirklich snobistisch war, erstaunlicherweise – ihr Anspruch, einer höheren Klasse anzugehören, obwohl sie so arm waren, war noch absurder und nahm ihnen jegliche Klasse, die ihnen noch geblieben war –, aber das konnte er nicht sagen. Er fragte sich, ob er ihr sagen sollte, dass sie sowieso bald in Pajala sein würden. »Was wissen die Lappen denn schon?«, sagte er stattdessen, und er spürte, dass er sie enttäuscht hatte, da war noch etwas anderes, das er hätte sagen sollen. Nur was? Hatte sie insgeheim gewollt, dass er sagte: Du bist wunderschön, und wir sind sehr gut füreinander, lass uns heiraten? Und wie hätte er das sagen sollen, wo sie sich hier völlig mit Teer bedeckt bei ihm verkroch? Oder war das der Test, und er hatte ihn nicht bestanden?

Erst als sie gegangen war, fiel ihm ein, was er hätte sagen sollen, er hätte sagen sollen: »Ich muss dir etwas gestehen«, und dann hätte er galant und entgegenkommend sein und ihr sogar einen Antrag machen müssen.

Vielleicht sollte er ihr nachlaufen. Wann würde sie es erfahren? Wie viel Zeit blieb ihm noch? Die Zeit hatte Gewicht. Er musste etwas tun. Er musste sich überwinden. Er musste Nora zur Frau nehmen, noch bevor sein Onkel eintraf, dann wäre die Sache geklärt, und Nora würde den Laden auf Vordermann bringen und alles schöner machen. Vielleicht würden mehr Leute in den Laden kommen, wenn sie da war, die Tochter von Laestadius. Ja, das war es, das war es: Das würde alle verrückten Gläubigen hierherlocken, und er könnte ihnen verkaufen, was immer sie wollten – wohin einer ging, gingen sie alle. Das war die Lösung. Er könnte sein Leben in den Griff bekommen, mit dem Trinken aufhören und lange Spaziergänge an der frischen Luft unternehmen. Er würde so gesund und so wohlhabend werden, dass er Nora bei seiner Rückkehr nach Uppsala in den feinsten Jacquard kleiden könnte, und sie würden aus einer Kutsche steigen, die ihm gehörte, sie würden die Steinstufen zum Reihenhaus seiner Mutter hinaufgehen, und ihr würde nichts anderes übrigbleiben, als zu sagen: »Mein lieber Henrik, sieh dich nur an, und deine schöne Frau, wie schön ihr beide seid, willkommen zu Hause.«

Willa hatte eine Melkschüssel genommen und ging einen steilen Hang hinauf, um nach den stillenden Kühen zu suchen, nicht weil sie erwartete, viel Milch von ihnen zu bekommen – sie wichen immer vor ihr zurück, und sie konnte sie nicht dazu bewegen stillzuhalten, selbst wenn sie es schaffte, sie mit dem Lasso zu fangen –, sondern weil sie fest entschlossen war, etwas auszuprobieren. Sie hatte Anna sehr genau beobachtet und glaubte den Trick verstanden zu haben, nämlich das Rentier ganz hinten im Kiefer festzuhalten, wo es keine Zähne mehr hatte, und sie war so darauf konzentriert, näherte sich ihnen ganz langsam, um sie nicht zu verscheuchen, und es dauerte einen Moment, bis ihr bewusst wurde, dass jemand sie beobachtete, und dieser jemand war Ivvár.

Ivvár! Er fläzte einfach da, neben einem Bach, im dichten, torfigen Moos, mit der Miene von jemandem, der etwas ausgefressen hatte, der jedoch wusste, dass er nicht wirklich in Schwierigkeiten steckte, und auch, dass die andere Person ihn genau deshalb mochte. Was könnte es Schöneres geben, als sie genau hier zu treffen? Das sagte ihr sein Lächeln.

Willa durchschaute das alles und konnte dennoch nicht leugnen, dass es der Wahrheit entsprach. Wo war ihre Wut, ihre Wut darüber, dass er sie einfach hatte stehen lassen – der Schmerz, ihn weggehen zu sehen, zu wissen, dass er sie gesehen hatte, zu wissen, dass er wusste, dass sie seinetwegen hergekommen war ... All dieser Schmerz, wo war er? Wie konnte das alles so schnell verschwinden, nur weil er lächelte? Sie versuchte, sich an die letzten zehn Tage zu erinnern, als sie darauf gewartet hatte, irgendwo allein zu sein, um zu weinen, um die raue Traurigkeit zu lindern – sie erinnerte sich daran, und dennoch hatte das nichts mit diesem Moment zu tun, sie wollte wütend sein, aber sie war erleichtert, wollte verbittert und distanziert sein und ihn ablehnen, so wie er sie abgelehnt hatte, aber sie wusste, dass sie ihm überallhin folgen würde; es ging ihr nicht um ihren Stolz oder ihre Selbstbestimmtheit, denn er war ein Teil ihres Stolzes und ihrer Selbstbestimmtheit, und als sie da stand und sich von ihm anlächeln ließ, war ihr alles ganz klar: Wenn sie bei ihm war, war sie glücklich, und sie wollte glücklich sein.

Sie stand da in dem Glück, das er ihr bescherte, und die Milchschüssel hing teilnahmslos an ihrer Seite. »Du bist unverbesserlich«, sagte sie, ohne dass Ärger in ihrer Stimme zu hören war. Ihr Herz schlug wilder.

»Ich weiß nicht, was das bedeutet«, sagte er. Er lächelte und sprang so behände auf, dass sie erschrak. »Lass uns gehen«, sagte er, als wäre das alles ganz selbstverständlich, und er streckte ihr nicht die Hand entgegen, blickte sich nicht nach ihr um, sondern eilte den Hang hinunter, folgte dem Bach, stieg über heruntergefallene Äste, die von so viel Flechten und Moos bewachsen waren, dass sie sich in einem Wald der Háldi befinden mussten, doch Ivvár war so schnell, dass sie keine Zeit hatte, darüber nachzudenken, sie hatte nicht einmal Zeit, über ihre Schritte nachzudenken – Ivvár ging nicht etwa von Stein zu Stein, sondern schwang sich leichtfüßig von einem zum nächsten, mit vollkommenem Vertrauen in sich selbst, und Willa versuchte, dieses Vertrauen in sich und in ihre Füße nachzuahmen, und sie bewegte sich, ohne darüber nachzudenken, wie sie sich bewegen sollte, ohne darüber nachzudenken, wo man sicheren Halt fand, und sie liefen am Bach entlang den Hang hinab. Ein Bulle, ganz weiß, bis auf eine braune Linie auf seinem Rücken, sah ihnen vom Fuß des Berges zu, wie sie sich näherten, sein Geweih mit frischem Samt bezogen, noch nicht ganz ausgewachsen; so wie er dastand und sie beobachtete, dachte er vielleicht darüber nach, ob er sie passieren lassen sollte oder nicht. In seinem linken Ohr befand sich eine Markierung, die ihnen zeigte, dass er jemandem aus der Familie Tomma gehörte, und in seinem rechten Ohr befand sich Ristens Markierung, aber als Willa ihn sah, dachte sie nur: Ich kenne diesen Bullen, und es machte sie so glücklich, ihn erkannt zu haben, und sie hatte das Gefühl, er erkannte sie auch – das tat er auch –, er trat beiseite und schlenderte mit einer Gleichgültigkeit davon, die wie eine Belohnung für sie war. Der Bulle sah ihnen nach, wie sie an ihm vorbeistürzten, und widmete sich dann wieder dem dichten Flechtenzopf am Stamm eines Baumes, und Willa fiel nicht, und Ivvár fiel nicht, und sie gelangten dorthin, wo der Hang sanfter wurde, und die Bäume machten ihnen Platz, und das Licht der Sonne, die schon die ganze Zeit geschienen hatte, fiel durch ihre Wipfel hindurch.

Ivvár wurde langsamer, und Willa holte ihn ein. Sie folgten immer noch dem Bach, der geradewegs zum Meer führte, und als sie näher kamen, wehte die Brise ihnen ins Gesicht, und die Kiefern wichen dem Gestrüpp, und der Moosschwamm wich den Steinen des Ufers, und dann waren sie am Wasser, das heute völlig ruhig dalag, größtenteils grau. Da lag ein Boot auf den Felsen, alt und aus verblichenem Holz, und Ivvár packte den Rumpf des Bootes und zog es hinaus in die Bucht.

»Steig ein«, sagte er, während das Boot über die Felsen scharrte. Mit hochgezogenen Augenbrauen sah er sie an, und sie war so in ihn verliebt, dass sie ins Meer hinausgegangen wäre, wenn er es vorgeschlagen hätte; sie strahlte und konnte es nicht verbergen. Was war das nur, in diesem Zustand der Freude zu taumeln, in etwas zu versinken, das von außen sicher dumm und von innen doch so tiefgründig war – einen anderen anzusehen und völlig und vollkommen glücklich mit ihm zu sein, zu vergeben, bevor ein Unrecht geschah, mehr Hoffnung als Angst zu haben?

Mit der Wonne, die man empfand, wenn sich jemand für einen ins Zeug legte, sah sie ihm beim Rudern zu. Es amüsierte sie, wie er versuchte, sie zu beeindrucken – und wie er sie beeindruckte. Es funktionierte, der Anblick von ihm und seinen Armen; wie schnell sich das Boot durch die Bucht bewegte; sie spürte genau das, was er ihr vermitteln wollte: dass er stark und sicher war und dass er sie begehrte und dass er wollte, dass sie ihn begehrte. Er ruderte gen Norden, Richtung offenes Meer, doch als sie die Landzunge umrundet hatten, wendete er das Boot nach Osten und hielt sich an der Küstenlinie, und als er anhielt, hatten sie zwei oder drei andere Inseln passiert, aber er wirkte kein bisschen erschöpft. Sie blieb noch sitzen, er zog das Boot ans Ufer, und dann streckte er seine Hand aus, und sie ließ sich aus dem Boot helfen, obwohl sie es auch allein geschafft hätte, und auf den Felsen ließ er ihre Hand nicht los, er umklammerte sie, als könnte sie hier, auf dieser fremden Insel, nicht ohne ihn gehen.

Die alte Willa hätte jetzt gefragt, wo sie waren. Die neue Willa fragte nicht, sondern folgte ihm einfach, lief am Ufer entlang und folgte der Sonne bis zum äußersten Kap der Insel – das Fjell war hier nicht so steil, und die Insel war so klein, dass sie nicht bewohnbar war. Er wusste, wohin er gehen musste, er führte sie ein Stück den Hang hinauf, und sie kletterten gemeinsam die Hügel empor, bis sie ein Plateau erreichten, auf dem ein breiter Felsen den ganzen Tag in der Sonne gedöst hatte und über das eine leichte Brise wehte, sodass die Mücken nicht zu ihnen vordringen konnten.

Ihr Gesicht tat weh vom vielen Lächeln, ihre Wangenknochen schmerzten. Hatte sie während der gesamten Bootsfahrt gelächelt? Durfte das Leben so sein? Würde ihr das Gesicht ihres Vaters erscheinen? Selbst die Erinnerung an ihn konnte den Felsen und die Sonne nicht ruinieren; sie spürte, wie eindeutig er nicht hierhergehörte. Sie legte sich auf den Felsen, die Hitze strömte durch ihre Beine und ihren Rücken, und es war so wunderbar wie eine Sauna nach einem Skitag, eine Wärme, die nach innen kroch und dort blieb. Sie drehte den Kopf. Er sah aus, als würde er auf den richtigen Zeitpunkt warten, um etwas zu tun. Er zögerte nicht, sondern wartete – dieser Unterschied war ihr in diesem Moment so klar.

Er wandte sich von ihr ab, wandte sich dem Meer zu, sodass sie nur seinen Hinterkopf sehen konnte. Der Wind wehte stark, und sie stützte sich auf die Ellbogen, damit sie ihn hören konnte. Er drehte sich wieder zu ihr um und sah sie erneut zu bedeutungsvoll an. Er hob die Augenbrauen. Er versuchte entweder, etwas zu unterdrücken, oder ihr etwas mitzuteilen. »Sieh nur, das Meer«, sagte er schließlich – in der Ferne tummelten sich einige Schweinswale, ihre Flossen tauchten auf und ab, glänzend schwarze Spitzen, die ohne jede Regelmäßigkeit kamen und gingen.

»Hör mal«, sagte er, und sie hörte, und da waren sie, leise Explosionen von Sehnsüchten, als würden sie nach Luft schnappen.

Warum hast du den Markt verlassen, wollte sie fragen. Warum bist du jetzt hier? Aber obwohl sie die Gedanken gefasst hatte, konnte sie sie nicht aussprechen. Ich liebe dich. Das hätte sie vielleicht auch sagen können.

»Als wir uns begegnet sind« – er sah sie an – »als wir uns das erste Mal außerhalb der Kirche begegnet sind, haben wir uns auf eine Art und Weise verstanden, die wir nicht verstanden haben.« Es tat so gut, das zu hören, es war, als würde man die Wärme des Steins noch einmal intensiver spüren, sie wollte sich darin wälzen, und sie wiederholte es für sich selbst, wir haben uns auf eine Art und Weise verstanden, die wir nicht verstanden haben.

»Es fühlt sich gut an«, erwiderte sie, »nicht zu verstehen«, und ihr wurde bewusst, dass das stimmte. Nach einer langen Weile legte er sich neben sie auf die Seite und stützte den Kopf auf die Hand. Er beobachtete sie aufmerksam, und sie versuchte, seinen Blick ganz ruhig zu erwidern, aber ein nervöses Lächeln zuckte immer wieder über ihre Lippen, und sie presste sie zusammen, um es zu unterdrücken. »Dann denkst du also, dass du mich jetzt verstehst?«, fragte sie. Sie hörte sich selbst, hörte ihre Unfähigkeit, etwas von Bedeutung zu sagen, hörte ihren eigenen Wunsch, ihn einfach nur über sie reden zu lassen.

Er stupste sie in den Arm.

»So gut verstehst du mich also?«, fragte sie, aber sie wollte, dass er sie noch einmal stupste.

»Gut, ich werde ganz ernst sein«, sagte er, setzte eine düstere Miene auf und zog die Augenbrauen zusammen. »Ich bin ein sehr ernster Mensch«, sagte er, »ich rede nur über ernste Dinge, und ich meine alles ernst, was ich sage. Alle meine Gedanken sind sehr wichtig.«

Es war klar, dass er jemand anderen nachahmte – ihren Vater oder seinen Vater, den Vater eines anderen. Sie lachte, er war gut darin, auch wenn es unangenehm war, ihm dabei zuzusehen. »Ja«, sagte er, »ich kenne mein

Alphabet und lerne vor dem Schlafengehen Griechisch und vor dem Frühstück Latein. Ich esse meine Bücher zum Mittagessen. Und wann immer ich etwas Wertvolles zu sagen habe, schreibe ich es auf, damit es niemand vergisst! Und ich erzähle jeden Sonntag davon, noch bevor der Regenpfeifer gesungen hat.« Er ließ die Hand, mit der er gestikuliert hatte, fallen, aber es war klar, dass er im Spiel um die Ernsthaftigkeit ernst geworden war. Es hatte sich etwas verändert, verschoben. Willa wollte es aufhalten, wollte die leichte Stimmung wieder einfangen, aber er sah bitter aus.

Sein wahres Gefühl war weniger Bitterkeit als Groll, und unter dem Groll wartete Scham, die gerade zu deutlich zum Vorschein gekommen war. Er war wieder auf dem Markt, sein Vater stand auf dem großen Felsen, und sein Vater schrie den Leuten ihre Sünden entgegen. Sein Gesicht glühte, er wurde in die Demütigung hineingezogen, und dann war da Willa gewesen, die ihn ansah und etwas von ihm wollte – was – alles –, und in diesem Moment konnte er ihr nichts geben, schon gar nicht sich selbst, was sollte er tun, ihr die ganze Demütigung zumuten?

Jetzt allerdings, wie sie so vor ihm lag, fühlte er sich schlechter als zuvor, denn jetzt erinnerte er sich wieder daran, wie er sie zurückgelassen hatte. Ihm war bewusst, was er ihr angetan hatte, dass er wie immer ohne Plan und ohne nachzudenken gehandelt hatte. Er hatte gewusst, dass sie auf dem Markt sein würde, und er war nicht zurückgegangen, um sie dort abzuholen, sondern hatte sie auf dem Markt stehen lassen, vielleicht tagelang, war nicht für sie zurückgekehrt. Er hatte gewartet, bis er das zumindest ein wenig verdrängt hatte, aber jetzt waren sie hier, und sie sah ihn an, und er wusste, dass sie in ihn verliebt war, und er hatte sie hierhergebracht, um seinen Vater zu vergessen, den Markt zu vergessen, und stattdessen musste er an Risten denken, und es kam ihm vor, als wäre die Sache zwischen ihnen verflucht, sie konnten nicht einfach zusammen sein, es stand zu viel im Weg. Aber selbst jetzt, als er sie voller Zweifel und Sorge ansah, erwiderte sie seinen Blick mit offensichtlicher Liebe. Es war Balsam und Last zugleich, voller Liebe angesehen zu werden. Er sehnte sich danach, er fürchtete es – ich werde sie enttäuschen, dachte er. Sie ist wie Risten, sie wird diese Dinge von mir erwarten, und ich werde sie enttäuschen, ich bin charmant, und weiter bin ich nichts. Sie fühlen sich gut bei mir, ich mache Versprechungen, ich sage Dinge, die ich nicht so meine oder nicht halten kann, und sie lieben mich dafür, und ich tue es wieder und wieder. Warum liege ich hier, auf demselben Felsen, und lasse zu, dass die gleichen Worte gesagt werden?

»Du denkst an Dinge, von denen du mir nicht erzählst«, sagte Willa.

Er seufzte tief. Ihre Augen waren zu wachsam, zu hoffnungsvoll. »Man kann nicht alles wissen«, sagte er schließlich.

»Kann man nicht ein bisschen wissen?«, fragte sie, noch immer verspielt.

Plötzlich sah sie so traurig aus, dass er sie noch einmal verzaubern wollte, sie beide aus der Krise herausholen – er spürte es in sich, dazu wäre er imstande, wenn er wollte. Er könnte sich nach vorn beugen und ihren Hals küssen, mehr wäre vielleicht gar nicht nötig. Er könnte ihre Hand nehmen und sie küssen, er könnte ihre Hand umdrehen und das verschwitzte Tal ihrer Handfläche küssen. Und so tat er es, er nahm ihre Hand – es war, dachte er, während er sie küsste, ein wenig wie Trinken, als würde er einen Ort des Vergessens betreten. Er wollte vergessen; tatsächlich wollte er sie sein, dort sein, wo sie war, verliebt, verzehrt von etwas, das nicht er selbst war, weg von den Schrecken der Welt, dem toten Kalb, das er an diesem Morgen gefunden hatte, von seiner Mutter zu Tode getreten, die steife, schlafende Gestalt, die Zunge zwischen den Zähnen eingeklemmt.

17

Es war der Höhepunkt des Jahres – der Höhepunkt ihres Lebens –, hier war sie nun, am Ende des Sommers, am Meer, verliebt, und die Worte fühlten sich so grandios und so beängstigend an wie der breite, schwarze Buckel des Meeres. Noch nie war sie so leicht gewesen … Manchmal hätte sie vor Erleichterung weinen können, aus dem Pfarrhaus befreit worden zu sein, aus dem verrauchten Inneren, von den Mücken, von der Angst, dass sie schon immer wusste, wie ihr Leben verlaufen würde. Aber jetzt war sie hier, Wilhemina Laestadius, die Tochter des Predigers Lars Levi, und sie hatte einen samischen Mann, einen Hirten, der sie in einem Boot abholte und sie an Orte mitnahm, an denen sie noch nie gewesen war, einen Mann, mit dem sie die ganze Zeit bewusst sündigte, still und voller Absicht, wo immer es Sinn ergab oder auch nicht, egal, in einem kleinen Rákkas oder auf einem Fell im Gras. Es hatte selten etwas Sanftes, Süßes; es gab keine Versprechen. Manchmal küssten sie sich vorher, manchmal auch nicht, aber was sie am meisten spüren wollte, war die Macht, begehrt zu werden, und diese Macht oblag ihr. Wenn sie müde waren, schlief er, und sie hörte ihm beim Schlafen zu. Sie lag in seinen Armen, eines seiner Beine schmiegte sich zwischen ihre, ihr Kopf lag an seiner

Schulter, und sie wollte dortbleiben und für immer Winterschlaf halten.

Aber es war nicht klar, ob sich all das auf etwas anderes auswirkte als das Hier und Jetzt. Sie sprachen nicht über die Zukunft oder über ihre Taten; sie redeten darum herum, lenkten einander miteinander ab und waren mit anderen Sachen beschäftigt. Er ging mit ihr angeln, zeigte ihr, wie man Makrelen und Maifische fing, und einmal sogar einen Heilbutt, den sie noch nie gesehen hatte, die Augen des Heilbutts waren flach in seinen Kopf gedrückt, der Heilbutt war halb so groß wie sie. Gemeinsam räucherten sie ihn einen ganzen Tag lang in einem Lávvu, um ihn für den Winter zu konservieren, erklärte er. Als er das sagte, sah er sie an, und sie fragte sich, ob er damit wohl meinte, dass sie ihn nach Karesuando mitnehmen sollte? Meinte er damit, dass sie ihn eines Tages gemeinsam essen könnten, essen würden, wenn es wieder dunkel und kalt war?

Sie traute sich nicht, ihn zu fragen.

Sie traute sich nicht, daran zu denken, nach Karesuando zurückzukehren. Dem Ekel ihres Vaters ausgesetzt zu sein. Sie hätte nicht einmal sagen können, ob er sie zurückkommen lassen oder ob er sie irgendwohin schicken würde. Was sie getan hatte, war so undenkbar, abseits jeder Vorhersehung, dass sie sich die Konsequenzen nicht vorstellen konnte, also versuchte sie es erst gar nicht.

Die Mücken bissen sie, und er machte kleine Schlammpackungen und legte sie auf die Beulen.

Sie unterhielten sich so viel, dass ihre Münder trocken wurden, und kochten Kaffee, nippten langsam daran, während er ihr von der Zeit erzählte, als er sich in einem dreitägigen Schneesturm in den Fjells verirrt hatte, und wie seine Mutter ihm beigebracht hatte, seine Stiefel zu stopfen, und dass er immer nur hüten wollte, nichts anderes, gar nicht wüsste, was er mit sich anfangen solle, wenn er nicht mehr hüten dürfte. Er erzählte ihr die Geschichte, als er zum ersten Mal geschlachtet hatte, wie stolz sein Vater gewesen war, weil er keine Angst hatte, aber er hatte Angst gehabt, und er hatte jetzt Angst, weil Borga alt war und er ein anderes Zugtier trainieren müsste, aber das hatte er noch nie getan, sein Vater hatte das immer übernommen, und er wusste, wie traurig er sein würde, wenn er Borga verlor. Wem sonst hätte er diese Dinge anvertrauen können? Er wusste es nicht, hatte so etwas noch nie getan. Es hatte etwas für sich, dass sie nicht schon alles wusste, was bedeutete, dass er ihr die Dinge so erklären konnte, wie er wollte – sie war kein Teil von etwas, vor dem er sich hätte schämen müssen, weil er Angst vorm Schlachten hatte. Ein Mensch, der es nicht besser wusste, bedeutete Freiheit, und es fühlte sich gut an, ihr zu sagen, was er sich selbst nicht sagen konnte.

Im Gegenzug erzählte sie ihm von Carl, der eines Tages ein Kaninchen mit nach Hause gebracht und es im Pfarrhaus freigelassen hatte; wie Levi an Masern gestorben war, Lisa aber überlebt hatte; wie sie nachts wach gelegen und darauf gewartet hatte, dass alle schliefen, damit sie alles, was auf dem Schreibtisch ihres Vaters lag, lesen konnte, seine Predigten, seine Notizen zur samischen Mythologie (sie hatte aufgehört, Lappisch zu sagen oder auch nur zu denken), Briefe von einem seiner Gönner aus der Abstinenzbewegung, Briefe von jemandem, der helfen wollte, ein Internat für die Sámi zu gründen, Briefe von einem Botaniker in Frankreich, Briefe von einem Pfarrer aus einer benachbarten Gemeinde, der wissen wollte, warum seine Kirchenbänke leer waren, Briefe von Siedlern, die sich über Herden auf ihrem Land beschwerten und fragten, wann ihr Vater etwas dagegen unternehmen würde. Sie sah die Rechnungen vom Händler in Tornio, und sie sah, wie wenig ihrem Vater bezahlt wurde und wie ihr Überleben abhing von der Sparsamkeit ihrer Mutter und der Großzügigkeit ihrer Gemeindemitglieder, hauptsächlich Sámi, die ihnen Fleisch schenkten.

Ivvár nickte, als hätte er das alles verstanden; er war immer noch neugierig auf sie. Er fragte sich, wie es war, das Land nicht mit den Augen der Rentiere zu sehen, sondern ... wie? Was sah sie? Wie sah sie ihn? Wie kam es, dass sie ihn liebte? Er wollte sich selbst so sehen, und obwohl er immer weniger bei der Herde war und Ánde und Niko zunehmend die Nase voll von ihm hatten, konnte er es nicht lassen, Zeit mit ihr zu verbringen. Was dachte er sich nur dabei? Natürlich konnte er sie nicht heiraten. Erstens musste man zum Heiraten konfirmiert sein, und er war nicht konfirmiert – seine einzige Beziehung zur Staatskirche bestand darin, sie zu meiden und dabei zuzusehen, wie sie seine Mutter beerdigte und das Kreuz, das sie so sehr gehasst hatte, auf sie legte. Und wer würde ihn schon konfirmieren, wenn er weder das Glaubensbekenntnis noch die Zehn Gebote kannte, und welcher Pfarrer würde ihm gestatten, die Tochter des Irren Lasse zu heiraten? Wer wollte schon in diesen Skandal verwickelt sein? Sie hatten ihre eigenen Vorgehensweisen, die er nicht kannte – musste sie wegen außerehelicher Freuden eine Strafe ableisten? Würden sie ihr verbieten, ihn zu heiraten? Er wusste es nicht, das war die Logik von Fremden, und er hatte es nie besonders nötig gehabt, sich mit ihr zu beschäftigen, die Fjells hatten ihn vor ihren Formalitäten geschützt.

Doch auch abgesehen von all diesen logischen Hindernissen, oder vielleicht waren sie auch unlogisch, konnte sie nicht seine Frau sein. Es war kein Leben, in das man hineinfallen und das man wie ein Kleidungsstück anziehen konnte. Sie hatte ja keine Vorstellung davon, wie schwierig es wirklich war, und wie schwierig es war, dass es nie ein Ende nahm. Sie hatte noch nie mitten im Januar in einem Lávvu gelebt, wenn man die Hände nicht aus den Fäustlingen nehmen konnte, wenn man miteinander darüber stritt, wer den Hund zum Wärmen brauchte. Er konnte es nicht von ihr verlangen, und er würde es nicht von ihr verlangen, und außerdem konnte er sie sich nicht leisten; er hatte nicht genug Rentiere für zwei, vor allem, weil sie nicht einmal über grundlegende Dinge wie einen Mantel oder Pelzstiefel verfügte. Es war nicht möglich. Es funktionierte nicht. Und so konnten sie einander nur für diese kurze Zeit haben, für diesen kleinen Monat – diesen ewigen Tag, an dem die Sonne immer über dem Horizont schwebte.

Es würde schon bald zu Ende gehen.

Er verlor kein Wort darüber. Irgendwie wäre es grausam gewesen, darüber zu sprechen, auch wenn es sich abzeichnete – bald, bald würde er Ohrmarkierungen machen, und die Tommas würden ihre Ohrmarkierungen machen. Sie würden die Ohrmarkierungen machen, das gute Weideland würde abgegrast sein, und die Rentiere würden ihre dicken Pelze in den Wind drehen, sie würden wieder in die Tundra ziehen wollen.

Und dann – was dann? Im November, vielleicht im Oktober würde sie in der Nähe von Gárasavvon sein. Und sie würden sie zurücknehmen, es würde eine kleine Szene von Reue und Vergebung aufgeführt werden – was wusste er schon. Nichts wusste er, er konnte die Konsequenzen dessen, was sie taten, was sie getan hatten, was Willa getan hatte, nicht erraten; er hatte eine vage Vorahnung, dass es schlimm war, sehr schlimm, und das tat ihm leid, aber auch das nur vage, da die Konsequenzen zu einer Welt gehörten, in der er nicht lebte, und daher konnte er sich nicht dazu durchringen, sich in dieser Abstraktion allzu große Sorgen zu machen. Eines Tages sah er Willa an, und er dachte: Werden die Leute sie eine Hure nennen? Sie waren oben auf dem Berghang, genau genommen auf seinem Berghang, aber Ánde und Niko waren nirgends zu sehen. Sie sahen zu, wie die Rentiere zwischen den Schneeflecken, die so weit oben noch nicht abgetaut waren, dösten und grasten, und die Sonne stand tief über dem Horizont. »Ich wünschte, Risten würde mich mögen«, sagte Willa.

»Mag sie dich nicht?«

»Sie duldet mich. Manchmal bringe ich sie zum Lachen, aber ich glaube, nur dann, wenn ich Fehler mache, die sie amüsant findet. Aber sie scheint glücklicher zu sein, jetzt, wo sie die ganze Zeit mit Mikkol zusammen ist.«

»Sie sind also immer zusammen?«, fragte er und versuchte, nicht zu neugierig zu klingen.

»Meistens«, sagte sie. »Aber Mikkol redet immerzu über die Kirche, und weißt du was«, fügte sie hinzu, und es gelang ihr nicht, unbeteiligt zu klingen, »Mikkol ist jetzt bekehrt.«

»Tja, das passiert«, sagte Ivvár. Er rutschte etwas unbehaglich hin und her. Er hatte das Gefühl, dass sie jeden Moment seinen Vater erwähnen würde.

»Er unternimmt immer wieder diese langen Reisen zu Gebetstreffen und versucht Risten zu überreden, mitzukommen, aber sie findet meist eine Ausrede.«

»Sie liebt ihn?«

»Ich denke schon«, sagte Willa, klang aber nicht ganz überzeugt – Erleichterung und Eifersucht kämpften in ihm, und die Eifersucht siegte. Würde er Willa gegenüber bald genauso empfinden? Würde diese Verwirrung, ihr nur das Beste und nur das Schlimmste zu wünschen, bald auch sie betreffen?

Ein anderes Mal, der August war gerade angebrochen, fragte sie ihn, als sie nach gutem Schuhgras suchten, obwohl es noch zu früh dafür war – aber besser zu kurzes Schuhgras als gar kein Schuhgras: »Wie wird man eigentlich ein Noaidi, oder, sagen wir, ein Guvllhár?«

Ihm war aufgefallen, dass sie das Wort »Schamane« nicht mehr benutzte, sondern nur noch »Noaidi«, und dass sie nicht mehr »Lapp« sagte, sondern nur noch »Sámi«, und in letzter Zeit hatte sie es sich abgewöhnt, ihn ständig nach Dingen zu fragen, als hätte sie endlich genug Verständnis entwickelt.

»Manche sagen, man muss mit drei Zähnen geboren werden«, sagte er. »Andere sagen, dass man von jemandem ausgewählt werden musste, der bereits ein Noaidi ist. Manchmal kann es einen schon umbringen, einer zu werden. Ich weiß allerdings nicht, wie das abläuft«, sagte er. Er beugte sich vor, schnappte sich eine Handvoll Gras und schnitt es knapp unterhalb seiner Faust ab, mit einem schnellen Schnitt, dann wickelte er das Grasbüschel zu einem Zopf und knotete es zusammen. Das Riedgras war dicht und kratzte an seinen Händen, und jedes Mal, wenn er aufstand, fühlte sich sein Rücken alt an, und seine im Sumpf versunkenen Füße beklagten sich bitterlich bei ihm über die Kälte, obwohl die Sonne seine Wangen röstete.

Willa machte ihre Knoten ständig zu locker, und sie gingen immer wieder auf, sodass sie sie immer wieder neu machen musste, aber es war schön, Hilfe zu haben, und er fühlte sich besser, Frauenarbeit zu erledigen, während er eine echte Frau um sich hatte, so sah es aus, als würde er ihr nur helfen. Er drehte das Gras und verknotete es, er schnitt, er drehte, er knotete. Sie blieb neben ihm stehen und fragte: »Hast du jemals von jemandem gehört, der seine eigene Trommel gebaut hat?«

»Nun, von irgendwoher müssen sie ja kommen«, sagte er, ein wenig sticheInd.

»Ich habe mich nur gefragt, wer sie baut. Ich habe irgendwo gelesen« – sie las immer irgendwo irgendwas, dachte er ein wenig zynisch –, »dass sie aus dem Holz von der Nordseite eines Baumes gebaut wurden.«

»Ich glaube, das stimmt«, sagte er ausdruckslos, stand auf und begann, zu einem anderen Teil des Sumpfgebiets zu laufen, und schon bald hatte sich das Gespräch in irgendetwas aufgelöst, in den Wolken oder im Gras, und sie konnten einfach wieder Schuhgras schneiden. Immer wollte sie über irgendwas reden, wollte immer verstehen, die Dinge anfassen und aufheben – sie konnte niemals im Unklaren bleiben. Einerseits konnte er das verstehen, andererseits wollte er sagen: Warum ist das wichtig? Was hast du davon, das zu wissen?

Aber er wollte nicht streiten, er wollte wieder in die Leichtigkeit der Liebe zwischen ihnen eintauchen, und als sie zwei Rucksäcke mit Schuhgrasknäueln gefüllt hatten und ihre Füße nicht mehr spüren konnten und ihre Hände von den Peitschenhieben des Grases brannten, kochte er ihnen Kaffee und holte Käse heraus, und er schnitt lange Fleischstreifen für sie ab, Streifen mit dickem Fett, und er hatte Spaß daran, er sammelte so viel Glück, wie er nur konnte, es war, wie in der Sonne zu sitzen, die er nicht für den kommenden Winter konservieren konnte.

Henrik neigte nicht zu Schuldgefühlen – Angst war normalerweise sein Antrieb –, aber er begann sich schuldig zu fühlen, weil er Nora nichts von der Versetzung ihres Vaters nach Pajala erzählt hatte, gleichzeitig konnte er sich nicht dazu durchringen, seinen eigenen Vorteil zu verspielen und ihr davon zu erzählen, er konnte ihr auch nicht einfach so einen Antrag machen, weil er sich nicht vorstellen konnte, dass sie ihn annehmen würde. Jeden Moment konnte ein Brief für Laestadius eintreffen, und trotzdem unternahm er nichts. Sie kam nicht mehr in den Laden und schaute nicht einmal mehr in seine Richtung, wenn sie vorbeiging, und als er einmal hinaustrat und ihren Namen rief, drehte sie sich nur kurz um, nickte und ging weiter.

Ein Abend mit sehr viel Alkohol war vonnöten, um den Mut zu fassen, einfach mit ihr über alles zu sprechen, es war recht unwahrscheinlich, dass sie ihn auslachen würde – ihr Rückzugsort war die Höflichkeit –, und wenn er diese Hürde meisterte, konnte er entscheiden, was er mit ihrem Vater tun sollte. Das war die Lösung, nicht an alles auf einmal zu denken, sondern erst einmal nur das eine zu tun. Vielleicht würde er beiläufig erwähnen, dass er eine Frau brauchte, und abwarten, wie sie darauf reagierte – vielleicht hatte sie genau dasselbe getan, als sie ihm erzählt hatte, »was die Lappen sagten«, vielleicht hatten sie überhaupt nichts gesagt. War sie so taktierend? So umsichtig dabei, ihre Gefühle zu verbergen?

Als er sich schließlich überwinden konnte und mit ihr sprach, war es so simpel, dass er sich dumm vorkam, es nicht schon viel früher getan zu haben. Er fragte: »Hast du jemals drüber nachgedacht, ob das, was die Lappenfrauen über uns gesagt haben, eine gute Idee sein könnte?« Nora forderte ihn auf, das noch mal zu sagen, und noch mal.

»Du meinst«, sagte sie auf ihre direkte, aber vorsichtige Art, als würde sie einen Splitter herausziehen, »du fragst dich, ob wir tatsächlich heiraten sollten?« Er konnte ihr Gesicht nicht lesen, aber sie lachte ihn nicht aus.

»Ja«, sagte er, und dann war er derjenige, der vor Nervosität lachte. »Vielleicht«, sagte er, »vielleicht. Ach, ich weiß es nicht.«

»Und das fällt dir jetzt erst ein?«, fragte sie. Sie standen mitten auf dem Hauptweg, sodass jeder sie hätte beobachten können. In gewisser Weise machte das die Sache einfacher, weil es so beiläufig wirkte – es sah so aus, als würden sie sich darüber austauschen, wo sie Moltebeeren gepflückt hatte, und wie sie es geschafft hatte, beide Eimer zu füllen.

Sie stellte die Eimer mit den Moltebeeren ab. Sie trug eine Art Haube, die sie jugendlicher aussehen ließ, als ihm lieb war, aber das war ihm jetzt egal.

»Ich habe schon einmal darüber nachgedacht«, sagte er.

»Na, begeistert klingst du ja nicht gerade. Wirst du mit meinem Vater sprechen?« In ihrer Stimme lag Zweifel, oder vielleicht auch eine Herausforderung.

»Ja«, sagte er. »Ja?«

»Er kann keine Menschen ausstehen, die nicht wissen, was sie wollen«, sagte sie, »und er mag keine Menschen ohne Leidenschaft.«

»Leidenschaft für die Kirche?«

»Ja, für die Kirche, aber auch für andere Dinge«, sagte sie, und sie hob die Eimer wieder an, als ob das Gespräch beendet wäre, und das war es auch; sie ging davon, und er war sich nicht sicher, was das alles zu bedeuten hatte, aber ihre Unterhaltung beflügelte ihn so sehr, dass er beschloss, den Irren Lasse noch am selben Abend aufzusuchen, und zu Ehren dieses besonderen Abends trank er nur zwei Gläser Whisky, um nicht danach zu stinken, und er spülte seinen Mund mit Kaffee aus, und er kämmte seine Haare und knöpfte seine Weste zu. Er klopfte weder zu spät noch zu früh an ihre Tür und fragte Lars Levi (und Brita, die mit fest zusammengepressten Lippen in ihrem Schaukelstuhl saß und strenger dreinblickte als je zuvor), wobei er die direkteste Sprache benutzte, derer er mächtig war, und dennoch schaffte er es, sie zu verwirren – was willst du?, fragte Brita –; als sie verstanden, weswegen er gekommen war, ließen sie keine Zeit verstreichen, ihn darauf aufmerksam zu machen, dass es keine Mitgift geben würde, und er sagte, dass ihm das klar sei, und dann sahen sie sich an. Wo Nora in diesem Moment war, wusste er nicht – vielleicht war sie absichtlich nicht in der Nähe, und jetzt, wo er darüber nachdachte: Wo waren die anderen Kinder?

Jede einzelne seiner Gliedmaßen war kalt, obwohl es drinnen warm war. Im Kamin brannte ein Feuer, klein, aber robust.

»Henrik«, sagte Lars Levi schließlich.

»Ja, mein Herr«, sagte Henrik, obwohl er sich nicht erinnern konnte, Lars Levi jemals so genannt zu haben. Jetzt schien es ihm angemessen, sogar notwendig.

»Wir haben die Gerüchte gehört.«

»Welche?«, sagte Henrik und lachte, viel zu laut. Sie lachten nicht.

»Wie oft habe ich darüber nachgedacht, in Ihr Geschäft zu kommen und nachzusehen, was sich oben in Ihrem Lagerraum befindet«, sagte Lars Levi, und Henriks Magen drehte sich um, »oder überlegt, dem Landgendarmen in Luleå zu schreiben, aber ich hatte gehofft, dass es nicht wahr ist. Und immerhin haben Sie es nie vor meinen Augen getan.«

»Ich weiß gar nicht, wovon Sie reden«, log Henrik. Es war ein eigenartiges Gefühl, so zu lügen, aber es schien eine Art Überlebensinstinkt zu sein.

»Und Sie verstehen doch sicher, wie das alles klingt für mich, der ich so hart gegen genau dieses Übel vorgegangen bin, und nun kommen Sie zu mir.« Die Wut brodelte in ihm. Als gäbe es in ganz Lappland eine Stadt, in der es keinen Alkohol zum Verkauf gäbe, als ob es allein seine Schuld wäre, als ob er so schlecht für ihre Tochter wäre, wenn doch der Versuch, den Verkauf von Alkohol zu verhindern, dem Versuch gleichkam, Schnee zu verbieten.

»Deswegen bin ich nicht hier«, sagte er, schob diesen Gedanken tapfer aus seinem Mund. Er dachte an Noras

Worte, dass er Menschen ohne Leidenschaft nicht ausstehen konnte.

»Sie sind wegen Nora hier.«

»Ich habe vorhin mit ihr gesprochen.«

»Das ist mir bewusst. Aber sehen Sie, ich kann sie nicht verheiraten mit einem Händler ... der Sünde«, sagte er, als hätte er diesen Satz vorbereitet. »Ich werde es nicht zulassen, und außerdem wird sie es nicht zulassen. Diese Beleidigung werde ich nicht dulden.«

»Wie Sie in Ihren Predigten sagen, mein Herr«, sagte Henrik, »keiner von uns entkommt der Sünde.« Die beiden Whiskys kamen ihm plötzlich zwecklos vor, sie waren zu wenig, um etwas Gutes auszurichten; ironischerweise hätte er betrunken hierherkommen und schwere Geschütze auffahren müssen – dann hätte er gesagt, was ihm auf der Zunge lag, nämlich, was für Esel sie waren, selbstgerechte Esel, die nicht, so sehr sie es auch denken mochten, von Gott gesandt waren, um über die Aufnahme eines Menschen in den Himmel zu entscheiden. Er wollte sagen: Ihr seid arm, ihr habt keine Macht, und außerdem habe ich dafür gesorgt, dass mein Onkel euch wegschicken wird.

»Das ist wahr, keiner von uns ist davor gefeit«, sagte Lars Levi, »aber es ist eine besondere Sünde, andere zum Sündigen zu verleiten.« Er legte die Hände auf die Knie, als wolle er aufstehen.

»Jeder Mensch ist für sein eigenes Ende verantwortlich«, sagte Henrik hartnäckig. Sein Vater hatte das jeden Tag gesagt, auch an dem Tag, an dem er gestorben war. Hinter Lars Levi musterte Brita ihn mit zutiefst skeptischem Blick. Wie kam es, dass alle Mütter diesen Blick hatten? Wurde er mit der Geburt des Kindes mitgeliefert?

»Sie scheinen es gut zu meinen«, sagte Lars Levi, »und Nora ist sehr intelligent, also sieht sie etwas in Ihnen. Aber ich kann nicht einfach abwinken und so tun, als würde ich nicht sehen, was hier vor sich geht, dass Sie nicht regelmäßig in die Kirche gehen, nicht an Gebetstreffen teilnehmen, sich weder an Ihrem Körper noch in Ihrem Temperament Ihr Glaube erkennbar zeigt, und es ist eindeutig, dass Sie nicht vom Heiligen Geist umgeben sind.«

»Ich glaube an Jesus Christus«, sagte Henrik und merkte, dass er wie ein Junge klang, der seinen Katechismus rezitierte.

»Nicht, soweit ich es beurteilen kann«, erwiderte Lars Levi, »und wenn es wahr wäre, bezweifle ich, dass Sie Brännvin an jeden verkaufen würden, der darum bittet.«

»Ich habe nicht –«

»Lassen Sie sich das eine Warnung sein«, sagte Lars Levi. »Begreifen Sie unser Gespräch als Aufforderung, Ihr Verhalten zu ändern.«

Von diesem Moment an konnte Henrik sich nicht mehr erinnern, was noch gesagt oder nicht mehr gesagt wurde, weder von Lars Levi noch von ihm selbst. Eine Taubheit legte sich über ihn, und plötzlich war es ihm egal, was der Irre Lasse noch von ihm wollte. Er nickte. Er täuschte Reue vor. In unregelmäßigen Abständen sagte er geistesabwesend: »Ja, mein Herr.« Irgendwann begann der Irre Lasse für ihn zu beten, und Henrik dachte, er würde das nicht überleben. Als er es nach draußen schaffte, war er praktisch im Delirium, wegen der Hitze in seinem Gesicht und wegen des Gefühls der Unzulänglichkeit, das ihn sein ganzes Leben lang geplagt hatte, ihm nun aber in einer so formellen und endgültigen Abhandlung präsentiert worden war, und obwohl er damit nur ihre Vorhaltungen bestätigte, ging er zurück in den Laden und betrank sich aufs Heftigste. Völlig bewusst und sehr schnell trank er, bis ihm schlecht wurde, und dann trank er noch mehr, und Simmon war da, er musste Simmon auf der Straße zugerufen haben, er solle reinkommen, denn irgendwann stellte er fest, dass Simmon da war, und sie lachten. Simmon war sehr lustig; er sagte kaum etwas und war trotzdem sehr lustig!

Henrik trank so viel, dass er sich irgendwann die Weste und das Hemd auszog. Er ging nach draußen, wo das Zwielicht gerade hell genug war, damit er die hellen Härchen an seinen Händen und Armen sehen konnte, und ging völlig nackt im Fluss schwimmen. Simmon begleitete ihn, beide sprangen hinein und schüttelten die Kälte aus ihren Köpfen, und Henrik dachte: So fühlt es sich an, einen Freund auf dieser Welt zu haben. Er schwamm hektisch, strampelte voller Enthusiasmus mit Armen und Beinen, war sich sicher, dass der Fluss ihn davontragen würde, bis ihm einfiel, dass er hier stehen konnte, und erleichtert berührten seine Füße den Grund, und er stieg das Ufer hinauf. Von hier aus konnte er die geschlossenen Fensterläden des Ladens und des Pfarrhauses sehen und ein wenig Rauch, der aus Sussus Hütte aufstieg. Es musste mitten in der Nacht sein. Er ging zurück in den Laden, und Simmon folgte ihm, und sie tropften über den Boden, und es war ihm egal.

Am nächsten Morgen war ihm furchtbar schlecht, die schlimmste Krankheit seines Lebens – er hatte es nicht einmal nach oben ins Bett geschafft, er zog ein Fell vom Tresen auf den Boden neben dem Ofen und rollte sich darin ein und um den Wassereimer herum, sein Haar war immer noch nass, und er versuchte, sich am Stahl des Eimers zu wärmen. Natürlich kam jemand herein, und natürlich war dieser Jemand Nora. Wäre sein Zustand näher am Bewusstsein gewesen, hätte er jetzt irgendetwas gefühlt, aber zum Glück war das nicht der Fall. Er fühlte nichts, machte sich nur Sorgen, dass sie Teile seines Körpers sehen könnte, die das Fell nicht bedeckte, seine Schenkel, seine Beine, wie behaart sein Körper war. Seinen klaffenden Schlund.

»Henrik«, sagte sie und kniete nieder. Sie sah ihn an, wie er dort lag. Ihre Augen waren rot und geschwollen, als hätte sie geweint – seinetwegen? »Hör zu«, sagte sie. »Wenn du nüchtern genug bist, um zu stehen, gehst du nach oben in deinen Lagerraum, holst alle Fässer, alles, bis auf den letzten Tropfen, gehst nach draußen und verbrennst sie vor den Augen der anderen, oder gehst ihnen mit der Axt an den Kragen, das ist egal, aber du wirst sie öffentlich und ein für alle Mal zerstören. Und am Sonntag kommst du in die Kirche, und dort wirst du dich erheben und sagen, dass du ein Sünder bist und dass du gesündigt hast und dass du Christus bittest, dich von deinen Sünden zu befreien, und du wirst Christi und die Gemeinde um Vergebung bitten. Du wirst dich zu den Sünden der Trunkenheit und des Lotterlebens und des Unglaubens bekennen. Du musst es nur einmal sagen.«

Sie sah ihn an, und er schaute zum Wassereimer. Er war auf einer Seite verbeult, wie konnte das passieren? Seit wann war er so verbeult?

»Hast du mich verstanden?«

Er nickte. Es ging ihm schlecht, aber er verstand, was sie sagte. Es war das Vernünftigste, was jemals jemand gesagt hatte. Vernichte den Alkohol. Er musste beseitigt werden. Das stimmte. Er wollte ihn nie wieder sehen, nie wieder riechen, er ekelte ihn an. Vernichte ihn und lass Lars Levi herein, lass sie gewinnen. Was spielte das für eine Rolle, er hatte praktisch zugegeben, Alkohol verkauft zu haben, und er hatte sich die ganze Nacht über lächerlich gemacht, sie mussten ihn gehört haben. Sie würden den Landgendarmen holen, wenn er nicht auf Nora hörte. Sie würden ihn zwingen, den Laden zu schließen. Bei diesem Gedanken setzte er sich auf, und als er sich aufsetzte, hätte er sich fast wieder übergeben müssen. Er bemerkte den Geruch, irgendwo war Erbrochenes, an seinem Mund oder auf seinem Arm.

»Hast du mich verstanden?«, fragte sie erneut.

»Ja«, sagte er.

»Gut«, sagte sie und stand auf und ging; und als wäre das alles gewesen, was er nötig gehabt hätte, als hätte er nur das gebraucht, nahm er es in Angriff, er zog sich seine Kleidung an, hier und jetzt, er rollte die Fässer nach draußen – es waren nur noch zwei übrig –, und er zerschlug sie mit der Axt, und dann holte er die Flaschen, vierzig, fünfzig Glasflaschen von dem Zeug, und er schüttete sie eine nach der anderen aus und warf sie auf einen Haufen, wie die Lappen ihre Geweihe übereinanderwarfen, und die Hunde kamen von irgendwoher und leckten den Schaum, und Simmon kam aus seiner Hütte und sah Henrik an, als wäre er verrückt geworden, und Sussu kam heraus und sah ihn an, als wäre er schon sein ganzes Leben lang verrückt gewesen, und Nora kam heraus und nickte nur einmal kurz, und Henrik sah ihre Mutter am Fenster stehen. Das war, das wusste er, vielleicht das einzig Gute, was er jemals in seinem Leben getan hatte, und er dachte: Ich werde nie wieder ein so guter Mensch sein. Er sah mit an, wie der Brännvin, dunkel, rot und blutig, sich über seine Füße ergoss und die Erde in Schlamm verwandelte. Seine Zehen schmatzten in der Brühe. Eine Sekunde lang überlegte er, es den Hunden gleichzutun, wollte sich bücken, die Hände aneinanderlegen und den Schlamm schlürfen, aber er blieb noch eine Minute stehen und dachte über seinen eigenen Untergang und den Verlust der einzigen Sache nach, die ihm jemals ein gutes Gefühl gegeben hatte, und dann trottete er, wie ein braver, unglücklicher Junge, zurück ins Haus.

18

Es war schwer, wenn auch nicht unmöglich, während der Ohrmarkierung schlechte Laune zu haben. Für fast alle war das die Lieblingszeit im Jahr; wenn es einem nicht so ging, dann konnte das nur den Grund haben, dass man die Geburten der Kälber schöner fand, aber im Großen und Ganzen waren alle während der Markierung am glücklichsten und fröhlichsten. Das lag zum Teil daran, dass die Markierung wie eine Art Ernte war – man konnte regelrecht dabei zusehen, wie Reichtum und Existenzgrundlage wuchsen –, aber auch daran, dass alle den ganzen Tag bei frischem Wind draußen waren, den Blick auf das Meer, das sich hinter der Herde erstreckte, und man mit dem Lasso drei Monate alte Kälber einfangen konnte, sie festhielt und sie markierte, ihnen ein Zeichen verpasste, das besagte: Das hier ist meins. Etwas Festliches lag in der Luft, das Markieren erforderte, dass alle beieinander waren, und ein Gefühl von Ekstase erwachte. Diejenigen, die keine eigenen Kälber hatten, hätten möglicherweise bloß verdrossen zuschauen können, aber Willa war wie gebannt. Natürlich machte sie gleich am ersten Tag ihren ersten Fehler: Sie jagte einem Kalb hinterher und packte es um den Hals, nur um dann festzustellen, dass es keinen Sinn gehabt hatte, es zu fangen – niemand wusste bisher, zu wem das Kalb gehörte, es konnte also noch nicht markiert werden, und sie musste es freilassen und ging beschämt zurück zum Rand des Geheges, um wieder zuzugucken.

Nach langem Beobachten verstand sie langsam das Muster: Zunächst musste man herauskriegen, welches Kalb welcher Mutter folgte, und sobald man wusste, welches Kalb zu welcher Mutter gehörte (es kam selten vor, dass Rentiere Zwillinge bekamen), musste man in der Lage sein, das Zeichen auf den Ohren der Mutter zu lesen – das linke Ohr eines Rentiers zeigte die Siida an, zu der das Rentier gehörte, das rechte die Person innerhalb dieser Siida. Diese Markierungen – beispielsweise zwei lange Schlitze oben, ein kleines Dreieck unten – waren so markant, dass im Prinzip keine zwei Markierungen gleich waren, doch wenn die Rentiere wuchsen, falteten sich ihre Ohren, wodurch die ursprünglichen Markierungen verdeckt wurden, in Wirklichkeit musste man also erkennen können, wie sich die Ohren der Rentiere nach dem Markieren legten, und Willa war es ein Rätsel, wie das irgendjemandem gelingen konnte.

Aber die Sámi sahen die Unterschiede, von der anderen Seite eines Hügels aus konnten sie sagen: »Das ist das oder das Rentier«; und das erstaunte Willa immer wieder. Die Kinder erstaunten sie. Sie hatte in den Tagen zuvor beobachtet, wie sie ihre Markierungen an haufenweise Blättern übten, und jetzt saßen sie hier, hockten auf ihren Kälbern, drückten mit den Knien gekonnt die Vorderbeine des Rentiers zu Boden, während jemand anderes den Kiefer des Tiers oder die Hinterbeine festhielt und das Kind die Markierung mit seinem eigenen scharfen, kleinen Messer einritzte, ein Stück Ohr herausnahm und es im Mund hielt, bis es mit der Markierung fertig war, genau wie die Erwachsenen. Wenn sie fertig waren, nahmen sie die losen kleinen Ohrenwinkel – einen pro Rentier – und fädelten sie an einer langen Schnur auf, und so wusste jeder genau, wie viele Kälber er in diesem Jahr hatte. Jedem Kind wurde zur Geburt ein Rentier geschenkt, und ihnen wurde ihr eigenes Zeichen zugeteilt, und als ein Junge an seinem zehnten Geburtstag acht Kälber markieren konnte, war er so stolz; das Blut aus ihren Ohren lief ihm über die Hände, und als er sich den Schweiß aus dem Gesicht wischte, hinterließen sie ihre Markierung auf ihm.

Natürlich hatten die Erwachsenen, insbesondere Ristens Vater, noch viel mehr zu markieren. Risten wurde von Mikkol unterstützt; sie funktionierten als klare Einheit, identifizierten die Kälber des jeweils anderen, halfen einander, indem Mikkol etwa ihr Kalb festhielt, während sie markierte und ihr Zeichen auf ihre Kälber setzte, da sie so viel mehr hatte als er; sonst hätte er nur unglücklich herumgestanden, und es wäre zu offensichtlich gewesen, wie wenig er im Vergleich zu ihr zu markieren hatte. Sie nahmen die Markierung wie üblich in mehreren Runden vor: Der relevante Teil der Herde wurde zusammengedrängt und hauptsächlich von Frauen und Kindern mit langen Stoffbahnen an Ort und Stelle gehalten, die die Rentiere offenbar für undurchdringliche Mauern hielten. Sobald die Rentiere im Gehege markiert waren, wurden sie freigelassen und davongetrieben, und der nächste Teil der Herde wurde herbeigerufen, woraufhin die Frauen und Kinder die Stoffwand immer enger um die Herde schlossen, bis der nächste Schub im Gehege eingepfercht werden konnte; die Arbeit wurde also in Wellen verrichtet, eine folgte auf die andere, und sie nahmen sich eine Gruppe nach der anderen vor, bis irgendwer – meistens Nilsa – sagte, es sei Zeit für eine Pause. Dann ließen sie die Hunde die Herde bewachen, zogen sich in ihre Lávut zurück und lagen wunderbar erschöpft auf ihren Fellen, während das Feuer zu ihren Füßen prasselte.

Abhängig von der Größe der Herde konnte das Markieren zwischen ein paar Tagen und zwei Wochen dauern, und wenn viele Herden am selben Ort weideten, war es nicht ungewöhnlich, dass jemand von einer anderen Siida auftauchte, um zu helfen, aber dabei handelte es sich normalerweise um, sagen wir, einen Vetter oder eine Schwiegerfamilie, jemand, der sehen durfte, wie gut es der Herde ging oder auch nicht, ohne dass irgendjemand sein Gesicht verlor. Daher wurde Ivvárs Erscheinen an ihrem Gehege am dritten Markierungstag wenig willkommen geheißen, am wenigsten von Risten – nicht, weil ihr ihre Herde peinlich war, sondern weil er sich selbst so dreist eingeladen hatte. Es ärgerte sie, denn das bedeutete wohl, er war so angetan von Willa, dass er bereit war, Respektlosigkeiten ihrer Familie gegenüber in Kauf zu nehmen, vor allem angesichts der Tatsache, dass jeder wusste, dass sie ihm einst selbst hinterhergejagt war wie einem Rentierkalb.

Ivvár stand neben Willa und stupste sie mit dem Ellbogen an.

»Schau sie dir an«, flüsterte Risten Mikkol zu, »wie die Kinder!« Sie war eifersüchtig; ihre Verliebtheitsphase mit Mikkol war sehr kurz gewesen, und sie hatte immer so sehr darauf geachtet, ob Mikkol ein guter Hirte war oder nicht, dass sie, wenn er in der Nähe ihrer Familie war, zu angespannt war, um seine Neckereien überhaupt zu genießen.

»Hör auf damit«, hatte sie ihn einmal angefahren, als er das Lasso um sie geworfen und sie an sich gezogen hatte, sodass ihre Arme gefangen waren, aber sie hatte es sehr barsch gesagt, und er hatte sofort wieder von ihr abgelassen. »Na gut«, hatte er gesagt, und sie erinnerte sich, dass sie gedacht hatte: So sieht er also aus, wenn er böse auf mich ist.

»Sie sind nicht wie Kinder«, sagte Mikkol jetzt so laut, dass Risten sich instinktiv umsah, ob ihn jemand gehört hatte, »sie sind verliebt.«

»Sie sind nicht verliebt, sie genießen den Sommer.«

»Nein«, sagte er kopfschüttelnd. »Schau«, und er deutete in ihre Richtung, und tatsächlich drehte sich Willa in diesem Moment zu Ivvár um, und ihr Gesicht strahlte vor – ja, was? – Bewunderung, Stolz, ein präventiver Segen für all seine zukünftigen Vergehen, für seine Impulsivität und seine Fröhlichkeit, seinen Unfug – und Risten sagte: »Also ja, ich bin mir sicher, dass sie in ihn verliebt ist, aber das ist auch kein großes Kunststück.«

»Ich mache mir Sorgen«, sagte er, »es ist keine gute Idee, dass sie die ganze Zeit allein sind ... Da könnte alles passieren, sie wären nicht die Ersten.« Er hielt inne. »Ich habe schon überlegt, ob ich mal mit ihnen rede.«

»Ich bin mir sicher, dass sie die Dinge, die passieren könnten, weit hinter sich gelassen haben«, sagte Risten, »und dass sie sich bereits im Land der Dinge befinden, die geschehen sind.«

»Das ist nicht richtig, so ganz ohne Eheversprechen.« Er schüttelte erneut den Kopf. »Sein Vater ist weg. Sie ist vor ihrem davongelaufen. Da ist niemand mehr, der ihnen sagen kann, was richtig und was falsch ist.« Risten wandte den Blick ab und betrachtete die verbliebenen Mütter und Kälber im Gehege, obwohl sie wusste, dass keins davon mehr ihr gehörte. Sie murmelte etwas Unverständliches und ging zum anderen Ende des Geheges, als hätte sie dort etwas bemerkt.

In der Tat – auch sie fand die Sache mit Willa und Ivvár erschreckend, aber nicht auf eine Weise, die etwas mit Gott zu tun hatte. Zuerst hatte sie nicht fassen können, dass Willa mit ihm weggegangen war, womit sie die Gerüchte über eine Schwangerschaft bloß noch angeheizt hatte (obwohl Risten bei Willa keine derartigen Anzeichen gesehen hatte), und weil es dadurch so offensichtlich wurde, dass Willa es auf Ivvár abgesehen hatte. Risten war jedoch der festen Überzeugung, dass Ivvár sie niemals heiraten würde – mit einem Dáčča-Mädchen würde er höchstens spielen, und es zeigte, was für eine Dáčča sie war, dass sie das nicht merkte. Andererseits hatte Risten angenommen, dass Ivvár längst wieder aus Willas Leben verschwunden wäre: Er musste so viel mit seiner Herde zu tun haben, vor allem, seit sein Vater weg war, aber stattdessen verschwand er ständig mit Willa, jetzt gab es westlich von Alta niemanden mehr, der nicht wusste, dass Ivvár eine zutiefst unüberlegte Liebelei mit der Tochter vom Irren Lasse eingegangen war, und Risten konnte ihre Schamlosigkeit nicht fassen. Waren sie das einander wirklich wert? Es tat ihr weh, wenn sie sich eingestand, dass er für Willa wohl tun würde, was er für sie nicht getan hatte; er war nicht bereit gewesen, irgendetwas für sie zu riskieren.

Mikkol kam näher, schmiegte sich sanft an sie und legte seine Hand auf ihren Rücken. Die Hand war besitzergreifend, die Hand sagte, diese Frau gehört mir. Ivvár registrierte Mikkols Hand dort, genauso wie er bemerkt hatte, dass Mikkol sich nah bei Risten hielt. Mikkol macht sich Sorgen meinetwegen, dachte Ivvár, nicht ohne Schadenfreude, und er will zeigen, was sie an ihm hat und was ich an ihr verloren habe. Er ging auf Willa zu, streifte im Vorbeigehen ganz leicht ihren Arm. Er spürte ihre Bewunderung für ihn, wenn er das Lasso warf und zog; heute war er gut in Form, und sein Lasso flog genau dorthin, wo er es haben wollte. Bei jedem Wurf dachte er an seinen Vater, der ihm zurief: »Konzentrier dich darauf, wohin es gehen wird, wo es im nächsten Moment sein wird, und nicht darauf, wo es gerade ist« – und als er um das Gehege herumging, sah er seinen Vater, wie er sich mit ausgestreckter rechter Hand anpirschte, das Lasso aufgerollt und bereit, während die linke Hand das Ende des Seils hochhielt – und als die Hinterläufe des Kalbes hängen blieben und er das Lasso festzog und das Kalb sich sträubte, freute er sich über diese drei, vier Augenblicke, vor allem, weil Mikkol gerade zusah.

Auch Nilsa hatte den Fang beobachtet und nickte mit widerwilliger Anerkennung. Nilsa hatte ihn auf seine Art immer gemocht, als ob er ihn nicht mögen wollte, jedoch nichts dagegen tun konnte. Wahrscheinlich, dachte Ivvár, bereut er es gerade, Risten nicht in meine Richtung gedrängt zu haben.

Ivvár steigerte sich in seine Angeberei hinein – einmal warf er ein Lasso auf das gleiche Kalb, auf das Mikkol zielte, und schnappte es ihm direkt vor der Nase weg. Es war Ristens Kalb, und Ivvár war nicht wirklich in der Position, es zu fangen, aber es war zu befriedigend, er konnte sehen, wie bereitwillig es zu ihm kam, und er ergötzte sich daran, Ristens Kalb zu sich zu holen und so zu tun, als hätte er nicht bemerkt, wie Mikkol sein leeres Lasso wieder einholte.

Später, als alle zurück beim Lávvu waren, um sich auszuruhen, hätte es ihn nicht gewundert, wenn Mikkol ihn gehasst hätte. Er hätte sich selbst gehasst. Es war ihm bewusst, dass er laut und frech war, auch hier im Lávvu, aber es war so eine Erleichterung, sich über jemanden erhaben zu fühlen, über wen auch immer, und er dachte außerdem ständig daran, wie viele Kälber sie hatten, diese Familie, und es machte ihn krank vor Neid.

Er wollte unbedingt etwas trinken, aber Nilsa trank nur selten, und Mikkol war natürlich unerträglich, wenn es um so etwas ging. So hätte es noch eine Weile weitergehen können: Ivvár, ständig zu laut, Mikkol, der ihn stillschweigend, aber offensichtlich verachtete, und Risten und Willa, die den beiden Männern zusahen, wie sie auf diese verschleierte Weise ihr Theater aufführten, aber dann verließen Nilsa und Anna das Lávvu, um nach einer Schwachstelle im Zaun des Geheges zu sehen, und plötzlich, ohne die Gegenwart der Älteren – vielleicht ohne Nilsas stille Akzeptanz für Ivvár –, als sie nur noch zu viert waren, veränderte sich die Stimmung. Ivvár waren die Themen ausgegangen, er schlürfte laut an seinem Kaffee. Risten und Mikkol lagen nebeneinander auf dem Rücken auf ihren Fellen, eindeutig ein Paar, aber nicht offen zärtlich zueinander, während Ivvár der Abstand zwischen sich und Willa nur allzu bewusst war, wie sehr sie beide darauf achteten, nicht als Paar zu erscheinen; er und Willa saßen im Schneidersitz auf gegenüberliegenden Seiten des Feuers, während Ristens und Mikkols Füße sich leicht berührten.

Eine ganze Weile verging, in der niemand etwas sagte, und alle lauschten, wie sich die Kinder draußen am Gehege um etwas stritten. Der Wind war heute schwach, das Zelttuch rieb sanft an den Stangen, und der Rauch schwebte um Ivvárs Nase.

»Ist es in Ordnung«, fragte Mikkol im Ton von jemandem, der lange über eine Frage nachgedacht hat, »wenn ich euch nach euren Gefühlen zu Gott frage?«

Das Wort *Gott* schien über ihnen auf dem Trockenmast zu sitzen, von dem die Kette mit dem Kochtopf herabhing.

Ivvár zuckte mit den Schultern. »Gott und ich«, sagte er so beiläufig er nur konnte, »haben uns nicht so viel zu sagen.«

»Ist das so?«, hakte Mikkol nach, mit einer deutlichen Genugtuung im Gesicht, als würde er sich über Ivvárs Ungehorsam freuen. »Ich glaube, Gott hat dir eine Menge zu sagen.«

»Alles nur Gerede«, sagte Ivvár, »nerviger als der Wind.«

»Wenn du gestattest«, warf Mikkol ein.

Ivvár nahm einen sehr lauten Schluck von seinem Kaffee und zog ihn durch die Zähne. »Glaubst du«, fragte er, »der Wind ist ein Furz Gottes?«

»Ich mache mir Sorgen um euch beide«, sagte Mikkol und schaute jetzt auch Willa an. Sie sah aus, als hätte man sie geohrfeigt, und Ivvár erkannte darin die Frau, die sie gewesen war, bevor sie ans Meer gekommen war; es war eine Art dunkler Magie, wie sie einfach in das Alte zurückfiel. »Die Bibel sagt, es ist besser für einen Mann, zu heiraten als in Begierde zu brennen.«

»Ich hoffe, jemand macht ein großes Lagerfeuer in der Nähe«, sagte Ivvár. Er lachte, zu schroff, aber das war ihm egal.

»Es tut einem Mann nicht gut, allein zu sein«, sagte Mikkol. »Das steht auch in der Bibel«, fügte er hinzu.

»Einer Frau tut es auch nicht gut, allein zu sein«, sagte Ivvár. Er grinste und entblößte dabei seine perfekten Zähne. Risten warf ihm einen mahnenden Blick zu. Ihr Kopf bewegte sich kaum merklich, ein Schütteln, nein, Ivvár, sie wollte, dass er die Ruhe bewahrte, vernünftig war, und sofort wurde ihm klar: Mikkol weiß es nicht. Sie hat ihm nie von uns erzählt. Er ist bekehrt worden – von meinem Vater –, er zitiert aus der Bibel und glaubt, mir so sehr überlegen zu sein. »Oder hat Risten dir das nicht erzählt?«

»Ivvár«, sagte Risten, als wäre er das Problem. »Sei nicht so.«

»Wie, so?«

»Was soll sie mir nicht erzählt haben?«, fragte Mikkol.

»Er ist« – Risten seufzte tief – »das ist schon lange her.«

»Was ist lange her?«

Jetzt war es Risten, der die Unruhe anzusehen war. Sie setzte sich auf, drehte sich auf die Seite, legte ihre Hand auf Mikkols Schulter und tätschelte sie unbeholfen und viel zu oft.

»Ich will nur sagen«, fügte Ivvár hinzu, »ich bin nicht der Einzige, der in Begierde brennt.«

»Ivvár, hör auf«, fuhr Willa dazwischen.

»Ich dachte immer, wo keine Wunde ist, ist auch kein Blut«, sagte Ivvár.

Jetzt standen all diese Dinge zwischen ihnen.

Ivvár zuckte wieder mit den Schultern und schlürfte seinen Kaffee.

»Das ist nicht richtig«, sagte Mikkol. Auch er setzte sich jetzt auf. »Das hier«, sagte er und zeigte auf Ivvár und Willa, »niemand wird es aussprechen, aber ich werde es tun. Was ihr hier macht, ist nicht richtig. Ihr seid nicht gut füreinander. Du«, sagte er, wobei er immer schneller und aggressiver mit dem Finger auf ihn zeigte, »wie soll sie nach dir je einen Mann finden, der sie noch will? Wo doch alle es wissen? Wie soll sie je zu ihrer Familie zurückkehren? Hast du dir das mal überlegt? Hast du darüber nachgedacht, was mit ihr passiert? Nein, du denkst nicht nach, du tust einfach, was du willst, was auch immer der Teufel dir sagt, es spielt keine Rolle, du wirst nur von dir selbst und von deinem eigenen Fleisch beherrscht. Dein Gott ist dein Fleisch. Du tust alles, um es zu befriedigen. Und du«, sagte er, jetzt an Willa gewandt, »wie kannst du es zulassen, wo du es doch so viel besser weißt? Vielleicht weiß er es nicht, er ist nur ein Hirte, aber du weißt es, ich weiß, dass du es weißt, in deinem Herzen und in deinem Gewissen und in deiner Seele schämst du dich: Dein Vater ist Laestadius! Dein Vater führt Hunderte und Tausende zur Erlösung, und seine eigene Tochter spuckt darauf. Ausgerechnet du musst doch wissen, dass das, was du hier tust, eine schreckliche Sünde ist. Und du lässt dein Herz dafür verhärten, versteinern wird dein Herz vor lauter Sünde, du wirfst alles weg, und wofür? Für einen Mann, der dich nicht heiraten will?«

Sogar Risten fühlte sich von dieser Rede getroffen und beschämt. Sie schlug die Augen nieder. Willas Blick blieb auf das Feuer gerichtet. Nur Ivvár schaute Mikkol weiterhin an, direkt ins Gesicht, als wolle er ihn herausfordern, noch etwas Verdammendes zu sagen, als amüsiere er sich darüber, dabei war er außer sich; wäre das Feuer nicht zwischen ihnen, würde Risten nicht neben Mikkol liegen, er würde – erwürgen würde er ihn, ihm in die Rippen treten, in den Hals.

Leise und vorsichtig erhob sich Willa aus ihrem Schneidersitz und ging auf den Ausgang des Lávvu zu, ihr gebeugter Rücken eine ungesagte Entschuldigung. »Gott wird dir verzeihen«, rief Mikkol ihr nach, »aber du musst ihn darum bitten«, doch sie wandte sich nicht noch einmal um, sondern stieg vorsichtig über die Äste und öffnete das Zelttuch, sodass die Süße der untergehenden Sonne in breiten Strahlen hereinfiel, Rentierflusen tanzten in ihrem Schein, und dann war Willa verschwunden.

Ivvár sah Mikkol unentwegt an, dann sagte er beherrscht: »Aber wer wird dir verzeihen?« Er war sich nicht sicher, was er damit meinte, doch es klang gut, vielleicht grausam, wenn auch nicht grausam genug; er wünschte, er könnte etwas noch Schlimmeres sagen. Er beugte sich vor, nahm Mikkols Tasse und schüttete den Rest seines Kaffees ins Feuer, das ihn in frommen Stößen zurückspuckte, und er folgte Willa hinaus in die Sommernacht.

Über dem Grunzen und Scharren der Herde hörte er eine Seeschwalbe tschilpen, piu, piu, dann schneller, piu, piu, piu, piu. Er schaute sich nach Willa um – sie kletterte gerade über den Zaun zurück in das Gehege. Sie stand da und wartete darauf, dass jemand ihre Hilfe brauchte – da, Nilsa hatte sie gesehen, er winkte sie herbei, und sie eilte zu ihm, packte das Kalb am Kiefer und drehte ihr Gesicht zur Seite, als das Kalb austrat.

19

Auf die Nachricht von Noras und Henriks Verlobung folgte drei Tage später die Nachricht, dass Lars Levi in die Pfarrei in Pajala versetzt werden sollte, wobei Letzteres viel aufsehenerregender war als Ersteres, und das Einzige, was an der Verlobung für Antihkka Sussu, für Simmon, sogar für Noras Schwestern noch überraschend war, war, dass es so lange gedauert hatte, bis sie zustande kam. Nora selbst war überrascht, und Henrik war überrascht; Noras Eltern waren irgendwann zufrieden – sie konnten in dem Wissen nach Pajala gehen, dass die Zukunft einer ihrer Töchter gesichert war (sie wussten nichts von Henriks Schulden), und außerdem konnten sie Karesuando nach getaner Arbeit verlassen. Sie hatten einen berüchtigten Säufer von Ladenbesitzer bekehrt und hatten nun das Gefühl, dass zumindest ein Teil ihres Rufes nach der Schande um Willa wiederhergestellt war; Brita war beinahe glücklich über die Fügungen. Angesichts der Umstände um Willa erschien Henrik als kleineres Übel; Gott hatte ihr diese Perspektive gegeben. Und sie, sie beide, waren erfreut zu sehen, wie bestürzt die Leute waren, dass sie gehen würden; jetzt kamen sie ständig in ins Dorf, um sich zu verabschieden, um noch ein paar Stunden im Pfarrhaus zu verbringen und Lars

Levi zu lauschen, und einige von ihnen flehten ihn regelrecht an, nicht zu gehen, einige brachten Kinder und kranke Verwandte mit, die er segnen sollte, obwohl er schon oft erklärt hatte, dass er das nicht tat, dass es so nicht funktionierte, dass er selbst nicht die Macht dazu hatte, dass er nur ein Diener Gottes war wie jeder andere und dass es vor allem auf das eigene Gewissen ankam. Aber er war froh, dass sie trotzdem kamen.

Jetzt war es nur noch eine Woche bis zur Hochzeit. Die Familie Laestadius würde in der darauffolgenden Woche nach Pajala ziehen und Nora zurücklassen. Die Hochzeit selbst würde natürlich klein und bescheiden sein, das anschließende Abendessen im Pfarrhaus stattfinden. Die Planungen dafür waren so unbedeutend im Vergleich mit den Vorbereitungen für Pajala, dass Henrik nicht sicher war, ob irgendetwas von ihm erwartet wurde, außer dass er erschien, doch er legte sich ins Zeug – er nahm seine schönen Hosen, seine Weste und sein Hemd mit zum Fluss, wusch und schrubbte sie und legte sie zum Trocknen auf das Gras in die Sonne, er fegte den Laden, wischte den Staub von den Fenstern, polierte den Tresen ... Nur dass er jetzt, wo alles blitzeblank war, sehen konnte, wie heruntergekommen es war, überall waren Kratzer – von Messern? –, und die Fensterläden ließen sich nur mit Gewalt öffnen und schließen, die Bettwäsche hatte Löcher, und jeder Schritt auf der Treppe fühlte sich an, als wäre es das letzte Mal, dass die Stufe hielt. Ganz zu schweigen davon, dass er keine Kommode besaß und seine Kleidung in leeren Kisten aufbewahrte und dass auf allen Oberflächen geschmolzenes Wachs klebte, das er nie abgekratzt hatte, Wachs auf dem Boden und Wachs auf seinem Nachttisch-Fass, die

Abstellkammer war staubig, voller Spinnweben, in einer Ecke war Sirup auf die Dielen gelaufen, und dort lagen Mäuseköttel, die er weiterhin ignorieren wollte, aber er war sicher, dass Nora sie sofort entdecken würde. Es gab nichts, was er jetzt nicht durch ihre Augen ganz neu sah, und nichts, woran es nicht mangelte, und er fragte sich, was sie wohl denken würde, wenn sie seine Kassenbücher durchginge. Er würde ihr klarmachen müssen, dass sie sie nicht durchsehen sollte, aber wie? Würde sie ihn dann nicht verdächtigen, etwas zu verbergen?

Zwei Tage, drei Tage vergingen, in denen er nicht wusste, was er noch tun sollte, um die Hochzeit vorzubereiten, aber Nora schien so beschäftigt, dass er sie kaum zu Gesicht bekam, sie verließ kaum das Haus. Die Tatsache ihrer bevorstehenden Hochzeit erschien ihm jetzt immer abstrakter, er fühlte sich fast genauso wie damals, als seine Mutter angekündigt hatte, sie und Frans würden ihn ins »Hinterland« schicken, um »seine Schande in der borealen Einöde zu begraben« – dieses Gespräch hallte beim Morgenkaffee immer noch nach –, es kam ihm plötzlich alles wie ein Scherz vor, und er war überzeugt, Nora würde es sich jeden Moment noch einmal anders überlegen, aber das tat sie nicht. Damals hatte er sich unmöglich vorstellen können, dass sein Leben sich wirklich ändern würde, aber es hatte sich geändert, und er fragte sich, ob die Ehe auch so sein würde, eine neue Weltordnung, plötzlich und perfekt verhängt. Es war schon wie ein neues Leben, nicht mehr zu trinken. Abends fühlte er sich unausgeglichen, unsicher, und er dachte ständig ans Trinken, allein der Gedanke daran löste ein Kribbeln in seinem Hals aus, das erste Verlangen. Außerdem hatte er nachts zu schwitzen begonnen; er wachte morgens auf, und seine Unterwäsche und sein Laken waren klitschnass, alles musste zum Trocknen aufgehängt werden, damit er in der nächsten Nacht überhaupt darin schlafen konnte. Aber er schlief besser als je zuvor, er wachte nie mehr mitten in der Nacht auf, und er erinnerte sich an alles mit solcher Klarheit, dass es ihn beinahe nervös machte, an was er sich von früher nicht mehr erinnerte – wie viele Nächte waren in einem Dunst verloren gegangen? Was hatte er alles getan, woran er sich nicht erinnerte? Was hatte er nicht getan?

Er war also erschreckend nüchtern und von gesundem, ja sogar scharfem Verstand, als er eines Morgens aus dem Abort kam und sah, dass sein Onkel in seinem Laden stand, bereits hinter dem Tresen, und seine Geschäftsbücher durchblätterte. Er sah nicht älter aus als damals, in Luleå, wo sein Onkel ihn in die Kutsche verfrachtet hatte, wobei er zuerst mit Henrik ein Gebet sprach und dann, vielleicht weil der Mann zu lauschen schien, den Kutscher aufforderte, sich ihnen beim Gebet anzuschließen.

»Onkel Frans«, sagte Henrik. Er versuchte, unbeschwert zu klingen, aber er spürte, wie ihn die alte Nervosität überkam. Er redete sich selbst gut zu, das ist nur mein Onkel, er ist mein Onkel. Ich kenne ihn schon mein ganzes Leben.

»Grüße von deiner Mutter«, sagte sein Onkel, blickte auf, aber sein Finger blieb im Kassenbuch. Er war größer als Henrik, aber nicht viel, und er war schlanker, aber nicht muskulös. Er strahlte etwas Kraftloses aus. Er war Anfang fünfzig, doch man hätte ihn für jünger halten können – sein Haar hatte gerade erst begonnen zu ergrauen und behielt etwas von dem Blond seiner Jugend; und er sah Henrik mit dem gewohnten Scharfsinn und der Enttäuschung an, die Henrik schon seit jeher in seinem Blick gesehen hatte.

»Danke«, sagte Henrik unbeholfen, wusste schon nicht mehr, was er sagen sollte.

»Ich war seit zwei oder drei Jahren nicht mehr hier oben«, sagte Frans. Er schaute sich im Laden um, begutachtete alles, neigte den Kopf nach oben zu den Dachsparren und nach unten zum Boden. Er reckte seine Nase in die Luft und schnupperte.

»Hat es sich seitdem verändert?«

»Oh, früher war es kein richtiger Ort, und das ist es ja bis heute nicht«, sagte Frans. Er hatte kräftige Augenbrauen, dunkler als sein Haar, und wenn man ihm von Angesicht zu Angesicht gegenüberstand, so wie Henrik jetzt, sah man, wie sie sich an seiner Nasenwurzel entlang abwärts neigten, was ihm einen ständigen Ausdruck von Skepsis oder der Irritation verlieh, sodass auch seinem Humor stets eine leichte Ironie anhaftete. Seine Augen waren blau und ziemlich groß – Henrik hatte immer das Gefühl, dass sie zu weit aus Frans' Gesicht hervortraten, aber er galt als gut aussehender Mann; und auch seine Frau war wunderschön.

»Du siehst müde aus«, sagte Frans, »und du bist ein bisschen dick geworden. Ich wusste nicht, dass man von Rentieren dick werden kann, aber du hast es geschafft. Schön für dich.« Er lächelte, als wolle er seine eigenen Worte abschwächen, und Henrik erwiderte sein Lächeln, lachte ein wenig. »Unsere Köchin kriegt es nie hin, das Rentier richtig weich zu kochen, das Fleisch ist immer viel zu zäh, und ich kaue und kaue und kaue.«

»Ich koche für mich selbst«, sagte Henrik, der sich bewusst war, dass er zu leise sprach. Sein Onkel hasste es, wenn Henrik zu leise sprach.

»Man sollte meinen, du könntest dir eine Haushaltshilfe leisten, die Lappen können nicht viel verlangen, oder?«

»Ich weiß nicht«, erwiderte Henrik.

»Ich weiß nicht, ich weiß nicht«, ahmte sein Onkel ihn nach. Er lächelte, als wollte er sagen: Das ist ein alter und gut gemeinter Witz, so ziehe ich dich nun mal auf, weil du nie irgendwas weißt, aber diese Scherze hatten sich für Henrik nie gutgemeint angefühlt, sie machten ihn nervös, es war sicher, dass darauf etwas Schärferes folgen würde, und auf das Schärfere folgte dann schließlich etwas noch viel Schärferes.

»Wer ist das?«, fragte Frans und schaute auf die Seite hinunter, »Anders Anderssen Utsi? Und Inger Nilsdatter Palopää? Per Anders Unga ... Na ja, wie auch immer, aber die schulden dir alle Geld?«

»Vielleicht ein paar.«

»Das sieht nicht nach ein paar aus.«

»Nun ja, hier oben ist es ganz normal, anschreiben zu lassen ...«

»Du hast es nicht zurückverlangt?«, fragte Frans. Er zog die Augenbrauen hoch, dann griff er in seine Tasche und holte seine Brille heraus. Er brauchte einen Moment, um die Bügel um seine Ohren zu legen und das Drahtgestell auf seine Nase zu setzen. Seine viel zu große Nase sah komisch aus, aber Henrik hätte nie und nimmer darüber gelacht, obwohl, für Emelie hatte er ihn bestimmt mal imitiert.

»Doch, habe ich – ich habe nachgefragt, allen ist klar, dass –«

»Die denken wohl, das ist ein Dauerkredit, zinslos?« Der Ton seines Onkels blieb leicht, neugierig, aber Henrik konnte in seinem Gesicht sehen, wie sehr ihn das anstrengte.

»Nein –«

»Also glauben sie, dass dieser Laden hier eine Wohltätigkeitsorganisation ist? Betrieben von der Kirche?«

»So einfach ist das nicht, es ist nicht leicht –«

Sein Onkel lehnte sich wieder vor und schaute in das Buch. Henrik begann zu sprechen, aber sein Onkel hob die Hand, und Henrik verstummte. »Bring mir einen Stuhl«, sagte der Onkel, und Henrik brachte ihm einen Schemel, und der Onkel setzte sich und blätterte weiter durch das Buch, die Augenbrauen hochgezogen und die Stirn in Falten gelegt. Das gelegentliche Knistern des Papiers beim Umblättern war das einzige Geräusch, außer dem Schrei eines Kuckucks in der Ferne, oder zumindest glaubte Henrik, dass es ein Kuckuck war. Das musste ein Kuckuck sein, er rief doch schließlich kuckuck, kuckuck, nicht wahr?

»Ekelhaft, dieses Schlachten. Wie das stinkt. Als ich Hilfsvikar in Ytterlängäs war, brachte mir einer von denen ein Rentier und schlachtete es vor dem Pfarrhaus. Es stank nach Schwefel. Ich konnte tagelang kaum atmen.«

Das passiert, wenn man die Eingeweide verletzt, wollte Henrik sagen, aber es hatte sich nie gelohnt, mehr zu wissen als sein Onkel.

»Du hast also gut hergefunden«, sagte Henrik tonlos. Er kam sich dabei so kindisch vor. Er war ein Kind, das war alles, und er sah dabei zu, wie sich sein Onkel mit seiner Mutter ins Fäustchen lachte, wie die beiden auf Kosten eines anderen lachten, vielleicht auf Henriks Kosten.

Irgendwann war ihm klar geworden – wann war das gewesen? –, dass er für sie eine Version seines Vaters war, derer man sich genauso leicht entledigen konnte; man konnte mit ihm reden, in welchem Tonfall auch immer, ihm sagen, welche Aufgabe er zu verrichten hatte, ihn ins Hinterland oder in die Sommerhütte schicken oder wo immer seine Mutter ihn brauchte. All das führte dazu, dass er seinen Onkel jetzt so ansah, denn seinen Onkel anzusehen war, wie seine Mutter anzusehen, nicht weil sie sich besonders ähnelten, sondern weil sie sich immer miteinander verbündeten; mit seinem Onkel zu sprechen bedeutete, mit seiner Mutter zu sprechen, und umgekehrt. Seine Mutter hatte immer gesagt, dass es daran lag, dass Frans sie nach dem Tod ihrer Eltern aufgezogen hatte, aber selbst das schien nicht die ganze Wahrheit zu sein. Henrik hatte den Eindruck, dass sie gemeinsam gegen den Rest der Welt kämpften, vor allem in ihrem gemeinsamen Bestreben, über ihre Herkunft hinauszuwachsen; ihr Vater war Küster und Landgendarm in einer Kleinstadt gewesen, er hatte immer gehofft, mehr zu sein, aber er war an einer Rippenfellentzündung gestorben, als die beiden noch Kinder waren, und ihre Mutter war kurz darauf den Pocken erlegen – so wie sie es erzählten, waren sie Wunder, alle beide, weil sie überlebt hatten, und sie erzählten gerne, dass sie großes Glück hatten und von Gott gesegnet waren, aber es war immer klar, dass sie damit meinten, etwas Besonderes zu sein; nicht nur etwas Besonderes, sondern auserwählt. Henriks Vater hatte einfach nur alles hingenommen, ihre Pläne, er hatte bis zu seinem Tod mitgemacht, und Henrik spürte, dass ihn dasselbe Los ereilt hatte; er spürte, wie er immer weiter mitspielen würde.

»Ich habe es durch reine Willenskraft bis hierher geschafft, das sage ich dir«, sagte sein Onkel, als wäre Henrik ein Schwachkopf. »Ich würde sagen, besser spät als nie, aber es wäre besser gewesen, viel früher herzukommen. Du bist ja noch nicht einmal ein Jahr hier, nicht wahr?«

»Bald ein Jahr.«

»Bald ein Jahr«, wiederholte sein Onkel. Er sah von den Büchern auf. »Wer ist das? Nils Nilsson Siebainen? Die können manchmal wirklich komische Namen haben, was?«

»Er ist nicht von hier«, sagte Henrik. »Er war zu Ostern –«

»Hier gibt es einige, die nur zu Ostern hier waren, was?«

»Ja.«

»Sie wollten Laestadius hören.«

»Nehme ich an«, sagte Henrik. Er hatte das Gefühl, dass sich sein Onkel nicht nur durch seine Predigten, sondern auch durch seine Popularität von Laestadius bedroht fühlte, und davon, dass ihm, im Gegensatz zu Frans, nicht bloß Gehorsam, sondern auch Verehrung entgegengebracht wurde. Natürlich war Laestadius nur einer der Pastoren seines Onkels, und er war Frans treu ergeben, aber soweit Henrik sehen konnte, war die Wahrscheinlichkeit, dass Laestadius gegenüber seinem Onkel die Rolle des Kriechers spielte, recht gering. Dadurch stieg Laestadius sogar ein wenig in Henriks Ansehen.

»Nun denn«, sagte sein Onkel und schloss das Buch. Er betrachtete den Tresen unter dem Buch etwas angewidert, griff mit beiden Händen den Rand und rüttelte daran. »Das fällt ja fast runter«, sagte er, »kannst du das nicht reparieren? Hast du niemanden, der es reparieren kann?«

»Ich werde Simmon fragen«, sagte Henrik leise und suchte nach einer Ausrede, aber er wusste nicht, wie er erklären sollte, dass Simmon tat, worauf er gerade Lust hatte, dass man ihn zwar bitten konnte, etwas zu tun, er es aber nach Gutdünken tat, wann immer er es für sinnvoll erachtete, und dass der Tresen sowieso nur wackelte, wenn man ihn so anpackte.

Plötzlich fiel Henrik siedend heiß ein, dass er Frans sagen musste, dass er die Fässer vernichtet hatte und Nora heiraten würde.

Irgendwie war ihm das noch gar nicht in den Sinn gekommen. Er hatte schon gar nicht mehr damit gerechnet, dass sein Onkel hier auftauchen würde, fast hatte er nicht mehr damit gerechnet, dass sein Onkel und seine Mutter noch existierten, aber jetzt, wo Frans hier stand, holte ihn die Realität ein; das Leben im Süden war die reale Welt, und dieses hier im Norden war die imaginäre. Und doch hatte er vor, die Tochter des Predigers zu heiraten. Er brauchte einen Drink. Wenn er doch nur etwas zu trinken hätte, nur ein, zwei Drinks, würde ihm das alles nicht so viel ausmachen, er könnte sich selbst die gleiche Verachtung für seinen Onkel zugestehen, die sein Onkel ihm gegenüber empfand, er könnte sich daran hocharbeiten. »Nun denn«, sagte Frans und sah Henrik erwartungsvoll an, als wüsste er bereits, was Henrik dachte, »willst du mir keine Erfrischung anbieten?« Er lächelte und sah einen Moment lang recht freundlich aus, als hätte er Henrik gern. Es war Frans' Art zu versuchen, nett zu sein. »Ich habe gehört, dass alle in den Ort kommen, um die letzte Predigt vom Irren Lasse zu hören.«

»Ah, bestimmt, ja, das mag sein«, sagte Henrik vage, obwohl er nichts dergleichen gehört hatte, er hörte nie von etwas, bis es passierte. Er holte den Kessel hinterm Herd hervor und füllte ihn mit Wasser aus dem Eimer.

»Er ist sehr beliebt.«

»O ja, das ist er«, stimmte Henrik zu, wenn auch vorsichtig, um nicht zu enthusiastisch zu klingen. »Alle lieben ihn. Er hat jetzt auch eine Haushaltshilfe, sie ist von der Küste hergekommen, nur, um seine Gehilfin zu sein. Hat ihm einfach so ihre Dienste angeboten.«

»Was wollte sie dafür?«

»Sie wollte einfach bei ihm arbeiten«, sagte Henrik. Er musste die Kaffeebohnen hinterm Tresen hervorholen, aber sein Onkel stand immer noch da, und er wollte so lange wie möglich ein Gespräch über die übrig gebliebenen Waren und ein Gespräch über Kaffee im Allgemeinen vermeiden, denn Kaffee könnte seinen Onkel an andere Getränke, an Alkohol, erinnern, und dann müsste er ihm von den Fässern erzählen.

»Und die Leute kommen immer noch, um ihn predigen zu hören? Selbst jetzt im Sommer?«

»Verrückt, oder?«, sagte Henrik. »Manchmal kommt man nicht mal mehr zur Tür herein. Ich habe keine Ahnung, von woher sie alle kommen, ich dachte, sie wären alle an der Küste.«

»Nicht alle von ihnen sind Hirten«, sagte Frans im Tonfall eines Lehrers, »vergiss nicht, es gibt noch die

See-Lappen und die Berg-Lappen und die – ich habe es vergessen –, und immer mehr von ihnen betreiben Landwirtschaft oder arbeiten in den Minen. Aber was ich interessant finde«, fuhr er fort, »ist, dass die Lappen immer sagen, sie schaffen es nicht in die Kirche, sie müssen sich um die Herden oder die Höfe kümmern, oder was auch immer sie neu für sich entdeckt haben, und das war jahrelang so, aber neuerdings, wenn Laestadius predigt, dann schaffen sie es doch.«

»Es sind so viele Menschen in der Kirche, dass er gar nicht merkt, wenn ich nicht da bin«, sagte Henrik, doch kaum waren die Worte über seine Lippen, bereute er es. Er ging hinter den Tresen, aber Frans versperrte ihm immer noch den Weg zum Kaffee.

»Ich bin schon gespannt, all den Lärm mit eigenen Ohren zu hören«, sagte Frans. »Qvale meinte, dass er in seiner Gemeinde auch ein paar Schreier hat, obwohl es so klang, als hätte sich seine Kirche größtenteils geleert.«

»Manchmal sind sie ziemlich laut.«

»Qvale sagt, da oben nennt man es die Predigerkrankheit.«

»Hier auch«, sagte Henrik. »Entschuldige bitte«, fügte er nervös hinzu und griff an seinem Onkel vorbei. Er bekam den Beutel mit dem Kaffee zu fassen, Frans wich ein Stück zurück, aber er legte seine Hand so auf Henriks Rücken, dass in Henrik eine alte Erinnerung aufkam, wie Frans ihm immer freundschaftlich auf den Rücken klopfte, nachdem er die Birkenrute benutzt hatte. Henrik konnte ihn förmlich hören: »Ich bin dein Onkel, und Gott sagt, ich muss dich lieben, aber du machst es mir sehr schwer.« Henrik wich zurück, erleichtert, dass der Tresen wieder zwischen ihnen war, doch jetzt schaute sein Onkel auf das Regal, aus dem Henrik den Kaffee genommen hatte, und studierte den Sack Zucker hinter dem Kaffee und das Roggenmehl daneben, und wiederum daneben das Weizenmehl. Er nahm einen Sack Hafer, wog ihn in der Hand und stellte ihn wieder zurück. Er kniete nieder und sah sich die kleineren und wertvolleren Dinge an, die silbernen Fingerhüte, Nadeln, Broschen, Gürtelhaken und Ösen. Er nahm einen Seidenschal und rieb ihn an seiner Wange, als wollte er ihn für seinen eigenen Gebrauch ausprobieren. Wie Frans dort so kniete, stellte Henrik mit Genugtuung fest, dass sein Haar oben schütter geworden war und er gerade so ein undeutliches Stück kahles Land erkennen konnte.

Frans nahm ein Stück Seife in die Hand und schnupperte daran. »Was ist das für ein Geruch?«

»Teer. Die Finnen mögen es«, sagte Henrik achselzuckend.

»Tu einen Spritzer gutes Zeug in den Kaffee, ja?«, bat Frans.

»Na ja, also«, begann Henrik. Er hustete. Er schaute aus dem Fenster und sah, dass Nora irgendwohin ging. Sie war die Art von Mensch, die es nie eilig hatte, selbst wenn Eile geboten war. »Also«, versuchte Henrik es erneut.

»Was?«

»Was was?«

»Was ist los?«

»Nichts.«

»Du wolltest doch gerade etwas sagen.«

»Also, nur, dass ich nichts mehr dahabe, ich habe nichts, was ich in den Kaffee tun könnte. Nicht einmal Milch«, fügte er hinzu, als würde es Frans um Milch gehen.

»Warum nicht?«

»Na ja, Rentiere geben nicht so viel Milch, und die einzige Kuh im Ort –«

»Du weißt genau, dass ich nicht von Milch rede.«

»Ach so, na ja, es ist alle.«

»Also ist es gut.«

»Nicht wirklich.«

»Wieso nicht?«

Henrik spürte, dass dies der entscheidende Moment war, der kritische Moment. Dies war der Augenblick, es auszusprechen, es hinter sich zu bringen. »Ich habe alles verkauft«, log er.

»Na, das meine ich doch, es ist also gutes Zeug.«

»Ach so, ja, aber jetzt habe ich nichts mehr, und das ist nicht so gut.«

»Verstehe«, sagte Frans. »Beziehst du es nicht normalerweise aus – woher noch mal?«

»Aus Tornio.«

»Gibt es Probleme an der Grenze?«

»Nein, da ist niemand«, sagte Henrik. Er zeigte zum Fluss. »Du kannst nachschauen, da ist niemand. Kaum jemand weiß, auf welcher Seite des Flusses sich welches Land befindet, alle sprechen Schwedisch und Finnisch oder manchmal eine seltsame Mischung.«

»Du sprichst kein Finnisch?«, fragte Frans ihn auf Finnisch. Das war einer der wenigen Sätze, die Henrik verstand.

»Ein bisschen«, antwortete er in sehr gebrochenem Finnisch.

Frans nahm seine Brille ab und klappte sie zusammen. Er zog ein Taschentuch hervor und wickelte seine

Brille darin ein, dann schob er sie zurück in die Westentasche.

»Aber Kaffee hast du, ja?«, fragte Frans.

»Ach so, ja«, sagte Henrik, und ihm fiel auf, dass er noch nicht einmal Feuer gemacht hatte. Er nahm den Feuerstein und begann zu schaben, um einen Funken zu erzeugen. Eine Minute lang war das Kratzen das einzige Geräusch. Doch je mehr er kratzte, desto weniger schien der Feuerstein zünden zu wollen, und es machte den Eindruck, als wüsste er gar nicht, wie man Feuer macht, er war wieder an dem Punkt, an dem er gewesen war, als er gerade hier angekommen war, als er dreißig, vierzig Minuten, manchmal zwei Stunden gebraucht hatte, um ein Feuer zu entfachen. Er schabte und schabte am Feuerstein, es war quälend, irgendetwas machte er falsch, er starrte auf das Birkenreisig und die kleinen Zweige, die er heute Morgen in den Ofen gelegt hatte, doch es kam kein Funke, er pustete leicht, vorsichtig, aber es war nichts zu machen.

»Ich weiß nicht, ob du es schon gehört hast«, sagte Henrik in den Ofen, in die Zweige hinein, »aber ich bin verlobt. Seit Kurzem. Mit der – Tochter des Pastors.«

»Du meinst Laestadius – die Tochter vom Irren Lasse?«

»Ja, seine Älteste. Nora. Eleonora.«

Zu seiner Erleichterung erzeugte der Feuerstein schließlich einen Funken, er flog ins Birkenreisig, und Henrik blies vorsichtig.

»Verlobt?«

»Das ist kein Scherz«, sagte Henrik. Er blies weiter ins Feuer, und das Birkenreisig flammte auf. »Warum sollte ich einen Scherz darüber machen?«, sagte er leichthin, aber er sagte es mehr zum Feuer als an seinen Onkel gewandt.

»Gehen die hier oben überhaupt zur Schule?«

»Sie spricht drei oder vier Sprachen und kann sie alle schreiben, alle seine Töchter können das. Sie schreiben seine Predigten ab und übersetzen sie sogar.«

»Wann ist es dazu gekommen?«

»Vor ein paar Tagen.«

Eine lange Stille folgte, in der Henrik wieder den Kuckuck zu hören glaubte und in der sein Onkel ihn aufmerksam musterte.

»Willst du mir nicht gratulieren?«, fragte Henrik. Er war von sich selbst überrascht, dies auszusprechen, es überhaupt über die Lippen zu bekommen.

»Nein«, sagte Frans. »Ich finde, es ist ein Fehler, und ich finde, du solltest es sofort beenden.«

»Das kann ich nicht. Ich habe es versprochen, und außerdem –«

»Sie haben dich wieder dabei erwischt.«

»Nein, das ist es nicht –«

»Was für eine Erleichterung.«

Wieder Stille, schrecklicher noch als zuvor.

»Ich habe versprochen, sie zu heiraten«, sagte Henrik.

Sein Onkel holte etwas anderes aus seiner Tasche, ein Lederbuch, eine kleine Bibel. Daran hing ein dünnes rotes Bändchen. Es sah abgenutzt aus, oft gebraucht. »Ich weiß nicht, was ich sagen soll, Henrik. Ich weiß es wirklich nicht. Ich weiß nicht, was ich dir sagen soll.«

»Du hast sie ja noch nicht einmal getroffen.«

»Ich bin mir sicher, dass sie ein nettes Mädchen ist. Aber Henrik, ihr Vater – er könnte genauso gut ein Abtrünniger sein. Ich bin nicht nur hier, um ihn zu rügen, obwohl ich auch das tun werde, und nicht nur, um sicherzustellen, dass er geht, sondern auch, um meinen eigenen Namen reinzuwaschen. Er ist Pastor in meiner Diözese, ich bin für ihn verantwortlich, und jeder von hier bis Uppsala weiß, dass Laestadius hier draußen Unruhe stiftet ...« Er seufzte laut. Er legte Daumen und Zeigefinger auf die Augenlider. »Und jetzt bringst du uns noch mehr mit ihm in Verbindung? Das sieht so aus, als würde ich das, was er sagt und tut, gutheißen. Verstehst du das nicht?«

»Vielleicht –«

»Du denkst nicht nach, Henrik. Du denkst nicht an andere Menschen, an deine Mutter, daran, wie deine Mutter das alles findet, was sie braucht, was die Familie braucht.«

»Ich bin für die Familie hier –«

»Du bist hier«, polterte Frans, plötzlich ziemlich laut, sein Gesicht gerötet, »weil wir dich hergeschickt haben, weil wir dich nicht in eine höhere Gesellschaft einführen können. Deine einzige Aufgabe war es, hierherzukommen und nicht noch mehr Ärger zu machen und meine Chancen auf das Amt des Bischofs nicht zu ruinieren und deine arme Mutter nicht aus Sorge um dich ins Grab zu schicken und zu versuchen, wenn es nicht zu viel verlangt ist, ein gewisses Maß an Respektabilität in der Familie zu bewahren.«

»Ich habe mich bemüht«, sagte Henrik leise.

»Nicht besonders«, erwiderte Frans bitter.

Eine Stille legte sich über den Laden, die auch noch anhielt, als das Feuer loderte und der Kaffee gekocht war und Henrik ihn für sie beide eingoss. Er versuchte mehrmals, ein Gespräch anzufangen, aber er klappte bloß die Kinnlade auf und dann wieder zu. Beim Abendessen sagten sie nur das Nötigste – in dieser Jahreszeit gab es Fisch, immer nur Fisch –, und in dieser Nacht überließ Henrik seinem Onkel sein eigenes schmales Bett im oberen Stockwerk, in das sein Onkel nicht hineinpasste, und legte sich selbst ein Fell auf den Boden vor den Ofen und schlief dort tatsächlich viel besser, als er gedacht hatte – der Ofen war noch warm, sodass er, als ihm kalt wurde, die Ofentür öffnete und ein weiteres Stück Holz auf die Glut legte und einfach wartete, bis es Feuer fing. Wie lange sein Onkel bleiben würde, wusste er allerdings nicht, und sein Onkel teilte es ihm auch nicht mit, am nächsten Tag war er einfach verschwunden, vermutlich, um sich mit Laestadius zu treffen und seinem Pastor das zu sagen, was ein Dekan seinem Pastor zu sagen hatte, wenn dieser seine Gemeindemitglieder in die Ketzerei führte.

Sein Onkel gab vor, eine Befragung durchzuführen, eine Untersuchung der Gemeindemitglieder, aber da er zu einem Zeitpunkt gekommen war, zu dem kein Gemeindemitglied anwesend war, war diese Befragung ein kurzes Unterfangen, er bat lediglich Sussu und Simmon und die Mággás und die Larssons sowie jeden, der sich zufällig im Pfarrhaus aufhielt – das Dienstmädchen von Laestadius –, in die Kirche, doch es fiel Frans schwer, etwas zu finden, was er an ihnen auszusetzen hatte. Die meisten konnten besser lesen als viele Menschen im Süden, und selbst Simmon, der gar nicht lesen konnte (er behauptete, sein Augenlicht sei zu schlecht, um es jemals zu lernen), erwies sich als unheimlich gebildet, sodass seine Antworten zwar nicht streng nach Lehrbuch, aber auch nicht falsch waren. »Wie lautet das fünfte Gebot«, hatte Frans ihn gefragt, und Simmon hatte ganz einfach gesagt: »Du sollst deinem Nächsten kein Messer in die Kehle rammen.« Frans wurde sich in diesem Moment seiner eigenen Kehle sehr bewusst.

»Was ist Sünde«, hatte er Sussu gefragt, und sie hatte geantwortet: »Ich schätze, wir werden mit ihr geboren, und sie wächst in uns wie ein Tumor, bis wir sie abtöten, und wenn wir sie nicht abtöten, bezahlen wir mit dem Tod.«

»Gibst du zu, dass du gesündigt hast?«, fragte er sie.

»O ja«, sagte sie. »O ja.«

»Und glaubst du, dass du durch Jesus Christus gerettet wurdest?«, fragte er sie.

»Jesus rettet jeden, der darum bittet«, sagte sie, »wer fragt, bekommt.«

»Und hast du darum gebeten, gerettet zu werden?«

Sie sah ihn an und sagte: »Ich wünsche, nicht zu sündigen.«

»Und bittest du Jesus, dich von deinen Sünden zu befreien? Ja oder nein, es ist ganz einfach«, hatte er frustriert gesagt. Es kam ihm vor, als würde er mit Kindern sprechen, er versuchte, das Gespräch in eine bestimmte Richtung zu lenken, und sie wehrten sich, sie manövrierten es an ihren eigenen imaginären Ort.

»Wenn ich glaube, dass ich gesündigt habe«, sagte sie, »dann glaube ich, dass Jesus mich davor retten kann.«

Und das war das Beste, was er aus ihr herausholen konnte, und er konnte nicht behaupten, dass sie nicht verstanden hatte, er konnte nicht behaupten, dass sie nicht glaubte, und außerdem war sie sehr alt, und er hatte Schwierigkeiten, sie zu verstehen, durch ihre fehlenden Zähne, und so hatte er schließlich in seinen Unterlagen festgehalten, dass sie über ein ausreichendes Verständnis der Grundlagen des Christentums verfügte, wenn nicht sogar über ein vollständiges.

Es dauerte nicht lang, bis Frans herausfand, dass der Schnaps nicht verkauft, sondern vernichtet worden war, obwohl er es auf seltsamste Weise erfuhr: Irgendein herumstreunendes Gemeindemitglied war durch den Ort gewandert und hatte gehört, dass der Dekan da war, hatte verlangt, ihn sofort zu sehen, und dann in einer erschreckend tränenreichen Litanei alle seine Sünden gestanden und um Vergebung gebeten; eine der Sünden war, dass er, als Henrik »mit der Axt auf die Fässer losgegangen war, um die Erlaubnis zur Heirat zu bekommen«, sehr verärgert war, weil er nicht mehr wusste, wo er etwas zu trinken herbekommen sollte, aber schlussendlich »sehen konnte, dass das alles nur Gottes Wille war«, denn jetzt, mit nüchternem Geist, verstand er, welch erbärmliches Leben er geführt hatte, und es waren Anhänger von Laestadius, die ihn zu seinem Glauben geführt hatten.

»Welchem Glauben?«, hatte Frans gefragt.

»Meinem Glauben«, insistierte der Mann. »In mir wohnt der Heilige Geist.«

»Wie kannst du dir da sicher sein?«, hatte Frans gefragt.

»Natürlich bin ich mir sicher«, hatte der Mann geantwortet, »ich kann es fühlen, ich wurde erweckt, und ich wurde gerettet, mir ist alles genauso widerfahren, wie es die Menschen immer erzählen, und meine Seele war voller Freude, wie nie zuvor. Ich bin so glücklich.« Zu Frans' Entsetzen begann der Mann bei diesen Worten zu weinen. Er war ein ziemlich rundlicher Geselle mit dichtem grauem

Haar, um das Frans ihn beneidete. Frans versuchte, so gut er konnte, zu erklären, dass man seine Erweckung nicht einfach dadurch erfuhr, dass man sie spürte, sondern dass man ein christliches Leben führen und angemessen bei Gott um Vergebung bitten musste, was das Verständnis der eigenen Sünden erforderte, aber je mehr Frans redete, desto verwirrter oder vielleicht verärgerter wurde der Mann, das war schwer zu sagen, und Frans war zu müde gewesen, um das richtig einschätzen zu können, besonders weil er in seinem Hinterkopf immer wieder die Worte des Mannes hörte: Henrik hatte den Schnaps selbst vernichtet?

Henrik gestand ohne Umschweife und würdelos, errötete, die Augen groß und feucht. Frans schloss kurz die Augen und stellte sich vor, wie ihm seine Frau eine Porzellantasse voller Kaffee (mit Whisky) servierte. Er musste das Problem lösen, er musste sein Geld zurückbekommen, das war alles, es war zu viel Geld, um darauf zu verzichten. Zwei volle Fässer waren zerstört worden, zusätzlich zu dem, was Henrik sonst noch geschuldet und nie eingetrieben wurde, und aufgerechnet gegen die Kosten für den Kauf und die Eröffnung des Ladens, den Aufbau des Lagerbestands, den Transport von Henrik und den Waren hierher, ganz zu schweigen von all den Dingen, von denen Henrik der Meinung war, sie unbedingt hier zu brauchen – eine Zeit lang enthielt jeder Brief eine Liste von Dingen, die er »leider brauchte, um nicht zu erfrieren« –, wurde es immer schlimmer, da Frans und seine Schwester nicht nur die ursprüngliche Investition verloren hatten, sondern jetzt sogar noch tiefer verschuldet waren. Und das, wo er sich doch das Geld von Karlsson geliehen hatte – das hätte er niemals tun dürfen. Er hätte niemals auf irgendjemanden hören dürfen, als es darum ging, sich dieses Geld zu leihen. Und wo er doch drei Töchter unter die Haube bringen und zwei Jungen zur Schule schicken musste und Elisabet immer etwas brauchte – es schien so eine sichere Investition zu sein. Im Norden ließ sich mit Alkohol ein Vermögen verdienen, das wusste jeder – jeder andere konnte damit reich werden. Warum nicht Henrik?

Er würde niemals Bischof von Härnösand werden, nicht, wenn die Leute hörten, dass er seine Schulden nicht bezahlt hatte. Es sah nicht gut aus. Er musste ein ehrbarer Mann sein ...

Obwohl es ihm zuwider war, Henrik dazu zu zwingen, setzte sich Frans mit ihm an den Tresen und ließ ihn eine Bestandsaufnahme von allem machen, was in den Regalen stand, von allen Waren im Lagerraum, von allem, was draußen im Schuppen stand, und dann ließ er ihn wie einen Schuljungen alle Zahlen zusammenzählen, ließ ihn eine Liste erstellen, wer ihm am meisten schuldete und wie viel, und ermutigte ihn hier und da, aufzurunden – was ist mit Zinsen? Henrik ließ das alles so passiv über sich ergehen, dass es Frans wahnsinnig machte, dabei zuzusehen; er drückte nicht einmal ordentlich auf beim Schreiben.

Danach ging Frans hinauf zur Kirche, hinauf zu diesen kalten Holzwänden. Er setzte sich in die Bank in der ersten Reihe, die schwache Sonne, die durch die Fenster fiel, konnte nichts an oder in ihm wärmen, und er schloss die Augen. Er wollte, dass Gott ihm Mut zusprach, so wie er es als Junge getan hatte, er wollte in die Heiligen Hallen kommen und spüren, dass jemand an seiner Seite war, aber stattdessen summten die Mücken um seinen Hals – eine flog direkt in sein Ohr, eine saugte sich an seinem

Knöchel fest, und er konnte nicht denken, geschweige denn stillsitzen.

Das Einzige, was er tun konnte, war, sich dem Ganzen zu stellen und ihm in die Augen zu schauen. Schluss mit dem Rumgeeiere. Bestelle dein Haus; denn du wirst sterben und nicht lebendig bleiben! Er hatte sich eingebildet, dass die Lappen unter Kontrolle seien, doch Laestadius hatte den Teufel durch die Vordertür hereingelassen. Und jetzt schrien die Lappen erneut ... Er musste tun, was für sie am besten war, auch wenn sie ihn dafür hassen würden. Das kannte er bereits. Und? Es war besser, gehasst zu werden und das Richtige zu tun; es war besser, ihnen eine Chance auf Erlösung zu bieten, als sie ihnen zu verwehren. Er wäre nicht wie der Irre Lasse, würde nicht irgendetwas erzählen, damit die Leute ihn mochten, bereit, sich ihrer Dummheit hinzugeben. Sie konnten auf ihre Art überzeugend sein, die Lappen, das wusste er, er hatte es gesehen. Sie waren auf eine raffinierte Art heimtückisch, sie wirkten unschuldig und schlicht, geradezu primitiv, aber im Grunde waren sie sehr listig. Der Fehler war es, sie zu unterschätzen und zu glauben, sie würden ihre Schulden schon bezahlen, einfach in die Kirche kommen und beten wie normale Menschen. Sie lebten in der Wildnis, und die Wildnis lebte in ihnen, und nur weil sie sich ein paar Mal im Jahr für ein paar Stunden in einem Raum mit vier Wänden aufhielten, bedeutete das nicht, dass das eine nachhaltige Wirkung auf sie hatte.

Gott sei Dank hatte Henrik wenigstens eine gute Sache getan und ihm geschrieben; Gott sei Dank würde er Laestadius von den Lappen fernhalten können; Frans glaubte ohnehin nicht, dass Laestadius die gleiche Wirkung auf das weiter südlich gelegene schwedische Volk haben würde. Wenn er darüber nachdachte – es war genauso, wie der verrückte Betrunkene gesagt hatte, das war alles Teil von Gottes Plan: Henrik hatte sich blamieren müssen, hatte Ehebruch mit der Frau eines Grafen begangen, einer ziemlich dürren Frau mit Haaren über der Lippe, nur Henrik war so egoistisch und naiv, so etwas zu tun, und nur Henrik war so dumm, sich dabei erwischen zu lassen. Aber das ganze Melodrama musste passieren, und Henrik musste in den Norden geschickt werden, damit er Frans von Laestadius erzählen konnte, auch wenn das bedeutete, dass Henrik und mit ihm auch Frans Schulden hatte. Vielleicht war da noch etwas Glück auf seiner Seite – schließlich waren die Dinge nicht so außer Kontrolle geraten, dass sie nicht mehr aufzuhalten waren. Es konnte alles in die Wege geleitet werden. Er würde sie dafür bezahlen lassen, man musste ihrer List nur mit Härte begegnen. Und war das nicht eine Chance? Frans würde die Ehre zuteilwerden, sie gezähmt zu haben. Der Bischof würde davon erfahren, und wenn der Bischof den besseren Posten im Süden bekam – was sicher passieren würde –, würde er an Frans denken. Er würde sagen: »War das nicht der Frans, der diesen Schlamassel mit dem Irren Lasse aus der Welt geschafft hat?« Und schien die Sonne nicht sogar etwas wärmer, als Frans das dachte? Spürte er da nicht die Wärme der Sonne auf seinem Kopf? Es war – er fühlte es – die Hand Gottes in seinem Nacken. Er spürte die Erleichterung: Es war alles so, wie Gott es gewollt hatte.

Teil 3

20

Was hatte Gott noch gewollt? Dass Nora in nur einer Woche eine Ehefrau sein würde; dass Lars Levi und Brita ihre sieben Kinder mitnahmen und sich verabschiedeten, wobei ihr Hab und Gut zum ersten Mal nicht von Rentieren, sondern von Pferden gezogen würde; dass Frans entschied, selbst Lars Levis Stelle zu übernehmen, bis ein neuer Pfarrer gefunden war (er musste sicherstellen, dass die Schulden beglichen wurden, musste sicherstellen, dass derjenige, der den Posten übernahm, die Kontrolle über die Lappen zurückgewinnen und behalten konnte); dass Frans den Verkauf von Spirituosen wieder einführte, und die Praxis, dass Gemeindemitglieder mit dem Pfarrer etwas tranken, wenn sie das Pfarrhaus besuchten; dass Frans anfing, jeden zu ohrfeigen, der während eines Gottesdienstes auch nur das leiseste Geräusch von sich gab, darunter auch mehr als einmal kleine Kinder; dass Simmon nach Tornio geschickt wurde, um weitere Fässer Brännvin und Whisky zu holen, die im Laden verkauft werden sollten; dass Mikkol jetzt lange aufblieb und Risten, Ristens Tante, den Kindern und allen, die in der Nähe waren, Predigten vorlas; dass Willa sich aus Scham auf der Insel versteckt hatte, nur um von Ivvár gefunden und von ihm zu seiner Siida gebracht zu werden, wo sie Ánde und Niko und seinen Onkeln und Tanten, seinen kleinen Vettern und Cousinen vorgestellt wurde, nicht etwas als seine Frau oder als seine Verlobte oder als seine Freundin, sondern als Willa; dass Ivvárs Familie, nachdem sie Willa getroffen hatte, so tat, als wäre sie nicht da; dass Ivvár, wütend und beleidigt über das Verhalten seiner Familie ihr gegenüber, wild vor Verärgerung, seine eigene Markierung in eines der Kälber seines Onkels ritzte; dass sein Onkel seinen Diebstahl bemerkte und ihm drohte, ihre Herden zu trennen; dass Ivvár nicht mehr mit ihm sprach; und dass Willa eines Morgens, als sie vergeblich versuchte, eines von Ivvárs Rentieren zu melken, feststellte, dass überhaupt niemand in der Nähe war, dass die Frauen irgendwo verschwunden waren und die Männer auch. Wohin sie gegangen waren, wusste sie nicht, sie war sich sicher, sie alle noch an ebenjenem Morgen gesehen zu haben; wahrscheinlich hatten sie voller Mitleid und möglicherweise Bewunderung beobachtet, wie sie es gerade so schaffte, den Boden ihrer Schüssel mit Milch zu benetzen. War das das letzte Mal, dass sie jemanden gesehen hatte?

Was beunruhigte sie eigentlich – die Stille? Irgendetwas stimmte definitiv nicht, da war sie sich sicher, auch wenn sie es nicht genau benennen konnte – die Rentiere schienen es nicht zu wissen. Auch die Sonne wusste es nicht, die das Land in eine ihrer letzten echten Sommerdämmerungen tauchte, als wäre sie stolz darauf, sich ein letztes Mal in ihrer ganzen Pracht zu zeigen, bevor sie sich endgültig verabschiedete. Sogar die Brise war kühl und ruhig, doch Willa war außer sich vor Sorge – sie dachte: Sie haben beschlossen, mich loszuwerden, indem sie einfach verschwinden, alle zusammen, auf einmal. Das ergab keinen Sinn, aber für sie klang es nur logisch, als wäre es auf eine Art völlig selbstverständlich, dass so etwas passierte.

Sie eilte los, ihre Augen suchten nach jemandem, irgendjemandem, sie umrundete den Hügel und sah die Lávut, alles schien so unheimlich leer, und außer einer Menge Rauch, der aus der Spitze des größten Lávvu aufstieg, dem von Ivvárs Onkel, gab es keinen Beweis für Leben. Sie kam näher, und da hörte sie zu ihrer Erleichterung Menschen, das leise Raunen vieler Menschen, die sich gleichzeitig unterhielten, und als sie das Tuch aufklappte, sah sie, dass das Lávvu kaum noch einen Stock, geschweige denn eine weitere Person hätte fassen können; die ganze Siida war da.

Die Kinder quetschten sich auf jeden verfügbaren Schoß, und selbst die Hunde versuchten, zwischen Knien, Hintern und Ellbogen einen Platz für sich zu finden. Mindestens sechs Gespräche fanden gleichzeitig statt, einige zwischen zwei Personen, die nebeneinandersaßen, andere wurden über das Feuer hinweggerufen, und eine Sekunde lang war Willa versucht, kehrtzumachen und wieder zu gehen, doch dann fiel ihr Ivvárs Blick auf, und er nickte ihr fest zu, als wolle er ihr mit seinem Kinn befehlen, sich zu setzen. Wenigstens redete er wieder mit den anderen; wenigstens fand er, dass sie bleiben sollte, auch wenn das sonst niemand wollte.

Sie kniete sich neben den Stapel Äste an der Tür und zerdrückte einige mit ihrem Knie. Neben ihr zögerte Niko und fragte dann – es war das erste Mal, dass er mit ihr sprach, seit sie sich der Siida angeschlossen hatte: »Hast du schon gehört?«

»Was denn?«

»Sie hat's noch nicht gehört«, sagte Niko an Ánde gewandt.

»Na ja, was weiß sie denn schon«, erwiderte Ánde.

»Worüber?«, fragte Willa. Sie wünschte sich verzweifelt, Ivvár wäre nicht so weit weg, auf der anderen Seite des Lávvu.

Dann hörte sie Ánde das Wort Dáčča sagen – Fremdling, Nicht-Sámi, Schwedin.

Sie errötete vor Wut. Das war's, sie wollte sich gerade umdrehen und gehen, als Ivvárs Stimme, laut und eindringlich und lallend – hatte er getrunken? –, die Oberhand gewann, und die anderen wurden leiser, um zuzuhören. »Wir sollen also entscheiden, auf welche Weise wir unsere Rentiere verhungern lassen?«, fragte Ivvár die anderen. »Wir sollen entscheiden, ob wir sie lieber im Sommer oder im Winter verhungern lassen? Diese Entscheidung wird uns überlassen?« Es klang wie ein Scherz, aber niemand lachte.

Willas Gedanken rasten und rasten – sie versuchte es zu verstehen, ihr Verstand war nutzlos, sie dachte nur an sich selbst, fragte sich nur, ob die Leute sie bemerkt hatten, ob es sie störte, dass sie hier war.

»So lange wir verschwinden, ist es denen doch egal«, rief jemand.

Zu Willas Linken saß eine von Ivvárs Tanten, eine Person, die Willa normalerweise mit Präzision auswich und die ihren Blick nun so starr nach vorn gerichtet hielt, dass Willa verstand, was sie ihr damit sagen wollte, aber sie konnte nicht anders, sie neigte den Kopf zu ihr und fragte: »Was ist denn los?«

Ivvárs Tante drehte sich um und sah sie an, als wollte sie sagen: Du weißt doch, dass ich dich nicht mag, aber weil ich so höflich bin, rede ich trotzdem mit dir: »Die Grenzen sind geschlossen.«

»Verstehe«, sagte Willa so ruhig wie möglich, aber in Wirklichkeit war sie fassungslos. Ohne es selbst zu merken, schlug sie sich die Hand vor den Mund. »Mein Gott«, sagte sie, aber nicht zu jemand Bestimmtem. Wieder konnte sie nicht anders – diesmal lehnte sie sich zu Niko hinüber. »Russland macht die Grenzen dicht? Ist das die Grenze, die geschlossen wird?«

Niko nickte. »Vor allem Rentiere sollen nicht mehr durchkommen«, sagte er. »Das alte Abkommen gilt nicht mehr.«

»Also müssen die Rentiere das ganze Jahr über entweder in Norwegen oder in Russland bleiben?«

Niko nickte. »Und wir müssen uns entscheiden, welche Staatsbürgerschaft wir annehmen.«

»Aber das geht doch nicht«, sagte sie unbedarft. »Die Rentiere werden verhungern, sie werden an beiden Orten nicht genug Futter über das ganze Jahr hinweg finden, sie können ...« Sie stockte. Sie war sich nicht sicher, wie sie es sagen sollte: Sie können euch nicht dazu zwingen, oder: Sie können uns nicht dazu zwingen.

Willa war nicht die Einzige, die es nicht fassen konnte. Die Grenzen waren immer offen gewesen, schlecht bewacht, wenn überhaupt, oft nur dem Namen nach an geografischen Punkten ausgerichtet; der Fluss Tornio zum Beispiel diente als nützliche Grenze zwischen Schweden und Russland, aber sie wurde nicht besonders gut eingehalten, da der Fluss leicht mit dem Boot oder auf dem Eis überquert werden konnte; die Grenze zwischen Norwegen und Russland war noch weniger definiert – die geschwungenen und ausufernden Linien des Fjells dienten als eine Art Grenze, aber keine feste, und sicherlich keine, die jemand so weit im Norden jemals wirklich beachtet hatte.

»Sie können uns doch gar nicht aufhalten«, sagte jemand. »Was wollen sie denn tun? Sich mit Pelzmützen und Gewehren aufstellen und jedes Rentier erschießen, das ihnen über den Weg läuft?« Der Mann hatte es eindeutig als Scherz gemeint, aber wieder lachte niemand.

»Ich schlage vor, wir machen einfach weiter wie bisher«, rief Ánde. »Sie wollen uns wahrscheinlich nur einen Schrecken einjagen.« Willa sah, dass er versuchte, den Mutigen zu spielen, in einem Moment, in dem die anderen sich fürchteten, aber es klang nur wie der Bluff, der es auch war.

»Die Russen wissen bestimmt nicht einmal, wo wir die Grenze überqueren und wann«, fügte Niko hinzu.

»Du hast ja keine Ahnung von den Russen«, entgegnete einer von Ivvárs Onkeln, der Biettar sehr ähnlich sah, aber wenn er sprach, zerstörte er diese Illusion sofort. Der Klang seiner Stimme war ganz anders als bei Biettar – nicht rau, sondern eher angestrengt, als wäre er es nicht gewohnt, überhaupt zu sprechen. »Wenn das der Befehl des Zaren ist, gibt es keinen Grund anzunehmen, dass er nicht zaristisch sein wird«, fuhr der Onkel fort. Seinem Tonfall war zu entnehmen, dass Ánde und Niko jung und dumm waren.

»Nun, ich dachte, wir hätten auch Rechte«, sagte Ánde.

»Hatten wir«, sagte Ivvár.

»Das Lappen-Codizil«, sprach Willa aus Versehen in die Stille hinein. Ivvár sah sie an, aber sie konnte sein

Gesicht nicht lesen, sie konnte nicht erkennen, ob er sagen wollte, sei still, das geht dich nichts an, oder ob er froh war, dass sie gesprochen hatte. Sie senkte den Blick und wünschte sich, sie hätte nichts gesagt, es wäre besser gewesen, nichts zu sagen.

»Na los, erzähl schon«, sagte seine Tante. Willa schaute wieder auf. »Das Lappen-Codizil«, sagte die Tante, »was ist damit?«

»Oh«, erwiderte Willa, »schon gut. Nichts, was ihr nicht auch wisst.«

»Niemand von uns hat Zeit, sich mit solchem Kram zu beschäftigen«, erwiderte Ivvárs Tante barsch und winkte ab. »Jetzt sag schon, was du uns dazu zu sagen hast.«

Ich will euch gar nichts sagen, dachte Willa.

»Biettar weiß bestimmt etwas darüber«, schlug Niko vor.

»Biettar ist nicht hier«, sagte die Tante. Was sie davon hielt, war nicht zu überhören: Es gefiel ihr gar nicht. So ist das also, dachte Willa.

»Na ja«, sagte sie. Nervosität durchströmte sie, es war ihr peinlich zu sprechen, und doch kam es ihr so vor, als hätte sie keine andere Wahl. Sie schaute wieder zu Ivvár, er beobachtete sie immer noch, und diesmal nickte er ihr zu, als wolle er sie ermutigen, und so sagte sie, fast entschuldigend: »Also«, sie zögerte einen Augenblick, »also«, und dann holte sie aus: »Schweden und Norwegen haben das Lappen-Codizil unterzeichnet, und darin steht, dass die Sámi zwischen ihren Grenzen hin- und herwandern können, wo immer sie wollen, dass sie ihre Rentiere überführen können, wie sie wollen, dass sie die Staatsbürgerschaft beider Länder annehmen können, all diese Dinge. Aber als sie den Vertrag damals unterzeichnet haben, gehörte Finnland noch zu Schweden, und jetzt gehört Finnland zu Russland, also hat das Lappen-Codizil dort vielleicht gar keine Bedeutung. Es gibt überhaupt kein Abkommen zwischen Russland und den Sámi. Es existiert nur das alte Abkommen, als das Gebiet noch von jemand anderem regiert wurde.«

»Ja, das ist es ja«, sagte seine Tante und nickte energisch, »das ist ja das Problem.«

»Also stellt sich vielleicht auch die Frage«, fuhr Willa fort, »ob die – ob die Sámi die Rechte an den anderen Teilen des Lappen-Codizils verlieren oder nicht: das Wasser- und Weiderecht, die Staatsbürgerschaften. Das Recht, nicht an ihren Kriegen teilzunehmen.« Sie griff nach dem Saum ihres Gákti und spielte nervös daran herum. »Also, es stellt sich die Frage, ob die Länder anerkennen, was sie einst anerkannt haben, nämlich dass die Sámi Rechte auf dieses Land haben, oder ob sie jetzt so tun, als würde das alles keine Rolle mehr spielen, obwohl es natürlich eine Rolle spielt, und das sollte es auch. Sie sollten sich an das alte Abkommen halten, meine ich. Es kann natürlich sein, dass ich irgendetwas falsch verstanden habe ... Den historischen Hintergrund, meine ich ...«

»Tja, die Russen und die Schweden und die Norweger ignorieren schon seit so langer Zeit, was sie *sollten* und *nicht sollten*, dass sie ihre Versprechen nicht wiedererkennen würden, wenn sie sie kopfüber ins Feuer treten würden«, sagte die Tante.

»Aber warum wollen sie überhaupt die Grenzen schließen«, fragte jemand, »warum können sie uns nicht außen vor lassen?«

»Die Russen wollen Fischereirechte an der Küste«, sagte Willa. Das hatte sie ihren Vater schon fünfzig Mal sagen hören. »Und der König will dem Zaren nicht nachgeben. Also üben sie Vergeltung.«

»Am Varangerfjord?«

»Sie wollen auf unsere Märkte kommen und uns unseren eigenen Fisch verkaufen«, sagt Ánde, »das wollten sie schon immer. Das wollen die Norweger übrigens auch.« Er zuckte mit den Schultern.

»Sie streiten sich darum, wer von denen uns ausrauben darf«, sagte Ivvár, »und währenddessen rauben sie uns schon längst aus.«

»Ich bezweifle, dass es vordergründig um Fischerei geht«, sagte sein Onkel. »Sie wollen mehr von der Küste. Sie wollen mehr Küstenlinie. Sie wollen ihre Schiffe dort stationieren.«

»Für Kriege«, pflichtete Willa ihm bei.

»Spielt das eine Rolle?«, fragte Ivvár aufgebracht. »Spielt es eine Rolle, was der Grund ist? Es geht nicht um das Warum, es geht darum, dass sie uns und unsere Rentiere nicht mehr durchlassen und dass wir uns für eine Seite entscheiden müssen, Küste oder Berge. Das ist unsere Realität. Macht es einen Unterschied, ob der Grund Fische oder Schiffe sind?« Alle starrten ihn an, aber sie sahen, wie er fand, unangenehm berührt aus; er schrie jetzt regelrecht, hatte Mühe, sich zu zügeln, alles kam heraus, auch kleine Speichelspritzer, die er nicht wegwischte. »Wahrscheinlich«, fuhr er fort, »ist es keines von beidem. Vielleicht hat Oskar seinen Vater einfach gehasst, vielleicht war er ihm zu schwach, er hat sich nicht gegen die Russen durchsetzen können, und jetzt tut er alles, um nicht so zu sein wie er, und deshalb legt er sich mit den Russen an, obwohl er das überhaupt nicht nötig hat, und Nikolai kann es vielleicht seiner Frau nicht richtig besorgen, dann hat er einen schlechten Tag und denkt sich, dieser Oskar, wie kann er nur so unverschämt sein, wie kann er es wagen, und dann überlegt er sich, was er tun kann, um ihn zu ärgern. Und wir sind ein Nichts in ihren Augen, wir sind unbedeutend, kleine Köttel Rentierscheiße, und wir liegen ihnen gerade einfach nur im Weg.«

Er ließ seinen Gefühlen freien Lauf. »Entweder wir hüten die Rentiere an der Küste oder im Hochland, such dir was aus. Such dir die Seite aus, auf der du sterben wirst. Für die sind wir nichts weiter als Rentierscheiße.«

»Es wird noch ein paar Jahre dauern, bis sie das Gesetz ausgearbeitet haben«, warf Willa ein, so sanft, dass er spürte, dass sie ihn beruhigen wollte, *alles wird gut*, und das machte ihn wütend, »diese Regelungen werden nicht sofort durchgesetzt werden. Anders geht es nicht. Oder doch?«

Einen Moment lang, zwei Momente lang wehte nur eine sanfte Brise herein, und die Seiten des Lávvu-Tuchs schienen zu atmen, stießen Luft aus, saugten sie wieder ein.

»Man kann nie darauf wetten, was ein Russe tut und was er nicht tut«, sagte Ivvárs Onkel düster. Ivvár dachte, alle dachten, dass es da noch etwas anderes geben musste, er hörte es an seinem Ton, eine andere Geschichte, aber er erzählte sie nicht.

»Dann müssen wir uns zu einer größeren Gruppe zusammenschließen«, sagte Ivvár. Alle starrten ihn an. »Lasst uns eine andere Siida finden«, sagte er, »und eine riesige

Herde zusammenstellen, die größte, die es jemals gegeben hat, und wenn wir die Grenze erreichen« – er schwang die Hände von links nach rechts und gab ein Geräusch von sich wie ein pfeifender Windstoß –, »was wollen sie schon tun, wenn Tausende von Rentieren an ihnen vorbeistürmen? Was werden sie tun? Kanonen auf den Gipfel des Sána schleppen?«

Als er das sagte, lachte jemand, es war Ánde, der halb aufstand, sich vornüberbeugte, anfing zu blinzeln und so tat, als würde er eine Kanone den Berg hinaufziehen, aber gleichzeitig sah es so aus, als hätte er eine schmerzhafte Verstopfung, und jemand anderes fing an zu lachen, und dann lachten alle, weil Ánde so gut einen Russen imitieren konnte, er zog die Stirn in Falten und setzte eine sehr ernste Miene auf und sagte dann mit schlechtem russischem Akzent: »Da, da, Rentiere hier nicht laufen«, und dann tat er so, als sei er so betrunken, dass er nicht mehr laufen könne und den Hügel hinaufstolperte, und dann sagte er mit grimmigem Blick: »Was, was findest du so lustig, he?«, und fiel dann, in gekonnt gespielter Betrunkenheit, auf jemandes Schoß.

Es tat gut zu lachen, es war wie eine Erlösung – und es schien, als folgte auf das Lachen das Glück, denn obwohl in diesem Moment niemand etwas entscheiden konnte, fühlte es sich so an, als hätten sie etwas erreicht, denn das Wetter war ohnehin noch nicht geeignet, um in den Süden aufzubrechen, und dann, am nächsten Tag, tauchte selbstverständlich Nilsa Tomma auf. Er hatte die Nachricht gehört und sich gefragt, was sie wohl tun könnten, und er war gekommen, um vorzuschlagen, ob sie ihre Herden einfach zusammenlegen wollten, und so war es beschlossen und getan, sie würden die Herden gemeinsam leiten, und die Begeisterung darüber war groß, auch wenn es ein wenig riskant und ungewöhnlich war. Es könnte später, beim Trennen der Herden, ein echtes Chaos geben, der ganze Prozess könnte sie Wochen kosten, und einige der Bullen würden wahrscheinlich mit den Bullen der anderen Herde kämpfen, aber darum würde man sich später kümmern, jetzt ging es vor allem darum, dass es einen Plan gab, dass sie die Herden zusammentreiben würden, und bei dem frühen Schnee dieser Saison könnten die Frauen sogar mithalten, und Ivvár würde Willa nicht so oft zurücklassen müssen, vielleicht. Und vielleicht würden die Frauen Willa jetzt akzeptieren! Jedenfalls würden die Frauen alle in einer größeren Gruppe zusammen reisen, mit Anna und Risten, und Willa verstand sich gut mit den beiden, auch wenn die Ohrmarkierung etwas angespannt geendet hatte, so war es besser, sie konnte in dem Lávvu der Tommas bleiben, da war er sich sicher.

Er ließ die Hoffnung zu, einen Tag lang, zwei Tage, er ließ die Hoffnung zu, und er ergriff sogar Willas Hand, bevor alle einschliefen, und nahm sie mit hinter das kleine Baumgrüppchen, das auf dieser windgepeitschten Hochebene übrig geblieben war, und dort schliefen sie miteinander, nicht aus Angst, sondern aus Hoffnung, währenddessen lachten sie leise, er fühlte sich gut, er fühlte sich wohl, und er wäre dort auch eingeschlafen, genau dort, auf ihr, aber sie drängte ihn und zwang ihn, mit ihr zurückzugehen, zu seinem Platz in seinem Lávvu, wo sie im Rákkas noch einmal miteinander schliefen, ganz leise, um Ánde und Niko nicht zu wecken, und er kniff sie, einmal, ganz kurz, worauf sie seinen Finger nahm und hineinbiss, und dann an seinem Finger saugte, was ihn so sehr erregte, und dann drehte er sich um, sie würde nicht gewinnen, und er schlief ein, und als er aufwachte, hatte er noch immer gute Laune.

Sie würden ihre Herden zusammenschließen – alle spürten, was in der Luft lag. Jeder erledigte seinen Teil, schnell, sorgfältig und voller Hoffnung. Die Männer nahmen ihre Rucksäcke, und Ivvár nahm Borga, der nun wirklich zu alt war, um einen schweren Schlitten zu ziehen, und band die leichtesten Gepäckstücke an ihm fest. Eine unbändige Freude überkam ihn, als sie die Tücher von den Pfählen zogen und die Hunde hinter der Herde aufreihten, und die Rentiere waren begeistert, sie waren genauso begeistert wie er. Sie würden gleich auf die Herde der Tomma Siida treffen, sie würden sie zusammen treiben, geradewegs ins Grenzland, russische Grenze hin oder her, sie würden nach Gilbbesjávri kommen, und dann würden sie weiterziehen.

Sein Enthusiasmus heiterte die meisten anderen auf, aber als Risten ihm am Tag der Herdenzusammenführung wieder begegnete, fühlte sie sich schlechter denn je. Bald würde Mikkol mit der Herde aufbrechen, bald würden sie vor dem Grenzübergang stehen, und sie sprachen kaum miteinander, oder sie sprachen in schmerzhaften, kleinen, trockenen Stößen über so alltägliche Dinge, dass es sie zermürbte; ihre Ehe war nur noch eine Zweckehe, denn ihr Mann wollte sie nicht mehr anfassen, weil sie als Hure entlarvt worden war, aber das konnte sie niemandem sagen, stattdessen wahrte sie in der Nähe ihrer Mutter oder ihrer Tante oder ihrer Cousinen den Schein, dass zwischen ihr und Mikkol alles in Ordnung war. Sie ließ alle in dem

Glauben, dass sie und Mikkol miteinander schliefen, wenn sie allein im Lávvu waren, während Mikkol in Wirklichkeit seine Predigten las, und sie wagte es nicht zu sagen, dass Mikkols religiöse Hingabe sie erschreckte, weil sie ihn so vollständig verzehrte, und während sie ihn so verzehrte, zehrte es an ihr, denn sie musste jede Nacht mit ansehen, dass er, obwohl es so viel mit den Herden zu tun gab und er eigentlich nur schlafen sollte, sich mehr Kaffee kochte und versuchte, in der Bibel zu lesen, wobei ihm die Augen vor Müdigkeit zufielen, während er las, und er lag da, die Hände gefroren, bis ihm das Buch auf die Brust fiel und er aus dem Schlaf schreckte und weiterlas. Er ließ die Bibel und die Predigten immer dort liegen, wo sie sie sehen konnte, er ging sogar so weit, dass er eine der Predigten manchmal zwischen sie und sich legte, wenn sie schliefen, und sie spürte jeden einzelnen Stich dieser Verletzung.

Schließlich las sie die Predigt, in einer der letzten Nächte, bevor er mit der Herde abreiste, sie wollte unbedingt noch etwas retten, bevor er sie verließ, und sie vermutete, diese Predigt zu verstehen war die einzige Möglichkeit, Mikkol zu verstehen. In der Predigt hieß es in unterschiedlichen Formulierungen, die aber alle das Gleiche aussagten: Größer als jede Sünde ist die Sünde des Zweifelns und nicht an Jesus Christus zu glauben, und als sie das las, dachte sie: Ich stehe vor Gericht, er hat mich vor Gericht gestellt und mich bereits für schuldig befunden. Sie las die Predigt zweimal, um sich zu vergewissern, dass sie sie verstanden hatte; sie bereitete sich auf etwas vor, auf einen Kampf vielleicht, aber als Mikkol bei Tagesanbruch zurückkam und am Feuer saß und aß, ohne sich darum zu scheren, ob sein Klappern ihren Schlaf störte oder nicht, sagte sie zu seinem Rücken: »Ich habe die Predigt gelesen.«

Er sah sie an, ein wenig überrascht. Sein Ausdruck war ganz wild vor Müdigkeit, und sie fühlte sich schlecht, weil sie etwas gesagt, ihn überhaupt gestört hatte.

»Wirklich?«, sagte er und schien verblüfft, aber zumindest ein wenig erfreut zu sein, und sie fühlte sich gleich besser, es war so schön, so voller Anerkennung von ihm angeschaut zu werden, und einen Moment lang dachte sie, vielleicht wird er mich jetzt berühren, vielleicht ist er nicht so wütend auf mich, wie ich es befürchtet hatte.

»Und wie fandest du sie?«, fragte er. Er schob sich von der Schneide seines Messers ein Stück getrocknetes Rentierfleisch in den Mund.

Darauf war sie nicht vorbereitet, sie wollte ihm nur sagen, dass sie die Predigt gelesen hatte; sie hatte gehofft, das würde reichen, um zu zeigen, dass sie sich um ihn bemühte. »Ich fand sie schön.« Ihre Stimme klang monoton. »Interessant«, fügte sie hinzu, »dass der Zweifel an Gott die schlimmste Sünde ist.«

»Ja«, sagte Mikkol feierlich, in einer Weise, die sie ärgerte, als wäre er der Experte auf diesem Gebiet. »Es gibt aber auch andere schwere Sünden«, erklärte er, und sie errötete, unsicher, ob er auf etwas Bestimmtes hinauswollte, auf sie, auf das, was Ivvár gesagt hatte, wie hatte er das sagen können, wie konnte er es wagen. Er wollte noch etwas anderes sagen, etwas Ernstes, das konnte sie ihm ansehen, und um es zu verhindern, streckte sie die Hand aus, streichelte seinen Arm.

»Bitte nicht.«

»Was?«

»Ich will mit dir über etwas Wichtiges sprechen.«

»Wir sprechen doch.«

»Das machst du immer, wenn du das Thema wechseln willst.«

»Ich will nicht das Thema wechseln«, erwiderte sie. Sie starrte auf den Boden, auf das Fell, sammelte ein paar lose Fellbüschel heraus und schob sie zu einem nervösen Häufchen zusammen.

»Du versuchst es nicht einmal. Ich warte und warte. Und muss es mir dann von Ivvár erzählen lassen, vor deinen Augen?«

»Was denn?«, fragte sie. In ihr brodelte es, dass es fast unerträglich war. Ihr Herz schlug viel zu schnell gegen die Rippen. Mit aller Gelassenheit, die sie aufbringen konnte, sah sie ihn an, doch das war nicht besonders viel.

»Ich hätte nie gedacht, dass du ein Feigling bist«, sagte er mit trauriger Stimme.

»Mikkol«, sagte sie, legte all ihr Flehen und Bitten in seinen Namen. »Mikkol«, wiederholte sie, aber er stand auf und ging, »geh jetzt nicht«, sagte sie, »du bist müde, komm schlafen, ich stör dich nicht mehr«, aber er war schon fort, und sie dachte, das war's, jetzt habe ich es getan, und sie hasste ihn, und sie hasste sich selbst, und sie sah sie dort liegen, die Bibel, und sie hielt sie über die Flammen. Oh, wie gern sie sie verbrannt hätte, wie gern sie dabei zugesehen hätte, wie schnell jede Seite Feuer fing, die rasante Hitze, wie das Papier zerknitterte, und die Predigt gleich mit, alles verbrennen lassen, aber dann, dachte sie, dann wird er mir wirklich nie verzeihen, und was die Leute wohl sagen würden, wenn sie davon erfuhren, dass sie ihren Mann schon jetzt nicht mehr halten konnte, also schlug sie stattdessen die Bibel auf und schaute auf die erste Seite, und sie fragte sich, ob das Liebe war, dieses Durchhalten, wenn man nicht wollte, sich um Geduld zu bemühen, wenn einem beim Lesen die Augen vor Wut und vor Verachtung tränten.

21

Auch Henrik hatte die Neuigkeiten gehört. Er erfuhr es zuerst von Simmon, aber als er zu Nora ging, um ihr davon zu erzählen, hatte sie es gerade von Antihkka Sussu erfahren und geriet fast in Panik – sie lebten von Rentieren, sie lebten von den Lappen, was sollten die Lappen jetzt nur tun –, er ging zu Frans, klopfte an dessen Tür, die Tür des Pfarrhauses, und hatte für einen Moment das Gefühl, dass Nora gleich öffnen würde, oder ihre Mutter, und dass drinnen zehn, fünfzehn Hirten mit ihren Frauen und Kindern sein würden, dass er vom aufsteigenden Rauch aus ihren Pfeifen begrüßt würde, einem Raum voller Menschen, aber nein, da war nur Frans. Frans hatte die in die Wände eingelassenen Kirchenbänke nicht herausgerissen, aber ansonsten war jeder Beweis, dass die Familie Laestadius hier einst gelebt hatte, verschwunden. Nun standen hier ein großer Schreibtisch und ein kleiner Tisch. Der Raum war kahl und dunkel, vor allem, weil Frans die Fensterläden stets geschlossen hielt. Im Moment roch es allerdings gut, nach Kaffee, aber als Henrik Frans ansah, war klar, dass er am Abend zuvor getrunken hatte.

»Was gibt es?«, fragte Frans.

»Die Grenzen«, keuchte Henrik, »die Grenzen werden geschlossen.« Er war ein wenig außer Atem, nachdem er vom Laden hierhergelaufen war, und außer Atem von der Sorge, die ihn überkommen hatte. Er zeigte auf das Porträt von König Oskar I., das Frans im Eingangsbereich an die Wand gehängt hatte, nahm es zum ersten Mal überhaupt richtig wahr und verspürte eine unmittelbare Abneigung gegen Oskar I., wusste aber nicht, was er sagen sollte. Er war sich gar nicht sicher, ob es die Schuld der Krone war oder nicht. Er hatte keine Ahnung, warum sich überhaupt jemand die Mühe machen sollte, die Grenzen zu schließen.

»Ja, ich weiß«, erwiderte Frans. »Sonst noch was?«

»Du weißt davon?«

»Du wusstest auch davon«, sagte Frans. »Ich habe dir schon vor einiger Zeit in einem meiner Briefe davon geschrieben.«

Henrik hatte überhaupt keine Erinnerung daran – hatte er ihm das wirklich mitgeteilt? Möglich, natürlich war das möglich. Es gab viele Dinge, von denen Henrik gehört oder gelesen hatte, an die er sich später überhaupt nicht erinnern konnte, das sagte Nora ihm jetzt ständig – das habe ich dir gestern erzählt, sagte sie, und er starrte sie an, völlig perplex, ob sie das ernst meinte, und natürlich meinte sie es ernst, sie hatte so wenig Humor und keinerlei Arglist. »Aber ...«, sagte Henrik jetzt. Er wünschte, Frans würde ihn hereinbitten, damit er nicht wie ein Bettler vor der Tür stand.

»Das hat sich lange abgezeichnet«, sagte Frans und blickte über Henriks Schulter nach draußen, in den gleichmäßig grauen Tag, der Ton der Welt ohne jegliche Variation, dasselbe Grau lag über den Gebäuden, den welken Bäumen, der Heugabel, die am Kuhstall lehnte. »Du weißt ja, dass diese Lappen oben am Varangerfjord sich immer wegen der Fischerei gestritten haben –«

»Kann ich reinkommen?«, fragte Henrik, Frans machte einen Schritt zur Seite, und Henrik setzte sich an den Tisch, wartete darauf, dass Frans ihm Kaffee anbot. In der Ecke konnte Henrik leere Weinflaschen stehen sehen, in Reihen sortiert. Er hatte also Wein mitgebracht, er mochte das Zeug, das er Henrik verkaufen ließ, nicht einmal.

»Tja«, sagte Frans, »ich glaube nicht, dass es dazu noch viel zu sagen gibt.«

»Du machst dir keine Sorgen?«

»Worüber?«

»Das Geschäft? Die Lappen, das Geschäft mit den Lappen. Sie müssen mit ihren Rentieren wandern.«

»Müssen sie das?«

»Rentiere sind wild. Das sind keine – keine Kühe oder Pferde. Das sagt Nora immer zu mir«, fügte er hinzu, als wäre Nora die Autorität, an die er sich in diesem Moment hielt. »Und wenn es den Herden nicht gut geht«, fuhr er fort, »geht es auch uns nicht gut.«

»Sie sind sehr anpassungsfähig. Sie werden sich schon etwas einfallen lassen. Es wird natürlich einige Zeit dauern, bis sie sich zurechtfinden, aber das wird schon gehen, und außerdem, wäre es nicht besser für sie, wenn sie am selben Ort blieben? Wer will schon so viel hin und her rennen? An die Küste, hierher zurück – so wird vieles einfacher«, sagte Frans. Er strich sich mit der Hand übers Haar, aber sie waren bereits gekämmt. »Steuern, zum Beispiel. Sie können einfach Steuern an ein Land zahlen. Und dann«, sagte er, »können sie auch regelmäßig in die Kirche gehen, wie normale Menschen.«

»Ja, vermutlich«, sagte Henrik, aber er bezweifelte es, auch wenn er nicht erklären konnte, warum das keinen Sinn ergab. Endlich konnte er zumindest die Umrisse von allem erkennen, was er nicht verstand, und er sah es durch die Augen seines Onkels, mit dessen deplatziertem Selbstvertrauen.

Frans stand immer noch, ging zum Feuer und schürte es, und als die Flammen nicht aufloderten, legte er mehr Holz nach. Sein Stapel Brennholz war niedrig.

»Hast du deiner Mutter geschrieben?«, fragte Fans, als gäbe es zu den geschlossenen Grenzen nichts mehr zu sagen. »Du solltest ihr bald schreiben, du musst ihr von Nora erzählen.«

»Sie weiß von Nora«, log Henrik.

»Und sie hat sich gefreut?«

»Ich habe noch keine Antwort erhalten.«

»Wie auch immer«, sagte Frans sichtlich ungeduldig und bot Henrik immer noch nichts an, »bald werden sie zurück sein, und sobald wir von ihrer Rückkehr hören, machen wir reinen Tisch.«

»Reinen Tisch?«

Frans schüttelte den Kopf, der Anblick erinnerte Henrik an eine Kuh, die Fliegen mit dem Schwanz verscheucht.

»Du meinst, wir gehen raus zu den Herden«, fragte Henrik, »um die Schulden einzutreiben?«

»Und wir werden auch Zinsen berechnen. Sie hätten schon vor einem Jahr zahlen sollen. Zwanzig Prozent auf ihre Beträge, dreißig, wenn mehr als ein Jahr vergangen ist.« Er sprach so sachlich, dass das Ganze absolut berechtigt klang; in seiner Stimme lag keine Vehemenz, kein Zorn.

Das ist der Lauf der Welt, sagte seine Stimme, es hat keinen Sinn, sich dagegen zu wehren, so läuft es nun einmal.

»Das kommt vermutlich hin«, sagte Henrik langsam. Ihm gefiel der Gedanke an mehr Geld, auf unmittelbare und abstrakte Art, es klang gut; er hatte die Vision, ein zusätzliches Zimmer an der Rückseite des Ladens anzubauen, wo sie ein richtiges Bett oder einen richtigen Tisch aufstellen würden. Vielleicht zwei Räume, einen für einen Tisch und einen für ein Bett. Vielleicht würde es so nur ein oder zwei Jahre dauern, die Schulden bei Frans zu begleichen, und, was fast noch besser war – sobald Frans sein Geld bekam, würde er gehen, und dann wäre Henrik allein hier; wie es dann weitergehen würde, wusste er nicht. Er konnte nie über *und was dann* nachdenken, das war zu kompliziert, er konnte sich immer nur mit einem gegenwärtigen Problem befassen, und jetzt war da auch noch Nora, sie musste berücksichtigt werden. »Dann also dreißig Prozent«, sagte er.

»Ich kenne viele, die ihnen schlechtere Konditionen geben würden«, sagte Frans im Tonfall eines Menschen, der alles gesehen hatte. »Und am Ende hilft es ihnen, nur so lernen sie, was es kostet, die Dinge nicht gleich aus der Welt zu schaffen. Und vergiss nicht«, sagte er, »dass ich auch meinen Anteil kassieren werde.«

»Welchen Anteil?«

»Nun, ich bin dein Schuldeneintreiber, nicht wahr? Ich bin hier, um dafür zu sorgen, dass sie eingetrieben werden. Und du willst doch nicht etwa, dass ich umsonst arbeite.«

Als klar war, dass sie sich nichts mehr zu sagen hatten, nichts, was nicht zu einer noch größeren Unbehaglichkeit zwischen ihnen geführt hätte, ging Henrik wieder hinaus, zurück zu Nora, und schämte sich dafür, dass er die Sache mit der Grenze für etwas wirklich Wichtiges gehalten hatte, und als Nora ihn fragte, was Frans zu alledem gesagt hatte, antwortete er: »Nicht der Rede wert«, und sie sah ein wenig verletzt aus.

Inzwischen war der erste Schnee gefallen, es war Mitte Oktober, und in der Kirche waren jetzt vielleicht zehn, fünfzehn Leute, je nachdem, und die meisten von ihnen kamen nach der Messe in den Laden, weil sie gehört hatten, dass Henrik wieder Schnaps verkaufte, und da Laestadius weg war, bestand nicht einmal mehr irgendeine Gefahr, und sie kauften ein oder zwei Flaschen für die Woche, aber Henrik konnte sehen, dass die Gläubigen, die Laestadianer, überhaupt nicht mehr kamen, weder in die Kirche noch in den Ort, und er fragte schließlich Simmon nach ihnen, und Simmon sagte, als wäre es ein Scherz: »Nun ja, sonntags gehen natürlich alle zu Biettar«, und als Henrik das gegenüber Frans wiederholte, schien Frans zu begreifen, dass es sich um denselben Biettar handelte wie in Henriks erstem Brief – er schien endlich zu begreifen, dass die Leute den Irren Lasse gar nicht mehr brauchten, und er zeigte erste Anzeichen von Besorgnis. Bei allem anderen, selbst, als er Márjá und Biret-Elle geschlagen hatte, hatte er sich unter Kontrolle gehabt, aber jetzt lief er ein wenig hektisch hin und her, nahm seine Brille ab und klopfte damit auf den Tresen.

Er wollte, dass Simmon ihn zu Biettar brachte, aber Simmon wusste nicht, wo Biettar war, und so ging Frans allein zu Sussu, platzte einfach bei ihr herein, als sie gerade »Lachs von seiner Wirbelsäule lutschte«, und Sussu sagte, sie wisse nichts über Biettars Verbleib.

Henrik dachte, jetzt versteht er es! Er versteht, wie schwer es hier ist. Man will etwas herausfinden, etwas sehr Grundlegendes, und man kann es nicht, egal wie sehr man sich bemüht. Es tat ihm gut, zu sehen, wie ungeduldig Frans wurde, und Henrik wurde zum ersten Mal ruhiger, und jedes Mal, wenn Frans eine Frau in der Kirche anschnauzte, weil sie zu sehr schrie oder weinte, war Henrik zufrieden, nicht weil die Frauen gezwungen wurden, aufzuhören (das fand er etwas schade, ohne das Geschreie waren die Kirchgänge viel langweiliger), sondern weil Frans versuchte, gegen die Unberechenbarkeit und Unbeherrschtheit der Lappen anzukommen, und kläglich versagte.

»Schau nicht so belustigt«, sagte Nora nach einer Messe zu ihm.

»Weshalb?«

»Du weißt schon warum«, sagte sie, und sie hatte recht, als Frans zum Sonntagsessen zu ihnen kam, war er schlecht gelaunt, gab sich kaum Mühe, das zu verbergen, und als Henrik versuchte, ganz vorsichtig anzubringen, Frans solle aufhören, den Leuten die Bibel um die Ohren zu schlagen, die Lappen würden sich alles erzählen, und außerdem solle er Márjá wirklich in Ruhe lassen, sie sei bei den Leuten sehr beliebt (sie hatte in der Kirche wieder geschrien, recht leise, und sich danach hastig den Mund zugehalten, aber Frans war trotzdem zu ihr herabgestiegen und hatte ihr mit der Miene eines enttäuschten Vaters wieder kräftig ins Gesicht geschlagen), wurde Frans ganz still. Lange Zeit sagte er gar nichts, und sie konnten nur hören, wie er sein Fleisch schnitt, aber dann sagte er mit beherrschter Stimme: »Glaubst du, es ist einfach? Glaubst du, ich will hier sein und die Leute zur Vernunft bringen?«

Sein Messer schabte über den Teller. »Bist du ein Pastor? Hast du das Priesterseminar besucht? Wurdest du ordiniert?«

»Nein«, sagte Henrik. Nora schaute auf ihren eigenen Teller und schnitt ihre Fleischbröckchen in noch kleinere Stücke.

»Hast du es als deinen persönlichen Auftrag von Gott angenommen, ihre Seelen zu retten?«

Henrik schüttelte den Kopf.

»Dann bitte ich dich, mir nicht zu sagen, wie ich meine Arbeit zu machen habe«, sagte Frans. Erst sah es so aus, als wäre das Thema beendet und dass sie den Rest des Abendessens schweigend zu sich nehmen würden, aber dann brach es mit echter Bitterkeit aus ihm hervor: »Jeder denkt, weil er sein ganzes Leben lang Predigten gehört hat, kann er auch welche halten.«

»Ich wollte nicht –«

»Wenn du auf ihrer Seite sein willst«, sagte Frans, »warum lebst du dann nicht da draußen? Geh und leb da draußen, wasch dich nicht mehr, hol dir einen Kopf voller Läuse, schlag eine Trommel und beschwöre den Teufel herauf, geh. Hau ab. Das ist nicht mal dein Laden, oder? Es ist mein Laden.«

»Ich wollte nicht –«

»Es ist mein Geld«, rief er, und Henrik dachte, jetzt haut er mir gleich etwas um die Ohren, gleich holt er die Birkenrute. Er wird etwas nach mir werfen.

»Ich wollte nicht –«

»Henrik, nicht«, sagte Nora sanft.

»Sie hat mehr Verstand als du«, sagte Frans, »und das will schon was heißen.« Und dann schwieg er, sie alle schwiegen, das einzige Geräusch kam von Nora, die die Knochen von den Tellern nahm, zur Tür ging und sie hinauswarf. Die Hunde der Mággás kamen angerannt und begannen sofort, um sie zu kämpfen. Angewidert schüttelte Frans den Kopf, aber Nora sah es nicht, nur Henrik sah es, und er wappnete sich dagegen, dass Frans gleich etwas sagen würde, dass er Nora vorwerfen würde, wie unzivilisiert sie waren, aber er sagte nichts, er schien für einige Tage zu verschwinden, er kam fast gar nicht mehr aus dem Pfarrhaus. Schon von Weitem spürte Henrik die Abneigung seines Onkels gegen ihn, ja, Abneigung, ihm wurde nicht einmal mehr der Respekt des Hasses erwiesen, doch als er Nora fragte, ob sie glaube, dass sein Onkel wieder wütend auf ihn sei, sagte sie, wir können es uns nicht leisten, Frans zu verärgern, sie sagte es mit echter Sorge in der Stimme, und er dachte, nicht zum ersten Mal, dass sie Angst vor Frans hatte, richtige Angst, und ihm wurde klar, dass sie nichts gesagt hatte, als sie den ganzen Whisky und Brännvin zurück in den Lagerraum gebracht hatten, sie hatte sich nie beschwert, und er hatte immer gedacht, dass es daran lag, dass es ihr egal war, jetzt, wo ihr Vater nicht mehr hier lebte, dass es die Regeln ihres Vaters gewesen waren, aber er fragte sie plötzlich, ob sie auch Angst vor ihm hatte, vor ihm, Henrik, und sie lachte leise und sagte, dass sie vor dem Winter noch so viel zu tun hätte und das Tageslicht nutzen wolle.

Keine zwei Wochen dauerte es, mit der Herde von der Küste bis zu den nördlichen Gefilden von Gilbbesjávri zu wandern; sie kamen viel schneller voran als gedacht, trotz der vielen Tiere, aber die Herde schien sich selbst anzutreiben;

unzählige Rentiere liefen in der Mitte der Herde, keines von ihnen durfte stehen bleiben, weil noch so viele nach ihnen kamen, und sie bewegten sich mit ungeheurer Geschwindigkeit, machten alles Gras und Gestrüpp dem Erdboden gleich und hinterließen weite Schneisen veränderter Erde. Wie üblich waren es die Männer, die mit der Herde zogen, und die Frauen folgten mit den Schlitten und den Lávkkat, aber weil die Männer so spät aufgebrochen waren und der Schnee so früh gekommen war, verringerte sich der Abstand zwischen den Männern und den Frauen, und so musste Willa nicht lange warten, bis sie Ivvár wiedersah; sie hatte sich auf eine mindestens einmonatige Trennung eingestellt, und nun fühlte sie sich vom Leben belohnt, für ihre Beharrlichkeit – denn hier war er doch, nicht wahr? Waren sie nicht hier, gemeinsam, mit beiden Füßen noch in Norwegen, in Gedanken aber im bereits Süden, die Rentiere nur eine Meile von der unsichtbaren Grenze entfernt?

Wie die Rentiere spürte auch Willa die Angst um sich herum, die Angst der Männer. Sie würden keine Pause einlegen, Ivvár würde erst zur Ruhe kommen, wenn sie Sána sicher hinter sich gelassen hatten, und selbst dann wäre es noch nicht geschafft; die Ungewissheit würde sich bis in den Winter ziehen, und eines Morgens lag sie bei ihm, ihr Kopf an seiner Brust, ihr Bein um seine Beine geschlungen, sein Kinn an ihrer Stirn, sein Arm um ihre Schultern, die Sonne schien, doch sie wärmte nicht. Vor dem erloschenen Feuer schliefen Ánde und Niko, sie hatten sich nicht die Mühe gemacht, ein Rákkas einzuhängen, die Zeit der Mücken war schon vorbei, und die beiden waren es gewohnt, sich mit Ivvár einen Schlafplatz zu teilen. Obwohl Willa mit

Ristens Siida von der Küste heraufgekommen war und im Lávvu von Anna und Risten übernachtete, hatte sie sich in den letzten Nächten in Ivvárs Lávvu geschlichen, wenn die Männer schliefen, Ivvár hatte sich dann zur Seite gerollt und sie in seinen Armen empfangen, sie an sich gezogen, und doch konnte sie nicht einschätzen, ob sie willkommen war, wie normal das war oder nicht, aber niemand verlor ein Wort darüber, und vielleicht war es am besten, das Schweigen als Einwilligung zu verstehen, obwohl sie vermutete, dass es nur an der Müdigkeit der Männer lag; sie waren zu müde, als dass sie sich jetzt auch noch mit ihr auseinandersetzen konnten.

Aber Ivvár konnte trotz alledem nicht schlafen; unruhig wälzte er sich hin und her. Drehte sich zu Willa um, wandte sich von Willa ab. Seine Augen schmerzten vor Müdigkeit, doch er fand keinen Schlaf. »Hast du schlecht geträumt?«, flüsterte Willa.

Es ging ihr auf die Nerven, dass so auch sie um den Schlaf gebracht wurde. Sie war so müde von all der Veränderung, alles war so neu, diese andere Siida, all diese Menschen, die sie kaum ansahen, geschweige denn mit ihr redeten, aber wenn sie in Ivvárs Gesicht blickte, hatte sie Angst um ihn; er sah krank aus. »Was ist denn?«, flüsterte sie.

Ein langer Augenblick verging, so lang, dass sich in Willa ein Gedanke breitmachte: Irgendetwas stimmt nicht, warum spricht er nicht?

»Weißt du«, sagte er, den Blick nach oben und in die Ferne gerichtet, die Hände über dem Bauch verschränkt, »wir haben einen Begriff für die Zeit, als die Christen nach Sápmi kamen. Als die ersten von ihnen hier ankamen, meine ich, und sie die Noaidis verbrannten und uns die Trommeln nahmen, Hunderte von Trommeln. Sie warfen sie ins Feuer oder hängten sie sich an die Wände ihrer Häuser, was weiß ich. Die Zeit davor nennen wir ›Die Zeit der Trommeln‹. Mit ihnen kam die Zeit, in der wir unsere Trommeln verstecken mussten. ›Die Zeit der stummen Trommeln‹. Aber alles verstummt irgendwann«, sagte er, »alles verstummt, allmählich, nach und nach. Es endet nicht einmal in einem großen, befreienden Knall.« Er öffnete seine Hände und verschränkte sie gleich wieder. »So ist es nun mal.« Er sprach ganz ruhig, aber es lag etwas Hässliches in seiner Stimme.

»Die Zeit der stummen Trommeln«, wiederholte sie leise, drehte sich auf den Rücken und stellte fest, dass sie den Mond sehen konnte, der direkt über dem Rauchloch stand und perfekt von ihm umrissen wurde. Sie dachte: Bald wird dies das hellste Licht sein, das uns scheinen wird, ob Tag, ob Nacht. Bald wird nur noch der Mond Schatten werfen, bald werden wir im Dämmerlicht leben. Das Volk, das im Finstern wandelt, plötzlich fiel ihr der Vers ein, sieht ein großes Licht; und über denen, die da wohnen im finstern Lande des Todes, scheint es hell. Aber dieser Vers kam ihr so falsch vor, vielleicht hätte es eher lauten müssen: »das Volk, das im Dämmerlicht wandelt«, und sollte es nicht besser heißen: »Es lebt im großen Licht, und im finstern Land des Lebens«; der ganze Vers, der ihr einst so schön erschien, war falsch, und es gab keine Möglichkeit, ihn zu korrigieren, sie wollte Ivvár davon erzählen, aber Ivvár hatte seinen eigenen Vers, »die Zeit der stummen Trommeln«, und sie hatte ihren, »das Volk, das im Dämmerlicht wandelt«, und dann überkam sie diese

Angst, sie könnten sich nichts mehr zu sagen haben, und sie lag da, neben ihm, gemeinsam schlaflos, sie konnte nicht schlafen und konnte nicht fortgehen.

Tagsüber schlich sie sich wieder zu Risten und Anna; es war leichter, den Tag bei ihnen zu verbringen, obwohl sie es immer wieder darauf anlegte, dass sie über Ivvár sprachen, sie wollte, dass jemand sagte: Du hast also mit Ivvár geschlafen, sie wollte, dass es dadurch zur Realität wurde, dass alle anderen es bestätigten, dass es in der Welt war, dass sie zu Ivvár gehörte und er zu ihr, aber sie wusste nicht, wie sie es ansprechen sollte, denn sie spürte in dem Schweigen der beiden, dass es etwas war, wofür sie sich schämen sollte, und so schämte sie sich. Außerdem erfuhr sie, vor allem von Ristens jüngerer Cousine, dass samische Männer, wenn sie heiraten wollten, mit einem anderen Mann als Helfer zum Haus der Eltern der Auserwählten kamen, ihre Rentiere schön angeschirrt, vielleicht sogar mit Glocken behängt, und sie wurden drinnen willkommen geheißen, und die Eltern brachten ihr Wohlwollen oder Missfallen zum Ausdruck, indem sie den Männern entweder Kaffee kochten oder nicht, und die Auserwählte zeigte ihr Wohlwollen oder Missfallen, indem sie den Kaffee entweder selbst trank oder nicht, und ihr Verehrer bot Geschenke an, die die Frau traditionell erst einmal ablehnte, doch dann bot der Mann sie erneut an, und wenn die Frau sie annahm, war der nächste Schritt des Antrags erreicht, und wenn die Frau die Geschenke erneut ablehnte, konnte der Mann sie ein drittes Mal anbieten, aber bloß kein viertes Mal – und irgendwann gingen die Männer nach draußen und sprachen mit dem Vater, und sie entschieden, wie viele Rentiere der Tochter mitgegeben werden sollten, wie umfangreich das Rádju sein würde, normalerweise umfasste es alle Rentiere, die die Frau seit ihrer Geburt angesammelt hatte, aber das musste nicht so sein, und zum ersten Mal kam Willa der Gedanke, dass Mikkol durch die Heirat mit Risten sehr wohlhabend geworden war – vermutlich hatte Nilsa Risten ihr volles Rádju überlassen –, während Ivvár, indem er sich mit ihr zusammentat, seine Armut nur festigte, im Grunde genommen beschlossen hatte, auf jegliches Rádju zu verzichten, da natürlich weder sie noch ihre Familie je ein Rentier besessen hatten.

Sie war eine teure Frau und eine Last, und sie war ein noch größerer Schwachkopf, weil sie das nicht früher begriffen hatte.

Wenn sie Ivvár sah, brachte sie es nicht über sich, das anzusprechen, nicht einmal indirekt, sie hielt sich mit größter Sorgfalt von allem fern, was mit der Zukunft oder mit der Ehe oder mit irgendwelchen Vorstellungen von Zweisamkeit zu tun hatte. Sie nahm sich ein Beispiel an ihm und sprach nur über die Herde, sie hielt alles unter Verschluss – sie sprach über das Rentier mit dem lahmen Lauf und über die beiden Kälber, die einander so ähnlich sahen und immer zusammenblieben, obwohl sie keine Zwillinge waren. Vor ihnen konnte sie den Rücken des Sána sehen, die sanfte Krümmung seiner Wirbelsäule, wie bei jemandem, der sich auf die Hände gestützt vom Boden erhebt, aber wer am nächsten Tag vor ihnen auftauchte, war nicht der Sána, sondern ein Mensch, ein Sámi in einem verblichenen blauen Gákti, den sie nicht kannte, doch Ivvár kannte ihn. Sie sah, wie Ivvár ihn herzlich begrüßte und ihm die einarmige Umarmung gab, an die sie sich im Laufe des Sommers gewöhnt hatte. Sie nickte dem Mann zur Begrüßung zu, doch Ivvár stellte sie einander nicht vor, der Mann sah sie an, sagte aber nichts. Die beiden unterhielten sich, und der Mann sagte, er habe von der Grenze gehört und beschlossen, in Norwegen zu bleiben, da er im Sommer genug von den Mücken gehabt habe und sich lieber mit den hohen Bergen auseinandersetzen wolle.

Aber er hatte keine Rentiere, darauf wies Ivvár ihn hin, und müsse sich deshalb auch keine Sorgen um die Winterweide machen.

Dafür habe er jetzt eine norwegische Leber!, scherzte der Mann. »Wie auch immer«, sagte er, »die Rentiere werden problemlos durchkommen«, da sei er sich sicher. Bis jetzt stehe das Gesetz nur auf dem Papier.

»Bis jetzt«, erwiderte Ivvár, »aber bis jetzt hat immer ein Ende.«

»Ein Messer hat ein Ende«, sagte der Mann an Willa gewandt. Sie konnte sich keinen Reim darauf machen, hatte sie ihn schon einmal gesehen? Vielleicht in der Kirche. »Ich verkaufe Messer«, sagte er, »brauchst du ein neues?« Er zwinkerte ihr zu, und sie wusste nicht, was das bedeutete, für wen er sie hielt.

Sie schüttelte den Kopf. Ihr eigenes Messer steckte sicher in ihrem Gürtel, ein kleines, aber robustes Ding, das sie auf dem Markt in Ivgobahta gekauft und das sie schon für alles Mögliche benutzt hatte, vom Reinigen der Unterseite ihrer Stiefel von Torf bis zum Schneiden von Birkenzweigen für ihre Bettunterlage.

»Ich denke, viele werden sich für die norwegische Seite entscheiden«, sagte der Mann, »meine Vermutung. Warum sollte man freiwillig in den Sumpf zurückkehren?

Außerdem gibt es jetzt viel zu viele Bauern dort. Es ist Zeit, an die Küste zu ziehen.« Er zuckte mit den Schultern.

»Dort gibt nicht mehr viel zu holen«, erwiderte Ivvár.

»Ist dein Vater noch an der Küste?«, fragte der Mann, und Willa konnte sehen, wie Ivvár rot wurde, und sie drehte sich um und ging, als wolle sie Ivvár damit aus der Verlegenheit helfen, aber eigentlich, weil sie selbst zu verlegen war. Ivvár wollte sie nicht vorstellen, nicht einmal einem kleinen dicken Mann, der Messer verkaufte. Er hatte Angst, der Mann würde herausfinden, wer sie war. Sie war ein Geheimnis, das es zu bewahren galt, eine Schande, die man den dunklen Morgen und den dunklen Abenden am Meer überlassen sollte. Wahrscheinlich, dachte sie, würde es ihm vor den Siedlern, die nicht wussten, was seine Beziehung zu ihr bedeutete, leichter fallen als vor den Sámi – die Siedler würden sich nur für eine offizielle Heiratsurkunde interessieren, aber die Sámi würden wissen, dass sie keine Rentiere besaß und dass sie keine Ahnung davon hatte, wie man die Rentiere, die Ivvár gehörten, hütete: Das war der Unterschied, und zwar der ausschlaggebende Unterschied.

Sie versuchte, dem Besucher – Jáhko-Duoma – aus dem Weg zu gehen, aber es stellte sich heraus, dass das nicht möglich war. Er war einsam, er war anscheinend den ganzen Sommer allein gewesen, und nachdem er mit Ivvár geplaudert hatte, plauderte er mit Nilsa, und dann plauderte er mit Anna, und Willa hielt sich fern. Sie ging mit Annas Lasso zu ein paar Kälbern in einem Gehege und übte, sie warf und warf und verfehlte sie immer wieder. Die Kinder lachten, die Kinder machten mit, ihre Lassos schnellten durch die Luft – wie machten sie das nur –, und dann fielen ihre Lassos, nicht immer dorthin, wo sie wollten, aber dennoch, sie schnellten hoch und fielen, und Willas fiel einfach nur. Nur einmal war Gnade ihr hold – ein Kalb, das vor ihr weglief –, und sie fragte den Jungen neben sich, ob das Kalb Ivvár gehöre. Sie glaubte, es an seiner Markierung am Ohr erkannt zu haben.

Ja, hatte der Junge geantwortet, als hätte sie im hellsten Tageslicht gefragt, ob die Sonne scheint.

Für einen kurzen Augenblick war sie glücklich, ihr war beinahe schwindelig, sie hatte ein Ohr gelesen, und als sie zu Anna zurückkehrte, war sie noch in dem Glauben, dass es das Schlimmste gewesen sei, dem Mann nicht vorgestellt worden zu sein, aber dem war nicht so – er hatte die Nachricht aus dem Ort überbracht, dass ihr Vater, ihre ganze Familie fort sei, in den Süden versetzt, und als wäre das nicht schlimm genug, war Rikkis Onkel zum neuen Pastor ernannt worden, ein Pastor, der jeden in der Kirche zum Schweigen zwang und zuschlug, wenn man nicht still war. Er habe Márjá die Bibel um die Ohren gehauen. Er wolle Leute bestrafen, die nicht in die Kirche kamen. Er sei nicht wie der Irre Lasse. Er schimpfe, brülle sogar, wenn man in der Kirche Lärm mache. Als wären wir Kinder, hatte Jáhko-Duoma gesagt, dem Frans einen Skistock in den Rücken gerammt hatte.

»Warum tut er so was?«, hatte Willa Anna aufgebracht gefragt. »Jáhko-Duoma, er sieht so lieb aus – das ist ja, als würde man ein Kalb treten.«

»Er konnte seinen Katechismus nicht aufsagen«, erklärte Anna. Sie zuckte mit den Schultern. »Und Jáhko-Duoma hat zum Pfarrer gesagt, dass er diese Dinge noch nie zu wissen brauchte, und dass der Irre« – sie unterbrach sich selbst – »dass dein Vater meinte, es würde fürs Erste reichen, sich zum Christentum zu bekennen.«

»Verstehe«, sagte Willa, aber sie verstand gar nichts. Ein Unbehagen breitete sich in ihr aus, als hätte sie mit ihrem Weggang den Ort dem Verfall überlassen. Sie war gegangen, und dann war ihre Familie gegangen. Sie waren im Süden, wo sie vor ihr sicher waren.

»Aber«, sagte Anna, behutsam, fast sanft, »nicht deine ganze Familie ist nach Pajala gegangen. Deine Schwester ist geblieben, sagte er. Die Älteste, er wusste nicht genau, wie sie heißt.«

»Nora«, sagte Willa.

»Ja«, sagte Anna, als wäre sie erleichtert, den Namen zu hören. »Sie ist geblieben. Sie hat Henrik geheiratet.«

»Wen hat sie geheiratet?«

»Henrik, sie hat Henrik geheiratet, den Ladenbesitzer.«

Wenn es nicht Anna gewesen wäre, die ihr diese Neuigkeit überbracht hatte, Anna, die niemals log, nicht einmal zum Spaß, hätte sie geglaubt, dass es nur ein schlechter Scherz war, und wäre gegangen.

Nora und Henrik – verheiratet! Willa hatte die ganze Zeit nur an Lorens gedacht, ob es dem kleinen Bruder gut ging; sie hatte sich höchstens vorstellen können, dass ihre Mutter wieder schwanger war, Nora war ihr kaum in den Sinn gekommen, außer als die Person, mit der sie so dringend über Ivvár reden wollte. Sie lächelte tapfer und nickte und unterhielt sich weiter mit Anna, als würde diese Nachricht sie nur geringfügig interessieren, aber sie konnte es nicht fassen, wie dieser Tag so viel Horror mit sich bringen konnte; all ihre Konzentration sollte doch jetzt der bevorstehenden Grenzüberquerung gehören, und Ivvár, sie wollte sich selbst ohrfeigen und schreien Schluss, Schluss, Schluss. Nora hätte warten und jemand Anständigen heiraten sollen, jemanden mit Bildung, vielleicht einen Küster oder einen Landgendarmen. Nora hätte das gefallen, ein Ehemann in einer offiziellen Position, sie mochte so etwas, das verschaffte ihr ein Gefühl der Sicherheit. Aber ausgerechnet Rikki! Sie hatten ihn einmal ausgelacht, als er zu ihnen gekommen war und gefragt hatte, was sein Spitzname bedeutete, warum ihn alle Rikki nannten. Sag es ihm nicht, hatte Nora gequiekt, sag es ihm nicht, und Willa fragte sich jetzt, ob es ihm jemals jemand verraten hatte, ob er jemals herausgefunden hatte, dass »Rikki« auf Finnisch »kaputt« bedeutete.

Willa dachte: Ich kann überhaupt niemals mehr nach Karesuando zurückkehren. Gárasavvon. Ich kann überhaupt niemals mehr nach Gárasavvon zurückkehren. War das vielleicht der Punkt? Ob sie nach Karesuando oder nach Gárasavvon zurückkehren würde? Beides oder keins von beidem? Vielleicht war es auch egal, wie man es nannte; wenn sie es über die Grenze schafften, würden sie die Herden ein Stück weiter südlich teilen, die Speins würden ihre Herde nach Osten treiben, die Tommas ihre gen Westen, und die Rastis würden weiter nach Süden ziehen, und es musste eine Entscheidung getroffen werden, was würde mit ihr geschehen – die Rastis mussten sie akzeptieren, sie musste sie dazu bringen, sie zu akzeptieren, und ein Gedanke blitzte in ihr auf: Wenn Nora doch nur Ánde oder Niko hätte heiraten können! Dann hätten sie sich gemeinsam der Siida angeschlossen. Aber jetzt konnte sie nicht einmal nach Hause zurückkehren; es gab kein Zuhause, in das sie hätte zurückkehren können.

Irgendwie erleichterte sie das. Wenn es kein Zuhause gab, hieß das dann nicht, dass Ivvár sie behalten musste? Dass sie ihn würde behalten müssen?

Und so ließ sie sich von der Hoffnung leiten, dass es einen Weg geben würde, dieses Leben so zu gestalten, dass sie nie wieder nach Karesuando zurückzugehen bräuchte, dass andere Leute für sie gehen konnten. Wenn jemand von der Kirchenverwaltung kam, würde sie sich verstecken – sie würde aufhören zu existieren, die konnten in das Kirchenbuch schreiben, was sie wollten, dass sie im Fjell erfroren war; das machte ihr alles nichts aus, solange sie zu Ivvár gehörte, und er zu ihr. In dieser Nacht und in der nächsten und in der übernächsten schmiegte sie sich eng an ihn, sie konnten die Herde hören, das Grunzen, das Schnaufen, und sie konnte Ivvár riechen, seinen guten, salzigen Geruch, und sie war eine Maus, ein Kaninchen in einem Bau. Später würde es ihr so vorkommen, als hätte sie für diese Nächte zu viel aufs Spiel gesetzt – sie würde bereuen, so viel für sie aufgegeben, alles hergegeben zu haben. Jetzt wusste sie das noch nicht, und wenn sie in diesem Moment jemand gefragt hätte, was das alles wert sei, hätte sie vielleicht sogar gesagt: »Oh, vielleicht alles.«

22

Biettar war in nur wenigen Monaten um viele Jahre gealtert. Zum ersten Mal spürte er sein Alter, als hätten ihn nicht all die Jahre in den Fjells altern lassen, sondern dieses leichtere Leben, als würde ihn alles einholen, jetzt, wo er von relativ viel Ruhe umgeben war. Natürlich war das Leben in mancherlei Hinsicht nicht einfacher; in den Häusern von Fremden aufzutauchen, sich vorzustellen, sich unbeliebt zu machen. Angespuckt zu werden. Ein Mann hatte ihm ein Getränk über den Mantel geschüttet und gelacht, noch Tage später hatte er es an sich selbst riechen können, den begehrenswerten Gestank von Wodka. Andernorts hatte man ihm Essen gegeben, ihn wohlwollend angelächelt und weitergeschickt. Man hatte ihm schweigend zugehört. Er wurde unsittlich bedrängt, von einer älteren, allein lebenden Frau, die wahrscheinlich ebenfalls betrunken oder möglicherweise geistig verwirrt war. Er hatte in Kuhställen geschlafen und in Schuppen und auf dünnen, fleckigen Fellen und an Feuern und an Orten ohne Feuer und auf Steinen neben Feuerstellen und zweimal auf einem Boot. Auf dieser Reise hatte er sehr viel gelebt, enorm viel; er hatte in einem Jahr mehr Worte gesprochen als im Rest seines Lebens zusammen, aber er hatte bei alldem nicht gelernt, zu akzeptieren, dass alles in Gottes

Hand lag, das war eine Art Phrase, die er sich zwar selbst sagte, aber nicht ganz glauben konnte. Das war der schwierigste Teil des Glaubens für ihn, und als er von der Schließung der Grenzen hörte, fühlte er sich fast persönlich von Gott verraten – dass Gott seinen Kindern so etwas antun würde, den Hirten –, und die Nachricht gab ihm eine Vorahnung, die schmerzte wie sein Knie bei Schlechtwetter.

Er blieb stehen, kniete sich in den Schnee und betete, doch als er wieder aufstand, war die Angst nicht von ihm gewichen. Sie weckte ihn mitten in der Nacht – er hatte einen Lagerschuppen zum Schlafen gefunden –, und ihm wurde klar, dass er nicht eher ruhen würde, bis er Ivvár sah und wusste, dass Ivvár in Sicherheit war, dass die Herde in Sicherheit war. Obwohl mitten in der Nacht, machte er sich auf den Weg, und als er in der Ferne die Kirchenglocken läuten hörte, erinnerte er sich an das alte Sprichwort, dass, wenn man in der Wildnis Kirchenglocken hörte, dies bedeutete, dass jemand sterben würde. Natürlich war es nur ein altes Sprichwort, wie so viele alte Sprichwörter, aber er fand es so schrecklich, dass ihm dieser Gedanke in den Sinn gekommen war. Einst hatte er an diese Dinge geglaubt, sogar daran, dass es Unglück brachte, sich zu bekreuzigen, ja sogar, wenn sich zwei Holzstücke aus Versehen kreuzten, und er war entschlossen, nicht mehr daran zu glauben.

Aber warum schienen die Kirchenglocken nach ihm zu rufen? Er hatte nicht vor, in die Kirche zu gehen, auch weil er keinen falschen Prediger hören wollte – er hatte auch nicht die Absicht, irgendwelche Bußgelder für Abwesenheit zu zahlen, wie sie der neue Prediger angeblich verhängte –, aber seine Skier trugen ihn dorthin, die Loipen in

Richtung Ort waren glatter, vielleicht war das der einzige Grund, aber diese Kleinigkeit machte die Sache endgültig. Er würde in den Ort fahren, ja, er würde sich dort blicken lassen, und dann könnte er sich selbst ein Bild von diesem neuen Pfarrer machen ... Das redete Biettar sich ein, in Wirklichkeit fuhr er in der Hoffnung, Neuigkeiten von Ivvár oder seiner Siida zu erfahren. Biettar war den ganzen Herbst über auf der schwedischen Seite des Flusses gewesen, und die Nachrichten aus Finnland und aus dem Osten waren nicht zu ihm herübergeweht – vielleicht würde in der Kirche jemand von ihnen wissen. Vielleicht Antihkka Sussu, vielleicht hatte Simmon etwas gehört.

Doch als er im Ort ankam, wahrscheinlich zu spät für den Gottesdienst, war er überrascht zu sehen, dass vor der Kirche nur sieben oder acht Schlitten angebunden waren, und einer der Schlitten gehörte ihm – oder vielmehr Ivvár –, und eines der Rentiere war Borga. Ohne nachzudenken, eilte er zur Kirche, und erst als er die Tür erreichte und sie bereits geöffnet hatte, dachte er: Warum sollte Ivvár in die Kirche gehen? Ivvár würde die Kirche niemals betreten, wenn es nicht gerade ein Feiertag war. Bitte, betete er, lass ihn nicht zum Trinken hergekommen sein, und als er die Kirche betrat, sah er Henrik in der vordersten Bank sitzen, und Nora neben ihm, wo Lars Levi und Brita immer gesessen hatten. Nora kam Biettar klein vor, oder anders als sonst, aber das passierte manchmal mit Frauen, nachdem sie geheiratet hatten, plötzlich sahen sie anders aus, oder vielleicht nahm man sie anders wahr, und jetzt erkannte er ihre Mutter in ihr; es war, als hätte man Brita wieder an ihren Platz gesetzt, bloß mit einem blauen statt einem schwarzen Kopftuch. Aber wo war Ivvár?

Risten war da und Mikkol und Ánde und Niko. Alle vier sahen, wie Biettar die Kirche betrat und zu seinem Platz in der Kirchenbank ging, aber nur Mikkol würdigte seine Anwesenheit und nickte Biettar zu. Mikkol war also noch bekehrt, und Risten immer noch nicht. Komisch, wie schnell man den Menschen so etwas ansah, wie viel man mit einem Blick erfahren konnte. Es war interessant, dass Ánde und Niko neben Risten und Mikkol saßen, nicht dass es für die Tomma Siida ein Ding der Unmöglichkeit war, neben den Rasti zu sitzen, aber es war nicht üblich. Es hätte mehr Sinn ergeben, Ivvár dort sitzen zu sehen, oder wenn Ivvár und Risten geheiratet hätten, wie Biettar einmal gedacht hatte (und Gott sei Dank, dachte Biettar, hatten sie es nicht getan; die Tomma hätten das Schlimmste in Ivvár hervorgebracht, mit ihrem Bedürfnis nach Reichtum und ihrem Bedürfnis, über allen anderen zu stehen). Aber sollte er nach dem Gottesdienst zur Tomma Siida gehen? Sollte er ihnen eine Predigt vorlesen? Risten würde das hassen; sie war in Ivgobahta so mürrisch gewesen, sie hatte noch nicht erkannt, wie viel Glück sie hatte, dass Gott ihr Mikkol gegeben hatte, doch das würde noch kommen. Aber wo war Ivvár?

Risten wusste auch nicht, wo Ivvár war, sie nahm an, dass er irgendwo dem Alkohol frönte. Sie war überrascht, dass er überhaupt mit in den Ort gekommen war, statt bei Willa zu bleiben, die immer widerspenstiger und unruhiger wurde, je näher sie kamen. Ihre Angewohnheit, sich am Rande des Geschehens aufzuhalten, hatte sich verstärkt, sodass sie kaum noch anwesend zu sein schien.

Risten war, wie vielleicht alle anderen auch, enttäuscht gewesen, dass niemand an der Grenze auf sie gewartet hatte. Sie waren auf einen Kampf vorbereitet, vor allem Risten; sie hatten die Gesichter der Soldaten sehen wollen, wenn die Herden die Grenze überquerten, andererseits hatte sich danach auch eine Erleichterung eingestellt. Die Siedler hatten, wie schon so oft, das eine gesagt und das andere gemeint. Vielleicht war Willa auch so, vielleicht wollte sie etwas kontrollieren, das sich nicht kontrollieren ließ, wahrscheinlich Ivvár, und Ivvár ließ sich gewiss nicht kontrollieren – in letzter Zeit fühlte sich Risten mehr denn je mit Willa verbunden, sie sah sich und Willa jetzt als zwei Frauen mit zwei Männern, die auf sehr unterschiedliche Weise schwierig waren, und sie hatte langsam erkannt, auf dem Weg hinauf in die Tundra, dass Willas Glück zu sehr von Ivvár abhing, und darin erkannte sie sich selbst wieder, zu abhängig von Mikkol, und obwohl sie nicht gerade die besten Freundinnen waren, hatte sich etwas zwischen ihnen entspannt, und sie waren in kleinen Dingen nett zueinander, erinnerten sich daran, wie die andere ihren Kaffee mochte, welches Stück Fleisch sie am liebsten aß, solche Dinge. Und Willas unsicherer Status, ihr Schwebezustand zwischen den Welten, ließ Risten mitfühlen, und vielleicht fühlte sie sich ihr sogar überlegen – Mikkol konnte vielleicht seinen Jesus nicht loslassen, aber immerhin war sie mit ihm verheiratet, immerhin hatten sie eine Herde –, immerhin war sie hier, saß neben ihrem Mann, anstatt sich wie Willa bei der Herde zu verstecken, während Ivvár sie allein ließ und sich in weitere Schulden trieb.

Aber Ivvár hatte so hart gearbeitet – vielleicht war er jetzt der Meinung, dass er es verdient hatte, wieder zu trinken. Es hätte sie nicht überrascht. In gewisser Weise beneidete sie ihn um seinen Mut, denselben Fehler immer wieder zu machen, in den Ort zu kommen, wo doch jeder wusste, dass er zu Ostern abgereist war, ohne seine Schulden zu bezahlen. Sie hätte das nicht gekonnt; es war schmerzhaft für sie gewesen, an diesem Morgen den Ort zu betreten, obwohl sie doch nur Vorräte brauchten, und sie hatte sich davor gefürchtet, dass Mikkol den neuen Pastor traf, den er schon allein aufgrund von Gerüchten verachtete, ganz zu schweigen davon, dass Mikkol wieder in Gesellschaft von anderen Gläubigen war, in der Nähe von Biettar, wieder zu Gebetsversammlungen ging. Aber es war besser, hier zu sein, als sich bei der Siida Sorgen zu machen und zu grübeln; die Untätigkeit war es, die für sie am unerträglichsten war.

Da hörte sie langsame Schritte. Es war der neue Pastor, und gemeinsam mit allen anderen drehte Risten sich um. Seltsam, wie er die Kirche betrat, als erwartete er, dass sie aufstehen und ihn begrüßen würden. Für manche galt er sicherlich als gutaussehend, vermutete sie, obwohl sie sich von ihm abgestoßen fühlte; er hatte das Gesicht eines Habichts oder Fischadlers, mit den nach unten geschwungenen Augenbrauen und der markant geraden Nase. Vor dem Altar verkündete er, welches Lied gesungen werden sollte, und ließ sich dann neben Rikki – und Willas Schwester, wie Risten bemerkte – nieder, und er stimmte das Lied an, und etwa die Hälfte der Gemeindemitglieder stimmten mit ein, in eher schwachen und schiefen Tönen. Risten kannte weder das Lied noch den Text, und sie hatte kein Liederbuch, aber Mikkol sang mit. »Und wenn die Welt voll Teufel wär«, sang Mikkol, »und wollt uns gar verschlingen.« Biettar sang auch mit. Niko murmelte einige der Worte mit. Ihre Mutter und ihr Vater waren still. Ihr Vater hatte sein geduldigstes Gesicht aufgesetzt. Er würde verschwinden, sobald das hier vorbei war, seine Vorräte holen und gehen.

Risten war erleichtert, als es so aussah, dass die Predigt langweilig werden würde, nicht so wie die Predigten vom Irren Lasse. Der Pastor hatte die Bibel auf einer Art Ständer aufgeschlagen, lehnte sich über diesen Ständer und las mit dem monotonen Rhythmus von jemandem, der etwas liest, was er schon viele Male gelesen hatte. Sie hörte nicht zu. Sie schaute sich um und stellte erstaunt fest, dass es einige neue Gesichter gab – sie sahen aus wie Finnen, die armen Leute von den Kartoffelfeldern, deren Kleidung immer so geflickt war, und da war Simmon, der Kopf so tief auf die Brust gesunken, dass es aussah, als würde er schlafen, und die Mággás waren da, wie immer, und diese schwedische Familie, sie waren auch wiedergekommen. Ansonsten wie immer die Frauen, Márjá und die Ungas. Ihre Herde hatte es also geschafft. Aber niemand von den Speins. Niemand von den Pilttos, doch das war zu erwarten gewesen; sie waren normalerweise nur um Weihnachten in der Gegend.

Ihr Blick wanderte zurück zu dem neuen Pastor, der sich in immer wieder der gleichen Leier verloren zu haben schien, vielleicht las er nicht vor, was er geschrieben hatte, wie der Irre Lasse es immer getan hatte, vielleicht schüttelte er sich alles aus dem Ärmel. »Denn der Lohn, den die Sünde zahlt, ist der Tod«, sagte er wieder und wieder, als fiele ihm nichts anderes ein. »An einen falschen Gott zu glauben, ist eine Sünde. Und wird zum Tod führen. Wer in Zungen spricht, beschwört den Teufel. Den Teufel in Zungen zu beschwören ist eine Sünde und wird zum Tode führen. Auf Gott muss man hören – in aller Stille. Mit

Ehrfurcht. Gott braucht keinen Lärm, um dich zu hören. Er weiß bereits, was du denkst und was du sagst, er weiß, ob du stiehlst oder herumhurst, er weiß es bereits. Also hör zu, ganz still. So zeigen wir Respekt. Schreist du deine Mutter und deinen Vater an, oder hörst du ihnen zu? Du hörst ihnen zu – ganz still.

Was noch – wie verhalten sich gute Christen? Wie sollen wir Gott sonst Respekt erweisen? Müssen wir uns gegenseitig unsere Sünden vorhalten? Nein, wir können Gott um Vergebung bitten. Müssen wir weinen und schreien? Nein. Genauso, wie ihr keine Trommeln mehr benutzt, um den Teufel zu beschwören, oder euch vor großen Steinen verneigt oder Tiere opfert, tut man auch das nicht mehr. Jetzt wissen wir, dass das Dummheit und Teufelei ist. Besessenheit. Hexerei. Das alles taten die Lappen, bevor sie von unseren Predigerbrüdern erlöst wurden, bevor sie es besser wussten. Aber jetzt gibt es keine Ausreden mehr, jetzt hören wir zu, wir schreien nicht. Unsere Münder schäumen nicht. Jesu Mund hat auch nicht geschäumt, nicht wahr? Haben die Apostel ihre Hände in die Luft gerissen und wie wilde Hunde gejault? Nein, sie haben zugehört und gesagt: ›Herr, lehre uns.‹«

Es fiel ihr schwer zuzuhören, sie war zwischen Scham und Wut hin- und hergerissen – es klang lächerlich, kindisch, zu Sieidis zu gehen, so wie er darüber sprach. Sie fürchtete, dass er recht hatte – sie waren zu laut, zu wild. War es nicht besser, respektvoll zu sein? Waren sie vielleicht nicht respektvoll? Es war seltsam mit anzusehen, es konnte seltsam sein, wenn Menschen bekehrt wurden; während er sprach, konnte sie hören, wie Mikkol im Lávvu geklungen hatte. Waren sie wirklich vom Teufel besessen?

»Dekan Frans«, unterbrach ihn jemand mit lauter Stimme und stand auf, »was sagt Gott über das Predigen, wenn man noch den Geschmack von des Teufels Pisse im Mund hat?« Es war Biettar. Seine Stimme war ruhig, aber mit einem belehrenden Unterton. »Kannst du überhaupt noch lange da oben stehen? Oder musst du bald Nachschub holen?«

Es war so unerhört, sie waren alle so überrascht, niemand wusste, was zu tun war, nicht einmal ein Tuscheln war zu hören. Frans trat einen Schritt zurück und richtete sich auf. »Unterbrich mich nicht«, sagte Frans, »das ist ein Dienst an unserem Herrn.« Er schien zu erwarten, dass seine Mahnung eine unmittelbare Wirkung erzielte, und er fuhr mit seiner Predigt fort, aber Biettar setzte sich nicht.

»Ich frage dich, warum du trinkst«, sagte Biettar wieder mit klarer und deutlicher Stimme, »obwohl es gegen das Gesetz ist, und wir alle wissen, dass dein Neffe das Zeug verkauft.« Er sprach so ruhig, dass Risten erstaunt war, sie wusste nicht, wie er das machte, und als sie es wagte, Frans anzuschauen, war sein Kopf ganz rot, seine Kopfhaut leuchtete durch sein Haar wie ein Sonnenuntergang durch die Zweige.

»Du unterbrichst die Lesung vom Wort Gottes«, sagte Frans. Er hatte seine Stimme nicht erhoben, als würde er seine eigene Ermahnung befolgen, ruhig zu bleiben, egal was passierte, aber es strengte ihn an; er wirkte wie ein Mann, dessen ganze Energie darauf verwandt wurde, sich im Zaum zu halten.

»Es ist der Teufel, der die Menschen zum Trinken bringt, und der Teufel, der den Menschen etwas zu trinken verkauft, und ihr, die ihr uns auf den Weg der

Rechtschaffenheit führen sollt, trinkt selbst die Pisse des Teufels.« Es gab ein Gemurmel der Anerkennung oder der Zustimmung. Die Leute rutschten auf ihren Plätzen hin und her.

Es war klar, dass Frans nicht wusste, wie er mit der Situation umgehen sollte. »Der Teufel«, sagte er in demselben belehrenden Ton, »ist derjenige, der es wagt, den Gottesdienst zu unterbrechen, der so in einem Haus Gottes, zu einem Diener Gottes spricht. Ich werde dich nur ein einziges Mal bitten, zu gehen.«

»Streitest du denn ab, dass du betrunken bist?«, fragte Biettar. Er stand immer noch, sah Frans unentwegt an.

»Simmon«, sagte Frans und deutete mit einem Kopfnicken in Richtung Biettar. Simmon nickte und stand auf, schien aber nicht zu wissen, was er als Nächstes tun sollte. »Führ ihn hinaus.«

Simmon ging den Gang hinunter und schritt fast vorsichtig, entschuldigend, auf Biettar zu. »Biettar«, sagte er sanft, »lass uns gehen.« Sein langes, gekämmtes, aber öliges Haar fiel ihm ins Gesicht, und er schob es hinter das Ohr zurück.

»Es ist nicht rechtens«, sagte Biettar, »dass dieser Heuchler weiterhin für Gott spricht. Er ist nicht erweckt worden, er trägt nicht den Heiligen Geist in sich. Er glaubt nicht, dass wir bereits erlöst sind. Wir sind diejenigen, die über ihn urteilen sollten.« Es folgten laute zustimmende Geräusche, Gemurmel, Niko nickte energisch, und Ristens Mutter schrie: »Ja, ja, so ist es, so ist es«, allerdings auf Sámi, also vielleicht verstand Frans es gar nicht.

»Biettar«, sagte Simmon über den Lärm hinweg. »Lass uns gehen«, aber ohne wirkliche Kraft dahinter.

»Wohin?«, fragte Biettar. »Wohin wir auch gehen, Gott wird mit uns sein.«

Ja, ja, riefen die Leute, so ist es.

»Du musst jetzt gehen«, wiederholte Simmon, beinahe flehend. Er sah Biettar mit einem Blick an, der so viel sagte wie: Tu mir das nicht an.

»Wir werden nicht gehen«, rief Mikkol.

Risten griff nach seiner Hand und drückte sie. Tu das nicht, sagte sie mit ihrer Hand, aber Mikkol nickte nur eifrig und rief erneut: »Wir werden nicht gehen. Geh du doch! Wir werden nicht gehen«, und er schnellte hoch und riss seine Hand aus ihrem Griff.

»Du muss jetzt gehen«, sagte Simmon, die Stimme voller Sorge.

»Du störst einen Gottesdienst«, sagte Frans laut darüber hinweg, »und ich versuche, denen zu predigen, die bereit sind, zuzuhören.«

»Wir werden nicht gehen«, rief Mikkol.

Ja, ja, riefen jetzt alle, ja, ja.

»Jesus«, schrie Márjá, »steh uns bei!«

»Im Namen unseres Herrn und Erlösers Jesus Christus«, donnerte Frans: »Seid still!«

»Du sollst den Namen des Herrn, deines Gottes, nicht missbrauchen«, sagte Biettar.

»Das ist das zweite Gebot«, pflichtete Mikkol ihm bei.

Jemand schrie, eine Frau, es hätte wieder Márjá sein können, es klang wie Wehklagen: »Denn der Herr wird nicht ungestraft lassen, der seinen Namen missbraucht!«

Als wäre dieser Vorwurf, den Namen Gottes entweiht zu haben, der Auslöser gewesen, erhob sich Rikki von der ersten Bank. Neben ihm hielt Nora den Kopf gesenkt.

»Biettar, geh jetzt«, sagte Rikki. Seine Stimme war laut, aber brüchig.

»So kann ich nicht weitermachen«, sagte Frans. Er schüttelte den Kopf und schlug die Bibel zu. »So kann ich keinen Gottesdienst abhalten.«

Geh, geh, riefen die Menschen. Raus mit dir, raus. Ristens Vater, ausgerechnet ihr Vater, hatte sich erhoben. »Welcher Prediger schlägt Menschen?«, fragte er. »Was für ein Prediger benutzt die Bibel, um sie jemandem um die Ohren zu hauen? Ist das nicht das Werk des Teufels?«

»Bedauerlicherweise«, sagte Frans, »können wir so keinen Gottesdienst feiern. Wir können nicht hören, nicht das Wort Gottes empfangen, wenn wir uns so verhalten.« Das Gemurmel schwoll an: Geh, lass uns in Ruhe.

»Teufelsprediger«, heulte jemand.

»Genau das ist er«, sagte Ristens Vater, »ein Teufelsprediger.«

»Ich fürchte, ich muss den Gottesdienst an dieser Stelle beenden und werde ihn erst wieder aufnehmen, sobald ihr alle gelernt habt, ruhig zu bleiben«, sagte Frans. Er schritt den Gang hinunter, dieses Mal gar nicht mehr so langsam, und er schien tatsächlich betrunken zu sein, dachte Risten, er ging wie jemand, der sich sehr bemühte, nicht betrunken zu wirken.

»Du solltest beten«, sagte Biettar, als Frans beinahe auf der Höhe seiner Bank war, »du solltest beten, dass dein Teufelsgott Mitleid mit dir hat.« Letzteres schrie er Frans entgegen, als er an ihm vorbei den Gang hinabging. Im Vorbeigehen flatterte sein Mantel, und Risten sah das Grün seines Hemdes darunter aufleuchten, seinen seidigen Glanz.

Die Tür schloss sich hinter ihm, aber ohne ein zufriedenstellendes Geräusch.

Jetzt saßen sie alle da, in dieser neuen Stille, Biettar und Ánde nickten, während Ristens Vater die Tür nicht aus den Augen ließ, als könnte Frans jeden Augenblick wieder auftauchen.

»Der arme Mann«, sagte Mikkol. »Der Teufel hat Besitz von ihm ergriffen«, und Biettar nickte.

Frans kehrte nicht zurück. Simmon setzte sich wieder, Rikki setzte sich wieder. Sie alle warteten, waren auf der Hut, und der Klang ihres Wartens war seltsam still. Was man tun oder sagen sollte, wusste niemand. Von den Kerzen stieg leichter Qualm auf. Draußen vor den Fenstern ging der Winter unbeirrt weiter. Mikkol schüttelte erneut seine Hand aus ihrem Griff, und erst da wurde ihr bewusst, dass sie sie wieder fest umklammert hielt. Er sah sie an, und sein Lächeln sagte: Alles ist gut, verstehst du?, aber sie wollte ihn anschreien, wie dumm, wie dumm von dir, dich einzumischen! Wie kindisch! Glaubst du, das war es wert?, wollte sie schreien, glaubst du, er lässt das durchgehen? »Das Einzige, was ein Siedler mehr schätzt als Geld, ist sein Stolz«, sagte ihre Mutter immer. »Ich lasse sie immer in dem Glauben, dass sie welchen haben«, würde sie hinzufügen, achselzuckend, »das kostet mich ja nichts.« Nein, dachte Risten, sie konnte es spüren, das würde er nicht so schnell vergessen, und sie schlug die Hände über ihrem Kopf zusammen und, als ob es irgendetwas bewirken würde, band ihren Liidni noch ein wenig fester.

Ivvár hörte nicht, wie Frans die Kirche verließ; tatsächlich hatte er überhaupt keine Ahnung von dem, was in der Kirche vor sich ging. Er war zusammen mit den anderen in einem Zustand höchster Nervosität in den Ort gekommen, weniger Angst, vielmehr Aufregung, als wäre die Konfrontation mit den Siedlern an der Grenze nur bis jetzt hinausgezögert worden, als könnten jeden Moment Soldaten auftauchen, und er musste bereit sein. Er hatte noch gehofft, dass etwas anderes all seine verschiedenen Schlamassel lösen würde, bevor ein neuer Schlamassel hinzukam; er hatte geglaubt, sein Vater könnte die Predigerkrankheit überwinden, er hatte viele Dinge gehofft, von denen nichts im Entferntesten wahr geworden war. Stattdessen war der Irre Lasse fort, und Rikki verkaufte Alkohol ohne Scham, und diese Nachricht war zu verlockend gewesen – Ivvár spürte, wie müde er war und wie schön es wäre, etwas zu trinken –, und er packte schöne Pelze in den Schlitten, sogar etwas Robbenfell, das er im Sommer bekommen hatte, er würde sie Rikki als Zeichen seines guten Willens überreichen. Er würde sagen: Im Dezember, wenn wir schlachten, zahle ich dir alles zurück, und der Dezember stand praktisch vor der Tür, und er wollte sein Wort halten, er hatte diese Schulden satt, es ließ die Dinge so real werden, wie wenig Rentiere er wirklich hatte. Er würde es Willa zeigen, er würde sagen: Schau, schau, wie wenig ich habe.

Was das bewirken würde, wusste er nicht.

Höchstwahrscheinlich gar nichts. Er sah jetzt, dass sie nirgendwo anders hinkonnte und dass außerdem etwas beschlossen worden war, ohne dass er es bemerkt hatte. Er wollte sie, er wollte ihre Liebe und ihre Hingabe, ihre Freude, wenn sie ihn sah, wie eine treue Hündin, aber er konnte ihr nicht geben, was sie wollte, oder er wollte es nicht. Sie waren zusammen so gut gewesen, als alles unmöglich schien, als es so ausgesehen hatte, dass sie einfach hierher zurückkommen oder für immer bei den Tommas bleiben würde; er hatte sich wohlgefühlt, wenn sie bei ihm gewesen war, und dennoch nicht wirklich da, aber es war die Art einer Frau, etwas zu wollen und zu brauchen, oder? Und was er brauchte, war, nicht gebraucht zu werden.

Was er brauchte, war ein Drink. Er hatte, nicht einmal heimlich, darauf gewartet, dass alle anderen die Kirche betraten. Risten hatte ihn beobachtet, wollte sehen, ob er mit zum Gottesdienst kam, dann schloss sie die Tür, und er wollte sich gerade umdrehen und zum Laden gehen, doch da winkte ihm Antihkka Sussu von ihrer Hütte aus zu, mit ihrem leuchtend roten Liidni, als wäre er eine Flagge. Zuerst dachte er, dass etwas nicht stimmte, aber dann sah er, nein, sie wollte, dass er zu ihr kam, und obwohl er einfach nur etwas trinken wollte, noch bevor der Gottesdienst begann zu Rikki wollte, ging er auf Antihkka Sussu zu. Letzten Endes bin ich pflichtbewusst, dachte er ein wenig bitter, Antihkka Sussu gegenüber so unhöflich zu sein, war unentschuldbar und unmöglich. Sie sah erleichtert aus, als er auf sie zukam, doch sie blieb draußen stehen, als fürchtete sie, er würde er gleich wieder kehrtmachen, und als er an der Tür war, wich sie ein Stück zur Seite, und er trat ein.

»Du machst dir kein größeres Feuer?«, fragte er. Er neckte sie nur; die Hitze im Inneren ihrer Hütte schnürte ihm fast den Atem ab. Sie hatte eine dieser Feuerstellen ohne Abzug, und das steigerte die Hitze enorm, die Luft war erstickend; es hatte sich eine zweite, niedrigere Decke aus Rauch gebildet, aber Antihkka Sussu war so klein, dass sie möglicherweise viel weniger darunter litt als er in diesem Moment.

»Wenn es warm genug ist, bringst du es nicht übers Herz, gleich wieder zu gehen«, sagte sie. Es konnte gut sein, dass sie das ernst meinte. »Setz dich«, sagte sie. »Setz dich, setz dich«, aber es gab keinen Platz zum Sitzen, außer ihrem Bett und einem sehr niedrigen Hocker. Er nahm den Hocker, dessen Platz sonst offensichtlich neben dem Feuer war; er konnte drei Furchen im Holzfußboden sehen, wo der Hocker normalerweise stand, und er stellte sich Antihkka Sussu vor, wie sie hier saß und nähte oder strickte und die letzten Tage ihres Lebens verbrachte. Ihre Hände zitterten, aber er tat, als würde er es nicht bemerken, er tat, als würde er gar nichts bemerken, nicht wie vollgestopft ihre kleine Hütte war, mit allem Möglichen, angefangene und vernachlässigte Stickereien, an der Wand befestigt, und lange Flachsbündel, die von einem Sparren herabhingen, hier und ein Skistock dort, Socken in verschiedenen Stadien des Stopfens und Trocknens, ein kleiner Tisch, auf dem sich so viele Dinge stapelten, Nadeln und Fingerhüte aus Leder, zerbrochene Messer, Holzlöffel, eine Rassel aus dem Hals eines Schwans, dass man den Tisch darunter gar nicht mehr sehen konnte. Es war auf seine Art angenehm, wenn auch eng, denn all das bedeutete, dass sie hier doch nicht wirklich allein war.

Ivvár spürte ihren durchdringenden Blick, doch als er ihn erwiderte, konnte er nichts Besonderes in ihren Augen erkennen. Er dachte, sie würde ihm eine Standpauke wegen des Trinkens halten.

Sie goss Wasser aus einem Eimer in einen Topf, der über dem Feuer hing.

Dann setzte Antihkka Sussu sich auf ihr Bett, eines dieser sehr schmalen Betten, das im Wesentlichen eine Bank war, auf der sie Felle übereinandergestapelt hatte, bis ihr die Liegefläche zur Hüfte reichte. Sie legte die Hände auf die Knie und blickte umher, schaute sich nach etwas um, das sie tun konnte. Sie fummelte an einem Stück Stickerei herum, legte es zurück auf den Tisch und faltete wieder die Hände. »Du hast es über die Grenze geschafft«, bemerkte sie.

»Dieses Jahr.«

»Ein Jahr ist nicht der Bruder eines anderen.«

»Genau das meine ich«, sagte er. »Aber die Leute gehen immer noch davon aus, dass alles gut wird und sie die Grenzen nicht wirklich dichtmachen.«

»Doch, das werden sie.«

Er nickte.

»Die Herde wird leiden«, sagte sie.

»Ja.«

»Die Herde wird lernen müssen, über Generationen hinweg, innerhalb der Grenzen zu bleiben, egal für welche Seite du dich entscheidest, und viele Hirten werden nach Westen kommen, um den Ärger zu vermeiden und von Schweden aus weiter nach Norden zu wandern, aber für diesen Weg werden sich zu viele entscheiden, das Land wird überweidet und überfüllt sein.«

»Vielleicht«, sagte er.

»Das ist keine Prophezeiung, das ist die Realität. Alle überqueren Hindernisse dort, wo der Zaun am niedrigsten ist. Was wirst du tun?«

»Ich weiß es nicht«, sagte er. Und das war die Wahrheit, er wusste es nicht, er hatte nicht darüber nachgedacht, er hatte nur daran gedacht, wie er diesen Winter über die Grenze kam.

»Ich habe deiner Mutter versprochen, ein Auge auf dich zu haben.«

»Ich weiß«, sagte er beschämt. Antihkka Sussu erinnerte ihn oft daran, als hätte er jemals den letzten Wunsch seiner Mutter vergessen können.

»Aber was kann ich schon tun, ich alte Frau, die nicht mehr mit den Herden ziehen kann? Und jetzt tut es mir sogar weh, mit dem Schlitten zu fahren, zu viel Hin-und-her-Geruckel«, sagte sie lächelnd und versuchte, es harmloser klingen zu lassen, als es für sie war. Die Schuldgefühle übermannten ihn von allen Seiten – er hätte sie schon früher besuchen sollen; er hätte jedes Mal vorbeikommen sollen, wenn er in der Gegend war. Er hätte ihr anbieten sollen, ihr Holz zu bringen, er hätte fragen sollen, wie es ihr ging. Zum ersten Mal kam ihm der Gedanke, dass seine Mutter gewollt hätte, dass auch er ein Auge auf Antihkka Sussu hatte, viel mehr noch als sie wollte, dass Antihkka Sussu auf ihn aufpasste.

Antihkka Sussu schien über etwas nachzudenken. »Erinnerst du dich an den Tag, als du Aslak besucht hast?«, fragte sie. Er war über diese Frage so verblüfft, dass er sich auf dem Hocker zur Seite drehen musste; nun ja, da war natürlich auch der Rauch, der ihm in die Augen stieg. »Du warst noch klein, als du ihn das letzte Mal gesehen hast. Du hast ihn besucht, als deine Mutter krank wurde«, sagte sie.

Er nickte, aber die Frage machte ihm Angst, obwohl er nicht wusste, warum.

»Was für eine Frau sie war. Stark und sehr klein. Mollig. Wie seltsam es war, als sie krank wurde. Für mich war sie immer ein Mensch, der ewig leben würde.«

»Die Leute mochten sie«, sagte Ivvár nüchtern, aber eigentlich wollte er genau das hören; er sehnte sich danach, dass seine Mutter gelobt und voller Bewunderung über sie gesprochen wurde.

»Ich vermute, weil sie sie mochte«, sagte Antihkka Sussu. »Sie mochte Menschen, sie war gerne in ihrer Nähe. Sie wollte nicht, dass dein Vater immer allein loszog, schon damals trennte er manchmal seine Herde von denen seiner Brüder, und sie wollte bei der Siida bleiben.« Aus irgendeinem Grund tat es weh, das zu hören, es schmerzte in seiner ganzen Brust. »Dein Vater ...«, sagte Antihkka Sussu. Dann hielt sie inne. »Er hatte seine eigenen Schwierigkeiten. Er wollte immer mehr. Mehr Reichtum, mehr Rentiere. Er musste immer schauen, was die anderen taten. Er war sich immer sicher, dass jemand seine Rentiere stehlen würde. Deiner Mutter gefiel das nicht, aber sie liebte ihn trotzdem, und sie verstand, dass die Herde das Wichtigste war. Aber sie hat Aslak oben am Meer besucht, du hast sie begleitet, du warst noch ein kleiner Junge –«

»Ich erinnere mich«, sagte er, irgendwie genervt davon, dass sie ihm seine eigene Geschichte erzählte. Er erinnerte sich genau an Aslak, an die Messer, daran, wie kalt es in der Hütte war, an die salzige Meeresbrise, das am Feuer trocknende Robbenfell, seine Mutter auf der Seite liegend, die Knie an die Brust gezogen, Aslaks Joik in seiner eigenen Brust.

»Er hat sie geheilt, zumindest für eine Weile, daran erinnerst du dich bestimmt«, sagte Antihkka Sussu, als könnte er das vergessen haben, »ein ganzes Jahr lang waren ihre Beschwerden verschwunden, sie konnte ohne Schmerzen gehen, ihr Magen tat nicht mehr weh. Aber dann ging es ihr plötzlich schlechter als je zuvor, und stell dir vor, wie schwer das war, sie konnte nicht reisen, aber dein Vater konnte auch nicht bei ihr bleiben und die Herde im Stich lassen, und die Herde entfernte sich immer weiter und weiter von ihr, und er musste jeden Tag immer weitere Strecken zurücklegen, um sie zu sehen.«

»Er war immerzu weg«, sagte Ivvár. »Wir waren die ganze Zeit allein.«

»Sei nicht so hart zu ihm. Er hat sein Bestes gegeben.«

Ivvár wurde auf eine Art und Weise in diese Vergangenheit hineingezogen, die ihm nicht gefiel – Antihkka Sussus direkte Art holte alle Erinnerungen zurück, oder vielleicht lag es an der erdrückenden Atmosphäre im Raum. Er wollte woanders sein, zurück im Schlitten oder zurück in der Gegenwart, in der seine Mutter nicht mehr am Leben war.

»Vielleicht hat er sein Bestes gegeben, aber es hat nicht funktioniert.«

»Was meinst du?«, fragte Sussu und runzelte die Stirn.

»Er hat einiges versucht«, sagte Ivvár eindringlich, »er hat alles versucht, was in seiner Macht stand, aber sie ist gestorben.«

»Dein Vater ist – war – eine andere Art von Guvhllár«, sagte Antihkka Sussu.

»Nichts hat geholfen«, wiederholte Ivvár standhaft.

»Manchmal frage ich mich«, sagte Antihkka Sussu, »woran du dich erinnerst.«

»Ich war fünf oder sechs«, erwiderte er. »Wer weiß denn schon von damals noch, was echt war.«

»Solche Dinge sind in der Regel fürchterlich echt.« Als Ivvár darauf nichts erwiderte, zog sie die Augenbrauen hoch und fuhr fort: »Oh, dein Vater hat mir einmal erzählt, wie er das damals erlebt hat. Das werde ich nie vergessen. Wenn du mich fragst, schien auch er nicht sicher zu sein, was wirklich echt war.«

»Was hat er erzählt?«

»Oh«, sagte sie, »also gut. Ich spreche von der Nacht, in der alles passiert ist. Er sagte, er sei mit der Herde unterwegs gewesen, aber ich muss dir gestehen, ich werde dich nicht anlügen, ich glaube, er war bei einer anderen Frau. Ich sage das ohne jegliche Vorwürfe, auch wenn meine Loyalität stets auf der Seite deiner Mutter war, aber es war wirklich schwer, sie so zu sehen. Man könnte meinen, jemand, der so viel mit dem Tod zu tun hat, könnte es einfach als einen weiteren Augenblick des Todes sehen, aber so fühlte es sich nicht an. Es war so traurig, es gab einfach keinen Grund dafür, dass sie so plötzlich so krank wurde. Ich denke also, dass die anderen Frauen tatsächlich damit zu tun hatten, wie sehr er sie liebte. Er konnte es nicht ertragen, sie leiden zu sehen, und er war nie so stark wie sie. Wie dem auch sei«, sagte sie, offensichtlich sehr gesprächig, und er konnte die Einsamkeit in ihr spüren, wie sie in so langen und ununterbrochenen Strömen redete, ohne dass er sie dazu ermutigte, »er erzählte mir, dass er mit der Herde unterwegs war und hörte, wie jemand nach ihm rief, eine Stimme. Aber es war niemand in der Nähe, meinte er. Er war vier oder fünf Tage von dir und deiner Mutter fort gewesen, vielleicht war es eine Woche, zumindest eine Weile, aber in diesem Moment wusste er, dass er zu ihr musste, und obwohl das Wetter schlecht war, tat er es, er machte sich auf den Weg und ließ die Herde zurück. Und als er bei euch ankam, schliefst du in den Armen deiner Mutter, und sie schlief auch. Er sagte, das sei der friedlichste Anblick gewesen, den er seit vielen Monaten gesehen hatte. Er legte sich schlafen, und irgendwann wachte sie auf und fing wieder an zu husten, aber du bist nicht aufgewacht. Er fing an, ganz leise zu joiken, um dich nicht zu wecken, aber irgendwann verlor er das Bewusstsein, er hatte getrunken, das hat er zugegeben. Wie auch immer, als er aufwachte, war deine Mutter tot.«

»Oh«, sagte Ivvár. Er wollte das nicht hören oder auch nur in der Nähe dieser Geschichte oder ihrer Erzählerin sein. Er spürte darin etwas Heimtückisches, als solle er Schlüsse daraus ziehen, die er nicht sah. Antihkka Sussu erzählte ihm, was sein Vater getan hatte, aber er wollte es nicht hören, er wollte nicht mehr über seine Mutter nachdenken, wie krank sie gewesen war, wie sie gehustet hatte wie ein Hund, der nicht mehr bellen konnte, ganz heiser.

»Weißt du, was ich mich immer gefragt habe?«, fragte Sussu.

»Was?«

»Ich habe mich immer gefragt: Wer hat deinen Vater nach Hause gerufen? Ich habe mich gefragt, ob du es warst. Und ich habe mich gefragt, wie du das geschafft hast.« Sie ließ es so stehen, und Ivvár wollte auf keinen Fall darüber nachdenken, er spürte, wie er sich gegen alles wehrte, was sie ihm aufdrängte, sie befanden sich in einem Kampf, er und Sussu, und sie war sehr stark, und er war Gestrüpp, an dem der Wind zauste.

»Als der kleine Laestadius-Junge krank war, erinnerst du dich?«

»Lorens«, sagte er. Der Name war ihm sofort eingefallen, er hatte gar nicht weiter darüber nachdenken müssen, und er sah, wie Sussus Augenbrauen nach oben schnellten. Er konnte das Wasser im Kessel hören, es begann zu sieden.

»Ich habe Kaffee da –«, sagte Antihkka Sussu. »Da«, sagte sie, »nein, links von dir. Da. Ja, schütte einfach etwas hinein. Also, an diesem Morgen – nun ja, vielleicht habe ich ein paar Dinge in die Wege geleitet, ich wollte dem Jungen irgendwie helfen, aber während ich das tat, verschwand Willa.« Eine lange Pause entstand, als würde sie auf eine Reaktion auf diese Zwillingsoffenbarung warten, der Name, Willa, als wüsste sie, wie schwer er wog, und das Unausgesprochene, was sie getan hatte. »Dann«, sagte sie sehr leise, so leise, dass es ihm in den Ohren schmerzte, »habe ich es noch einmal gemacht, als der neue Pfarrer kam und als der Irre Lasse ging. Frans hat Márjá mit der Bibel geschlagen – hast du davon gehört? Und einen kleinen Jungen. Und Áddjá Mahtte. Zu viele Dinge waren aus den Angeln geraten. Ich hatte das Gefühl, dass etwas Schlimmes passieren würde. Und zum ersten Mal in meinem Leben hatte ich zu viel Angst, um hinzusehen. Ich begann schlecht zu schlafen.«

»Mama hatte früher Angst vorm Schlafen«, sagte er und spürte, wie seine Mutter sich wieder in ihn hineindrängte, warum war das so, warum war sie wieder da, obwohl Sussu gerade gar nicht über sie sprach? »Sie hatte Angst vor ihren Träumen.«

»Ja«, sagte Sussu, »das ist ein Teil davon. Vielleicht wusste sie, was kommen würde. Manchmal ist es einfacher, nicht hinzusehen. Ich schätze, das weißt du.«

»Ich glaube, ich weiß nicht, was du meinst«, sagte er und dachte, nein, das ist eine Lüge, aber er wusste nicht, was die Lüge war. Diese Hitze, dieser Rauch. Er war müde. Das ging ihm alles zu nah.

»Du hast sie verlassen«, sagte Sussu.

»Wen?«, fragte er, spielte den Unwissenden.

»Du denkst nicht an sie«, sagte Sussu. »Du hast vergessen, was sie dich gelehrt hat.«

Und wie sie ihn so ansah, begann sie zu joiken, und er bekam einen Klumpen im Hals, seine Kehle wurde trocken. Sie joikte seine Mutter. Es war ein langsamerer Joik, er wogte hin und her, ein breiter Fluss, der eine Biegung vor der nächsten verbarg, voll von ihrer Wärme und ihrer Stärke, ihrer List, und während Sussu joikte, war sie bei ihnen, bei ihm, bei ihnen beiden, sie blinzelte, sie lächelte nur mit einem Mundwinkel, und da war ein bisschen Teer unter ihrem Auge ... Er hat es nie gewagt, sie zu joiken – aber warum nicht? Hatte er solche Angst vor ihr? Hatte er Angst vor dem Joik, oder davor, dass er endete, denn er würde enden – Antihkka Sussus Stimme wurde leiser –, es war ein Joik, der echte Anstrengung erforderte – und da waren sie nun, in dem Moment, nachdem Sussu seine Mutter gejoikt hatte.

Ivvárs gesamter rechter Arm war ganz kalt geworden, sein linker nicht, und die Kälte breitete sich aus und kroch über seine Brust.

»Ich habe etwas von ihr für dich«, sagte Sussu. Sie kramte auf dem Tisch herum, öffnete ein kleines Ledertäschchen und holte eine silberne Brosche heraus. Es war ihre Brosche, er erinnerte sich genau daran, er sah es vor sich, wie diese Brosche die Enden ihres Liidni zusammenhielt, und er wusste, wenn er sie umdrehte, würde er darin ihre Initialen sehen, die neben der Nadel eingraviert waren. Das Silber war mittlerweile angelaufen, aber das war ihm egal, das konnte man leicht polieren. »Hast du jemanden, dem du diese Brosche schenken möchtest?«, fragte Sussu.

Ivvár sah sie an. Sie wusste also von Willa. Natürlich wusste sie von Willa.

»Oder«, sagte Sussu, »oder auch nicht. Sie hat mir nur gesagt, dass ich sie dir geben soll. Ich dachte bloß, jetzt sei der richtige Zeitpunkt.«

Sie sagten jetzt schon eine ganze Weile nichts. Er schenkte ihnen Kaffee ein, aus einer sehr schweren Kanne, so sorgfältig er konnte. Er war erleichtert, dass sie, obwohl sie zwei Porzellantassen hatte, diese nicht benutzte, sie reichte ihm ihr Guksi und ging davon aus, dass er seines benutzen würde. »Frans hat von den Gebetstreffen deines Vaters erfahren«, sagte sie.

»Ich weiß«, sagte Ivvár, obwohl er zum ersten Mal davon hörte.

»Er weiß es«, wiederholte Sussu. »Und wer weiß, was er noch weiß. Ich kann nicht warten, bis ich sterbe und jemand mich findet und dann erfährt, dass irgendwer anders schon mein ganzes Hab und Gut für eine Flasche Whisky an irgendeinen Franzosen verhökert hat.« Sie lachte und entblößte ihr Zahnfleisch. Er zählte vier, fünf Zähne. Er fühlte eine unerklärliche Nervosität. Er behielt das Feuer im Auge. Das Verlangen zu trinken kam zurück, schlimmer als zuvor. »Du musst langsam mal einige Dinge in die Hand nehmen, weißt du?«, sagte sie.

»Ich weiß nicht, was du meinst.«

»Du hast dich noch nicht wirklich mit den Dingen beschäftigt«, sagte sie. »Du weißt schon, was du tun musst und was du tun willst, aber du tust es nicht.«

Er wandte sich vom Feuer ab und sah sie an. Er war überrascht, sie traurig zu sehen.

»Was ist denn?«, fragte er.

»Ach ja«, sagte sie. »Du bist noch jung.«

»Du bist noch alt«, erwiderte er, und das schien sie zu amüsieren.

»Hör zu«, sagte sie, und er schwieg, er dachte, sie wolle ihm gleich etwas sagen, aber dann hörte er es. Die Kirchenglocke, das größte Glockenrentier von allen, ihr schwerer, eiserner Ruf.

23

Nora bereitete das Abendessen zu, aber ihre Hände zitterten noch immer, und sie schnitt das Fleisch in ungleiche Stücke, sie ließ die Butter zu lange in der Pfanne bräunen und vergaß, die Zwiebel rechtzeitig hinzuzugeben. Der Vorfall in der Kirche hatte sie sehr verunsichert, auch wenn Henrik und Frans sich so verhielten, als wäre alles in Ordnung; sie saßen oben auf dem Bett, tranken und bildeten sich wohl ein, zu flüstern, doch Nora konnte sehr deutlich hören, wie Henrik Frans beipflichtete, dass es richtig gewesen sei, den Gottesdienst zu beenden, Frans habe die Situation perfekt gemeistert, was solle man auch sonst tun, wenn sie sich in den Kopf gesetzt hatten, sich so verrückt aufzuführen.

»Was hat der Irre Lasse in einer solchen Situation getan?«, fragte Frans, als wüsste er nicht, dass Laestadius' Tochter unten stand und für ihn kochte.

»Er hat mit eingestimmt«, erzählte Henrik, was nicht ganz der Wahrheit entsprach, nichts von alledem entsprach der Wahrheit, sie wollte schreien, aber es war besser, so zu tun, als könne sie die beiden gar nicht hören, und als sie wenig später die Schüsseln mit Eintopf auf den Ladentresen stellte, kamen sie herunter, und Nora setzte sich auf einen Hocker, den Simmon für sie gezimmert hatte, und

Frans saß auf dem einen echten Stuhl, und Henrik stand, während er aß.

Frans nahm ein Taschentuch aus seiner Tasche und wischte sich den Mund ab. »Heute ist es etwas zäh«, sagte er.

»Es war ein altes Rentier«, sagte Nora und errötete.

»Es wird bald wieder frisches Fleisch geben«, sagte Henrik. »Die Hauptschlachtung ist im Dezember.«

»Bis dahin werden auch alle offenen Schulden bezahlt sein«, sagte Frans spitz. Er leerte sein Glas und stellte es ab, als erwartete er, dass es wieder aufgefüllt würde. Nora sah Henrik an, und Henrik goss noch mehr Brännvin in Frans' Glas.

»Reden wir da jetzt nicht drüber«, bat Henrik, und die beiden Männer sahen einander an. Was hatte das zu bedeuten, fragte sich Nora, was hatte sie nicht mitbekommen? Sie wusste von den Schulden bei Henrik, es war unmöglich, es nicht zu wissen. Dachten Frans und Henrik, sie wäre auf der Seite der Lappen? Weil ihr Vater es gewesen war? War sie auf ihrer Seite? Sie hatte sich diese Frage nie stellen müssen. Das war nie nötig gewesen, weil die Seiten immer ausgeglichen wirkten, auch wenn das nicht der Fall war. Aber sie fragte nicht nach, hörte nur zu, wie sie noch einmal über die Unverschämtheit der Männer beim Gottesdienst redeten, und dann bat Frans sie, jeden zu nennen, der sich gegen ihn ausgesprochen hatte oder besonders laut war, und obwohl sie sich nicht bei allen völlig sicher war, tat sie ihr Bestes, und er schrieb die Namen alle sehr sorgfältig auf und fragte nach der korrekten Schreibweise, und sie hatte das Gefühl, dass sie Frans endlich zufriedengestellt hatte, dass sie endlich zu etwas nützlich gewesen war, und als Henrik nach oben ging, um eine weitere Flasche Brännvin aus dem Lagerraum zu holen, streckte Frans seine Hand nach ihrem Bein aus und legte sie sanft, aber schwer auf ihren Oberschenkel, als würde er sie mit dieser Geste trösten. Nora versteifte sich, fühlte sich wie an den Stuhl geschweißt. Er ließ seine Hand dort liegen, bis Henriks Schritte über ihnen zu hören waren, und selbst als er seine Hand von ihr nahm, strichen seine Finger ein wenig über ihren Oberschenkel und berührten dabei den Stoff ihres Rocks. Während der gesamten Mahlzeit sah sie ihn nicht an, und als er mit dem Essen fertig war, nahm sie die Knochen von seinem Teller, ging hinaus und warf die Knochen, so weit sie konnte, und die Hunde kamen angerannt und schnappten nach einander.

Sie dachte, er würde jeden Moment gehen, wie er es immer nach dem Abendessen tat, aber heute ging er nicht – stattdessen stiegen er und Henrik wieder hinauf und schleppten Dinge aus dem Lagerraum, Teerfässer, Brännvinfässer, Zuckersäcke, Kaffeesäcke. Sie hievten alles auf einen Schlitten, der schon vor der Tür bereitstand, und zogen die Vorräte zum Holzschuppen am Pfarrhaus.

»Was ist hier los?«, versuchte Nora Henrik zu fragen, als Frans nicht da war, aber er schüttelte nur den Kopf und sagte: »Ich mache einfach, was er mir sagt«, sichtlich genervt, also setzte sie sich mit ihrem Strickzeug auf den Stuhl in der Ecke und sah zu, wie sie den Holzschuppen mit Vorräten auffüllten, und fragte sich, ob sie überhaupt ein Schloss dafür hatten – es war nicht üblich, irgendetwas hier in der Gegend vor irgendwem zu schützen. Wer würde hier schon in einem Holzschuppen wühlen? Der Ort war zu leer; er war leer, seit ihre Familie fortgegangen war. In diesem Moment kam Frans zurück, und sie war wieder allein mit ihm im Laden. Sie behielt ihr Strickzeug auf dem Schoß, die Nadeln zeigten nach außen, eine links, zwei rechts, eine links, zwei rechts.

»Du trinkst wohl nicht, Nora?«, fragte Frans. Er schenkte sich noch mehr ein.

»Nein«, sagte sie.

»Dein Vater war ein ziemlicher Asket.« Er lallte wieder ganz leicht, so wie er es in der Kirche getan hatte. Es war schwach, aber nicht zu leugnen.

»Könnte man so sagen, ja.«

Er drehte sich zu ihr um, und sie wünschte, Henrik würde zurückkommen, sie lauschte angestrengt auf das Geräusch seiner Schritte.

»Warum probierst du es nicht mal?«, fragte er. »Hast du es schon mal probiert?«

»Nein«, sagte Nora, »nein danke.«

»Du siehst gut aus, hast Farbe bekommen, als wärst du viel an der frischen Luft gewesen.«

»Nicht mehr als sonst.«

»Dort, wo ich herkomme, bedankt man sich für ein Kompliment.«

Sein Ton war leicht, als würde er sich nur einen Spaß erlauben. Es war klar, dass er gute Laune hatte, aber warum, wusste sie nicht, es schien keinen Sinn zu ergeben nach diesem qualvollen Morgen.

»Ach ja, natürlich«, sagte sie, zu mehr konnte sie sich nicht durchringen.

»Ich nehme an, du bist es hier oben nicht gewohnt, Komplimente zu bekommen. Hier ist ja niemand, der einem Komplimente macht«, sagte er süffisant.

»Das ist sicher so.«

»Und es ist eine Schande, dass ihr hier oben keinen Friseur habt«, fügte er hinzu.

»Meine Haare sehen aus wie Schuhgras«, pflichtete Nora ihm bei. Sie versuchte sich mit einem Lachen, um zu signalisieren, dass es ein Scherz war.

»Was ist Schuhgras?«

»Sie sammeln es, trocknen es, dann dreschen sie es, damit es weich wird, und dann kann man es in die Schuhe tun. Die Lappen tragen auch im Winter keine Strümpfe, nur ihre Fellstiefel mit Schuhgras. Henrik verkauft es auch«, fügte sie hinzu, »schau mal«, und sie nahm die Hand von der Nadel und zeigte Richtung Dachsparren, wo ein paar Bündel Schuhgras hingen. Man konnte erkennen, dass es sich um Bündel handelte, die Antihkka Sussu gebunden hatte, weil sie so groß und so schön ineinander verschlungen waren; die Bündel anderer Leute waren kleiner, und ihr Schuhgras löste sich schneller aus seinen Knoten.

»Keine Strümpfe, was?«, sagte er, »schon erstaunlich, wenn man darüber nachdenkt, ohne Socken in der eisigen Kälte nach draußen zu gehen. Erweckt den Eindruck, dass mit ihnen was nicht stimmt, oder? Wie unnatürlich.«

»Wie kommt deine Frau ohne dich zurecht?«, fragte Nora. »Sie müssen dich sehr vermissen.«

»Es ist hart, so lange von zu Hause weg zu sein«, sagte er, »aber Gott hat es so gewollt. Hier gibt es zu viel zu tun. Elisabet – meine Frau – würde herkommen, wenn ich es gestatten würde, aber das tue ich nicht. Kannst du dir das vorstellen, eine richtige Lady, hier oben? Wie dem auch sei, mit etwas Glück haben wir bald alles geregelt, und ich kann nach Hause zurückkehren. Sie ist wunderschön, habe ich dir ein Bild gezeigt?«

»Oh, wie schön, ich würde sie gerne sehen!«, sagte Nora, obwohl sie das Bild schon kannte. Er besaß eine Taschenuhr, die sich wie ein Medaillon öffnen ließ, und auf der gegenüberliegenden Seite der Uhr war das kleine Gemälde einer Frau mit rosa Gesicht und sehr hoch aufgetürmtem, blondem Haar in die Innenseite gemalt. Sie mochte schön sein, aber das war schwer zu erkennen, da das Bild so klein war; der Haupteindruck war, dass sie sehr viel Haar hatte. »Wirklich schön«, sagte Nora. Sie war versucht zu sagen, sagte es aber nicht: Mein Vater hält solche Dinge für Eitelkeiten, sowohl die Frisur als auch das Gemälde.

Frans schloss seine Taschenuhr, blieb jedoch, wo er war. Er legte seine Hand auf ihre Schulter und drückte sie leicht, und selbst als er seine Hand wieder von ihrer Schulter nahm, blieb er vor ihr stehen, ganz nah.

»Die Sache mit den Lappen«, sagte Frans, »die Sache mit den Lappen, die mich überrascht ...« Er wollte, dass sie ihn dazu ermutigte, weiterzusprechen, aber die Genugtuung gab sie ihm nicht. »Einerseits wirken sie manchmal so normal, Menschen wie du und ich. Aber dann ist wiederum auch klar, dass sie etwas Wildes, Tierisches an sich haben, und das muss ja nicht immer schlecht sein. Sie sind sehr urzeitlich. Fühlst du dich hier oben auch manchmal so, urzeitlich?«

»Ich weiß nicht, was du damit meinst«, sagte Nora. Sie hatte eine weitere Reihe beendet und drehte den Schal um. Er lag auf ihrem Schoß, und sie war froh, dass sie sein Gewicht spüren konnte, die Länge, die sie bereits geschafft hatte.

»Auch hier oben in der Wildnis zu sein, bringt es zum Vorschein«, sagte er. »Der Wind weht so schnell, die Nordlichter tanzen, ich fühle mich hier sehr lebendig. Ich denke, es ist gut, dass du dafür nicht anfällig bist. Du bist Henrik eine gute Frau. Zuerst dachte ich, er hätte eine bessere Partie machen können, aber du bist gut für ihn, weil du ein bisschen langweilig bist. Das meine ich nicht böse, das ist genau das Richtige für ihn. Er braucht das, er ist ein erwachsener Mann, aber er ist auch ein kleiner Junge, er braucht jemanden, der ihn betüddelt.« Frans lehnte sich gegen den Tresen, und sie war erleichtert, etwas mehr Abstand zu gewinnen, nur dass er beim Zurücklehnen jetzt seine Beine gegen ihre presste. Sie versuchte, ganz unauffällig zurückzuweichen, um den Druck seiner Beine gegen ihre zu verringern (und noch nie war sie so dankbar für ihre dicken Wollstrumpfhosen und ihr langes Kleid gewesen), aber sofort verlagerte er sein Gewicht wieder mehr nach vorn.

»Ich betüddele ihn nicht«, erwiderte Nora, obwohl es ihr manchmal genau so vorkam; dass die eigentliche Rolle der Ehefrau darin bestand, die nächste Mutter für ihren Mann zu sein, da sie irgendwie völlig unfähig waren, sich selbst zu bemuttern.

»Die Sache ist die, dass Henrik«, sagte er, »auch wenn er unter Schande hierhergekommen ist, versucht, mehr aus sich herauszuholen. Er hat sein Leben in eine Katastrophe gestürzt, will ich sagen. Er hätte alles haben können, und er hat es für diese Frau weggeworfen, er wurde erwischt, weißt du? Es war ein schrecklicher Skandal. Ein anderer Mann hätte es vielleicht gut überstanden, aber er bestand darauf, ihrem Ehemann zu sagen, dass er in sie verliebt war, es kam zu Handgreiflichkeiten, und Henrik ging nicht als Sieger hervor, sagen wir es mal so. Der Ehemann war ein Graf, also wurde Henrik verbannt. Aber um fair zu sein, es war nicht nur seine Schuld, die Frau war dafür bekannt, dass sie so war, eine Art – sagen wir mal, Verführerin. Manche Frauen sind nun mal so.« Sein Bein an ihrem war warm und schwer. Es war unmöglich zu sagen, was schlimmer war, diese Geschichte zu hören oder sein Bein zu spüren – beides war auf seine Weise ekelhaft und bedrohlich.

»Gott blickt mit Gnade auf alles, was Henrik getan hat«, sagte sie mit einer Milde, die sie nicht empfand.

»Ja, Gott, Gott ist gut«, sagte er fast geistesabwesend, und als hätten die Worte allein ihn herbeigeholt, konnte Nora Henriks Schritte auf dem überfrorenen Schnee hören. Sie war den Tränen nahe – sie dachte, er muss doch jetzt von mir zurückweichen, aber er tat es nicht –, und als Henrik die Tür öffnete, stand Frans immer noch an sie geschmiegt, ohne sich zu rühren. »Das hat aber lange gedauert«, sagte Frans zu Henrik, als gäbe es nichts, wofür er sich schämen müsste, als hätte er gehofft, dass Henrik in diesem Moment auftauchen würde.

Henrik sah sie überrascht, aber mit leerem Blick an; sie konnte nicht sagen, was er sah oder nicht sah.

Frans beugte sich vor und legte seine Hand auf ihre Schulter.

»Wir haben uns nett unterhalten«, sagte er, und als er seine Hand von ihrer Schulter nahm, spürte sie das Gewicht, als würde seine Hand noch immer dort liegen, als hätte er sie mit einer Hand aus Teer berührt, und sie wollte mit jemandem darüber sprechen, jemandem, der ihr zuhörte, und sie wünschte sich bitterlich, aufrichtig und hoffnungslos Willa herbei.

Es war mitten in der Nacht, und die Nordlichter flimmerten über den Himmel – sie leuchteten durch das Rauchloch herein, und vom Rauchloch aus leuchteten sie durch das Leinentuch von Willas Rákkas, und durch das Rákkas leuchteten sie ihr durch die Augenlider. Willa erwachte, schob den Stoff des Rákkas beiseite und spähte durch den Vorhang ihres Atems hinaus und nach oben. Eine gefühlte Ewigkeit, vielleicht aber nur eine Viertelstunde lang, lag Willa da und beobachtete das Schauspiel. Das Rauchloch bildete den Rahmen für das Licht, und sie hatte das Gefühl, als wäre sie geweckt worden, um diese wackelnde grüne Kugel zu sehen.

Und der Glanz des Herrn umstrahlte sie, dachte Willa, und sie fürchteten sich sehr. Es war die Stimme ihres Vaters, die das sagte, es war sein Rhythmus, in dem sie es hörte. Sie war hellwach. Es war unmöglich, wieder einzuschlafen, und sie begann, ihre Stiefel zu stopfen – es waren Ristens alte, sie waren viel zu groß, und es dauerte eine Ewigkeit, bis sie dick genug mit Schuhgras gefüllt waren –, und dann lauschte sie wieder und dachte jeden Moment: Jetzt kommt er. Alle anderen waren bereits aus dem Ort zurück, nur er war noch nicht wieder da, und Risten hatte gesagt, schon gut, es geht ihm gut, aber Willa war sich sicher, dass er betrunken zurückkommen würde. Schließlich ging sie nach draußen, um dort auf ihn zu warten, und sie gesellte sich zu Ánde, und er sagte nicht: Warum bist du wach, oder: Was willst du? Das grüne Licht wanderte über den Schnee. Es wanderte über seinen Hut und in seine Augen, und er nickte ihr zu. Das Schauspiel war zu schön, um zu sprechen, und es gab auch gar nichts zu sagen.

Nach einer Weile verschwand Ánde, und ihr wurde klar, dass er ins Lávvu zurückgekehrt war und sie mit der Herde allein gelassen hatte. Hieß das etwa, Ánde glaubte, man könne ihr vertrauen? War sie nützlich? Wollte er, dass sie die Wache übernahm? Sie stand dort bei der Herde und wartete. Sie schaute auf die Nordlichter, ohne zu wissen, ob sie dieselben Lichter sah wie Ivvár.

Ivvár war gar nicht in der Lage, die Lichter wertzuschätzen, er war nur dankbar für das Licht, um besser sehen zu können, wohin er ging. Die Lichter waren auf fast unheimliche Weise perfekt auf seine Stimmung abgestimmt; heute Nacht flackerten sie schnell über den Himmel, stürmten von einem Ende der Erde zum anderen, aber mit der Unbändigkeit von jemandem, der weiß, dass er nicht gefangen werden kann, und obwohl sie zu lebhaft schienen, um lange anzudauern, blieben sie die ganze Nacht am Himmel, sodass er die Siida noch in ihrer Begleitung erreichte, und das machte ihn glücklich. Als er Borga ausspannte, sah er, dass Willa draußen Wache hielt, und er spürte, wie sie ihn beobachtete, und für einen Moment dachte er, wie seltsam es war, sie nachts hier draußen zu sehen, während er sich gleich drinnen schlafen legen würde, aber jetzt war ohnehin alles auf den Kopf gestellt, oder besser gesagt, was vorher falsch herum gewesen war, war jetzt richtig herum – war es das? Er spürte das Gewicht von Sussus Geschenk in seiner Tasche, die Brosche, und er versuchte, an dem festzuhalten, was er sich auf dem Schlitten vorgenommen hatte, was er mit der Brosche tun würde – du weißt schon, hatte Sussu gesagt, was du tun musst und was du tun willst, aber du tust es nicht.

Als Willa neben ihn ins Rákkas schlüpfte, schlief er tief und fest; sie war jetzt sehr müde, und obwohl sie sich einerseits gewünscht hätte, Ivvár wäre aufgeblieben, um ihr zu sagen, wo er gewesen war, war sie andererseits viel zu erschöpft, um sich irgendetwas anzuhören, und jetzt, wo die Nordlichter erloschen waren, war in ihr auch alles erloschen, und sie schlief ein.

Als sie aufwachte, war er weg, und das Lávvu war leer, aber jemand hatte ihr etwas Eintopf im Topf gelassen. Sie wusste nicht, sie konnte nicht wissen, wohin Ivvár an diesem Morgen gegangen war, dass er Meilen um Meilen zu Fuß zurücklegte, auf dem Weg zur Sieidi.

Er wunderte sich nicht, dass er überhaupt wusste, wo eine Sieidi war – er kannte viele Sieidis, er hätte genau sagen können, bei welchen sein Vater stehen geblieben war, er hätte sagen können: Hier hat mein Vater dieses oder jenes Opfer hinterlassen, er erinnerte sich ganz genau. Und fast immer konnte er sie spüren, fast immer erblickte er den großen Felsbrocken oder den emporragenden Felsen und wusste, was es war. Natürlich war er nervös, als er sich der Sieidi näherte, und er wurde das Gefühl, ein Idiot zu sein, nicht ganz los. Erstens tadelte er sich ständig, er wisse nicht, was zu tun war, zweitens würde nichts passieren, und drittens hätte er besser bei der Herde bleiben sollen, aber in ihm regte sich eine fast kindliche Neugier, und er konnte nicht widerstehen herauszufinden, was passierte, wenn er dorthin ging, wenn er – nicht betete, das war nicht das richtige Wort –, wenn er ein Opfer darbrachte, und ob er enttäuscht sein würde, er wollte es hinter sich bringen, wollte wissen, woran er war.

Er hatte solche Angst davor, enttäuscht zu werden, und als er die Sieidi erreichte, war er überzeugt davon, dass ohnehin nichts passieren würde und dass das alles gar keine Bedeutung hätte, es wäre einfach nur ein großer Stein, der nicht an diesen Fleck der Welt zu gehören schien, eine Kuriosität, etwas Massives in einem Raum der Kargheit, ohne jegliches Gefühl außer dem Gefühl von Stein, unnachgiebig und still und desinteressiert. Er bereitete sich auf die Enttäuschung vor, aber darin wurde er wiederum enttäuscht, denn als er sah, was sich dort vor ihm auftat, war er sehr ergriffen, und er war ergriffen davon, wo er sich befand, auf den Knien im Schnee am Fuße der Sieidi, war ergriffen davon, dass er die Brosche nahm und sie ihr zu Füßen legte, der Sieidi, die nicht beschrieben werden konnte, denn wenn man sie beschreiben würde, wäre es keine Sieidi mehr, und das Gefühl, das ihn dort übermannte, konnte nicht beschrieben werden, da es in diesem Moment nur Ivvár und der Sieidi gehörte; die Sieidi schützten jeden davor, etwas zu wissen oder zu sehen, denn die Sieidi wussten, dass es eine Grenze für alles Wissen gab, selbst für das, was wir über uns selbst wissen, weshalb Ivvár später niemandem und schon gar nicht sich selbst hätte erzählen können, was geschehen war, er hätte es nicht beschreiben können und wollte es auch nicht, er wollte es nur bewahren und für sich behalten, um in einem unbekannten Moment daran zu denken, wenn die Erinnerung ihn wieder überkam und er nur für einen kurzen Augenblick wieder an ihre Grenzen zurückkehren konnte.

Was er behielt, was ihm wirklich, ja sogar offensichtlich vorkam, war eine neue Angst vor dem, was im Dorf passiert war. Er hatte den Ort lange nach den anderen verlassen und nur kurz gehört, dass Frans mitten in der Predigt aus der Kirche gestürmt war, doch er hatte sich nicht weiter damit beschäftigt – hatte nur an eins gedacht –, aber jetzt wusste er, so genau man etwas nur wissen kann, dass sie hier in Gefahr waren. Niemand war sicher, die Herde war nicht sicher. Es war möglich, sogar wahrscheinlich, dass er zu spät gekommen war, zu spät geopfert hatte, zu spät gefragt, und es war möglich, sogar wahrscheinlich, dass Frans sich rächen würde, und die Gefahr war unmittelbar. Er hatte so sehr darauf bestanden, es ganz allein zu schaffen, so sehr darauf bestanden, dass niemand erfahren durfte, was er tat, dass er Zeit verloren hatte, von der er nicht wusste, wie kostbar sie war; er war sogar zu Fuß zur Sieidi gelaufen, anstatt die Skier zu nehmen, denn er wollte, dass die Erfahrung, zur Sieidi zu gelangen, eher eine Prüfung war, aber jetzt bereute er es – der Schnee war nicht besonders tief, doch es war trotzdem ermüdend, hindurchzustapfen. Er war stark, natürlich, aber seine Kraft lag ausschließlich in seiner Ausdauer, er war nicht für hohe Geschwindigkeiten gebaut, also lief er langsam, stetig, den Blick ständig auf den Himmel, auf die Bäume, auf die Vögel gerichtet – was, wenn sie ihm etwas mitteilten? Was, wenn sie ihm sagten, du bist zu spät? Doch sie sagten ihm gar nichts, oder aber er konnte nicht lesen, was sie ihm sagten, die Welt blieb ihm verschlossen, als hätte er gerade schon viel zu viel erfahren.

Er ging zuerst zum nächstgelegenen Lávvu, ohne sich darum zu scheren, wessen es war. Es war zufällig das von

Anna und Nilsa, aber er dachte nicht daran, wie spät es war, das war ihm egal. Nilsa war schon verschwunden, und nur Anna und Risten saßen am Feuer, während Mikkol schlief. »Wir müssen die Herden umsiedeln«, sagte Ivvár, »wir müssen uns sofort auf den Weg machen.«

»Was ist denn?«, fragte Risten. Sie streckte die Hand aus und rüttelte an Mikkols Schulter, der jedoch weiterschlief.

»Ist im Ort noch etwas vorgefallen?«, fragte Anna.

»Nein«, sagte Ivvár. Er hielt inne. Mikkol setzte sich langsam auf und sah Ivvár mit demselben Zweifel an, den er immer im Gesicht trug. »Noch ist nichts passiert«, sagte Ivvár, »aber wir müssen die Herde umsiedeln. Ich bin mir sicher.«

»Hier gibt es noch genug Futter für ein paar Tage«, sagte Mikkol.

»Ich weiß«, sagte Ivvár genervt. »Das ist nicht der Grund, wir sind hier nicht mehr sicher –«

»Bist du betrunken?«, fragte Risten.

»Warum siehst du so – komisch aus?«, fragte Mikkol.

»Das spielt jetzt keine Rolle«, erwiderte Ivvár.

»Du warst bei Rikki«, sagte Mikkol. »Du hast getrunken.«

»Woher willst du das wissen?«

»Du siehst wahnsinnig aus«, sagte Mikkol. »Du siehst aus wie –«

»Ich glaube, Frans kommt«, platzte es aus ihm hervor. »Er kommt, er kommt hierher.«

»Hierher?«

»Ja«, sagte Ivvár. »Frans und Rikki. Vielleicht auch andere, ich weiß es nicht.«

»Wegen deiner Schulden?«, fragte Mikkol.

»Jetzt hört mir doch mal zu!«, rief Ivvár. »Habe ich jemals um irgendwas gebeten? Habe ich jemals –« Aber er konnte es nicht ertragen, wie sie ihn ansahen, wie ausgerechnet Enttäuschung in ihren Gesichtern stand. Ristens mitleidiger Blick, als wäre er ein armer Bettler, der herumkroch, auf Knien, sich einpisste, herumlallte.

Er war so wütend, so ängstlich, dass er nicht wusste, was er als Nächstes tun sollte. Er hatte damit gerechnet, dass Risten und Anna ihm glauben und Nilsa alles erklären würden. Nilsa würde zuhören. Er musste Nilsa finden. Aber nein, da kam Willa, die aus dem anderen Lávvu herausschaute, ihn beobachtete, und verärgert ging er hinüber, weil er dachte, dass zumindest Ánde und Niko dort sein würden. Sie schliefen, er stupste sie mit einem Stock an, und sie setzten sich griesgrämig auf.

»Was ist los?«, fragte Willa. »Was ist passiert?«

»Wir müssen die Herde umsiedeln«, wiederholte Ivvár. Seine Stimme klang immer komischer, selbst in seinen eigenen Ohren, als würde sie ihn verlassen. »Wir müssen die Herde umsiedeln. Sie kommen.«

»Wer kommt?«

»Frans. Henrik.«

Er war sich jetzt ganz sicher.

»Wegen der Schulden?«

Er war überrascht. Er hatte keine Ahnung, woher sie das wusste. Hatte er mit ihr darüber gesprochen? Er konnte sich nicht daran erinnern, er konnte sich an rein gar nichts erinnern, er musste sich konzentrieren, auf die Herde konzentrieren. »Ich weiß es nicht«, sagt er. »Ánde, Niko, steht auf.«

»Wir sind auf«, sagte Ánde.

»Wenn du dich am frühen Morgen schon betrinkst«, sagte Niko, »solltest du uns was abgeben.«

»Was ist los?«, wiederholte Willa.

»Wir müssen Nilsa finden«, sagte Ivvár, »und meine Onkel. Ich denke, wir könnten sie nach Osten und Süden bringen – vorbei an Buollánvárri –«

»Niemand siedelt jetzt die Herde um«, sagte Ánde. »Wir sind gerade erst angekommen.«

Ivvár schüttelte den Kopf. Sein rechtes Knie wippte hektisch, und Willa legte ihre Hand darauf, aber es wippte weiter.

»Nicht erst in ein paar Tagen«, sagte Ivvár, »jetzt. Wenn wir uns jetzt auf den Weg machen, wenn wir die Herde aufteilen, wenn wir getrennte Wege gehen, besteht die Möglichkeit, dass sie uns nicht finden, und sonst würde auch alles zu lange dauern.«

»Wer soll uns denn finden?«

»Frans und Henrik«, sagte Ivvár. »Sie werden kommen, es wird schlimm.«

»Woher weißt du das?«

»Ich weiß es«, sagte Ivvár, und jetzt kam es aus ihm hervor, ein Bellen: »Ich weiß es, weil ich es weiß.«

»Vielleicht«, schaltete Willa sich ein, »wenn wir die Herde nicht teilen –«

»Was verstehst du denn davon?«, herrschte Ánde sie an. Willa war verletzt, so wie es Ándes Absicht gewesen war, Ivvár konnte sehen, wie die Farbe ihren Hals hinaufstieg und ihr Gesicht rot färbte.

»Wir müssen uns beeilen«, sagte Ivvár, »ihr müsst mir glauben. Ich –« War es nicht offensichtlich, konnten sie es nicht an seinem Gesicht ablesen, dass er zur Sieidi gegangen war und gejoikt hatte?

»Wir glauben dir«, sagte Willa, aber er spürte die Überheblichkeit darin. Sie tat, als würde sie ihm glauben, um ihn zu beschwichtigen, alle starrten ihn an – er war verrückt.

»Nein, tut ihr nicht«, sagte Ivvár. »Ihr denkt, ich bin betrunken. Du denkst, ich bin zu laut, du willst, dass ich still bin und Ruhe gebe.«

»Das stimmt nicht –«

»Heute kann mich niemand anlügen, heute sehe ich alle Lügen«, sagte Ivvár. Er nickte. »Heute kann ich die vollkommene Wahrheit aussprechen, so wie sie ist. Das kann ich. Fragt mich, was ihr fragen wollt«, sagte er, »aber was ihr euch nicht zu fragen traut, ist, was mit uns, mit den Herden passieren wird, wenn wir jetzt nichts unternehmen. Stattdessen wollt ihr alle ruhig bleiben und abwarten und abwarten. Immer nur abwarten«, sagte er und spuckte dabei fast. »Versteht ihr denn nicht? Sie sind hinter uns her. Meinen Vater zu finden, wird ein Leichtes, er wird ihnen folgen wie ein frommes Lamm ...«

»Warum sollten sie deinen Vater finden?«, fragte Willa. »Ivvár, was bedeutet das alles? Was ist wirklich los?«

»Es ist erstaunlich«, rief Ivvár, »es ist wirklich erstaunlich. Es ist egal, wie viel du weißt, solange niemand dir glaubt, kannst du allein nichts unternehmen. Mir geht es sehr gut, ich bin bei sehr klarem Verstand«, sagte er und lachte. »Na los, frag mich.«

»Du willst die ganze Zeit, dass ich dich etwas frage, aber ich weiß nicht, was«, sagte Willa. Sie versuchte, selbst zu lachen, Leichtigkeit ins Spiel zu bringen. »Welche Frage willst du hören?«

»Du willst wissen, ob ich betrunken bin.«

»Nun ja –«

»Bin ich nicht«, sagte er. »Na los, riech meinen Atem.« Er lehnte sich nach vorn.

»Das werde ich nicht –«

»Na los, mach schon. Du glaubst es, alle glauben es.«

»Ich glaube dir«, sagte Willa.

Er lehnte sich wieder zurück, beinahe triumphierend. »Wir siedeln unsere Herde um«, sagte er und sah Willa an. »Die wollen ihre Herden nicht umsiedeln, wir siedeln unsere um.«

»Du kannst sie nicht allein trennen«, fuhr Ánde dazwischen.

»Ich hab Willa«, sagte er. Willa nickte eifrig. »Und Mirre«, sagte er verstohlen. »Ich habe Hilfe, wir bilden unsere eigene Herde. Wir werden uns beeilen. Morgen früh sind wir weg.«

»Das kannst du nicht machen, nicht jetzt, die Herde ist gerade erst wieder zusammen ...« Aber es erzürnte ihn zu sehr, noch ein weiteres Wort zu hören, noch länger dort zu bleiben. Er konnte ihre Kuhgesichter nicht mehr ertragen. Raus, er musste raus, er spürte den Wind an seinen Wangen, er kam aus dem Westen und aus dem Norden. Seine Nerven flirrten so gewaltig in ihm, dass ihm beinahe schlecht wurde. Er sah, wie seine Onkel ihn beobachteten.

»Wir müssen weiterziehen«, rief er ihnen zu. Er klang wahnsinnig. Er fühlte sich wie im Wahn. »Wir müssen die Herde umsiedeln«, wiederholte er. »Versteht ihr das nicht?«

Aber sie sahen ihn nur an, dann wandten sie sich wieder der Herde zu.

24

Henrik hatte schon ein paar Mal in einem Schlitten gesessen, aber nie für weite Strecken, und schon gar nicht in einer Reihe von Schlitten – an jedem Schlitten war ein Rentier angeschirrt, das wiederum an einen Schlitten vor ihm gebunden war, sodass ein schlaffer und ungleichmäßiger Zug entstand. Henrik war in den mittleren Schlitten gesetzt worden, doch der Schlitten war zu klein für ihn, seine Knie waren eingeknickt, während die Schienbeine gegen die Kanten drückten, als wäre er ein Riese, der nicht in seinen eigenen Sarg passte. Er musste kein Experte sein, um festzustellen, dass es ein schlechter Tag für eine solche Reise war – es herrschte ein heiserer, starker Wind, der, wie Simmon erklärte, die Rentiere unruhiger machte als sonst, und obwohl es nicht schneite, hob der Wind den alten Schnee an und wirbelte ihn so stark herum, dass es genauso gut hätte schneien können. O Gott, dachte Henrik, als sie weiterfuhren, was tu ich hier? Er umklammerte die Zügel mit beiden Händen und versuchte, das Gleichgewicht zu halten, während der Schlitten um die Hügel herumschlingerte und über sie hinweg, aber der Schlitten ruckelte so sehr, und die Hufe des Rentiers warfen ihm noch mehr Schnee ins Gesicht, und er hatte Angst, aus dem Schlitten zu kippen und den Hügel hinunterzustürzen oder sich den Kopf an einem Felsen zu stoßen oder sich von einem tief hängenden Ast oder Gestrüpp im Vorbeifahren ein Auge auskratzen zu lassen, und selbst als sie einen überfrorenen See erreichten und die Fahrt ruhiger wurde, ließ die leere Weite den Wind noch zunehmen, und nun musste er das Gesicht zur Brust senken; eine Plage folgte auf die andere, und die einzige Gnade war die Abwechslung der Leiden.

Er wollte zu den Zelten, er wollte nicht zu den Zelten. Immer wieder sah er Noras Gesicht, wie sie ihn anflehte, ein peinlicher Anblick. Er hatte sie noch nie so gesehen; es war völlig untypisch für sie, zu jammern. »Geh nicht«, hatte sie gesagt, »bitte, Henrik, bitte«, und einen schrecklichen Moment lang hatte er Emelie vor sich gesehen, die etwas Ähnliches gesagt hatte, wenn auch auf eine schüchternere Art und Weise. Beide Male hatte er nicht gehen wollen; wenn er hätte bleiben können, hätte er es getan, aber keine der beiden Frauen hatte verstanden, dass er keine Wahl hatte, die Dinge lagen nicht in seiner Hand, und nun war er hier, in dem Schlitten, der über eine Ebene voller Felsbrocken holperte, und jetzt an den struppigen Bäumen vorbei, und jetzt an verkümmerten Birken, und noch ein überfrorener See, weiter und immer weiter. Die Knochen in seinen Beinen, seinem Hintern und seinem Rücken schmerzten bei jedem Hüpfer des Schlittens, aber die Kälte half; die Kälte machte ihn taub, und war diese Taubheit nicht endlich mal zu irgendetwas nütze?

Als er die ersten Rentiere in der Ferne sah, war er so dankbar, er dachte, deshalb sind die Lappen so fröhlich, wenn sie ins Dorf kommen, sie sind einfach froh, dass sie es lebend geschafft haben; und sie kamen immer näher, und dann waren überall um ihn herum, so weit das Grau des hereinbrechenden Abends ihn sehen ließ, Rentiere. Er war von Rentieren umgeben. Sie waren alle von Rentieren umgeben; es gab kein Fleckchen Erde zwischen diesem und dem nächsten Tal, das nicht von Rentieren zertrampelt, beschissen, beschlafen oder bepinkelt worden war. Zwischen einem und dem nächsten Rentier hätte kaum ein weiteres Platz gehabt, die Hälfte von ihnen scharrte mit den Hufen im Schnee, und die andere Hälfte lag auf dem Boden und beobachtete ihn wie wachsame Hunde, sie machten viel mehr Lärm, als er je gedacht hätte, ein kollektives tiefes Grunzen und Knacken. Mitten in diesem Chaos standen die Zelte, sechs, sieben an der Zahl, jeweils zwanzig oder fünfzig Schritte voneinander entfernt, aber es war schwierig, ihnen unter all den Rentieren überhaupt Beachtung zu schenken. Sein Schlitten rutschte seinem Zugtier unsanft in die Hinterläufe, das Rentier schnaubte und trat zur Seite. Simmon war bereits aus seinem Schlitten gesprungen, aber Frans hatte sich nicht gerührt; vielleicht ging es ihm wie Henrik, und seine Unterarme waren so steif vom Festhalten der Zügel, dass er die Hände nicht bewegen konnte. Die Lappen in der Nähe der Zelte musterten sie ebenso misstrauisch wie ihre Rentiere, aber sie taten nichts, das machte Henrik ganz wahnsinnig, sie warteten ab, sodass er das Gefühl hatte, nicht Jäger, sondern Beute zu sein, als hätte er unter dem Vorwand, sich zu holen, was ihm rechtmäßig zustand, unbefugtes Gebiet betreten. Er musste Frans auszahlen, damit Frans endlich wieder von hier verschwand, aber das konnte er ihnen unmöglich so erklären, sie würden es nicht verstehen, und er fand, Frans hatte recht, man konnte nicht darauf warten, dass sie selbst die Initiative ergriffen, denn dann würde man bis in alle Ewigkeiten warten – Dinge aufschieben, ausweichen, weglaufen, das war das, was sie am besten konnten, und das musste man ihnen abgewöhnen. Das hatte Frans ihm eingebläut, kurz bevor sie aufgebrochen waren, und er wiederholte es leise, um sich Mut zuzusprechen.

Er zwang sich aus dem Schlitten und trauerte sofort dem warmen Fell nach. Der Wind wurde stärker, sobald er aufstand, er blies so heftig, dass sein Mantel ihm gegen die Beine schlug und er sich immer wieder an den Kopf greifen musste, um seine Mütze fester über die Ohren zu ziehen. Er stemmte sich, so gut er konnte, gegen den steifen Wind, obwohl seine Beine, wie auch seine Hände, von der Anstrengung der Fahrt zitterten, und ihm war mehr denn je bewusst, dass er nicht zäh genug war, oder Manns genug, er lieferte ihnen immer mehr Gründe, ihn auszulachen.

Geh, befahl er sich selbst. Mit unsteten Schritten steuerte er auf die Zelte zu, auf einen Mann, der sich sein Lasso quer um Schulter und Brust geschlungen hatte, an seinem Gürtel hingen Messer, sein Mund war von einem Liidni bedeckt, seine Wangen vom Wind gerötet. Henrik erkannte ihn, schließlich war er gerade mit Risten bei ihm im Laden gewesen, um Vorräte zu kaufen, aber er konnte sich nicht an seinen Namen erinnern. Mahtte vielleicht; nein, Mikkol. Henrik spürte Frans' Blick, wie sein Onkel darauf wartete, dass er etwas tat oder sagte, aber es tauchten immer mehr Lappen auf, da war Risten, da war ihr Vater – warum waren die Tommas überhaupt hier? War das nicht die Herde der Rastis?

Er sah Frans an, doch er begriff, dass Frans nichts davon verstand. Für ihn machte das alles gar keinen

Unterschied. Er war sich bewusst, dass er derjenige war, der etwas sagen oder tun musste; Frans hatte ihm gesagt, dass es Henriks Rentiere waren, die sie jetzt holen würden, und dass Henrik die Führung übernehmen müsse, dass er nur mitkam, um dafür zu sorgen, dass es auch wirklich geschah, aber Henriks Mund und seine Gedanken waren wie eingefroren. Ihm war sogar ein wenig mulmig zumute. Wenn ihm doch nur jemand Kaffee oder Tee anbieten würde, etwas Warmes, am besten mit Whisky. Ivvár, er war auf der Suche nach Ivvár, und er sah sich um, und zu seiner Erleichterung sah er Ivvár in der Ferne auf ihn zukommen, obwohl er es nicht besonders eilig zu haben schien. Beeil dich, es ist kalt, hätte er ihm beinahe entgegengerufen, aber das wäre dumm gewesen.

Lauf, dachte Risten, doch natürlich lief er nicht. Sie war beunruhigt, schließlich hatte Ivvár erst vor ein paar Stunden gesagt, dass sie die Rentiere umsiedeln müssten, und jetzt waren die Schweden hier, er hatte recht gehabt, es war genau so gekommen. Woher hatte er das gewusst? Hatte Rikki ihm einen Tipp gegeben? Sie wusste schon, Ivvárs Schuld musste beglichen werden, aber Frans' Anwesenheit machte klar, dass der Zeitpunkt kein Zufall war; es war eine Vergeltung für das, was in der Kirche geschehen war, und sie war nervös, sie waren alle nervös, sogar die Rentiere; an windigen Tagen wie diesem waren sie sowieso immer unruhig. Ein starker Wind, einer, der sich ständig drehte, war für die Herdenführung am gefährlichsten, und obwohl größere Herden wie diese leichter zusammenblieben, drohte auch die nahende Dunkelheit. Sie war nicht die Einzige, der das Unbehagen bereitete; auch ihrem Vater gefiel das nicht – er blickte immer wieder in

Richtung Südosten und hielt seine Wange in den Wind. Sie versuchte, Simmons Blick zu erhaschen, aber er wandte den Blick ab, der Feigling, und sie sah Mikkol an, der wiederum die Schweden, die sich Schritt für Schritt näherten, nicht aus den Augen ließ. Frans wirkte riesig, als er so nah vor Mikkol stand. Sie spürte jetzt selbst, wie klein sie war, und war froh, in ihren Pelzmantel gehüllt zu sein.

Die Männer kamen nahe genug heran, dass sie die Eiskrusten in ihren Augenbrauen sehen konnte, die der Wind noch nicht abgepflückt hatte. »Das sind ganz schön viele Tiere«, sagte Simmon und nickte anerkennend, als wolle er damit nur ausdrücken, dass er von der Größe der Herde beeindruckt war, nichts weiter.

»Wir werden sie bald trennen«, erwiderte Mikkol tonlos, weder unfreundlich noch freundlich. Wo waren ihre Eltern? Wo war Willa? Natürlich hatte Willa sich versteckt, dachte sie, und das störte sie, Willa sollte jetzt hier sein, sie würde mit denen umgehen können. Es waren schließlich Männer ihrer Art, sie würde wissen, was zu tun war.

Frans hob die Augenbrauen. »Imposanter Anblick«, sagte er und deutete mit einem Kopfnicken in Richtung Herde. »Es erstaunt mich immer wieder, wie ihr alle so lebt. Wahrlich ein Wunder Gottes.« Mikkol hob ebenfalls die Brauen, dann sah er zu Boden. Er verschränkte die Hände hinter dem Rücken, so wie er es tat, wenn er darauf wartete, sein Lasso zu werfen. »Ich bin nur hier, um meinen Neffen zu begleiten, es scheint, dass er einige Schwierigkeiten hatte, viele von euch schulden ihm eine Menge Rentiere«, sagte Frans. Sein Atem quoll in Wolken aus seinem Mund, die der Wind schnell von ihm wegtrug.

»Biettar ist nicht hier«, sagte Risten. »Falls ihr ihn sucht.«

»Wir wissen, wo Biettar ist«, sagte Frans. Seine Stimme war laut, vielleicht weil er dachte, sie könnten ihn wegen des Windes nicht hören, vielleicht weil er sie für dumm hielt. »Wir sind hier, um zwei Angelegenheiten auf einmal zu regeln. Effizienz, versteht ihr?«

Simmon flüsterte Frans etwas ins Ohr und deutete auf Ivvár, der die Gruppe erreicht hatte. Ivvárs Augen waren weit aufgerissen und schimmerten feucht; er glühte, vielleicht vor Wut, und Risten konnte sehen, wie seine Hände regelrecht zuckten und nicht wussten, wohin. Der Wind hatte ihm die Mütze abgenommen, aber er hatte sich nicht die Mühe gemacht, sie wieder aufzusetzen, und sein Haar, das ihm inzwischen fast bis zu den Schultern reichte, wehte hinter ihm und legte seine hohen Wangenknochen frei, als wollte er Frans zumindest zwingen, zuzugeben, dass Ivvár besser aussah.

»Was wollt ihr?«, fragte Ivvár.

»Von dir: dreizehn Rentiere«, sagte Frans. »Sechs für deine Schulden, sechs für die Schulden deines Vaters und eins dafür, dass wir selbst hier rauskommen mussten, um sie abzuholen.«

Risten konnte nicht anders, sie musste lachen. »Das kann nicht sein«, sagte sie, »das ist doch gar nicht möglich. Dafür hätten sie ja den halben Laden aufkaufen müssen.«

»Es ist nicht nur möglich«, erwiderte Frans, »sondern Fakt.«

»Wofür?«

»Das geht dich doch gar nichts an, oder?«, sagte Frans.

»Ivvár?« Risten wartete darauf, dass Ivvár etwas sagte, dass er es abstritt. Dass es sich dabei um Betrug handeln musste. Dreizehn Rentiere!

»Sechs also«, sagte Ivvár. »Für meinen Anteil.«

»So ist es«, sagte Frans. »Henrik, hast du dein Buch dabei?«

Rikki nickte. Er nahm einen Rucksack und holte das Buch hervor, das sie alle so gut kannten, mit seinen dünnen, knisternden Seiten.

»Ich will es nicht sehen«, sagte Ivvár, »diese Liste kann auf keinen Fall richtig sein. Sechs, sieben Rentiere ...« Er schnaubte. »Ich muss keine Liste voller Lügen sehen.«

»Henrik hat seine Fehler«, sagte Frans, »die haben wir alle, aber ich fürchte, er ist kein besonders guter Lügner.«

»Dreizehn?«, raunte Risten Mikkol zu. Ivvárs Herde, selbst mit den Tieren seines Vaters, war nicht besonders groß, nicht so, wie sie einst gewesen war, es war tatsächlich so, wie Antihkka Sussu gesagt hatte, und zuerst hatte sich Risten für ihn geschämt, doch zumindest war es einfacher geworden, so zu tun, als bemerkte sie es nicht, nachdem sie ihre Herden zusammengeschlossen hatten. Aber dreizehn. Ivvár hatte vielleicht fünfzig oder sechzig Tiere gehabt, als sie die Küste verließen, höchstens, und zehn, zwölf davon waren Kälber.

Rikki zog seine Fäustlinge aus und stopfte sie mit offensichtlichem Bedauern in die Tasche, dann schlug er das Kassenbuch auf. Er versuchte, es durchzublättern, doch der Wind war so stark, dass er Mühe hatte, die Seiten zu bändigen, also drehte er dem Wind den Rücken zu, beugte sich vor und umklammerte das Buch mit seinen roten Händen. »Am fünfzehnten Oktober«, sagte Rikki,

»kaufte Biettar Isaksen Rasti vier Pfund Mehl, ein Pfund Salz, einen neuen Kessel –«

»Wir haben keinen neuen Kessel –«, unterbrach Ivvár.

»- zwei Flaschen Brännvin, eine Flasche Brännvin. Am zweiundzwanzigsten Oktober eine Flasche Brännvin. Am neunundzwanzigsten Oktober eine –«

Ivvár schüttelte den Kopf. »So oft war er gar nicht im Dorf.«

»Am siebten Januar eine Flasche Brännvin –«

»Hör auf«, sagte Ivvár.

»Hast du dir notiert, ob es Ivvár oder Biettar war, Henrik?«, fragte Frans. »Ah ja, das hast du, wie ich sehe, also der siebte Januar war Ivvár –«

Risten konnte Ivvár nicht ansehen. Mikkol starrte auf seine Füße.

»Wo ist mein Vater?«, fragte Ivvár.

»Ich dachte, sie hätten schon davon gehört«, sagte Simmon.

»Was gehört?«, fragte Risten.

»Biettar wurde in Gewahrsam genommen«, sagte Frans. »Im Moment ist er bei Henrik untergebracht, bis wir die zuständigen Behörden dazu bringen können, ihn nach Luleå zu bringen.«

»Nach Luleå? Weshalb?«, fragte Risten.

»Ah ja, da wären wir ja schon beim zweiten Punkt«, sagte Frans, und er griff in die Tasche seines Mantels, aus der er zwei gefaltete Papiere herausholte. Er versuchte, so gut er konnte, sie auseinanderzufalten und hatte sichtlich Mühe, dass der Wind sie ihm nicht aus den Fingern riss, dann griff er wieder in die Tasche, holte eine Brille heraus und setzte sie sich vorsichtig auf die Nase. In der

Kälte beschlug sie sofort von der Wärme seines Gesichts, und er nahm sie ab und polierte die Gläser, aber sie beschlug wieder, und er gab auf und steckte sie zurück in die Tasche. »Sind alle betreffenden Personen anwesend?«, fragte er Simmon.

»Ich denke schon«, sagte Simmon. »Nein, Moment, Nilsa und Anna sind nicht hier.«

»Meine Eltern?«, fragte Risten. Sie drehte sich um, sah, wie sich das Lávvu ihrer Eltern öffnete; da waren sie, sie hatten gelauscht, und jetzt kamen sie heraus, ihre Mutter zuerst, ihr Vater gleich dahinter.

»Und Ánde und Niko«, sagte Simmon.

»Sie sind auf dem Biellovárri«, sagte Ivvár. Er nickte, und alle wandten die Köpfe. Risten konnte gerade noch zwei dunkle Gestalten auf dem Fjell ausmachen, vielleicht waren es auch Rentiere, es war schwer zu sagen.

»Dann werdet ihr ihnen die Nachricht überbringen müssen«, sagte Frans und begann zu lesen, mit so dröhnender Stimme, dass die Rentiere, die ihm am nächsten standen, zurückwichen: »Hiermit erkläre ich Henrik Larsson Lindström zum kommissarischen Landgendarmen, der die folgenden Aufgaben übernimmt: Alle nachstehend genannten Angeklagten werden zwangsweise vorgeladen, sich am Donnerstag, den dreizehnten Dezember, um zehn Uhr vormittags in Karesuando einzufinden. Dort werden die Angeklagten wegen der angegebenen Vergehen und allem, was damit im Zusammenhang steht, Dokumente und Beweise einsehen und vorgeladene und nicht vorgeladene Zeugen anhören. Die Befragung und das Kreuzverhör durch Frans Henriksson Nyberg werden im Rahmen eines Strafverfahrens stattfinden, und die Angeklagten werden mit den Behauptungen und Anschuldigungen konfrontiert werden, sowie im Falle eines Schuldspruchs die Strafe und eine Erklärung über die Kosten des Prozesses erhalten.

Vor ebenjenes außerordentliche Gericht werden als Zeugen und Angeklagte unter Strafandrohung geladen: Kristina Nilsdatter Piltto, Anna Persdatter Tomma, Anders Einarsson Rasti und Niklas Johansson Rasti, die sich alle vor Gericht verantworten müssen, weil sie den allgemeinen Gottesdienst in Karesuando oder andere öffentliche religiöse Handlungen am Sonntag, den fünfundzwanzigsten, unterbrochen oder gestört haben.

Bis zur Verhandlung in Haft zu halten sind die Angeklagten Mikael Nilsson Piltto und Nils Eriksson Tomma. Sie werden in den Räumen des oben erwähnten Landgendarmen Henrik Larsson Lindström in Gewahrsam genommen und erhalten bis zur Verhandlung Brot und Wasser.

Mikael Nilsson Piltto wird vorgeworfen, einen Staatsbeamten in Ausübung seines Amtes beschimpft oder verspottet zu haben, den allgemeinen Gottesdienst in Karesuando am Sonntag, den fünfundzwanzigsten, unterbrochen oder gestört zu haben, den Pastor mit Flüchen beschimpft und Gottes heiliges Wort gelästert zu haben.

Nils Eriksson Tomma wird vorgeworfen, einen Staatsbeamten in Ausübung seines Amtes beschimpft oder verspottet zu haben, den allgemeinen Gottesdienst in Karesuando am Sonntag, den fünfundzwanzigsten, unterbrochen oder gestört zu haben und Gottes heiliges Wort gelästert zu haben.«

Er faltete das Papier zusammen und schob es zurück in seine Tasche. Ristens Herz schlug so heftig und schnell, dass sie fast nichts mehr spürte, selbst der Wind auf ihren Wangen fühlte sich nach nichts an.

»Gotteslästerung«, sagte Mikkol, »ihr sagt also, ich habe gelästert.«

»Dies ist die einzige Aufforderung, die ich aussprechen werde«, sagte Frans, »ich bitte Mikael und Nils, mir jetzt zu folgen, friedlich, wir wollen nicht auf andere Mittel zurückgreifen müssen.«

»Welche anderen Mittel wären das?«, fragte Ristens Vater. Es war unklar, ob er der Drohung skeptisch oder neugierig gegenüberstand.

»Der Teufel wird uns holen, das ist sein anderes Mittel«, sagte Mikkol.

»Davon hatten wir in der Kirche schon genug, danke«, sagte Frans, »und ich glaube nicht, dass ihr eure Anklage mit weiteren Beleidigungen und Gotteslästerungen untermauern wollt.«

»Wir sind erweckt«, sagte Mikkol mit ruhiger Entschlossenheit, »ihr könnt uns nichts anhaben. Ihr könnt uns einkerkern, aber wir sind erweckt.«

»Wie sollen wir die Herde hüten«, sagte Risten, die Tränen drückten hinter ihren Augen, doch sie hielt sie im Zaum, »wenn ihr unsere Männer habt?«

»Ihr habt andere Männer«, sagte Frans. »Und außerdem ist das nicht mein Problem.«

»Wir haben nicht genug«, sagte Risten, »seht ihr das nicht – du kannst es doch mit eigenen Augen sehen!«

»Er wird nicht auf die Vernunft hören«, sagte Mikkol, »oder auf Barmherzigkeit, der Teufel hat ihn in seiner Gewalt.«

»Hör auf«, sagte Risten an Mikkol gewandt. »Kein Wort mehr«, sagte sie, »bitte, nicht ein einziges Wort.«

»Ihr kommt also wegen meiner Rentiere, und meinen Vater habt ihr schon?«, hakte Ivvár nach.

»Er ist in Gewahrsam, ja«, sagte Frans.

»Eingesperrt«, sagte Ivvár.

»Er ist eine Gefahr für die Allgemeinheit«, sagte Frans schlicht. »Ich kann keine Gottesdienste abhalten, wenn er da ist, ich kann mich nicht mit meinen Gemeindemitgliedern treffen, ich kann keine täglichen Geschäfte abwickeln – und er könnte sich in den Kopf setzen, so wie ich die Dinge einschätze, auf eigene Faust loszuziehen und seine eigenen Ketzereien zu predigen, wem auch immer er begegnet. Er ist einfach eine Gefahr.«

»Wäre es möglich«, flehte Anna, »wenn wir euch versprechen, Mikkol – Mikael und Nils zur Verhandlung zu bringen; wann auch immer es sein wird, wir werden sie hinbringen. Das schwören wir. Aber bitte, lasst uns unsere Männer.«

»Das geht nicht.«

»Wir können nicht ohne sie –«

»Henrik«, sagte Frans, »warum holst du dir nicht deine Rentiere, und Simmon, wenn du die Männer zu den Schlitten führen könntest, wir wollen nicht länger bleiben als nötig.«

»Ihr wollt also dreizehn Rentierkadaver mitnehmen«, sagte Ivvár. Sein Tonfall war spöttisch, seine Augen leuchteten noch immer, und er sah aus, dachte Risten, als wollte er sich auf Frans stürzen wie ein Vielfraß auf den Rücken eines Rentiers, seine Krallen und Zähne in ihn schlagen und sich festbeißen.

»Wir nehmen erst einmal nur die Hälfte«, sagte Frans. »Den Rest erwarten wir bei der Verhandlung, oder wir machen dir einfach den Prozess wegen deiner Schulden, denn der Kommissar und der Landgendarm aus Luleå werden ohnehin vor Ort sein, und dann wäre alles auf einmal erledigt. Effizienz!« Frans sah Rikki an. »Gut«, sagte er, »weiter geht's.«

Henrik steckte sein Kassenbuch zurück in den Rucksack. Frans versuchte offensichtlich, seine Ungeduld zu verbergen; es war für jeden ersichtlich, dass Rikki ihn mit seiner Trägheit wahnsinnig machte. »Wir fahren nicht ab«, sagte Frans, als wäre er ein nachsichtiger Vater, »ehe du dir deine Rentiere geholt hast.« Es war so schrecklich, einen erwachsenen Mann so mit einem anderen erwachsenen Mann reden zu sehen, Rikki tat Risten fast leid.

»Ja, mach schon, Rikki«, sagte Ivvár, »hol dir deine Rentiere, warum schnappst du dir nicht eins?« Ivvár lachte wie ein nervöser kleiner Junge. »Vielleicht kannst du eins bitten, ob es brav mit dir mitkommt.«

Henrik errötete.

»Mikkol«, sagte Risten und griff nach seiner Hand, aber Mikkol befreite sich aus ihrem Griff. Er wollte ein Märtyrer sein und ihr Spiel mitspielen; mit langsamen Schritten ging er auf die Schlitten zu, Simmon folgte ihm. Simmon wollte Mikkol in den Schlitten fesseln, sah Risten, er hatte Seile mitgebracht. Sie schaute zu ihrem Vater. Er flüsterte ihrer Mutter etwas zu, ganz leise und mit ernster Miene.

»Na los«, sagte Frans.

»Du suchst die sechs Rentiere aus«, sagte Henrik an Ivvár gewandt.

»Es ist nicht meine Schuld, dass du ein Rentier nicht von einem anderen unterscheiden kannst«, sagte Ivvár.

»Genug jetzt!«, sagte Frans, aber er sprach mit Henrik. Er stieß ihn hart in die Seite. »Wenn du es nicht tust«, fuhr Frans warnend fort, und Henrik griff in seinen Mantel, der schwarz war wie der seines Onkels und an den Schultern voller Schnee, und holte aus dessen Tiefen eine Pistole hervor, eine Pistole, deren Lauf so lang war wie Ristens Unterarm. Die Mündung war von einem matten Silber, und hätte Risten nicht schon einmal gesehen, wie diese Waffe benutzt wurde, hätte sie jetzt vielleicht über Henrik gelacht, der so aussah, als ob die Waffe ihn gleich beißen würde.

Rikki drehte sich um, betrachtete die Herde. Er hatte ihnen den Rücken zugekehrt. Von den Rentieren war er höchstens dreißig Schritte entfernt, das Zugtier wie immer näher als die anderen. Rikki streckte den Arm aus.

»Ich will meine Rentiere«, sagte er. Er klang wie ein kleiner Junge, und er sah aus wie einer, seine Hände zitterten.

»Also gut«, sagte Ivvár, »ich such sie aus«, und er meinte es ernst, Risten konnte es hören, aber dann ertönte ein hässlicher Knall.

Willa war im Lávvu, als der Schuss fiel. Ein lautes Krachen, wie der Fluss, wenn er im Frühling aufbrach, nur viel schlimmer – das Geräusch hallte wider, sie warf die Felle von sich und setzte sich auf. Warum hatte sie sich hier versteckt, wo doch Ivvár da draußen war, wo sie doch gekommen waren, um Ivvárs Rentiere zu holen, das hatte sie doch gewusst. Warum hatte sie sich versteckt, aus Angst, Henrik könnte sie sehen, aus Angst, Nora könnte dabei sein? Wie schwer von Begriff sie war, wie dumm, oh, ihre Dummheit war ja nicht zum Aushalten.

O Gott, o Himmlischer Vater, betete sie fast unwillkürlich, und sie kletterte über das aufgestapelte Brennholz und ging hinaus; ein großer Bulle war tief im Nacken getroffen worden, und er galoppierte davon, brach mitten in der Herde zusammen. »Borga«, brüllte Ivvár und rannte hinter ihm her, und Willa sah, wie sich innerhalb einer Sekunde viele kleine Katastrophen ereigneten: Die Rentiere wichen vor Borga zurück, ihre nervösen Köpfe ruckten vor und zurück, die Augen traten ihnen aus den Höhlen, und dann ertönte ein weiterer schrecklicher Knall, und ein zweites Rentier fiel. Ánde und Niko hoben in der Ferne ihre Skistöcke, sie brüllten, um die Herde zusammenzuhalten, die Hunde bellten und versuchten wie verrückt, den Wahnsinn zu bändigen, aber Willa konnte es jetzt sehen, wie sie es vor einem Jahr nicht hätte sehen können – die Rentiere waren zu nervös, der Wind war zu stark und der Lärm der Pistole zu ungewohnt, sie konnte ahnen, was passieren würde – die Herde würde sich teilen, ein ganzer Schwarm würde in das Tal im Osten ausbrechen, auch wenn Ánde und Niko den Süden dicht machten ... Normalerweise hätte jemand im Osten Wache gestanden, was für ein Pech, dass Ivvárs Onkel gestern losgezogen und noch nicht zurückgekommen waren, was für ein großes Unglück ...

»Henrik«, schrie Willa, »stopp«, und er hörte sie, er sah sie, sie wusste es. Er erkannte sie, und sie schrie wieder: »Stopp, stopp«, und eine Sekunde lang dachte sie, er wird mich erschießen, aber nein, er beobachtete nur die sich zerstreuende Herde, als würde er sich fragen, welche Wirkung die Waffe auf die Rentiere hatte, ob er noch mehr von ihnen zum Laufen bringen könnte, und wenn ja, in welche

Richtung sie davonpreschen würden, und sein Onkel stand da wie der letzte Idiot und schüttelte den Kopf, als wäre das nur ein dummer kleiner Streich, den sein Neffe den Lappen spielte.

Risten rannte los, Anna rannte los, Nilsa hinter ihr. Mikkol saß aus irgendeinem Grund in einem Schlitten fest und versuchte, sich zu befreien. Sogar Simmon rannte, um zu helfen, aber Henrik schoss erneut, und das schien zu genügen; die ganze Herde suchte nach Fluchtwegen, Niko und Ánde konnten sie nicht halten, nicht einmal mit den Hunden, sie fanden Löcher und schlüpften hindurch, und dann spaltete sich eine ganze Gruppe ab, unter ihnen ein großes Glockenrentier, und scherte nach Westen aus. Willa rannte ebenfalls los, ohne zu wissen, wohin sie laufen oder wie sie sich nützlich machen sollte – sie könnte die Stoffbahnen holen. Wo waren die Stoffbahnen? Sie tat, was sie immer tat, versuchte, genau dort zu sein, wo die anderen sie brauchten, aber Henrik hatte noch immer die Pistole in der Hand, wie ein Kind, das entschlossen war, sich schlecht zu benehmen, und wieder richtete er die Waffe auf die Herde – o Gott, dachte Willa, o Gott, und wieder ertönte ein Schuss. Die Stoffbahnen, wenn sie die nur finden könnte, und in diesem Moment hörte sie, wie Anna ihren Namen rief. Anna hatte die Stoffbahnen, und Nilsa hielt sie an der anderen Seite fest, und sie rannten, Willa sah, wie sie versuchten, den Hügel von der anderen Seite zu erklimmen, um den Rentieren oben den Weg abzuschneiden.

Willa rannte, so schnell sie konnte, sie spürte die Kraft des Sommers in ihren Beinen, aber es war noch so weit, und die Rentiere waren so viel schneller, und sie schien sie durch ihr Rennen nur noch mehr anzuspornen, sie waren alle zu aufgeregt. Skier, sie hätte ihre Skier anschnallen sollen! Sie war zu langsam, sie hatte Angst, der Herde zu nah zu kommen, wenn sie so aufgeregt waren, es waren zu viele, sie waren in Panik. »Haiii«, rief sie, »haiii«, so laut, dass sie ihre eigene Heiserkeit hörte, und sie fuchtelte verzweifelt mit den Armen, aber die Tiere waren zu verängstigt, sie schienen sie gar nicht wahrzunehmen. Vor sich konnte sie Nilsa und Anna sehen, die versuchten, die Rentiere mit der Stoffwand aufzuhalten, sie hielten sie hoch, schüttelten sie, liefen auf die Rentiere zu, aber die Tiere machten nicht kehrt, wie sie es hätten tun sollen, sondern stoben zu den Seiten weg, und der Stoff war nicht lang genug, und sie teilten sich, rannten in beide Richtungen, rechts und links um die Stoffwand herum, nach Westen und Osten; sie wurden in Zweier- und Dreiergruppen zerrissen, und die Hunde bellten, sie wurden verrückt, sie bissen in jeden Rentierknöchel und jede Rentierferse, die sie zu fassen kriegten, aber es war wie bei Steinen, die in einen See geworfen wurden, ihre Kreise zogen nur nach außen, es gab keine Bewegung nach innen, die Herde breitete sich aus, immer und immer weiter, und in der Mitte lagen die Steine, die drei toten Rentiere, und irgendwo war Ivvár, endlich war er bei Borga, er hielt ihn fest, während Borga um sich schlug, und Ivvár stieß sein Messer in Borgas Hals, und Willa musste mitansehen, wie Borga um sich trat und zuckte, und dann fiel er, und Ivvár fiel mit ihm.

25

Die Rentiere rannten, einige von ihnen nach Süden in Richtung Lammasoaivi, andere nach Osten in Richtung Buollánvárri, aber die meisten nahmen den einfachsten Ausweg, flohen nach Westen in Richtung des Flusses, und als sie den Fluss erreichten, überquerten sie ihn nach Schweden, und dort legten sie Rast ein, um zu grasen. Sie befanden sich, wie die Natur es wollte, auf einem Hof, der sieben Jahre zuvor errichtet worden war, ein Hof, der in diesen sieben Jahren vier Ernten hatte einfahren können, vor allem Roggen, aber in diesem Jahr hatten ein früher Frost und Schnee das Getreide zerstört. Doch der Anblick der Rentiere erzürnte die Siedler, denn sie empfanden ihn als eine weitere Ungerechtigkeit dieses unsäglichen Ortes, und sie kamen mit Skistöcken und Mistgabeln aus dem Haus und verscheuchten die Tiere, und ihr Hund, der aussah wie ein Wolf und vielleicht sogar etwas von einem Wolf in sich hatte, bellte unglücklich, weil er nicht wusste, wohin er sie jagen sollte, und die Herde teilte sich weiter auf, zerfiel in kleinere Gruppen, zwei hier, vier hier, zehn dort.

Auch die Siida war geteilt worden. Frans, Henrik und Simmon hatten Mikkol und Nilsa mit zurück ins Dorf genommen, wo sie bis zum Prozess in Gewahrsam bleiben sollten – Nilsa musste mit Gewalt in den Schlitten gezwungen werden –, und Frans hatte bei der Abfahrt eine Flasche Brännvin aus dem Schlitten gezogen und sie den anderen zugeworfen. Aber niemand rührte sie an, die Flasche blieb dort liegen, mitten im zertrampelten Schnee, wie eine Flagge oder ein Mahnmal: Hier haben sie unsere Rentiere erschossen und die Herde geteilt, hier haben sie unsere Männer gefangen genommen. Es blieb keine Zeit, über das Geschehene nachzudenken – sie mussten versuchen, die Rentiere zusammenzutreiben, und jeder, der entbehrt werden konnte, wurde auf die Suche geschickt, eine Aufgabe, die über Nacht oder am nächsten Tag nicht leichter wurde, da der Wind weiter heulte und ein neuer, wenn auch spärlicher Schnee fiel und die Rentiere vermutlich auf eigene Faust weiterzogen.

Willa machte sich an die Arbeit und errichtete ein behelfsmäßiges Gehege, damit die zusammengetriebenen Rentiere irgendwo untergebracht werden konnten, während der Rest eingesammelt wurde, aber am dritten Tag war klar, dass ein großer Teil der Herde für immer verloren war; sie waren einfach in zu viele Richtungen und an zu viele Orte geflohen, und die Zeit, die es dauerte, um jedes einzelne Grüppchen aufzuspüren, gab den anderen mehr Zeit, sich zu verirren – einige von ihnen waren vielleicht bereits von jemand anderem geschlachtet oder von Wölfen gerissen worden. Der Verlust von Mikkol und Nilsa war bei diesem Unterfangen besonders spürbar, denn Nilsa konnte immer besonders gut erraten, wohin die Rentiere zogen, und Mikkol war ein guter Spurenleser. Ivvárs Onkel waren bei ihrer Rückkehr fassungslos, als sie hörten, was passiert war, und nicht besonders glücklich, als sie erfuhren, dass sie sofort wieder losziehen mussten, um Rentiere zu finden. Die Suche würde Wochen dauern, es sei denn, sie akzeptierten irgendwann den Verlust und gaben sich mit dem zufrieden, was sie hatten. Selbst dann war nicht klar, ob sie das, was von der Herde übrig war, halten konnten, ohne Mikkol und Nilsa. Niemand hatte richtig geschlafen, nicht einmal die Kinder, seit die Herde zerbrochen war, und sie alle spiegelten einander in ihren Gesichtern, mit schmalen Augen, so erschöpft, dass sich selbst essen wie Arbeit anfühlte. Niemand sprach jedoch von Mikkol und Nilsa oder fragte laut, was wohl mit ihnen geschehen war, wo man sie festhielt, ob sie genug zu essen bekamen – es blieb keine Zeit, an sie zu denken, und nur Anna und Risten flüsterten sich manchmal im Vorbeigehen etwas zu, als hätten sie Angst, die anderen daran zu erinnern, wie schlimm es wohl um die beiden Männer stand.

Als der Sonntag kam, ging niemand in die Kirche. Allein der Gedanke daran war lächerlich, paradox, als würde man jemanden bitten, sich den Arm abzusägen, um ein Messer besser halten zu können. Sie hätten sich vielleicht Gebete, ein Eingreifen oder irgendeine Art von Hilfe gewünscht, wenn für solche Wünsche Zeit gewesen wäre, aber sie erwarteten nichts, und keiner von ihnen hatte noch etwas übrig, das er auf irgendetwas anderes als die Herde hätte verwenden können. Als Willa versuchte, sich zum Trost schöne Momente in Erinnerung zu rufen, kam ihr nur ihr Vater in den Sinn, wie er beim Abendmahl rezitierte: »Erbarme Dich, Herr, und sieh uns mit den Augen Deines Erbarmens an, so wie Du Petrus angesehen hast, als er Dich verleugnete, und wie Du die sündige Frau im Haus der Pharisäer angesehen hast« – aber sie konnte den Satz nicht beenden. Sie verschwanden, die Worte, die

Beschwörungen, sie dachte an die Herde und hatte Angst; sie waren ohne Sterne und ohne Hirten, es gab keine Engel, es gab keinen Gabriel und keinen Nilsa, und wenn Ivvár da war, versuchte sie, Trost bei ihm zu finden, aber er tat nichts anderes außer essen und schlafen; er war ein Körper, der ihren Körper nicht kannte. Sie wünschte sich, sie könnte mit ihm reden. Sie wünschte sich vor allem, dass er ihr erzählte, wohin er gegangen war, was passiert war, als er zuletzt im Dorf gewesen war.

Sie wollte sagen: Ich weiß, dass du etwas getan hast, ich weiß, dass du deshalb etwas wusstest, ich glaube dir. Aber es war egal, niemand konnte mit ihm sprechen, denn Ivvár hatte sich in seiner Wut eingerichtet. Niemand konnte mit ihm sprechen, ohne dass er ausrastete oder verstummte, und wenn Willa ihn etwas fragte – willst du etwas zu essen –, drehte er sich um und ging. Nichts konnte ihn besänftigen, und wenn jemand es versuchte, wurde er noch wütender.

Er ertappte sich dabei, wie er an Borga dachte, wie Henrik ihm in den Hals geschossen hatte – wäre Ivvár ihm nicht nachgelaufen, hätte es Stunden gedauert, bis er jämmerlich verblutet wäre, er wäre langsam und schmerzhaft gestorben, vielleicht erst nach Tagen. Nachts träumte er von Rikki, explizite Träume, in denen er Rikki schlug und ihn aus dem Fenster warf, ihm die Nase abbiss und sie ausspuckte. Er war sich sicher, dass Rikki zu ihren Schulden etwas dazugedichtet hatte, und schlimmer noch, dass Rikki absichtlich geschossen hatte, damit die Herde auseinanderbrach, er hatte genau die richtigen Stellen ausgesucht, um sie zu spalten, aber Ivvár konnte es nicht ertragen, mit irgendjemandem darüber zu sprechen, und jedes Mal, wenn jemand versuchte, ihn zu trösten oder zu sagen, dass die Herde wieder zusammenkommen würde oder dass er jetzt mit der Ausbildung eines neuen Zugtieres beginnen sollte, dass Borga ja auch alt gewesen sei, wurde er noch wütender, und er ließ es an der Person aus, die ihn gerade zu trösten versuchte; jeder Trost war anmaßend und verharmloste das, was geschehen war.

Ivvár war genau in dieser Stimmung, in einer kaum zu verbergenden Wut, als er zwei Dinge beschloss: Er würde die Flasche Brännvin aus dem Schnee holen, und er würde wieder joiken. Er war stolz auf sich gewesen, dass er es so lange geschafft hatte, den Brännvin nicht zu trinken – acht oder neun Tage hatte die Flasche dort gelegen, ungefähr –, und es gab keinen besonderen Anlass, der diesen Tag zum richtigen Tag oder zu einem vernünftigen Tag auserkor, kein Vogel hatte ihm ein Zeichen gesandt und auch er selbst nicht, er konnte keine Ausrede erfinden, und vielleicht war es dieses Nichts, das ihn zur Flasche greifen ließ. Am Ende spielte es keine Rolle, ob er einen guten Grund hatte oder nicht, denn er tat es einfach, er trank den Brännvin, und er würde sich für nichts rechtfertigen, weder vor sich selbst noch vor irgendjemand anderem – war es das? Hatte seine Erschöpfung, sich vor irgendjemandem rechtfertigen zu müssen, ihn dazu gebracht? –, und er nahm den Brännvin mit in sein eigenes Lávvu und begann zu trinken, und während er trank, wurde er viel schneller betrunken, als er erwartet hätte. Er hatte schon lange nichts mehr getrunken und in der letzten Woche nur wenig gegessen, und der Rausch schockierte und erfreute ihn, und er zwang sich, die ganze Flasche innerhalb einer Stunde hinunterzukippen, und dann begann er zu joiken.

Zuerst kam er sich töricht dabei vor. Ihm war bewusst, dass jeder ihn hören konnte, und er konnte sich selbst nicht joiken hören, er hörte nur, wie sie zuhörten, und es lag keine Reinheit oder Güte in dem Klang, da er es für sie tat, um ihnen etwas zu beweisen. Doch um an einen anderen Ort zu gelangen, musste er vergessen, dass sie ihn hören konnten, er musste nur auf seine eigenen Ohren vertrauen, aber das war schwierig, und es dauerte lange, bis er seine Hemmungen verlor, er schaffte es erst, als er an Borga dachte, er wollte Borga joiken, und ihm wurde bewusst, dass er schon die ganze Zeit Borga joiken wollte, um sich an ihn zu erinnern, und als er erst einmal angefangen hatte, war sein Joik wie der Schlaf, man konnte nicht sagen, wann oder wie er kam, denn so wie der Schlaf kam, kam auch der Joik, und als er wieder erwachte – vielleicht hatte es, wie es für tiefen Schlaf so üblich war, zwanzig Minuten gedauert, oder zehn Stunden, er hatte keine Ahnung –, stellte er fest, dass er immer noch betrunken war. Er öffnete die Augen und sah, dass er immer noch allein im Lávvu war, aber das dunkle Meer des Tageslichts war in das dunklere Meer der Nacht übergegangen. Er setzte sich auf, ihm war schlecht.

Er ging nach draußen, wohl wissend, dass sie so tun würden, als ob sie ihn nicht weiter beachteten. Die Frauen waren im Gehege; Risten und Anna schoben ein weiteres Rentier hinein, während Willa versuchte, andere am Ausbüxen zu hindern. Sie schauten auf. Seine Onkel waren dabei, weitere Zäune für ein neues Gehege zu errichten, um die Herden für die Schlachtung zu trennen, und auch sie sahen ihn. Die Kinder sahen ihn. Sie hatten ihn alle gehört; wie auch immer er geklungen hatte, sie hatten ihn gehört, und er sah die Kinder an und fragte sich plötzlich, wie lange sie wohl leben würden, ob sie ihre Rentiere verlieren, ob sie in Häusern leben würden, deren Wände sich nicht bewegten, ob sie ihren Enkeln erzählen würden, ja, die Menschen gingen früher zu den Sieidis, die Menschen haben früher gejoikt, ich habe es gehört. Der Gedanke machte ihn unsagbar traurig.

Langsam ging er zum Gehege hinüber, wo ihn alle so ansahen, als wäre nichts. Er lehnte sich gegen den Zaun, so dass er sein Kinn auf den Pfosten legen konnte. Er stützte sich mit den Armen auf das Geländer.

»Wir müssen ins Dorf«, sagte er. Wenn es notwendig gewesen wäre, hätte er noch hinzugefügt: »Es ist dringend«, aber er spürte bereits, dass das nicht notwendig war.

In der Ferne ertönte das unüberhörbare Knirschen eines Schlittens.

»Siehst du?«, sagte er und klang traurig dabei.

»Wer ist es diesmal?«, fragte Risten.

»Simmon«, sagte Ivvár. Sein Haar war ganz nass, vermutlich hatte er beim Joiken geschwitzt. Seine Locken waren vereist.

Risten blinzelte. Es war Simmon, aber irgendwas stimmte nicht mit ihm – er hing seltsam zur Seite geneigt in seinem Schlitten, und Risten kletterte über den Zaun, vorbei an Ivvárs schlaksiger Gestalt. Simmon war ein Narr, aber er war immer noch einer von ihnen. Sein Bein hing aus dem Schlitten und bremste ihn, aber es war nicht klar, ob er extrem betrunken war oder ob er Probleme mit den Rentieren hatte; der Schlitten bremste nicht ab, und Risten musste einen Schritt zur Seite gehen, sie war sich sicher, dass er sie gleich umfuhr oder in das Gehege krachte, und sie schrie das Rentier an, streckte ihre Hand aus, wollte es packen, Ivvár erwischte das Geweih des Tiers, das in seiner Hand abbrach, das Rentier kam abrupt zum Stehen, und der Schlitten rutschte vorwärts, prallte gegen die Hinterläufe des Rentiers, und Simmon fiel Ivvár vor die Füße. Er hatte geblutet, das Blut war gefroren und hatte eine dicke, verkrustete Spur auf seiner Stirn und seiner Wange hinterlassen.

»Es geht mir gut«, sagte Simmon. Wahrscheinlich, nein, mit ziemlicher Sicherheit war er betrunken, es fiel ihm schwer, sich aufzusetzen.

»Was ist passiert?«, fragte Risten. Sie war sich nicht sicher, ob sie ihm helfen sollte. Es erschien ihr seltsam, ihm Hilfe anzubieten, Männer wollten sich nie helfen lassen, und außerdem konnte sie nicht vergessen, wie er Frans ins Ohr geflüstert hatte, wie er dagestanden hatte, während die Herde um sie herum auseinandergebrochen war, und das Mitleid, das sie in diesem Moment für ihn empfand, kämpfte mit ihrer Wut aus dem anderen Moment.

»Die Rentiere«, sagte er. Er nickte so vehement, als säße sein Kopf ganz locker auf seinem Hals. »Sie wollten nicht weiterlaufen. Bis nach Biellovárri sind wir gekommen« – sie nickte – »und sie wollten nicht mehr weiterlaufen. Sind einfach stehen geblieben. Also hab ich gesagt, dass ich nicht rausfahre.« Wäre Simmon kein älterer Mann gewesen und hätte sie ihn nicht schon ihr ganzes Leben lang gekannt, hätte sie ihm unterstellt, sehr dramatisch zu sein, vor allem jetzt, als er sich im Schnee auf den Rücken rollte und den Kopf zum Himmel erhob, die verdrehten Beine steckten noch immer im Schlitten, der auf die Seite gekippt war.

»Wer war bei dir?«, fragte Risten mit ihrer geduldigsten Stimme. Das Rentier schnaufte, hob die Hufe, seine Augen waren groß und unglücklich. Ivvár sprach mit ihm und beruhigte es, indem er es, so komisch das auch sein mochte, mit seinem eigenen abgebrochenen Geweih zwischen den Augen kratzte.

»Frans hat mich gezwungen, er wollte, dass ich ihn wieder hierherbringe, er wollte kommen, um Ivvár zu verhaften. Dich vielleicht auch, ich bin mir nicht sicher. Aber wir hatten nur noch einen weiteren freien Schlitten dabei, also denke ich, erst mal nur Ivvár.«

»Weswegen soll ich denn verhaftet werden?«, fragte Risten.

»Aber die Rentiere wollten nicht weiterlaufen«, keuchte Simmon, »sie sind einfach stehen geblieben. Also bin ich ausgestiegen, um nachzusehen, was nicht stimmte, aber ich konnte nichts sehen. Ich hab versucht, Frans zu erklären, dass sie nicht weiterlaufen wollten, und Frans ist ausgestiegen und hat sie angeschrien, er schlug eines von ihnen mit den Zügeln, er schlug so hart, und natürlich bewegte es sich keinen Meter, das Rentier meine ich, und ich wollte ihm erklären, dass man ein Rentier nicht einfach zu etwas zwingen kann, es ist kein Pferd, und er sagte, man kann alles, wenn man ihnen zeigt, dass man es ernst meint. Jedenfalls waren die Schlitten zusammengebunden, ein leerer Schlitten, um Ivvár einzusammeln, tut mir leid, Ivvár, und als Frans nicht hinsah, hab ich eines der Rentiere und seinen Schlitten losgeschnitten und hab Frans einfach mit den beiden Rentieren und den beiden Schlitten zurückgelassen, obwohl ich gar nicht weiß, ob er weiß, wie man das Gespann lenkt oder in welche Richtung er fahren muss. Ich bin einfach los, bin in die andere Richtung gefahren und östlich vom Biellovaggi durchgekommen, und das Rentier ist ganz ohne Probleme weitergelaufen, aber ich weiß nicht, was die anderen Rentiere machen werden.«

»Aber er kann doch deinen Spuren folgen«, rief Risten.

»Natürlich kann er das«, sagte Simmon, »wenn die Rentiere ihm gehorchen.«

»Aber das könnte doch passieren.«

»Also müssen wir weiterziehen«, sagte Risten. Sie fragte sich: Würden sie uns beide festnehmen, Mikkol und mich? Was würde aus ihrer Mutter werden, wo ja auch ihr Vater fort war? Und aus der Herde?

»Ich kann mir vorstellen, dass ich jetzt auch festgenommen werde«, sagte Simmon.

»Und dann?«, fuhr Ivvár dazwischen. Simmon wandte sich zu ihm um. »Festgenommen«, wiederholte Ivvár ungeduldig, »und dann?«

»Ich nehme an, dass sie – wir – dass wir bei Rikki oder im Pfarrhaus in Gewahrsam kommen. Rikki hat einen Lagerraum, in dem Biettar untergebracht ist«, sagte er. »In der oberen Etage. Dein Vater ist im Lagerraum und Mikkol und Nilsa im Schlafzimmer des Pfarrhauses. Sie warten, bis der Landgendarm aus Luleå kommt, um die Gefangenen abzuholen. Aber das kann dauern. Ich habe gehört, wie Rikki mit Nora darüber gesprochen hat. Wenn die Gefangenen erst einmal in Luleå sind, kann es auch noch lange dauern, bis der Prozess beginnt. Vielleicht Monate. Und dann, wenn sie, wenn wir, wenn wir verurteilt werden, wer weiß, was dann passiert?«

»Luleå?«, fragte Risten. »Ich dachte, der Prozess soll in zwei Wochen in Karesuando stattfinden?«

»Nun, es sieht so aus, als ob das nur das erste Verfahren ist, bei dem ein Richter entscheiden wird, ob sie festgehalten und zur Verhandlung nach Luleå gebracht werden können oder nicht«, erklärte Simmon, »oder ich glaube, so ist es. Und –«

»Noch was?«, fragte Willa. Sie musste über den Zaun geklettert sein und schon eine Weile dort gestanden haben; Risten hatte sie nicht kommen sehen.

»Ich habe etwas über die Gerichtsgebühren erfahren«, sagte Simmon. »Der Richter muss bezahlt werden, und der Anwalt und der Landgendarm, all das muss bezahlt werden. Es könnte sich um fünfzig, fünfundsiebzig, hundert Riksdaler handeln ...«

»Wir werden die Herde verlieren«, sagte Ivvár, als wäre das nicht jedem von ihnen klar. »Mein Vater und ich konnten schon vor vier Jahren kaum die Gebühren bezahlen. War das vor vier Jahren? Fünf? Das war beinahe unser Ende.«

»Werden sie uns wirklich monatelang festhalten«, fragte Risten, »nur um auf einen Prozess zu warten?«

Es herrschte eine beklemmende Stille, in der sie alle dastanden und ihre Wärme in den Frost ausatmeten. Die Herde um sie herum ahnte von alledem nichts, machte sich um nichts anderes Sorgen als darum, dass die Flechten von zu viel Schnee bedeckt waren.

»Ich fahre ins Dorf«, sagte Ivvár entschlossen, und seine Augen weiteten sich. »Wir fahren ins Dorf«, sagte er. Es war unklar, wen er mit »wir« meinte. Neben ihm stand Willa, sie hatte ihre geduldige Miene aufgesetzt, so wie immer, wenn Ivvár besonders launisch war. Sie liebt ihn, dachte Risten, sie liebt ihn so, wie wir alle in einer perfekten Welt geliebt würden. Es war wunderschön, und doch so deprimierend.

»Was hast du denn vor«, fragte Simmon düster, »willst du Frans die Fresse einschlagen?« Es war schwer zu sagen, ob er das für eine gute oder eine schlechte Idee hielt.

»Was ich nicht tun werde«, sagte Ivvár, »ist, hier rumzusitzen und darauf zu warten, dass sie Risten abholen, während sie meinen Vater für nichts und wieder nichts einsperren«, sagte er mit ruhiger Stimme, »ich werde zu ihnen gehen.«

»Ich gehe mit dir«, sagte Risten.

Ivvár zuckte mit den Schultern. »Alle können machen, was sie wollen«, sagte er, an die Umstehenden gerichtet, aber am eindeutigsten an Willa. »Ich fahre ins Dorf.«

»Wir fahren ins Dorf«, sagte Risten.

»Ánde und Niko müssen noch zwei Rentiere ins Gehege bringen, und dann machen wir uns auf den Weg«, sagte Ivvár, als ob alles ganz einfach wäre, und in gewisser Weise war es das auch, es bot sich an, dass Simmon bei der Siida bleiben würde, da er nicht so gut laufen konnte, und dass Risten und Anna ins Dorf fahren würden, und Willa und Ivvár, und Ánde und Niko. Ivvárs Onkel blieben hier, und Ristens Onkel auch. Die Kinder, mit der seltsamen Vorahnung, die Kinder manchmal haben, bettelten ausnahmsweise nicht darum, ins Dorf mitkommen zu dürfen, oder vielleicht spürten sie, dass man es ihnen nicht erlauben würde und es keinen Sinn hatte, zu fragen. »Seht zu, dass ihr mit der Herde helft«, sagte Ivvár zu ihnen, obwohl er nie mit ihnen sprach – normalerweise beachtete er sie nicht –, und vielleicht verstanden sie gerade deshalb, wie wichtig sie waren, und sie nickten feierlich. Während die

Schlitten angeschirrt wurden, beobachtete Risten, wie sie sich um die Herde verteilten, ernsthafte kleine Hirten, die sich freuten, dass endlich so viel von ihnen abhing.

Die Reisenden fuhren in einem langen Schlittengespann, und bis auf die Kommandos, die sie den Rentieren zuriefen, schwiegen sie. Durch ihre Tiere waren sie aneinandergekoppelt und steuerten auf denselben Ort zu, doch die sechs Schlitten hatten sechs Ziele, beförderten sechs verschiedene Leidenschaften – Ivvár war voller Leben, wachsam, sogar ungeduldig, aber Risten war so voller Wut, dass sie nicht denken konnte, sie sah nur Mikkol, der im Pfarrhaus eingesperrt war, und Simmon, das gefrorene Blut in seinem Gesicht, und diese beiden Bilder verschmolzen ineinander, sodass sie Mikkol mit Blut im Gesicht vor sich sah, und jedes Mal, wenn sie daran dachte, schrie sie die Rentiere an, schneller zu laufen. Ánde und Niko fühlten sich mitgeschleppt, sie wären lieber bei der Herde geblieben. Sie sollten mitkommen, um jung und männlich zu sein, das war ihnen klar, und sie ärgerten sich darüber, zugleich wollten sie dabei sein, Ánde wollte sehen, wie der Verlust einer Herde auf dem Gesicht eines anderen aussah, und Niko wollte jemandem eine ordentliche Tracht Prügel verpassen – er wollte schon lange jemandem eine ordentliche Tracht Prügel verpassen, schon seit den neuen Grenzregelungen. Anna wollte nur Nilsa wiedersehen, und Willa wollte überhaupt nicht da sein – sie hatte Angst, Nora zu begegnen, auch wenn sie wusste, dass sie mitkommen musste, dass es falsch wäre, zurückzubleiben, dass es ein Muss war – sie musste dabei sein. Sie hatte keine andere Wahl. Sie konnte nicht sagen, dass sie eine von ihnen war, und dann zurückbleiben. Die Reise ermüdete sie, die Wut verwandelte sich in verschiedene Vorahnungen, und wenn sie ein Gefühl teilten, dann den Wunsch, dass es endlich vorbei sein möge.

Die Fahrt war lang, sie dauerte mehrere Stunden. Über ihnen blinkte die übliche Anordnung der Sterne, und der Mond war aufgegangen, heller als die Sonne jemals um diese Jahreszeit, und diese, ihre Nachtsonne, zeigte jedem, der Zeit hatte, hinzusehen, den alten Schnee, der von den Pfoten des Wolfes und der Wehrhaftigkeit seiner Beute gezeichnet war; von den glitschigen Spuren der Schlitten und Skier; von den Händen der Hirten, die den Schnee wegfegten, um die Flechten zu betrachten; aber die Reisenden sahen nichts von alledem, nur die Läufe der Rentiere vor sich, die Zügel in den Händen, die Zweige der Zwergbirken, kurz bevor sie ihnen ins Gesicht zu schlagen drohten, und sie hörten weder die Eule noch den Eichelhäher, nur das Holz des Schlittenbodens, das über den Weg scharrte und wieder hochwippte, und ihren eigenen Atem in den Liinnit, die sie sich über die Nasen gezogen hatten.

Stille lag über Gárasavvon. Im Schlafzimmer des Pfarrhauses schliefen Nilsa und Mikkol, eingeschlossen, auf dem Boden; im Hauptraum, auf einer Matratze aus Schuhgras, wurde Frans nicht warm; gegenüber, bei Rikki, schlief Biettar ganz fest in der oberen Etage im Lagerraum, auf einem Fell, das Nora ihm überlassen hatte, und auf der anderen Seite der verschlossenen Tür träumte Nora; in ihrem Traum ging sie immer wieder zum Fluss, um Wasser zu holen, aber der Eimer füllte sich nie. Nur Henrik lag wach und fühlte sich sehr müde, konnte jedoch nicht schlafen.

Dass Biettar auf der anderen Seite der Wand schlief, störte ihn so sehr, dass er kein Auge zubekam, obwohl er genauso viel getrunken hatte wie sonst und obwohl er besonders müde war von den Strapazen, einen Gefangenen zu halten, und dann die Strapazen, als Frans aus dem Fjell zurückgekommen war, allein, die Schlitten weg, Simmon vermisst, die Rentiere verschwunden und Frans so kurz vor dem Erfrieren, dass er kaum gehen konnte. Er hatte ihre Hilfe abgelehnt und darauf bestanden, allein ins Pfarrhaus zu gehen, aber es war klar, dass ein Fiasko passiert war, auch wenn Frans nichts sagen wollte. Später sahen sie, wie Rauch aus seiner offenen Tür drang und er mit einem Topf Verbranntem herauskam, aber als Nora ihm einen halben Laib Brot bringen wollte, lehnte er ab. Henrik hatte sich insgeheim gefreut, Frans in die Knie gezwungen zu sehen, ihn mit diesen Verlusten zurückkehren zu sehen, aber Nora machte sich Sorgen – sie machte sich Sorgen, dass er sich etwas abgefroren hatte und zu stolz war, um Hilfe anzunehmen, und so weiter und so fort.

Wenn Henrik doch nur nicht so durstig wäre, so elendig durstig. Seine Zunge fühlte sich größer an als sonst, und sein Mund war so trocken, als wären Kehle und Gaumen mit Samt überzogen. Er wollte aufstehen und nach unten gehen, wollte Wasser holen, aber es machte ihn verrückt, dass Biettar ihn hören konnte. Warum beunruhigte ihn das so sehr? So langsam wie nur irgend möglich hob er Stück für Stück die Decke an, schob ein Bein über den Bettrand, hielt den Atem an und lauschte intensiv dem dicken, wolligen Geräusch des Nichts. Es war sehr dunkel, aber das Licht des Mondes bedeutete, dass er ausnahmsweise Noras Umrisse erkennen konnte, ganz schwach, ihren Zopf, der unter ihrer Schlafmütze hervorlugte. Er brauchte fast fünf Minuten, um das Bett zu verlassen, und weitere fünf, um die Treppe hinunterzugehen, wo er sich so leise wie möglich in den Nachttopf erleichterte, wobei er den Urinstrahl gegen den Rand des Topfes richtete, und dann trank er Wasser direkt aus dem Eimer. Das Wasser war sehr kalt, fast gefroren, und es versetzte seinem Kopf einen Stich. Er zitterte so sehr, dass er etwas von dem Wasser über seine Hose verschüttete, und jetzt wurde ihm nur noch kälter.

Er setzte einen Fuß auf die unterste Stufe, und er hatte gerade den Fuß auf die zweite Stufe gesetzt, als er ein Geräusch hörte, wie ein Pfeifen oder einen Schrei, irgendetwas dazwischen, vielleicht eine Eule, manchmal klangen sie verrückt, diese Eulen. Oder vielleicht ein Wolf. Das Fenster war direkt neben ihm, zu seiner Linken, und er beugte sich vor, um hinauszuschauen, aber die Scheibe war so vereist, dass er nichts sehen konnte, und als er gegen das Fenster hauchte, trübte sein Atem es nur noch mehr.

Er lauschte, um zu hören, ob Nora sich rührte, ob Biettar sich rührte, und er setzte den Fuß auf die nächste Stufe, und er schaffte es bis zur vierten, bevor das schrille Geräusch wiederkam. »Was ist das?«, fragte Nora. Ihre klare Stimme bedeutete ihm, dass sie schon die ganze Zeit wach gewesen war.

»Ich weiß es nicht«, sagte er. Er stieg jetzt ganz normal die restlichen Stufen hinauf, erleichtert, dass er nun schwer treten konnte, und als er ins Bett kam, zitterte er und drehte sich auf die Seite, sodass seine Brust an ihrem Rücken lag, und er zog die Arme eng an seine Brust, und sie sagte: »Irgendwas ist nass.« Bei dem Gedanken, Biettar könnte das gehört haben, spürte er die Scham, aber dann ertönte erneut dieser Schrei, diesmal war er lauter.

»Ob das ein Wolf ist?«, flüsterte er.

Sie schüttelte den Kopf.

»Das ist ein Mensch«, sagte sie so leise, dass er dachte, auch sie sei besorgt, Biettar könnte alles hören. »Da kommt jemand«, sagte sie, »hör mal, das sind Schlitten.« Er konnte nichts dergleichen hören und wollte so etwas sagen wie »Das bildest du dir nur ein«, aber dann war sie so schnell aus dem Bett, dass man hätte denken können, draußen sei es wunderbar warm. Sie zog sich um, sie zog ihr Nachthemd aus, und er sah den Körper seiner Frau, ihre Hüftknochen und die Unterseite ihrer Rippen; sie war dünn und breit zugleich, besonders ihre Hüften, und er fragte sich: Wenn Biettar sie jetzt durch das Schlüsselloch sähe, würde er sie dann für eine schöne Frau halten? Würde er sie begehren? Ihre Brustwarzen waren kalt und hart und ragten wie kleine Stöpsel von ihren kleinen Brüsten, aber dann zog sie ihr Wollkleid über all das, schlüpfte in ihre Wollstrumpfhosen, dann der Wollpullover übers Kleid und dann der Pelzmantel über den Pullover, und sie hatte sich in etwas Formloses und Gepanzertes verwandelt, und nachdem sie sich Socken und Stiefel angezogen hatte, ging sie die Treppe hinunter. Er hörte, wie sich die Ofentür öffnete, und dann strahlte von unten ein neues, kleines Licht herauf – sie hatte eine Kerze an der Glut angezündet.

»Henrik«, rief sie von unten.

Er war hellwach, aber sein Kopf schmerzte, und was auch immer dieses Geräusch war, er wollte im Bett bleiben. »Henrik«, sagte sie noch einmal, ihre Stimme war angespannter als zuvor. »Komm runter.« Sie klang, als würde sie einen Schrei unterdrücken.

Zum zweiten Mal stand er auf, diesmal klappte er die Decke wieder zurück, um die Wärme zu speichern. Vielleicht, dachte er, könnten sie wenigstens die Ziegel für das Fußende des Bettes wieder erhitzen, wenn sie ohnehin aufgestanden waren. Die Aussicht darauf beruhigte ihn einigermaßen, aber er sah keinen Sinn darin, sich anzuziehen, er schlüpfte einfach nur in seinen Mantel, zog seine weitesten Hosen über seine Wollgamaschen und suchte nach seinen Stiefeln, erinnerte sich aber, dass er sie vor dem Herd stehen gelassen hatte. Er trottete hinunter – und jetzt konnte er sie hören, jemand kam und schrie einem Rentier Kommandos zu.

»Henrik«, flüsterte Nora, »beeil dich.«

»Schon gut«, sagte er, aber er beeilte sich nicht, er kam ganz langsam die Treppe hinunter und stand dann teilnahmslos da.

»Geh und hol Frans«, zischte sie, als wäre das der offensichtliche nächste Schritt. Er vermutete, dass sie recht hatte. Er setzte sich auf die Treppe, wie er es immer tat, um seine Stiefel anzuziehen – »Sie sind fast da«, sagte sie, »wir haben keine Zeit«, und sie schüttelte den Kopf, öffnete die Tür und rannte los, machte sich nicht einmal die Mühe, sie hinter sich wieder zu schließen. Bei geöffneter Tür konnte er mehrere Leute schreien hören. Die Waffe! Er hatte sie zuletzt gehabt. Nein, Frans hatte sie. Er hatte doch bestimmt noch etwas anderes, Messer? Er verkaufte Messer, natürlich hatte er Messer. Was sonst? Doch kaum hatte er angefangen, sich umzusehen, hörte er die Schlitten, schlingernd kamen sie auf dem gefrorenen Schnee zum Stehen, und sein Herz machte einen Sprung, er war nervös, er konnte sich nicht vorstellen, was er eigentlich tun sollte.

»Kommt raus«, rief jemand. »Rikki, Franski, kommt raus, wir wollen mit euch reden.« Das Dröhnen einer Männerstimme.

Henrik schaute zur Tür und fragte sich, ob er sie schließen sollte oder ob das nur ihre Aufmerksamkeit erregen würde. Er konnte sie von innen verriegeln. Aber Nora war draußen, Nora war bei Frans. Würde sie schlau genug sein, dort zu bleiben? Sie war vernünftig, nicht wahr? Er versuchte, sich zu konzentrieren, er würde ein Messer finden, eine Waffe. Die gusseiserne Pfanne? Die Kälte zog durch die Tür herein, und er konnte eines der Rentiere erkennen, wie es sich schüttelte. Die Atemwolken aus seinen Nüstern waren so lang und breit wie sein Geweih. Jemand näherte sich, jemand kam auf den Laden zu.

»Rikki«, rief der Mann, »Rikki!« Die Stimme flehte nicht, sie forderte. Ivvár, dachte Henrik. Er will mit seinem Vater reden, mehr nicht. Er möchte noch einmal über die Schulden sprechen. Er hob die gusseiserne Pfanne an und stellte sie gleich wieder ab. Auf dem Tresen lag ein Buttermesser, das Nora abgewaschen hatte, und dummerweise nahm er es genau in dem Moment in die Hand, in dem Ivvár durch die Tür kam. Henriks Augen waren weit aufgerissen, sein Herz klopfte betrunken in seiner Brust. Er fühlte sich so dumm, das kleine Messer zu halten, das nicht einmal so lang war wie seine Hand, also legte er es weg, als wäre das alles nur ein Versehen gewesen.

»Ivvár«, sagte Henrik, beinahe freundlich.

»Rikki«, Ivvár klang eher kühl.

»Bist du gekommen, um die restlichen –?«, sagte Henrik, brachte den Rest jedoch nicht über die Lippen. Es war der falsche Kurs, das spürte er sofort.

»Nein«, sagte Ivvár. »Die Tür zum Lagerraum, in dem mein Vater ist, ist verschlossen«, sagte er. Henriks Verwirrung mischte sich mit seinen Kopfschmerzen – er konnte nicht einmal ansatzweise begreifen, woher Ivvár diese Dinge wusste –, hatte er Simmon davon erzählt? Und wenn ja, wann?

»Natürlich, er ist ein Gefangener.«

»Gib mir den Schlüssel.«

»Wir haben ja alle unsere Wünsche, aber das heißt noch lange nicht –«

»Was hat dein Onkel doch gleich gesagt? Wir können das friedlich regeln, wir wollen nicht auf andere Mittel zurückgreifen müssen.«

Henrik kicherte. Er war von sich selbst ganz überrascht. Seine Nervosität war jetzt so außer Rand und Band, dass sie sich nur noch in einem seltsamen Lachen Bahn brach, er hörte, wie bizarr er klang, konnte es aber nicht aufhalten. »Hihihi«, kicherte er, und er sah, wie wütend das Ivvár machte.

»Raus«, rief Ivvár, schwang seinen Arm und zeigte auf die Tür. »Verschwinde«, sagte er, all die Bosheit in seiner Stimme, seine gesamte Wut ungefiltert und gegen Henrik gerichtet.

»Das ist mein Laden«, erwiderte Henrik und wollte gern, so seltsam es auch klingen würde, hinzufügen: Ich kann nicht gehen, ich habe ja nicht einmal ein richtiges Hemd an, und meine Stiefel sind nicht zugebunden, und ich habe keine Mütze auf, aber wie wollte er ihm das sagen.

Er kicherte erneut, und ehe er es sich versah, war Ivvár neben ihm hinterm Tresen, packte ihn am Schlafittchen und zog ihn hinterm Tresen hervor. Er war überraschend stark – Henrik war mindestens einen Kopf größer als er, aber Ivvár schob ihn mit einer ungeahnten Leichtigkeit, Henrik versuchte, es so aussehen zu lassen, als würde er aus freien Stücken aus der Tür gehen, statt geschubst zu werden, aber an der Tür verpasste Ivvár ihm einen Stoß, und Henrik stolperte nach draußen.

»Den Schlüssel«, forderte Ivvár und hielt die Hand auf.

»Welchen Schlüssel?«, fragte Henrik und stellte sich dumm. Was war das für eine Aussage, welchen Schlüssel? Als ob ihn die Frage nichts anging, schaute er zum Pfarrhaus, um zu sehen, wo Frans und Nora blieben, aber außer Willa war niemand zu sehen – auch wenn es überhaupt nicht seltsam war, sie jetzt so zu sehen, in den Kleidern der Sámi, bei den Rentieren. Hatte Nora sie schon gesehen? Wo waren die anderen? Waren sie bei Frans?

»Wo ist er?«

Ivvárs Stoß traf ihn, bevor er die Antwort formuliert hatte, bevor er sagen konnte: »Nora hat ihn«, und er fiel zu Boden, und Ivvár trat auf ihn ein, und Henrik tat das Einzige, was ihm einfiel, nämlich Schwung zu holen und Ivvár zu beißen, er biss ihm ins Bein, aber Ivvár sprang auf ihn, er sprang tatsächlich auf ihn und setzte sich auf Henriks Brust.

»Hilfe«, rief Henrik – warum war ihm dieses Wort nicht schon früher in den Sinn gekommen –, »Hilfe«, aber Ivvár schlug zu, und ein schrecklicher Schmerz durchzuckte ihn, schien ihn aufzuwecken, selbst als sein Kopf zur Seite schnellte und seine Gedanken verschwammen.

Der Schnee in seinem Mund war kalt. Sein Blut war heiß und tropfte aus seiner Nase in den Schnee, es tropfte seitlich an seinem Gesicht herunter. Er blinzelte, er war wach.

»Wo ist der Schlüssel«, fragte Ivvár erneut, und dann, als wäre Henrik ein Rentier, schob Ivvár Henriks Arme unter seine Knie und zog sein Messer aus der Scheide. »Durchsuch seine Taschen«, rief Ivvár, und Henrik spürte, wie Willa angelaufen kam, wie sie versuchte, seine Taschen zu finden, doch dann ertönte von irgendwoher ein Schrei – das war Nora, es war Noras Schrei, ganz bestimmt, und während der Schrei unablässig durch die Luft gellte, packte Ivvár Henrik mit seiner freien Hand und setzte ihm das Messer an die Kehle.

»Hier ist nirgendwo ein Schlüssel«, sagte Willa. Henrik rang jetzt mit Ivvár, mit beiden, er trat um sich, wollte sich befreien, und plötzlich ließ Ivvár ihn los. Ivvár ließ ihn los, und Willa trat zurück, und Henrik stand auf. Er wischte sich über das Gesicht und sah das Blut an seinen Händen. Henrik schaute sich um, und für eine Sekunde dachte er, das war's, es ist vorbei – Ivvár stand keuchend vor ihm und sah ihn an, als wüsste er nicht, was er mit ihm machen sollte –, aber es kamen noch mehr Männer auf den Laden zu, er rannte zur Tür und schaffte es gerade noch hinein, doch als er die Tür schließen wollte, drückten sie bereits dagegen, und es gelang ihm nicht, den Riegel vorzuschieben, er konnte sie nicht verschließen – er stemmte sein ganzes Gewicht dagegen, er lehnte sich mit dem Rücken gegen die Tür, aber es half alles nichts, die Männer drückten von der anderen Seite, und plötzlich gab die Tür krachend nach, und sein Bauch wurde hart gegen den Tresen geschleudert.

26

Als Frans Nora an der Tür hörte, lag er noch immer zitternd unter der Decke. Er hätte ihr gerne gesagt, sie solle hereinkommen, aber er hatte die Tür verriegelt, und was auch immer da draußen los war, sie hörte nicht auf, gegen die Tür zu hämmern, und er sammelte seine Kräfte, er würde aufstehen, er würde es bis zur Tür schaffen, aber es war schwierig, er fühlte sich wie im Delirium, als ob er entweder noch schlief oder sehr betrunken war, doch er hatte nicht getrunken, und er brauchte seine ganze Kraft, um einen Fuß vor den anderen zu setzen und von der Matratze quer durch den Raum bis zum Gang zu gelangen – an der Tür musste er kurz innehalten, bevor er den Riegel zur Seite schob und öffnete.

»Die Lappen kommen«, keuchte Nora. Ihr Atem und sein Atem bildeten so große Wolken, dass sie einander nicht sehen konnten.

»Die Lappen sind doch schon hier«, erwiderte Frans verwirrt, er zeigte auf die Tür seines Schlafzimmers, wo er hätte schlafen sollen, wo jetzt aber Nilsa und Mikkol untergebracht waren, da es in diesem Dorf nirgendwo sonst eine Tür gab, die verschlossen werden konnte. Selbst hier hatte er anfangs einen Stuhl unter die Türklinke schieben müssen, ehe er den Riegel angebracht hatte.

»Nein«, sagte sie, »es kommen noch mehr, kannst du das nicht hören?« Sie eilte an ihm vorbei, er folgte ihr sehr langsam, versuchte, die Konzentration zu halten. Er musste sich der Situation stellen, was auch immer sie sein mochte, auch wenn es nur darum ging, dass Nora hysterisch war. Er versuchte, sie zu verstehen, aber er konnte nur hören, wie Mikkol und Nilsa, eingesperrt in seinem Schlafzimmer, wach wurden und lauschten, da war er sich sicher, er konnte hören, wie sie raschelten und miteinander tuschelten, und er versuchte ihr zu sagen, dass es schnell passieren konnte, sich mitten in der Nacht irgendwelche Dinge einzureden – das war ihm auch schon passiert –, einmal war er die ganze Nacht wach geblieben, in der Überzeugung, dass irgendwo in der Ferne eine Frau jedes Mal lachte, wenn er kurz davor war, einzuschlafen; ein anderes Mal war er sicher, jemanden buddeln zu hören, obwohl der Boden viel zu gefroren war, um einer Schaufel nachzugeben.

Nora schluchzte.

Er konnte sich nicht erinnern, wie man Frauen tröstete. »Es ist nur ein böser Traum«, sagte er und legte ihr die Hand auf die Schulter, aber das war ein Fehler, sie wurde bloß noch aufgewühlter.

»Vergiss es«, sagte sie, »ich hätte nicht kommen sollen, was habe ich mir nur dabei gedacht –«

»Unsinn, es war richtig von dir, herzukommen«, sagte er. Sie wollte gehen, aber er führte sie am Arm zu einem Stuhl. »Ich mache Kaffee«, sagte er und ging auf den Eimer zu, was noch immer beinahe mehr Konzentration erforderte, als er aufbringen konnte. Wer hätte gedacht, was solch eine Kälte einem alles abverlangte! Seine Hände schmerzten noch immer, seine Füße – der dritte Zeh an seinem linken Fuß sah leicht grau aus –, und er konnte nur daran denken, wie sehr er sich Wärme wünschte. Vielleicht könnte er Nora bitten, die Sauna für ihn vorzuheizen, denn am vorigen Abend hatte er nicht einmal mehr die Energie gehabt, in die Sauna zu gehen.

»Sie sind sehr erbost«, fuhr Nora fort, »wir haben ihre Männer – was ist letzte Nacht passiert? Wo ist Simmon?«

»Oh, ich bin mir sicher, dass es ihm gut geht«, sagte Frans, aber allein der Gedanke daran, wie Simmon ihn so in der Wildnis ausgesetzt hatte, mit Rentieren, die er nicht kontrollieren konnte, machte ihn noch müder. Es war im Prinzip ein Mordversuch, das war es nämlich, und Simmon wusste das, und Frans hatte es durch bloße Beharrlichkeit geschafft, das war es, was ihn Schritt für Schritt durch die Schneeverwehungen geführt hatte, und er hatte den ganzen Weg gebetet. Gott hatte ihn gerettet, ihn hierhergeführt, und Frans fühlte sich Gott näher als je zuvor, o ja. Was wollte er gerade noch mal machen? Kaffee kochen für Nora?

»Wo ist deine Waffe?«, fragte Nora.

»Oh«, sagte er und wollte zurück zur Matratze gehen, als Nora ihm zu Hilfe eilte und ihre Schulter unter seinen Arm schob. Vor der Matratze gaben seine Knie nach, und er legte sich hin. »Nur ein bisschen müde«, sagte er.

»Natürlich«, sagte sie, aber er konnte an ihrem Gesicht ablesen, dass sie besorgt war.

»Wo ist deine Waffe?«, fragte sie noch einmal.

Er strich über seine Matratze. »Die schläft bei mir«, sagte er. »Geladen«, und da er schon auf dem Bett lag, schwang er seine Beine wieder unter die Decken und genoss kurz die warmen Felle unter sich.

»Oh!« Nora schnappte nach Luft, und dann hörte auch er es, irgendetwas war da draußen los, er wusste nicht, was, jemand kam, und er hatte so eine Ahnung, dass er sich besser aufsetzen sollte, aber die Decken waren so schwer, und er war so müde. Er drehte den Kopf zur Seite und sah, wie sich die Tür öffnete, die er nicht wieder verriegelt hatte.

»Ich habe es dir doch gesagt«, sagte Nora, und sie stand da, in ihrem Wollmantel, und er lag da und dachte, sie werden uns die Kehle durchschneiden.

»Mikkol?«, rief eine Frauenstimme.

»Hier!«, riefen die Männer aus dem Schlafzimmer. Sie hämmerten an die Tür und ruckelten so heftig an der Klinke, dass Frans sie klappern hörte. Sogar von hier aus konnte er die Messer am Gürtel der Frau sehen. Sie stand da, umrahmt von der Tür; es war zwar eine kleine Tür, aber die Tatsache, dass sie sie praktisch ausfüllte, machte ihre Statur ein wenig beängstigender, und dann tauchte eine zweite Frau hinter ihr auf. Es waren die Frauen aus den Zelten, aus der Kirche, Risten und Anna. Die Frauen der Männer im Schlafzimmer. So viel hatte er verstanden, und das beruhigte ihn etwas.

»Wir sind gekommen, um unsere Männer zu holen«, sagte Risten, und er musste sie schon bewundern für ihre Direktheit. Sie waren mutige kleine Frauen.

»Eure Männer«, sagte er und seufzte, als wäre er ungeduldig, obwohl er tatsächlich eher außer Atem war, »sind vollkommen in Sicherheit, sie werden bald vor Gericht gestellt, und dann werden die Dinge entschieden. Ich dachte, das hätte ich bereits erklärt«, sagte er, »und wenn Bedarf besteht, mehr darüber zu reden, können wir das gerne zu einem geeigneteren Zeitpunkt tun. Ihr bringt diese arme Frau ganz aus der Fassung«, sagte er und nickte in Richtung Nora, »und ich versuche zu schlafen«, sagte er bestimmt. Er war nervös, aber er fühlte sich gewitzt. Das war gut, er sagte die richtigen Dinge, und das tröstete ihn, wie auch der Gedanke an die Pistole, die neben ihm lag; und er streckte seine Hand aus, aber zu seinem Entsetzen konnte er sie nicht finden – er streckte seine Finger so weit wie möglich, aber sie berührten nichts, nur mehr Fell, mehr Decken.

»Wir brauchen unsere Männer«, sagte Risten.

Hinter ihr nickte ihre Mutter, obwohl man erkennen konnte, dass sie nicht die Anstifterin war, sie würde nur schweigend dastehen, in einer Machtdemonstration, die niemals Früchte tragen würde. »Wir wollen keinen Ärger«, sagte Risten. »Wir wollen nur unsere Männer«, und sie legte ihre Hand auf die Türklinke und drückte sie hinunter, aber natürlich öffnete die Tür sich nicht, es war, als würde sie den Riegel, den Frans an der Tür angebracht hatte, und das Schloss um den Riegel nicht sehen.

»Ich werde euch jetzt bitten zu gehen«, sagte Frans so müde, wie er sich fühlte. Was für ein Albtraum dieser Ort war. Wie gut, dass er Elisabet nicht mitgebracht hatte; allein diese Szene hätte sie in Ohnmacht fallen lassen.

»Ohne unsere Männer gehen wir nirgendwohin«, sagte Risten hartnäckig, aber er konnte sehen, dass sie Angst hatte; sie war in einer schwierigen Lage. Würde sie ihn, einen Pfarrer, mit einem Messer bedrohen, während er im Bett lag? Sicherlich hatten sogar die Lappen einen gewissen Stolz. Sicherlich ließe sich mit ihnen diskutieren.

»Und was schlägst du vor?«, fragte er. »Ich fürchte, ich kann dir den Schlüssel nicht geben.«

»Doch, das kannst du«, sagte sie mit leichtem Ton, als würde sie ein kleines Kind ermutigen, einen Hügel zu erklimmen. Zu seiner Überraschung zog sie ihr Messer aus der Scheide. Es war ein kleines Messer, die Klinge so lang wie seine Handfläche, obwohl er sicher war, dass es scharf war und dass sie wusste, wie man es benutzte.

»Was geht da vor sich?«, riefen die Männer.

»Wie du sehen kannst«, sagte Frans, »geht es mir nicht besonders gut. Und du wirst sofort mein Haus verlassen.«

»Wo ist der Schlüssel?«, fragte Risten und trat einen Schritt in den Raum hinein. Sie sah ihn an, wie er dort im Bett lag, dann wanderte ihr Blick zu Nora in der Ecke. »Weißt du, wo er ist?«, fragte sie Nora. Nora schüttelte den Kopf wie eine Irre.

»Sie weiß nichts«, sagte Frans. »Bitte steck das Ding weg«, fügte er hinzu, »du wirst dich verletzen.«

Das veranlasste Risten, auf ihn zuzustürzen, auf das Bett, das letztlich nur eine Matratze war, und dann kniete sie über ihm. Noch nie hatte er eine von ihnen von so nah gesehen, und jetzt bemerkte er, wie der Schnee von ihrem Fell tropfte. Sie roch nach Rentier. Sie hatte noch immer das Messer in der Hand, hielt es aber ganz lässig. Er drehte den Kopf und starrte es an. »Ich weiß, dass du Christin genug bist«, sagte er, »um niemandem damit zu schaden.«

Sic schloss die Augen, als würde sie sich aufmerksam auf etwas konzentrieren, als würde sie beten.

»Lasst uns gemeinsam beten«, sagte er und begann: »Vater unser im Himmel –«

»Unser tägliches Brot gib uns heute«, fuhr Anna sarkastisch dazwischen, und die Frauen lachten leise, aber er sprach weiter, er war entschlossen, er hatte gar kein Gefühl für die Worte, aber das war das Schöne an so einem Gebet, man musste überhaupt nicht nachdenken, die Worte kamen einfach aus dir heraus, er betete und betete, und dann beugte sich Risten noch tiefer über ihn, und er konnte nicht anders, als seinen Kopf von ihr wegzuziehen.

»Weißt du, was ich jetzt tun werde?«, sagte sie. »Ich werde dich markieren wie ein Kalb. Ich fange bei einem Ohr an, und dann werde ich mir das andere vornehmen.« Sie lehnte sich nach vorn, sodass er ihren Atem spürte, er roch nach Kaffee, und dann packte sie ihn am Ohr, und er konnte es nicht fassen, obwohl er sich unter ihr wand, schnitt sie ihm ins Ohrläppchen, es schockierte ihn, dass sie es wirklich tat, er schrie, und Nora schrie, hoch und spitz, und er tastete erneut nach der Waffe neben sich im Bett, konnte sie nicht finden, es gab keine Waffe mehr, die Waffe war verschwunden, und vielleicht war es dieser Gedanke, der ihn in diese schwarze Wärme tauchte, den plötzlichsten Schlaf seines Lebens, tief und traumlos.

»Er ist ohnmächtig«, sagte Risten nüchtern.

»Ich hole Wasser«, sagte ihre Mutter, und sie blickte sich im Raum um, während Risten erst einen schlaffen Arm und dann den anderen anhob. Er hatte nach etwas getastet – einer Waffe, da war sie. Die Tatsache, dass sie so dicht bei ihnen gelegen hatte, machte ihr Angst, sie beugte sich vor und nahm sie, aber ihr wurde schlecht, als sie sie in der Hand hielt, ihr wurde schlecht von allem, sie wollte, dass das alles vorbei war, sie wollte Mikkol zurück und ihren Vater, wollte, dass dieser Albtraum ein Ende hatte. Nora schluchzte, als würde sie all die Tränen weinen, zu denen kein anderer fähig war.

Risten berührte Frans' feuchte Wange. »Er war zu lange draußen in der Kälte«, sagte sie. Sie fühlte seinen Puls, er ging zu schnell, der Herzschlag eines Säuglings im Körper eines Mannes, und einen Moment lang hatte sie Mitleid mit ihm, aber dann rührte er sich leicht, und ihr Hass war so stark wie eh und je, und sie wollte ihm ein weiteres Stück aus dem Ohr herausschlitzen.

»Er wird schon wieder«, sagte ihre Mutter, »wir haben schon viel Schlimmeres gesehen«, und sie holte ein Tuch, machte es in einem Eimer Wasser nass und legte es ihm auf die Stirn.

»Ich kann mich nicht dazu durchringen, ihn nach dem Schlüssel zu durchsuchen«, sagte Risten und stand auf.

»Ich mach schon«, sagte ihre Mutter, und Risten war überwältigt von Dankbarkeit für ihre Mutter, als sich die Tür erneut öffnete – und da war Willa. Sie muss einen Geist gesehen haben, dachte Risten, sie muss tatsächlich einen gesehen haben, oder es steht gerade einer vor ihr, so stocksteif stand sie da.

Willa wusste, dass es Frans war, der krank im Bett lag, und dass Anna über ihm kniete und Blut von seinem Ohr tupfte, aber sie wurde das Gefühl nicht los, dass sie in Wirklichkeit Lorens sah, erwachsen, und ihre Mutter, die sich immer noch um ihn kümmerte. Sie schlug sich die Hand vor den Mund, ohne zu wissen warum, und ihr Blick wanderte durch den Raum, und da begegnete sie Noras Blick, Nora stand einfach nur da, in demselben alten Mantel, die Tränen trockneten auf ihrem Gesicht. In einem anderen Leben, einem anderen Körper wäre Willa auf sie zugerannt, und die beiden hätten einander festgehalten, aber in diesem Leben, diesem Körper rührte Willa sich nicht, sie hatte keine Ahnung, wie sie sich verhalten oder was sie mit ihren Gliedmaßen anstellen sollte. Ich bin ein Feigling, dachte sie. Sie spürte es so deutlich.

»Wo ist Mikkol? Und Nilsa?«, fragte Willa, obwohl sie es bereits wusste und obwohl alles offensichtlich war, dieser neue Riegel, den jemand in aller Hast an der Schlafzimmertür angebracht hatte.

»Im Schlafzimmer«, sagte Nora tonlos.

»Wir brauchen den Schlüssel«, sagte Risten. »Sie sind eingesperrt.« Sie stand vor dem Schreibtisch in der Ecke des Raumes und durchwühlte Aufzeichnungen, hob alles hoch.

»Biettar ist auch eingesperrt«, sagte Willa, »im Lagerraum.«

»Ivvár hatte recht«, sagte Anna.

»Was habt ihr mit ihnen vor?«, fragte Nora. »Willa! Antworte mir.«

»Hast du die Schlüssel?«, fragte Willa.

»Hier sind sie nicht«, sagte Risten vom Schreibtisch aus.

»Zum Lagerraum«, fuhr Willa fort, »zum Schlafzimmer. Wir brauchen die Schlüssel. Hat er sie bei sich? Frans?«

»Ihr könnt sie nicht rauslassen«, rief Nora, »das macht doch alles nur noch schlimmer.« Sie schüttelte verzweifelt den Kopf, ging rückwärts zu den alten Kirchenbänken an der Wand und ließ sich darauf sinken. Willa kam schließlich ins Wohnzimmer, eigentlich sträubte sich alles in ihr, aber sie tat es, ausgerechnet in denselben Lederstiefeln, die sie letzten Winter getragen hatte – sie hatte sie angezogen, bevor sie hergekommen waren. Warum? Für diesen Moment? Um wie die alte Willa zu wirken? Aber dieser Winter hatte überhaupt nichts mit letztem Winter zu tun, und nur die Stiefel und Noras Mantel schienen die gleichen zu sein, sonst war alles neu, und Willa war die Neueste von allen, sie erkannte sich selbst kaum wieder. Sie setzte sich neben Nora auf die Bank. Hab keine Angst, wollte sie sagen, richte dich auf. Sie sah Nora an, und für einen langen Moment erwiderte Nora ihren Blick. Es war seltsam, dass sie sich nicht berührten, sich überhaupt nicht umarmten, aber es schien neue Regeln zu geben, die keine von beiden verstand, und sie konnte nur denken: Ich habe es kaputt gemacht, es ist alles kaputt, alles ist kaputt.

»Kannst du mir die Schlüssel geben«, fragte Willa, »oder mir sagen, wo sie sind?« Plötzlich war sie sehr müde. »Du musst nichts weiter tun.«

»Dann werden sie hinter euch her sein, das wird alles nur noch schlimmer machen«, erwiderte Nora. Sie redete mit leiser Stimme, und für einen Moment dachte Willa, wir liegen gerade zusammen im Bett, und Nora reibt nervös ihre Füße; sie vertraut mir ein Geheimnis an und hat Angst, dass ich es jemand anderem verrate.

»Gib sie mir einfach«, sagte Willa, »bevor noch etwas passiert.«

»Bevor mir etwas passiert?«, fragte Nora. »Oder Henrik?« Sie erhob ihre Stimme ein wenig.

»Niemand wird –«

»Na los«, sagte Nora, richtete sich plötzlich auf und löste ihre überschlagenen Beine voneinander, »mach doch, was du willst. Du machst immer, was du willst. Lauf weg, verschwinde.«

»Niemand –«

»Ich war so allein.« Willa war erschrocken, wie bitter Nora klang. Sie war den Tränen nahe, Willa konnte es sehen.

»Du hast Henrik«, sagte Willa.

»Hör auf, dich über mich lustig zu machen. Das ist gemein –«

Willa rutschte näher an Nora heran, sie berührten sich nicht, nur beinahe. Sie sahen sich ganz lange einfach bloß an. Willa wusste nicht, was sie sagen sollte. Sie lehnte ihren Kopf zurück an die Wand. Wie oft hatte sie schon an genau dieser Stelle gesessen? Ihre Mutter hätte in ihrem Schaukelstuhl vor dem Kamin sitzen können, sollen, wo Anna jetzt an Frans' Seite saß, der sich ganz leicht bewegte.

»Du trägst ein Messer bei dir«, sagte Nora.

»Oh.« Willa blickte auf das Messer hinunter, das an ihrem Gürtel hing. »Ja, das ist ganz normal.« Ihr wurde klar, dass sie Risten das schon ein Dutzend Mal hatte sagen hören: Das ist ganz normal.

»Ich habe mich für einen Weg entschieden und du für den anderen«, sagte Nora.

»Das stimmt nicht«, erwiderte Willa, ohne nachzudenken, aber es stimmte sehr wohl.

»Bist du glücklich?«

»Manchmal«, sagte Willa, und sie wollte noch etwas hinzufügen, etwas wie: Du fehlst mir, aber es kam ihr nicht über die Lippen.

»Weißt du noch, als –«, begann Nora.

»Sie brauchen ihre Männer«, fuhr Willa dazwischen. »Für die Herden, nur darum geht es. Sie bestrafen nicht bloß die Männer, alle werden bestraft, sie werden alles verlieren. Wir werden auch alles verlieren«, sagte sie. Sie wusste nicht, wie sie es ausdrücken sollte. »Ich habe gehört, dass sie Ivvár auch verhaften wollen«, sagte sie, »und er hat gar nichts gemacht. Er ist nicht einmal in der Kirche gewesen.« Sie hatte Nora gegenüber bisher noch nie seinen Namen ausgesprochen, und sie fragte sich, was Nora über ihn wusste, in diesem Moment war sie von Stolz erfüllt, seinen Namen zu sagen, auf diese Weise eins mit ihm zu werden.

»Ja«, sagte Nora, »ihm soll auch der Prozess gemacht werden.«

»Es ist eine Lüge, er hat nie etwas getan.«

»Mein ist die Rache; ich will vergelten, spricht der Herr«, sagte Nora und klang nahezu geknickt.

»Ich habe nie verstanden, warum Gott die Rache übt, die wir nicht üben sollen«, sagte Willa. Sie stand auf und streckte Nora die Hand entgegen. »Erzähl ihnen, dass ich dir ein Messer an die Kehle gehalten habe«, sagte sie.

Nora griff sich an den Hals und nahm ein langes Band ab, an dem ein Schlüssel hing. »Das ist der Schlüssel für den Lagerraum«, sagte Nora. »Nimm ihn.« Es schien ihr peinlich zu sein. Noras Hand berührte Willas, sie war kalt, aber der Schlüssel war ganz warm. Willa schloss ihre Faust um den Schlüssel, und Nora stand auf und ging.

»Bleib«, sagte Willa, aber Nora war schon an der Tür. Willa gab Risten den Schlüssel. Sie hörte immer wieder die Stimme ihrer Mutter: »Nicht noch eins«, sagte ihre Mutter. Lorens lag im Sterben, und ihre Mutter sagte es immer wieder, und es war so real, Willa hielt sich die Ohren zu, sie wollte es nicht hören.

27

Nachdem Willa aus dem Laden verschwunden war, herrschte in Ivvár, Ánde und Niko eine andere Stimmung, einerseits, weil Henrik nun still war und ohnmächtig auf dem Boden lag, und andererseits, weil jetzt niemand da war, der auf sie aufpasste, und Ánde und Niko im selben Moment auf die gleiche Idee kamen, nämlich die Regale des Ladens zu plündern, und sie gingen ziemlich effizient ans Werk, Ánde warf Niko Mehlsäcke zu, die Niko wiederum nach draußen warf, während Ivvár den Laden nach Schlüsseln oder einer Axt durchsuchte – wie konnte dieser Mann keine Axt haben? Schließlich fiel ihm ein, dass Simmon Henriks Holz immer draußen gehackt hatte – hatte er da draußen nicht einen Stapel Holz gesehen? Er rannte an Niko vorbei, der Zuckertüten in den Schnee warf, und eilte nach draußen – die Axt lag genau dort, beim Holzstapel hinterm Haus, sie steckte in einem Baumstumpf, und er schnappte sie sich, es war eine schöne Axt, ihr Griff war vom ständigen Gebrauch ganz glatt, und er eilte mit der Axt in den Laden, die steile und knarrende Treppe hinauf, doch als er vor der Tür zum Stehen kam, hielt er inne, lauschte, plötzlich ganz verhalten. Da drin war sein Vater. »Vater?«, rief er. Seine Stimme klang schwach.

»Was macht ihr denn da draußen?«, fragte Biettar.

»Ich werde jetzt die Tür mit der Axt einschlagen«, sagte Ivvár.

»Die Mühe musst du dir nicht machen. Ich werde nicht rauskommen.«

»Natürlich wirst du rauskommen.«

»Werde ich nicht. Ich wurde verhaftet. Ich bin in Gewahrsam. Wo soll ich denn hin?«

»Komm nach Hause.«

Eine lange Stille folgte.

»Wir werden eh bald alle unter den Bergen liegen«, sagte sein Vater.

»Vater«, sagte Ivvár, und dann holte er zum ersten Axthieb aus. Die Tür war überraschend dick, überraschend schwer und fast genauso breit wie die Haustür, hatte jedoch im Gegensatz zur Tür unten anstelle eines Riegels ein Schloss. Nur Siedler benutzten Schlüssel, dachte Ivvár, nur Siedler hatten etwas, um es unter Verschluss zu halten. Dieser Gedanke machte ihn wütend, und er stürzte sich erneut auf die Tür, denn er ahnte, dass es eine Weile dauern würde, bis er hindurchkam – die Klinge der Axt drang ins Holz, wollte aber nicht durchgehen, und er zog mit aller Kraft die Axt wieder heraus. Er konnte das Gesicht seines Vaters vor sich sehen, seine Verärgerung. Wahrscheinlich saß er da und betete – Ivvár war das egal. Er würde seinen Vater an den Füßen herausziehen, wenn es sein musste, er würde seinen Vater hier rausholen, und sie würden zur Herde zurückkehren, sie würden sie trennen, sie würden von hier weggehen, irgendwohin, wohin auch immer, weiter in den Osten, in den Westen, in den Norden, sie würden verschwinden und sich mit allem schützen, was sie aufbringen konnten – etwas Hartes und Schweres traf seine

Schulter, und er fiel gegen die Tür, seine Hand wurde auf grobe und unnatürliche Weise unter seiner Schulter eingeklemmt, und erneut traf ihn etwas Hartes und Schweres, diesmal am Kopf, und er griff nach der Axt, die wieder in der Tür steckte, aber seine Hand tat weh, er konnte sie nicht bewegen, und er verlor das Gleichgewicht, er fiel seitlich zu Boden, sein Gesicht schrammte an der Tür entlang.

Er drehte sich um. Henrik stand keuchend und ängstlich über ihm, überrascht, wozu er imstande war. In seiner Hand baumelte eine schwere schwarze Pfanne, er schien es zu bereuen, sie benutzt zu haben, und stellte sie auf das Bett.

Ivvárs linke Hand tat weh; ein stechender Schmerz zuckte von seinen Fingern bis in die Schulter. Er tastete sie ab, hob sie hoch, er sah, wie Henrik ebenfalls seine Hand anstarrte.

»Ich brauche diese Hand«, sagte Ivvár, »ich kann sie kaum bewegen, schau«, und als sie beide hinsahen, trat ihm Ivvár hart gegen das Schienbein, so hart, dass Henrik nach vorn statt nach hinten fiel und auf Ivvár zusammenbrach, sodass Ivvár Henriks Bauchfett durch seinen Mantel spüren konnte. »Runter von mir«, brüllte Ivvár. Henrik packte Ivvárs gesunde Hand, und er umklammerte sein Handgelenk, woraufhin Ivvár ihn mit dem Ellenbogen des anderen Arms direkt in den Hals stieß.

Henrik schnappte nach Luft, Ivvár rammte ihm das Knie in den Magen, und Henrik rollte auf den Rücken, Ivvár sprang auf und warf sich auf Henrik, er versuchte, ihn festzuhalten, aber Henrik war so groß, dass es für Ivvár gar nicht so leicht war, schon gar nicht mit der verletzten Hand; und so konnte Henrik sich aus seinem Griff befreien, er packte Ivvár an den Haaren und zog mit aller Kraft daran, und Ivvár schlug zu, er schlug Henrik ins Gesicht, er konnte spüren, wie Henriks Nase unter seiner Faust brach, und er schlug noch einmal zu, aber er war überrascht, dass Henrik an seinen Haaren festhielt und dass er es beinahe schaffte, sich wieder aufzurichten, obwohl Ivvár rittlings auf ihm saß.

Ivvár griff nach seinem Messer, zog es aus der Scheide und sagte sich, es ist nur ein Rentier, und bei dem Gedanken tauchte Borga vor ihm auf, Borgas blutender Hals, und er packte das Messer, und bevor Henrik etwas tun konnte, bevor Henrik überhaupt merkte, was geschah, stach Ivvár zu.

Es war nicht mit dem Töten eines Rentiers zu vergleichen, das Messer glitt durch Henriks Haut, in die gleiche kleine Kuhle zwischen dem Brustbein und der Kehle, aber Henrik gurgelte nicht und fiel auch nicht leise zu Boden, denn er war bereits am Boden, und Ivvár versuchte nicht, sein Blut aufzufangen und es für irgendetwas aufzusparen, und erst während er es tat, wurde ihm bewusst, was er da tat, es kam ihm hysterisch und surreal vor, er erstach einen Menschen, und der Gedanke daran machte alles noch schlimmer, und er stach noch einmal zu, es schien keinen anderen Weg mehr zu geben. Henrik sagte nichts, er konnte nichts sagen, er umklammerte Ivvárs Handgelenk, er würgte, er trat, schlug um sich, er sah Ivvár direkt in die Augen, während er an seinem eigenen Blut erstickte, und Ivvár tat, was er immer tat, wenn so etwas passierte, er drückte das Messer weiter hinein und stieß es nach unten. Es dauerte zu lange, und schließlich zog er das Messer aus Henriks Hals und stach ihm in die Rippen, direkt ins Herz, er wollte einfach nur, dass es vorbei war. Dass Henrik still war.

»Ivvár«, hörte er die Stimme seines Vaters von der anderen Seite der Tür.

Ivvár brachte kein Wort heraus, ihm war schlecht. Henrik strampelte und strampelte, Ivvár konnte nicht glauben, dass er noch einmal zustechen musste, aber er tat es. Dann stand er auf, er ließ das Messer in Henriks Rippen stecken. Henrik bewegte sich kaum. An Ivvárs Händen und an seinen Handgelenken fühlte sich Henriks Blut an wie das eines Rentiers: warm und glitschig, bis es klebrig wurde.

Dass Henrik den Laden in Brand gesteckt hatte, wurde mehrere Minuten lang von niemandem zur Kenntnis genommen, auch weil er das Feuer versehentlich verursacht hatte, indem er gegen Noras Kerze gestoßen war, die umfiel und beim Fallen nicht erlosch; stattdessen flackerte dort die kleine Flamme, das Wachs tropfte, bis die Jute eines Roggensacks in der Nähe Feuer fing, ganz langsam, und dann begann es zu rauchen, und wären Ánde und Niko nicht so sehr damit beschäftigt gewesen, ein Fass Sirup seitwärts in einen Schlitten zu quetschen, hätten sie es vielleicht bemerkt; sie wären wieder in den Laden gekommen und hätten gesehen, dass Henrik nicht da war, sie hätten Ivvár vielleicht aufhalten können, aber das war nicht der Fall, der Fall war, dass Ivvár sich oben weiter durch die Tür arbeitete, dieses Mal mit blutigen Händen, während er unter sich jemanden schreien hörte: »Feuer! Feuer! Es brennt!« Er schaute sich um und bemerkte, dass Rauch die Treppe heraufstieg, aber das verstärkte nur seine Verzweiflung und sein Bedürfnis, durch die Tür zu kommen, und er hackte weiter auf das Holz ein, ruckartig, mit noch schwereren, härteren Hieben, obwohl Ánde und Niko, unten im dichten Rauch, jetzt gemeinsam nach ihm brüllten: »Ivvár, bist du da oben? Hast du ihn? Kommt runter, schnell!«

Ivvár ignorierte sie, die Axt hatte inzwischen das Holz durchbrochen, und er konnte durch die Lücke seinen Vater sehen, der auf einem Fell in der Ecke saß und ihn mit unheilvollem Blick beobachtete. Geh weg, bedeutete er ihm.

»Es brennt«, sagte Ivvár.

»Ich weiß.«

Der Rauch war jetzt in Ivvárs Augen, er zog seinen Schal über die Nase, und er schlug mit geschlossenen Augen gegen die Tür, und dann, als er eine Schwachstelle gefunden hatte, trat er sie ein, und sie brach, und das Loch war jetzt groß genug, um einen schmalen Mann wie seinen Vater herauszuziehen. Die Erleichterung überschwemmte ihn unmittelbar und unermesslich. »Papa«, rief er. »Vater, bitte komm.«

Sein Vater saß da und sah ihn an, schüttelte den Kopf.

»Sei nicht dumm«, sagte Ivvár.

»Soll ich lieber so schlau sein wie du?«, erwiderte Biettar und deutete auf die Leiche auf der anderen Seite der Tür.

»Der Laden wird abbrennen.« Ivvár konnte vor lauter Rauch gar nichts mehr sehen, er sprach mit geschlossenen Augen zu seinem Vater.

»Dann verbrenne ich mit ihm.«

Die Sieidi tauchte in Ivvárs Gedanken auf, sie wartete im Fjell. Warum erschien sie ihm jetzt, fragte sich Ivvár.

Warum hatte er das Bedürfnis, seinem Vater davon zu erzählen, von der Brosche, vom Joik seiner Mutter, als würde das etwas ändern?

»Geh«, rief sein Vater. »Raus mit dir.«

»Jetzt komm«, sagte Ivvár, »lass uns alles andere später diskutieren.«

»Verschwinde«, sagte sein Vater. Er hustete leise.

»Er wollte dich töten«, sagte Ivvár, »sie wollten dich nach Luleå bringen, sie werden dich hängen, entweder in Luleå oder hier.«

»Geh!«, bellte Biettar, »verschwinde«, mit solcher Grausamkeit, dass Ivvár gehorchte. Er ließ die Axt fallen, stieg über Henriks großes Bein und eilte die Treppe hinunter, wo jetzt Flammen standen, richtige Flammen; es war erstaunlich, dass das obere Stockwerk noch nicht vollständig in Flammen stand, es würde jeden Moment Feuer fangen, und er merkte, wie heiß seine Füße waren, tatsächlich schon seit einer Weile, seine Haut war heiß, seine Haare waren heiß, und als er nach draußen kam und Risten auf ihn zurannte und sich auf ihn warf, merkte er, dass sein Gákti in Flammen stand, die Risten mit ihren Händen löschte. »Wo ist Biettar?«, fragte sie und wiederholte die Frage mehrmals, wie verrückt.

»Sie sind drinnen.«

Er wusste nicht, wohin er schauen oder was er tun sollte. Das war der Rauch, sagte er sich, er konnte bei all dem Rauch nicht denken. Er wollte etwas trinken, er wollte zehn Drinks. Ánde und Niko sahen ihn an, standen bei den Schlitten und starrten etwas benommen, als hätte das alles überhaupt nichts mit ihnen zu tun. Erst als er auf die Knie fiel, kamen sie angerannt, als hätten sie endlich gemerkt, dass etwas nicht stimmte, aber er hasste ihre Gesichter, ihre besorgten Blicke.

»Schaut mich nicht an«, rief Ivvár. Er fühlte sich wie ein Kind, er war ein Kind, das musste so sein, er konnte es nicht ertragen, die Blicke der anderen. »Schaut mich nicht an«, schrie er erneut, und es tat weh zu schreien, der Rauch saß immer noch in seiner Kehle, alles kratzte und juckte. Er begann zu husten.

Plötzlich war ein lauter Knall zu hören, die beiden Fenster zerbarsten, Glas splitterte, und plötzlich verdreifachten sich die Flammen. Er hätte nie gedacht, dass ein Feuer so laut sein konnte, ein Brüllen, und er hätte nie gedacht, dass ein Feuer so stinken würde, er konnte es riechen, nicht nur Holz, sondern etwas anderes, und für eine widerliche Sekunde dachte er: Das ist mein Vater. Alles ging in die Luft, und er konnte nicht hinsehen, er wandte sich ab, setzte sich mit dem Rücken zum Laden und starrte auf den Fluss, auf die Birke. Er sah nicht auf seine Hände.

»Schau mal!«, rief jetzt jemand, »schau«, und er konnte spüren, wie Risten ihm nachlief, aber er drehte sich nicht um, er wollte nicht sehen, was auch immer als Nächstes passierte, und er stand auf und dachte: Ich werde einfach gehen und immer weitergehen. »Schau«, rief jemand, vielleicht Ánde, vielleicht Niko, »Ivvár, es ist dein Vater«, rief jemand, und er drehte sich um, er sah, wie sein Vater rückwärts aus der Tür trat und etwas schleppte, sein Mantel oder seine Hose brannte, vor der Tür war alles so verraucht, dass man es kaum erkennen konnte. Es war Henrik, sein Vater zerrte Henrik durch die Tür und hinaus auf die verschneite Straße. Eine Frau schrie, das heisere Wehgeschrei einer Seeschwalbe. Ivvár erkannte aus einiger Entfernung Willas Schwester, aber ihr Name wollte ihm nicht in den Sinn kommen, er konnte bei diesem Schrei nicht denken. Die Schwester rannte auf Henrik zu und warf sich neben ihm auf den Boden, sein Vater lag ebenfalls auf dem Boden, rollte sich im Schnee, um die Flammen zu löschen, und mittendrin erschien Willa an der Tür des Pfarrhauses, und Ivvár konnte es nicht mehr ertragen, konnte nicht mehr hinsehen.

Er wandte sich wieder um zum Fluss.

Es schien vernünftig. Es schien das einzig Vernünftige zu sein, wegzugehen, und er ging über den glatten Schnee zum Ufer, rutschte ein wenig aus und fing sich wieder. Und dann überquerte er den Fluss, er rutschte wieder aus, stand wieder auf. Er ging einfach nur, er dachte nichts, es gab nichts zu denken, nichts zu planen, nichts zu entscheiden, zurück zur Sieidi, mehr nicht. Warum und wozu, wusste er nicht; das war der letzte Befehl. Der Schnee war hier dünner als bei der Herde. Eisiger, krustiger. Älterer Schnee. Auf der anderen Seite des Ufers war der Schnee weniger fest und hielt sein Gewicht nicht, trotzdem trat er drauf und sank hinein, doch das war in Ordnung. Es würde nur langsam vorangehen, aber er hatte es nicht eilig.

Oben, am Hang auf der anderen Seite des Flusses, konnte er noch immer die Schreie der Leute hören. Ihre Stimmen waren fern, sie klangen fast wie bei einem Fest, wenn man es nicht besser wüsste; und wenn man sich umdrehte – er drehte sich um und blinzelte –, konnte man sich vorstellen, dass der Laden ein sehr großes Lagerfeuer war, wenn auch ein sehr rauchiges, und die Leute dort tranken und amüsierten sich. Bald würde jemand joiken. Jemand würde eine Geschichte erzählen, eine gute

Geschichte über die Toten, über die Háldis, die Ulddas. Er hatte eine Geschichte für sie, eine gute Geschichte. Von einem Sohn, der versuchte, seinen Vater zu retten, und dabei einen Siedler tötete, und sein Vater gab ihm für den Rest seines Lebens die Schuld, und der tote Schwede kehrte als Geist zurück, und er verfolgte den Sohn, wohin er auch ging, über den alten, schweren Schnee, über den festen Schnee, der sie hielt, in dem ihre Füße nicht versanken.

28

Willa sah, wie Ivvár fortging. Er war nur noch eine kleine Gestalt in der Ferne, und sein geflickter Pelzmantel verschmolz bereits mit den Bäumen und dem Schnee. Bald war er kaum noch zu erkennen, aber sie konnte ihren Blick nicht abwenden, obwohl ihre Schwester weinte, Henrik tot war und der Laden in Flammen stand, all das geschah gleichzeitig. Willa hatte sich immer für eine Person gehalten, die in solchen Fällen etwas tat, aber ihre eigene Bitterkeit hielt sie gefangen. Warum war sie nie wichtig genug? Sie befahl ihm schweigend, sich umzudrehen und ihr ins Gesicht zu sehen, aber er tat es nicht, und kurz darauf hätte er genauso gut ein Rentier in weiter Ferne auf einem Hügel sein können, und dann verschwand er hinter der Kuppe eines Hügels, und er hätte genauso gut eine Einbildung gewesen sein können.

Ich liebe dich, dachte sie, dann wandte sie sich ab.

Nora hockte neben Henrik, berührte ihn nicht, weinte auf so seltsame und stille Weise, sie wiegte vor und zurück, ihr Blick war auf einen Punkt hinter Henrik gerichtet, vielleicht auf den Hügel, vielleicht auf die Kirche, vielleicht ins Nichts. Willa fiel auf, dass Antihkka Sussu gar nicht aus ihrem Haus gekommen war, um zu sehen, was hier passierte – Antihkka Sussu, die sonst immer auftauchte. Doch das war nicht der richtige Moment, sich darüber Gedanken zu machen. Langsam ging sie zurück zum Pfarrhaus, wo Anna den anderen Schlüssel gefunden haben musste; sie befreite Mikkol und Nilsa und half Frans ins Schlafzimmer. Willa fand eine Wolldecke auf Frans' Matratze, brachte sie nach draußen und bedeckte Henrik damit. Nora wiegte immer noch vor und zurück und sagte immer wieder: »Ich weiß nicht, was ich tun soll«, immer wieder: »Ich weiß nicht, was ich tun soll«, und Willa nickte: »Ich weiß«, sagte sie, »ich weiß«, weil sie nicht wusste, was sie sagen sollte, was sollte sie schon sagen? Sie hatte keine Worte mehr. Risten kniete ganz in der Nähe und beobachtete sie, und Biettar war zum Pfarrhaus gehumpelt, und Ánde und Niko rauchten bei den Schlitten, und der Laden brannte immer noch; der oberste Stock war eingestürzt, und rundherum schmolz der Schnee, Dampf stieg auf.

Sogar der Schnee brannte. Ihr Vater hatte einmal davon geschrieben, in einem Brief, er hatte von den Bekehrungen berichtet, er sei so überglücklich und stolz gewesen – er habe die Sámi gerettet, sie würden jetzt das wahre und lebendige Wort Gottes verbreiten.

»Was soll ich nur tun?«, wiederholte Nora. Ihr Kopf fiel auf ihre Knie.

»Du kannst bestimmt bei Frans bleiben«, schlug Willa zögernd vor, »oder bei Antihkka Sussu.« Sie wünschte, sie könnte sagen: »Komm mit mir«, aber sie wusste nicht wirklich, was sie zu bieten hatte, was nach ihrer Rückkehr passieren würde, ob sie bei Ivvár bleiben würde, ob Ivvár überhaupt bleiben würde oder ob er ins Fjell lief und sich bis zum Ende seines Lebens dort verstecken würde. Natürlich würden Anna und Nilsa niemandem eine Bleibe verweigern, sie waren zu dieser Art von Unhöflichkeit nicht fähig, das wusste sie jetzt – sie würden jedem Unterschlupf gewähren, wenn sie konnten, es hatte nie eine Rolle gespielt, woher Willa kam, als sie sie bei sich aufgenommen hatten –, aber wie sollte das gehen, es war Winter, und sie konnten Nora nicht mitnehmen, Nora hatte ja keine Ahnung, sie würde im Weg sein, es würde ihr nicht gut gehen, und sei es nur für einen Tag oder zwei, und das Leben der anderen würde sich darum drehen, Nora vor zu viel Leid zu bewahren.

»Ich kann nicht bei Frans bleiben«, schluchzte Nora. »Ich kann nicht mit ihm allein sein, du hast ja keine Ahnung, wie er ist.«

»Du könntest zurück nach Hause gehen«, schlug Willa vor, »nach Pajala, meine ich.«

»Wie soll ich dahin kommen? Soll ich auf Händen und Knien angekrochen kommen?«

Willa dachte, sagte es aber nicht, ich könnte dich hinbringen. Und das könnte sie, sie könnten es, gemeinsam, es wäre einfacher, gen Süden zu ziehen als in den Norden. Es wäre möglich. Aber sie brachte es nicht über die Lippen.

Das Feuer war so groß geworden, dass es an ihren Wangen und Oberschenkeln brannte, und sie zwang Nora, aufzustehen und zurückzuweichen, und sie bat Risten, ihr dabei zu helfen, Henriks Leiche wegzuziehen – die Decke war am Boden festgefroren und löste sich von ihm, und Willa war gezwungen, auf seinen Hals zu schauen, auf die erstarrte Blutlache, auf seine Brust und auf seine zerrissene Nachtwäsche. Eines seiner Augen war halb geöffnet. Seine Haare waren an einigen Stellen von seiner Kopfhaut abgesengt. Er sah kalt aus, und sie verspürte den Impuls, ihm eine Mütze und einen Schal oder etwas anderes zu geben, um ihn warm zu halten.

Sie deckte ihn wieder zu, und dann brachte sie Nora zurück ins Pfarrhaus, wo sie Mikkol und Biettar vorfand, auf den Knien; sie beteten, die Hände gefaltet und die Köpfe gesenkt. Nilsa und Anna saßen auf dem Boden, ihre Gesichter waren völlig ausdruckslos. Sie hielten sich an den Händen.

Nora kniete neben Mikkol und Biettar nieder. Ihre Blicke waren auf den Kamin gerichtet, so wie der Eingang des Lávvu der aufgehenden Sonne zugewandt war, und Mikkol sprach das Gebet. Himmlischer Vater, o barmherziger Gott, allmächtiger Herrscher, und er bat um Gottes Schutz und um Gottes Gnade, er bat darum, dass Gott Henrik in den Himmel aufnehme, er bat Gott, über Ivvár zu wachen, Nora Trost zu spenden, Frans zu heilen, über die Herden zu wachen. Willa ging wieder nach draußen, hinunter zum Fluss, stellte sich ans Ufer und blickte auf die Stelle, an der Ivvár den Fluss überquert hatte, dorthin, wo sie ihn zuletzt gesehen hatte, und sie sank auf die Knie und betrachtete das Nichts, die einsamen Zwergbirken, die verschneiten Sträucher, die Loipen, und im rechten Augenwinkel konnte sie den Kirchturm sehen, und sie erinnerte sich daran, wie sie ihn gefunden hatte, flach auf dem Rücken, den Blick in den Himmel gerichtet.

Eine ganze Weile kniete sie dort, als wollte sie ihn dazu zwingen, wieder aufzutauchen. Ihre Beine wurden steif und kalt, sie verlor das Gefühl in ihrem Gesicht und ihren Händen.

Es war Risten, die sie fand, Risten kam und sagte: »Willa, wir brechen auf. Geh und verabschiede dich von

Nora«, und Willa ging ins Pfarrhaus – ein letztes Mal, sagte sie sich, ein allerletztes Mal –, und dort lag Nora auf einer der Kirchenbänke, ein Fell unter sich und mit einem Fell zugedeckt. Biettar allein saß noch auf dem Boden und betete; Willa vermutete, dass Frans immer noch im Schlafzimmer eingeschlossen war. Nora zitterte; ihre Zähne klapperten tatsächlich. Ihr Blick begegnete Willas, und ihre Augen sagten: Verlass mich nicht.

Willa spürte es, sehr deutlich, dass sie hierbleiben und auf Nora aufpassen sollte, das war ihre Pflicht; sie war fortgegangen, aber die Pflicht war geblieben, und die Last der Pflicht erdrückte sie. Sie konnte Nora nicht verlassen und sich selbst noch lieben, das war unmöglich. Aber wenn sie bliebe, was wäre dann mit Ivvár? Wenn sie ginge, was wäre mit Nora? Vielleicht spielte es keine Rolle – sie kannte Ivvár, sie konnte bereits spüren, wie er davonging, und sie fragte sich, ob er das schon die ganze Zeit gewollt hatte? Einen Grund, fortzugehen und niemals wiederzukommen? Er würde gehen und nicht zurückkommen, um sie zu holen; er würde weitergehen, bis sie ihn fanden, und sie würden ihn finden. Frans würde eine Armee hinter ihm herschicken; sie war jetzt nicht mehr so naiv, nicht mehr so hoffnungsvoll, sich etwas anderes auszumalen.

Sie nahm Noras Hand, und Nora drückte sie. Sie fürchtete sich bereits davor, dass Nora sie brauchte, fürchtete sich vor diesem Gewicht, das sie nicht abschütteln konnte. Sie dachte: Hat Ivvár sich meinetwegen so gefühlt?

»Ich bin gleich wieder da«, log Willa und ging zurück nach draußen. Drinnen und draußen, dachte sie, drinnen und draußen. Henrik war jetzt verborgen – jemand hatte ein feines weißes Fell über ihn gelegt, sodass er mit dem

Schnee um ihn herum verschmolz, bis auf sein blutiges Gesicht, das zur Seite gedreht war, sodass es auf den Hügel und die Kirche blickte. Risten und Ánde und Niko und Mikkol stiegen bereits in die Schlitten; die Rentiere waren müde, aber sie würden sie trotzdem zum Laufen bringen, das konnte Willa sehen, und sie konnte außerdem sehen, dass sie den Schlitten, mit dem Ivvár gekommen war, mit Vorräten gefüllt hatten, mit Mehl und Zucker und Kaffee und Salz. Nun gut, warum nicht. Sie schaute zu dem Schlitten, mit dem sie hierhergefahren war, und er kam ihr jetzt wie ein fremder Schlitten vor, ein leerer Schlitten, der auf sie wartete. Risten beobachtete sie; sie war noch nicht in ihren eigenen Schlitten gestiegen, sie stand daneben und hielt das Geschirr des Rentiers.

»Kommst du?«, rief Risten.

Willa stand wie angewurzelt da. Hinter ihr Nora, vor ihr Risten, und Ivvár war nicht hier. Sie wollte zu Eis werden, in dieser Lähmung verharren und darauf warten, dass jemand anderes für sie entschied; vielleicht würde Risten ungeduldig werden und sie holen, vielleicht würde Nora noch einmal schreien, vielleicht – wie konnte sie an dieses Vielleicht überhaupt noch denken – würde Ivvár aus dem Nichts auftauchen, so wie früher, und sie würde sagen, was machst du hier, und er würde sagen, warum stellst du ständig Fragen, deren Antworten du längst kennst?

Für einen langen Augenblick spürte sie, wie Risten sie ansah, als wäre sie ein Rentier und als würde sie sich fragen, ob es sinnvoller wäre, sie mit dem Lasso zu fangen, einen Hund nach ihr zu schicken oder sie allein zurückwandern zu lassen. Willa wollte in diesem Moment alles mit Ristens Augen sehen, mit den Augen der Rentiere; was für eine Erleichterung es sein musste, allein der Gedanke, zur Herde zurückzukehren. Weiser, einfacher. Wenn sie ihre eigenen Rentiere gehabt hätte, hätte sie es getan, sie hätte sagen können: Ich muss zurück zur Herde. Sie verstand, warum sie jetzt alle gehen mussten. Sie mussten zur Herde zurück, selbst wenn sie sie alle verlieren würden, bis zum letzten Tier. Sie würden an ihnen festhalten, so lange sie konnten. Sie hätte dasselbe getan. Sie tat dasselbe.

Willa nickte Risten zu. »Fahrt los«, rief sie. »Fahrt ohne mich.«

Risten zögerte noch immer, und für eine Sekunde dachte Willa, sie kennt ein großes Geheimnis, das uns retten wird. Risten wäre das zuzutrauen, aber dann stieg sie wieder in den Schlitten, und Mikkol und Nilsa und Ánde und Niko schauten nicht einmal zurück, sie wollten einfach los, nur Anna sah sich noch einmal um. Es war klar, dass Willa wieder hier festsitzen würde; sie würde wieder mit ihrer Schwester in derselben Hütte leben, nur dieses Mal mit zwei fremden Männern, mit dem Vater des Mannes, der sie verlassen hatte, und mit dem Feind von allem, was ihr am Herzen lag, und er würde sie verhören, vielleicht würde er sie sogar wegsperren, was wusste sie denn schon, vielleicht würde Frans denken, sie hätte nichts damit zu tun gehabt, vielleicht würde es ihm große Freude machen, sie zu einem Teil davon zu deklarieren, die Tochter von Laestadius, die irre Tochter vom Irren Lasse, die Irre Willa.

Die Irre Willa. Das war sie jetzt, das war sie schon die ganze Zeit. Es war die Irre Willa, die Risten zunickte, und Risten sah, ehe sie sich umdrehte, Willas Rücken und das leuchtende Rot ihres Liidni.

Es blieben keine Gedanken mehr. Ristens Kopf war leer. Sie setzte sich in den Schlitten, zog ihre Beine an und das Fell über ihren Schoß. Sie nahm die Zügel in die Hand. »Ks, ks«, rief Risten, »ks, ks«, und die Rentiere – die Rentiere taten, was Rentiere tun, die Rentiere rannten.

DANKSAGUNG

Meine grenzenlose Dankbarkeit gilt der fortwährenden Gastfreundschaft, der Herzlichkeit und dem Wissen von Nils-Aslak Labba, Marielle Labba, Morten Labba, Niklas T. Labba und – vor allem – Anne-Maret Labba, sie allein hat mir fast alles beigebracht und mich fast überallhin mitgenommen. Ich bin euch allen zu tiefstem Dank verpflichtet.

Außerdem danke ich Oula A. Valkeapää, dessen Philosophien und Redewendungen (»Erst sind wir Blumen, und dann sterben wir«) mit seiner Erlaubnis im Roman auftauchen und der mich gemeinsam mit Leena Valkeapää in ihr Haus, ihre Kunst und viele entscheidende Gespräche eingeladen hat. Ein weiterer Dank geht an Hannu Valle, Antti Nuorgam, Juhan Duomma Labba, Leena-Maaret Niittyvuopio-Jämsä, Juha Vuolab und Kerttu Vuolab für ihre Gastfreundschaft und ihre Geschichten.

Dr. Ellen Marie Jensen übersetzte mehrere für meine Arbeit wesentliche Texte, die ich in meiner Recherche verwendet habe; sie wurde bei ihren Übersetzungen von Harald H. Jensen unterstützt. Ihre Übersetzung von Vorladungen aus den *Kautokeino-Dokumenten* (gesammelt von Magnar Mikkelsen und Kari Pålsrud) erscheint hier mit ihrer Genehmigung. Dr. Jensen leistete auch als samische Kulturberaterin entscheidende Hilfe bei der Erstellung des

Manuskripts, und ich bin ihr besonders dankbar für ihre Ratschläge zur Namensgebung und zur nordsamischen Orthografie.

Der englische Originaltitel des Romans bezieht sich auf *The End of Drum-Time: Religious Change Among the Lule Sami, 1670s–1740*, dem bahnbrechenden wissenschaftlichen Werk von Håkan Rydving, mit seiner Erlaubnis.

Ein weiterer Dank geht an Kosti Joensuu für die Erörterung und Weitergabe seiner Forschungsergebnisse über Laestadius und seine Religionsphilosophie. Solveig Braastad gewährte mir freundlicherweise Zugang zum Storfjord Nord-Troms Museum und teilte ihre Recherchen über den Markt von Ivgobahta.

Das Fine Arts Work Center in Provincetown, das Lewis Center for the Arts an der Princeton University, die Mount Holyoke College Alumnae Association, das English Department und das Center for Humanities an der Virginia Commonwealth University, der Lower Manhattan Cultural Council, die Scandinavian-American Foundation, die Whiting Foundation, MacDowell, Yaddo, die Lásságámmi Foundation und das Dorothy and Lewis B. Cullman Center for Scholars and Writers an der New York Public Library stellten Mittel für die Recherche und Zeit zum Schreiben zur Verfügung. Laura Meyers, Hilary und Humberto Collado, Paul Rusconi und Nathan Heiges, Alexis Knowlton, Helena Pylvainen und Ahmed Moor sowie Ingrid Pylvainen und Robert Young haben mir in ihren Häusern Zeit und Raum zum Schreiben gegeben – vielen Dank.

Meinen ersten Leserinnen und Lesern gilt mein aufrichtiger Dank: Salvatore Scibona, Stephanie Grant, Xuan

Juliana Wang, Gretchen Comba, Ilana Sichel, Sammy Sater, Helena Pylvainen, Sonja Pylvainen, Ian Pylvainen, Sarah Payne, Marisa Silver, Elliott Holt und Kevin Fitchett. Ein großer Dank an Janet Silver und Caroline Zancan für das Lektorat und den Beistand. Danke an Katie Vida, die mit mir nach Sápmi gereist ist und meine Hoffnungen aufrechterhalten hat. Danke an Paul Rusconi, den großzügigsten aller Leser, dessen Weisheit und Freundschaft unverzichtbar sind.

Für Dan und Karl, in Liebe.